福建師範大學文學院百年學術論叢　第四輯

傳統戲曲與道教文化

王漢民　著

第四輯

總序

　　福建師範大學已歷經百又十年春秋，回想晚清帝師陳寶琛弢庵先生創立「福建優級師範學堂」時所題校訓：「化民成俗其必由學，溫故知新可以為師」，將教育宗旨植根於「學」字，堪稱高瞻遠矚。百多年來，學校隨著時代的更替發展變遷，而辦學理念始終沿循校訓精神，學高為師，身正為範，英才輩出，教澤廣布，為學術建設與文化教育作出了富有意義的貢獻。從我校文學院協同臺北萬卷樓圖書公司編選出版的「百年學術論叢」前三輯三十種論著，以及這次推出的第四輯十種作品，均可印證這一觀點。

　　第四輯又再現「四代同堂」的學術勝景：已故李萬鈞先生的《中西文學類型比較史》開拓了中西文類比較研究的遼闊視野；資深學者中，林海權先生的《李贄年譜考略》以精密的考辨展示了明代著名思想家李卓吾的生平事跡，歐陽健先生的《中國歷史小說史》以史論結合方式展現了中國歷史小說的發展脈絡，賴瑞雲先生的《孫紹振解讀學簡釋》昭顯了孫紹振先生文本解讀學體系的理論與實踐意義，譚學純先生的《廣義修辭學研究——理論視野和學術面貌》開拓了修辭學發展的一個嶄新局面；中青年學人中，祝敏青《當代小說修辭性語境差闡釋》就修辭性語境差問題作了細緻的解析，王漢民《傳統戲曲與道教文化》將戲劇連同宗教作有機的思考，袁勇麟《中國當代雜文史》梳理了兩岸三地雜文五十年的發展演變，呂若涵《另一種現代性——「論語派」論》對論語派散文作出切實的價值評估，蔡彥峰《元嘉體詩學研究》對劉宋時期詩學進行了系統的深入探討。

　　以上只是簡約提示本輯各位作者各有專攻和創獲。綜觀這四輯四十種論著，可謂蔚然大觀，並有學脈貫通。六庵先生之經學，桂堂先生之散文學，喆盦先生之詩學文說，穆克宏先生之六朝文學，李萬鈞先生之比較文學，陳一琴先生之詩話批評，孫紹振先生之文本解讀學，姚春樹先生之雜文史，齊裕焜先生之小說史，陳良運先生之詩學史，莊浩然先生之話劇史，陳慶元先生之福建文學史，以及其他學者的專題著述，不僅體現了我校人文學術的特色優勢，也呈示了我校文學院薪火相傳、嚴謹精進的治學傳統。溫故知新，繼往開來，理應為我輩後學義不容辭的學術使命。

　　近幾年來，我校文學院持續開展和加強兩岸文化教育的交流合作活動，以文會友，廣結善緣，深獲臺灣學界同仁的鼎力支持和真誠勉勵，我們對此感念於心，永誌不忘！兩岸一家親，閩臺親上親，血緣割不斷，文緣結同心。在此戊戌仲春之際，我依然深信，兩岸的中華文化傳人，秉持同種同文的民族自尊心、自信心和責任心，必將跨越歷史鴻溝，進一步交流互動，昭發德音，化成人文，為促進中華文化復興繁榮而共同努力！

汪文頂

西元二〇一八年夏正戊戌仲春序於福州

目次

上編 八仙與中國文化

第一章 緒論

第二章 八仙信仰的形成與發展

第三章 八仙與道教文化

吳序

　　《八仙與中國文化》是王漢民同志在其博士學位論文的基礎上加工而成，選題獨特有趣，富有民俗文化學的創新價值。

　　王漢民同志於一九九六年考入南京大學攻讀博士學位，恰好由我擔任導師。他在揚州大學做碩士生的時候，曾師從趙景深先生的門生車錫倫先生，在民俗民間文學的研究方面奠定了堅實的基礎。來南京後，更是發奮圖強，博覽群書，對於文化史和美學史的修業，用力尤勤。到了一九九七年十二月做開題報告的時候，他確定畢業論文的選題是《八仙與中國文化》，我表示首肯。我之所以贊同這個選題，是由於我有兩個出發點。第一個出發點是歷史性的，那是早在一九五一年我剛進南京大學時（院系調整前有文理工農等十九個院），曾聽到建築系劉敦楨教授的一次講座，劉老是被稱為「南劉北梁（思成）」的建築學專家，他講述八仙圖案是鑒定歷史上古建築年代的重要依據，他解說八扇長窗和八面宮燈上的八仙形象是有時代性的，明代的八仙人物組合跟元代的就不一樣。這一番講話給我留下了深刻的印象。第二個出發點是現實性的，自從改革開放以來，我曾到上海昆劇團看過昆劇《八仙過海》的演出，又曾到浙江調查溫州昆班有大小八仙戲十三種，如《天官八仙》、《七星八仙》和《四喜八仙》等等。一九九七年春，江陰申港興建近代文化名人繆荃孫紀念館，我去訪問後，順便到鄰近的農村去參觀，卻不料泥瓦匠正在一座新建的敬老院門頭上勾勒八仙浮雕，他們說八仙是襯托祥和氣氛的，而且是慶賀長壽的標誌。這使我感悟到八仙故事不僅是歷史文化的遺存，而且在現實生活中仍活在人們的心裡。俗話說得好：「八仙過海，各顯神

通。」八仙的形象融進了民俗生活和文化藝術的各個領域，值得進行研究。因此，我認為王漢民同志的這個選題是很有意義的。

經過多年的辛勤耕耘和修訂增益，王漢民同志的《八仙與中國文化》終於出版，成了一部很有學術質量的專書。我看了全稿以後，覺得本書能從文化心態學的理論高度，全面深入地考察八仙群體的形成，並結合宗教學、民俗學、歷史學、文藝學來發掘八仙信仰的文化內涵，進而研究八仙題材的戲曲小說作品，評析其時代意義和藝術價值，頗多新見和創見。本書的主要成就表現在五個方面：

第一，本書能多方位、多角度地探討八仙文化的來歷，特別是從傳統文化中尋根溯源，論證八仙是傳統的「和合文化」的產物，指出「八」字是民俗信仰中「和合精神」的濃縮，是和諧相處的象徵。

第二，本書能結合唐宋至元明清的時代背景和社會情況，揭示八仙組合從單個到群體的演變軌迹，在浦江清〈八仙考〉、趙景深〈八仙傳說〉等前輩學者已有成果的基礎上，又考出了許多前所未見的新材料。書中指出八仙故事興起於唐代，但當時只有張果老的事迹比較完整，韓湘子的事迹剛有雛形，其他幾位的故事要到宋代纔成型。而八仙的群體組合則是借助了戲曲小說的敷演纔逐步固定的。元代的八仙存在多種組合，通行的一組是漢鍾離、鐵拐李、藍采和、張果老、徐神翁、韓湘子、曹國舅、呂洞賓；到了明代，八仙組合纔加進了女性何仙姑，去掉了徐神翁。而其間還有地域的差異，如廣州民間傳說中的何仙姑故事和浙江的就不一樣，後來纔逐漸融合；至於何仙姑手持的法寶，開始是操持家務的笊籬，後來纔代之以神話中的花籃。這是世俗百姓無數次發揮想像加工提煉的結果，體現了民間傳說巨大的創造力。書中融考證與論述為一體，特別還採用了類比的方法，將八仙放在中國傳統文化發展的大背景下進行探究，既有縱向聯繫，又有橫向比較，視野開闊，甚有見地。

第三，關於民間八仙信仰的形成，本書作者從道教文化的發展脈

絡中追溯蹤迹，從《道藏》及道家金石資料入手，對八仙與元代全真教、明清道教諸宗派的關係及三教合一的情況進行了分析探討，引用資料和進行論證都獨出機杼。

　　第四，關於八仙與民俗文化的關係，作者收集了大量的民俗資料，從世俗特徵的層面來考察，論述八仙是歷代民眾群體審美意識的體現，是與濃厚的世俗人情有機地融合在一起的。書中指出八仙是老百姓根據自己的生活習慣、審美心理創造出來的神仙群體，他們有超凡的神通，同時又有世俗的情感。人們把他們的形象形之於繪畫、剪紙、雕塑，反過來又影響民俗活動，成為民間求財、求子、求醫、求壽的對象。這一系列論證，顯示了本書作者深厚扎實的民俗學功底。

　　第五，本書的重點能落實在八仙與中國戲曲小說作品的研究上，作者能詳考八仙戲和八仙小說的名目，從理論上對八仙度脫劇（如《岳陽樓》、《黃粱夢》等）和八仙慶壽劇（如《蟠桃會》、《長生會》等）的不同意識進行了深入的剖析，對八仙系列小說（如《東遊記》、《三戲白牡丹》等）的文化底蘊進行了深層的發掘。識見獨到，頗多創獲。

　　對於八仙的研究，過去學術界侷限於考證八仙的來源和八仙信仰中個別的民俗現象。有一個階段又由於受到極左思潮影響，把它當作封建迷信來唾棄，無人問津。而本書作者認識到八仙的文化價值，對此作了綜合的、系統的整體研究，這是具有開拓意義的。

　　本書取材宏富，引證詳明。作者在史料的搜集、鑒別、勾稽，組織、提煉、運用方面是嚴謹踏實的，立論可信，考證確切，思路清晰，事理貫通。作者在最後一章論述八仙信仰隨著時代的變化已淡化了宗教因素，指出其中的「和合」內蘊獲得了新的生命，從而肯定了現代社會生活中「和合八仙」的價值，這是極具創造性的見解。

吳新雷

二〇〇〇年八月寫於南京大學中文系戲劇影視研究所

張序

　　中華文化，源遠流長，博大精深。戲曲，是具有濃郁中國特色戲劇樣式，是中華豐厚文化的重要載體。在它成長、發展、繁茂的時期，曾經創下無可替代的輝煌：對內滲入到社會的方方面面，對外成為國際文化交流的珍品。一百年前，陳獨秀在〈論戲曲〉中寫道：「依我說起來，戲館子是眾人的大學堂，戲子是眾人的大教師，世上人都是他們教訓出來的。」在近代視聽藝術和傳媒興起之前，這樣說是不算過分的。再者，即使時至今日，眾多地方劇種仍然活躍在各地舞臺上，推陳出新地展示著魅力，而當代影視藝術從傳統戲曲中直接間接地汲取的滋養，可說是取之不盡，用之不竭。

　　因此，在中國文學史的研究中，戲曲是一個重要領域。在傳統曲學的基礎上躍陞出的戲曲研究，近一個世紀來獲得了長足的進步，無論是斷代戲曲史、戲曲通史或戲曲劇種史，都有著令人矚目的著作。認識無止境，歷史的要求總是應運而生。學界的感受，正是這種要求的客觀反映。二〇〇三年出版的由董乃斌、陳伯海、劉揚忠主編的《中國文學史學史》第三卷第四編第四章談到戲曲史研究方法時指出：

> 　　僅僅逐個說明了各劇的內容提要，而沒有按不同的類別進行內容或藝術的分析研究，因而分類方法的優越性未充分顯露。……此處並無意討論哪一種分類標準更為合理，只是想說明戲曲作品的分類研究這種有利於使戲曲作品研究更為系統化、更為深入的方法……在研究領域的使用往往有一個逐步完善的過程。

　　幾年前，王漢民教授選擇「道教神仙戲曲研究」作為研究課題，正是與學界這種感受同步的。這種發展了的分類研究，可說是一種中觀研究，因其下可以聯繫具體作家作品的微觀認識，上可以聯繫藝術規律的宏觀探討。魯迅先生說：「譬如身入大伽藍中，但見全體非常宏麗，眩人眼目，令觀者心神飛越，而細看一雕闌一畫礎，雖然細小，所得卻更為分明，再以此推及全體，感受遂愈加切實。」（《三閑集》〈小引〉）

　　對於中國傳統戲曲的分類，明人朱權《太和正音譜》提出「雜劇十二科」，近世周貽白《中國戲劇史略》和董每戡《中國戲劇簡史》據此為部分元雜劇分類。法國人拔尊把《元曲選》中雜劇按題材分為七類：史劇、道家劇、性質喜劇、術策喜劇、家庭劇、神話劇、裁判劇。日本學者鹽谷溫《元曲概論》中將之分為史劇、風俗劇、風情劇、道釋劇四類。當代學者也都各自提出自己的分類。在所有這些分類中，道教神仙戲曲，都為學者所關注。

　　與道家思想緊密相關而作為宗教的道教，是中國土生土長的宗教。它是中國傳統文化的重要組成部分。一切學派和宗教的產生，都有它客觀的歷史必然性。萬理萬教都向人展示：世界是怎麼一回事，你應當做什麼。一切學派和宗教都是在開藥方、定規則、造秩序，用它的認識尺度和價值尺度影響人們。在當時那需要「以宗教為精神慰藉的那個世界」（馬克思《黑格爾法哲學批判導言》）裡，它的產生和流播是不以人的意志為轉移的，它滲入人類生活的各個領域也是勢所必然的。戲曲是當時強大的傳播機器，宗教與之結合並共同影響社會生活，也就是順理成章的了。所以道家神仙戲曲，作為傳統戲曲的一個大類別，一直為研究家所共同注意。

　　這些作品，是宗教和戲曲藝術交會點上的精神花朵，應該怎樣來認識它們呢？馬克思在《資本論》第一卷中說過一段話頗有啟發性：

　　工藝發達的研究，會把人類對於自然的能動關係、把人類
生活的直接生產過程，由此也把人類社會生活關係及從此流出
的精神觀念的直接生產過程揭露出來。把這個物質基礎抽去，
甚至宗教史也會成為非批判的。事實上，由分析來發現宗教的
霧一樣的幻想之世俗的核心，比之反過來，由當前現實的生活
關係來展開它的天國化的形態，是件更容易得多的工作。後者
是唯一的唯物論的科學的方法。

　　從宗教的「天國化形態」和「霧一樣的幻想」中，去發現它的
「世俗的核心」，就是研究這類戲曲的總體思路，然而這又是多麼複
雜困難的工作！王漢民教授知難而進，在他多年留意這一領域的基礎
上，利用多元的研究方法，從宗教學、戲劇學、民俗學等角度來揭示
其多層次的文化意蘊。本書第一次對道教神仙戲曲作了較為全面、系
統和科學的考察，不失為研究我國古典戲曲藝術和戲曲學的新思路、
新方法與新成果。其豐富內容、細緻論證和穩妥結論，對於宗教研究
和戲曲研究兩個方面來說，都作出了自己的學術奉獻。至於研究歷史
上的這些戲劇與當代文化建設的關係，美國當代戲劇史家布羅凱特在
其《世界戲劇藝術欣賞──世界戲劇史》中說了這樣的話：

　　戲劇脚本是我們的價值觀與過去的價值觀間的一座橋樑。
我們要欣賞與了解另一時代的種種，非得在其中找出至今仍具
有意義的意念與態度不可，否則我們是不會受感動的。昔日諸
般戲劇藝術，如與脚本分離開來，會顯得與今天毫無聯繫。但
是另一些時代的偉大劇本，卻可以在情感上、思想上與生活上
和這些時代發生聯繫，進而作為了解戲劇藝術其他部分的橋樑。
應該說，在當代文化建設中，這種啟迪也是多元的。

　　對於宗教和戲曲的研究，我都是門外漢，但幾年前王漢民教授選擇這一研究課題時，我是衷心支持的，而且有信心看著他沿自己選定的學術道路，踏踏實實地走向寬廣的未來。現在，樂看此書出現，十分欣喜，說了如上一些未必正確的話，希望得到讀者的指正。

張志烈於四川大學

二〇〇五年八月十四日

車序

　　二〇〇〇年漢民博士出版了博士論文《八仙與中國文化》（中國社會科學出版社，北京），現在他的博士後研究課題成果《道教神仙戲曲研究》又即將出版。我接到打印稿，匆匆閱過，欣喜之餘，想談一點讀後感。

　　道教是中國的本土宗教，它吸收中國古老的神仙觀念、神仙方術和黃老學說，並不斷吸納、改造民間製造出的許多「神」，建構成一個「神仙世界」。這個虛幻的神仙世界，與社會、人生不是隔絕的：人可以通過修行、方術而長生不老，進入這個神仙世界，享受在人間不能得到的樂趣；可以有特殊的「法力」，在人間捉妖拿怪、懲惡揚善。在這樣的宗教觀念指導下，不僅最早從原始神話中分離出來的仙話故事，被一再張揚；同時又不斷產生新的仙話。這些仙話，不全是道教徒的創作，也有大量民間的傳說。道教徒利用這類仙話論證、宣揚教理；同時，它們也為作家的文藝創作提供了極大的想像空間，表達在現實生活中難以實現的各種嚮往和追求。縱觀中國文學史，作家創作的詩歌、小說、戲劇等，都有大量此類文學作品。漢民的《道教神仙戲曲研究》是對中國戲曲史上的道教神仙戲劇做了全面系統地的發掘、整理和研究。將它們歸類為「神仙度脫劇」、「神仙驅邪除魔劇」、「神仙慶壽喜慶劇」、「神仙愛情戲」四大類，以歷史發展為序，分類介紹有關作家、劇目及其故事流變；進一步結合相關的宗教理念、民間信仰，探討各類神仙劇的文化意蘊，在傳統文化中的地位和影響以及神仙劇的藝術特色、魅力。

　　從嚴格的宗教觀念來看，這些神仙劇絕大部分不是直接宣傳道教教義的宗教劇，這是因為道教的神仙觀念是根植於中國民間的神仙信仰之上的；從本書對各類神仙戲劇目題材的考述也可看出，它們絕大部分來源於民間的仙話、傳說。同時，中國道教雖然以「道」為基礎，逐漸建立起「三清」「四御」等神仙偶像系統和宗教規範，但它不否定人之「情」；即使元代全真道的度脫劇，也是對現實無望的知識分子，用戲劇的形式曲折表達「神游廣漠，寄情太虛，有餐霞服日之思」（明朱權《太和正音譜》卷上）的「道」之情。所以，這些度脫劇中，都讓全真道士（如呂洞賓）上場，打著愚（漁）鼓、簡板唱一段「超塵絕世」的「道情」。

　　上個世紀五〇年代後，研究者對元代的神仙度脫劇投入了較多的研究。本書在建立道教神仙劇的系統研究方面所取得的成就，已經體現在這本新著中，不用我去多介紹。我想談一下本書作者治學的方法。作者在本書「引言」中提出，嘗試用「多元化」的研究方法，即從宗教學、戲劇學、民俗學等角度來研究這類神仙劇。作為這些研究的基礎，是從數以千計的「詞山曲海」（莊一拂《古典戲曲存目匯考》著錄戲文、雜劇、傳奇共四七五〇餘種）中鈎稽出的三百多個劇目、一百多個劇本。對這些劇本按內容分類；確定它們的時代、作者，探究每位作者的人生遭際；對每個劇本的故事流變進行考述，等。這些都是為做到作者所說的「言必有據」。「言必有據」，說起來容易，認真做起來難。前人的研究成果可以借鑒，但也要經過自己的辨析、正誤。綜觀全書，作者把大量的篇幅用在這方面，可以說努力做到了「言必有據」。研究方法從來就不單是純粹的「方法」問題，它與研究者治學的理念、治學的態度分不開。上個世紀八〇年代後，中國的人文科學領域大量引進海外的「新觀念」、「新方法」，一些研究者尚未把研究對象的本體面貌弄清楚，便大談根據此類「新觀念」、「新方法」做出的「結論」，這也是文史研究中浮躁現象的一個方面。

　　由此，我聯想起上個世紀初著名文史學家顧頡剛先生的孟姜女故事研究。顧頡剛先生這一課題的研究，至今仍被研究者稱道，但在當時也有人提出非議。所以，顧先生在〈孟姜女故事研究的第二次開頭〉（原載《北京大學研究所國學門周刊》第一期，1925年9月21日）中說：

　　　　這半年中，又有人問我：「你做的這種研究到底有什麼用處？」……近年來，大家厭倦切實的工作而喜歡說漂亮纖巧的話，在種種漂亮纖巧之下，自然誘引許多人看得事情太輕易，把勉力於工作看作「徒自苦」的行為。這實在是一種很不好的氣象。例如他們講到某一件事，有許多地方不明白了，就說：「我是沒有『考據癖』的，這種事情還是讓考據專家去幹罷。」他們不知道在學問上原不當有什麼考據專家，考據原即是研究學問的方法，無論研究什麼學問，就是實做某種學問的考據之業。他們既歡喜講到學問，而又怕作考據之業（美其名曰「不屑做」），這真是「惡濕而居下」了！我做這項研究，在動機上說是我的高興，在結果上說我也希望專事空談的人看看實做研究的難處。我的工作，無論用新式的話說為分析、歸納、分類、比較、科學方法，或者用舊式的話說為考據、思辨、博貫、綜覈、實事求是，我總是這一個態度。我確信這一個態度是做無論何種學問都不可少的，希望在這一個態度上得和有志研究學問的人相互觀摩，給專事空談的人以一種教訓。至於用材的錯誤，裁斷的乖謬，這原是在見到之後即可更改的。我決不敢看自己是一個沒有過失的人，決不敢在發見自己的過失存心文飾；我非常願意得到許多良師益友的極嚴屬的指摘與糾正。

　　我不厭其詳地錄出前輩顧頡剛先生在八十年前說的這段話，覺得它對當前人文科學的研究仍有鑒戒的意義。漢民對道教神仙劇的系統研究，難免有「用材的錯誤，裁斷的乖謬」，但他應是顧先生所說的「有志研究學問的人」。

　　一九八八年漢民考取中國古代文學專業戲曲史研究方向碩士研究生，我忝為導師。我欣賞他認真讀書、能發現問題和提出問題的鑽研精神。那時他是來自湖南農村的中學語文教師，提出的專業問題自然稚嫩，被認為是「愛鑽牛角尖」。三年的刻苦學習，漢民不負所望，碩士論文《元雜劇的科諢研究》的主要部分，修改後分別正式發表，並被有關刊物轉載，現已收入他的論文集《中國戲曲小說初論》中。十幾年來，漢民一面教書，同時又陸續完成博士、博士後的研究，得到吳新雷教授等名師指導，始終保持了這種認真讀書、認真做學問的鑽研精神。「學如積薪，後來者居上」。現在漢民的學術視野和取得的成果，為我所不及。這使我在欣喜之餘，也感到十分欣慰，因以為序。

車錫倫

二〇〇四年九月五日序於揚州

劉序
漢民和他的神仙戲曲研究

　　漢民是位奔波的人。

　　近十多年來，他從湘潭而揚州，再至南京，博士畢業後不久離開湘潭去南寧，還在成都做博士後，目前落腳福州。他不是不靜、好動的人，但這十多年來一直在奔波中，他的奔波給我兩點印象，一是他很執拗執著，二是他有自己明確的目標，不聲不響中他要踐行自己的追求，找到更適合自己的位置。也就是在這十多年中，他先後拿到碩士、博士學位，評上教授，完成博士後出站報告。並出版了《八仙與中國文化》（中國社會科學出版社，2000年）、《中國戲曲小說初論》（江蘇古籍出版社，2002年），這部《道教神仙戲曲研究》則是他的博士後出站報告，他的成果頗使我羨慕，為他自豪。

　　他不是張揚的人，他的文如他人一樣質樸、扎實。他先後受業的車錫倫、吳新雷教授也都是我所尊敬和極為熟悉的老師，兩位教授對於戲曲、小說和俗文學研究造詣甚深，在海內外頗有影響，而他們的治學方法都注重文獻史料的掌握，務實不虛，有據立論，有的放矢，功夫扎實。漢民乃湖南一介書生，本性謙虛、樸實、忠厚、正直，師從兩位教授，契合他的性格，也使他人、文兩端相一致，在學問上有更好的發揮。

　　從論文的選題可以看出他的學術風格，他不趨時、不空洞、論本色，談科諢，探八仙，考作者，都實實在在，用自己的水磨功夫打磨學術。世紀伊始，是人們總結與回顧的時期，百年的戲曲研究風風雨雨，開創良多，記得我在《戲曲研究》叢刊開設「世紀學術」新的欄

目，約他撰寫〈明清傳奇研究的世紀回顧〉，他不僅爽快地答應，而且很快將稿件寄來，他對明清傳奇學術研究的了解、對文獻的熟悉掌握令我很是佩服。

戲曲的發生發展與宗教、祭祀儀式有著千絲萬縷的聯繫，在早期戲曲分科類型研究中，朱權「雜劇十二科」中有兩科屬於此列：「神仙道化」、「神頭鬼面」（即「神佛」雜劇）。另一科「隱居樂道」也與道教有關，而其中「神仙道化」列於十二科之首。二十世紀的戲曲研究，揭開現代戲曲學研究的帷幕，從思想觀念到研究方法手段、從形式到內容都有深刻的變化，戲曲與宗教祭祀的關係也格外受到人們的關注，無論是世紀初王國維的戲曲起源「巫優說」，還是世紀後二十年的以儺戲、目連戲為代表的宗教祭祀戲曲研究，都注重揭示戲曲與宗教、祭祀儀式的這種聯繫，二十世紀後二十年的儺戲、目連戲研究熱極一時，形成了戲曲研究、學術研究、文化研究的「熱點」，學者不局限於國內，範圍超乎於戲曲，涉及宗教學、民俗學、人類學、藝術學、社會學、歷史學、考古學等領域，不僅洞開一片新的資源礦藏，更對人們的思想觀念和研究方法手段產生重要影響，對二十一世紀學術的啟迪也是顯而易見的。許多年裡，儺戲、目連戲這樣宗教祭祀色彩濃郁的民間演出是被禁絕的，自然也就不會有學術的染指，也因而成為之後戲曲與學術研究的「預置」。

中國宗教、宗教文化有別於西方，屬於儒、釋、道多教合一，彼此區別而又融合，基本上做到了相安無事。神仙戲曲與本土道教文化有直接的聯繫，屬於宗教祭祀戲曲的分支範疇。戲曲史上，神仙戲曲不僅出現早，而且曾非常流行，形成了獨特的神仙道化劇。古代的神仙戲曲、神仙戲曲研究都比較突出，步入二十世紀，吳梅、王國維、馮沅君、趙景深、關德棟、幺書儀、吳新雷、呂薇芬諸多學者均有涉獵，成績亦喜，但重點都在元代，內容題材上多限於神仙道化，相對顯得缺乏系統性。漢民在完成《八仙與中國文化》後，窮追不捨，進

而以整個神仙戲曲為對象，進行系統而全面的探討研究，這恐怕也是一部填補戲曲研究空白的專著，令人欣喜。漢民是很現實的人，也很「俗」，但曾幾何時與「神仙」結緣，一發而不可收拾，遂有如是緣果。

過去人們將更多的關注投入到元代，這當然是很有道理的，因為元代的神仙戲曲──神仙道化戲達到了這類戲曲發展的高峰，但神仙戲曲的歷史與形態不只屬於元代，而有更持久的歷史和承續，它們是一脈相承而又各具時代特色的，漢民這部書稿勾勒與描述這個歷史脈絡，使我們第一次可以比較全面、系統地窺探戲曲文化史上──神仙戲曲這一獨特形態的源流發展，讓人們對豐富而獨特的戲曲文化有更多的了解。神仙戲曲的產生與宗教意識、宗教思想密不可分，宋前是準戲曲時期，對宋前歌舞百戲、傀儡表演與宗教意識以及宋金雜劇院本中的宗教故事劇探源勾稽，使我們感受到神仙戲曲的文化之源和初期形態。元代是神仙劇發展的高峰，不乏研究成果，漢民通過對元代神仙度脫劇的內容、度世主角、度世方式等方面的考察，對全真教與元代神仙度脫劇的關係有一個較為清楚和全面的了解。過去，囿於宗教消極和宿命的理解，對神仙度脫劇在認識其對元代文人科場失意影響的同時，詮釋的落腳點是對宗教、宗教思想的否定。漢民的研究建立在更為廣闊的社會文化、宗教文化發展的大背景上，故對作家與作品的理解詮釋更為深入。比如馬致遠的《任風子》，過去不少學者認為「此劇純是宣傳宗教迷信」，無所可取，漢民則認為任屠因馬丹陽化一方盡吃素，屠行盡行折本，他賴以為生的生存環境受到威脅，因而鋌而走險，持刀前去殺馬丹陽。然而，他非但沒有殺到馬丹陽，反而覺得自己被馬丹陽的護法神所殺，大叫救命，而實又未被殺。來時一條路，回去時三條路，心內迷茫。生存環境的惡劣、死亡的恐懼、現實人生的虛幻的影響下，任風子放下屠刀，修成正果。該劇「通過任屠被馬丹陽度脫，反映了普通人的生存困境」（第五章第三節）。它

與《蝴蝶夢》、《藍采和》、《劉行首》等劇一樣，從不同的角度反映了現實人生的艱難生存環境以及因自由幸福短暫、生存艱難等因素而產生的對死亡的恐懼感。對范康的《竹葉舟》一劇，作者有自己新的理解：「陳季卿從迷戀功名富貴、妻兒子女到出家學道尋找解脫，這種轉變中存在著一種人生價值的轉換，在這種轉換中，科舉失意的痛苦被死亡的恐懼掩蓋，而死亡的恐懼最終又被神仙世界所消解。」（第二章第三節）

　　明清神仙劇向來鮮有論及，即便如明初有所涉獵，也是作為雜劇在明初進一步式微的體徵和表現，漢民則認為明代的神仙戲曲在繼承元代神仙戲曲的基礎上又有很大的發展，表現在三個方面：一、神仙戲曲的題材擴大了，神仙度脫題材之外，神仙慶壽、神仙鬥法等題材的劇作也有所發展；二、神仙戲曲的主題多樣化，既有純粹宣揚道教神仙思想的劇作，也有借神仙度脫故事諷刺社會、宣洩不平、反思人生等主題；三、劇作家的主體意識也隨著時代的發展而加強。明前期神仙度脫劇被度人物的出身主要是草木之精、仙謫下凡兩類，他們之所以被度主要是因為夙有慧根，而且誠心向道所致，其中並沒有來自社會制度方面的壓迫。通過這些作品，我們可以感受到明初神仙劇作家韜晦自全的內心律動，可以感受到明初專制統治對他們的巨大壓力。後期神仙度脫劇的作者，在當時人文思潮的影響下，不再借神仙劇韜晦明志，而是從不同的層面反映社會的不平、人生的不幸，寄託自己的理想，如屠隆、湯顯祖、汪廷訥、蘇漢英等，作者的主體意識得到大大加強。清代的神仙戲曲從劇目數量上比前代明顯減少，純宗教的更少，其特徵是將度脫、愛情、祝壽、鬥法融為一體，表現世俗的情感，而其中一些神仙劇作更是拋開宗教內容，利用神仙感嘆世事、抒發憤懣，這種創作傾向的出現是清代政治變化、宗教發展和文化環境共同影響的結果。

　　該書思想體例上的另一特點是對神仙戲曲的分類，這是神仙戲曲

研究深入的表現。在縱向描述神仙戲曲發展過程和脈絡的同時，重視神仙戲曲橫向本體性的探討，將神仙戲曲進一步分類，度脫劇之外，劃分出驅邪除魔劇、慶壽喜慶劇、神仙愛情劇等，其下有更細的劃分，如驅邪除魔劇又分為神仙系列、天師真人系列、鍾馗及其他仙道系列等。他們都屬於神仙劇，但細緻的分類有利於人們對這些劇作思想內涵更準確的理解、把握。這種劃分、論述可能還是初步的，但亦屬篳路藍縷，難能可貴。獨特的內容思想，也造就了神仙劇獨特的表現手段和藝術風格，對此，漢民在最後一章有專門的論述，使全書構成一個比較完整的統一體。

　　漢民的個性與學術儲備，使他在完成這一分量較重的著作時，以其扎實的學術功底對所有神仙戲曲作品（包括無名氏的）進行了比較全面和細緻的爬梳、整理和考證，從而奠定了這部研究著作良好的學術基礎，也對他人的研究提供了重要的參考和數據，這方面他付出的心血我們不難想見。

　　對神仙戲曲歷史與作家作品，漢民力圖嘗試使用多元化的研究方法，包括從宗教學、戲劇學、民俗學的角度展示其獨特的面貌，所得不菲。但神仙戲曲、宗教祭祀戲曲的形態與情況比一般戲曲更複雜，它與人們思想精神的聯繫也非常密切，並且可能更有承襲性、現實性，所以，對宗教祭祀戲曲、神仙戲曲的研究以文獻為本的同時，還應開闊視野和掌握更多方法，注意它的活態，考察它累代的更迭和現實的功能，將使我們的研究和對歷史現象的理解、詮釋更為科學、客觀和全面，其學術意義更為顯著。

　　漢民，不斷奔波、奔波中不斷收穫的年輕的教授！

劉禎

二○○四年九月十二日序於北京慧新北里寓所

上編
八仙與中國文化

第一章
緒論

　　鍾、呂八仙興起於金元之際，在明清時期得到廣大世俗百姓的喜愛，成為家喻戶曉的神仙團體。八仙的興起，直接肇因於全真教的興盛，而其間又體現了中國幾千年的文化傳統，是中國傳統文化發展演變的產物。

一　八仙是中國神仙文化發展的產物

　　神仙是千百年來人們渴望生存永恆的心理的超現實存在，是死亡恐懼的消釋劑。千百年來，死亡一直困擾著人類的心靈，古往今來的哲人們都在探究著，思索著：為何「年壽有時而盡，榮樂止乎其身」？[1]為何「燕子去了，有再來的時候；楊柳枯了，有再青的時候；桃花謝了，有再開的時候」[2]，而人生卻一去不復返呢？面對死亡，每個人都會產生一種恐懼心理，這種恐懼心理來自於內心深處對生存永恆的渴望，來自於對人生終極命運的無限關切。

　　面對死亡，人們都在設法消解死亡的痛苦，渴望不朽。儒家賢者立足現實，在精神上把立德、立功、立言作為人生理想，把「名」作為超越現實生命的標誌。要求人們以自強不息的精神投入到有限的人生事業追求，將實現仁義之道視為生命超越的標的。儒家對生死問題的思索是一種理性化智慧，將個人生命的超越落實到對群體生活的理

1　〔三國〕曹丕：《典論》〈論文〉，見郭紹虞主編：《中國歷代文論選》（上海市：上海古籍出版社，1979年），第一冊。

2　朱自清：〈匆匆〉，見《朱自清選集》（上海市：開明書店，1951年），頁5。

想追求。但儒家理想只是少數賢者的理想，對大多數的文人才士、普通百姓來說，是根本無法實現的。韶華易逝、生命苦短、功名難就、懷才不遇、報國無門等等，使人們內心產生種種難以排遣的苦悶，使他們去尋找精神寄託、去尋找生命的永恆。道家思想正是適應這種心理而出現。道家立足現實，把對生死的終極關懷傾注於自然，從自然中去尋找現實的超脫，尋求生命的永恆。隨著時代的發展，道家的生命意識不斷被宗教化，並與神仙家的方術相結合，形成獨特的神仙思想。既不放棄現世幸福，又可滿足人們生存慾望的神仙思想成為世俗眾生的生存理想。

神仙文化在先秦時期即已發軔，當時的神仙信仰分為兩大系統：崑崙山神話系統、海上蓬萊仙島神話系統。崑崙山在「西海之南，流沙之濱，赤水之後，黑水之前」，是「百神之所在」，是神仙之都。山上聚集了無數的神禽異獸，奇花異草，還有令人長生不死的「不死之藥」，「戴勝、虎齒、豹尾」的西王母統治著這裡。[3] 相傳后羿曾登崑崙山向西王母乞得不死之藥，後被妻子嫦娥偷吃，嫦娥得以飛昇成仙。東方蓬萊神話源於齊魯一帶的「大人」神話。齊魯一帶瀕海，海市蜃樓幻景時常出現，這種幻景給古人一種幻覺，認為海上仙島是神仙之府，不死之鄉。蓬萊仙島神話早在《山海經》中已有記載，後來在流傳中不斷豐富神化。相傳蓬萊仙島上「有仙人宮室，皆金玉為之，鳥獸盡白，望之如雪」[4]，那兒居住著許多仙人，他們亦持有不死之藥。仙島離人世並不遠，曾去過的人都說諸仙人與不死之藥都在那裡，但一般人無法接近，船一靠近，就被怪風引開。仙島遠望如雲霞縹緲，但一到眼前，卻又神奇地沒入水中。[5] 崑崙山迷幻神奇，蓬萊仙島虛無縹緲，給人們帶來無限的遐想，而最令人心動神往的是山

3　袁珂：《山海經校注》（上海市：上海古籍出版社，1980年）。

4　袁珂：《山海經校注》。

5　〔漢〕司馬遷：《史記》〈封禪書〉（北京市：中華書局，1959年）。

上、島上的「不死之藥」，對「不死藥」的尋覓是千百年來求仙活動的主要目的。

　　戰國時期，齊威王、齊宣王、燕昭王都曾派人入海求仙；秦始王相信神仙方術，派徐福、盧生、韓終、侯公、石生入海求仙人不死之藥；[6]漢武帝也篤信神仙，封禪泰山，東巡海上，為的也是求取神仙不死之藥。伴隨著這種求仙熱潮，出現了許多求仙、遇仙的傳說，如穆天子遇西王母傳說、漢武帝遇西王母傳說、壺公傳說、黃帝成仙傳說等等。從求仙、遇仙的傳說中，我們可以看到，當時的神仙居住在縹緲虛無的神山仙島之上，他們「肌膚若冰雪，綽約若處子，不食五穀，吸風飲露，乘雲氣，御飛龍，而遊乎四海之外」[7]，具有長生不老與自由自在的特點。但他們卻非常人所能見，貴為帝王猶難一見，普通百姓就更無從問津了。可以說此時的神仙信仰主要在上層社會中流行。漢末魏晉時期，道教興起。道教接受了先秦以來的鬼神觀念與神仙思想，把追求長生不死作為自己的理論核心，又綜合了易學、陰陽五行及其他知識構建了神仙理論，張揚了神仙道術，使得神仙信仰更為廣泛地傳播。葛洪的《抱朴子內篇》集先秦以來神仙思想、神仙方術之大成，他將神仙思想系統化，並納入一個比較完整的理論框架中。葛洪按《仙經》把仙人分成三級：「上士舉形昇虛，謂之天仙；中士遊於名山，謂之地仙；下士先死後蛻，謂之尸解仙。」[8]「上士得道，昇為天官；中士得道，棲集崑崙；下士得道，長生世間」[9]。葛洪的神仙觀念中，構築了一個上至天上，下至人間的神仙體系。「仙人或昇天，或住地，要於俱長生，去留各從其好耳。」[10]天上、

6　〔漢〕司馬遷：《史記》〈始皇本紀〉（北京市：中華書局，1959年）。

7　〔戰國〕莊子著，陳鼓應注譯：《莊子》（北京市：中華書局，1983年），頁21。

8　〔晉〕葛洪：《抱朴子內篇》卷二〈論仙〉，《四部叢刊》影明本。

9　〔晉〕葛洪：《抱朴子內篇》卷四〈金丹〉，《四部叢刊》影明本。

10　〔晉〕葛洪：《抱朴子內篇》卷三〈對俗〉，《四部叢刊》影明本。

地上同是神仙居住的場所。我們從中可以看到，葛洪神仙理論關注的
重點從先秦虛無縹緲的崑崙、蓬萊仙境移向了人間。隨著修道者不斷
遷入山林，現實的仙境模式——「洞天福地」也相應出現。王屋、青
城、羅浮、句曲等「十大洞天」，五嶽、峨嵋、武夷等「三十六小洞
天」，茅山、武當、嶗山等「七十二福地」，都成為神仙居住之所。神
仙仙境的下移，使得一些士人因偶然的機遇進入洞天仙境，得到仙人
的垂青：劉晨、阮肇誤入桃源，得遇仙女；王質山中觀仙人下棋，一
局未終，斧柯朽爛。諸如此類的傳說使得中下層的百姓生起長生不死
的希望，求仙熱潮在中下層百姓中興起。同時，仙人與凡人的距離也
越來越接近。仙人成公興就是一位生活於凡間的仙人，他在凡間替人
傭工，後傳道給寇謙之。

　　隨著道教教義的成熟，神仙世界也越來越整飭有緒。陶弘景的
〈真靈位業圖〉把神仙世界分成七個層次，每個層次都有首席之神統
領，七個層次涵蓋了神仙信仰中的眾多神祇；他在《真誥》中還把儒
家的倫理道德思想、佛教「修善積德」觀念納入修道成仙理論之中，
補充了道教養生成仙在理論和實踐上的不足，給世俗百姓一種不太遙
遠的希望。唐代，佛教禪宗簡化了修行程序，認為人人皆有佛性，只
要「頓悟」本性，即可成佛；淨土宗的修行方法更為簡便，修行者只
要口唸「阿彌陀佛」的佛號，死後便可往生極樂世界。修行方法的簡
便易行給無數百姓大開方便之門，信教之人眾多。道教為了爭取更多
的信徒，吸收禪宗理論，對其神仙理論進行了修正。以司馬承禎為代
表的道教徒認為人人皆有自然之靈氣，只要自己的靈氣不受世俗的影
響，通過修行就可以得道成仙。[11]五代時，神仙理論進一步完善，出
現了將精神修煉法與煉丹術融為一體的新的理論，也就是所謂的內丹
術與外丹術。

---

11 〔唐〕司馬承禎：《天隱子》〈神仙〉，見〔明〕《正統道藏》本。

　　隨著神仙理論的進一步發展，神仙觀念也不斷發生變化。宋金以前，人們入深山求仙，而宋金以後，神仙入凡世度脫世人。在北朝時，仙人成公興下凡為雇工，而唐五代以後，許多神仙就來自世俗百姓，他們混迹人間，隨方顯化，引度世人。神仙與人的距離也更為接近，神仙也許就生活在你的身邊，只要你苦志行善，就可以得到神仙的垂臨，得到神仙賜福。「神仙世界與現實社會的這種若即若離、時隱時現的聯繫，與仙真來自人間又異於常人的觀念相應，構成維繫神仙信仰的一股活力。」[12]

　　八仙就是這千百年來神仙文化傳統的產物，是宋金元時期道教神仙理論、神仙觀念發展的結果。八仙來自民間，是世俗社會不同階層的代表，在他們的身上寄寓著世俗社會芸芸眾生的生存希望。

二　八仙是傳統「和合文化」的產物

　　八仙的出現與興盛除了神仙文化影響這個直接的原因之外，還在多方面受到中華民族「和合文化」的影響。「和合文化」在先秦時期即已產生和發展，儒家學派創始人孔子以「和」作為人文精神的核心；道家創始人老子認為萬物都包含著陰陽，陰陽相互作用構成「和」；墨子認為「和」是處理人與社會關係的根本原理；孟子把「人和」視為超過天時、地利的最重要的因素；《易傳》重視「合」與「和」的價值，認為保持完滿的和諧，萬物就能順利發展。[13]這種「和合」思想影響了中華民族的審美習慣與審美心理，是「中國傳統文化精神的精髓和首要價值」[14]。

　　八仙從多方面體現了中國傳統的和合精神。數字「八」即是這種

12　汪湧豪、俞灝敏：《中國游仙文化》（北京市：法律出版社，1997年），頁55。

13　參蔡方鹿：〈中華和合文化研究及其時代意義〉，《社會科學研究》1997年第6期。

14　李亞彬：〈和合學的現代價值〉，《光明日報》1997年5月17日。

和合精神的濃縮。「八」在千百年的民俗信仰中，是一個吉祥的數字，是一個包容宇宙萬物的數字。對我國哲學影響極大的《易經》，即以「八」為其基本框架。八卦既象徵八種自然物，又象徵人倫關係、人體器官、動植物、時令和方位，還象徵事物的功能屬性，可以說八卦的象徵意義包羅萬象、囊括萬殊，萬事萬物都被和合在八卦的卦象之中，條理井然，順理成章。八卦陽九爻、陰六爻的變化構成一個圓形的變化圈，給人們一個天地八方統一，四季更遞變化，人倫關係和諧美滿的意象。八卦的變化又具有化生萬物的功能，「萬本於八」[15]即是這種觀念的反映。八卦的這種圓道化生觀正是中華和合精神的體現。張立文教授認為，「和合是指自然、社會、人際、心靈、文明中諸多元素、要素相互衝突、融合，與在衝突、融合的動態過程中各元素、要素和合為新結構方式、新事物、新生命的總和」。[16]「八」字中的這種和合內蘊「滲透到中國人知情意心理結構中，熔鑄入中國傳統文化的血脈中，不但影響到中國人探究宇宙萬物奧秘的科技活動，而且也深刻影響到中國人表達對生活的體驗和感受的藝術創造活動。」[17]「象徵聯想是多方面的，並且這樣的聯想可能是明確的，也可能是含蓄的，可能是意識的，或者可能是潛意識的。」[18]在民俗信仰中，「八」字具有豐富的象徵含義，影響到世俗生活的每一個方面。這些象徵意義對於世俗百姓的影響，更多的是含蓄的、潛意識的影響。人們把出生的年、月、日、時的天干地支稱為「八字」，「看八字」是世俗百姓一生中的重要活動。一個人的命運由他出生的「八字」決定，一對夫妻的「八字」是否相合決定著夫妻的命運，一

---

15 〔清〕劉一明：《周易闡真》，載《道書十二種》（北京市：中國中醫藥出版社，1990年）。

16 張立文：〈儒家和合文化人文精神與二十一世紀〉，《學習與探索》1998年第2期。

17 參韓林德：《境生象外》第三章（香港：三聯書店，1995年）。

18 〔唐〕·斯佩伯論點，見〔英〕布賴恩·莫里斯著，周國黎譯：《宗教人類學》（北京市：今日中國出版社，1992年），頁326。

個家庭內父母、子女的「八字」是否相合決定著一個家庭的興旺與否，合則和，不合則不和是普通百姓的習慣心理。「八」又與「發」音近，俗語說「若要發，不離八」，「八」成為興家發財的吉祥數字。據《參考消息》報導，八八年八月八日，因其連讀「八八八八」象徵好運吉祥，東南亞華人熱烈慶祝此日，很多的青年情侶也選擇這百年一遇的吉祥之日締結良緣。[19]在世俗生活中，以八為名之物不勝枚舉。如皇帝的制寶稱為「八寶」；所設的官吏中有「八位」，詔書稱為「八詔」，人的品行稱為「八行」；音樂中有「八音」，舞蹈中有「八佾舞」，戰陣有「八陣圖」，馬有「八駿」；食品中有八珍、小八珍、野八珍之稱；地名中稱為「八眼井」、「八蟠嶺」、「八仙橋」的則更多；風景中以「八景」命名的也很多，如瀟湘八景、吳淞八景、西湖八景等等。通常人們還把結拜兄弟稱為「八拜之交」，以「八」為名的人物團體也很多。如東漢黨人中有「八俊」、「八顧」、「八及」之名，李膺、杜密為首的八人稱「八俊」，郭泰、范滂為首的八人稱「八顧」，張儉、劉表為首的八人稱「八及」。[20]宋初潘閬、安鴻漸等八人被稱為「八才子」。[21]八仙也有淮南八仙、蜀中八仙、飲中八仙、鍾離等八仙、上八仙、中八仙、下八仙之稱。世俗的八仙中，性別有男有女，職業有官吏、將軍、皇親、書生、乞丐、民婦，他們和諧相處，給人們帶來吉祥幸福，這正是陰陽和合觀念的一種反映。

　　從前面的簡略分析中，我們可以知道，「八」字濃縮著中華和合文化精神，影響到世俗百姓生活的方方面面，八仙信仰的出現與興盛正是傳統和合文化精神的體現。在神仙文化、傳統和合文化的導引下，八仙在金元時期出現，成為元明清乃至近現代不同階層人們共同喜愛的神仙群體。一方面，八仙隨著全真教的興盛而進入上流社會。

19　參林寶卿：〈閩臺民俗和諧音〉，《民間文學論壇》1992年第5期。

20　〔清〕王士禎：《池北偶談》卷十〈二八俊八顧八及〉，《四庫全書》本。

21　〔清〕王士禎：《池北偶談》卷二十三〈八才子圖〉，《四庫全書》本。

八仙中的鍾離權、呂洞賓被封建統治者封為帝君，呂洞賓還成為與孔子（仲尼）、老子（青尼）、釋迦牟尼齊名的「文尼」。八仙成為道教徒宣傳教義、封建統治者宣揚倫理道德思想的工具。而另一方面，八仙深入普通百姓的民俗生活之中，成為民間求壽、求福、求名、求醫的對象。八仙信仰中的宗教思想、「和合」內蘊對元明清時期的文化領域產生了十分重要的影響。

第二章
八仙信仰的形成與發展

　　八仙源於民間，以其獨特鮮明的形象深得世俗百姓的喜愛。漢鍾離、呂洞賓、藍采和、鐵拐李、韓湘子、張果老、何仙姑、曹國舅，他們已通過多種形式、多種管道進入了千家萬戶，成為人們祈求健康長壽、和合歡樂的對象。八仙中曹國舅是皇親國戚、漢鍾離是將軍、呂洞賓是儒生、藍采和是優伶、鐵拐李則是以乞丐面目出現的官吏、韓湘子是年輕出家的富貴子弟、何仙姑則是民間婦女，他們的身分基本上涵蓋了當時社會的各個階層。各個階層、各個年齡段的人們都可以從中找到自己的比附對象，增強他們得道成仙的信心。在這種類比對象的身上，人們或多或少地寄予了自己的喜愛與企羨之情，這種感情使得人們在傳播故事時加進自己的想像，在聽到同類題材的故事時也很容易附會在自己所熟悉的對象上。王朝聞在論述聯想、想像與記憶時說：「在我看來，意象、印象和記憶，對於生活的反映都不是簡單的對現象的記錄。人們對客觀現象的記憶，常常不自覺地進行著改造和加工。意象不等於現象在頭腦中的再現，因而主觀的意象和客觀的現象有不小的差別。（中略）看來人對客觀事物的主觀反映，往往不自覺地在作提煉取捨。不確切的說法是過濾，絕對忠於現象的印象和意象是不存在的。」[1]王朝聞對聯想、想像與記憶的論述對於我們了解八仙形象的形成與發展有著十分重要的指導意義。八仙之所以能形成當然有道教造神等諸多因素，但八仙形象的演變則多取決於人們對自己記憶的加工、提煉、想像與傳播。經過無數次加工、提煉、想

1　王朝聞：《審美談》（北京市：人民出版社，1984年），頁109。

像、傳播的動態流程，八仙形象由單薄日趨豐滿。這裡，筆者將對八
仙信仰的源流進行整體考察，以探討八仙形象的形成與發展。

第一節　唐宋時期：單個的神仙

八仙故事在唐宋時期興起，這個時期的八仙還只是單個地存在，
還沒有形成群體組織。從現存的資料來看，只有張果老事迹在唐代比
較完整，形象也基本定型；韓湘子事迹在唐代還只有雛形，其形象在
宋初的記載中纔趨於完整。其他幾位仙人的事迹則遲至宋代纔出現於
記載之中。

一　張果老、韓湘子

張果老在玄宗時曾入皇宮，其故事因而得以完整保存下來。現存
最早記載張果老事迹的是李德裕《次柳氏舊聞》一書。李德裕在序文
中提到唐文宗大和八年八月皇上問玄宗皇帝內府之事，當時大臣向皇
上說起柳芳貶貴州時，曾與貶巫州的高力士同路，得高力士所談內府
情況，因而編成《問高力士》一書之事。從李德裕的序文看來，柳芳
的《問高力士》一書應成於肅宗朝或略後，而《次柳氏舊聞》則成於
文宗太和八年左右，其間相距已近百年。張果老故事應最早在《問高
力士》書中有記載，惜今不存。《次柳氏舊聞》中有關張果老的故事
十分簡略：

　　　玄宗好神仙，往往詔郡國徵奇異士。有張果者，則天時聞
　　其名，不能致。上亟召之，乃與使偕至，其所為變怪不測。又
　　有邢和璞者，善算心術，視人投算，而能究知善惡夭壽。上使
　　算果，憛然莫知其甲子。又有師夜光者，善視鬼。後召果與

坐，密令夜光視之。夜光進曰：「果今安在？臣願得見之。」
而果坐於上前久矣，夜光終莫能見。上謂力士曰：「吾聞奇士
至人，外物不足以敗其中，試飲以堇汁，無苦者，乃真奇士
也。」會天寒甚，使以汁進果，果遂飲盡三卮，醺然如醉者，
顧曰：「非佳酒也。」乃寢。頃之，取鏡，視其齒，已盡燋且
黧矣。命左右取鐵如意以擊齒，盡墮而藏之於帶。乃於懷中出
神藥，色微紅，傅於墮齒穴中，復寢。久之，視鏡，齒皆生
矣，而粲然潔白。上方信其不誣也。[2]

在這則故事中，張果是武則天、唐玄宗時的「奇異士」。他奇異之處
表現在幾個方面：一、行為奇特，法術變幻莫測；二、善算者不能知
其甲子，善相者莫能見其形；三、有「神藥」能讓牙齒再生，而且
「粲然潔白」。從他的奇特之處看來，他應是當時一位有名的江湖術
士。後於《次柳氏舊聞》記載張果故事的是鄭處誨所作的《明皇雜
錄》。鄭處誨是文宗太和八年進士，釋褐為校書郎，《明皇雜錄》即是
他為校書郎時所作。其中所記的張果故事比起《次柳氏舊聞》來說，
故事性強得多，帶有更多的傳說成分。八仙中張果的形象在《明皇雜
錄》中已基本定型。

　　張果者，隱於恒州條山，常往來汾晉間，時人傳有長年秘
術。耆老云：「為兒童時見之，自言數百歲矣」。唐太宗、高宗屢
徵之不起，則天召之出山，佯死於妬女廟前。時方盛熱，須臾
臭爛生蟲。聞於則天，信其死矣。後有人於恒州山中復見之。
果乘一白驢，日行數萬里，休則摺疊之，其厚如紙，置於巾箱
中；乘則以水噀之，還成驢矣。開元二十三年，玄宗遣通事舍

2　〔唐〕李德裕：《次柳氏舊聞》，〔明〕顧氏文房小說本。

人裴晤馳驛於恒州迎之，果對晤氣絕而死。晤乃焚香啟請，宣
天子求道之意，俄頃漸蘇，晤不敢逼，馳還奏之。乃命中書舍
人徐嶠齎璽書迎之，果隨嶠到東都，於集賢院安置，肩輿入宮，
備加禮敬。玄宗因從容謂曰：「先生得道者，何齒髮之衰耶？」
果曰：「衰朽之歲，無道術可憑，故使之然，良足恥也。今若
盡除，不猶愈乎？」因於御前拔去鬢髮，擊落牙齒，流血溢
口。玄宗甚驚，謂曰：「先生休舍，少選晤語。」俄頃召之，
青鬢皓齒，愈於壯年。一日，秘書監王迥質、太常少卿蕭華，
嘗同造焉。時玄宗欲令尚主，果未之知也，忽笑謂二人曰：
「娶婦得公主，甚可畏也。」迥質與華咸未諭其言。俄頃有中
使至，謂果曰：「上以玉真公主早歲好道，欲降於先生。」果
大笑，竟不承詔，二人方悟向來之言。是時公卿多往候謁，或
問以方外之事，皆詭對之。每云余是堯時丙子年人，時莫能測
也。又云堯時為侍中，善於胎息，累日不食，食時但進美酒及
三黃丸。玄宗留之殿，賜之酒，辭以山臣飲不過二升，有一弟
子飲可一斗。玄宗聞之喜，令召之。俄一小道士自殿簷飛下，
年可十六七，美姿容，旨趣雅淡，謁見上，言詞清爽，禮貌臻
備。玄宗命坐，果曰：「弟子當侍立於側，未宜賜坐。」玄宗
目之愈喜，遂賜之酒，飲及一斗不辭。果辭曰：「不可更賜，
過度必有所失，致龍顏一笑耳。」玄宗又逼賜之，酒忽從頂湧
出，冠子落地，化為一榼。玄宗及嬪御皆驚笑，視之，已失道
士矣。但見一金榼在地，覆之，榼盛一斗，驗之，乃集賢院中
榼也。累試仙術，不可窮紀。有師夜光者，善視鬼，玄宗嘗召
果坐於前，而敕夜光視之。夜光至御前，奏曰：「不知張果安
在乎？願視察也。」而果在御前久矣，夜光卒不能見。又有邢
和璞者，嘗精於算術，每視人則布籌於前，未幾已能詳其名
氏、善惡、夭壽，前後所算計千數，未嘗不析其詳細，玄宗奇

之久矣。及命算果，則運籌移時，意竭神沮，終不能定其甲子。玄宗謂中貴人高力士曰：「我聞神仙之人，寒燠不能瘵其體，外物不能浼其中，今張果，善算者不能究其年，視鬼者莫得見其狀，神仙倏忽，豈非真者耶？然嘗聞堇斟飲之者死，若非仙人，必敗其質，可試以飲也。」會天大雪，寒甚，玄宗命進堇斟賜果。果遂舉飲盡三卮，醺然有醉色，顧謂左右曰：「此酒非佳味也。」即偃而寢，食頃方寤。忽覽鏡視其齒，皆斑然焦黑，遽命侍童，取鐵如意擊其齒盡，隨收於衣帶中，徐解衣出藥一帖，色微紅光瑩，果以傅諸齒穴中。已而又寢，久之忽寤。再引鏡自視，其齒已生矣，其堅然光白，愈於前也。玄宗方信其靈異，謂力士曰：「得非真神仙乎？」遂下詔曰：「恒州張果先生，遊方之外者也，迹先高尚，心入窅冥，久混光塵，應召赴闕，莫知甲子之數，且謂羲皇上人。問以道樞，盡會宗極。今則將行朝禮，爰申寵命，可授銀青光祿大夫，賜號通玄先生。」未幾，玄宗狩於咸陽，獲一大鹿，稍異常者。庖人方饌，果見之曰：「此仙鹿也，已滿千歲。昔漢武元狩五年，臣曾侍從畋於上林，時坐獲此鹿，既而放之。」玄宗曰：「鹿多矣，時遷代變，豈不為獵者所獲乎？」果曰：「武帝捨鹿之時，以銅牌志於左角下。」遂命驗之，果獲銅牌二寸許，但文字凋暗耳。玄宗又謂果曰：「元狩是何甲子，至此凡幾年矣？」果曰：「是歲癸亥，武帝始開昆明池，今甲戌歲，八百五十二年矣。」玄宗命太史校其長歷，略無差焉，玄宗又奇之也。是時又有道士葉法善，亦多術，玄宗問曰：「果何人耶？」答曰：「臣知之，然臣言訖即死，故不敢言。若陛下免冠跣足救臣，即得活。」玄宗許之。法善曰：「此混沌初分白蝙蝠精。」言訖，七竅流血，僵仆於地。玄宗遽詣果所，免冠跣足，自稱其罪。果徐曰：「此兒多口過，不譴之，恐敗天地間

事耳。」玄宗復哀請，久之，果以水噴其面，法善即時復生。
後累陳老病，乞歸恒州，詔給驛送到恒州。天寶初，玄宗又遣
徵召，果聞之，忽卒，弟子葬之。後發棺視之，空棺而已。[3]

《明皇雜錄》中，張果已由「異士」神化成「神仙」。首先，他有一
個神秘的出身。他是「混沌初分時白蝙蝠精」，在堯時曾作侍中，壽
高位尊。其次，他廣有神通變化。他拔鬢去齒，能讓自己頃刻間變得
「青鬢皓齒」，「逾於壯年」。他能化樢為童子飲酒；能讓人起死回
生。他知過去未來之事，知仙鹿之來歷，知漢武帝時故事，且預知皇
帝欲把公主嫁給他。再次，他有一頭神奇的小白驢。這頭小白驢日行
數萬里，「休則摺疊之，其厚如紙，置於巾箱中，乘則以水噀之，還
成驢矣」。明清戲曲小說中張果老所騎之驢即源於此，但張果老倒騎
毛驢之事則又是後人融合其他傳說附會而成。[4]

　　總之，張果的身上已具有人們想像中的「神仙」所必具的長壽、
自由、神變的特徵，唐明皇就有點相信張果是「真神仙」。

　　張果由一位史有其人的「異士」變成歷史悠久的神仙，這一方面
來自民間傳說的加工，同時也可能有鄭處誨自己的加工整理。在《明
皇雜錄》中，作者拉長了張果的歷史、縮短了他神變的時間、渲染了
他神變的過程，使之神化。宋《太平廣記》基本沿襲《明皇雜錄》，
沒有發展。元明清戲曲小說中，張果的形象也沒有多大變化。

　　相比張果來說，韓湘子故事要複雜得多。韓湘，歷史上實有其
人，字北渚，又字清夫，韓老成之子，韓愈姪孫。韓湘於穆宗長慶三

3　〔唐〕鄭處誨：《明皇雜錄》卷下，見丁如明輯：《開元天寶遺事十種》（上海市：
　　上海古籍出版社，1985年），頁26。

4　〔清〕翟灝《通俗編》卷二：「俗言張果老倒騎驢，各傳記未云，蓋倒騎驢乃宋潘
　　閬事。」潘閬是宋初詩人，為人狂放，因王繼恩推薦，賜進士及第。後王繼恩因事
　　下獄，閬遁入中條山。張果老唐時也是隱居中條山，估計人們因此而把潘閬事附會
　　在張果身上。

年（823）登進士第，在韓愈被貶潮州時，相隨韓愈南行，一生中沒有學道成仙之事。他之所以能成為神仙，完全是民間傳說附會而成。八仙中韓湘的最早原型是韓愈江淮間的族姪。韓愈的這位族姪，能令牡丹開五色花，並且花中有韓愈貶謫途中所作的「雲橫秦嶺家何在，雪擁藍關馬不前」詩聯。唐段成式的《酉陽雜俎》〈草木篇〉中記載說：

> 韓愈侍郎有疏從子姪自江淮來，年甚少，韓令學院中伴子弟，子弟悉為凌辱。韓知之，遂為街西假僧院令讀書。經旬，寺主綱復訴其狂率，韓遽令歸，且責曰：「市肆賤類營衣食，尚有一事長處。汝所為如此，竟作何物？」姪拜謝，徐曰：「某有一藝，恨叔不知。」因指階前牡丹曰：「叔要此花青、紫、黃、赤，唯命也。」韓大奇之，遂給所須，試之。乃豎箔曲，盡遮牡丹叢，不令人窺。掘窠四面，深及其根，寬容人座。唯賮紫礦、輕粉、朱紅，旦暮治其根。凡七日，乃填坑，白其叔曰：「恨較遲一月。」時冬初也。牡丹本紫，及花發，色白紅歷綠，每朵有一聯詩，字色紫分明，乃是韓出官時詩一韻，曰「雲橫秦嶺家何在，雪擁藍關馬不前」十四字，韓大驚異。姪且辭歸江淮，竟不願仕。[5]

段成式所記的是韓愈的「疏從子姪」，並不是韓湘。這位疏從子姪能使牡丹開五色花，趙景深先生認為這只是一種園藝技術，沒有神怪成分。[6]唯一有點迷幻的是花上的詩句，但其詩句是韓愈以前所寫詩，沒有詩讖的效應。故事在傳播過程中，被人們用移花接木的方法附會在韓湘身上。這種附會在一定程度上來源於韓愈〈左遷至藍關示姪孫

5　〔唐〕段成式：《酉陽雜俎》卷十九〈草篇〉，《四部叢刊》影明刊本。

6　趙景深：〈八仙傳說〉，見《中國小說叢考》（濟南市：齊魯書社，1980年）。

湘〉詩，詩中的「雲橫秦嶺家何在，雪擁藍關馬不前」聯在兩個故事
中出現，成為二人故事聯繫的紐帶。北宋初劉斧《青瑣高議》中韓湘
子的故事已被神化：

> 韓湘，字清夫，唐韓文公之姪也，幼養於文公門下。文公
> 諸子皆力學，惟湘落魄不羈，見書則擲，對酒則醉，醉則高
> 歌。公呼而教之曰：「汝豈不知吾生孤苦，無田園可歸。自從
> 發志磨激，得官出入金閨書殿，家粗豐足，今且觀書，是吾不
> 忘初也。汝堂堂七尺之軀，未嘗讀一行書，久遠何以立身，不
> 思之甚也！」湘笑曰：「湘之所學，非公所知。」公曰：「是有
> 異聞乎，可陳之也。」湘曰：「亦微解作詩。」公曰：「汝作言
> 志詩來。」湘執筆略不構思而就曰：
>
> > 青山雲水窟，此地是吾家。
> > 後夜流瓊液，凌晨散絳霞。
> > 琴彈碧玉調，爐養白朱砂。
> > 寶鼎存金虎，丹田養白鴉。
> > 一壺藏世界，三尺斬妖邪。
> > 解造逡巡酒，能開頃刻花。
> > 有人能學我，同共看仙葩。
>
> 公見詩詰之曰：「汝虛言也，安為用哉？」湘曰：「此皆塵外
> 事，非虛言也。公必欲驗，指詩中一句，試為成之。」公曰：
> 「子安能奪造化開花乎？」湘曰：「此事甚易。」公適開宴，
> 湘預末坐，取土聚於盆，用籠覆之。巡酌間，湘曰：「花已開
> 矣。」舉籠見岩花二朵，類世之牡丹，差大而豔美，葉幹翠
> 軟，合座驚異，公細視之，花朵上有小金字，分明可辨。其詩
> 曰：
>
> > 雲橫秦嶺家何在，雪擁藍關馬不前。

公亦莫曉其意。飲罷，公曰：「此亦幻化之一術耳，非真也。」湘曰：「事久乃驗。」不久，湘告去，不留。

公以言佛骨事，貶潮州。一日途中，公方淒倦，俄有一人冒雪而來。既見，乃湘也。公喜曰：「汝何久捨吾乎？」因泣下。湘曰：「公憶向日花上之句乎？乃今日之驗也。」公思少頃曰：「亦記憶。」因詢地名，即藍關也。公歎曰：「今知汝異人，乃為汝足成此詩。」詩曰：

一封朝奏九重天，夕貶潮陽路八千。

本為聖明除弊事，敢將衰朽惜殘年。

雲橫秦嶺家何在，雪擁藍關馬不前。

知汝遠來深有意，好收吾骨瘴江邊。

乃與湘同宿傳舍，通夕議論。

湘曰：「公排二家之學，何也？道與釋，遺教久矣，公不信則已，何銳然橫身獨排也？焉能俾之不熾乎？故有今日之禍。湘亦其人也。」公曰：「豈不知二家之教，然與吾儒背馳。儒教則待英雄才俊之士，行忠孝仁義之道。昔太宗以此籠絡天下之士，思與之同治。今上惟主張二教，虛己以信事之。恐吾道不振，天下之流入於昏亂之域矣，是以力拒也。今因汝又知其不誣也。」公與湘途中唱和甚多，一日湘忽告去，堅留之不可，公為詩別湘曰：

未為世用古來多，如子雄文世孰過？

好待功成身退後，卻抽身去臥煙蘿。

湘別公詩曰：

舉世都為名利役，吾今獨向道中醒。

他時定見飛昇去，衝破秋空一點青。

湘謂公曰：「在瘴毒之鄉，難為保育。」乃出藥曰：「服一粒可禦瘴毒。」公謂湘曰：「我實慮不脫魂遊海外，但得生入玉門

關足矣，不敢復希富貴。」湘曰：「公不久即歸，全家無恙，
當復用於朝矣。」曰：「此別復有相見之期乎？」湘曰：「前約
未可知也。」後皆如其說焉。[7]

在劉斧的記載中，有幾點值得注意：首先，韓湘子由韓愈「姪孫」
變成「姪兒」，不願讀書，言志詩中大有仙意。其次，韓湘頗有神
通，能開頃刻花，能造逡巡酒。在《酉陽雜俎》中，韓愈族姪讓牡丹
開五色花還得挖坑埋物，時間也需一月之久，而《青瑣高議》中韓湘
頃刻即能開花，時間縮短，帶有更多的神秘性。花中詩句雖與族姪所
為相同，但在這裡不是韓愈所寫之詩，而是詩讖，在韓愈被貶時應
驗。第三，韓湘贈韓愈丹藥以禦潮州瘴毒，並且預告叔父此行全家無
恙，日後還將復用。在記載中，韓湘已被神化，韓愈形象仍大致忠於
史實。

　韓湘度叔父韓愈成仙是他的主要仙迹，在這則記載中還沒有出
現。在漫長的民間傳播過程中，韓愈的結局發生了改變，他最後被韓
湘度脫成仙。韓愈在唐代力排佛道，後人把他奉為封建衛道者，認為
韓愈被度是佛道信徒故意所為，但在唐時已有韓愈「服食而死」的記
載，如白居易的〈思舊〉詩中有「退之服硫黃，一病訖不痊」之句，
韓愈自己的〈寄隨州周員外〉詩中也有「金丹別後知傳得，乞取刀圭
救病身」之句，卞孝萱先生對諸如此類的記載加以詳細考辨，認為
「韓愈晚年好聲色，不免乞靈於藥故事」。[8]由此可見，韓愈被道教神
仙所度，亦有現實的引子。韓湘度叔成仙故事估計在南宋時期纔在民
間傳說中完成。南宋紹興年間陳光葆的《三洞群仙錄》[9]（〈序〉作於

7 〔宋〕劉斧：《青瑣高議》（上海市：上海古籍出版社，1983年），頁85。
8 卞孝萱：〈「退之服硫黃」五說考辨〉，《東南大學學報》1999年第4期。
9 〔宋〕陳光葆：《三洞群仙錄》，見《道藏》（北京市：文物出版社，1988年），第32
　冊，頁233。

紹興甲戌中元日）卷三中〈韓湘藍關〉條轉述《青瑣高議》中韓湘的故事，結局語為「湘後與公俱至沅湘，莫知所之」。這個結尾已改變了韓愈的命運，「莫知所之」幾字就把韓愈事迹蒙上一層迷離虛幻的色彩，為韓愈被度留下引子。明清戲曲小說及說唱文學中《藍關會》、《韓湘子九度文公昇仙記》、《韓湘子全傳》、《九度文公》（道情）、《韓湘寶卷》等書中韓愈被度，即是「莫知所之」的合理想像與深化發展。八仙中韓湘子的形象在宋代已基本定型。

二　何仙姑、藍采和

何仙姑是八仙中唯一的女性。相傳她是唐武則天時人，於唐中宗景龍中飛昇，但唐代的資料中沒有發現她的記載。元趙道一《歷世真仙體道通鑑後集》中記載云：

> 何仙姑，廣州增城縣何泰之女也。唐天后時住雲母溪，年十四五，一夕夢神人教食雲母粉，可得輕身不死。因餌之，誓不嫁。常往來山頂，其行如飛，每朝去，暮則持山果歸遺其母。後遂辟穀，語言異常。天后遣使召赴闕，中路失之。廣州〈會仙觀記〉云，何仙姑居此食雲母。唐中宗景龍中白日昇仙。至玄宗天寶九載都虛觀會鄉人齋，有五色雲起於麻姑壇，眾皆見之。有仙子縹緲而出，道士蔡天一識其為何仙姑也。代宗大曆中又現身於小石樓，廣州刺史高鬐具上其事於朝。[10]

在這則記載中，何仙姑是武則天時廣州增城人，因食雲母粉而輕身。她在武則天時被召，「中路失之」，結局神秘；而〈會仙觀記〉則說何

---

10 〔元〕趙道一：《歷世真仙體道通鑑後集》，見《道藏》第5冊，頁478。

仙姑景龍中飛昇，把她神秘的結局改變成得道成仙。這種結局的出現
一方面是民眾心理的反映，另一方面也應是道教徒的有意宣揚所致。
她之所以被認為成仙，是因為一鄉人齋會上有「仙子縹緲出」，而這
個「仙子」被道士蔡天一認定為何仙姑，其事迹的廣泛傳播則取決於
世俗民眾的信仰心理。

　　唐代何仙姑比起八仙中的呂洞賓成仙年代還要早，而宋元的傳說
中，何仙姑是呂洞賓弟子，因呂洞賓的度脫而成仙，那麼唐代的何仙
姑應該不是呂洞賓所度之何仙姑。真正躋身於八仙之中的何仙姑應該
是宋代的何仙姑。北宋魏泰的《東軒筆錄》卷十四記載了永州之何
仙姑：

> 　　永州有何氏女，幼遇異人與桃食之，遂不饑無漏。自是能
> 逆知人禍福，鄉人神之。為構樓以居，世謂之何仙姑。士大夫
> 之好奇者，多謁之以問休咎。王逵為湖北運使，巡至永州，召
> 於舟中，留數日。是時魏綰知潭州，與逵不叶，因奏逵在永
> 州，取無夫婦人阿何，於舟中止宿。[11]

這則記載中，何仙姑是因「幼遇異人與桃食之」而能「逆知人禍
福」。她因能知人禍福而被鄉人「神」化，稱之為「仙姑」。這種仙
姑，在永州、邵陽等地是一種能通神的巫師，現在湘西南的永州、邵
陽的偏僻山區仍有因難斷事而問仙娘的習俗。結婚後從事這種活動的
稱仙娘，未婚者則稱為仙姑。何仙姑應該就是這種能降仙言「休咎」
的女巫師。何仙姑因為能「逆知人禍福」，許多士大夫也多「謁之以
問休咎」，相傳狄青征儂知高時也曾向她問卜。[12]何仙姑與呂洞賓有交

---

11 〔宋〕魏泰：《東軒筆錄》卷十四，明刻本。
12 〔宋〕曾達臣：《獨醒雜誌》卷四，清知不足齋叢書本。

往，譚州士人夏鈞曾向她問過呂洞賓的去處[13]；周廉夫路過零陵拜訪
何仙姑時還遇見過呂洞賓。[14]宋時盛傳何仙姑神知「謝仙火」一事：
「天慶觀木柱上，有『謝仙火』三字，體兼篆隸，皆倒書，入木至
寸，筆畫雄勁，非人力所能為。然莫究其端，或云永州何仙姑能道幽
隱事。因走人具事致問，既還報云：『此雷部中火神也。兄弟三人形
質如墨，然其長各不過三尺，此用鐵筆倒書也。』既再使人就書驗
之，一如所報。」[15]「謝仙火」三字，歐陽修收錄在《集古錄》卷
十，其中云「大中祥符中玉真宮為天火所焚，惟一柱有此字」。歐陽
修不相信何仙姑為神仙：「近見衡州奏云，仙姑死矣，都無神異。客
有自衡來者云，仙姑晚年羸瘦，面皮皺黑，第一衰媼也。」[16]

　　從上面的記載來看，何仙姑是永州普通民女，因幼食「桃」而能
逆知人禍福，能知幽隱事，又與當時有名的神仙呂洞賓有交往，因而
在當時影響很大。但從歐陽修的記載來看，她不過是一個稍有名氣的
女巫而已，她最後衰老而死，並沒有什麼神異之處。我們從何仙姑食
「桃」及與呂洞賓的關係來看，元明清時期八仙中的何仙姑應源自宋
代永州的何仙姑。但宋代何仙姑的傳說已不止一兩個地方，從現在的
記載來看，宋時揚州也有一位何仙姑。宋趙彥衡的《雲麓漫鈔》卷二
在記鍾離權贈王古敏詩時就提到揚州的何仙姑：

　　　　詩寄太原學士：「風燈泡沫兩相悲，未肯遺榮自保持。領
　　下藏珠當猛取，身中有道更求誰。才高雅稱神仙骨，智照靈如

---

13 〔宋〕魏泰《東軒筆錄》卷十：「譚州人士夏鈞罷官過永州，謁何仙姑而問曰：世
　　人多言呂先生，今安在。何笑曰：今日在潭州興化寺設齋。鈞專記之。到潭日，首
　　於興化寺取齋曆視之，其日果有華州回客設供。」明刻本。

14 〔宋〕劉斧：《青瑣高議》卷八。

15 〔宋〕張舜民：《畫墁集》卷八，清知不足齋叢書本。浦江清《八仙考》所言略
　　異。

16 〔宋〕歐陽修：《集古錄》卷十，《四庫全書》本。

大寶龜。一半青山無買處，與君攜手話希夷。元祐七年九月九日，鍾離權書。」潁川莊綽跋云：「昔維揚有何仙姑者，世以為謫仙，能與其靈接。一日鍾離過之，使治黃素，乃書此詩。呂公亦跋其後，令俟王學士至而授之。後數日，王古敏仲自貳卿出守會稽至維揚，訪姑，即以與之。王秘不以示人。宣和丙午，其子誠為西京留司御史，綽有中外之好，得其臨本。後王氏家殘於兵。[17]

揚州的何仙姑出現於北宋元祐年間，鍾離權、呂洞賓都與之有交往。因記載簡略，難以明瞭其具體情況。可以肯定的是，她與永州的何仙姑一樣雖與呂洞賓有交往，但並不是師徒關係。何仙姑的事迹在明清時期還有比較大的變化。

藍采和事迹首見於南唐沈汾的《續仙傳》：

　　藍采和，不知何許人也。常衣破藍衫，六銙黑木腰帶闊三寸餘，一腳著靴，一腳跣行。夏則衫內加絮，冬則臥於雪中，氣出如蒸。每行歌於城市乞索，持大拍板長二尺餘。常醉踏歌，老少皆隨看之。機捷諧謔，人問，應聲答之，笑皆絕倒。似狂非狂，行則振靴，言曰：「踏踏歌，藍采和，世界能幾何？紅顏一椿樹，流年一擲梭！古人混混去不返，今人紛紛來更多。朝騎鸞鳳到碧落，暮見桑田生白波。長景明暉在空際，金銀宮闕高嵯峨。」歌極多，率皆仙意，人莫之測。但將錢與之，以長繩穿拖地行，或散失亦不回顧，或見貧人卻與之，或與酒家。周遊天下。人有為兒童時及至斑白見之，顏狀如故。後踏歌濠梁間，於酒樓乘醉，有雲鶴笙簫聲，忽然輕舉於雲

17 〔宋〕趙彥衛：《雲麓漫鈔》卷二，清咸豐涉聞梓舊本。

中，擲下靴衫腰帶拍板冉冉而去。[18]

　　《續仙傳》作者沈汾是五代時楊吳人，[19]書成於南唐，書中內容是作者據聞見撰成。[20]由此可見，藍采和故事至少在沈汾成書以前已流傳於民間。在這則記載中，藍采和是一個踏歌乞兒。他「夏則衫內加絮，冬則臥於雪中，氣出如蒸」，行為怪奇，但仍未脫出乞兒的範圍。其之所以被神化是因為他踏歌的內容有仙意，且長壽、自由。藍采和究竟是何人，沈汾已無從得知。龍袞的《江南野史》中也有一段記載：

　　　　開寶中，常見一叟角髮被褐，與一鍊師，舁藥入城。鬻之獲貲，則市鮓就爐。二人對飲且啗，旁若無人。既醉，且舞而歌曰：「籃采禾，塵世紛紛事更多，爭如賣藥沽酒飲，歸去深崖拍手歌。」時人見其縱逸，姿貌非常，每飲酒食鮓，疑為陶之夫婦焉。竟不知所終，或云得仙矣。[21]

　　在龍袞的這則記載中，有兩個人物：一為角髮被褐老叟，一為鍊師，似是二個男子，但時人懷疑是陳陶夫婦。時人之所以懷疑是陳陶夫婦，是因為他們行為縱逸，姿貌非常，這也是世人附會神仙的一般方法。龍袞記述比較客觀，只是懷疑而已。到了馬令《南唐書》中則把鍊師改為老媼，二人則更像陳陶夫婦；陸游的《南唐書》則把「籃采禾」改為「藍采和」，把陳陶當作藍采和。明來集之的《秋風三疊》劇即以藍采和為陳陶。元雜劇《漢鍾離度脫藍采和》中，以藍采

18　〔五代〕沈汾：《續仙傳》卷上，明《正統道藏》本。
19　陳國符：《道藏源流考》附錄一（北京市：中華書局，1963年）。
20　〔五代〕沈汾：〈續仙傳序〉，明《正統道藏》本。
21　〔宋〕龍袞：《江南野史》卷八〈陳陶〉，民國豫章叢書本。

和為許堅。許堅亦南唐隱士，但沈汾書成於南唐，而許堅卒於南唐亡後二十餘年，可見沈汾所記亦非許堅。[22]元劇中，許堅是一個優伶，藍采和是他的樂名，沈汾《續仙傳》所記的藍采和事實成為許堅出家後的事實，但在第三折許堅自白中說：「金陵故園，本是吾鄉，數遍到此，曾諫李王。李王不聽，只恐怕惹禍招殃。金陵不住，直至汴梁。勾欄中得悟，再不入班行。」[23]則許堅的形象中又有陳陶「擬作王者師」的內容。到此時，藍采和已成為一個混合體，難以說清楚到底是誰了。

三　漢鍾離、呂洞賓

漢鍾離的神仙傳說起於北宋時，與呂洞賓的傳說差不多同時。漢鍾離，本名鍾離權，陝西咸陽人。他究竟是何時人，眾說紛紜，是一筆糊塗賬。北宋鄭景望的《蒙齋筆談》較早地提到鍾離權：「（呂洞賓）五代間，從鍾離權得道。權漢人，不老。自本朝以來，與權更出沒人間，權不甚多，而洞賓蹤迹數見。」從這則記載可以知道，鍾離權是「漢人」，在五代時度脫呂洞賓，北宋初期仍出沒人間。「權，漢人」是造成後人把鍾離權時代附會成漢代的重要原因。中國歷史上，稱漢之國甚多，西漢、東漢稱「漢」，後來以劉姓為王的國家也大都稱「漢」，五代十國時期，北方有劉知遠的「漢」，南方有劉隱的「漢」，劉龑的「漢」。宋曾慥在《集仙傳》中說：「鍾離權，字雲房，不知何許人也，唐末入終南山。」[24]曾慥的《類說》卷十六〈倦

22 參浦江清：〈八仙考〉，載《浦江清文錄》（北京市：人民文學出版社，1989年）。

23 〔元〕無名氏：《漢鍾離度脫藍采和》，見隋樹森：《元曲選外編》（北京市：中華書局，1959年），頁977。

24 〔宋〕曾慥：《集仙傳》，見《古今圖書集成》卷二三三〈神仙部〉。

遊雜錄〉中錄有鍾離權二詩，云鍾離權為「五代時隱士」。[25]從這些記載看來，鍾離權應是唐末人，仕於五代時的漢國，北宋時仍健在人間，仙迹仍未著。明楊慎《丹鉛錄》中的「仙家稱鍾離先生者，唐人鍾離權也，與呂喦同時」之說，[26]應該是正確的。再則《太平廣記》沒有鍾離權傳說的記載也說明了這一點。清趙翼《陔餘叢考》卷三十四云：「鍾離權見《宋史》〈陳摶傳〉，陳堯咨謁摶，有鬈髻道人先在坐，堯咨私問摶，摶曰鍾離子也。又《王老志傳》有丐者自言鍾離先生，以丹授老志，服之而狂，遂棄妻子去。」[27]今本《宋史》無，浦江清先生認為可能有脫奪，也有可能是趙翼誤記。[28]元趙道一《歷世真仙體道通鑒》〈陳摶傳〉中有記載，但比較簡單。《宣和畫譜》中有北宋李得柔所畫「鍾離權像一」。《宣和書譜》卷十九有比較詳細的記載：

> 神仙鍾離先生，名權，不知何時人。而間出接物，自謂生於漢。呂洞賓於先生執弟子禮，有問答語及詩成集。狀其貌者，作偉岸丈夫，或峨冠紺衣，或虯髯蓬鬢。不冠巾而頂雙髻。文身跣足，頎然而立，睥睨物表，真是眼高四海而遊方之外者。自稱「天下都散漢」，又稱「散人」。嘗草其為詩云：「得道高僧不易逢，幾時歸去得相從。」其字畫飄然有凌雲之氣，非凡筆也。元祐七年七月，亦錄詩四章贈王定國。多論精勤志學長生金丹之事，亹亹可讀。終自論其書以謂學龍蛇之狀，識者信其不誣。[29]

---

25 〔宋〕曾慥：《類說》卷十六，《四庫全書》本。

26 〔明〕楊慎：《丹鉛總錄》卷十〈鍾離權〉，《四庫全書》本。

27 〔清〕趙翼：《陔餘叢考》卷三十四〈八仙〉，清乾隆五十五年湛貽堂刻本。

28 參浦江清：〈八仙考〉，載《浦江清文錄》。

29 〔宋〕佚名：《宣和書譜》卷十九，《四庫全書》本。

在這則記載中，鍾離權是何時人，已不明瞭。鍾離權「自謂生於漢」，呂洞賓執弟子禮。呂洞賓在岳州〈自記〉中亦稱遇鍾離先生，得金丹大法。在陸游的《入蜀記》卷五中又有鍾離權謁見張天覺的傳說記載。南宋淳熙十一年，從倉斗子家發現鍾離權草書二軸，上題「庚申歲」，洪邁懷疑是世祖建隆元年。[30]從這些記載來看，鍾離權仙迹主要集中於北宋前期，與呂洞賓是師徒。元代以後，鍾離權的形象得以進一步完善，時代也附會到了漢代，有些記載甚至把他附會到漢將鍾離昧的身上。

呂洞賓的神仙傳說亦於北宋時興盛，故事中的形象遠比鍾離權複雜得多。北宋初張齊賢的《洛陽縉紳舊聞記》中〈田太尉候神仙夜降〉篇記載田太尉被二道所騙，候神仙呂洞賓下降之事。[31]篇中有「時人皆知呂洞賓為神仙」之句，可見呂洞賓在當時已經是頗有影響的一個神仙。稍後於張齊賢的宋庠在《談苑》〈呂先生〉中記載了呂洞賓出身：

> 呂洞賓者，多遊人間，頗有見之者。丁謂通判饒州日，洞賓往見之，語謂曰：「君狀貌頗似李德裕，它日富貴皆如之。」謂咸平初與予[32]言其事。謂今已執政。張洎家居，忽外有一隱士通謁，乃洞賓名姓。洎倒屣見之。洞賓自言呂渭之後。渭四子：溫、恭、儉、讓。讓終海州刺史，洞賓係出海州房。讓所任官，《唐書》不載。索紙筆，八分書七言四韻詞一章，留與洎，頗言將佐鼎席之意。其末句云：「功成當在破瓜年。」俗以破瓜字為二八，洎年六十四卒，乃其讖也。洞賓詩

---

30 〔宋〕洪邁：《夷堅支志》丁卷十，清影宋鈔本。

31 程毅中：《古體小說叢鈔》（宋元卷）（北京市：中華書局，1995年）。

32 按：〔宋〕宋庠之《談苑》乃是刪《楊文公談苑》及《南陽談藪》二書而成，宋庠（996-1066）咸平初纔是幼年，此處「予」應是楊億之自稱。

什，人間多傳寫，有自詠云：「朝辭百越暮三吳，袖裡青蛇膽
氣粗。三入岳陽人不識，朗吟飛過洞庭湖。」（下略）[33]

　　按這則記載，呂洞賓是呂讓之子。呂讓是呂渭之幼子，文宗太和
十年進士及第，官終海州刺史，事迹均見新、舊《唐書》〈呂渭傳〉。
宋庠說「《唐書》不載」，不知何據。呂洞賓之所以被神化大概是因為
他棄儒出家，學道成仙的經歷。呂洞賓在北宋中期以後傳說更多，內
容豐富多樣。下面從三個方面來簡要加以分析。

（一）呂洞賓的籍貫

　　呂洞賓自述是呂渭之後，鄭景望《蒙齋筆談》卷下亦說：「世傳
神仙呂洞賓，名嵒，洞賓其字也。唐呂渭之後。」呂渭，山西永樂
人。但呂洞賓在宋代的記載中只有《岳陽風土記》記載其為「河中府
人」。《東軒筆錄》卷十所記呂洞賓事與《岳陽風土記》所記相同，但
滕子京詩稱呂洞賓是「華州回道士」；《宋史》〈陳摶傳〉說呂洞賓是
「關西逸人」；南宋吳曾《能改齋漫錄》「呂洞賓傳神仙之法」條記岳
州石刻，其中呂洞賓自傳云：「吾乃京川人。」《雅言系述》中有呂洞
賓傳，傳云呂洞賓「關右人」，因黃巢作亂，攜家隱居終南山，可見
宋人的記載中呂洞賓的籍貫已有多說，但以京兆長安為中心。

　　從宋代的記載來看，呂洞賓的仙迹以岳陽為中心。宋時岳陽附近
即有以呂洞賓聞名的仙人村。[34]鄭景望《蒙齋筆談》所得呂洞賓事
迹，是其祖父道經岳州時所聞，事與岳州有關；《夷堅志》卷九、卷

---

33 程毅中：《古體小說叢鈔》（宋元卷）。
34 〔宋〕邵博《邵氏聞見後錄》（書成於紹興二十七年）卷十七：「唐呂仙人故家岳
　　陽，今其地名仙人村，呂姓尚多。藝祖初受禪，仙人自後苑中出，留語良久，解楮
　　袍衣之，忽不見。今岳陽仙人像，羽服下著楮袍云。」（北京市：中華書局，1983
　　年）

三十七都記載了呂洞賓岳陽事迹;《東軒筆錄》中滕子京謫守巴陵郡時見呂洞賓,滕子京「知其異人」,口佔一詩相送。[35]羅大經的《鶴林玉露》卷一則記載得更為明確:「(呂洞賓)遇鍾離翁於岳陽,授以仙訣,遂不復之京師。今岳陽飛吟亭,是其處也。」[36]他認為呂洞賓於岳陽得道。再則呂洞賓與永州的何仙姑交往比較多。我們從這些記載來看,呂洞賓以岳陽為活動中心,浦江清先生認為呂洞賓傳說發源地在岳陽,是很正確的。呂洞賓籍貫以長安為中心,但活動中心卻在岳陽,為何如此,則難以明知,估計是與其父宦迹有關。

(二)呂洞賓為唐末儒士

岳州石刻有呂洞賓自傳,云:「吾乃京川人,唐末累舉進士不第,因遊華山,遇鍾離傳金丹大藥之方,復遇苦竹真人,方能驅使鬼神。再遇鍾離,盡獲希夷之妙旨。吾得道年五十,第一度郭上灶,第二度趙仙姑。郭性頑鈍,只與追錢延年之法。趙性通靈,隨吾左右。(下略)」[37]在這則記載中有幾點值得注意:一、呂洞賓多次應舉但未得功名,是一個落魄的書生;二、呂洞賓得道年五十;三、呂洞賓成道後第一度郭上灶,第二度趙仙姑。《雅言系述》則云呂洞賓「咸通初,舉進士不第,值巢賊為梗,攜家隱居終南山,學老子法」。[38]《夷堅支志》乙卷七〈岳陽呂翁〉中有「岩幼習儒教,長好玄門,志慕清虛」之語。從這些記載中可知,呂洞賓是晚唐儒生,多次應科舉,均不第,後出家學道。而在宋代,他落第儒生的身分已開始變化。羅大經《鶴林玉露》卷一記載說:「世傳呂洞賓,唐進士也,詣京師應

35　〔宋〕魏泰:《東軒筆錄》卷十,明刻本。滕子京詩云:「華州回道士,來到岳山城。別我遊何處,秋空一劍橫。」

36　〔宋〕羅大經:《鶴林玉露》卷一〈飛吟亭詩〉,明刻本。

37　〔宋〕吳曾:《能改齋漫錄》卷十八〈呂洞賓傳神仙之法〉,《四庫全書》本。

38　〔宋〕吳曾:《能改齋漫錄》卷十八〈呂洞賓唐末人〉,《四庫全書》本。

舉，遇鍾離翁於岳陽，授以仙訣，遂不復之京師。今岳陽飛吟亭，是其處也。近時有題絕句於亭上云：覓官千里赴神京，鍾老相傳蓋便傾，未必無心唐事業，金丹一粒誤先生。余酷愛其旨趣，蓋夫子告沮溺之意也。」[39] 這則記載中出現了自相矛盾之處：前面作者說呂洞賓是「唐進士也」，而後面又說詣京師應舉途中遇鍾離翁，「遂不復之京師」。可見這則記載應是「咸通初，舉進士，不第」之類表達的訛傳，脫落了「不第」，呂洞賓也因而變成了進士。因其為神仙，神仙是無所不能的，進士應試不第而學仙，自然沒有進士及第而成仙來得體面，明清時期傳說中呂洞賓是進士大概就是這種思想的體現。

（三）呂洞賓的傳說在宋時已流傳很廣

呂洞賓傳說在宋時廣為流傳，「時人皆知為神仙」。「風清月白神仙聚會之時，常遊兩浙汴京譙郡」，呂洞賓的遊行顯化，使之神迹遍佈，成為神仙群體中最有名的神仙。宋時岳陽、漢陽、杭州[40]等地均有祠奉祀呂洞賓，漢陽呂公洞（見陸游《入蜀記》卷五）、常州天慶觀等地都有呂洞賓塑像（《夷堅志》卷二十五〈真仙堂小兒〉）。他曾謁過張天覺、張泊、丁渭等名人，峽州遠安民家舉行純陽會，他也化老兵顯神迹（見《夷堅支志》甲卷六〈遠安老兵〉）。宋代筆記小說中呂洞賓岳陽遇松精的傳說記載最多。宋張舜民的《畫墁集》卷八記載得較為詳細：「呂憩於寺前松下，有老人自松梢冉冉而下，致恭於呂。呂問之為何，乃曰：某松之精也，今見先生過，禮當候見。因書二絕句於寺前壁間：獨自行兮獨自坐，無限世人不識我。惟有城南老樹精，分明知道神仙過。又云：朝遊百越暮三吳，袖裡青蛇膽氣粗，三入岳陽人不識，醉吟飛過洞庭湖。郡人因構亭，名曰呂仙亭

39　〔宋〕羅大經：《鶴林玉露》卷一〈飛吟亭詩〉，明刻本。
40　〔宋〕周密：《武林舊事》卷五，民國影明寶顏堂秘笈本。

云。」[41]鄭景望的《蒙齋筆談》中也有相同的記載。呂洞賓遇松精之事在士大夫中廣泛流傳，這在一定程度上賴其二詩的影響。《夷堅支志》辛卷四〈岳陽稢松〉記載云：「至建炎中，松猶存。紹興二十三年，大風拔樹無數，此松遂枯。有道人過之，折已仆枝，插於傍。咒曰：彼處難安身，移來這裡活。自是日以暢茂，即今稢松也。道人者，蓋呂翁云。」[42]在這則記載中，呂洞賓與松精的故事被坐實，並且造出折枝插傍而活之的仙迹。元明清時期，松精又變成柳精，估計是著眼於插樹而活之事而來，松樹插枝而活根本不符合事實，而轉移成柳樹，則順理成章。

　　從當時的記載來看，呂洞賓仙迹北及河南、陝西一帶，南到廣東、湖南、浙江、江蘇一帶，範圍很廣。《默記》卷上在記王則起義時，提到呂洞賓。[43]王則起義於宋仁宗慶曆七年（1047），很快就被平定。從當時官府不知呂洞賓為神仙，令捕之來看，呂洞賓的傳說大概在民間十分流行，而在上層人物中影響並不大。

　　在宋代的記載中，呂洞賓是一個充滿傲氣的神仙。《東軒筆錄》卷十中說其「風骨聳秀，神臉清邁」；《青瑣高議》卷八言其「風骨甚

---

41 〔宋〕張舜民：《畫墁集》卷八，清知不足齋叢書本。

42 〔宋〕洪邁：《夷堅支志》辛卷四，清影宋鈔本。

43 〔宋〕王銍：《默記》云：「李教者，都官郎中曇之子，自少不調，學左道變形匿影飛空妖術。既成而精，同黨皆師而信服焉。曇之母以夏月晝寢於堂，而堂階前井中，忽雷電霹靂大震，續有黃龍自井飛出。曇母驚起，開目見之，怖投床下遽死。家人徐視之，乃教所變，龍即教也。曇見母死，吼怒杖之垂盡，逐出。教益與惡少年薄游不檢。一日，書娼館曰：『呂洞賓、李教同遊。』曇知其尚存也，遣人四出捕之，尋獲矣，教皇窘自縊死。久之，王則叛於貝州。其徒皆左道用事，聞教妖術最高，聲言教為謀主用事。朝廷亦知教妖術最高，果為則用，不可測也。聞之大駭，捕曇及教妻兒兄弟下獄，冀必得教。雖曇言教逐出既自縊死，終不信也。又於娼館得教所題『教與呂洞賓同遊』，又詔天下捕李教及呂洞賓二人。會貝州平，本無李教者，始信其真死矣。乃獨令捕呂洞賓，甚久，乃知其寓托，無其人，乃已。雖知其貝州無李教，所部監司、太守如張溫之，張存十數人前皆重貶，曇責昭州別駕，教妻子皆誅死。」《四庫全書》子部小說家類。

峻，顧望尤倨傲」;《入蜀記》卷五記其謁見張天覺不遇時，「經入舟中，索筆大書:閒人呂洞賓來謁張天覺十字，擲筆而去」，都說明了其性格的孤傲狂放。

（四）鐵拐李、曹國舅、徐神翁、張四郎

　　鐵拐李的傳說大致起於宋代，但宋代的資料中卻未見記載。明代徐應秋的《談薈》卷十七〈八仙〉、胡應麟的《莊岳委談》都以《神仙通鑒》中的劉跛子當之。北宋僧惠洪與劉跛子同時，在惠洪的《冷齋夜話》卷八中有劉跛子的記載:

　　　　劉跛子，青州人，拄一拐，每歲必一至洛中看花，館范家園。春盡，即還京師。為人談謔有味，范家子弟多狎戲之。有范老見之，即與之二十四金，曰跛子喫碗羹。於是以詩謝伯仲曰:「大范見時二十四，小范見時喫碗羹，人生四海皆兄弟，酒肉林中過一生。」

　　　　初張丞相召自荊湖，跛子與客飲市橋，客聞車馬過，甚都，起觀之。跛子挽其衣，使且飲，作詩曰:「遷客湖湘召赴京，車蹄迎迓一何榮，爭如與子市橋飲，且免人間寵辱驚。」陳瑩中甚愛之，作長短句贈之。（中略）予政和改元，見於興國寺，以詩戲之曰:「相逢一枴大梁間，妙語時時見一斑。我欲從公蓬島去，爛銀堆裡見青山。」予姻家許中復大夫宜人，趙參政概之孫女云:「我十許歲時，見劉跛子來覓酒喫，笑語終日而去，計其壽百四十五年許。」嘗館於京師新門張婆店三十年。日坐相國寺東廊，邸中人無有識之者。[44]

---

44 〔宋〕釋惠洪:《冷齋夜話》卷八，明津逮秘書本。明稗海本略有出入。

在這則記載中，劉跛子生活於北宋中後期，他好飲酒、喜賞花，時人估計其年齡有百四五十歲。從劉跛子的行止來看，並沒有什麼神奇之處，只不過是一個江湖異人而已。可能時人因其壽高，而以為是神仙。《冷齋夜話》卷八又有一則記載：

> 劉野夫留南京，久未入都，淵材以書督之。野夫答書曰：跛子一生別無路，展手教化，三饑兩飽，回視雲漢，聊以自誑元神。新來被劉法師、徐神翁形迹得不成模樣，深欲上京相覷，又恐撞著文人泥沱佛，驀地被乾拳濕踢，著甚來由。其不羈如此。嘗自作長短句曰：「跛子年年，形容何似，儼然一部髭鬚。世上詩大拐上有功夫，達南州北縣，逢著處酒滿葫蘆。醺醺醉，不知來日何處度朝晡。洛陽花看了，歸來帝里，一事全無，若還與鮑羹不託，依舊再作門徒。驀地思量，下水輕船上，蘆席橫鋪，呵呵笑，睢陽門外，有個好西湖。」[45]

這則記載中，劉野夫也是一個跛子，性格不羈。他與當時有名的劉法師、徐神翁有交往，也好飲酒、喜賞花，不知是不是前面所記的劉跛子。但從惠洪把二則故事分開記述來看，估計不是同一個人。這個劉跛子面上多須，拄一拐，有一葫蘆，自由來往於「南州北縣」，形象與後來的李鐵拐更為相似。「劉」與「李」，「野」與「岳」在一些地方方言中音近似，「鐵拐李岳」也許就是「鐵拐劉野」音近附會而成。

《南嶽總勝集》〈寶聖寺〉中亦記有一跛仙：

> 聖壽觀去廟北登山七里，唐咸通中建。（中略）太平興國中有跛仙，遇呂洞賓於君山，後亦隱此。行靈龜吞吐之法，功

---

45 同註44。

　　成回嶽麓，自號瀟湘子。嘗云：「我愛瀟湘境，紅塵隔崖除。
南山七十二，惟喜洞真墟。」元祐間常有白鶴棲鳴於杉松之
上，三日而去。宣和元年，改壽祺。[46]

　　這則記載中，跛仙與呂洞賓有交往。浦江清先生認為《南嶽總勝
集》中所記的「跛仙」與八仙中的李鐵拐「無有不合處」。元苗善時
《妙通記》中有「度劉跛仙第七十二化」，其中的跛仙即是《南嶽總
勝集》中的跛仙，被呂洞賓度脫。元代民間傳說中李鐵拐指的是鐵拐
李岳，是岳孔目被嚇死後借屍還魂後的形象。明代徐應秋雖疑李鐵
拐，但其文中所指亦稱「跛者李孔目」，胡應麟指的亦為「跛者李孔
目」，而明清時期的戲曲中也多「岳孔目」、「李孔目」之稱，可見鐵
拐李為孔目亦是時人所共知，只因元曲在明不常見，徐應秋、胡應麟
故未發此論。筆者認為，鐵拐李象其他神仙一樣，是在傳說中附會而
成，是眾多跛子形象的綜合體，而後世所傳鐵拐李形象主要來自於元
岳伯川《呂洞賓度鐵拐李岳》雜劇。

　　曹國舅在八仙中年代最晚，相傳他是北宋曹彬之子，曹皇后之弟，
考之《宋史》，曹皇后之弟曹佾年七十二卒，並沒有求仙之事。《宋
史》〈外戚傳〉說曹佾「美儀度」，「寡過善自保」。浦江清先生認為可
能是畫工因其「寡過善自保」，「美儀度」，有仙風道骨，而綴於八仙
班中。在《太平廣記》卷四十三〈于濤〉篇中有一位曹休，「曹休，魏
之宗室，仕晉為史官，齊梁間或處朝列，得神仙之道」。[47]唐時仍出沒人
間，是比較有名的神仙，可能是曹國舅的原型。元苗善時的《妙通記》
卷三有「度曹國舅第十七化」，這應是關於曹國舅成仙的最早記錄。

46　〔宋〕陳田夫：《南嶽總勝集》卷中，宋刻本。
47　〔宋〕李昉：《太平廣記》卷四十三（北京市：中華書局，1961年），第1冊，頁272。

　　曹國舅本傳：丞相曹彬之子，曹皇后之弟。美貌紺髮，秀麗敏捷。本性安恬，天資純善，不喜富貴，酷慕清虛。年十二三歲，三教經書一覽即精通。自幼出入禁中，上及后妃皆愛敬之。上每與語，惟言：「清靜自然，無為治政。」上甚喜，嘗賜衣黃袍紅絛，惟稽首謝而已。一日辭上及后，上問何往，曰：「道人家心意十方，隨心四海。」上與后阻當數次，賜鞍馬人從皆不受。上賜一金牌，刻云：「國舅到處，如朕親行。」遂三五日，忽不知所往。惟持笊籬化錢度日。忽到黃河渡，梢工索渡錢。（中略）遂與衣中取出金牌與梢工准渡錢。舟中人見上字，皆呼萬歲。梢工驚懼。有一藍縷道人坐船中，喝叫「汝既出家，如何倚勢驚欺人？」曹恭身稽首曰：「弟子安敢倚勢。」「能棄於水中否？」曹隨聲將金牌擲向深流。眾皆驚拜。道人呼曹上岸：「同我去來。」曹諾，遂隨道人上岸，同行數里，在一大樹下歇。道人問曹曰：「汝曾識洞賓否？」曹曰：「弟子濁夫，何識仙人。」道人歎曰：「吾是也，特來度汝。」（下略）[48]

　　在這則記載中，曹國舅手持金牌、笊籬，與元明雜劇中的曹國舅扮相大致相符。

　　徐神翁在元明八仙隊中曾出現過。徐神翁是宋哲宗、宋徽宗時的海陵道士，名守信，《冷齋夜話》稱之為「法師」。徐神翁初為海陵天慶觀傭工，做執帚灑掃之役，後因服侍癲道士而得道。成道後，有神知，能決人禍福。曾自海陵到京師，面諷蔡京為天上魔君。[49]高宗潛

48 李一氓等編：《道藏》第5冊，頁713。

49 〔宋〕錢世昭《錢氏私志》：「徐神翁自海陵到京師，蔡謂徐云：『且喜天下太平。』是時河北盜賊方定。徐云：『太平？天上方多遣魔軍下界託生人間，作壞世界。』蔡曰：『如何得識其人。』徐笑云：『太師亦是。』」（《四庫全書》本）。

邸時，待徐神翁甚為有禮。徐神翁臨別時，獻詩相別：「牡蠣灘頭一
艇橫，夕陽西去待潮生，與君不負登臨約，同上金鼇背上行。」高宗
初不明其意，後避兵航海時，恰遇詩中之事，登金鼇閣，又見徐神翁
當年所獻之詩，而且「墨痕如新」，因而相信神翁能前知，是神仙中
人。[50]元苗善時《純陽帝君神化妙通記》中有〈探徐神翁第三十六
化〉，其中徐神翁與呂洞賓有交往，後來徐神翁進入八仙隊中，估計
亦與此有關。海陵王禹錫《海陵三仙傳》對徐神翁有較為詳細的記
錄，因文長，這裡不再錄。

　　張四郎亦在元明八仙隊中曾出現（詳下節）。張四郎，四川邛州
人，時代亦在北宋。他的事迹在南宋洪邁《夷堅丙志》卷三〈張四
郎〉中有記載：

　　　　邛州南十里白鶴山張四郎祠，蓋神仙者流。山下碑甚古，
　　字畫不可識。郡人云：「四郎所立，以禦魑魅，救疾疫。後人
　　能辨其字者，則可學仙。」青城唐耜為邛守，好遊其地，冀有
　　所遇，每立碑下，摩挲讀之。忽能認一字，曰：「豈非某字
　　乎？」傍有人應曰：「然。」耜惡其儳言，叱使去，既而悔
　　之，不見其人矣。[51]

　　洪邁所記的張四郎能禦鬼魅，救疾疫，不知是不是元明八仙中的
張四郎。

---

50 〔清〕潘永因編《宋稗類鈔》卷二十八：「高宗在潛邸遇道人徐神翁，甚敬禮之。
　　神翁臨別，獻詩曰：牡蠣灘頭一艇橫，夕陽西去待潮生，與君不負登臨約，同上金
　　鼇背上行。當時不知詩意謂何。後兩宮北狩，高宗匹馬南渡即位。至建炎庚戌正月
　　三日，帝避兵航海，次章安鎮，灘淺擱舟，落帆於鎮之福濟寺前，以候晚潮。顧舟
　　人曰：此何灘？曰：牡蠣灘。遙見山上有閣歸然，問居人曰：此何山。曰：金鼇
　　山。高宗乃登焉。入閣，見神翁大書往年所獻詩在壁間，墨痕如新，方信神翁能前
　　知，為神仙中人也。」（《四庫全書》本）。《堅瓠六集》卷四所記略有出入。
51 〔宋〕洪邁：《夷堅丙志》卷三，清十萬卷樓叢書本。

　　綜上所述，我們知道八仙都在唐宋時期出現，其中張果老、藍采和的形象在唐五代已基本上定型；韓湘子的形象在宋初的記載中趨於完善；北宋時期呂洞賓、何仙姑、鍾離權的傳說很盛，形象亦大致定型；徐神翁、張四郎、曹國舅事出北宋，南渡之後纔有記載，事迹十分簡略；鐵拐李則沒有明確的資料記載。這些人物之中，除了鍾離權與呂洞賓是師徒關係、何仙姑與呂洞賓有過交往外，都是單個的活動，還未形成一個群體。每個人物的形象比起元明清時期的八仙形象也還有相當大的差距。南宋吳自牧《夢梁錄》卷二「諸庫迎煮」條裡有「次以大鼓及樂官數輩，後以所呈樣酒數擔，次八仙道人，諸行社隊」的記載，浦江清先生認為此中八仙與酒沒有關係，只如近世迎賽中用八仙裝扮，其中八仙「必係通俗的八仙，或即鍾、呂諸公了」。而其中所記的是一種迎酒之儀式，其中的八仙與酒關係密切是毫無置疑的，其中的八仙應是「飲中八仙」之類，不能斷定即是元明時期的鍾、呂八仙。

　　八仙故事肇始於唐宋，而故事的完善、形象的發展則是元明清時期民間傳說的產物。

第二節　元明清時期：八仙團體形成，八仙形象進一步發展

一　八仙的形成

　　金代，王重陽的全真教興起，因傳稱王重陽得道於鍾離權與呂洞賓，鍾離權、呂洞賓都成為全真五祖之一。全真教為了光大教門，廣造祖師仙迹。早已流傳民間，深入人心的藍采和、何仙姑、鐵拐李、曹國舅、韓湘子、徐神翁等都成為鍾離權、呂洞賓弟子，形成了以鍾離權、呂洞賓二人為主的八仙群體。戲曲小說作品、民俗畫的介入使

得八仙形象得以固定，並使之深入人心。

在元雜劇中，《邯鄲道省悟黃粱夢》中漢鍾離度呂洞賓，《漢鍾離度脫藍采和》中漢鍾離與呂洞賓共度藍采和，《呂洞賓度鐵拐李岳》中呂洞賓度鐵拐李，《呂洞賓三醉岳陽樓》中呂洞賓度脫「賀仙姑」（可能即是何仙姑）。明陳錫仁《潛確類書》中說，「（呂洞賓）自度何仙姑」，「曹國舅者，……純陽見而警之，遂拜而得道」。漢鍾離、呂洞賓、鐵拐李、藍采和、何仙姑、韓湘子等都是同一師門，加上因長壽而聞名的張果老組成八仙群體。在馬致遠《黃粱夢》中有「真神仙，是七座，添伊家，總八個」之語，可見鍾、呂八仙之稱元初已經出現。後代的八仙基本上定型於金元時期。金章宗泰和年間的墓葬八角藻井上已有八仙磚雕，雖然八仙組成略有出入，但與元代的組合大致相似。（詳見第四章）元代已有八仙慶壽畫存在，明代嚴嵩家裡即有元人繡的《八仙慶壽圖》一軸，[52]雖然八仙名字不傳，但應該是後代所傳的八仙。

在八仙故事的戲曲小說中，八仙有幾種組成形式。其一、以馬致遠《呂洞賓三醉岳陽樓》為代表的一組：

【水仙子】這一個是漢鍾離現掌著群仙籙。（郭云）這位拿著拐兒的，不是皂隸。（正末唱）這一個是鐵拐李髮亂梳。（郭云）兀那位著綠襴袍的，不是令史哩。（正末唱）這一個是藍采和板撒雲陽木。（郭云）這老兒是誰？（正末唱）這一個是張果老趙州橋騎倒驢。這位背葫蘆的是誰？（正末唱）這一個是徐神翁身背著葫蘆。（郭云）這位攜花籃的是誰。（正末唱）這一個是韓湘子，韓愈的親姪。（郭云）這位穿紅的是誰？（正末唱）這一個是曹國舅，宋朝的眷屬。（郭云）敢問

---

52 〔清〕陳夢雷：《古今圖書集成》〈藝術典〉〈畫部匯考〉十七所錄〈嚴氏書畫記〉。

師父你可是誰？（正末云）貧道姓呂名岩，字洞賓，道號純陽
子，（唱）則我是呂純陽愛打的簡子愚鼓。[53]

《岳陽樓》劇裡的八仙由漢鍾離、鐵拐李、藍采和、張果老、徐
神翁、韓湘子、曹國舅、呂洞賓組成。漢鍾離「掌著群仙錄」，顯然
是八仙之首。劇中鐵拐李的法寶是鐵拐，藍采和的法寶是拍板，張果
老的法寶是驢，徐神翁的法寶是葫蘆，韓湘子的法寶是花籃，呂洞賓
的法寶則是雙劍，只有曹國舅的法寶不明。此外，元明雜劇《呂洞賓
三度城南柳》、《瑤池會八仙慶壽》、《群仙慶壽瑤池會》、《紫陽仙三度
常椿壽》、《孫真人南極登仙會》、《呂翁三化邯鄲店》、《爭玉板八仙過
海》等劇中八仙的名字與《岳陽樓》相同，各仙的法寶也大致相同。
曹國舅在《城南柳》、《八仙過海》劇中的法寶是「笊籬」，而《南極
登仙會》中帶的則是「金牌笊籬」，與元苗善時《妙通記》所記的形
象相同。

其二、以元岳伯川《呂洞賓度鐵拐李岳》雜劇為代表的一組：

【二煞】漢鍾離有正一心，呂洞賓有貫世才。張四郎、曹
國舅神通大。藍采和拍板雲端裏響，韓湘子仙花臘月裏開。張
果老驢兒快，我訪七真遊海島，隨八仙赴蓬萊。[54]

在這個劇本裡，八仙由漢鍾離、呂洞賓、張四郎、曹國舅、藍采
和、韓湘子、張果老、鐵拐李組成。比前一組少徐神翁，但多了張四
郎。元明雜劇《任風子》、《度長生》、《度黃龍》、《長生會》、《邊洞

玄》、《群仙祝壽》等劇中，都是這種組合。[55]這幾個劇本的早期版本——脈望館鈔校本後都有跋語：

> 《長生會》跋：「內本校錄。清常記。」
>
> 《獻蟠桃》跋：「乙卯正月十一日抄內本並校。清常。」
>
> 《邊洞玄》跋：「萬曆四十三年孟夏五日校內本。清常道人。」
>
> 《度黃龍》跋：「內本錄校。清常道人。」
>
> 《任風子》跋：「內本世本各有損益，今為合作一家。清常道人記。」
>
> 《慶長生》跋：「于小谷本錄校。清常道人記。」

　　劇中有張四郎的這幾個劇本大都是內府本，或是趙清常校內府本。《群仙祝壽》劇後雖無跋語，但從「今遇孟冬國母聖誕之辰」與後面呂洞賓唱詞中「一個個拜金鑾大明仁聖」之語及後附穿關來看，亦是內府本。所以，筆者認為，八仙中有張四郎，在一定程度上來自於內庭的喜好，估計與自宋以來盛傳宮中的「張仙送子」信仰有關。[56]

　　其三、以湯顯祖《邯鄲記》、吳元泰《東遊記》小說為代表的一組：

> 【清江引】（鍾離上）漢鍾離半世有神仙分，道貌生來坌。（曹舅上）那雖然國舅親，富貴做尋常論。（合）世上人，不學仙真是蠢。
>
> 【前腔】（鐵拐上）這拐兒是我出海撩雲棍，一步步把蓬

---

55 按：明趙清常鈔校的內府本後大都附有演出穿關，八仙的組成在有些劇本中不明朗，但在穿關中比較清楚，筆者此論是結合二者而言。

56 參馬書田：《中國民間諸神》第三章（北京市：團結出版社，1997年）。

菜寸。（采和上）高歌踏踏春，夒弄的隨時諢。（合前）

　　【前腔】（韓湘上）小韓湘會造逡巡醞，把頃刻花題韻。
（何姑上）我笊籬兒漏洩春消息，撈不上的閑愁悶。（第三十
出《合仙》）[57]

　　湯劇、《東遊記》小說中的這種組合比起前兩組最大的變化就是
去了徐神翁，加了何仙姑，這種組合也就成了明清時期最通行的組
合。何仙姑最早出現於元雜劇《竹葉舟》劇中，是代曹國舅出現的。
在《竹葉舟》、《邯鄲記》二劇中，何仙姑持的是笊籬，笊籬是民間撈
食物用的工具，也許在人們看來，何仙姑持笊籬，負責這個團體的生
活比較合適。清代乾隆年間，蔣士銓根據「民間風謠」而編的《西江
祝嘏》中爲七男仙配妻加上何仙姑組成「女八仙」。他們持的法寶與
《邯鄲記》中八仙的法寶相同。《東遊記》中八仙成員與《邯鄲記》
相同，但先後順序有了變化，鐵拐李成爲小說中的首要人物。從現存
的明以前有何仙姑的劇本小說來看，《竹葉舟》的作者范子安是浙江
杭州人，《邯鄲記》的作者湯顯祖是江西臨川人，小說《飛劍記》的
作者鄧志謨是江西饒州府人，《東遊記》的作者、出版者是福建人。
再則，《古今圖書集成》中所記的地方誌中關於何仙姑的傳說，也大
都在南方。可見，何仙姑的出現與南方文化關係十分密切。

　　明清時期，各地的八仙傳說中人物基本上沒有變化，[58]只是八仙
所持的法寶卻在根據人們的習慣不斷變化。韓湘子在元明雜劇小說中
拿的是花籃，在《繪像列仙傳》則拿的是簫；何仙姑由手舉笊籬變成
手舉蓮花（見《繪像列仙傳》），變成手舉桃花、帶花籃（見《仙佛奇

57　〔明〕湯顯祖著，錢南揚校點：《湯顯祖戲曲集》（上海市：上海古籍出版社，1978
　　年）。
58　按：明小說《三寶太監西洋演義》中的八仙有玄壼子、風僧壽，而無張果老、何仙
　　姑，這種組合較爲少見。

蹤》）；曹國舅因為是皇親國戚，手裡持的法寶由笊籬一變為金牌笊
籬，二變為象簡朝紳。八仙的法寶隨著民間傳說的演變而變化，朝著
更適合人物身分，更適合民俗習慣的方向發展。

二　八仙形象的進一步完善

（一）漢鍾離

　　在唐宋資料中，漢鍾離的記載比較少。金元時期，因全真教奉之
為教祖，有關他的傳說資料也相應地出現，形象得以進一步完善。

　　在元明戲曲作品，如《黃粱夢》、《度黃龍》、《藍采和》、《八仙過
海》、《群仙祝壽》等劇本中，漢鍾離的形象比較統一。漢鍾離，複姓
鍾離，名權，道號正陽子，京兆咸陽人。鍾離權曾為漢朝大將，後棄
家隱居終南山，遇東華帝君，授以長生不死之術，身超紫府，名列仙
階。漢鍾離是棄官、棄家而隱居。至於其為何隱居則沒有說明。在元
明的道教典籍中，鍾離權之所以出家，是因為其行軍失利，「誤入終
南山」，偶遇東華帝君而得道。

　　元《金蓮正宗記》卷一按廬山〈金泉觀記〉記載了鍾離權的生平
事迹及成道經過：

> 　　（鍾離權）曾祖諱朴，祖諱守道，父諱源，當後漢末年皆
> 據要津，有功於國，世濟其美。先生諱權，字雲房，號正陽
> 子，京兆咸陽人也。少工文學，尤喜草聖。身長八尺七寸，髯
> 過臍下。目有神光，仕至左諫議大夫。因表李堅邊事不當，謫
> 為南康知軍，漢滅之後復仕於晉。及武帝時與偏將周處同領兵
> 事，屢出征討。已而失利逃於亂山，不知所往，偶見老氏者
> 流，問而不語，但舉手而指東南。公遽往焉，行六七里，峰巒

峭拔，松柏參差，中有樓閣金碧炫耀。二青衣應門而立，揖而
問曰：此何方也。對曰：「紫府少陽君之所居，東華帝君之別
業也。吾師候君久矣！」（下略）⁵⁹

這則記載中，鍾離權有一個顯赫的家世，一個有名的身分，他因
為行軍失利而出家。元泰定時的《金蓮正宗仙緣像傳》記載比較簡
略，內容大致相同。在這兩種著作中，鍾離權的生平事迹仍合乎情
理。而到了明末的記載中，鍾離權具有超乎尋常的神異：

鍾離權，燕台人，後改名覺，字寂，道號王陽子，又號雲
房先生。父為列候，宦雲中。誕生真人時，異光數丈，侍衛皆
驚。真人頂圓額廣，耳厚眉長，目深鼻聳，口方頰大，唇臉如
丹，乳遠臂長，如三歲兒，晝夜不聲。第七日躍然而言曰：
「身遊紫府，名書玉京。」及壯，仕漢為大將，征吐蕃失利，
獨騎奔逃山谷。迷路，夜入深林，遇一胡僧蓬頭拂額，體掛草
衣，引行數里，見一村莊，曰：「此東華先生成道處。將軍可
以歇息矣。」揖別而去。真人未敢驚動莊中，良久聞人語云：
「此必碧眼胡人饒舌也。」一老人披白鹿裘，扶青藜杖抗聲前
曰：「來者非漢大將軍鍾離權耶？汝何不寄宿山僧之所？」真
人聞而大驚，知為異人。是時方脫虎狼之穴，遽有鸞鶴之思，
乃回心向道，哀求度世之方。於是老人授長生真訣及金丹火候
青龍劍法，真人辭去，回顧莊居，不見其處。後再遇華陽真人
傳太乙刀圭火符內丹，雲遊至魯，居鄒城，入崆峒，於紫金四
皓峰居之，得玉匣秘訣，遂仙去。⁶⁰

---

59 〔元〕秦志安編：《金蓮正宗記》卷一〈正陽鍾離真人〉，明《正統道藏》本。
60 〔明〕還初道人：《繪像列仙傳》，清光緒丁亥掃葉山房刊本。

在《繪像列仙傳》中鍾離權有一個神奇的出身，非凡的相貌，行軍失利後，得東華帝君度脫，後仙去。他的形象被附上了神的光環。《廣列仙傳》、《歷代仙史》中所記亦基本與《繪像列仙傳》相同。後來關於漢鍾離的傳說亦大致相同，形象沒有多大的發展。

（二）呂洞賓

呂洞賓的事迹在宋時已相當豐富，在元明清時期仍有發展。在唐宋時期，呂洞賓事迹中已出現了落第與中進士兩種說法。在元雜劇中，呂洞賓是一位多次應舉，都未中進士的儒生，後於邯鄲道上被鍾離權點化。而在道教典籍《金蓮正宗記》卷一〈純陽呂真人〉中則說呂洞賓生於「唐德宗興元十四年丙子四月十四日」，「至唐文宗開成元年丁酉歲擢進士第，年二十有二歲也」。《呂祖志》說呂洞賓「咸通中舉進士第，時年六十四歲」。《廣列仙傳》中說呂洞賓「咸通中，舉進士第，時年六十四歲」。兩種說法都比較流行，而以呂洞賓中進士的記載最多。

《飛劍記》等書神化了呂洞賓的出身：「視其掌心之文有一山三口之異，乃取名喦，表字洞賓。以此生年月日並屬其四，皆是陽數，因號為純陽子。」「直到唐末咸通中，纔舉進士，時年六十四歲，……怎麼純陽子舉進士恁遲，蓋六十四卦已盡乃始於乾，此純陽之應。」呂洞賓在其中不但中了進士，而且選授了咸寧縣令。在明清的道教典籍中，呂洞賓被稱為「文尼」，職司教化，具有與三教聖人平等的地位。

唐宋的資料中，呂洞賓以鍾離權為師，但其成道經過則沒有任何記載。元馬致遠、苗時善等人襲用唐小說《枕中記》的故事來寫呂洞賓成道經過。元明雜劇《岳陽樓》、《竹葉舟》、《度黃龍》、《八仙過海》等劇也都襲用。明代的一些戲曲小說、道教典籍中把《枕中記》故事一分為二，一為鍾離權度呂洞賓，一為呂洞賓度盧生。元《金蓮

正宗記》按岳州〈青羊觀石壁記〉記述了鍾離權度脫呂洞賓之事：
「（前略）（呂洞賓）後任五峰廬山縣令，因暇日遊廬山之勝迹，偶與
正陽先生相遇，一話一言之間心與心契，密受大道，天遁劍法，龍虎
金丹秘文，賜號純陽子。由是之後，休官棄爵，專心向道。」呂洞賓
因偶遇鍾離權而得道。在元明及以後的記載中，呂洞賓成仙的過程被
渲染得十分艱辛。元苗善時《妙通記》（「歷試五魔第四化」）中鍾離
權五試洞賓，明小說《飛劍記》中鍾離權七試洞賓，而明《繪像列仙
傳》中則變成十試。《繪像列仙傳》對呂洞賓成仙過程寫得最為詳
細。鍾離權先以如意枕授呂洞賓，呂洞賓夢中「昇沉萬態，榮悴千
端」，夢醒之後，拜鍾離權「求度世之術」，而鍾離「作色不許，翩然
別去」。呂洞賓棄官歸隱，鍾離權十試洞賓：

> 第一試，洞賓自外遠歸，忽見家人皆病死，洞賓心無悔
> 恨，但厚備葬具而已，須臾死者皆起無恙。第二試，洞賓鬻貨
> 於市，議定其值，市者翻然止酬其值之半，洞賓無所爭，委貨
> 而去。第三試，洞賓元日出門遇丐者倚門求施，洞賓即與錢
> 物，而丐者索取不厭，且加誶詈，洞賓惟再三笑謝。第四試，
> 洞賓牧羊山中，遇一餓虎，奔逐群羊，洞賓獨以身當之，虎乃
> 釋去。第五試，洞賓居山中草舍讀書，一女容華絕世，光豔照
> 人，自言歸寧迷路，借此少憩，既而調弄百端，洞賓竟不為
> 動。第六試，洞賓一日郊出，及歸則家貲為盜劫盡，洞賓了無
> 慍色，躬耕自給，忽鋤下見金數十片，速掩之，一無所取。第
> 七試，洞賓遇賣銅器者，市之以歸，皆金也，即訪賣主還之。
> 第八試，有風狂道士陌上市藥，自言服者立死，再世得道，洞
> 賓買之。道士曰：子速備怨爭可也。輒服無恙。第九試，春潦
> 泛溢，洞賓與眾共涉至中流，風濤掀湧，眾皆危懼，洞賓端坐
> 不動。第十試，洞賓獨坐一室，忽見奇形怪狀鬼魅無數，有欲

擊者，有欲殺者，洞賓絕無所懼，忽聞空中一叱聲，鬼神皆不
復見。一人撫掌大笑而下，即雲房也。曰：「吾十試子皆無所
動，得道必矣。吾今授子黃白之術，濟世利物，使三千功滿，
八百行圓，方來度子。」洞賓曰：「所作庚辛有變異乎？」
曰：「三千年後還本質耳。」洞賓愀然曰：「誤三千年後人，不
願為也。」雲房笑曰：「子推心如此，三千八百悉在是矣」。乃
攜洞賓至鶴嶺，悉傳以上真秘訣。

　　鍾離權在十試洞賓後，知其道心已定，遂傳授上真秘訣。呂洞賓
成道後，隨方顯化，誓欲度盡世人。我們從《岳陽樓》、《竹葉舟》、
《鐵拐李》、《枕中記》、《三化邯鄲》、《點化度黃龍》、《九度國一禪
師》、《神仙會》、《昇仙夢》等劇，《東遊記》等小說中可知他度脫的
人中有陳季卿、柳樹精、鐵拐李、盧道成、黃龍禪師、國一禪師、張
珍奴、何仙姑、韓湘子、曹國舅等人。大量的資料表明，呂洞賓的形
象已趨完善。

（三）鐵拐李

　　鐵拐李在唐宋的資料中，沒有明確的記載。元明時期的戲曲小說
及野史筆記中，其形象逐漸明朗化。元岳伯川《呂洞賓度鐵拐李岳》
雜劇中的鐵拐李形象是元明清時期鐵拐李形象的基礎。岳劇中，鐵拐
李原是鄭州六案孔目岳壽，後因嚇而亡，魂入陰間，得呂洞賓相救還
魂。但其屍已被妻焚化，只得借小李屠屍還魂。後看破酒色財氣、人
我是非，隨呂洞賓學道，位列仙班。其中的鐵拐李是岳孔目之魂、小
李屠之體合成的一個形象。明初朱有燉《瑤池會八仙慶壽》雜劇第三
折裡稱鐵拐李「岳孔目老仙，你莫不遊戲神到方顯」，鐵拐李也自云
「貧道是宋朝人，後學寡聞，未知上古」，劇中鐵拐李應與元雜劇鐵
拐李相同。明徐應秋《談薈》「八仙」條中有「跛者李孔目」；胡應麟

《少室山房筆叢》辛部《莊嶽委譚》中亦有「跛者李孔目」之稱，二者應都是指鐵拐李岳。清尤侗《西堂雜俎》二集卷六中說：「元岳伯川作《鐵拐李》傳奇，前身為鄭州孔目岳壽，借李屠屍還魂，為純陽所度。」[61]尤侗觀點亦十分明確。清代梆子腔祝壽戲《堆仙》中八仙上壽中有「姚孔目將鐵拐拄護得千秋」之句，其中的「姚」應是「岳」之音誤，姚孔目也應是元雜劇中的岳孔目。

　　鐵拐李形象來源另一說的代表是《東遊記》。小說中鐵拐李姓李名玄，離魂朝山，請其徒守屍七天。後其徒因家母病危，六日即焚其屍而歸。李玄魂歸無所依，附一餓莩之身而起。此說所起，沒有記載。明王世貞〈題八仙像後〉中云：「若李公者，諸方外稗官都不載。獨聞之乩云：諱元中，開元大歷間人也。於終南山學道四十年，陽神出舍，為虎所殘，得一跛丐乍亡者而居之。」[62]王世貞之說與《東遊記》又有不同，其來源是乩語，《東遊記》所記或許也來自乩語。《繪像列仙傳》卷一所記與《東遊記》故事相同。清初王建章《歷代仙史》把鐵拐李歸入古仙類，其所記事迹與《繪像列仙傳》基本相同，又有一定的發展：

　　　　鐵拐先生，姓李，名凝陽，世稱鐵拐先生。質本魁梧，早歲聞道，住世多年，善導神出遊之術。至西周時，棲真碭山岩穴間，時老君尚未出關，常與宛丘先生降山齋，誨以道要。一日先生赴老君之約於華山，囑其徒郎令曰：吾魄在此，倘遊魂七日不返，若甫可化吾魄也。郎素孝親，其母忽疾篤，欲迅歸省母，候至六日不回，乃舉火化之。先生至七日果歸，失魄無依，見林中有餓莩，遂附其屍而起。故蓬頭跛足，巨眼如環。

---

61 〔清〕尤侗：《西堂雜俎》二集卷六〈鐵拐李贊〉，清康熙刻本。
62 〔明〕王世貞：《弇州山人四部續稿》卷一百七十一文部，《四庫全書》本。

　　　　老君謂之曰：汝當在質外尋求，不可著相，他日功行充滿，是
　　　　異相真仙也。[63]

　　在這則記載中，鐵拐李名凝陽，善導神出遊之術，曾得老君傳
道。故事未脫離《東遊記》之範圍。清《續文獻通考》又以鐵拐李為
「隋時峽人，名洪水，小字拐兒，又名鐵拐」，後以「鐵杖擲空化為
龍，乘龍而去」，[64]則又是另一說也。

　　清道教典籍《金蓋心燈》的道譜源流圖則把鐵拐李當作東華帝
君：「東華帝君，姓李名亞，字元陽，號小童君，春秋時人。元朝敕
封全真大教主東華紫府輔元立極少陽帝君，法錄稱鐵師，元陽上帝，
世稱鐵拐李祖師。」[65]《龍門正宗覺雲本支道統薪傳》（《藏外道書》
第三十一冊）與《金蓋心燈》同。此說不知源自何處。

（四）何仙姑及其他仙人

　　唐宋時期，何仙姑帶有女巫師的特點，因食異人所贈桃而能言
「休咎」，與呂洞賓有交往，後人認為她被呂洞賓度脫成仙。元苗善
時《純陽帝君神化妙通記》中有「度何仙姑第十九化」，其中言何仙
姑採茶迷路，遇呂祖，呂祖出一桃與之食，後「不饑無病，洞知人事
休咎」。《續道藏》中的《呂祖志》是元時作品，所記內容與《妙通
記》相同。在這兩則記載中，宋時傳說中給何仙姑桃實的「異人」變
成呂洞賓，何仙姑也因此成為呂洞賓的弟子。明清時期，由於民俗信
仰的影響，何仙姑的形象帶有更多的民間婦女的特徵，形象又有了比
較大的發展。何仙姑出生地，在元明清時期衍生很多，其出生事迹、
成道經過也越變越奇。如《安慶府志》所記：

63　〔清〕王建章：《歷代仙史》，光緒七年刻本。
64　〔明〕王圻：《續文獻通考》卷二百四十二〈仙釋考〉，明萬曆三十年松江府刻本。
65　李一泯主編：《藏外道書》（成都市：巴蜀書社，1994年），第31冊，頁163。

　　何仙姑，初桐城投子山人。大同禪師每溲溺，有鹿來飲，久之，鹿產肉球，裂開一女，師見而收育之。至十二歲，牧童以山花插其髻戲之。師乃令下山，囑曰：遇柴則止，遇何則歸。至柴巷口何道人家，遂棲之。以何為姓，慎守師戒，修持覺悟。師使趙州召之，女方淅，即持笊籬往。先至見師，坐左，州後至，坐右，三人一時化解。今投子山柴巷口有仙姑井，山間有趙州橋。

　　在這則記載中，何仙姑是安徽桐城投子山人。她的出身十分奇異，是鹿飲禪師溺，受精而產。在古代傳說中，有女性履巨人足迹、夢中感孕的傳說，而這裡則是動物受人之精氣而孕，是古代傳說原型的變化。何仙姑後與趙州、禪師同時化解，笊籬是她成仙時所持的作飲食的工具。《歙縣誌》則認為何仙姑是安徽歙縣人。（上見《古今圖書集成・神異典》。）而小說《飛劍記》則云何仙姑是淮安玉溪陳家使女，心地善良，呂洞賓因而度之成仙：

　　　　（呂）乃以手招著何氏女說道：「惠娘，我與你鑽去（鑽火爐）。」時何氏女手中拿著個笊籬，正欲撈飯。因純陽子一招，即忙過來。純陽子以手挽著何氏女，雙雙進於灶中，火焰轉盛，眾皆大驚。（第十三回）[66]

　　小說中，何仙姑拿的也是笊籬，其成道經過十分神奇。
　　《福建通志》認為何仙姑是福建人，記載云：「仙姑父大郎世居武平南岩，貨餅自給。呂純陽見其有仙質，日過索餅噉，輒與。呂

66 〔明〕鄧志謨：《飛劍記》，《古本小說集成》本（上海市：上海古籍出版社，1990年）。

感，贈以一桃，云：食盡則成仙。仙姑遂辟穀南岩。」何仙姑是福建武平南岩人，得呂洞賓桃而成仙。《浙江通志》則認為何仙姑是浙江人：「宋何仙姑，南覽村人。三十不字，采樵自給，見山間桃實如杯，啖之自是不饑。元祐中昌化令鄭滂賑荒，姑混入稠眾就視。人爭異焉。姑即遁涉雙溪，忽雲霧覆之不見。令上其事，敕祀之。」[67]何仙姑因食山間如杯大桃而成仙。清代講唱文學《八仙緣》則把何仙姑作為浙江一富家獨生女，立志修行，夢中得呂洞賓贈桃，後得呂洞賓度脫成仙。清吳城乾隆年間寫的《迎鑾新曲》中，把何仙姑亦作為浙江籍女仙。《何仙姑寶卷》中則把廣州何仙姑與浙江何仙姑融合一起，把何仙姑父因逃難而定居杭州作為調和的辦法。近代地方傳說中，何仙姑的籍貫更亂。

我們從何仙姑的籍貫及事跡來看，何仙姑大致有兩種類型：一是沿宋時何仙姑食桃成仙衍生而來，浙江、福建、江西等江南傳說大致都是這種類型；一是民間婦女，心地善良，持笊籬成仙，安徽及淮河流域的傳說是這種類型。這兩種類型帶有很明顯的地域性。明清時期戲曲小說中的何仙姑形象在一定程度上是融兩種類型而成。隨著時代的發展，何仙姑形象在流傳的過程中，笊籬在她手中消失，代之的是花籃。

韓湘子的形象在宋代已基本定型，元明清時期的戲曲小說和說唱文學中韓湘子最大的仙跡就是度脫叔父韓愈。小說《韓湘子全傳》比較全面地介紹了韓湘子的成仙及度脫叔父、嬸母、妻子的經過。張果老、曹國舅等仙在民間傳說中增加了些仙跡，形象沒有多少變化。

通過上述簡要分析，我們可以對八仙形象有個大致的了解。八仙由唐宋時期的單個神仙被組合成一個人人喜愛的神仙群體，八仙故事由單一變得豐富多樣，八仙形象也由單薄變得豐滿生動，這是世俗百

---

67 《古今圖書集成》〈神異典〉。

姓無數次接受、加工提煉、想像、傳播的結果，其中體現了民間傳說
的巨大創造力。

第三章
八仙與道教文化

世界上，每一種宗教都有其信仰的根據，這種信仰的根據是該宗教賴以存在的基礎。道教信仰的是超越生死、自由快活的神仙世界，其中的神仙是現實生活中人們情感裡、精神上、人格中的理想形象。八仙是道教神仙世界裡最受人們喜愛的神仙群體，他們出現於唐宋時期，組合於金元時期，與宋金及以後的道教有著十分密切的關係。

第一節　甘水仙源

明胡應麟在《莊嶽委譚》中認為鍾、呂八仙「起自元世王重陽教盛行，以鍾離為正陽、洞賓為純陽、何仙姑為純陽弟子，夤緣附會以成」，[1]從現存的資料來看，誠是確論。

全真教創立於金代的王重陽，後得全真七子光大宏揚而達於全盛。王重陽，咸陽大魏村人，生於宋徽宗政和二年（1112），金正隆四年（1159）年六月於終南甘河鎮遇仙，金世宗大定十年（1170）卒於西歸途中。作為全真教祖師，他的成道有著非凡的經歷，他是在甘河鎮遇神仙指點後醒悟的。這是宗教信徒神化祖師，以達到光大教門的常用手段。

關於王重陽甘河遇仙一事，全真教的典籍及當時的一些碑誌中都有記載。至於王重陽所遇何仙，在一些記載中，王重陽所遇的是不知名姓的神仙。〈全真教開教密語之碑〉可能是關於全真教教祖遇仙的

1　〔明〕胡應麟：《少室山房筆叢》辛部《莊嶽委譚》，明萬曆刻本。

最早記載。碑中說:「重陽祖師以正隆己卯之夏,遇真仙於終南甘河鎮,密付口訣。明年庚辰,再會於醴泉,遂留密語五篇。」[2]碑記中沒有說明王重陽所遇何仙。金天興元年(1232)劉祖謙的〈終南山重陽祖師仙迹記〉只說「正隆己卯間,忽遇至人於甘河,以師為可教,密付口訣,又飲以神水」,[3]也沒有所遇仙姓名的記載。在金源璹撰的〈全真教祖碑〉[4]中,王重陽因為文武科舉「兩無成」,而「慨然入道」,正隆四年甘河遇仙。金源璹對於王重陽的遇仙有較為詳細的記載:「(王重陽)於甘河鎮醉中啖肉,有兩衣氈者繼至屠肆中。其二人形質一同,先生驚異,從至僻處,虔禱作禮。其二仙徐而言曰:『此子可教矣!』遂授以口訣。其後愈狂,詠詩曰:『四旬八上始遭逢,口訣傳來便有功。』明年再遇於醴泉,邀飲肆中酒家,問之鄉貫年姓,答曰:『濮人,年二十有二,姓則不知也。』」王重陽所遇之仙是「濮人」,年纔二十二歲。鍾離權是咸陽人,呂洞賓是永樂人,二人均無「濮人」之說,再則王重陽所遇仙纔二十二歲,與鍾離權、呂洞賓的年貌也不相合。從這些記載來看,王重陽所遇之仙應非鍾離權、呂洞賓二人。碑記後又云王重陽遇至人飲以神漿,此「至人」是何人,亦未有說明。道教典籍《甘水仙源錄》[5]中亦記載了王重陽遇仙之事,內容與金源璹碑相同,也沒有王重陽所遇仙的姓名記載。從這些記載來看,王重陽所遇之仙是誰,在當時是一個謎。

　　而在另外一些記載中,王重陽所遇之仙是當時人人皆知的神仙鍾離權、呂洞賓。這種說法在一定程度上取決於全真教徒的宣揚,全真

2　陳垣:《道家金石略》(北京市:文物出版社,1988年),頁429。

3　陳垣:《道家金石略》(北京市:文物出版社,1988年),頁460。

4　陳垣:《道家金石略》(北京市:文物出版社,1988年),頁451。附注:此碑全名為〈終南山神仙重陽子王真人全真教祖碑〉,署「前金皇叔開府儀同三司上柱國密國公金源璹撰,葆真玄靖大師前諸路道教提舉李道謙篆」。

5　〔元〕李道謙編:《甘水仙源錄》,其自序作於元世祖至元二十五年(1288)。明《正統道藏》本。

教徒為了擴大本教的影響，滿足當時民間信仰者的心理需要，把祖師與當時有名的神仙聯繫在一起。這種聯繫大致在王重陽卒後出現。大定十五（1175）年七月孫謙序的《四仙碑》中記載云：「昔重陽王先生嘗兩遇呂真人，遽然入道，而隱於終南山六年。於一日東游海島，於寧海境上而居焉。」[6]王重陽大定十年去世，孫碑記作於大定十五年，時代相去不遠，而其中已有兩遇呂真人的記載。《永樂宮碑錄》（泰定三年作）裡亦云：「全真之學，倡於祖師重陽，而七真紹焉。其教大弘，風靡海宇。原其所自，實純陽啟之。」

元太宗十三（1241）年的《金蓮正宗記》中對王重陽遇仙一事記載云：

> （王重陽）甘河橋上過屠門嗜羶根而大嚼焉。有二道者，各披白羶，忽從南方翛然而來，煙霞態度，霄漢精神，觀厥眉宇，大抵相類。先生不覺驚起，趨進俛首前揖相與語。言皆出世語，滌塵澣垢，蠲膏剔盲，如醉而醒，如瘖而鳴。密授真訣，更名曰嚞，字曰知明，號曰重陽子。既畢，指東方曰：「汝何不觀之。」先生回首而望。道者曰：「何見？」曰：「見七朵金蓮結子。」道者笑曰：豈止如是而已，將有萬朵玉蓮芳矣。言訖忽失所在。……明年庚辰，有一道者同宿月中，乃言曰：吾居西北大山之中，彼間有人善於談演，陰符、道德尤所精通。聞君平昔好此二經，胡不相從試往觀聽。先生躊躇未之能決。道者忽起，拋柱杖乘風而去，左右求之，杳無音耗，茫然如有所失。比及中秋，過醴泉縣，再遇道者，趨而拜之，忻然相邀入於酒館共飲之。次問其鄉里，答曰：蒲坂永樂是所居也。……他日又攜酒一壺立於路次，有道人呼曰：「害風，害

6　見陳垣：《道家金石略》，頁430。

風，將汝酒來。」先生應聲與之。一飲而竭，卻遣先生以空壺
就甘河中，取水令自飲之，其味極佳，真仙酐也。道人告曰：
吾海蟾公也。言訖，忽失所在。自是以來，不復飲酒，但飲水
而已。」[7]

其中，王重陽首遇二仙不知名姓，次所遇之仙是「蒲坂永樂」
人，當為呂洞賓，最後教重陽飲水之仙則是劉海蟾。元泰定三年的
《金蓮正宗仙源像傳》[8]與《金蓮正宗記》所記內容大致相同，只是
王重陽次所遇之呂純陽，即是首遇二仙之一。另外，《金蓮正宗仙源
像傳》王重陽傳後還載有王重陽之詞：「正陽的祖，又純陽師父。修
持深奧，更有真尊。唯是叔海蟾，同居三島。」在這兩部全真典籍
中，鍾離權、呂洞賓、劉海蟾都成了王重陽之師。鍾離權師自東華帝
君，度呂洞賓、劉海蟾，三人又共度王重陽成仙。全真教北宗以東華
帝君為第一祖、鍾離權為第二祖、呂洞賓為第三祖、劉海蟾為第四
祖、王重陽為第五祖，大概即本此而來。八仙之首的鍾離權、呂洞賓
都成了全真教祖師，而在元雜劇中，成名已久的何仙姑、藍采和、鐵
拐李等人則都成為全真教祖師鍾離權、呂洞賓的徒弟或道友。

從中，我們可以清楚看到全真教對鍾、呂的依託傾向。明王世貞
認為：「重陽所為說未嘗引鍾、呂，而元世正陽、純陽追稱之，蓋亦
處機意所謂張大其說而行之者。」[9]王世貞認為全真教依託鍾離權、
呂洞賓始於丘處機，清代的陳教友則認為「當日張大其說實始於樗櫟
道人」的《金蓮正宗記》。[10]其實，這種依託傾向從王重陽、馬丹陽時
即已開始。大定十年（1170），王重陽預感自己歸期將近，吩咐弟子

7　〔元〕秦志安：《金蓮正宗記》卷二〈重陽王真人〉，明《正統道藏》本。
8　李一氓主編：《道藏》第3冊。
9　〔明〕王世貞：《弇州山人四部稿》卷一三六文部《王重陽碑》，明萬曆刻本。
10　〔清〕陳教友：《長春道教源流》卷一，《道藏》第31冊。

傳道事宜。馬丹陽見師父就要歸逝，連忙請求留下辭世頌，王重陽答覆說已經預先在關中呂道人庵壁上寫就。[11]馬丹陽在回憶中多次把其師王重陽與鍾離權相比：「師父夙貌堂堂，有若鍾離之狀，加之頂起此巾，愈增華潤，誠為物外人也。」[12]「丫髻之中，明藏兩吉，師名頂載休更易，鍾離昔日亦如斯……」[13]馬丹陽認為其師王重陽有鍾離權之神貌，服飾打扮也有鍾離權之風格。

　　另外，在《金蓮正宗記》馬丹陽傳中，馬丹陽之成道亦與呂洞賓有關：

　　　　（前略）至辛亥歲饑饉薦臻，八月清旦，有客倉皇擲紬復於案上，輒過門而不知所往。公欲收入巾箱間，舉之甚重，解而觀之，金色射目，以權衡稱之，其重兩鎰。旬日客來，即奉與之。客謝曰：「吾呂仙也，家在幽谷村陶采為業，得金兩鎰欲貨於市，稅監逼逐，幾陷於刑，賴公以免。願兩分之，聊以酬恩。」公曰：「橫來之金，慮招其禍。」辭而不受。呂仙曰：「公有黃向之風，異日子孫當出神仙。」[14]

　　從這則記載看來，馬丹陽之所以能得道成仙，是因為其父拾呂仙所遺金不昧，廣積陰德所致。清《古今圖書集成》〈神異典〉卷五十五引《汝州志》云：

　　　　按《汝州志》，相傳丹陽遇純陽子食瓜自蒂，怪而問之，

---

11 參張廣保：《金元全真道內丹心性學》（北京市：三聯書店，1995年），頁11。

12 〔金〕馬丹陽：《洞玄金玉集》，見明《正統道藏》〈太平部〉，引自張廣保：《金元全真道內丹心性學》，頁11。

13 見《漸悟集》〈贈丫髻姚鈺〉，引書同前註。

14 〔元〕秦志安：《金蓮正宗記》卷三〈丹陽馬真人〉，明《正統道藏》本。

答曰：香從鼻裡出，甜向苦中來。豁然警悟，遂修道成真仙，北街有丹陽觀。

馬丹陽本是王重陽的弟子，被王重陽引度出家，而《汝州志》裡則把重陽度丹陽故實傳為純陽度丹陽故實。後來，清代宮廷月令承應戲《聖母巡行》中，丘處機也被寫成為呂洞賓所度。[15]

到了明清時期，全真教南北宗均以鍾離權、呂洞賓為祖師。明徐應秋《玉芝堂談薈》卷十七之〈道家南北宗〉條云：

《筆叢》、《青崖叢錄》：今煉養服食，其說俱在。而全真之教兼而用之。全真之名，昉於金世，有南北二宗之分。南宗先性，北宗先命。正一之家，實掌其業，而今正一，又有天師宗，乃掌南北教事。而江南龍虎、閣皂、茅山三宗符籙，又各不同。按《錄》以全真之教昉於金世，有南北二宗之分，似未詳考。蓋南北二宗之分，實自宋南渡後，而皆始於呂嵒，嵒得道鍾離權，權得之東華少陽君。南宗自嵒授劉海蟾操，操授張紫陽伯端，伯端授石翠玄泰，泰授薛紫賢道光，道光授陳泥丸楠，楠授白海瓊玉蟾，蟾授彭鶴林，此所謂南宗也。北宗自嵒傳王重陽嚞，傳馬丹陽鈺及妻孫不二，鈺傳譚長真處端，劉長生處玄，丘長春處機，此所謂北宗也。全真之名，始自王重陽，今猶有祖其名號者，然處機之後寂然矣。[16]

從這些記載中，我們可以看出鍾離權、呂洞賓與全真教的關係是多麼密切！

---

15 〔清〕無名氏：《聖母巡行》，見齊如山編：《昇平署月令承應戲》。
16 〔明〕徐應秋：《玉芝堂談薈》卷十七，《四庫全書》本。

　　鍾離權、呂洞賓之所以成為全真教祖，以鍾、呂為首的八仙之所以能組成，是多方面因素影響的結果。

　　西方人類學家湯因比在《歷史研究》一書中認為，「宗教信仰就是文化心理或文化潛意識的集中體現。現存的各個高級宗教之所以能夠長期得到廣大群眾的皈依，就在於它們分別是跟各個主要的文化心理類型一一對應的，都能滿足人們體驗到的情感需要」。[17]道教之所以千百年來能夠得到民眾的皈依，是因為其利用長生不老、自由幸福的神仙世界來滿足懼死求生者的心理需要。道教徒為了滿足各個時代人們的心理需要，維護道教的神聖傳統，他們不時地把民間傳說中的神仙吸收進道教系統，給道教信仰注進新鮮的血液，以贏得民眾的支持。全真教尊鍾離權、呂洞賓為祖師，又利用鍾、呂的名聲把成名已久的鐵拐李、藍采和、何仙姑、曹國舅等人羅致其中，正是這種文化心理的反映。

　　當然，以鍾離權、呂洞賓為首的八仙之所以被全真教依託，還有宗教信仰、修煉方法等方面的原因。在宋代的記載中，鍾、呂重視內丹修煉，主張性命雙修。呂洞賓在〈金丹秘訣自序〉中說：「幼習儒教，長好玄門，志慕清虛，心遊雲外，尋師訪友，往來無憚於馳驅。切問近思，始終不生於懈怠，陰陽升降，取法於二儀，性命根基，歸源於一氣。」[18]呂洞賓在其中所宣揚的正是他們重內丹、修性命的理論思想。岳州石刻有呂洞賓自傳，其中有語云：「世言吾賣墨，飛劍取人頭，吾聞而哂之。實有三劍，一斷煩惱，二斷貪嗔，三斷色欲。」[19]呂洞賓認為修道必須摒棄人間煩惱、貪嗔、色欲，以「正心修身」為要。在託名唐施肩吾序的《鍾呂二仙傳》中，呂洞賓說：「吾之賣墨必致息氣，蓋墨者，默也。息氣者，全神也。」賣墨同樣

---

17 引自張志剛：《宗教文化學導論》（北京市：東方出版社，1996年），頁170。

18 〔宋〕洪邁：《夷堅支志》乙卷七〈岳陽呂翁〉，清影宋鈔本。

19 〔宋〕吳曾：《能改齋漫錄》卷十八〈呂洞賓傳神仙之法〉，《四庫全書》本。

成為呂洞賓修煉內丹思想的表現。王重陽承繼了鍾、呂的主張，重
「性命」，以「柔弱謙下為表，以清靜虛無為內」[20]。

　　神仙傳說中，鍾離權、呂洞賓大都採用夢中點化、自身頓悟的度
脫方式。如鍾離權度呂洞賓時：

> 　　仙師授以如意枕，遂就之熟睡。夢中昇沉萬態，榮悴千
> 端。恍然夢覺，炊尚未熟，不禁俯仰長歎。仙師笑吟曰：黃粱
> 猶未熟，一夢到華胥。真君驚問。仙師曰：子適來之夢，五十
> 年間，如同一瞬，得不足喜，喪何足悲，世有大覺而後知人世
> 一大夢也。真君感悟，遂拜仙師，求授度世之術。……[21]

　　呂洞賓夢中「昇沉萬態，榮悴千端」，恍然醒來時，身猶臥肆
中，黃粱猶未煮熟，因而醒悟人生，出家學道。鍾離權、呂洞賓二人
度脫藍采和時，讓藍采和經歷人世惡境，讓他感悟到現實人生的極端
不自由，自悟而出家（元《漢鍾離度脫藍采和》雜劇）。呂洞賓度鐵
拐李時，讓岳孔目魂入地獄，靈魂受苦，後又讓之附體還魂，使之在
靈魂與肉體、生存與死亡的痛苦煎熬中醒悟出家（元岳伯川《呂洞賓
度鐵拐李岳》雜劇）。呂洞賓、藍采和、鐵拐李他們在師父的點化
下，道由心生，自悟出家。這種「悟」有佛教禪宗「頓悟」的特點。
鍾離權、呂洞賓度脫曹國舅，鍾離權度脫劉海蟾則更帶有禪機：

> 　　（曹國舅）一日遇鍾離純陽二祖。問曰：「聞子修養，所
> 養何物？」對曰：養道。曰：「道何在？」曹舉手指天。曰：
> 「天何在？」曹引手指心。二祖笑謂曰：「心即天，天即道。

20 〔元〕長春壺天：〈金蓮正宗記序〉，見《金蓮正宗記》卷首，明《正統道藏》本。
21 〔清〕王建章編：《歷代仙史》卷三，清光緒七年常熟抱芳閣刊本。

子親見本來面目矣！」遂授以還真秘術，引入仙班。[22]

> 一旦，有道者來謁，邀坐堂上，以賓禮待之。問其姓名，默而不答，但自稱正陽子，願乞雞卵十枚金錢一文，安金錢於桉上而高累十卵，危而不墜。海蟾歎曰：「危哉！」先生曰：「相公身命俱危更甚於此！」海蟾頓悟。……[23]

曹國舅自悟「心即天，天即道」之理，因而得師授秘術位列仙班。劉海蟾因歎累卵之危，鍾離權借機以危卵喻人生，使劉海蟾「頓悟」。

這種點悟式的方法，也是全真教度脫的主要方法。王重陽點化馬丹陽、譚長真、郝大通等人採用的大都是點悟式的方法，讓他們自悟出家。如王重陽度郝大通：「（郝大通）大定丁亥秋貨卜於市，士大夫環列而坐，重陽最後至，背面而坐。先生曰：何不回頭。重陽曰：只恐先生不肯回頭。先生頗驚，遽起作禮。」[24]王重陽利用郝大通話語乘機點化，使之醒悟。王重陽度馬丹陽、孫不二時，「出神入夢，種種變現。懼之以地獄，誘之以天堂，十度分梨，六番賜芋」，使馬丹陽、孫不二醒悟。[25]王重陽既重視教徒自身「內向」性心理體驗，同時又注意他們「外向」的意會直覺。他在《重陽立教十五論》的第二條「雲遊」中說：「凡遊歷之道有二：一者看山水明秀花木之紅翠，或翫州府之繁華，或賞寺觀之樓閣，或尋朋友以縱意，或為衣食而留心。如此之人雖行萬里之途，勞形費力；遍覽天下之景，心亂氣衰，此乃虛雲遊之人。二者參尋性命，求問妙玄，登巇險之高山，訪明師

---

22 〔清〕王建章編：《歷代仙史》卷四，清光緒七年常熟抱芳閣刊本。

23 〔元〕秦志安：《金蓮正宗記》卷一〈海蟾劉真人〉，明《正統道藏》本。

24 〔元〕秦志安：《金蓮正宗記》卷五〈廣寧郝真人〉，明《正統道藏》本。

25 〔元〕秦志安：《金蓮正宗記》卷五〈清靜散人〉，明《正統道藏》本。

之不倦，渡喧轟之遠水，問道無厭。若一句相投，便有圓光內發，了生死之大事，作全真之丈夫，如此之人乃真雲遊也。」[26]王重陽提倡雲遊，其目的是通過雲遊觸動心機，圓光內發，了悟生死。這種外向觀照「道」和內向體驗「道」的過程，便是主體頓悟本性，精神進入與「道」一體的絕對自由境界的過程。

　　另外，鍾、呂八仙與王重陽全真七子在某些方面還有類似之處。王重陽先習文，後習武，與鍾離權經歷相同，再則其裝扮結束也都模仿鍾離權。八仙中何仙姑為女性，七子中有孫不二為女性。七子中譚長真患「風眩癱瘓」（見《金蓮正宗記》），其形象與鐵拐李有類似處。「七祖之迹皆在東海勞（嶗）山」，[27]而八仙的仙迹亦多在嶗山，八仙過海去蓬萊亦是從嶗山起步。諸如此類，可比之處很多。或許全真教徒真是把王重陽與全真七子相比八仙也未可知。

第二節　諸派宗師

　　中國的宗教與政治的關係密切，宗教在一定程度上成為政治的附庸。政治的需要、朝代的更替往往直接影響到宗教的發展。在金元時期，中國道教大致可以分為全真道與正一道兩大派別。全真教在丘處機面見成吉思汗後，憑藉政治權力，風行全國，佔據主導地位；而正一道則以符籙驅鬼降妖、祈福禳災，流行於民間。朱元璋改朝換代後，為了維護封建統治，貶斥與元朝有密切關係的全真道，扶持在民間廣有影響的正一道。朱元璋在洪武七年的〈御制玄教齋醮儀文序〉一文中說：「朕觀釋道之教各有二徒，僧有禪有教，道有正一有全真。禪與全真務以修身養性獨為自己而已。教與正一專以超脫，特為

26　〔金〕王重陽：《重陽立教十五論》，明《正統道藏》本。
27　〔清〕酥醪洞主（陳銘珪）：《浮山志》，《道藏》第31冊。

孝子慈親之設，益人倫厚風俗，其功大矣。」[28]他認為佛教、正一教
益人倫厚風俗，而全真教、禪宗修身養性獨為自己，無益於封建教
化，從政治需要出發予以褒貶。政治因素的影響使全真教的地位急驟
下降，正一教的地位迅速上升。「明時正一教完全恢復了官方宗教的
地位，全真道又復回轉到開創時期的舊貌，在民間流布傳播。」[29]全
真教徒為了生存，儘可能地吸收丹鼎、符籙等法術，既重視清修，又
打醮設齋，適應世俗社會的需要。「煉養服食」，「全真之教兼而用
之」。[30]明朱國楨在《湧幢小品》卷二十九〈全真教〉中說：

> 大抵道家之說，雜而多端：清靜，一說也；煉養，一說
> 也；服食，又一說也；符籙，又一說也；經典科教，又一說
> 也。自清靜兼煉養，趨而服食，而符籙，最下則經典科教。蓋
> 黃冠以此逐食，常欲與釋子抗衡，而其說較釋氏，不能三之
> 一。為世患蠹，未為甚鉅。獨服食符籙二家，其說本邪僻謬
> 悠，而惑之者罹禍不淺。……當今全真一教，大約是服食符
> 籙，又在二宗之下。[31]

　　從這些記載來看，本以清靜修養為主的全真教在明代的環境中，
已綜合了丹鼎、符籙等內容適應民間，日趨世俗化。
　　八仙作為道教的神仙，也逐漸被全真教外的其他宗派所供奉。八
仙在金元時期以性命雙修為宗旨，明清時期摻進了符籙、丹鼎等內
容，出現了大量的丹藥濟世、符籙祛鬼的傳說。明末清初，民間宗教
興盛，八仙也成為民間宗教的重要神仙。我們從明清時期的道教經典

28　〔明〕朱元璋：〈御制玄教齋醮儀文序〉，見李一氓編：《道藏》第9冊，頁1。

29　張廣保：《金元全真道內丹心性學》〈引言〉。

30　〔明〕徐應秋：《玉芝堂談薈》卷十七，《四庫全書》本。

31　〔明〕朱國楨：《湧幢小品》卷二十九，明天啓二年刻本。

中可以很清楚地看到這一點。明清時期有名的《無生經》[32]中「李拐仙」、「正陽帝君」、「洞賓仙師」、「曹仙國舅」都有訓贊，他們是其中重要的神仙。《玉笈雲華》卷一記載了清道光七年的求仙活動，八仙經過道場並都留有詩篇。其中，張果老被稱為「果老張祖」、鍾離權被稱為「鍾離老祖」、李鐵拐被稱為「凝陽李祖」、韓湘子被稱為「青夫韓祖」、藍采和被稱為「采和藍祖」、曹國舅被稱為「玉峰曹祖」、何仙姑被稱為「抑陽何祖」、呂洞賓被稱為「純陽呂祖」，他們都被稱為祖師。[33]《白雲觀志》卷三載白雲觀迎賓至祥在民國丙寅年抄出的《諸真宗派總簿》〈宗派源流目錄〉，其中八仙祖師名錄如下：

第　五　　鍾離帝君正陽派
第　六　　純陽帝君純陽派
第四四　　純陽祖師天仙派
第四七　　純陽祖師蓬萊派
第五十　　果老祖師雲陽派
第五一　　鐵拐祖師雲虛派
第五二　　何仙姑祖師雲霞派
第五三　　曹國舅祖師金丹派[34]

　　八仙中的鍾離權、呂洞賓、張果老、鐵拐李、何仙姑、曹國舅在其中都是宗派祖師。山東《東平縣誌》卷五（一九三五年修）〈道教〉條記載了當時東平縣道教的四派，其中即有「呂祖天仙派」，天仙派有教徒十八人。從這些記載來看，八仙在明清時期已被道教許多

32　無名氏：《無生經》，見《藏外道書》第23冊。
33　無名氏：《玉笈雲華》，見《藏外道書》第23冊。
34　引自浦江清：〈八仙考〉，見《浦江清文錄》（北京市：人民文學出版社，1989年）。

宗派奉為祖師。這些宗派，與金元全真教的目的一樣，無非是想借八仙擴大本宗派的影響。

　　由於鍾、呂八仙在道教領域的廣泛影響，託名附會的道教典籍也層出不窮。在宋代有託名唐施肩吾撰的《鍾呂傳道集》（實宋方士所為），記述鍾離權與呂洞賓論道問答，其中有論真仙、論大道、論天地、論日月、論四時、論五行、論水火、論龍虎、論丹藥（內丹、外丹）、論鉛汞、論抽添、論還丹、論煉形、論朝元、論內觀、論磨難、論證驗等章，[35]對修行的過程進行了論述，這是道教修煉的重要著作。南宋洪邁的《夷堅支志》乙卷七〈岳陽呂翁〉中提到了呂洞賓的《金丹秘訣》一書：

　　　　（前略）其書呂自為序，稱紫微洞天純陽真人。曰：晶幼習儒教，長好玄門，志慕清虛，心游雲外，尋師訪友，往來無憚於馳驅。切問近思，始終不生於懈怠，陰陽陞降，取法於二儀，性命根基，歸源於一氣，無形無象。來時止一婦一夫，有姓有名，去後存二男三女。九宮臺畔，金童探得黃芽，十二樓前，玉女收成白雪。水中起火，當分八卦之才；陰內煉陽，自別九州之氣。三花和會，化火光直出昏衢，千日功成，驂鶴駕先遊蓬島。天機深遠，不敢輕言，道體淵微，難為直說。今以平日見功之法，尊師已驗之術，集成口訣十八首，密示後進。凡金丹小成法七訣：天童不老法第一，聚火煮海法第二，匹配陰陽法第三，聚火還元法第四，聚火煉形法第五，龍虎金丹法第六，周天火候法第七。金丹中成法凡六訣：河車肘後法第一，肘後飛金晶法第二，玉液還丹法第三，玉液煉形法第四，金液還丹法第五，金液煉形法第六。金丹大成法五訣，集成朝

35　〔唐〕施肩吾：《鍾呂傳道集》，見《道藏》第4冊，頁656。

元法第一，煉元成形法第二，內觀交換法第三，神出入仙法第
四，分形超脫法第五。其書合三千言，每訣四句，句四字，明
白易曉，實修真妙旨也。[36]

　　《金丹秘訣》是否為呂洞賓所作，今已難知。《藏外道書》第十
八冊中收有《金丹詩訣》一書，題為：「唐純陽呂真人呂岩洞賓撰，
宋雲峰散人夏元鼎宗禹編。」估計即是洪邁所記的《金丹秘訣》一
書。其中內容較之《鍾呂傳道集》更為詳盡，可能是夏元鼎所編，偽
託呂洞賓之名而已。

　　元明清時期，託名鍾、呂八仙的典籍更多。《道藏》、《藏外道
書》等保存下來就有十餘種，其中託名呂祖所作的最多。刊於光緒年
間的《太乙金華宗旨》，前有許旌陽真君原序、孚佑帝君自序、洞玄
帝君張祖序、丘長春真人原序、譚長生真人原序等，如果丘長春、譚
長生的序不是偽託的話，此書應成於元代。[37]《鍾呂二仙問道章》，據
序中「大明成化癸卯六月」之語，可知此書刊於明成化年間。元明清
時期，署名呂洞賓著的道書有〈黃鶴賦〉、〈百句章〉、〈真經歌〉、〈鼎
器歌〉、〈採金歌〉五篇（此五篇道書，道光三年傅銓濟有注釋）、《呂
祖北斗九皇丹經》（上、中、下三卷）、《十六品經》、《金玉寶經》、
《醒心真經》、《呂祖師三尼醫世說述》、《孚佑帝君呂純陽祖師三世因
果說》、《純陽呂真人藥石制》、《同參經》等。《歷代仙史》卷三呂洞
賓傳中說呂洞賓所著還有「《心易》、《仙統》、《三成法書》、《敲爻
歌》、《八品仙經》」等書。另外，還出現了八洞仙祖合注的《太上老
君說常清靜經》一書。在明清民間宗教中，以八仙成道故事為經典的
寶卷也很多，如《何仙姑寶卷》就是「先天道」的經典。諸如此類的

36　〔宋〕洪邁：《夷堅支志》乙卷七，清影宋刻本。
37　〔唐〕呂洞賓：《太乙金華宗旨》，見《藏外道書》第22冊。

著作，從明清的一些零散記載來看，來自於兩種途徑：一是後人所作，偽託鍾、呂之名；二是乩仙所作，如《清微三品經》等。這些著作對道教教義的傳播起了十分重要的作用。

第三節　三教通神

在中華文化史上，儒、釋、道三教並存，佔據主導地位的儒家思想，與外來的佛教思想及傳統的道教思想之間不斷衝突、融合，共同推動了中華民族文化的發展。這種衝突與融合，使三家思想不斷滲透，終於在明清時期形成了三教合一的局面。而金元全真教對三教合一局面的形成起了十分重要的作用。

王重陽全真教倡導三教合一。據金源璹的〈全真教祖碑〉記載，王重陽先在文登創立三教七寶會，後在寧海州周伯通的金蓮堂的基礎上開設了三教金蓮會，後又在福山縣設立三教三光會，在登州建立三教玉華會，在萊州建立三教平等會。王重陽「設立的五會一律冠以三教字樣，這點很值得注意，這體現了全真道不主一教，圓融三教的立教精神。」[38]但是，當時佛道之間矛盾很深，王重陽圓融三教的主張並未得到廣泛的認同。據《金蓮正宗記》記載，譚長真「曾過招提，就禪師處乞殘食。禪師大怒，以拳毆之，擊折兩齒，先生和血咽入腹中。傍人欲為之爭，先生笑而稽首，殊不動心。」[39]另外，元雜劇《陳季卿悟道竹葉舟》中，陳季卿說：「你這道者差矣。此位是惠安長老，仙釋不同教，是做不得徒弟的。」從這些記載中，我們可以知道當時佛道之間矛盾之深。明清時期，三教合一，王重陽的理想纔終於實現。

---

38 參張廣保：《金元全真道內丹心性學》第1章。

39 〔元〕《金蓮正宗記》卷四〈長真譚真人〉，明《正統道藏》本。

　　鍾、呂八仙是全真教及明清各宗派的神仙，從八仙信仰中，我們可以清楚地看到三教合一思想的影響。岳州石刻、《鍾呂二仙傳》、〈江州望江亭自記〉都有呂洞賓的自述，三段內容基本一致，但思想則完全不同。在岳州石刻中，呂洞賓根本未提到佛教。在《鍾呂二仙傳》中，呂洞賓談到世人傳他與黃龍參請之事時說：「似聞市人言吾與黃龍參請，賣墨貨藥能飛劍取人頭。吾聞大笑，且慈且博濟者道也，修而行之者仙也。彼釋氏頑空坐守，生老病死而已，有何可以參請。」其中呂洞賓譏釋氏「頑空坐守，生老病死」，對釋氏態度十分輕蔑。而後於二者的〈江州望江亭自記〉中則云：「慈悲者佛也，仙猶佛也。」把仙佛相提並論，沒有貶抑之處。從中，我們亦可略見三教思想的融合與發展。

　　在三教合一思想的影響下，鍾、呂八仙也成為三教神仙。明中葉雜劇《降丹墀三聖慶長生》中，鍾離權上場詩云：「髮短髯長本自然，半為羅漢半為仙。胸中自有吾夫子，到底三家總一天。」[40]其中的神仙即是三教通神的形象。他們具有和尚髮短、道士髯長的特點，半為羅漢，半為神仙，而內心奉行的是儒家孔夫子的倫理道德思想。明《呂洞賓點化度黃龍》、《呂洞賓度脫國一禪師》、《張果老度脫啞觀音》等劇寫八仙度僧入道，而《飛劍斬黃龍》則寫呂洞賓為佛所度。這其中的度與被度正是佛道混融現象的反映。

　　在明清許多的道教典籍中，八仙成為三教合一思想的宣傳者，而尤以呂洞賓的影響最大。呂洞賓「家世儒業，心慕玄宗，從正陽帝君學金液還丹，道成發大誓願，願度一切眾生。於是遊行宇內，即以其學之所得者作為詠歌，期以覺世。晚遇黃龍祖師，深達佛理。於西來祖義靡不融會貫通，回已懸崖撒手。百尺竿頭更進一步，自是而龍沙

40　〔明〕無名氏：《降丹墀三聖慶長生》，見王季烈編：《孤本元明雜劇》（北京市：中
　　國戲曲出版社，1958年）。

顯迹，化現三門，神遊宇宙，遍駕慈航。」[41]呂洞賓有儒家的身世，道家的法術，後又得黃龍禪師指點而精通佛理，時時「顯化三門」，是一位三教通神。在《呂祖全書》卷十三〈呂祖晉秩玄元誥命〉中，呂祖被稱為「三教宗師，玄元廣法天尊，圓通文尼」。《呂祖師三尼醫世說述》中亦說：

> 　　《心印集》經曰：「青尼致中，仲尼時中，牟尼空中，三尼師師，文尼翼司。三尼克傳，文尼斯贊，宏敷教育，禪生化之源。」此元始誥文尼之文。本經又言：「純陽真人，化號文尼，職司鐸化，故詔以三尼之道，敷錫於世，陰騭下民。」呂祖師之統儒釋道以宣教，天所命也。是以寶誥，亦稱為三教之師。[42]

　　在這些道籍中，呂洞賓融合三教，被稱為「三教之師」。他的地位十分顯赫，是一位與「仲尼（孔子）、青尼（老子）、牟尼（釋迦牟尼）」三大聖人齊名的神仙，獲得「文尼」的稱號。呂洞賓「職司鐸化」，大倡三教合一之說。他在《呂祖北斗九皇丹經》中說：「三教源流本一支，何分中外與華夷，庸夫俗子井蛙見，無怪逞強亂議訾。後人強斥釋道為異端，彼止知儒教治世，怎知道教出世，釋道無為。」[43]在〈呂祖三品經序〉中說：「三教本自同源，雖所入途不一，而其成功則無異致。儒家從實處用功，釋家從空處著想，而道家則從虛處契念。要之，實者何，欲其養此心也；空者何，欲其了此心也；虛者何，欲其斂此心也。」[44]呂洞賓在《太乙金華宗旨》中大談「止觀」、

41 〔唐〕呂洞賓：〈呂祖全書序〉，見《呂祖全書》，《藏外道書》第7冊。

42 見《藏外道書》第10冊，頁348。

43 見《藏外道書》第22冊，頁643。

44 見《藏外道書》第22冊，頁759。

「定慧」，[45]其《清微三品經》被人稱為「禪宗要典」。[46]呂洞賓還注釋佛教《般若波羅密多心經》，觀音菩薩為之作序，還扶乩降筆，感謝呂洞賓的注釋使「吾道心燈賴以不滅」。[47]

儒釋道三教合一，以儒家忠孝節義思想為其內核。八仙，尤其是呂洞賓也成為封建倫理道德思想的傳聲筒。明清時期託名呂祖的《十戒功過格》一書，即是借呂祖之名，宣揚「諸惡莫作，諸善奉行」的思想。十戒功過是衡量人善惡的標準，犯十戒中任何一戒都有過，而遵守十戒則有功。十戒功過涉及到儒家的忠孝節義思想，同時也涉及到下層市民的日常生活、審美情趣。「學彈唱二十過，看一次傳奇五過，藏春宮冊子一頁十過，戲作妖豔傳奇一書五十過，讚歎才子佳人與邪盜姦淫之事以炫人心志者二十過，纂集古今戲說文詞一卷五十過，纂集古今情詩豔語一卷五十過。」而焚毀傳奇、不看淫戲等事則有功，特別是寫書讚揚古今忠孝節義，編刻善書，注解五經四書都有若干大功，就連拾人牙慧，別無心得，也能算五功。[48]

儒釋道三教混融，對於普通的下層百姓來說無法分辨也沒有必要分辨清楚。因為他們的信仰目的十分明確，不管是神仙也好，菩薩也好，鬼魂也好，只要有靈驗，就會香火旺。這種情況下，人們喜愛的八仙也就自然而然地成了三教共同尊奉的對象。

第四節　八仙神迹

神迹是神的一種基本特性，普遍存在於各種宗教體系之中。它是人們在造神與信仰神的過程中賦予給神的一種超自然的屬性。費爾巴

---

45 參葛兆光：《道教與中國文化》（上海市：上海人民出版社，1987年），頁326。
46 見《呂祖全書》卷十六〈參同妙經序〉，《藏外道書》第7冊。
47 參葛兆光：《道教與中國文化》，頁326。
48 參葛兆光：《道教與中國文化》，頁355。

哈說：如果沒有神迹，神就不成其為神。[49]這種神迹的出現是宗教信仰者社會心理的反映：人們賦予神一種超自然的屬性，為的是通過對它的崇拜得到現實的幫助。神迹是宗教信仰的基石，是吸引廣大民眾皈依的重要條件。「如果沒有對神迹的信仰，宗教也會因此而喪失引人入勝的魅力，喪失廣大信眾的信仰。」[50]

　　八仙之所以能成為元明清時期人們喜愛的神仙群體，一方面因為八仙有豐富的象徵內蘊，帶給人們的是一種吉祥幸福的信號；而另一方面，是因為附會在八仙身上的種種神迹。這些神迹，使得八仙深入人心，成為人們崇拜的偶像。在民間傳說中，八仙大都有一個神秘的出身或神奇的經歷。鍾離權生時有「異光數丈，狀若烈火」，他相貌「頂圓額廣，耳厚眉長，目深鼻聳，口方頰大，唇臉如丹，乳遠臂垂，如三歲兒」，「第七日躍而有聲曰：身遊紫府，名書玉京」。[51]呂洞賓生時「異香滿室，天樂浮空，一白鶴自天飛下，竟入帳中」。[52]張果老法術無窮，能死而復生。何仙姑食桃而不饑，「洞知人事休咎」（見《歷代仙史》卷八）。韓湘子乃美女轉生為鶴兒，再得點化而投胎韓家。[53]這些神奇的傳說使得八仙都帶有一個神秘的光環。他們遊戲人間，隨方顯化，廣度有緣，神迹顯著。尤以呂洞賓神迹最著，影響最大。呂洞賓因為其「願度盡一切眾生」的宏願，以及時時顯化的神迹，使人們相信他仍然混迹人間。北到山西，南到廣西、廣東，東到蓬萊，西到雲南、貴州一帶都有他的神迹傳說，因而他的廟宇遍及天下，成為與觀音、關羽齊名的宗教神聖。

---

49 參呂大吉主編：《宗教學通論》第一編第二章（北京市：中國社會科學出版社，1989年）。

50 參呂大吉主編：《宗教學通論》第一編第二章（北京市：中國社會科學出版社，1989年）。

51 〔明〕張文介：《廣列仙傳》卷二，《藏外道書》第18冊。

52 見《呂祖志》卷二，《道藏》第36冊。

53 見〔明〕雉衡山人：《韓湘子全傳》（日本：寶文堂書店，1990年）。

　　八仙神迹的出現與增多，主要來源於道教徒的有意附會與民間百姓的變相傳播。人們在接受與傳播中，加進了自己的一些識見、猜測，以自己的意度去補充或改造原故事，因而使得故事內容變得豐富，而且逐漸衍生出新的故事。我們把呂洞賓眾多的神迹傳說細加分析，就可以發現這些神迹絕大多數是附會、衍生而成。其中，因姓名、事迹的附會性理解產生的最多。如：

　　　　監文思院趙應道，病瘰癘，幾委頓。泣別親舊曰：「吾死矣夫。閨閣中之物皆舍得，獨鶴髮老親無托，奈何？」語未竟，俄有道人扣門語趙曰：「病不難愈也。」取紙二幅，各掐其中為二方竅，徑可二尺許，以授趙曰：「俟夜，燒一幅灰之，調乳香湯塗病上，留一幅以待後人。」言訖，道人不復見矣。始悟兩方竅乃呂字也。(〈紙中方竅〉)

　　　　橫浦大庾嶺有富家子慕道，建庵，接雲水士多年。一日，眾建黃籙大齋。方罷，忽有襤褸道人至，求齋。眾不知恤，或加凌辱。道人題一詞曰：「暫遊大庾，白鶴飛來誰共語？嶺畔人家，曾見寒梅幾度花？春來春去，人在落花流水處。花滿前溪，藏盡神仙人不知。」末書云：「無心昌老來。」五字作三樣筆勢。題畢，竟入雲臺，良久不出，迹之，已不見。徐視其字，深透壁後矣，始知「昌字無心」乃呂公也。眾共歎惋。(〈無心昌老〉)[54]

　　　　元豐中，東京有道人稱谷客。與布衣滕忠同飲酒。將起，

54　〔明〕汪象旭輯：〈呂祖全傳後卷〉，見《古本小說集成》本（上海市：上海古籍出版社，1990年）。

以藥一丸遺滕。滕素有風癖，服之即愈。遂別。又三年，於揚州開明橋東，遇谷客。坐水次，招滕，滕取路跨橋而往，至則無所睹。始悟谷客為洞賓也。怏怏未幾卒。(〈谷客〉)

宋夏竦為台州郡佐時，山水橫發，率僚屬禱於山椒。忽見黃衣道人冒雨而來，衣不沾濕，目竦曰：「若遂修道，可登真錄。」竦不答。道士笑曰：「亦須位極人臣。」言訖而去，水亦隨退。始悟其為呂祖也。後竦果居鼎鉉。[55](〈台州退漲〉)

〈紙中方竅〉中趙某重病將死，因念及母老無人侍奉而難以閉目。一道人以紙作二方竅相授，重病的趙某因道人神奇的方竅而痊癒。因道人已飄然而去，留給患者可以思考的只有那神奇的兩個方竅，患者由兩方竅加以聯想、想像，認為自己遇上了神仙呂祖。〈無心昌老〉中，眾人因襤褸道人之異迹及神奇的筆力、飄逸的詞意而稱奇，因而悟「昌」字無心為「呂」字，認為道人即呂祖所化。而〈谷客〉則是從谷客之意聯想引申為「洞賓」。像這類引申、聯想而悟為呂祖的還有「回心回心」、「無上宮主」、「回客人」、「回道人」、「回處士」、「串無心道人」等等稱呼。也有因道人擔二大甕而悟二大甕寓呂祖之名的。諸如此類，不一而足。像這一類聯想、引申的附會，猶有迹可尋繹。而〈台州退漲〉裡，道人沒有留下任何可推之迹象，道人被悟為呂祖，完全來自於信仰者本人的假想。

呂祖能詩，《金蓮正宗記》言呂祖有詩文集名《渾成集》，《白雲仙表》言呂祖著作數百篇，集名《傳劍集》，《呂祖全書》裡收有不少詩文著作。這些詩作大多附會而成。呂祖最早流傳人口的詩乃是「朝游北海暮蒼梧，袖裡青蛇膽氣粗。三入岳陽人不識，朗吟飛過洞庭

55　見《呂祖全書》〈靈應事迹〉，《藏外道書》第7冊。

湖。」「獨自行時獨自坐，無限世人不識我。唯有城南老樹精，分明
知道神仙過。」詩風飄逸，氣勢不凡。後來人們見此類詩風的無主詩
則多附會為呂祖詩。

> 虞伯生集幼年過蘇門酒樓，題詩於壁。書連十八書。其詩
> 曰：「耳目聰明一丈夫，飛行八極隘寰區，劍吹白雪妖邪滅，袖
> 拂春風枯槁蘇。氣集酒酣雙國士，情如花擁萬天姝。如今一去
> 無消息，只有中天月影孤。」時疑為呂洞賓所作，爭傳誦之。
> 又元白雲平章求仙於燕京西山頂，一日偶出，滕玉霄訪
> 之，不值，因題詩於壁曰：「西風短褐吹黃埃，何不從我游蓬
> 萊。振衣長嘯下山去，後夜月明騎鶴來。」竟不留名。白雲見
> 之，疑呂仙所題。朝野輻湊，寵賚山積。後知玉霄所題，白雲
> 厚賂之，戒以勿洩。[56]

　　虞集之詩之所以被疑為呂洞賓所作，是因為其詩氣勢宏大，飄逸
脫俗而引起的。詩人飛行八極，劍吹白雪，影去信杳等行徑正與人們
想像中的神仙行徑相符，再則詩風與呂洞賓「朝游北海暮蒼梧」詩風
相似，因而被誤為呂祖所作。而滕玉霄之詩之所以被誤為呂洞賓所
作，則一方面因為詩意飄然，很有仙意；另一方面是因為白雲平章求
仙，有意附會。而一旦被認為是呂祖之詩，白雲平章得到朝野青睞，
名重於時，他知道真相後，當然也就不可能把真相告白於天下。從虞
集、滕玉霄之詩被附會為呂祖之詩的例子來看，因誤傳而附會也是八
仙其他的許多神迹產生的原因。

　　移花接木也是八仙神迹產生的重要來源。一些本來不是八仙的故
事被移接到八仙的名下，而原來的故事反而被忽略了。鐵拐李因腿拐

---

56 〔清〕褚人獲：《堅瓠集》三集卷四〈詩疑呂仙條〉，清康熙刻本。

似丐，形象特殊，其神迹則多由腿拐似丐之人的事迹移接。何仙姑因其在八仙中性別特殊，一些女性神異事多移接在她的身上。呂洞賓的名氣最大，被移接的神迹最多。「黃粱一夢」的故事，來自沈既濟《枕中記》，記開元時呂翁度盧生事，當時呂洞賓還沒有出生。但到了元明時期，故事中的呂翁被附會成呂洞賓；而呂翁度盧生事，同時又成為鍾離權度呂洞賓事。「黃粱一夢」故事在傳播中，通過移花接木的方法移接成鍾離權度呂洞賓、呂洞賓度盧生兩個故事。呂洞賓戲白牡丹事，本是宋人顏洞賓事，因顏洞賓與呂洞賓都名「洞賓」，因而顏洞賓故事也就被移接到呂洞賓身上，成為呂洞賓神仙生涯中的風流故事。[57]陸游的《入蜀記》卷五中也有一段記載：

> 復與冠之出漢陽門，遊仙洞，止是石壁數尺，皆直裂，無洞穴之狀。舊傳有仙人隱其中，嘗啟洞出遊，老兵遇之，得黃金數餅，後化為石。東坡先生有詩紀其事，初不云所遇何人，且太白固已云：「頗聞列仙人，於此學飛術，一朝向蓬海，千載空石室。」今鄂人謂之呂公洞，蓋流俗附會也。有道人澶州人，結廬洞側，設呂公像其中。……[58]

石壁本無洞，被人附會成仙洞；老兵所遇仙人本不知名，宋時也被附會成呂祖，仙人的神迹也移接在呂祖身上。這眾多的神迹為什麼被紛紛附會、移接在呂祖名下呢？清劉獻庭在《廣陽雜記》卷四中說：

> 黃鶴樓中層層皆奉純陽像，黃鶴仙蹤，乃費文禕事，與呂洞賓全無干涉。呂咸通中人，而崔考功之詩，作於天寶，有何

---

57 〔明〕李日華：《紫桃軒雜綴》，見俞樾：《茶香室三鈔》卷十八，光緒二十五年刻春在堂全書本。

58 〔宋〕陸游：《入蜀記》卷五，影宋鈔本。

難考，而昧昧至此哉？蓋文禕無人知之，洞賓則名喧天壤故也。人不可無名，神仙猶尚如此，又何怪今之人趨走如騖邪！[59]

黃鶴樓仙蹤是費文禕故事，卻被移接在呂祖身上。劉獻庭認為人們之所以不加考證，「昧昧至此」，是因為他們內心深處的趨名風習影響所致。劉獻庭以趨名風習作為這種移接附會的原因，已觸及到人的意識心理，有一定的深刻性，但還不能完全說明問題。因為在故事的傳播過程中，人們把故事移接本是一種無意識的行為，這種無意識行為中固然有趨名風習的因素，但更重要的應是人們對神的求助心理。

神迹附會使八仙更為神化，他們神奇的法術能滿足社會每個階層的求助者的各種需要。如：

> 呂祖遊武昌天心橋，詭姓名鬻敝木梳索價千錢，連月不售。俄有老嫗，行乞。年八十餘，龍鍾傴僂，禿髮如雪。呂祖謂曰：「世人徇目前，襲常見。吾穹價貨敝穢物，豈無意？而千萬人咸無超卓之見，尚可與語道耶？」乃以梳為嫗理髮，隨梳隨長，鬢黑委地，形容變少。眾始神之，爭以求梳。呂祖笑曰：「見之不識，識之不見。」乃投梳橋下，化為蒼龍飛去。呂祖與嫗不見。後始知其為呂仙也。（〈武昌鬻梳〉）

> 韓忠獻公琦，晚年始延方士。呂祖鶉衣垢面求謁。韓意輕之曰：「汝何能。」曰：「能為墨。」試令為之。即掘地坎，溲焉。韓不悅。祖乃和揉坎中泥為墨。曰：「成矣。」遂去。公徐取墨視之，乃良金也。上有呂字，破之徹肌理。韓追悔無已。尋卒。（〈墨化成金〉）

---

59 〔清〕劉獻庭：《廣陽雜記》卷四，清同治四年鈔本。

　　呂祖遊廬山酒肆，見剖魚作膾。曰：吾令此魚再活。膾者不信。祖隨以藥一粒，納魚腹中。良久跳躑如生。膾者驚，試放於江，圉圉洋洋，悠然而逝。始知為呂祖。覓不復見。（〈膾魚再活〉）

　　常州天慶觀真仙堂塑洞賓像。有小兒賣豆，日過其前，見其儀狀敬仰之。每盤旋不忍去。一日瞻視歎息間，像忽微動，引手招之，持一錢買豆，兒不取錢，悉以畚中豆與之。像有喜色，以紅藥一粒授焉，使吞服，即覺恍惚如醉，還家索紙筆，作文章詞翰皆美。至於天文地理，無所不通，不茹煙火食，惟飲酒啖棗，如是歲餘。聞市曹決死囚，急往觀。正刑之際，忽空中有人批其左頰，一小鶴從口吻角飛出，捫其頰，已半枯矣，遂愚俗如初。（〈真仙堂小兒〉）[60]

　　在這些神迹傳說中，呂洞賓神通廣大：他能讓老婦白髮變黑，「形容變少」，能揉污泥成良金，能讓死魚復活，能讓愚人變聰明。可以說，要壽，他能給人壽；要財，他能給人錢財；想聰明，他能讓人聰明。這些神迹源自人們的想像附會，卻又給虔誠的信徒以無限的希望。

　　通過前面的論述，我們可以粗略地了解到八仙與宋元明清時期道教的關係。鍾離權、呂洞賓被全真教奉為教祖，明清時期八仙成為道教各宗派的祖師。無數的宗教神迹，使他們深入人心，成為人們最喜愛的神仙群體。

---

60 見《呂祖全書》之〈靈應事迹〉，《藏外道書》第7冊。

第四章
八仙與民俗文化

金克木先生在《文化卮言》中說：

> 　　講哲學也罷，講思想也罷，有兩套。一套是書本裡的名家
> 著作。這可能是頂子、尖子，也代表了不少普通人，因為這些
> 名字名氣大，有人推廣，所以影響大，但信從的人未必普遍，
> 推廣者也未必都照辦。另一套是書本裡沒有專著的普通人的思
> 想。他們有行動，也有言論，但不識字，或則不會寫書。然
> 而，他們自己不寫書或則不能寫，別人會代他們寫，記下他們
> 的事和話，也會提煉一下改頭換面寫成故事、小說、戲曲之
> 類。這些東西本來是從不識字不讀書的人那裡來的，所以一回
> 去被他們知道了又傳播開來。也有高深著作包含他們的淺近思
> 想。[1]

　　金克木先生認為中國哲學、思想、文化等都有上層名家思想與下
層普通百姓思想兩套，二者互相影響、互相促進，共同推動著文化思
想的發展。

　　八仙信仰中也存在著類似的兩種情況。這兩種情況，用魯迅先生
的話來說，一為「宋以來道士造作之談」，一為「蕪雜淺陋」的「人
民閭巷間意」。[2]一方面，八仙隨著全真教的興盛而進入上流社會。八

1　金克木：《文化卮言》〈中國哲學史的兩套合一〉（上海市：上海文藝出版社，1996
　　年）。

2　魯迅：《中國小說史略》（北京市：人民文學出版社，1957年），第十六篇。

仙中的鍾離權、呂洞賓被封建統治者封為帝君，呂洞賓成為與孔子、老子、釋迦牟尼齊名的「文尼」。八仙成為道教徒宣傳教義、封建統治者宣揚倫理道德思想的工具。而另一方面，八仙深入普通百姓心中，成為他們面對自然災害、社會不幸的精神依靠。二者有區別、有融合。而民俗文化中的八仙形象更為豐富，涉及的面更為廣泛，對中國文化的影響也更為深廣。

第一節　八仙形象的世俗特徵

民間的八仙形象從唐宋民間傳說發展而來，在民間故事的傳播中，雖然也吸收了道教傳說的內容，但自成體系，不同於道教神仙形象。在八仙的身上，反映的是千百年來普通百姓的世俗理想，體現的是歷代民眾的群體審美意識。他們超凡的神性也深深地植根於現實生活之中，與濃厚的世俗人情有機地融合在一起。

八仙是神，他們具有世俗眾生所沒有的神通。他們能騰雲駕霧，來無影、去無蹤，變化多端。呂洞賓遊戲人間，時常化身為乞丐、商人、醫生、儒士、道人，他能斬蛟龍、退洪水，還能讓老人白髮變青，容顏變少，具有世俗百姓所沒有的一切神通。韓湘子能奪造化之工，開頃刻之花，造逡巡之酒。鐵拐李瘸腿上的瘡痂也是靈丹妙藥，能讓死魚變活，讓凡人飛昇。在《八仙緣》中，八仙個個神通廣大：鍾離權袖裡陰陽，能知過去未來之事；張果老能起死回生；鐵拐李能海底撈針；韓湘子能移雲撥日；藍采和能射勝穿楊。[3]他們的法寶也具有無窮的威力，在八仙過海時大顯神通：藍采和把花籃往海裡一擲，花籃就變成一隻帶著七色小篷的彩船；鐵拐李把寶葫蘆往胸前一

3　〔清〕朱梅庭：《八仙緣》，見《古本小說叢刊》第五輯（北京市：中華書局，1987年）。

轉，葫蘆裡就飛出一隻金鳳凰載鐵拐李渡海；何仙姑把荷花一扔，荷花就變成花盆；曹國舅把陰陽板往海裡一拋，變成兩隻紫光閃閃的小舢板；韓湘子把寶簫一拍，寶簫即化作萬里彩橋；呂洞賓的寶劍一揮，寶劍就化作一道五彩長虹；漢鍾離的乾坤扇一搖，寶扇就變成龍頭虎尾的怪獸；張果老則騎著那頭神驢過海。[4]

　　八仙是普通百姓根據自己的現實生活創造的，在他們的身上，凝聚了普通百姓對美好生活的熱切嚮往之情，帶有很濃郁的世俗特徵。八仙遊戲人間，隨方顯化的乞丐、藥師、儒生、商人都是現實生活中的世俗百姓；他們的法寶——花籃、葫蘆、荷花、陰陽板、簫、劍、扇、驢——也都是世俗百姓日常生活中常見之物；法寶所變的彩船、金鳳凰、荷花盆、小舢板、彩橋、怪獸等也都是現實生活中物品的想像與提高。《八仙緣》裡，何仙姑被虎精擄走後，鍾離權袖裡陰陽神算，韓湘子移雲，藍采和射怪，鐵拐李水中撈救，張果老使之死而復生，這一系列行動互相依賴，缺一不可。這也是現實生活中集體勞動協作，戰勝自然的理想反映。可以說，八仙的神通反映的正是現實社會普通百姓的生存理想。

　　道教講究修身養性，保性全真，摒棄酒色財氣。王重陽的《全真清規》中有「酒色財氣食葷但犯者罰出」的責罰條例。[5]《純陽真人渾成集》中呂純陽有戒酒、戒色、戒財、戒氣的勸世歌：

　　　　戒酒：切戒酒兮切戒酒，一點元光長保守。
　　　　　　　爽然飛上玉京峰，天地釀熟瓊漿有。
　　　　戒色：切戒色兮切戒色，色心纔起元神滅。
　　　　　　　自然夫婦玉堂中，一點精神千丈雪。

4　李傳瑞、王太捷編：《八仙的傳說》〈八仙墩〉（濟南市：山東文藝出版社，1985年）。

5　〔元〕陸道和：《全真清規》〈教主重陽帝君責罰榜〉，《道藏》第32冊，頁156。

戒財：切戒財兮切戒財，休教苦把世人埋。
　　　自家七寶瓊林裡，有個真人磊玉臺。
戒氣：切戒氣兮切戒氣，只可綿綿不可廢。
　　　有朝沖溢化元神，飛上青霄朝玉帝。[6]

　　元雜劇《黃粱夢》中呂洞賓因酒色氣傷身，錢財招禍而出家；《任風子》裡任風子棄妻摔子而修成正果；《城南柳》中楊柳在經歷了酒色財氣、人我是非之後出家。這些都是道教清修思想的反映。

　　而世俗百姓心目中的八仙，他們雖有神仙之神通，但絕不是不食人間煙火、無人間情愛的神仙，而是帶有民間英雄、俠客特徵的有情有愛的神仙。他們「人窮志不窮」，「有福共用，有難同當」，「不求功名，不貪利祿，不媚權貴，也沒有把地位顯赫的王母娘娘看在眼裡」。王母娘娘因他們沒有禮品，讓他們在灶房喝刷鍋水一樣的酸酒，他們一氣之下，把桌子一掀，飄然而去。王母娘娘喝斥他們說：「仙有仙規，佛有佛法，君君臣臣恪守不渝；仁義禮智，要奉為正則，酒色財氣要一概禁絕。」呂洞賓針對王母的喝斥針鋒相對，毫不相讓。他說：「要說我呂洞賓酒色財氣俱全，我不想多說，只是請問王母，你沒有酒，這瑤池盛宴的玉液瓊漿總不是涼水充當吧？你不貪財，那眾仙獻的壽禮都到誰手裡去了？你不好色，那麼七仙女該和孫悟空一樣，是從石頭縫裡蹦出來的？你不動氣，目下你怒髮衝冠，應作何解釋？」鐵拐李則「頓時火冒三丈，他裝作大醉的樣子，踉踉蹌蹌，一腳踢翻了一個酒罈」。[7]

　　他們蔑視權貴，同情善良窮苦的下層人民。呂洞賓幫助貧窮忠厚

6　〔唐〕呂洞賓：《純陽真人渾成集》，見《道藏》第23冊，頁685。

7　李傳瑞、王太捷編：《八仙的傳說》〈八仙過海〉（濟南市：山東文藝出版社，1985年）。

的雙全醫好父母，並贈金與之還債。[8]好心的酒店老闆趙仁被奸人所害，酒店被迫關門，鐵拐李幫助他重新開業。[9]面對濟南的大旱，呂洞賓指點抱犢前去取絷水神器，救助濟南百姓。[10]諸如此類的傳說，不勝枚舉。也正是這些傳說使得八仙形象深入人心。

在民間傳說中，八仙也有人間的情愛。呂洞賓被世人稱為酒色財氣神仙。相傳他迷戀人間美女白牡丹，化作美男子與之交往。在一些地方傳說中，呂洞賓還與白牡丹結為夫妻。呂洞賓與白牡丹的故事被《東遊記》、《飛劍記》、《三戲白牡丹》加工提煉、渲染後，流傳更廣。在宋元民間傳說中，呂洞賓還屢屢混迹青樓。隨著時間的推移，這一類傳說越來越多。呂洞賓的徒弟何仙姑也因為呂洞賓的緋聞而被世人拉扯在一起。如：

> 一人請箕仙，仙至，自云何仙姑。一頑童戲問曰：「洞賓先生安在？」箕即題云：「開口何須問洞賓，洞賓與我卻無情。是非吹入凡人耳，萬丈長河洗不清。」其敏捷如此。[11]

> 客有戲之者曰：「仙姑何在？」書云：「閬苑蓬萊自可人，東山人駐幾千春。要知古女真消息，碧漢青天月一輪。」子藝曰：「書藏何仙姑三字也。」乩又書曰：「至矣，至矣！」客又戲曰：「適見洞賓否？」乩忽怒突者久之，復書曰：「仙友從來有洞賓，爾今問我是何因。婉妗自許逢周穆，姜女誰知與亂

---

8 李傳瑞、王太捷編：《八仙的傳說》〈逢仙橋〉（濟南市：山東文藝出版社，1985年）。

9 李傳瑞、王太捷編：《八仙的傳說》〈鐵拐李巧還酒錢〉（濟南市：山東文藝出版社，1985年）。

10 李傳瑞、王太捷編：《八仙的傳說》〈趵突泉的傳說〉（濟南市：山東文藝出版社，1985年）。

11 〔清〕褚人獲：《堅瓠集八集》卷三〈箕仙〉，清康熙刻本。

臣。烈火真金應不鑠，蒼蠅白璧未嘗磷。道心清靜渾如水，不
似凡間犬豕人。」[12]

　　在這兩則筆記中，反映了世俗百姓的情愛理想。他們以人間之情
來推測仙人之情，認為呂洞賓與何仙姑應是天上神仙侶。而何仙姑則
又有民間貞烈婦女的特點，通過乩語駁斥人間對她的誣衊。這兩種不
同的態度正是封建社會中世俗百姓的矛盾心態的反映。

　　在近代的民間傳說中，何仙姑像織女、七仙女一樣嚮往凡間生
活，下嫁凡人，結婚生子。在〈梳洗樓上的蟠桃樹〉故事中，何仙姑
得道成仙，要上天宮受封時，正好懷胎十月的孩子出世，她只得狠心
把孩子放在草叢中。十幾年後，母子相遇，何仙姑贈以蟠桃，度兒成
仙。[13]〈父子崮〉傳說中，何仙姑成仙後，在蓮花灣梳妝時，與書生
陳雲峰相遇。她見書生陳雲峰長得漂亮，不由得動了凡心。「她想，
要是能找到這樣一個俊秀的書生在一塊過日子，也就心滿意足了。」
後來，他們結成夫妻，兩人「你敬我愛」，不到一年，養了一個又白
又胖的大小子。「夫妻二人閑來無事逗著胖乎乎的孩子哈哈笑，心裡
就像吃了蜜糖一樣甜。」傳說中的何仙姑，正是普通民間女性的代
表，她的愛情理想也正是普通民間女性的愛情理想。但何仙姑又不同
於一般的民間女性，她在瘟疫流行，嶗山百姓無家可歸的情況下，毅
然拋下恩恩愛愛的小家庭生活，冒險前去偷王母娘娘的丹藥，救治百
姓。在她的身上又體現出一種無私無畏的英雄氣概，使她多情的形象
得以昇華。[14]

　　八仙中的張果老在唐代的記載中，曾拒絕公主的婚姻，而在明

---

12 〔清〕褚人獲：《堅瓠集七集》卷一〈田子藝召乩〉，清康熙刻本。

13 鄭土有、陳曉勤編：《仙話》（上海市：上海文藝出版社，1994年），頁439。

14 李傳瑞、王太捷編：《八仙的傳說》〈父子崮〉（濟南市：山東文藝出版社，1985
　　年）。

代「種瓜老娶文女」的傳說中，張果老以垂死的老翁娶二八佳人，結為神仙侶（馮夢龍《醒世恒言》）。在清代的傳說中，鐵拐李也幻成青年男子，與凡女談情說愛。[15]在他們的身上，同樣具有世俗百姓的情愛。

八仙作為英雄，並不是完美無缺的。呂洞賓愛賣弄才華，但在甌江與船老大下棋、行令時，卻輸給了船老大。[16]李鐵拐自以為醫術高明，卻醫不好自己的瘸腿，瘸腿反而被民間的小姑娘醫好。[17]他們又好酒貪杯，任氣行事。他們在強牛的酒店裡，「從日出飲到日落，又從日落飲到了日出」，把酒店的十大缸酒都喝完了。[18]在嶗山李村趙家酒店裡，眾仙喝得大醉，鐵拐李酒興大發，後跌倒在桌子底下，一滾一滾現了原形，連酒錢也忘付就駕雲而去。[19]張果老因下棋輸了，掀翻棋盤。鐵拐李酒醉嘔吐，使袁州臭氣薰天，怨聲載道，當他聽到下方罵他，氣得火上心來，挑起兩塊大石頭要堵袁河，淹袁州；又因呂洞賓受奚落，挑山欲堵甌江。[20]在他們身上匯集了民間英雄的特點，形象豐滿而富有生氣。

通過對民間八仙形象的分析，我們可以清楚地了解到八仙在民俗信仰中被世俗化、英雄化。他們有世俗百姓的情感，持著威力無窮的法寶，遊戲人間，關注著世俗百姓的疾苦。他們的形象是世俗百姓情感智慧、審美習慣、審美經驗的體現，是世俗百姓生活的理想反映。

15　曾白融：《京劇劇目辭典》，頁1159〈張果老成親〉條（北京市：中國戲劇出版社，1989年）。

16　鄭土有、陳曉勤編：《仙話》，頁505。

17　鄭土有、陳曉勤編：《仙話》，頁547。

18　李傳瑞、王太捷編：《八仙的傳說》〈強牛習武遇八仙〉（濟南市：山東文藝出版社，1985年）。

19　李傳瑞、王太捷編：《八仙的傳說》〈鐵拐李巧還酒錢〉。

20　鄭土有、陳曉勤編：《仙話》，頁526、505。

第二節　八仙信仰的民俗內涵

每個人一來到世間，就面臨著兩個世界：自然世界、社會文化世界。自然是現實中個人生活的物質世界，而社會則是個人生活的精神世界。人們總是出於自己的利益，借助以往的經驗調和自己與自然、社會的關係，獲得自己必須的生存資料與相應的社會地位。然而，人們又常常覺得自己的知識和理性技能在自然與社會面前顯得軟弱無力，無法解釋、支配現實生活中的機遇、意外和偶然情況。因而人們相信人事之外尚有天命，這種超自然的天命左右著人們的生存環境與精神世界。這種「天命固然難以意料，但它好像總是有目的的。況且，偶然事件的發生與發展也好像總是有預兆、有邏輯的。這就使人們感到自己似乎也有某種可能或能力來左右命運這種神秘的力量」。[21]人們力圖通過各種祈禱來溝通與神的聯繫，左右自己的命運。這種努力從原始初民即已開始，他們為了狩獵的成功、莊稼的豐收、子孫的繁衍、自然災害的消除等等，採取了多種巫術形式。隨著生產力的發展，生活資料的豐富，人類對社會文化世界的依賴逐漸佔據主要地位。

八仙信仰也同樣涉及到自然與社會，是世俗百姓力圖化解現實社會所面臨的衝突與挑戰的重要手段，帶有很強的世俗功利目的。中國自古以來就是一個以農業為基礎的國家，生活與自然休戚相關，強烈地依賴於農作物的生長與自然條件。風調雨順，五穀豐登，天災人禍，顆粒無收，這些自然現象在普通百姓看來都是神的旨意。向八仙求風調雨順、五穀豐登是八仙信仰的重要內容之一。但相比之下，人們對自然的依賴遠少於對社會的依賴，對社會生活的關注是八仙信仰的核心。影響社會生活的功名、財富、子孫、疾病成為八仙信仰中的

---

21 馬林諾夫斯基論點，參見張志剛：《宗教文化學導論》（北京市：東方出版社，1996年），頁46。

重要部分。人們想通過對八仙的虔誠信仰，得到八仙的支持，實現自己的願望。

　　眾多的八仙靈應故事中，求取功名是其中最重要的部分。功名是封建社會讀書人提高社會地位，實現自己濟世理想、光宗耀祖的唯一途徑。由於科場難測，人們不能以自己的能力左右局面，人們相信功名的成與否是命運，是神的意志。而神的意志又似乎有某種徵兆，因而人們相信通過對神的虔誠祈禱，可以得到神的幫助，獲得科舉成功的資訊。關羽、觀音、呂洞賓、城隍諸神都是祈求的對象，而尤以呂洞賓倍受青睞。呂洞賓本是唐代落第舉子，但在民間傳說中他是中進士後得道成仙的，在天上又是職掌教化的「文尼」，因而向他祈求功名的書生特別多。

　　扶乩是書生向呂洞賓祈求功名的重要途徑之一。扶乩，又叫扶鸞，是世俗信仰中溝通人與神關係的重要方式。明清時期的「乩仙多自稱呂祖」，「最善賦詩，喜與讀書子言科場事，甚驗」。呂祖能以隱語預告科場題目，還能幫助人批閱八股文。[22]乩仙隱語的偶爾應驗，更堅定了讀書人祈求的信念。有時乩仙的一句判語，在人心中縈繞一生，揮之不去。清陳其元《庸閑齋筆記》卷九〈乩語之靈驗〉中記載了他自己的一個真實的往事：

　　　　道光戊子鄉試，余年十七，闈前偕二三友人閒遊西湖，行至蘇公祠，見人在內扶鸞，因入觀之。其仙則呂祖也，其人多應試者，叩功名事。仙答以儷語，語在可解不可解之間。余固不之信也。第見人均肅恭致問，姑長揖，問己之功名。乩忽奮迅大書曰：「爾甲子舉人也。」戊子距甲子三十六年，眾皆視余而笑，余亦笑而出曰：「不靈。」乩復書曰：「到期自知。」眾

22　〔清〕洪若皋：〈乩仙記〉，見〔清〕張潮：《虞初新志》，清康熙三十九年刻本。

追而告余，余又一笑置之。然自是屢躓秋闈。至同治甲子，余
年五十三矣。時在寧郡，總辦釐捐局務。浙江甫經收復，並不
開科。余偶憶乩語，輒笑其誕。至冬間，左季高爵相薦舉浙江
人才，以陳魚門、丁松生及余應詔。奉詣以直隸州知州，發往
江蘇補用。次年乙丑，余在江蘇需次，聞浙江補行鄉試，余忽
憶乩言，乃請於中丞，回籍應試。比到浙江，則格於例，不能
入闈，廢然而返，復笑乩言之誕。至丙寅春，奉檄總辦天津海
運，謁見劉崧岩中丞，在坐有言乩仙不可信者，余因述甲子舉
人一說以證之。中丞沉思良久，忽曰：「如子所言，乩仙頗可信
矣。子非於甲子年薦舉人才乎？明明道是甲子舉人，何尚不悟
乎？」余聞是論，不覺恍然。噫！乩語誠巧，或真有仙降耶？[23]

　　陳其元十七歲時在蘇公祠偶觀應試者扶乩，向呂祖問自己的功
名，呂祖判他三十六年後「舉人」。陳其元見判語不信，一笑置之。
而此後科場屢屢受挫，又使他時時想起呂祖的判語。到了呂祖判語所
言的「甲子」年，卻又不開科，作者「輒笑其誕」。次年，浙江補行
鄉試，他卻又「格於例」，不能參加考試，他「復笑乩言之誕」。後被
劉中丞解說之後，他心中「不覺恍然」，覺得似乎真有仙降。從陳其
元對乩語的「固不之信」，到聞乩言「一笑置之」，到三十六年後「笑
其誕」、「復笑其誕」，再到相信乩語的心態變化，我們可以看出呂祖
判語對他一生的影響有多大。

　　祈夢是儒生祈求功名的另一途徑。古人認為，人們的夢是由「掌
夢」神掌管，由於「掌夢」有著引魂、通夢的神通，故而人們認為夢
可以祈得。向神祈夢的目的大多是為了解決人生道路上遇到的種種問
題，預測人生道路上的吉凶禍福。[24]明清時期，向呂祖祈夢求功名的

---

23 〔清〕陳其元：《備閑齋筆記》卷九，清同治十三年刻本。
24 參妙摩、慧度：《中國夢文化》（北京市：中國文聯出版公司，1996年），頁60。

風氣十分流行，祈夢應驗的記載也很多。練川王修撰未遇時，祈夢於
呂祖廟，夢神引導而遇魁星，後應試果得大魁。[25]夢魁星得魁首，夢
象的應驗似乎十分直接。這種偶然性的巧合，卻被當時儒林傳為美
談。在應試前，無數的儒生祈夢、扶乩、抽籤，為的是想得到王修撰
一類結果。在清慵訥居士《咫聞錄》卷三〈鄉場事五條〉裡，有一則
「夢象應驗」的筆記：

　　　　乾隆年間，京官某公，山左人也。有二子，俱隨父在京。
　　一友人謂曰：「今科鄉試，兩公子例入官號，北血（場）官卷
　　只中一人。何不一試於東，一試於北，家學淵源，可期同登賢
　　書，何如？」公深以為是。酌命長君東旋，次君留都。其次君
　　功名念切，書北闈、東場二紙，黎明赴前門關帝神前跪祝之。
　　拈得東場，而急請於父兄。父曰：「汝兄由廩生捐貢，錄遺
　　易。汝是俊秀捐監，外省監生，有十不錄一之條，恐難錄
　　科。」對曰：「兒期中舉，何憂錄科之難。」父喜其言之壯而
　　許之。又約同志者詣呂祖祠乞夢。人皆無夢，惟次君夢一高腳
　　牌，上寫「童子六七人」五字。稟於父，父曰：「小場題目尚
　　像，大場斷不出此等題也。且仙人亦不肯以題直告於人，爾亦
　　不可以夢中之題張揚，恐取禍焉。」公子退而依題作一文，浼
　　勝手改而誦之。及錄科，題是「童子六七人浴乎沂」兩句。公
　　子以為夢應於錄遺，而於三場無與。遺可望錄，而中恐不能
　　也。熱心轉冷，大場中祇凝思完卷。試畢，親友攢金設宴接
　　場，公子勉強應席，而悶悶之心時形於面。席中，一破落戶江
　　二者，善戲謔，舉觴謂公子曰：「題雖與夢不符，榜名卻與夢

25　〔清〕龔煒《巢林筆談》，清乾隆三十年刻本。其中云：「練川王修撰未遇時，祈夢
　　於京師呂祖廟。夢神導至一處，無門可出。神曰：吾為汝特闢一門。門闢，突遇一
　　青面神如世所畫魁星者。覺而異之。後以癸巳歲恩科竟得大魁。」

應。」眾問之，對曰：「公子妙齡十九，尚未完姻，猶童子也。六七人者，六七四十二，今科定中四十二名。」舉席哄然大笑。公子亦喜曰：「果如君言，富貴共。」揭曉日，公子果中，而名次亦符，公方信夢兆之驗也。長君北場未售，旋就教職。次君歷仕至郡守，江與之俱，以終其身。[26]

　　某京宦次公子為了功名，先到關帝廟祈禱抓鬮，改變其父對他們應試地點的安排。後又祈夢於呂祖祠，夢得高腳牌上有「童子六七人」之字，以為是神示試題。他滿心熱望寄託於神示之題，依題作文，並請高手修改。湊巧的是錄科的題目果真是「童子六七人浴乎沂」，但與自己舉場的題目不符。他的心腸由熱轉冷，覺得毫無心緒，考試只思完卷，親戚設宴也只勉強應席，「悶悶之心時形於面」。在他看來，神示題目與自己所考題目的不符，似乎從某種角度預示了他這次考試的失敗，這種不符對他的內心打擊很大。然而落魄子弟為了讓他高興巧圓夢象，使他重新產生了希望。從這位公子的抓鬮、祈夢、圓夢，依夢作文，再到心灰意冷，到重喜這一系列行動及心理活動中，我們看到的是封建社會儒生對功名熱切渴望的眾生相，同時也可以看出呂祖對他們心理世界有多麼大的影響。

　　「在一些充滿競爭性的活動中，像決鬥、打獵、會考、打官司、爭冠軍等等，人們也往往容易沉溺於白日夢般的期待，即因期待成功而期待機遇。」[27]「白日夢般的期待」雖是西方人類學家馬林諾夫斯基所提出，但用來形容中國封建時代儒生們期待科舉成功的心態也無不妙合，也許這是人類的一種共同心態吧！封建社會儒生，向神祈求功名，正是這種「白日夢般期待」心態的表現。祈求的偶然靈驗，使

---

26 〔清〕慵訥居士：《咫聞錄》卷三，清道光二十三年刻本。

27 馬林諾夫斯基理論，參《宗教文化學導論》，頁50。

得他們更堅定求神的信念，以至於被羞辱而不悟。清吳薌岸的《客窗閒話》裡就記載了一個扶乩求功名的有趣故事：

> 有諸生群集鸞壇問功名者，鸞書曰：「趙酒鬼到。」眾皆詈曰：「我等請呂仙，野鬼何敢干預？行將請天師劍斬汝矣！」鸞乃止而復作曰：「洞賓道人過此，諸生何問？」眾皆肅容載拜，叩問科名。鸞書曰：「多研墨。」於是各分硯研之，頃刻盈碗，跪請所用。鸞曰：「諸生分飲之，聽吾判斷。」眾乃分飲訖，鸞大書曰：「平時不讀書，臨時喫墨水。吾非呂祖師，依然趙酒鬼。」諸生大慚而毀其壇。[28]

　　眾秀才群集鸞壇問功名，卻被假冒呂祖的趙酒鬼戲弄。趙酒鬼命他們研墨飲服，並吟詩譏諷他們平時不讀書，臨時求神仙。趙酒鬼的詩辛辣而又尖刻，刺進了秀才們的內心深處，他們羞怒交加，搗毀乩壇。由此可見，他們內心深處是多麼地希望自己功成名就，出人頭地。乩語、夢象的偶爾應驗，使呂祖成為他們白日夢祈求的重要對象。

　　功名是讀書人提高社會地位的重要途徑，伴隨著讀書人的功成名就，家庭、家族的地位也得到提高。而對於世俗百姓來說，財富是他們穩定、提高社會地位的重要經濟基礎。商業場上的偶然機緣，現實生活中的無意所得，世俗百姓無法理性地認識，只得把它們歸之於神的意志，歸之於自己對神篤信的結果。清陸長春《香飲樓賓談》卷一〈茅蓬真人〉裡記載了商人金某因篤信呂祖而致暴富的故事：

> 東洞庭山金某，賈於江北，歲晏將歸，阻風江口。舟中苦岑寂，登岸散步。見一古廟，殿宇皆就圮，後有樓，供純陽真

28　〔清〕吳熾昌：《客窗閒話》卷一，清光緒刻本。

人，椽瓦損碎，神像有屋漏痕。金嗟歎良久，因於神前設願，
若獲厚利，當新其廟。既歸舟，風勢稍殺，方欲解維，來一道
士求附舟，白皙修髯，姿表不俗。問何所適，則亦歸於洞庭
者，因許之。舟行不數里，石尤又作。金歸思慕切，道士曰：
「僕曾遇異人授以神術，助君一帆風，直達鄉里，何如？」金
大喜。道士令篙師張滿帆，於腰間出小木劍，指其帆曰：
「疾！」風色頓利，帆行如飛，兩日抵洞庭。道士別去，瀕行
謂金曰：「僕居某庵茅蓬中，得閒幸過我。」金曰：「諾。」歸
家後，歲事匆促，未暇過訪，新春稍閒，至某庵迹之，僅一老
僧司香火，並無道士。其人者尋至庵後，見山石上有純陽真人
像，衣屨間漏痕尚存。蓋即江口破廟所見者，始悟道士即真人
也。金驚歎不絕，即就其地構茅蓬，供像其中。是年貿遷獲數
倍利。既新江口之廟，回至山中，復於茅蓬旁改建純陽宮，丹
漆煥然，山中人聞其靈異，瞻禮者相率於道。求禱輒應。至今
土人，猶稱其地為茅蓬云。[29]

　　洞庭山金某經商獲暴利完全是生意場中的機遇，他自己不能理
解，以為是自己許願呂祖，得呂祖庇佑所致。呂祖的神像本來被人扔
於山石之上，日曬雨淋，卻因金某的偶然暴富而頓改舊觀：廟宇「丹
漆煥然」，「瞻禮者相率於道」。世俗百姓對呂祖從棄之山石，到轉而篤
信，因的是金某的暴富。他們也希望自己通過對呂祖的篤信而得到意
想不到的財富，過上富足的生活。這種信仰的功利性目的十分明顯。
　　在明清筆記作品中，我們還可以看到許多向八仙求子的記載。求
子是民俗信仰的重要內容，其中所反映的是封建社會倫理道德對世俗
百姓精神的威壓。在封建社會裡，「不孝有三，無後為大」，「無後」是

---

29 〔清〕陸長春：《香飲樓賓談》卷一，《筆記小說大觀》第十八冊。

世俗百姓最為痛苦的事情，使他們活著被人瞧不起，死後靈魂也無所依託。按照現代遺傳學、生理學的觀點，生男生女主要與性染色體遺傳有關。而在科學技術不發達的古代，人們把生子也作為神的意志。八仙也成為他們求助的對象。韓會無子，鍾離權、呂洞賓派鶴兒下凡投胎，八仙中鐵拐李等仙也屢屢下凡投胎，留下許多靈迹。這些故事的傳播使更多的世俗百姓相信八仙像觀音一樣，具有送子能力。明戲曲家汪廷訥無兒，奉事純陽甚為虔誠，後來夢見呂祖「許降佳兒」，現實中果然如願。[30]而清青城子《志異續編》卷四的記載更為奇異：

　　滇南一士人，奉呂仙甚虔，年四十，生九女，望子甚切。因朝夕焚香禱祝。一日，有道人至其家云：「我有一聯，書之貼於臥室床後柱上，便可生子。」叩其聯，乃：「五更露結桃花實，二月春生燕子窩」，十四字也。書時須默念易經四句云：「無思也，無為也，寂然不動，感而遂通。」一氣念七遍，恰恰寫就，又須不令一人知方妙。士人遵行，連生三子，因廣傳於人。余嘗以此聯，告琢堂于公，果生子。於琢堂轉告人俱驗。後見友人抄本，露字作風字，窩字作巢字，然以余所聞，乃露字，窩字也。[31]

　　滇南士人連生九女後生男，在現在看來是很正常的生育現象。而在當時的科學條件下，他們只能把它歸之於呂祖的神力。呂祖那普通的對聯，因為有生子的靈應，也就具有符咒般的法力，帶有神秘性。對聯「廣傳於人」，頗有靈驗，對於那些孤獨求助的求子者來說，無異於一劑興奮劑。

30 參見徐朔方：《晚明曲家年譜》第三卷〈汪廷訥行實繫年〉（杭州市：浙江古籍出版社，1993年）。

31 〔清〕青城子：《志異續編》，《筆記小說大觀》第二十七冊。

　　求醫與求功名、求財、求子孫一樣，同是世俗百姓信仰八仙的重
要目的。人生病時，身體差，心理脆弱，而病危者尤其嚴重。人們面
對這樣無法駕馭的事情時，就不由自主地尋求超自然的神的幫助。八
仙中的呂洞賓、張果老、何仙姑、鐵拐李、藍采和等仙在民間傳說中
都是藥仙，他們的丹藥、靈符有著起死回生的功效，就連呂洞賓題詩
的字也被人「爭刻之以治病」（宋張舜民《畫墁集》卷八）。世俗百姓
認為，只要自己虔誠信仰，苦苦祈禱，慈悲度世的八仙一定能降仙方
相救。元徐通判篤信呂祖，對呂祖「朝夕供禮」，在疽發於背，病重
垂死時仍起來供奉。他虔誠的心終於感動了呂祖，賜以仙方，把他從
死亡線上拉了回來（朱梅叔《埋憂續集》卷二）。華靈官殿左的買賣
人褚甲身得瘵疾，數年不癒，奄奄等死，後得呂祖化身贈藥，褚甲服
藥後「雀然」而起，「行步如無病人」（明宋懋澄《九籥集》卷十）。
清洪若皋的《乩仙記》記載了其父大病求仙一事：

　　　　是時先君年望六，次年偶往鄉，染時疫歸。發熱三日，不
　　汗，六日熱甚，發譫，醫人咸卻走。計無所施，或言祈之仙。
　　符方發，扶乩，乩躍入地。再持起，縱橫亂擊，持者手破流
　　血，沙盤皆碎裂。予輩俯伏哀求，方大批云：「爾父病亟，何
　　不早請我？」予輩復俯伏謝過。隨批云：「急取梯來，向樓簷
　　某行瓦中取予藥方下。」即如言取下黃紙一卷，藥方一道，靈
　　符三道，皆紫硃所書，與前批評文章筆迹無異。其藥件皆人所
　　常服者，隨令抄謄，赴坊取藥，原方焚之。復命取水一碗，用
　　桃仁七枚，搗碎和之，焚三靈符於其內，飲父。囑飲後，手持
　　木杵，向床中四旁擊之。予輩捧水至床前。父素信仙，一吸而
　　盡，復如言持杵左右前後擊。仙停乩以待，曰：「汗乎？」視
　　之，果大汗如雨。隨命服湯藥，既服，復停乩以待，曰：「睡
　　乎？」視之果睡，即命取白米煮粥以俟。少頃舉乩曰：「睡覺

乎？」視之，復曰：「睡已覺。」曰：「急進粥，爾父病瘥矣。
予退，命碧桃子守爾家。」因供碧桃仙於家。碧桃嗜水，朝夕
奉水一大碗，無他供也。未三日，而父服食如平時，一似未嘗
病者也。[32]

　　這樣的故事，在我們今天看來，是全不足信的，但對於處在當時
醫學水準低下的人們來說，卻是深信無疑的。從現代的眼光來看，這
種帶有巫術性的治療方法，有一定的心理治療功能。徐通判、褚甲的
病嚴重地影響了他們的心理健康，他們對人間的醫生失去了信心，只
對呂祖的仙方抱有希望。他們重病的治癒，也許是醫生假托或化身神
仙賜方，迎合他們的心理需要，使他們積極配合治療所致。而洪若皋
父病重，扶乩求助於呂祖。呂祖賜以仙方、靈符，並指導整個治療過
程，所用之藥「皆人所常服」，並沒有什麼特別，治療方法也很平
常。因病人素信神仙，一聽是仙方，自然充滿了生存的希望，也就盡
全力配合，病也就易於治癒。當時人們不能解釋心理治療的神奇功
能，只能歸之於神仙之力。

　　求功名、求財富、求子女、求醫、求雨等等活動共同構成了八仙
信仰的民俗內涵。這些活動，在科學昌明的今天，是荒誕可笑的，但
如果我們立足於當時社會現實，我們就會發現其現實的根據。「人類
在實踐活動中經常陷入一種兩難的境地，一方面無法求助於既有的經
驗和知識，另一方面又必須有所反應、有所舉動。這時，我們便會發
現一種帶有普遍性的文化現象——巫術。」[33]八仙信仰中的各種活動
正是人們對現實生活中這種兩難境地的反應。這些活動雖以單個的形
式出現，但反映的卻是廣闊的民俗背景：在封建社會，世俗百姓除受

---

32 〔清〕洪若皋：《乩仙記》，見〔清〕張潮：《虞初新志》卷十五，清康熙三十九年
　　刻本。

33 馬林諾夫斯基理論，參見張志剛著：《宗教文化學導論》，頁49。

到個體的生存禮俗的制約外，還受到家庭、家族、宗族中家風、家教、家譜的制約，受到地區或民族生活以及心理領域獨特有形的物質民俗、無形的心態民俗、行為社會民俗、口承語言民俗的制約。因而這些單個的民俗現象實質上都是這民俗背景影響下的產物，對於我們認識當時的社會生活有十分重要的意義。

第三節　八仙信仰與民俗活動

八仙以其鮮明的形象特徵，慈悲度人的濟世態度深入世俗百姓心中，而世俗信仰中的功利性目的使八仙信仰得以歷史性的延續，滲入百姓節日民俗、婚嫁禮俗及日常習俗之中，成為民俗活動中的重要部分。這裡，筆者從廟會及日常生活等方面對八仙信仰在民俗活動中的地位作一簡單介紹。

一　廟會

八仙信仰流行極廣，影響也極大，但有影響的八仙廟宇卻屈指可數。西安的八仙宮，是唯一以八仙命名的道觀。北京白雲觀裡的八仙殿、泰山王母池七真殿都有八仙的塑像。這幾個地方是頗有名氣的八仙廟宇。在民間的名山大川中，也有一些八仙廟宇。如明朱國禎的《湧幢小品》卷二十九裡就記載了一個小的八仙「精舍」：一個周姓老人，獨處幽邃古澗中，偶得「老君像，高止尺許，瑩淨隱隱有生氣，捧歸置堂中，夜發光彩，因募築精舍，為龕貯之，塑八仙像，鶴鹿各二於傍」。這一類八仙「精舍」，規模小，影響不大，也很少見於記載。

單個的八仙廟，廣東增城有何仙姑廟、西安南門外有韓湘子廟[34]、

34　參見山曼：〈八仙信仰及廟宇考略〉，《中國民間文化》1994年第4期（上海市：學林出版社，1994年12月）。

清北京靈椿坊有李鐵拐廟（清戴璐《藤陰雜記》卷十）、山西有張果老廟，為數也不多。只有呂洞賓的廟宇遍及天下。宋時，杭州有呂洞賓祠（周密《武林舊事》卷五之〈湖山勝景〉：南山路：呂洞賓祠。舊傳呂洞賓嘗至此。），漢陽有呂公洞、呂公廬（陸游《入蜀記》卷五），岳陽城南有呂公祠（洪邁《夷堅志》卷九〈岳陽呂翁〉），常州天慶觀真仙堂有洞賓塑像。元明清時期，廟宇更多。其中以濟南府呂祖廟、北京的呂祖廟、金陵的呂祖廟、蘇州的福濟觀等較為有名。

　　眾多的廟宇吸引著無數的善男信女前來朝拜。初一、十五，良時佳節，以廟宇為中心形成了大大小小的廟會。這些廟會中有善男信女的禮拜活動，也有普通百姓的物品交易活動，同時還有以娛神為名的娛樂活動。逛廟會成為舊中國普通百姓喜愛的主要活動之一。現在見之於記載的八仙廟會以西安八仙宮廟會、廣東何仙姑廟會、蘇州福濟觀廟會最為有名。

　　西安八仙宮廟會最為隆重的三大節日之一就是鍾、呂二仙的聖誕會。俗傳呂洞賓誕於農曆四月十四日，鍾離權誕於農曆四月十五日，廟中在這兩天舉行誦經、禮拜等活動。而鍾、呂聖誕會又恰與西安東關買賣農具的「農忙會」連在一起，廟會顯得十分盛大、隆重。其他六仙生日廟會的規模則比較小。

　　廣東增城何仙姑廟會也是在何仙姑誕日舉行。相傳何仙姑三月初七日誕生，在三月初七這一天，道士設齋打醮、誦經，普通民眾則求仙湯治病，當地村民還組織唱大戲、放煙火，場面極為熱鬧。[35]

　　蘇州福濟觀，俗稱神仙廟。在四月十四日呂洞賓誕辰的這一天，福濟觀舉行盛大的廟會。蘇州福濟觀的八仙廟會是清代規模最大的廟會之一。清顧祿的《清嘉錄》卷四記載了當時廟會的盛況。

---

35 參見山曼：〈八仙信仰及廟宇考略〉，《中國民間文化》1994年第4期。

　　仙誕前夕，居人芟剪千年蒕舊葉，棄擲門首。祝曰：「惡運去，好運來」。或又於廟中別買新葉植之，謂之「交好運」。

　　案：《陶朱公書》：「四月十四日，俗傳神仙生日。芟剪千年蒕舊葉，擲之通衢，令人踐踏，則新葉易生。吳人植之，以興姜占盛衰。造房者，連根葉置梁上，以為吉讖。結姻娉幣者，鉸繒絹肖其形，與吉祥草及蔥、松四色，並列盆中。」《昆新合志》亦云：「神仙生日，家戶剪蒕葉，散佈街坊，蓋俗運與蒕同音也。」（〈剪千年蒕〉）

　　遊人集福濟觀，爭買龍爪茐，歸種，則易滋長。賣者皆虎阜花農。前後數日，又必競擔小盎草木本鮮花，入觀求售，號為「神仙花」。

　　案：《蔬譜》有樓茐，俗以其形似龍爪，故名「龍爪茐」。又沈朝初〈憶江南〉詞云：「蘇州好，生日慶純陽。玉洞神仙天上度，青樓脂粉廟中香。花市繞回廊。」注：「四月十四日為純陽生日。滿城妓女，俱至廟中兩廊市花，謂之『神仙花』」。（〈神仙花〉）

　　十四日為呂仙誕，俗稱「神仙生日」。食米粉五色糕，名「神仙糕」。帽鋪制垂鬚鈸帽以售，名「神仙帽」。醫士或招樂部伶人集廳事，擊牲以酬，或酌水獻花，以慶仙誕。

　　案：《史纂》云：「神仙姓呂名岩，字洞賓。曾祖延之，浙東節度使。祖渭，禮部侍郎。父讓，海州刺史。唐貞元十四年四月十四日巳時生。舉進士不第，遇正陽真人鍾離子，得道。」施肩吾有《鍾呂傳道記》。（〈神仙生日〉）

　　仙誕日，官為致祭於福濟觀。觀中修崇醮會，香客駢集。

相傳仙人化為藍褸乞丐，混迹觀中而居，人之有奇疾者，至日
燒香，往往獲瘳，謂仙人憐其誠而救度也。謂之「尻神仙」。
觀中舊有迎仙閣，是日眾仙聚飲閣中。後建玉皇閣，呂仙恐朝
參，遂不復至。蔡雲〈吳歈〉云：「洞庭飛盡到姑蘇，笑逐遊
人倚酒壚。今日玉皇高閣下，猶聞醉後朗吟無。」

　　案：徐崧、張大純〈百城煙水〉云：「福濟觀，俗稱神仙
廟，在皋橋東。宋為李王祠，朐山王省幹大猷來吳，淳熙某年
四月十四日，從岩中道院陸道堅設雲水齋，感純陽呂仙授神
方，以療風疾，至今賴之。元至大辛亥，葉竹居重建，奏今
額。」《吳縣誌》：「十四日，福濟觀謁呂純陽。」[36]（〈尻神
仙〉）

　　從顧祿的這幾則記載中，我們可以知道整個廟會十分熱鬧。在聖
誕前夕，有世俗百姓求好運的活動。百姓剪千年蒀舊葉，擲之通衢，
別買新葉種植，象徵著惡運去，好運來。因為「蒀」與「運」音同。
那些造房的把新蒀葉置梁上，結姻納聘的鉸蒀葉形與吉祥草、葱、松
並列盆中。神仙生日的這一天，百姓食五色神仙糕，戴神仙帽，參加
觀中的醮會，他們希望通過食糕、戴帽、禮拜等活動得到神仙的垂
憐，賜予好運。節日前後，農貿集市也隨之而盛。花農在廟會期間賣
龍爪芛、神仙花；食品商賣五色米粉糕，呼之神仙糕；帽鋪賣垂鬘鈸
帽，稱之為神仙帽。蘇州中醫尊呂洞賓為祖師，在這一天還招集伶人
唱曲，獻牲獻花，慶賀仙誕。整個廟會集祀神、求運、貿易、娛樂為
一體，是舊中國廟會的代表。

36　〔清〕顧祿：《清嘉錄》卷四，清道光刻本。

二　其他民俗活動

　　八仙廟會一般是定期舉行的大眾民俗活動，在民間一些不定期的活動，如生日、喪葬、婚嫁、修造等活動中，也融進了八仙信仰。在生日民俗活動中，人們唱八仙慶壽戲、宣唱八仙慶壽寶卷祈求長生。在喪葬禮儀中，有的把八仙形象刻於死者墓室之中，祈求八仙保護死者在天之靈，超度亡靈昇天。

　　在婚嫁姻聘中，八仙是喜神，又是婚姻保護神。浙江溫嶺、黃岩的「洞房歌」中還保存了唱八仙的內容。在結婚鬧洞房時，洞房客專門唱大八仙或中八仙、小八仙來慶賀新婚，祝新婚夫妻白頭偕老。其中小八仙比較簡短、精練，這裡摘錄如下：

> 春夏秋冬四季天，桃紅柳綠各爭先。
> 和合門，兩邊開，夫妻和合萬萬年。
> 八仙過海呵呵笑，王母娘娘獻蟠桃。
> 請問眾仙何處去，祝賀新郎結鸞交。
> 洞房花燭樂陶陶，八洞神仙齊來到。
> 鍾離老祖道法高，鐵拐老祖樂逍遙。
> 純陽肩背青鋒劍，湘子雲頭吹玉簫。
> 藍彩和擺起長壽酒，張果老騎驢呵呵笑。
> 國舅手捏駕鴦板，何仙姑提籃呵呵笑。[37]

　　八仙慶婚的形式與八仙慶壽的形式比較接近，主題一為慶壽，一為是祝賀新婚夫妻「和合萬萬年」，也有點相似。在婚俗的整個過程中，八仙故事還是對歌的重要內容。「八仙過海」與「仙女下凡」、

---

37 引自陳華文：〈《洞房經》研究〉，《民間文藝季刊》1990年第3期。

「龍鳳呈祥」一樣，成為人們祝賀佳姻的吉慶好話。[38]

　　民間修造時，八仙信仰也是其中的重要部分。在一些地方，人們把八仙塑像鑲進正面的牆上，或者把八仙像畫在正面的牆上，以求八仙保護全家和睦，一切吉祥如意。一些有經驗的建築師，可以根據房子上的八仙組成的名單推出房屋建造的年代。在一些地方，房屋上梁時還有唱八仙慶賀的習俗。蔡四方的〈民間上梁習俗中的喝彩文化〉一文中即錄有民間祭梁喝彩時的唱曲：

> 手持賢東一把壺，
> 八洞神仙到堂中。
> 李鐵拐道法高，
> 蘭采和挎籃獻蟠桃。
> 曹國舅手執雲陽板，
> 張果老騎驢美風貌。
> 漢鍾離徐徐把扇搖，
> 韓湘子吹笛樂陶陶。
> 呂洞賓身背青風劍，
> 何仙姑獻酒送東道。
> 借問此酒何人所造，
> 當年杜康神仙所造。
> 杜康造酒有奇方，
> 寅時造酒卯時香。
> 造起此酒有何用，
> 獻給賢東祭棟梁。
> 酒祭天，

---

38 同前註。

天上有八洞神仙。

酒祭地，

地下有山神土地。（下略）[39]

　　曲詞唱八仙到場相賀，賀建屋選得吉地、上梁選得吉時、房梁選的是吉梁，造成一種吉祥喜慶的氣氛，以滿足主人求吉慶的心理需要。

　　在民間祭祀活動中，八仙的地位也十分重要。浙江東陽的胡公廟會活動中，除了演戲外，還有十字蓮花、討飯蓮花、八洞仙等娛樂活動。[40]浙江處州祭城隍時，供品中有用麵粉、泥巴或絹紙作的八仙人物等；祀神演戲時，必先演《落地八仙》，也叫「排八仙」、「八仙開臺」，內容大都是神仙赴蟠桃會之事。這裡摘引比較常見的一例。

　　　　（鼓樂聲中，兩仙童手持拂塵上站兩旁。張果老持鼓簡，漢鍾離擎蒲扇，呂洞賓背劍，韓湘子拿長笛上。）

　　　　張果老：（念）白髮最先搵鼓簡。漢鍾離：（念）鍾離祖師搖紙扇。呂洞賓：（念）洞賓身負青鋒劍。韓湘子：（念）湘子口吹碧玉簫。（四仙念畢，分站兩旁，鐵拐李、曹國舅、何仙姑、藍采和上場。）

　　　　曹國舅：（念）國舅手拎陰陽板。鐵拐李：（念）鐵拐葫蘆處處飄。何仙姑：（念）菡萏仙子歌萬壽。藍采和：（念）采和籃裡獻蟠桃。（念畢分站兩旁。天官上，後隨二仙女持日月掌扇上，立於中間。）

　　　　天官：（念）眾位仙師，今奉玉帝之命開蟠桃大會，（唱）

39 蔡四方：〈民間上梁習俗中的喝彩文化〉，《民間文學論壇》1992第5期。

40 蔣水榮：〈論民俗對婺劇發展的影響〉，載《中國民間文化》第二集（上海市：學林出版社，1991年）。

人間天堂祝福壽，五代四代見狀元，萬事如意福滿門，仙師回宮永團圓。（眾仙向臺裡臺外拜揖，在鼓樂聲中退場。）

「排八仙」人數可多可少，祀神正日時可上場數十人，叫「大八仙」。「排八仙」的用意不外是驅妖鬼、淨戲臺、賜福壽之類。[41]

八仙信仰與民間節日活動關係很密切。神仙節，自然不用說了，其他的節日活動中也滲透著八仙信仰。民間元宵放花燈、舞龍燈都少不了八仙。山東青城元宵節有《八仙過海》、《洞賓戲牡丹》等裝扮雜耍活動。[42]浙江處州大柘鄉元宵花燈中也有「八仙過海」等內容。除夕守歲、給壓歲錢的習俗，人們也認為與八仙有關。相傳從前有一種妖精叫作「祟」，每逢除夕就會用手去摸熟睡孩子的頭，使他們變成傻子。所以除夕晚上，父母們都通宵不眠地「守祟」。有一對老夫妻，怕祟來加害孩子，就用紅紙包了八枚銅錢給孩子玩，希望他們不要睡著了。但孩子還是撐不住，睡著了。半夜裡，祟來了。當它把手伸向孩子的頭部時，孩子枕邊閃出一道光，把祟嚇跑了。原來這八枚銅錢是八仙變的。從這以後，家長們都在吃完年夜飯後，用紅紙包八個銅錢交給孩子，放在枕邊，祟也就再也不敢來了。因而人們把這錢稱之為「壓祟錢」，後來也就變成「壓歲錢」。[43]

從這些零碎的民俗資料中，我們大致可以了解到八仙在民俗活動中的地位。八仙之所能在民俗活動中佔據如此重要的地位，有著多方面的因素。而其中最主要的應該是因為他們象徵著和合、吉祥、幸福，能滿足世俗百姓求吉祥喜慶的心理需要。

---

41 吳真：〈大山裡的鬼神世界——浙西南山區信仰民俗調查〉，載《中國民間文化》第二集。

42 《青城縣誌》（一九三五年修）之《典禮志》。

43 引自徐霄鷹：〈論漢語中帶「紅」詞的一個引申取向〉，《中山大學學報論叢》1997年第4期。

第四節　八仙與民俗文藝

　　八仙信仰深入到普通百姓的日常生活之中，涉及到民俗文化的各個方面。在民俗文化中，民俗文藝是民眾集體傳承民俗信仰、民俗活動的重要文化現象之一。它介於文藝與民俗之間，具有雙重的作用。一方面，民俗文藝是民俗信仰的反映；另一方面，它又與獨立成體的文藝現象有著相交叉的地方，成為文藝的源頭。八仙與民間美術、民間舞蹈、民間說唱等民俗文藝關係十分密切，八仙形象與八仙故事是這些文藝樣式的重要題材來源。

一　八仙與民間美術

　　首先把八仙與文藝聯姻的是民間美術。民間美術中，繪畫又是最早傳播八仙信仰的文藝樣式。浦江清先生在〈八仙考〉中認為「近世八仙的起源及會合」源於繪畫。中國繪畫藝術受佛教藝術的影響很大，因而他認為《八仙圖》也間接本於佛教繪畫。他說：「後來的《八仙圖》固然是俗畫，但源於道家的《十二真人圖》，而間接亦出自《十六羅漢圖》，減其人數之半，易印度神仙為中國神仙。《八仙過海圖》，藍本出於《渡水羅漢圖》或《渡海天王像》。」[44]唐末道士張素卿畫李阿、容城、董仲舒、張道陵、嚴君平、李八百、長壽仙、葛永瑰八仙圖，一方面有民俗畫的特點，同時又有宗教人物畫的特點。以鍾離權、呂洞賓為首的八仙畫，也應是屬於相同類型。

　　以鍾離權、呂洞賓、鐵拐李、張果老、藍采和、韓湘子、何仙姑、曹國舅為內容的八仙畫應當出於金元時期。而他們單獨的畫本則「淵源甚古」。從現存的資料來看，北宋時期即有八仙單本畫像出

---

44 浦江清：〈八仙考〉，見《浦江清文錄》（北京市：人民文學出版社，1989年）。

現。《宣和畫譜》中載畫家李得柔畫有二十六幅神仙像，其中即有
「鍾離權真人像一」、「呂岩仙君像一」。《秘苑珠林》卷二十六所載乾
清宮藏畫中，有宋劉松年畫的〈拐仙圖〉一軸，宋李得柔畫〈藍采和
圖〉一軸，元人畫〈鐵拐煉形圖〉一軸，元人畫〈張果像〉一軸，再
加上以韓湘子作陪的〈藍關圖〉，八仙中已有七仙形之於宋元畫中。
浦江清先生認為：「後世的八仙畫者不過集合已熟見的仙君像而加以
聯絡及組織而已。」[45]

那麼，組織而成的八仙圖大致出於什麼時候呢？明代的王世貞最
早提出這個問題，他在〈題八仙像後〉云：

> 八仙者，鍾離、李、呂、張、藍、韓、曹、何也。不知其
> 會所由始，亦不知其畫所由始。余所睹仙迹及圖史亦詳矣，凡
> 元以前無一筆，而我明如冷起敬、吳偉、杜堇稍有名者亦未嘗
> 及之。意或妄庸畫工，合委巷叢俚之談，以是八公者，老則
> 張，少則藍、韓，將則鍾離，書生則呂，貴則曹，病則李，婦
> 女則何，為各據一端作滑稽觀耶！乃至邇者紫姑靈鬼，往往冒
> 真人而上援此八公，以相蠱惑，尤可笑也。[46]

王世貞認為八仙圖乃庸妄畫工合委巷叢俚之談而作，而且「元以
前無一筆」。八仙畫是俗畫，一般不入收藏家的目錄，因而對之出現
的年代沒有記載。從現代發掘的金代墓葬資料來看，金代應有這種俗
畫出現。五○年代發掘的侯馬金代董明墓與六○年代發掘的
65H4M102號金墓中都有磚雕八仙圖，兩組八仙圖都雕刻在八角藻井
上的八塊梯形磚上。圖中的八仙人物「與《東遊記》中所述的八仙相

---

45 同前註。

46 〔明〕王世貞：〈題八仙像後〉，見《弇州山人四部續稿》卷一七一文部，《四庫全
　　書》本。

對照，大體相符。」《文物季刊》1997年第4期〈侯馬65H4M102金墓〉對八仙圖進行了考證，這裡摘引如下：

　　第一人，頭戴軟巾，領下有鬚，身著長袍，袖長及膝，袒胸露乳，腰間絲帶紮蝴蝶結，身背葫蘆，立眉凝目，回首而望。當為八仙之首鐵拐李。

　　第二人，頭挽雙髻，領下連鬢長髯，身著長袍，袍長及足，袖長及膝，袒胸露乳，腰間繫帶，肩披蓑衣，雙目圓睜直視前方。當為鍾離權。

　　第三人，頭戴軟巾，領下一縷長鬚，身穿右衽長衫，袖手而立，長鬚及長衫隨風擺動，背後插一柄羽扇，凝目回首，一幅仙風道骨模樣。應為呂洞賓。

　　第四人，頭飾雙髻，領下短鬚，身穿右衽長衫，腰間繫帶，肩披蓑衣，右手持鑵，左手提籃，籃底有四足。當為藍采和。

　　第五人，頭裹軟巾，身著「藍衫」，腰間繫帶，雙手持笛作吹奏狀。為韓湘子。

　　第六人，頭裹軟巾，領下短鬚，身著長袍，腰間繫帶，帶尾掖於腦後，袍腳翻捲，背向而立，雙手持物，疑為張果老之變形物「毛驢」。

　　第七人，披髮，以絲帶圈箍，領下有髯，身著右衽長衫，腰間紮蝴蝶結，右手自然下垂，袖長及膝，左手持笊籬。應為曹國舅。

　　第八人，頭戴帽，領下短鬚，身著袍，袍子下擺隨風而動，袖手而立，肩披蓑衣於頸下紮結，雙目微合直視前方。疑為徐神翁。

金代董明墓中的八仙像與之有所不同：

　　　第一人，散髮束箍，圓眼禿眉，蒜頭鼻梁，面目醜陋，身
穿左衽道袍，雙手持杖坐於石上，其蓬頭垢面，手執拐杖，顯
然是李鐵拐。

　　　第二人，頭梳髮髻，身穿道袍，背一布袋，袖手躬身，其
面目清秀，儀表端莊，為一俊秀年少書生，可能是韓湘子。

　　　第三人，頭挽雙髻，身著蓑裙，赤臂跣足，滿面堆笑，頷
蓄長鬚，是一個笑容可掬的老者。其右臂挎著個籃子，雙手持
一把笊籬，似為曹國舅。

　　　第四人，頭梳雙髻，滿臉鬍鬚，瞪目怒眉，身著左衽道
袍，腰繫長綯，手持一物似珊瑚。其年紀雖老，卻梳著雙髻，
似是鍾離權。

　　　第五人，頭紮雙辮彩帶，身著蓑衣、蓑裙，左手持一把钁
頭，右臂攜著一只籃子，籃內裝一把笊籬，手執一枝「靈芝
草」。其容貌清秀，體態嫻雅，是一個美麗的少女，當為何仙姑。

　　　第六人，頭冠道巾，穿著道袍，五綹鬍鬚，面堆笑容，身
挎道包，欠身拱手呈作揖狀。在民俗八仙中難以找見其身影。

　　　第七人，頭頂挽髻，身著道袍，腰繫長綯，他背負笠帽，
左手撫弄著長鬚，閉目疾行。道貌岸然，舉止有度，是一個城
府較深的老者，疑為呂洞賓。

　　　第八人，頭戴道冠，身著道袍，容貌蒼老，左手持物，形
似「魚鼓」，似為張果老。[47]

　　考古學者認為，102號墓時代在金章宗泰和年間（1201-1208）。

---

47 引自楊富斗、楊及耕：〈金墓磚雕叢探〉，《文物季刊》1997年第4期。

當時全真教在關中一帶盛行，八仙之說也應隨之而廣泛流行。如果考古推斷無誤，那麼至遲在金章宗泰和年間已有組合而成的八仙俗畫存在。兩組人物略有出入，這與元明雜劇中八仙的不同組合大致相符。從磚雕的藝術來看，八仙人物個性突出，「人物雕刻技法嫻熟，線條流暢，造型優美」，已具有相當高的藝術水準。

元明清時期，八仙深入人心，八仙畫也遍佈城鎮鄉村。其中〈八仙慶壽〉圖、〈呂祖像〉最為普遍。明時，「吳人禮呂翁於四月十三，無分士庶，皆有像也」。[48]最值得重視的還出現了連環壁畫。西安的八仙宮呂祖殿的壁畫中有〈呂洞賓臥睡〉、〈鍾離執炊〉圖，圖畫表現呂洞賓夢中歷盡榮華富貴、權勢顯赫、忽然被罪、妻離子散、孑然一身、黃粱夢醒的全過程，是一組生動的連環壁畫。山西永樂宮的純陽殿中，有描述呂洞賓生平和仙跡的連環壁畫五十二幅，史稱〈純陽帝君仙遊顯化圖〉。其中，「鍾離權度呂洞賓一幅，景色秀麗，畫面開闊，師徒側身而坐，鍾離權開懷暢飲，呂洞賓俯首沉思，師徒形態最為生動」，[49]具有很高的藝術價值。

八仙繪畫中，八仙形態各異，形神畢肖，具有很高的藝術水準。潞王家的呂真人像，「風左則鬚飄而右，風右則鬚飄而左」，相傳出自仙筆。[50]明黃越石的四仙古像中，鐵拐李「坐石上，對懸瀑布，仰視天際隱隱一鐵拐，飛行空中」。[51]《山泉逸志》云祠山有七寶，其中一寶即是〈古畫仙圖〉，畫上畫的是韓湘子與呂洞賓。「呂雙目能左右視，炯炯逼真，韓祖褐仰視，鶉懸萬端，不知何以下筆。」[52]明宋懋澄於金陵瞻尹氏所供純陽像，畫中純陽「向東而行，戴小綸巾，僅護

48 〔明〕宋懋澄：《九籥集》卷十〈呂翁事三〉（北京市：中國社會科學出版社，1984年）。

49 山曼：〈八仙信仰及廟宇考略〉，《中國民間文化》1994年第4期。

50 〔清〕俞樾：《茶香室續鈔》卷十八，光緒二十五年刻春在堂全書本。

51 〔明〕李日華：《六硯齋筆記》卷一，明刻清乾隆修補本。

52 〔明〕徐應秋：《玉芝堂談薈》卷二十四《祠山七寶》，《四庫全書》本。

髮，容纔三十許，眉目秀特，不似從人間筆底來，鬚及黃庭，絲絲皆
有生氣，面與手光如赤玉，兩手交加，右居左上，虯結安祥，兩麻履
懸右肘，其足赤」，形象栩栩如生。[53]從這些記載來看，八仙畫的繪畫
技術已十分精湛，巧奪天工。

　　八仙畫在明清時期傳入日本、朝鮮、菲律賓等國。「高麗中葉仁
宗時，建八聖堂於西京，繪畫像，設仙佛相半的八聖，實際是八
仙。」[54]清清涼道人《聽雨軒筆記》卷一記載了呂宋（菲律賓）人求
畫之事：

　　　　黃慎字恭壽，號癭瓢子，閩之寧化人，少學畫於同郡上官
　　周。……後至羊城，為人畫一鐵拐李仙。呂宋國人見而歎曰：
　　「若增一蝙蝠於上，則更妙矣！」黃曰：「是不難，然非薔薇露
　　及伽楠香作潤筆不可。」呂宋人欣然如命。黃乃伸紙縱筆，別
　　成一幅與之，大喜持去。其見重及於外國如此。[55]

　　從呂宋人欣賞黃慎的鐵拐李畫像，並求增一蝙蝠這一事實來看，
呂宋人（可能是華僑）亦信仰八仙。張果老是長壽仙，又被稱為白蝙
蝠精。張果老在俗畫中時常與鐵拐李同畫。「蝠」又與「福」同音。
「福壽」也是呂宋人求畫所求的吉意。

　　在民間手工藝領域，八仙被作成泥人、瓷人、金人、木人、陶
模，成為普通百姓家庭的裝飾擺設品。明中葉小說《金瓶梅》寫西門
慶家中有一座「八仙奉壽的流金鼎，約數尺高，甚是做得奇巧」。[56]明

53　〔明〕宋懋澄：《九籥集》卷十〈呂翁事九〉（北京市：中國社會科學出版社，1984
　　年）。

54　潘暢和：〈中、朝、日道教思想之比較〉，《延邊大學學報》1998年第1期。

55　〔清〕清涼道人：《聽雨軒筆記》，《筆記小說大觀》本。

56　〔明〕蘭陵笑笑生：《金瓶梅詞話》第七十四回（北京市：人民文學出版社，1985
　　年）。

末清初，江西景德鎮生產的「八仙慶壽圖香爐」，細膩光潤，堪稱藝術珍品。還有印在布上、繡在布上的八仙圖，如湘繡〈八仙圖〉。廣泛流行於民間的剪紙更是多種多樣，有「站八仙」、「坐八仙」、「騎八仙」、「醉八仙」、「雲中八仙」、「水中八仙」等名目。它們被貼在喜慶人家的窗戶上，增添喜慶氣氛。[57]

二　八仙與民間講唱文藝

八仙形象在民間工藝美術中盛行的同時，八仙故事也通過戲曲、小說、講唱文藝等方式在百姓中流傳。工藝美術給信仰者以直觀的形象，而戲曲小說、講唱文藝則使這些直觀的形象富有生動、豐富的含義，二者相輔相成，對八仙信仰的普及與推廣都起了十分重要的作用。

元明清三代的戲曲小說作品很多（後有專章論述），在近代的地方戲中還出現了專門演唱八仙故事的地方劇種：八仙戲、藍關戲。「八仙戲」形成於明末清初山東淄博市五路口村一帶的農村，採用當時流行的俗曲【駐雲飛】、【耍孩兒】等，演唱八仙故事。「藍關戲」，又稱「藍官戲」，形成於明末山東掖縣一帶，以高腔為主要唱腔，以韓湘故事為主要演出內容。藍關戲在六〇年代還有民間藝人演出過《湘子出家》。[58]

講唱文藝中，演唱八仙故事的作品也很多。從本人所掌握的資料來看，當時流行的鼓詞、東北大鼓、寶卷、道情、彈詞等曲藝樣式中都有八仙故事的說唱。傅惜華《北京傳統曲藝總錄》[59]中記載許多的八仙故事作品。在《八角鼓》〈岔曲總目〉中有〈八仙〉曲二支，[60]

---

57 參山曼：〈八仙信仰及廟宇考略〉，《中國民間文化》1994年第4期。

58 參李漢飛：《中國戲曲劇種手冊》〈附錄〉（北京市：中國戲劇出版社，1987年）。

59 傅惜華：《北京傳統曲藝總錄》（北京市：中華書局，1962年）。

60 注：兩本內容不同，一本首句為「一朵祥雲托定漢鍾離」，另一本首句為「鐵拐李的葫蘆元妙」。

《八角鼓》〈牌子曲總目〉中有《湘子上壽》一本、《大八仙》二本、《大八仙慶壽》一本、《八仙上壽》一本、《八仙慶壽》一本等。《鼓詞小段總目》中有〈二度林英〉一段、〈三度林英〉一段、〈湘子點化〉一段、〈藍關走雪〉一段、《呂祖買藥勸世文》一段、〈八仙過海〉一段、〈八仙慶壽〉一段、〈八洞神仙賀壽〉一段等。在《時調小曲》中有〈度林英〉一支、〈繡八仙〉一支等。從這些題目來看，講唱的內容以八仙慶壽、湘子故事為主。

　　在東北大鼓傳統短篇中，有〈洛陽橋〉、〈呂洞賓戲牡丹〉、〈王道士捉妖〉、〈呂純陽請天兵〉、〈呂祖捉妖狐〉等篇講唱八仙故事。[61]〈洛陽橋〉、〈呂洞賓戲牡丹〉是兩個有名的傳說故事，在其他劇種、講唱文學中都有演唱。〈洛陽橋〉說的是呂洞賓岳陽樓飲酒，遇觀音化美女化緣，前去相戲，後呂洞賓抓黃沙助蔡狀元修成洛陽橋的故事。〈呂洞賓戲牡丹〉說唱呂洞賓買藥戲牡丹的故事。〈王道士捉妖〉、〈呂純陽請天兵〉、〈呂祖捉妖狐〉三篇講說的是一個完整的故事：周家莊有妖狐媚住了周公子，王道士前去捉妖，因法術不濟，反被妖狐毆打。呂祖下界助王道士捉妖，請來天兵團團圍住妖狐，後憐狐仙修道不易，且聰明伶俐，賜丹命其歸山修行。狐仙贈周公子保命丹，後周公子刻苦攻讀，高中狀元。內容與京劇《青石山》相同。

　　《八仙緣》是一本有名的八仙故事說唱底本，朱梅庭所作，採用說唱相結合的方法，題目全稱為「說唱時調八仙緣」，應是彈詞作品。故事說何氏女一念修行，其父因無子而逼其婚嫁。何氏夢呂祖贈桃，並囑她答應招江湖異人為婿。八仙中漢鍾離、張果老、鐵拐李、韓湘子、藍采和等都以江湖異人前來應召，曹國舅扮皇親前來欲選何氏進宮，呂洞賓化道人欲前來度之出家，何氏投繡球時，被虎精擄

_____

61　見瀋陽市文學藝術工作者聯合會編：《鼓詞匯集》（東北大鼓傳統短篇）（內部資料），1957年11月。

走，七人齊心協力救何氏。後何氏昇天而去，位列仙班。故事與其他的何仙姑故事不相同，可能是朱梅庭根據何仙姑傳說創作而成的作品。作品情節曲折，生動，分回，收入《古本小說叢刊》第五輯。

道情以道教故事為題材，與八仙的關係更為密切。相傳張果老最早打著漁鼓傳唱道情，勸化世人，後來很多人學他的模樣傳唱道情，由此而產生了道情戲，張果老也就被人們稱之為道情戲祖師。道情中有很多八仙故事作品，其中最有名的是《韓湘子九度文公道情》。《韓湘子九度文公道情》故事基本上源於小說《韓湘子全傳》，說韓愈一家在韓湘子的度脫下昇入仙界。道情通過韓湘子、韓愈、林英的成仙經過，宣揚神仙思想，宣揚忠孝節義思想。

眾多的說唱藝術中，寶卷說唱八仙故事影響比較大。寶卷源於唐代的俗講，明清時期開始興盛，到清末民初達於鼎盛。在江浙一帶，寶卷成為僅次於彈詞的說唱文藝形式。「這一時期的民間寶卷除了一些用於信仰活動的祝禱儀式寶卷及勸世文寶卷外，絕大部分是文學故事寶卷，包括神道故事、民間傳說故事、俗文學傳統故事和時事傳說等，另外還有一些源於民歌俗曲的『小卷』。」[62]八仙寶卷即是其中的重要部分，分上壽寶卷、成道因果寶卷兩大類。據《中國寶卷總目》記載，八仙上壽寶卷有《八仙上壽寶卷》（又名《八仙大上壽寶卷》）、《八仙上壽偈》、《八仙上壽十杯茶》等；八仙成道因果寶卷有《八仙鐵拐李呂純陽曹國舅寶卷》、《八仙緣寶卷》、《呂祖寶卷》、《何仙姑寶卷》、《韓湘子寶卷》等。八仙上壽寶卷是在民間慶壽時宣唱的，內容大多是人間慶壽，八仙下凡慶賀。八仙是福壽的象徵，他們帶著蟠桃、仙果、仙丹之類令人長壽之物，不僅向人間壽星祝壽，而且賜福於普通百姓。在《八仙上壽寶卷》中，宣卷藝人首先奉承了壽星、孝子賢孫，同時又奉承了前來聽宣卷的每一位聽眾，迎合普通百

---

62 車錫倫：《中國寶卷總目》（臺北市：中國文哲研究所，1998年）。

姓求吉利、求福壽的心理。八仙成道因果寶卷是以八仙成道為緣起，借八仙成道故事宣揚因果報應思想的寶卷。《何仙姑寶卷》寫何仙姑誠心修道，呂洞賓下凡以買藥為名進行點化，後何仙姑隨呂祖飛昇。《呂祖寶卷》以小說《呂祖全傳》為藍本，又移接了一些其他的民間故事。敘呂洞賓辭別父母，上京赴考。漢鍾離沿途以白髮乞丐、扇墳新婦、露野餓屍等惡象來打動呂洞賓，後又讓呂夢中得中狀元，做高官，後被斬。斬後，魂入地獄，因地獄慘象而驚醒。呂醒後出家，得道成仙，其父母、妻子亦昇仙界。善有善報，惡有惡報是這些寶卷的主要思想。

在說唱的語言形式上，寶卷、道情多用民間流行的時調小曲加散說說唱，唱詞多用長短句式，而東北大鼓則多用較為整齊的七字句。曲詞通俗易懂，明朗暢快。如《韓湘子九度文公道情》中〈林英問卜〉裡的四季歎：

【耍孩兒】歎春景清明節，桃花開柳發葉。湘子修行把林英撇，撇了奴正二三四個月。奴有真情對誰說，望夫望得桃花謝。我的夫，桃花謝了不見還鄉。

歎夏景端陽節，枝子花六皮葉。湘子修行把林英撇，撇了奴四五六個月。奴有真情對誰說，望夫望得荷花謝。我的夫，荷花謝了不見歸家。

歎秋景重陽節，寒露單打梧桐葉。湘子修行把林英撇，撇了奴七八九個月。奴有真情對誰說，望夫望得菊花謝。我的夫，菊花謝了不見還鄉。

歎冬景臘八節，鵝毛雪花往下跌。湘子修行把林英撇，撇下奴十一二還月。奴有真情對誰說，望夫望得臘梅謝。我的夫，臘梅謝了不見歸家。

　　林英以四季節令、景物來反覆渲染她對湘子的思念之情，感情真
摯動人。這些民間流行的唱法對於八仙信仰在民眾中的傳播有十分重
要的作用。

　　「任何一個民族的藝術都是由它的心理所決定的；它的心理是由
它的境況所造成的，而它的境況歸根到柢是受它的生產力狀況和它的
生產關係制約的。」[63]八仙工藝美術的興盛，八仙故事的流行正是民
俗心理所致。普通百姓之所以喜愛八仙藝術品，喜聽八仙故事，都來
源於一種心理需要。因為八仙象徵著幸福、吉祥，能滿足他們追求幸
福、吉慶的心理需要。這種心理現象的產生，來自於封建社會生產力
的低下、社會環境惡劣等諸多因素。在這樣的環境中，人們受自然、
社會的制約，不能把握自己的命運。因而求助於神仙，希望得到神仙
的幫助。久而久之，形成一種習俗，而在其後面，隱藏的還是對幸福
與自由的渴望。

　　八仙與民俗文化的關係體現了民族文化的動態接受流程。八仙是
老百姓根據自己的生活習慣、審美心理創造出來的神仙群體。他們有
超凡的神通，同時又有世俗的情感。人們把他們的形象形之繪畫、雕
塑、剪紙，把他們的故事改編講唱，擴大了八仙的影響。而八仙影響
的擴大又反過來影響了民俗生活，成為民間求壽、求福、求名、求
子、求醫、求財的對象。民間上壽用到他們，喪葬用到他們，婚禮也
用到他們，建造也同樣用到他們，他們成為百姓解決日常困難的求助
對象，成為百姓喜慶節日的喜神。二者互相影響、互相促進，使整個
民俗文化呈現一個曲折向前的動態曲線。這對於我們理解民俗文學中
的其他現象都有十分重要的意義。

63　〔俄〕普列漢諾夫：〈第一封信〉，引自王朝聞：《審美談》（北京市：人民出版社，
　　1984年），頁77。

第五章
八仙與中國戲曲

　　戲曲是一種蘊含極為豐富的文藝形式，它與宗教、民俗、藝術、政治等都有著層次深淺不同的聯繫。宗教意識、民俗現象、政治倫理等內容在戲曲作品中都有所反映。八仙是元明清時期人們最喜愛的神仙群體，對元明清時期的宗教、民俗等都有著十分深刻的影響。八仙故事也成為元明清乃至近現代戲曲創作的重要題材來源。以八仙故事為題材的戲曲作品數量眾多，內容豐富深刻，是中國戲曲文學的重要組成部分。

第一節　八仙戲曲作品考述

一　宋元時期的八仙戲

　　八仙傳說起於唐宋，盛於金元，隨著八仙傳說的興盛，八仙戲曲作品也相應出現。從現存的資料來看，八仙故事大約在宋金時期即已被搬上舞臺。宋末元初周密的《武林舊事》卷十所載的雜劇名目中有〈宴瑤池爨〉劇目，元末陶宗儀的《輟耕錄》所記的院本名目中有〈瑤池會〉、〈蟠桃會〉、〈王母祝壽〉、〈菜園孤〉、〈八仙會〉及〈白牡丹〉等劇目。〈宴瑤池爨〉、〈瑤池會〉、〈蟠桃會〉、〈王母祝壽〉四劇都是祝壽戲，據元明時期的〈蟠桃會〉、〈群仙祝壽〉的劇情來看，其中也許有八仙上壽的情節。〈八仙會〉劇，譚正璧先生認為即是現傳八仙的故事戲。[1]〈菜園孤〉劇，譚正璧先生懷疑是演唐李復言《續

1　譚正璧：《話本與古劇》（上海市：上海古籍出版社，1985年）。

玄怪錄》中張老事。宋耐得翁《醉翁談錄》所記話本小說名目中有
〈種叟神記〉，故事應與《古今小說》卷三十三中的〈張古老種瓜娶
文女〉相同。〈菜園孤〉與〈種叟神記〉可能取材於同一故事。〈白牡
丹〉劇，譚正璧《話本與古劇》、馮沅君《古劇說匯》〈金院本補說〉
都認為是演呂洞賓與白牡丹的故事。

　　明徐渭的《南詞敘錄》〈宋元舊篇〉[2]中有《呂洞賓三醉岳陽
樓》、《呂洞賓黃粱夢》二個劇目。《呂洞賓三醉岳陽樓》戲文，錢南
揚先生《宋元戲文輯佚》[3]輯存佚曲七支，本事與元馬致遠的《呂洞
賓三醉岳陽樓》雜劇相同，演呂洞賓度柳樹精成仙的故事。《呂洞賓
黃粱夢》戲文本事應與馬致遠的《邯鄲道省悟黃粱夢》雜劇相同，演
呂洞賓「黃粱一夢」省悟而出家的故事。又有《韓文公雪阻藍關》戲
文，《寒山堂曲譜》徵引曲文，並注曰：「與前《韓文公風雪阻藍關
記》合抄一冊。」[4]此戲文應是演韓愈被貶潮州，途中雪阻藍關，遇
韓湘之事。

　　從現存的宋金雜劇院本、宋元南戲劇目來看，八仙中鍾離權、呂
洞賓、張果老、韓湘子的故事已被搬上舞臺。因劇本無存，難以了解
其全貌。

　　金元時期，全真教十分興盛。在全真教的影響下，元雜劇中出現
了大量的神仙道化戲，其中以八仙故事為題材的神仙道化戲佔有相當
大的比重。現在可考知的八仙雜劇劇目有：

一、馬致遠《呂洞賓三醉岳陽樓》（存，見《元曲選》）；

二、馬致遠《邯鄲道省悟黃粱夢》（一作《開壇闡教黃粱夢》，存，
　　見《元曲選》）；

2　〔明〕徐渭：《南詞敘錄》，見《中國古典戲曲論著集成》（北京市：中國戲劇出版
　　社，1959年），第三冊。

3　錢南揚：《宋元戲文輯佚》（北京市：古典文學出版社，1957年）。

4　引自莊一拂：《古典戲曲存目匯考》（上海市：上海古籍出版社，1982年），頁84。

三、岳伯川《呂洞賓度鐵拐李岳》（存，見《元曲選》）；

四、范康《陳季卿悟道竹葉舟》（存，見《元曲選》）；

五、鍾嗣成《宴瑤池王母蟠桃會》（佚，《錄鬼簿續編》著錄）；

六、陸進之《韓湘子引度昇仙會》（佚，《錄鬼簿續編》著錄，題作
　　《昇仙會》，題目正名作：「陳半街得悟到蓬萊，韓湘子引度昇
　　仙會。」《元人雜劇鉤沉》輯存佚曲二支。《金瓶梅詞話》第五
　　十八回中所演的《韓湘子度陳半街昇仙會雜劇》，應是陸進之
　　所作之劇）；

七、趙文敬《張果老度脫啞觀音》（佚，《錄鬼簿》（曹本）著錄。題
　　目作「西王母歸元華陽女」，正名作「張古老度脫啞觀音」）；

八、紀君祥《韓湘子三度韓退之》（佚，《錄鬼簿》著錄）；

九、趙明道《韓湘子三赴牡丹亭》（佚，《錄鬼簿》著錄）；

十、無名氏《瘸李岳詩酒玩江亭》（存，見《元曲選外編》）；

十一、無名氏《漢鍾離度脫藍采和》（存，見《元曲選外編》）；

　　現存元雜劇八仙劇目十一種，其中六種有劇本流傳。從現存的劇
目來看，十種是度脫劇，只有鍾嗣成的《宴瑤池王母蟠桃會》一種是
慶壽劇。十種度脫劇中，呂洞賓、鍾離權度世之劇最多，這與鍾離
權、呂洞賓被奉為全真教祖有一定的關係。鍾離權度世的雜劇有：
《黃粱夢》、《藍采和》二種；呂洞賓度世的雜劇有：《岳陽樓》、《鐵
拐李》、《竹葉舟》三種，五種雜劇都有劇本傳世。張果老度世的雜劇
一種，已佚。鐵拐李度世的雜劇一種，有劇本傳世。韓湘子故事雜劇
有三種：《韓湘子三度韓退之》、《韓湘子引度昇仙會》、《韓湘子三赴
牡丹亭》三種，但沒有一種劇本保存下來。日本澤田瑞穗認為：韓湘
子劇本之所以沒有保存下來，是因為其中所演的「韓文公是儒家敬重
的先賢，他因痛斥道釋為異端而得罪道釋二家，他卻反而被道家度脫
而歸於仙道。這種虛構是對儒家先賢的誣衊。明代把冒瀆先賢的劇本

列入禁書」。[5]澤田先生的論斷有一定的道理，但並不能完全說明問題。因為《金瓶梅詞話》第五十八回有四樂工扮演《韓湘子度陳半街昇仙會雜劇》的記載，再則現在還存有明富春堂刊本《韓湘子九度文公昇仙記》傳奇劇本。

　　現存的六種八仙雜劇中，《岳陽樓》、《鐵拐李》、《竹葉舟》三種分別寫呂洞賓度脫柳樹精、鐵拐李、陳季卿的故事。《岳陽樓》本事融合宋人《畫墁集》、《蒙齋筆談》等筆記所記的呂洞賓岳陽遇松精的傳說及岳州石刻、〈江州望江亭自記〉中所記的「第一度郭上灶」等事而成。劇敘呂洞賓在蟠桃會上飲宴，見下方一道青氣上沖雲霄，知有神仙出世，下來度脫。呂扮賣墨客來到岳陽樓，夜遇柳精、梅精，呂讓二精托生人間，待經歷酒色財氣之後再來度脫。柳精托生為郭馬兒（郭上灶），梅精托生為賀臘梅（劇中有稱「賀仙姑」之處），結為夫妻，在岳陽樓前賣茶。呂洞賓顯神通先點化了賀臘梅，後又以死亡恐懼來警醒郭馬兒。二人出家學道，得道成仙。《鐵拐李》本事無考，大概是作者根據當時民間傳說中的跛仙故事改寫而成。劇敘孔目岳壽為吏清正，迎接新官韓魏公不著後，回家吃飯。呂洞賓在門前笑罵，岳壽怒吊之於家門前，後韓魏公私行來到，放了洞賓。岳壽派張千前去責問，知是韓魏公後，嚇成重病而亡。魂入陰間，得呂洞賓相救還魂，因屍體已被焚化，只得借李屠之體還陽。後省悟，跟呂洞賓出家，入仙班。《竹葉舟》本事出唐人薛昭蘊《幻影傳》，亦見《纂異記》及《異聞實錄》。《醉翁談錄》中有《竹葉舟》話本的記載，《太平廣記》卷七十四引《纂異記》中的〈陳季卿〉一文。這些記載都寫陳季卿應試不第，訪僧青龍寺，見寰瀛圖而思歸家。終南山翁以竹葉為舟，陳季卿登舟回家，一更復乘舟回終南山，初以為夢。六十日後其妻自江南奔來，始知非夢。《竹葉舟》雜劇則寫陳季卿應試不第，

5　〔日〕澤田瑞穗：〈韓湘子傳說與俗文學〉，載《佛教與中國文學》，國書刊行會，昭和五十年印。

寄居青龍寺讀書，見寰瀛圖頓起歸心，夢中乘呂洞賓用竹葉所化之舟回家。途中，呂洞賓時時化身點化，陳季卿不悟。後陳季卿落水求救，驚醒，知是一夢，及見呂洞賓荊籃中詩，心知呂洞賓為異人，追隨出家。三劇中，《岳陽樓》、《竹葉舟》以夢中惡境點化，《鐵拐李》以地獄慘像點化，使他們自我醒悟。

《黃粱夢》、《藍采和》演漢鍾離度呂洞賓、藍采和成道的故事；《玩江亭》演鐵拐李度金童玉女重返天庭的故事。三個劇本也都採用了夢中點化、自身頓悟的度脫方式。

《黃粱夢》，原名一作《邯鄲道省悟黃粱夢》，一作《開壇闡教黃粱夢》。劇本本事最早源於唐傳奇小說《枕中記》，小說寫呂翁度脫盧生事。金元全真教典籍《純陽帝君妙通記》、《歷世真仙體道通鑒》等書，則把「黃粱一夢」又作鍾離權度脫呂洞賓故實。劇敘呂洞賓上京趕考，路過邯鄲王化店，呂央王婆煮黃粱。鍾離權奉東華帝君之命前來點化，使神通讓呂大夢一場。呂在夢中中進士，官封兵馬大元帥，娶高太尉之女為妻。後因貪財賣陣，回家見妻子有私。後其妻首告其賣陣，皇上免其死罪，流放沙門島。途遇大雪，饑寒交迫，兒女被強人所殺，最後自己也被殺。醒來知是一夢，黃粱猶未煮熟。呂看破酒色財氣，醒悟生死，跟鍾離權出家，後得道成仙。《藍采和》雜劇，《今樂考證》著錄，今存脈望館鈔校本，隋樹森選入《元曲選外編》。此劇採《續仙傳》、《江南餘載》等筆記中藍采和、許堅的傳說創作而成。劇敘漢鍾離赴天齋回來，見下方一道青氣，知梁園棚內樂名叫藍采和的伶人許堅有半仙之分，下凡引度此人。漢鍾離到許堅做場處點化，許堅不悟。漢鍾離知其凡心太重，欲顯惡境頭讓他省悟。許堅生日時，樂官前來叫官身，官吏因其誤官身要責打四十棍，藍采和求救，漢鍾離度之出家。許堅妻子兄弟前來相勸，不動塵心，踏歌寄意。「山中方七日，世上已千年」，藍采和一日與妻子兄弟相遇，見他們年已老邁，只能教子弟演戲為生。藍采和悟透生死，功成行滿，位列仙班。

　　《玩江亭》雜劇，《錄鬼簿續編》著錄，現存明脈望館鈔校本。《孤本元明雜劇》、《元曲選外編》據以校印。本事無考。劇敘西王母殿下金童玉女一念思凡，被謫下方鄆州托生為人。金童托生為牛璘，玉女托生為趙江梅，二人匹配成親。東華仙恐二人迷失本性，命鐵拐李下界度脫二人。牛員外家頗有資財，在江邊建一玩江亭，趙江梅生日時，在玩江亭設宴慶賀。鐵拐李顯神通前去點化二人，二人留戀人世生活，不肯出家。後鐵拐李以仙家寒波造酒、枯樹開花之神通點化，牛璘知是神仙，跟之出家。後趙江梅醉睡時，牛璘入趙夢中，化為渡頭人，船至江中，威脅趙江梅成親。趙江梅夢醒省悟，亦跟隨出家。二人得道，重返天庭。

　　現存的六個八仙度脫劇，採用的都是全真教夢中點化、自身頓悟的度脫方式，這種度脫方式也是元代其他神仙道化劇的一個共同特點。從這裡，我們也可以大致了解到全真教對元雜劇的影響程度。

二　明代的八仙戲

　　八仙信仰在明清時期十分盛行，以之為題材的戲曲作品蔚為大觀。八仙戲曲題材在宋元度脫劇、祝壽劇的基礎上不斷豐富發展，呈現紛繁多樣的特徵。明代的八仙戲曲作品相當豐富，這裡分度脫劇、祝壽劇、鬥法劇三類來加以介紹。

（一）八仙度脫劇

　　現可考知的明代八仙度脫劇劇目有：
一、谷子敬《呂洞賓三度城南柳》（存，見《元曲選》）；
二、谷子敬《邯鄲道盧生枕中記》（佚，《錄鬼簿續編》著錄）；
三、賈仲明《鐵拐李度金童玉女》（存，見《元曲選》）；
四、賈仲明《呂洞賓桃柳昇仙夢》（存，見《古名家雜劇》）；

五、朱權《沖漠子獨步大羅天》（存，脈望館鈔校本、《孤本元明雜劇》本）；

六、朱有燉《呂洞賓花月神仙會》（存，宣德間原刊本、《孤本元明雜劇》本）；

七、車任遠《邯鄲夢》（佚，《曲品》著錄）；

八、無名氏《呂翁三化邯鄲店》（存，脈望館鈔校本、《孤本元明雜劇》本）；

九、無名氏《呂真人九度國一禪師》（佚，《寶文堂書目》著錄）；

十、無名氏《呂洞賓戲白牡丹》（佚，《今樂考證》著錄）；

十一、無名氏《呂純陽點化度黃龍》（存，脈望館鈔校本、《孤本元明雜劇》本）；

十二、無名氏《城南柳》（佚，《劇品》著錄。《劇品》：「北曲一折，不過竊元劇之餘緒耳。」）；

十三無名氏《飛劍斬黃龍》（佚，《寶文堂書目》〈樂府〉著錄）；

十四、無名氏《邊洞玄慕道昇仙》（存，脈望館鈔校本、《孤本元明雜劇》本）；

十五、無名氏《梅柳昇仙記》（佚，《寶文堂書目》〈樂府〉著錄）；

十六、無名氏《蟾蜍記》（佚，《遠山堂曲品》著錄）；

十七、錦窩老人《昇仙傳》（佚，《今樂考證》、《遠山堂曲品》著錄）；

十八、無名氏《韓湘子昇仙記》（存，明萬曆間富春堂刊本）；

十九、湯顯祖《邯鄲記》（存，見《六十種曲》）；

二十、蘇漢英《呂真人黃粱夢境記》（存，明繼志齋刊本）。

　　從上可知，明代八仙度脫劇存目二十個，其中有十一個存有劇本。從這些劇目的內容來看，明代的八仙度脫劇題材一方面沿襲元雜劇的本事題材，同時又有所創新。這些度脫劇集中在呂洞賓、鍾離權、韓湘子、鐵拐李四仙身上，其中以呂洞賓度世的劇作最多。

　　呂洞賓度世的劇作主要集中在呂洞賓度柳精、度盧生、度牡丹等
故事上。

　　谷子敬的《呂洞賓三度城南柳》、賈仲明的《呂洞賓桃柳昇仙
夢》、無名氏的《城南柳》、《梅柳昇仙記》四劇都是元馬致遠《呂洞
賓三醉岳陽樓》本事的翻版。後二種已佚，難知詳細情節。谷子敬的
《城南柳》把《岳陽樓》中的郭馬兒改成楊柳，把賀臘梅改成小桃。
劇敘呂洞賓奉師命前來度脫城南柳，第一次來岳陽樓，把蟠桃核拋
下，讓柳、桃成花月之妖；第二次呂讓柳精、桃精托生為人，結為夫
妻；第三次度脫二人成仙。作者緊扣「三度」而創作。賈仲明的《桃
柳昇仙夢》敘梁園桃柳成精，南極仙差呂洞賓前去度脫。呂讓翠柳去
長安柳氏門中托生為男，名叫柳春；嬌桃去長安陶氏門中托生為女，
二人結為夫妻。重陽節，呂洞賓前來度脫，讓二人入夢。柳春夢中得
官，前去赴任途中被強盜所殺。驚醒後，二人省悟出家，學道成仙。
二個劇本都是寫呂洞賓度脫柳樹精，《城南柳》度脫經過樹、樹精、
人、仙四個階段，而《桃柳昇仙夢》中只經過樹精、人、仙三個階
段，相對來說，《城南柳》中的度脫過程更顯神仙慈悲度世的情懷。

　　《邯鄲道盧生枕中記》、《邯鄲夢》、《呂翁三化邯鄲店》、《邯鄲
記》四劇都取材於沈既濟的《枕中記》，寫呂洞賓度脫盧生之事。四
劇今存《呂翁三化邯鄲店》雜劇與湯顯祖《邯鄲記》傳奇二種。《呂
翁三化邯鄲店》劇寫呂洞賓奉命前去度脫盧生，而盧生留戀功名利
祿，不願出家。呂洞賓顯神通於邯鄲道上化一酒肆，自化邯鄲老人炊
黃粱，讓盧生入夢。盧生夢中做大官，後奉命去剿草寇，聖人無端怪
他坐視不理，問斬。醒來省悟，出家學道。湯顯祖《邯鄲記》傳奇寫
呂洞賓以磁枕讓盧生入睡，盧生夢中娶豪門之女為妻，行賄中試，後
出將入相，享盡榮華。因官場傾軋而被貶，後又復官，封國公，一門
榮顯，復享高齡而卒。夢醒時，知仍臥邯鄲店中，黃粱猶未煮熟。盧
生大悟，從呂洞賓學道成仙。二劇結局不同，一為問斬，一為壽終正
寢。《呂翁三化邯鄲店》反映的是官場險惡，尋求解脫；《邯鄲記》則

在反映官場險惡的同時又反映了人生追求的無意義，這是一種對生存意識的更高層次的認識。

　　《呂純陽點化度黃龍》、《呂真人度國一禪師》、《呂洞賓戲白牡丹》、《飛劍斬黃龍》四劇關係密切。《點化度黃龍》劇敘呂洞賓奉東華帝君之命下界度脫有緣之人。呂洞賓與黃龍禪師講論道法，比試神通，點化黃龍禪師成仙。《呂真人度國一禪師》劇本已佚，但從題目來看亦是演呂洞賓度國一禪師成仙之事。二劇都是神仙度脫佛教徒成仙，與元雜劇中的《張果老度脫啞觀音》同屬一類。而《飛劍斬黃龍》，則與《點化度黃龍》全然不同。《百川書志》著錄有《呂洞賓戲白牡丹飛劍斬黃龍》一劇，標為一卷。《寶文堂書目》著錄有《飛劍斬黃龍》一本。明末馮夢龍的《醒世恒言》中有《呂洞賓飛劍斬黃龍》小說，敘呂洞賓飛劍斬黃龍，黃龍禪師道行高，反把呂鎮住，把呂度脫。故事似與白牡丹無關。明末鄧志謨的《飛劍記》第五回〈呂純陽宿取白牡丹，純陽飛劍斬黃龍〉，[6]敘呂洞賓宿取白牡丹，修煉內丹，被黃龍禪師點破機要，走洩元陽。呂洞賓怒，飛劍欲斬黃龍，卻無能為力，被黃龍禪師訓斥並留其一劍。《呂洞賓戲白牡丹飛劍斬黃龍》故事應與《飛劍記》相同。《點化度黃龍》與《飛劍斬黃龍》兩劇人物相同，但結果不同，這應是佛道爭勝所致。《呂洞賓戲白牡丹》，與《呂洞賓戲白牡丹飛劍斬黃龍》劇內容應大致相同。白牡丹是宋元時名妓。金院本中有《白牡丹》院本，元吳昌齡《花間四友東坡夢》中蘇東坡用白牡丹誘佛印還俗，與呂洞賓沒有聯繫。明初賈仲明《呂洞賓桃柳昇仙夢》[7]雜劇第一折呂洞賓說白中有「朝向酒家眠，夜宿牡丹處」之句，據此可知，呂洞賓戲白牡丹的傳說大致起自於元末明初。

6　〔明〕鄧志謨：《飛劍記》，見《古本小說集成》（上海市：上海古籍出版社，1990年）。

7　見《元曲選外編》（北京市：中華書局，1958年）。

　　朱權《沖漠子獨步大羅天》、朱有燉《呂洞賓花月神仙會》都是明初有名的度脫劇。《沖漠子》劇敘呂純陽、張紫陽奉東華帝君之命下界點化沖漠子，鎖其心猿意馬，去其酒色財氣，逐其三尸之蟲，同入大羅天為仙。作者朱權，晚慕沖舉，「沖漠子蓋即其號」。[8]《呂洞賓花月神仙會》敘蟠桃仙子因土木形骸，下凡降生樂戶張家，後參透酒色財氣，呂洞賓八仙度之成仙。此劇本事見明梅鼎祚《青泥蓮花記》〈張珍奴〉條。張珍奴是宣和中吳興娼女，後被度脫。另外，《邊洞玄慕道昇仙》也是呂洞賓度世劇。劇敘道姑邊洞玄誠心向道，鍾離權、呂洞賓二仙下界點化其修成大道。邊洞玄在《歷世真仙體道通鑒》卷四三中有傳，傳云邊洞玄自幼慕道，遇一書生攜酒，二人同飲，後書生以木簡化為劍欲借邊洞玄之肝，邊洞玄懼而醒悟。在這則傳記裡，邊洞玄是一男子，而明代劇本裡則變成女子。不知名書生也成為呂洞賓，也許是流傳過程中，人們認為「書生」帶「劍」這本是呂洞賓之形象特徵，因而附會到呂洞賓身上。

　　在明代戲曲中，呂洞賓的度世劇作題材比起元雜劇來說要廣得多，呂洞賓的形象也豐滿得多。

　　《呂真人黃粱夢境記》傳奇沿著元《邯鄲道省悟黃粱夢》故事發展而來，寫鍾離權度呂洞賓成道之事。劇敘呂洞賓少攻舉業，久困科名，因惜光陰而欲求仙學道。後遇鍾離權，拜鍾為師學道。鍾離權恐其道心不堅，在酒肆中使神通欲讓呂知「夢裡繁華」、「人間虛幻」。呂洞賓夢中在太陰夫人的幫助下攻入利名關，考試中狀元，官授翰林院編修。呂為官正直，諫罷括商令，請斬奸臣盧杞，官至宰相。後因偶然應答失誤，被貶去職。呂處之泰然，出利名關，恢復自己本來面貌。後因饑餓而醒，醒時黃粱猶未煮熟。呂大悟，出家學道。劇本借鑒了《三化邯鄲店》、《邯鄲道省悟黃粱夢》等劇的情節結構，進行創

8　莊一拂：《古典戲曲存目匯考》，頁397。

造性的改造。祁彪佳《遠山堂曲品》列為「逸品」，評曰：「傳黃粱夢多矣，惟此記極幻、極奇，盡大地山河、古今人物，盡羅為夢中之境。呂仙得太陰相助，一戰入名利關，四十年窮通得喪，止成就得雪下一餕夫耳。嗟哉！世人乃逐逐魘囈乎？」[9]

　　《蟾蜍記》、《昇仙傳》、《韓湘子昇仙記》三部傳奇都是寫韓湘成道度韓愈的故事。現只存《韓湘子昇仙記》一劇。《蟾蜍記》祁彪佳收入「具品」。祁氏評曰：「湘子於筵前頃刻開牡丹，有『雲橫秦嶺』、『雪擁藍關』之句，曾見之於《外紀》。及考《太平廣記》，韓昌黎謫潮州，行次商山，有雲水迎立馬首送至鄧州者，蓋其甥而非姪也。此湊集孟郊、賈島諸人，而未得作法，故聯合無情。惟記中以《諫佛骨表》為曲，亦自朗徹可觀。」[10]從祁氏的評語來看，《蟾蜍記》劇融《青瑣高議》中韓湘子故事及韓愈與賈島、孟郊交往故事而成。錦窩老人《昇仙傳》，祁氏《曲品》收入「雜調」之中，評曰：「湘子經三演。別一本以《昇仙》名者，原不足觀；而此則荒穢特甚，即憲宗自稱憲宗，文公自稱文公，可概見矣。」「別一本」《昇仙》，祁彪佳亦收之雜調：「傳湘子，不及《蟾蜍記》。若刪其俚調，或可收之具品中。」[11]今存的《韓湘子昇仙記》存明萬曆間富春堂刊本，《古本戲曲叢刊初集》據之影印。全名作《韓湘子九度文公昇仙記》，全劇分上下兩卷，上卷十四折，下卷二十二折，共三十六折。或即是祁氏《曲品》所說的《昇仙》劇，祁氏認為此劇「不及《蟾蜍記》」。劇敘韓愈無兒，思念在外的姪兒韓湘。韓湘遇鍾離權、呂洞賓出家後，修成大羅神仙。湘子下凡來欲度脫叔叔、嬸子與妻子成仙。韓愈奉旨祈雪，四十日無雪，皇上將降罪於他，湘子代為祈雪，同時

9　〔明〕祁彪佳：《遠山堂曲品》，見《中國古典戲曲論著集成》（北京市：中國戲劇出版社，1959年），第六冊，頁12。

10　同前註，頁82。

11　同前註，頁120、113。

求韓愈出家。雪下後，韓愈不肯出家。湘子又在韓愈壽誕時來度脫，韓愈仍不悟。後韓湘子扮番僧進佛骨，韓愈上書諫迎佛骨，聖人大怒，貶愈潮陽。途中，韓湘劃地成河、指石為山點化韓愈，愈也不悟。至藍關時，風雪交加，糧盡馬死，隨從也死於虎口，此時韓愈纔省悟過來。韓湘後來又度脫嬸母、妻子，全家飛昇。劇本以湘子度世、韓愈諫佛骨為主要內容，本事與前二劇大致相同。

賈仲明《鐵拐李度金童玉女》雜劇寫鐵拐李度金童玉女事。劇敘金童玉女因一念思凡，罰往女真族中投胎為人，金童托生為金安壽，玉女托生為童嬌蘭，二人結為夫妻。王母娘娘怕二人迷失本性，派鐵拐李前去度脫。童嬌蘭生日時，鐵拐李前去度脫，二人貪圖人間快樂，不肯出家。鐵拐李顯神通，從空中落下、化金光而去，都不能打動現實幸福中的金安壽。鐵拐李先點化嬌蘭，顯神通讓金安壽昏睡，讓其本身心猿意馬追逐。金安壽醒來後，鐵拐李又讓其瞬間見慘景，後省悟出家，重返天庭。劇本與無名氏《鐵拐李詩酒玩江亭》雜劇情節結構基本相同，鐵拐李的度脫方法也基本相似，二劇應源於同一本事。

明代的八仙度脫劇內容豐富，既涉及到全真教、正一教等道教宗派教義，還從多方面反映了三教之間相爭相融的現實。

（二）八仙慶壽劇

神仙慶壽劇宋元發軔，明代大盛。黃眉翁、廣成子、南極仙、三官、福祿壽、王母、麻姑、八仙等眾神仙齊上陣，祝賀人間壽誕。而尤以八仙祝壽劇最受世人歡迎，成為明清時期官府、民間祝壽的重頭戲。現在可知的明代八仙祝壽劇目有：

一、朱有燉《瑤池會八仙慶壽》（存，明宣德間原刊本、脈望館鈔
　　校本）；

二、朱有燉《群仙慶壽蟠桃會》（存，明宣德間原刊本、脈望館鈔
　　校本）；

三、王淑忭《蟠桃會》（佚，《遠山堂曲品》著錄）；

四、無名氏《大羅天群仙慶壽》（佚，《寶文堂書目》著錄）；

五、無名氏《西王母祝壽蟠桃會》（佚，《今樂考證》著錄）；

六、無名氏《祝聖壽金母獻蟠桃》（存，脈望館鈔校本、《孤本元明
　　雜劇》本）；

七、無名氏《眾天仙慶賀長生會》（存，脈望館鈔校本、《孤本元明
　　雜劇》本）；

八、無名氏《賀昇平群仙祝壽》（存，脈望館鈔校本、《孤本元明雜
　　劇》本）；

九、無名氏《眾群仙慶賞蟠桃會》（存，脈望館鈔校本、《孤本元明
　　雜劇》本）；

十、無名氏《感天地群仙朝聖》（存，脈望館鈔校本、《孤本元明雜
　　劇》本）；

十一、無名氏《寶光殿天真祝萬壽》（存，脈望館鈔校本、《孤本元
　　　明雜劇》本）；

十二、無名氏《降丹墀天聖慶長生》（存，脈望館鈔校本、《孤本元
　　　明雜劇》本）。

　　現存劇目十二種，存劇本九種，佚三種。現存的九種劇本中，都
有八仙上壽的場面。《眾天仙慶賀長生會》、《祝聖壽金母獻蟠桃》、
《寶光殿天真祝萬壽》、《感天地群仙朝聖》等都是內廷為皇帝祝壽時
演的供奉劇。劇情不外是人間聖壽，天上神仙都來貢獻仙物，為聖上
祝壽。《賀昇平群仙祝壽》劇則是南極仙翁聚集群仙與人間國母上
壽。在此劇中，出現了上、下八洞神仙之稱。《寶光殿天真祝萬壽》
劇把度脫與慶壽結合起來。劇敘虛玄真人與脫空祖師講道，互相爭
論。東華帝君責虛玄真人凡心未退，罰往下界托生為孫彥弘，又令漢
鍾離、呂洞賓引入武當山修道。後孫成道，以天音塔為聖壽。

影響最大的是朱有燉的八仙祝壽劇。朱有燉的封地在汴梁，所寫劇本多與河南風物有關，在當時影響很大。錢謙益云：「王遭世隆平，奉藩多暇，勤學好古，留心翰墨。（中略）制《誠齋樂府傳奇》若干種，音律諧美，流傳內府。至今中原弦索多用之。李夢陽《汴中元宵》絕句云：『中山孺子倚新妝，趙女燕姬總擅場。齊唱憲王新樂府，金梁橋外月如霜。』由今日思之，東京夢華之感可勝道哉。」[12]朱有燉作有《群仙慶壽蟠桃會》、《瑤池會八仙慶壽》二種八仙祝壽雜劇。《群仙慶壽蟠桃會》是他五十歲生日時所作。他在引言中說：「自昔以來，人遇誕生之日，多有以詞曲慶賀者，筵會之中，以效祝壽之忱。今年值予初度，偶記舊日所制南呂宮一曲，因續成傳奇一本。付之歌，唯以資宴樂之嘉慶耳。宣德歲在己酉正月良日書。」[13]劇敘金母設蟠桃宴，派人請東華帝君、南極仙翁、十方仙子、八仙、香山九老都來赴會，慶賞蟠桃。他的祝壽戲裡對後世影響最大的是《八仙慶壽》雜劇，《奢摩他室曲叢》刊本題作《新編瑤池會八仙慶壽》。他在〈瑤池會八仙慶壽引〉中說：「慶壽之詞，於酒席之中，伶人多以神仙傳奇為壽。然甚有不宜用者。如韓湘子度韓退之，呂洞賓岳陽樓，藍采和心猿意馬等體，其中未必言詞盡皆善也。故予制蟠桃會、八仙慶壽傳奇，以為慶壽佐尊之設，亦古人祝壽之意耳。宣德七年季冬良日錦窠老人書。」從他的引言中我們可以知道，當時伶人多以神仙傳奇慶壽，時人比較忌諱《韓湘子度韓退之》、《呂洞賓岳陽樓》、《藍采和》等度脫劇。大概因為這些劇本給人的是一種人生如夢的思想，因而官場中人比較忌諱；而在普通家庭則不在乎，《金瓶梅詞話》第三十二回就有祝壽演韓湘子、金童玉女劇的記載。吳梅先生該劇的跋語中說：「八仙慶壽四折純為祝嘏佐尊之詞，觀憲王小引，以神仙傳奇為不宜用，知當時忌諱之深。」吳梅先生認為「神仙傳奇為不宜

---

12 〔清〕錢謙益：《列朝詩集小傳》乾集下（北京市：古典文學出版社，1957年）。
13 見吳梅：《奢摩他室曲叢》本。

用」，顯然誤解了朱有燉「甚有不宜用者」之意。從該劇引言中的「宣德七年季冬良日」之語來看，朱有燉此劇應是他五十三歲生日前所作。劇敘金母設蟠桃會，請八仙、福祿壽三仙、香山九老諸仙前去赴會。內容與《蟠桃會》差不多，但不同的是此劇人物以八仙為主。其中藍采和的戲最為生動精彩。吳梅在跋語中說：「通本以西王母蟠桃宴集福祿壽三星、八洞天仙慶賀桃實，而以香山九老作陪，即取人瑞之意。合天地人同慶也。（中略）至其演藍采和瘋癲狀態，恐元人手筆亦無以過之矣。」論述十分恰切。明清時期民間的八仙慶壽戲大多以此劇為藍本。《綴白裘》第十一集的梆子腔劇本《堆仙》即是此劇第四折刪改而成。

（三）八仙鬥法劇

　　明代的八仙戲中出現了一些鬥法劇。《呂洞賓點化度黃龍》劇即是以鬥法而度脫黃龍禪師的劇本。此劇中，呂洞賓能談禪，以性命雙修的理論、陽神出竅能攜物歸的神通使黃龍禪師折服而皈依神仙。《飛劍斬黃龍》劇裡呂洞賓與黃龍禪師鬥法，呂洞賓飛劍欲斬黃龍禪師，結果黃龍禪師佛法更高，呂反被黃龍禪師度脫。無名氏的《爭玉板八仙過海》是明代最有影響的鬥法劇。後來的「八仙過海，各顯神通」一語即來自於此。現存明萬曆四十三年脈望館鈔校本，《孤本元明雜劇》據以校印。趙清常跋云：「四十三年乙卯五月廿三日校內本。」可見此劇是明宮廷與民間觀眾都十分喜愛的劇本。劇敘白雲仙長因「塵世雍熙，聖人在位，風調雨順，物阜民安，和氣上應於九天」，「閬苑繁華，牡丹盛開」，在閬苑設筵請五大聖與八仙赴宴賞牡丹。八仙與眾仙一起開懷暢飲，醉醺醺而歸，各顯神通飄海而過。東海龍王之子敖廣與毒龍巡海，見藍采和玉板光芒萬丈，派水卒搶去。八仙與之大戰，斬龍子，殺得水族大敗。東海龍王集四海龍王率百萬水族前來與八仙相鬥，結果又大敗。東海龍王請天官、地官、水官相

助，八仙請太上老君相助。太上老君派齊天大聖前去助戰，大敗三官及神兵。後來，佛祖如來出面，雙方講和。

三　清代的八仙戲

（一）文人創作的八仙戲

清代文人創作的八仙戲，繼承了元明時期的度脫劇、慶壽劇傳統，創作了一些度脫劇、慶壽劇；同時，他們又創作了不少的歎世劇。即使度脫劇也帶有濃郁的歎世思想，元明時期求仙訪道、追求超脫的思想大為淡化。

1 八仙度脫劇

清代文人創作的八仙度脫劇現所知的有：

一、李玉《太平錢》（存，清抄本、古本戲曲叢刊本）；
二、葉承宗的《狗咬呂洞賓》（存、《清人雜劇二集》本）；
三、車江英《藍關雪》（存，《清人雜劇二集》本）；
四、永恩的《度藍關》（存，乾隆刊本）；
五、綠綺主人《度藍關》（存，《清人雜劇三集目》著錄）；
六、楊潮觀《韓文公雪擁藍關》（存，乾隆刊本）；
七、無名氏《萬仙錄》（佚，《曲海總目提要》著錄）；
八、王聖徵《藍關度》（佚，《曲海總目提要補編》著錄）；

一共八個劇目，存劇六種。八個劇目中，《太平錢》演張果老故事，《狗咬呂洞賓》、《萬仙錄》演呂洞賓故事，其他五種都是演韓湘子度韓愈的故事。其中以李玉的《太平錢》、葉承宗的《狗咬呂洞賓》比較有特色。

李玉《太平錢》傳奇，全劇分上下兩卷，共二十七齣，上卷十五

齣，下卷十二齣。劇本本事源自唐李復言《續玄怪錄》中張老事（《太平廣記》卷十六《張老》襲其文）。其中的張老，是梁天監時人，與韋恕為鄰居。韋恕有一子一女，子名義方。張老與韋氏成親後，韋恕嫌棄，張老帶韋氏回王屋山。後義方前去相訪時，張贈一席帽囑去揚州賣藥王老家取錢一千萬。明馮夢龍《古今小說》卷三十三有〈張古老種瓜娶文女〉，內容大致與〈張老〉相同，但小說中張老變成張古老。小說敘韋恕是梁武帝管理馬匹的官吏，有一兒一女。兒韋義方跟王僧辯北征。一日，雪中丟失了梁武帝的白馬。白馬跑到種瓜叟張古老處，張古老還馬給韋恕並贈給鮮瓜。韋恕與妻子、女兒一同去感謝張古老，張古老看上了韋恕女兒，請媒人前去提親。韋恕大怒，要十萬貫小錢為聘，以難張古老。沒料到張古老如數備齊十萬貫聘錢，韋恕無奈，只得許親。韋義方北征歸來時恰遇其妹賣瓜，韋義方衝進去要殺張古老。次日又要去接妹妹歸家，韋義方去時，張古老已帶韋氏離開。義方一路追趕至茅山桃花莊，知張古老是仙人。張古老贈以席帽，令去揚州申公處取十萬貫錢。山中一天，人間已是二十年，其父母及家人一共十三口已昇仙。

李玉此劇以張老為張果老，把故事時間放在唐代，並且把〈定婚店〉中韋固的故事一併融入其中。張果老在唐與羅公遠曾同為玄宗時術士，作者因而把揚州王公、申公改為羅公遠，把唐張果老的一些事迹也融入其中。劇敘廣陵張果老，種瓜為生，與賣生藥的羅公遠時常往來。韋恕一男一女，男名固，字義方，外出應試，並求良姻。韋固應試不成，於定婚店夢見月下老人，向月下老人詢問自己的婚事。月下老人說其妻子纔二歲，韋想改變這種安排，前去行刺。孤女遇刺未死，後被大官韓休收養。韋固後去邊塞參戰軍務。韋家有御賜白驢，一日雪中走失，在張果老處尋到。張果老還給白驢，還贈以鮮瓜，韋恕見瓜驚訝，與妻子、女兒同去張果老瓜園遊賞。張果老看上韋女，遣媒人前去說親，韋恕大怒，想以十萬貫太平錢為聘禮來難倒張果

老。哪知張果老如數備齊聘禮,韋恕不得不把女兒嫁給他。張果老後
來討得韋家白驢,夫妻兩人騎驢歸王屋山。韋固立功回家,得知妹子
之事後,怒氣衝天前去殺張果老,追至王屋山後,知張果老是天上神
仙。張果老贈以席帽,要他持帽去揚州羅公遠處取十萬貫太平錢。山
中三月,人間已二十年,韋家都已仙去,家園也已變成廟宇。韋固到
揚州取錢後,上京應試,以太平錢娶得韓休之女,而韓女原來就是二
十年前自己所刺之女也。劇本以姻緣前定的思想,掩蓋了不合理的婚
姻制度。

　　《狗咬呂洞賓》,收入《稷門四嘯》之中,劇本以俗語「狗咬呂
洞賓,不識好人心」點綴成篇。全劇四折一楔子,敘石介被呂洞賓度
脫事。石介字守道,從孫明復先生讀書徂徠山下,孫後來奉詔為五經
博士,石介獨居讀書。一日瑞雪初晴,明月東上,石介到梅花樹下閑
行。呂洞賓見石介有仙風道骨,化道士前來求佈施,欲點化石介,石
介不悟。一日,石介城中訪羊季卿不遇,回時天色已晚,被貪官蔡奇
拿住,縱狗咬之,又把他關進泰廟凍餓。柳樹精顯神通,蔡奇懼而釋
石介。後石介被薦,一舉狀元及第,官拜御史,衣錦還鄉。蔡奇轉而
趨奉石介,咬石介之狗也變成狗臉人身,對石介叩頭。石介後來吃了
呂洞賓茶中三棗,得悟大道,昇天而去。《萬仙錄》「演呂祖洞賓事。
洞賓登真,眾仙俱會,故曰萬仙錄也。」《曲海總目提要》有劇情介
紹,云呂洞賓本儒家子,父母在堂,兄弟二人並習舉業。一日,洞賓
入酒肆,城南柳樹精化為酒色財氣諸魔遞相擾惑,鍾離權至肆點化。
洞賓未悟,不肯從遊。後呂洞賓與弟赴京應試,其弟一舉成名,而洞
賓下第。鍾離權再以夢象點化,呂洞賓夢醒後,從鍾離權出世,後得
道。但嗔心未斷,過杭州時與黃龍禪師鬥法,呂洞賓飛劍欲斬黃龍,
但黃龍禪師法力高強,自己反被黃龍攝伏,後歸依佛法。此後,又度
白尚書之女成仙。其弟則享人間榮華富貴,奉養父母。[14]劇本揉合呂

---

14 〔清〕黃文暘:《曲海總目提要》卷三十一(天津市:天津古籍書店,1992年影印)。

祖故事，又憑空塑造一個安享人間富貴的弟弟，以此來調和出家與奉
養父母之間的矛盾。

　　車江英的《藍關雪》、永恩的《度藍關》、綠綺主人的《度藍
關》、王聖徵的《藍關度》、楊潮觀的《韓文公雪擁藍關》五劇都因襲
元明戲曲中韓湘子度韓愈故事，但又有創新。車江英《藍關雪》有雍
正年間《四名家傳奇摘出本》、《清人雜劇二集》本。其中包括〈湘
歸〉、〈報參〉、〈賞雪〉、〈衡山〉四齣。〈湘歸〉敘鍾離權說韓湘子
「塵緣未盡，尚該留下兒孫一脈，後來奏入《牡丹亭記》」，韓湘子七
夕之夜回家與妻子杜氏共度良宵。與以前所有的韓湘傳奇不同，作者
要宣揚的是孝道思想。俗話云：「不孝有三，無後為大。」此劇補此
一筆，以解韓愈無後之恨，與《萬仙錄》塑造呂洞賓弟弟侍奉父母有
著相同的目的。〈報參〉敘吳元濟反，韓愈為參軍隨軍前去平定。〈賞
雪〉敘吳元濟賞雪，李愬雪夜入蔡州，擒吳元濟。〈衡山〉敘韓愈被
貶潮州刺史，南下途中經過衡山，神風吹開雲霧，讓韓愈飽覽山景。
四出中並無藍關擁雪的場景，四齣應是傳奇《藍關雪》的「摘出」。
永恩、綠綺主人之作，未見劇本。王聖徵的《藍關度》，劇本已佚，
但依據《曲海總目提要補編》，可知劇本大意：「演韓湘度其叔愈於藍
關，與《九度昇仙記》關目各異。一派妄誕，狎侮大儒，疑出道士手
筆，大半本《韓仙傳》而又加變幻。」[15]

　　楊潮觀的《韓文公雪擁藍關》雜劇，簡稱《藍關》，乃《吟風閣
雜劇》之一種。本事出於《青瑣高議》，但作者加以創新，旨在宣揚
封建忠孝思想。劇中，韓愈雖在逆境中，仍忠於朝廷，無怨無悔，滿
懷愛國愛民之心。【混江龍】曲唱：「則俺八洞高真廝遇處，也要一邊
拱立讓他遭。忠和孝，這是天上人間齊印可，萬空充塞起心苗。」[16]
八仙在忠臣孝子面前都要讓道三分，可明顯見出作者之用意。這在所

15　北嬰：《曲海總目提要補編》（北京市：人民文學出版社，1959年），頁70。
16　〔清〕楊潮觀：《吟風閣雜劇》（北京市：中華書局，1933年），頁148。

有的《度藍關》題材中獨具一幟，是一個以忠孝為本的儒學官吏寫的一本寫心之劇。

2 慶壽劇

　　清代文人創作的八仙慶壽劇不多。現存傅山的《八仙慶壽》、蔣士銓的《西江祝嘏》、吳城的《群仙祝壽》三種。傅山的《八仙慶壽》是為其母生日而作，現存鈔本、排印本，附《紅羅鏡》傳奇之後，為一折之短劇（據莊一拂《古典戲曲存目匯考》記載）。蔣士銓《西江祝嘏》為皇太后祝壽而作，共分四劇，今存嘉慶大文堂刊本。據王興吾序言記載，蔣士銓《西江祝嘏》四劇「本出自民間風謠」[17]。在《長生籙》中作者塑造了一個散仙，名叫女几，善鬥酒，「上八仙」呂洞賓、藍采和都被她灌醉；飲中八仙前去嚐酒，也被她「設出幾個酒令來」，弄得「一個個東倒西歪，踉蹌而去」。從這個劇本看來，鍾、呂八仙與飲中八仙在民間都深受民眾喜愛。《昇平瑞》第三齣〈賓戲〉，戲中演唱《女八仙》，劇敘何仙姑「約了七位道友，向長壽仙家去慶壽」，而七仙「被魁星捉去月課」，「因此各令妻子來」。蔣氏劇作形象生動，人物語言詼諧有趣，整個劇作有很濃的喜劇氣氛。吳城的《群仙祝壽》是《迎鑾新曲》的上卷。據全祖望〈迎鑾新曲序〉云：「今天子建中和之極，躬奉聖母南巡至吾浙東西，老幼士女歡聲夾道，吾友杭人厲君樊榭，吳君甌亭各為迎鑾新樂府。」可見作者是為乾隆、太后南巡而作，今存光緒間刊本。當時厲鶚亦作劇《百靈效瑞》。吳城在劇中，把何仙姑作為浙江人氏，同時組合浙西、浙東神仙為「男八仙」、「女八仙」，共同祝壽。這幾個慶壽劇立意新穎，形式別致，在當時頗得人們青睞。

17　〔清〕王興吾：〈西江祝嘏序〉，見周妙中點校：《蔣士銓戲曲集》（北京市：中華書局，1993年），頁659。

3 歎世劇

　　清代，八仙劇中出現了借神仙歎世之作。這些作品，不同於元明時期的度脫劇，因為其中主要是劇作家感歎世事，幾乎沒有宗教成分。鄭瑜的《黃鶴樓》、徐爔《寫心雜劇》中的《游梅遇仙》、袁蟫《瞿園雜劇》中的《仙人感》三劇是其中的代表。鄭瑜《黃鶴樓》現存《雜劇三集》本。作者借呂洞賓與柳樹精的對答表現了他對世事的感慨：神仙世界孤獨、多苦難，人世間爭名利、趨炎涼，沒有一塊淨土，沒有一點寄託。作者的內心極其苦悶、無聊。

　　晚清，帝國主義列強入侵，強迫清政府簽訂了諸多不平等條約，開放口岸、商埠。有良知的中國人都深感憂慮。《仙人感》即是劇作者借神仙感歎時事、憂心國事之作。劇作現存光緒戊申本。《古典戲曲存目匯考》說袁蟫「約同治十三年前後在世」，而《仙人感》劇中有「今日是何年頭，道甚麼一千九百零一年十一月十五日」之語，可見袁蟫應該活到光緒末年。作者借呂洞賓之口，把他對現實自然的荒敗、西洋人的野心、人情世態炎涼的感歎之情和對英雄人物的期盼之情委婉地表達出來。

(二) 清代地方戲中的八仙戲舉隅

　　明清文人創作的八仙戲，多為昆曲演唱而作。清代中葉，地方戲興起，八仙戲成為各地方戲中的重要演出內容。在山東，還有專門演出八仙故事的劇種──八仙戲、藍關戲。從現在所知的資料來看，京劇中的八仙戲資料最豐富。這裡筆者以京劇為主，對清代地方戲中的八仙戲作一簡要的介紹。

1 祝壽戲系列

　　地方八仙戲演出最為普遍的是《八仙慶壽》（或叫《蟠桃會》），

幾乎全國每一個劇種都有演出。昆曲開場大多演出「八仙慶壽」。香港新界六〇年代的祭祀中每次都演「八仙」、跳「加官」，一為求壽，一為求官。杜山一直盛行木頭公仔戲，這種戲即以演八仙戲為主。《杜山陳氏族譜》中保存了一副舊對聯：「號曰八仙班，聽其時樂中弦彈，猶是古人雅調；敢云幾人戲，觀這裡手舞足蹈，亦屬唐世遺風。」[18]

《綴白裘》[19]第十一集收有梆子腔劇本《堆仙》。《堆仙》即是梆子腔系統的八仙慶壽戲。劇本乃朱有燉《八仙慶壽》雜劇最後一折刪改而成，只曲子順序有所改變。朱有燉的雜劇曲牌順序是：新水令、喬牌兒、雁兒落、沽美酒、太平令、川撥棹、水仙子、餘音。《堆仙》的順序是：新水令、水仙子、雁兒落、沽美酒、清江引。《堆仙》劇〔雁兒落〕曲把朱劇〔喬牌兒〕、〔雁兒落〕兩曲涵括；〔沽美酒〕曲把朱劇〔沽美酒〕、〔太平令〕兩曲涵括。整劇只刪去〔川撥棹〕一曲而已。

湖南高腔有《東方朔偷桃》[20]，此劇為湘劇的「喜慶戲」，常演於慶壽的堂會中。其中有八仙慶壽的場面：「原來是八仙往瑤池上壽。漢鍾離為首，李鐵拐隨後，倒騎驢張果老獻上果球，捧壽麵的是曹國舅，獻靈芝韓湘子，獻牡丹何仙姑，藍采和手捧著蟠桃壽酒，挽舞著長衫袖，唯有洞賓醉醺醺走後頭，手執著玉釀瓊甌。」

2 《呂洞賓戲白牡丹》系列

《呂洞賓戲白牡丹》，又有《純陽戲洞》、《三戲白牡丹》、《牡丹對課》、《對課》、《點藥名》等名，本事源於明清戲曲小說，劇演呂洞賓與白牡丹之間的愛情故事。此系列劇融智慧、愛情於一爐，頗得觀

18 〔日〕田仲一成著：《中國的宗族與戲劇》（上海市：上海古籍出版社，1992年）。

19 〔清〕錢德蒼編：《綴白裘》（北京市：中華書局，1957年校印本）。

20 見湖南省戲曲研究所：《湖南戲曲傳統劇本》，1981年編印（內部發行）。

眾喜愛，幾乎每個地方劇種中都有演出。各地在演出時，又都適當地
進行了改編，使劇本思想藝術呈現多樣性。

京劇中有《戲牡丹》。[21]劇敘牡丹在勞山師從黃龍修煉。在黃龍至
崑崙赴龍華會時，牡丹與呂洞賓相遇，兩人互相愛慕，結為夫妻。後
雷聲響起，純陽離去，牡丹悲痛不已。

京劇中又有《度牡丹》劇。劇敘呂洞賓欲度杭州女子白牡丹成
仙，化成游方道人，至白員外天堂藥店買藥。白牡丹應對如流，呂竟
為所窘。白牡丹受黃龍真人指點，常採藥煉藥。呂又到牡丹煉藥的茅
庵借宿，告訴白牡丹自己姓名，並云特來度她成正果。牡丹乃隨呂洞
賓而去。黃龍真人得信追來，二人鬥法。呂洞賓不勝，割斷天橋藤
條，發誓不再下凡度世人成仙。此劇本現有閻嵐秋藏本。劇本本事來
源於明代的白牡丹、黃龍禪師、呂洞賓之間的故事，又與杭州風物聯
繫起來。在此劇中，呂洞賓度脫失敗。

湖南長沙花鼓戲中有《洞賓度丹》（又名《牡丹對藥》）[22]。劇敘
白牡丹父女在鐵板橋前開一藥店。呂洞賓見牡丹美貌，欲前去「戲
度」之。一日偕徒兒到藥店以買藥為名，戲調牡丹。牡丹聰敏機智，
應答如流，呂洞賓無趣而回。劇本內容與前二種又有不同。

京劇中另有《三戲白牡丹》三本。第一本細目為：

赴蟠桃群仙上壽，敬仙桃五子奪魁。大歌舞嫦娥敬酒，醉八仙飄
海惹禍。呂洞賓請神鬥法，因打賭純陽下凡。黃龍洞白氏學道，呂洞
賓攜徒下山。見招牌呂岩買藥，對藥草初戲牡丹。奉妖命眾女采草，
呂純陽二戲牡丹。呂洞賓黑夜三戲，明琴音隨師登天。老黃龍領妖追
趕，斷藤橋將妖遮攔。斬黃龍呂仙有罪，四天王追拿呂岩。大善家救
護神仙，八十歲得中狀元。王福堂一家榮顯，奉玉旨斬殺牡丹。呂洞

---

21 按：京劇八仙戲內容，均採自《京劇劇目辭典》（北京市：中國戲劇出版社，1989
年）。

22 湖南省戲曲研究所：《湖南戲曲傳統劇本》總第二十六集，1981年編印（內部發行）。

賓相救遲晚，惜花心永不度凡。

第二本細目：斬牡丹花魂飄散，投花府降生塵凡。呂純陽受罪下界，銀蟒仙報仇歸位。下藥坑恢復仙體，試斬頭削去道德。楊尚書求親不允，見詩文相思成親。逼牡丹允親逃走，鐵拐李算卜化變。呂洞賓進房錯戲，鬧新房假變柳香，花牡丹庵堂自驚，假洞賓二試真心。燒尼庵鐵拐變法，真洞賓火燒牡丹。連三趕化身三錯，玉皇帝怒責純陽。沉海底千年貶修，群仙救根本還原。白牡丹敕封花王，呂純陽海底見徒。三教主化身救世，度八仙返本還原。

第三本細目：洞賓仍歸舊仙界，牡丹百花封為仙。思從前不該三戲，玉帝降罪十二年。洞賓牡丹皆有罪，凡間受難配姻緣。拐李福世救瘟疫，屎尿做茶第一年。薛公為國封侯爵，賢婦被譴起禍端。失子巧救呆子漢，歹人之中有好人。雙死不死遇骨肉，又遇奸人強逼奸。險中遇救不識禮，捉妖畫中有仙人。薛公連遭三次害，毒打糧官結仇冤。幸遇清官斷事明。盧相串供害侯爵，自投羅網命中定。

三本戲是呂洞賓戲白牡丹故事的一個整體。第一本故事基本上與前面所述《三戲牡丹》內容相同，與錫劇中的內容猶為相似。只有呂洞賓被天王追趕，牡丹被王福堂斬是添加的內容。第二本是接上本被斬而開始的。牡丹被斬降生人世，呂純陽獲罪被沉海底。後得三教主救度返本還原。第三本，二仙回到仙界後，被玉帝降罪下凡結為夫妻。歷盡人間艱辛，官高封侯。

《三戲白牡丹》三本連演一個完整的故事，故事與清末小說《三戲白牡丹》大體相同，估計是藝人根據小說改編而成。

錫劇中有《三戲白牡丹》[23]。劇敘蟠桃會上嫦娥為八仙斟酒，呂純陽酒酣失態。王母遷怒於嫦娥，謫往人間。嫦娥降生於河南洛陽開藥鋪的白富貴家，取名牡丹。黃龍真人，實為千年孽龍，借修行為

---

23 見金毅主編：《錫劇傳統劇目考略》（上海市：上海文藝出版社，1989年）。

名，以房中術摧殘少女，以求登仙。白牡丹也被收做弟子，隨眾女進山採藥。呂洞賓誓度牡丹重返仙境。他與柳樹精到白牡丹藥店中買藥，以謎語戲之。白牡丹應對如流，心已愛戀，後與之私通。何仙姑為助其早日登仙，授牡丹「素女術」。黃龍真人欲對白牡丹「傳道」，呂洞賓至黃龍洞中，以山雞化作牡丹替身，將牡丹攝至龍華山中，告以往事。黃龍真人聞知後大怒，邀了四海龍王欲將牡丹搶走。雙方鬥法時，呂純陽斬斷藤橋，以阻來敵。後黃龍真人現正身與呂相鬥，被呂斬之。牡丹重上天庭，復為嫦娥。此劇故事與京劇《三戲白牡丹》大體相同，但比較簡略。由此可見，雖都是呂洞賓戲白牡丹之故事，但各地方戲在編演中都加以適當的改編。在改編者的筆下，呂洞賓與白牡丹脫離了宗教神仙的清心寡欲，更多地帶有民間青年男女的性格特點。

3 八仙成道、八仙過海系列

八仙成道系列劇也是清代地方戲中的重要演出內容。在京劇中有《八仙得道》劇。劇本以《東遊記》為引，故事取材於《東遊記》、《八仙得道傳》等小說，但又有作者的虛構創新。劇敘孝子平和得龍珠治母病，後化身為龍興風浪。李太守夫人懷孕，平和投胎，生為李玄。李太守讓李玄與胡定珠成婚，婚夕，李題詩逾牆逃走。李決心學道，深山尋師，高山飛雪，李被凍死。屍體被虎所傷，還魂時遂成瘸腿。劇情與元岳伯川《呂洞賓度鐵拐李岳》已毫無關係。

京劇中有《韓湘子得道》劇，現存李萬春藏本。劇敘呂洞賓、鍾離權二人自薦為湘子師，教湘子黃白飛昇之術，湘子悟道。韓愈為湘子娶林谷女為妻，湘子逃出洞房，去見呂洞賓，後棄家入山修道。劇本本事來自於《韓湘子全傳》。湘子度韓愈本事劇有《雪擁藍關》，又叫《藍關雪》、《走雪登仙》、《湘子度叔》、《九度韓文公》，現存李萬春藏本。劇敘韓愈因諫迎佛骨，謫貶潮陽，路經藍關，遇大風雪。湘

子以法術離其僕從，後現身度韓愈成仙。京劇中還有《八仙九度韓文公》劇。劇本情節略同於《雪擁藍關》，現存李萬春藏本。劇敘韓愈因諫迎佛骨而被貶。湘子在韓愈貶謫途中勸其皈道，韓愈執意不肯。湘子與八仙各顯神通，終將韓愈超度成仙。《綴白裘》第十一集收有雜劇〈途歎〉、〈問路〉、〈雪擁〉、〈點化〉四折。《明清戲曲珍本輯選》作為梆子腔劇本。〈途歎〉敘韓愈在被貶途中感歎。〈問路〉敘韓愈雪中行走，至藍關迷失路徑，湘子遣清風明月化為漁樵指引道路。〈雪擁〉敘韓愈與從人冒雪登秦嶺，湘子命土地化猛虎沖散韓愈與從人。〈點化〉敘韓愈過秦嶺後，湘子攝茅庵供他棲身。小鬼打更，天明馬死，孤獨無依，湘子前來點化。韓愈脫凡胎，成仙身。京劇、梆子劇劇本本事基本上來自明代的《韓湘子九度昇仙記》傳奇及《韓湘子全傳》小說。梆子腔中的《雪擁》與京劇中的《雪擁藍關》劇情相同。

京劇中有《八仙過海》劇，又叫《八仙飄海》、《飄東海》。劇敘金母壽辰，八仙前往祝壽。後至海邊，八仙各乘寶物過海。湘子花籃被豬婆龍搶去，呂洞賓請來二郎神，降伏豬婆龍，奪回花籃。劇本本事源自明代的《爭玉版八仙過海》雜劇，又融合了《東遊記》、《三戲白牡丹》中的一些情節創作而成。昆曲中亦有《八仙過海》劇，[24] 劇敘八仙赴蟠桃會，酩酊而歸。適金魚仙子率水族在海裡遨遊，八仙依仗法寶威力，出言挑逗，雙方大戰，金魚仙子力敵八仙，收去八仙法寶。八仙只得賠禮道歉，雙方和好。故事與以前所有八仙過海故事不同，估計是劇作家根據八仙過海故事創作而成。

4 張果老娶親劇

京劇中以張果老娶親為題材的劇本有三本。劇本主要取材於李玉

---

24 見《昆劇優秀傳統折子戲節目單》，1979年3月25日演出。

的《太平錢》傳奇。第一本敘韓尚書告老還鄉，其女麗娘遊園遇妖。看園叟張果老為之降妖得黑驢。麗娘女友韋萍馨前去探視，張果老見韋有仙風道骨，欲乘機度化之。張果老托張嫂為媒，前去說親，韋父以彩禮難之。至期，張果老備齊彩禮前去迎親，卻為所阻。眾人赴縣衙辯理。韋萍馨與婢女芸娘扮作兄妹潛逃離家。

第二本敘張果老眾人至縣衙告狀，縣令因證據確鑿，遂約定兩家三日後成親，又暗囑韋家買通張嫂改供。韋女外逃，經紅蓮寺，被和尚識破女身，囚於寺後，欲逼淫之。張果老與韋氏兄弟趕到，救出韋女。後張果老與韋女成親。洞房之中，張點化韋女。韋萍馨決心學道。後韓家遇難，張果老夫婦顯神通救出韓家眾人，發大水淹沒眾山寇。

第三本敘張果老成親後，不得韋氏兄弟歡心，二人搬回瓜園。韋萍馨學道，吃苦耐勞。同邑佟士雄兄弟見韋女貌美，幾番生事，被張果老痛懲。張果老因韋女事未赴蟠桃宴，鐵拐李前來相探。鐵拐李調戲韓麗娘，後又化作年輕公子，求親相戲。

劇本第二本、第三本是第一本的兩個不同續本。中間穿插鐵拐李戲麗娘，作者之意旨在詼諧動人而已。

現所能考知的八仙戲劇本及劇目，已如上述。因八仙是一種廣泛的民間信仰，在許多的民間小戲中現仍保留著許多八仙戲的演出，劇本大多是明清劇本的改編。因本人能力有限，無法一一勾稽。

從現存的八仙劇目及劇本中，我們可以清楚地看到八仙戲由宗教性戲劇向世俗性戲劇的演變過程。在元明八仙戲中，宗教思想十分濃郁，但在清末文人劇及地方戲中，這種宗教思想大大淡化，體現的是很濃的世俗意識。許多的八仙戲中雖然仍借用八仙，但就其人物形象、思想傾向來看，已同宗教戲劇有著天壤之別。借取八仙故事，往往只是這些作品用來體現純粹世俗內容的一種獨特的方法而已。

第二節　人生苦難與宗教解脫

　　宗教是人類自我意識的反映，這種意識來源於社會現實，是「一定歷史時代人們物質關係的直接產物」。[25]在現實社會裡，人們無不處在精神與物質、靈魂與肉體、理想與現實的矛盾之中，人的精神、靈魂、理想無不受到外界物質力量與社會精神意識的束縛與壓迫。這種束縛與壓迫，使人們的內心世界產生一種向超自然力尋求幫助、尋求解脫的慾望，宗教「所產生的作用就是在他（或她）的『對幸福迫切關心』方面能給予個人以信心和希望」[26]，很自然地成為世俗社會苦難者理想的寄託。

　　道教以超自然的神仙世界給世俗百姓以「信心和希望」，這個超自然的神仙世界不是憑空虛構而成，而是深深植根於世俗百姓的現實生活之中，是世俗百姓理想的反映。人們把自己現實世界所沒有的東西、現實社會中人所沒有的本領都賦予給了神仙世界，使神仙世界成為與黑暗現實世界相對立的理想世界。現實世界空虛無聊，神仙世界充實完美；現實世界窮困潦倒，神仙世界富裕美滿；現實世界人生短暫，神仙世界長壽永生。當人們在現實中孤苦無依、貧窮落魄時，道教的神仙世界就成了他們的理想皈依。

　　八仙度脫劇通過對八仙度世的描寫，反映了現實人生的種種苦難，同時引誘人們離開現實，逃往遠離現實的神仙世界。人生苦難與尋求解脫來源於多個層面，也從多個層面表現出來。

---

25 〔德〕馬克思：《德意志意識形態》第一卷第一章〈費爾巴哈〉，《馬克思思格斯全集》，頁30。

26 〔英〕休謨語，引自《宗教人類學》（北京市：今日中國出版社，1992年），頁192。

一　作家層面的悲劇意識

　　文學作品是作家藝術創造活動的成果，是作家審美創造主體性的對象化、語符化。作家對外在生活素材的篩選、過濾、加工都傾注著作家自己的思想感情於其中，作品在一定程度上即是作家思想感情的體現。八仙度脫劇的作者，他們之所以把目光投向芸芸眾生，把自己的理想寄託在神仙世界，這與他們的生活經歷密切相關。了解他們的人生經歷，有助於我們理解他們作品中所蘊含的深層意義。

（一）元代作家

　　馬致遠是我們所能考知的最早大量寫作神仙道化劇的作家。《錄鬼簿》記載云：「馬致遠，大都人，號東籬，任江浙行省務官。」天一閣本在略傳後有賈仲明補輓詞云：「萬花叢裡馬神仙，百世集中說致遠，四方海內皆談羨。戰文場，曲狀元，姓名香貫滿梨園。《漢宮秋》、《青衫淚》、《戚夫人》、《孟浩然》，共庾白關老並肩。」馬致遠生活在中國歷史上一個特殊的時代——元代。元代政治混亂腐敗，知識分子地位低下，仕途無門。政治敏感的知識分子感到沒有出路，沒有希望，在他們中間就很自然地產生了一種消極頹廢的思想。馬致遠早期曾寫詩「獻上龍樓」，[27]為統治者歌功頌德，希望得到統治者的賞識，以便獲得施展自己才能的機會。他才華橫溢，但不被重視，最後只當了行省務官之類的小官。仕途失意等因素使他皈依了全真教，成為全真教的忠實信徒。他創作了大量的神仙道化劇，宣揚全真教度世思想。雖然如此，但他並沒有完全忘情於社會功名，也並沒有完全超脫。我們從他創作的《呂洞賓三醉岳陽樓》、《邯鄲道省悟黃粱夢》等度脫劇中，還時時可以看到他那憤憤不平，卻又無可奈何的身影。

27　〔元〕馬致遠：〈中呂粉蝶兒〉，見隋樹森：《全元散曲》，頁257。

　　《岳陽樓》劇中作者借呂洞賓之口來抒發自己對人生功名的感慨。呂洞賓以一落第儒生而成仙得道，他來到岳陽樓，欲以墨當酒，酒保不肯。這時，呂洞賓唱道：「【後庭花】這墨瘦身軀無四兩，你可便消磨他有幾場。萬事皆如此。（帶云）酒保也，（唱）則你那浮生空自忙，他一片黑心腸，在這功名之上。」作者借詠墨表達了一個功名不就的儒生的心情。既是作者自憐，也是對天下醉心功名的儒生的一種嘲諷與哀憐。第二折裡，呂洞賓在岳陽樓哭了又笑，笑了又哭，笑與哭中飽含了作者對歷史人物命運的慨歎：「古人英雄，今安在哉？華容路這壁是曹操遺迹，烏江岸那壁是霸王故址。曹操奸雄，夜眠圓枕，日飲鴆酒。三分霸王，有喑啞叱吒之勇，舉鼎拔山之力，今安在哉？」歷史的車輪把曹操這樣的奸雄，項羽這樣的英雄都拋棄掉。在歷史長河中，平凡的人不能不生出人生短暫之感：「百年人則在這撚指中間」，「百年人光景最虛幻」。時光的流逝，一切都將成為虛無。呂洞賓由悲歎功名到悲歎歷史上叱吒風雲的人物，再從悲歎歷史人物到深層的人生悲歎：人生短暫，一切都如虛幻。呂洞賓的悲歎也就是作者自己的悲歎，在這悲歎中飽含了他苦悶、無奈與辛酸的感情。

　　《黃粱夢》是馬致遠與李時中、花李郎、紅字李二四人合作而成。李時中是中書省掾，花李郎、紅字李二都是教坊才人，他們與馬致遠一樣，都是社會中下層知識分子。他們合作寫作呂洞賓成道之劇，並冠以《開壇闡教黃粱夢》之名，一方面可見當時全真教影響之廣；另一方面也可見當時中下層知識分子無奈苦悶、尋求解脫的心情。劇本第一折為馬致遠作，其中，作者借漢鍾離感歎世人留戀功名，不悟生死。「功名二字，如同那百尺高竿上調把戲一般，性命不保。脫不得酒色財氣這四般兒，笛悠悠，鼓咚咚，人鬧吵，在虛空，怎如的平地上來，平地上去，無災無禍，可不自在多哩。」人世功名不自由，隨時都有生命危險，而學道成仙，則可自由長生。況且，人世功名「由命不由人」，任你有韓信手段、蘇秦辯才，都難逃脫命運

的安排。漢鍾離的感歎，實際上正是馬致遠自己的感歎。他有才，但命運不佳，難以施展，皈依道教，選擇一種適應命運、平靜安全的生活。在這種選擇中，滲透的也是作者苦悶、無奈的心情。

范康，字子安，杭州人。《錄鬼簿》說他「明性理，善講解。能詞章，通音律」，「佔文場第一功，掃千軍筆陣元戎。龍蛇夢，狐兔蹤，半生來彈指聲中」。從鍾嗣成的這些評語來看，范康是一個「天資卓異」、多才多藝，但功名不順，一生落魄的文人。他每日過著飲酒、吟詩、作曲的生活，「一下筆即新奇」，「人不可及」。他作有《陳季卿悟道竹葉舟》雜劇，這是一本有名的八仙度脫劇。劇中陳季卿「幼習儒業，頗有文名」，卻「應舉不第，流落不能歸家」，後出家為道。他的朋友惠安「自幼攻習儒業，中年落髮為僧」。劇中一僧一道都是功名失意的文人，從中可見元代知識分子的失意落魄之情。作者的深意也從中顯現出來。呂洞賓感歎功名之途多風險，「千丈風波名利途，端的個枉受苦」，也是作者苦悶情懷的抒發。元代劇作家中還有陸進之、岳伯川、鍾嗣成、趙文敬、紀君祥、趙明道等人作有八仙劇。岳伯川，元代初期的劇作家。他才名很高，「玉京燕趙馳名」，作曲「言詞俊，曲調美」，但鬱鬱不得志，功名不就。《錄鬼簿》只記載了他的籍貫：「濟南人，或云鎮江人。」他的《呂洞賓度鐵拐李岳》通過對鐵拐李被呂洞賓度脫的經過的描寫，反映了功名如夢、人生如夢、生死無常的思想。鍾嗣成「德業輝光，文行溫潤，人莫能及」，「所編小令套數極多，膾炙人口」，而功名不順，「以明經累試於有司，數與心違」，功名的不順利使他「杜門養浩然之志」。陸進之「好作詩，善文」，但也只作過福建省都事一類小官。其他如趙文敬、紀君祥、趙明道等作家，生平資料都無從得知，他們與馬致遠、范康、岳伯川、鍾嗣成等劇作家一樣，都是有才但功名不順，人生失意、苦悶之餘而作出世之想。

（二）明代作家

　　元末明初，社會大亂。朝代的更替變換，使許多的知識分子進入一個新的社會。在這些知識分子中，有三種主要的思想傾向：第一種是明代初年為官，想有所作為的文人；第二種是元代遺民，他們在元代為官，入明後多被貶謫流放；第三種是看透統治者的面目，不願為官，甘願老於林下。後兩種思想使明代初年的文學在歌功頌德之外，籠罩著十分濃郁的出世思想。歌頌隱逸，嚮往神仙世界成為當時文學創作的一股潮流。谷子敬、賈仲明是其中的代表作家。

　　谷子敬是一位由元入明的作家。他在元代擔任過樞密院的掾吏，入明後，被作為元朝遺老而充軍源時。《錄鬼簿續編》說他「明周易，通醫道，口才捷利。樂府、隱語，盛行於世」，是一位多才多藝的作家。改朝換代，富貴功名轉眼成空是他出世思想的重要來源之一；另外，他曾「下堂而傷一足」，意外的傷害使他「終身有憂色」，從而生出人生如夢，富貴功名皆是空的出世思想。他創作了兩種神仙度脫劇：《枕中記》、《城南柳》。《枕中記》今已不存，《錄鬼簿續編》存有題目正名：「終南山呂公雲外遊，邯鄲道盧生枕中記。」從題目、正名來看，劇本是演呂洞賓度脫盧生的故事。作者借盧生黃粱一夢的故事，寄寓自己對人生、功名的態度。《城南柳》劇也很明顯地表現了作者功名失意、慨歎興亡的思想，從呂洞賓的度脫說教中也可以看出作者淡泊寧靜的內心世界。對神仙世界的嚮往，正是作者在現實苦難中尋求解脫的心理體現。

　　賈仲明是元末明初的一位劇作家。他生於元至正三年（1343），天性聰明，博覽群書。所作樂府傳奇很多，作品駢麗工巧。明王朝建立後，他一度成為燕王朱棣的文學侍從，深得寵信。《錄鬼簿續編》說他：「嘗侍文皇帝於燕邸，甚寵愛之。每有宴會，應制之作，無不稱賞。公丰神秀拔，衣冠濟楚，量度汪洋，天下名士大夫，咸與之相

交。」「後徙居蘭陵，因而家焉。」估計在明成祖繼位前後，他被謫居蘭陵，因而家於蘭陵。功名無成，人生失意，很自然使他生出人生如夢的出世思想。他自號雲水散人，即其思想的表現。

賈仲明創作了二種八仙度脫劇：《鐵拐李度金童玉女》、《呂洞賓桃柳昇仙夢》。前者在朱權《太和正音譜》著錄，朱權此書最早刊於明洪武三十一（1398）年，此時賈仲明五十五歲。劇中通過金童玉女的被度脫，宣揚人生幸福短暫，良辰美景難駐的思想。《呂洞賓桃柳昇仙夢》則通過柳春夫妻夢中被殺，後醒悟人生，出家學道的故事，反映了現實社會的黑暗，同時又反映了現實社會人們面臨生死威脅時痛苦無助的心理。劇中人物把脫離生死、永遠幸福的夢想寄託在神仙世界，也側面地反映了處在現實社會中的作者的深層的人生苦悶。

明初的朱權、朱有燉都是皇室成員。朱權是明太祖朱元璋的第十七子，朱有燉是朱元璋第五子朱橚的長子。朱權封寧王，朱有燉襲封周王。他們錦衣美食，揮金如土，沒有也不可能有一般讀書人那種貧窮落魄之感。但他們因生長在帝皇世家，皇室之中皇權的爭奪使他們處在傾軋之中，隨時都有生命危險。再則，自己的才能根本無法施展，每日過著一種優遊卻無聊的生活。朱權，「生而神姿朗秀，白皙美鬚髯」，有謀略，自稱「大明奇士」。燕王起兵靖難稱帝，他有功卻得不到燕王許諾的封地，「恃靖難功，頗驕恣，多怨望不遜」（錢謙益《列朝詩集小傳》乾集）。永樂二年，改封南昌，被人誣告謀反。從此，他為了避禍，韜光養晦，「構精廬一區，鼓琴讀書其間」（《明史》〈列傳第五〉）。晚年志「慕沖舉」，自號「臞仙」。他創作的《沖漠子獨步大羅天》雜劇中的沖漠子正是作者自己的化身。朱有燉，是周定王長子。其父朱橚不得寵於朱元璋，建文帝時，又被猜忌，貶蒙化。朱有燉也被流徙。朱有燉後來襲父爵位，又數被其弟攻訐。（見《明史》〈列傳第五〉）朱有燉「博學善書」，有才卻不能施展，一生在皇室、兄弟的爭鬥中惶恐度日，內心的苦悶比起一般士大夫來說更為深

沉。他晚年向道，比一般士大夫心意更誠。他的度脫劇《呂洞賓花月神仙會》，不同於元雜劇，也不同於元末明初諸家之作，純是一種宗教宣傳性的作品，當然，其中仍然可以看到他那富貴人的苦悶身影。朱權、朱有燉的八仙度脫劇，也正是他們人生苦悶的象徵。

　　明代中後期，由於統治階級——特別是嘉靖皇帝——對神仙之說的迷狂態度使得向道之風十分熾熱。八仙度世的劇作也屢屢出現，但作者多是無名氏，或者是地位低下的人物。他們之所以向道，有多種原因，或是功名失意，或是死亡的恐懼等等。湯顯祖是其中最有名的一個。湯顯祖生活在明代中後期。他的祖父、祖母都信奉道教，母親也講求道家的養生之術。他的祖父曾「一再啟發他神往超現實的靈境」，但他仍然醉心於科舉功名，他自己在詩中說：「第少仙童色，空承大父言。」[28]他作為江南名士，廣有才名，但因為不願依附權貴而多次名落孫山。一直到萬曆十一年才中進士，又因不願被權貴拉攏而出任南京太常博士。南京任上，他因上書指斥權奸而被貶雷州半島的徐聞縣當典史，後轉遂昌縣令，任上勤政愛民，卻遭到別人的無端誹謗，他棄官歸家。他的一生最初是以天下民生為己任，志在現世的功名，但他一生不得志，功名、利祿在他的人生旅途中顯得如夢幻般迷離短暫。功名失意，志向難伸使得他的內心充滿了苦悶，他的苦悶無法排解時，道家的出世思想起到了中和作用。可以說，道家的出世思想與儒家的入世思想在他的一生中都產生了很大的影響。他的《邯鄲記》傳奇通過盧生的夢境來展現人世間爭名奪利、爾虞我詐的現實。盧生在夢中做大官，一門榮顯，臨死時猶念念不忘幼子的功名、自己死後的名聲，可謂心醉神迷。而醒來卻是一夢，黃粱猶未煮熟。作者借盧生的夢境反映人世險惡的同時，又反映出了作者對人生意義的思索。

---

28 參徐朔方：《湯顯祖評傳》（南京市：南京大學出版社，1993年）。

（三）清代作家

　　明末清初，西洋科學開始傳入中國，人們對世界的認識也逐漸擺脫迷信、蒙昧的狀態。清末，外國列強經濟、軍事的入侵，使得許多有識之士關心國事，尋求富國強民之策。國民心態的變化，直接影響到宗教戲曲的創作。清代戲曲作品中雖然仍有許多八仙戲，但這些八仙戲，多是作者借八仙形象來歎世，來表達自己對現實世界關心卻無能為力的苦悶心情。清代初年，猶有把理想寄託在神仙世界的度脫劇，但到了晚清，則很少出現。清初的八仙度脫劇作家也大多是功名失意，飽嚐人生痛苦的中下層知識分子。葉承宗是其中的代表。

　　葉承宗，字奕繩，山東歷城人。他生於明萬曆二十九年（1601），卒於清順治五年（1648）。[29]葉承宗「少嗜古能文章」，天啟七年（1627）舉人，時年二十六歲。葉承宗廣有才名，少年得志，但一直蹭蹬科場，蹉跎近二十年，至順治三年才中進士。二十年的蹉跎歲月中，他飽嚐了人世間的辛酸，看透了人世間的世態炎涼。他創作的劇本很多，現存《孔方兄》、《賈浪仙》、《十三娘》、《狗咬呂洞賓》四劇。鄭振鐸在《清人雜劇二集題記》中說：「《孔方兄》是一本戲劇化的《錢神論》，以儒生金莖的獨唱，表白出錢神勢力的偉大，是憤世之作。《賈浪仙》亦是充滿了懷才不遇的悲悶的。……《呂洞賓》以俗語『狗咬呂洞賓，不識好人（心）』點綴成文，而平度添出石介一人，以洞賓度介為仙之事為中心，反成了元人的神仙度世劇一流的東西了。」事實上《呂洞賓》也是作者憤世的作品，只是作者巧妙地借狗咬呂洞賓的故事來表達而已。其中揭露的是人情世態，表現的是作者無限憤悶之情。呂洞賓歎世之言：「俺看世間人好厭煩也，真是口舌場，是非苦海，莫說世人，就是俺呂洞賓也免不得也。【仙呂賞花時】（沖末唱）則俺滿部虯髯尺許長，被他們打扮丰標似上皇，這也

---

29 按：此據清道光二十年修《濟南府志》卷五十三〈人物九〉推考。

還罷了，又道俺輕采牡丹芳。（沖末云）當初鍾離師父，教俺點石為金，是我不肯誤了五百年後之人，（唱）則俺一片心天空朗朗，肯容易點紅妝。」表現了作者對人世間的口舌是非的極端厭惡。林宗評曰：「亦奇幻亦超忽，亦慨慷悲憤，亦滑稽調笑，亦蒼勁整嚴，其於後先諸嘯進於化矣。」可見作者借奇幻超忽、滑稽調笑之事來寄寓自己感慨悲憤之情。作者自從中舉之後，近二十年科舉不利，居於鄉里，石介形象在一定程度上正是作者自己形象的寫真。石介窮困潦倒，呂洞賓來求佈施時，他說：「盡屋裡刷刮，也不過是殘篇斷剳，盡肚裡刳查，濟不得你前堂後廈，盡口裡撲搭，當不得那根椽片瓦。」石介自負才高：「俺詞賦追司馬，學識富張華，視著那掇紫拾青未足誇，敢福分比傍人亞。倘有波斯識咱，（帶云）先生莫笑小生，敢把筆安天下。」認為自己有安天下之才，只是福分未到而已。當呂洞賓只要他寫上一行時，神氣又來了：「有有有，俺付上山一搭，水一窪，若先生嫌少呵，再付上千里雲天萬縷煙霞，秀才們從來無假，便取去有甚爭差。」石介是一個典型的儒生形象，他的形象也正是作者才高不遇、窮困潦倒的象徵。石介在功名成就時出家學道，也是作者內心苦悶，向宗教尋求解脫的心理反映。

　　綜觀前述，我們可以知道，元明清時期的八仙度脫劇作家無不是地位低下、功名失意、人生不幸的中下層知識分子。他們處在不同層面的苦難之中，在現實社會裡飽經風霜，備嘗艱辛。現實的苦難使他們無法擺脫，只得把自己的理想寄託在虛無縹緲的神仙世界。神仙世界的美好與自由正是現實社會黑暗、不自由的象徵。

二　作品層面所反映的悲劇意識

　　文學作品離開作者之後即成為一種獨立的藝術品。一方面，它是作者思想的載體，另一方面，它卻又不僅僅只是作者思想的載體，作

品通過作者所提供的語言文字提供給讀者的內容遠遠超過作者所要表達的內容。它是我們認識作者所處時代政治、經濟、宗教等方面的重要資料。

　　元明清劇作家創作八仙度脫劇，主旨在於宣揚道教神仙思想。但作者在宣揚宗教思想的同時，間接地反映了當時社會中芸芸眾生的現實苦難。上至皇親國戚，下至平民百姓，他們之所以要皈依道教，嚮往神仙世界，是因為他們無法擺脫現實社會的種種苦難。現實社會的苦難引發人們反觀自身，對生命的本體意識進行思索，這種思索的結果也就很自然地指向生命的終極——死亡。現實的苦難、死亡的恐懼使他們皈依道教，指望得到神仙的度脫，昇入自由幸福、長壽永生的仙界。八仙度脫劇所反映的現實人生苦難來自社會的各個層面，本文把它們歸之為科舉功名失意型、自由幸福虛幻型、道德倫理威壓型三大類來加以分析。

（一）科舉功名失意型

　　中國的士人大都懷著儒家理想，以天下國家為己任，以功名富貴為榮譽。然而在現實生活中，並不是人人都能仕運亨通，無數的書生名落孫山，無法擠進官場。即使科舉中仕，擠進官場，也並不是都能步步高陞，被貶謫、被殺頭的也很多。科舉功名的失意落魄，使無數的書生處在現實的痛苦之中。他們為了平衡自己的內心世界，自覺不自覺地尋找消解因素。神仙世界也就成了許多科舉功名失意者的心理寄託。

　　《竹葉舟》雜劇中陳季卿功名不順，出家為道；他的朋友惠安也是「自幼攻習儒業，中年落髮為僧」；前來度脫陳季卿的仙人呂洞賓也是「因應舉不第」而出家。為僧，為道，為仙成為眾多失意文人的一種歸宿。陳季卿科舉不第，窮困潦倒，有家難歸，是封建時代落魄儒生的代表。呂洞賓以仙界的美妙、現實功名的虛幻點化他，他卻迷

於功名，戀於妻子，不肯出家。乘竹葉舟歸家與妻子、父母短暫相會之後，即刻啟程前去赴考，可見功名在他的心目中佔有多麼重要的地位。夢中回來時，他掉在大江之中，驚醒之後，見呂洞賓留在荊籃中的詩，後追隨出家。在他的醒悟中，包含著一種更為深層的苦悶──死亡的恐懼。科舉功名的失意是這種恐懼的引導因素。夢中被淹猶有醒時，現實中被淹則葬身魚腹，功名利祿、妻兒子女都會成空。而呂洞賓是仙人，能知他夢中之事，能度之長生不死，所以他跟之出家。陳季卿從迷戀功名富貴、妻兒子女到出家學道尋找解脫，這種轉變中存在著一種人生價值的轉換，在這種轉換中，科舉失意的痛苦被死亡的恐懼掩蓋，而死亡的恐懼最終又被神仙世界所消解。

《三化邯鄲店》雜劇以呂洞賓度盧生的「黃粱一夢」創作而成。在這個劇本中，主人公盧生醉心功名，呂洞賓以仙界享樂、生死無常來勸化，盧生不悟。邯鄲道上，盧生藉枕而眠。夢中，盧生科舉得意，娶嬌妻，得功名富貴。五十年恩寵，榮華享盡。但轉眼間災禍降臨，戴枷披鎖，行走在風雪之中，最後身死蒿街坊。醒來纔知一夢，黃粱猶未熟。盧生夢中被斬是仕途風波險惡的象徵，盧生之悟，也是由功名失意而引發的死亡恐懼所致。

馬致遠的《黃粱夢》以呂洞賓「黃粱一夢」醒悟出家的故事創作而成。劇本從更廣的角度反映了一代知識分子深層的心理苦悶。主人公呂洞賓是一個執迷於功名的讀書人，他十年寒窗苦讀，為的是一舉成名天下聞，過上「身穿錦緞輕紗，口食香甜美味」的生活。漢鍾離以仙界的環境、生活與神仙的神通來點化。仙界居住環境優美：「俺那裡地無塵，草長春。四時花發常嬌嫩，更那翠屏般山色對柴門。雨滋棕葉潤，露養藥苗新。聽野猿啼古樹，看流水繞孤村。」仙界生活自在閒適：「俺那裡自潑村醪嫩，自折野花新，獨對青山酒一尊，閑將那朱頂仙鶴引，醉歸去松陰滿身，冷然風韻，鐵笛聲吹斷雲根。」仙人神通廣大，能驅六丁六甲神，長壽。但這一切對於呂洞賓來說是

那麼遙遠，難以捉摸，「我十年苦志，一舉成名，是荷包裡東西，拿得定的，神仙事渺渺茫茫，有什麼準程，教我去做他。」呂洞賓志在功名，但現實生活中「功名由命不由人」，社會上「只敬衣衫不敬人」，功名難以實現。現實如夢，夢如現實。夢中，呂洞賓中狀元、得高官、娶美妻，依靠上有權有勢的高太尉，十分得意。而美酒傷身，妻子不貞無情又使他傷情，為貪財而差點送命。因刺配而行走荒山野嶺，又差點因饑餓、冷凍而死。心裡繫情孩子，孩子卻又被強人殺卻。最後，自己想逃也不能，亦被殺卻。夢中功名成就，過上自己刻意追求的錦衣美食的生活，但這些帶給人的不是歡樂，而是一種更深層的痛苦。夢中的痛苦是現實人生痛苦的反映。在現實中，這種痛苦無法解脫，只得求助於虛幻的神仙。呂洞賓從認為神仙世界虛無渺茫到皈依神仙世界，這在一定程度上反映了現實社會中人們的痛苦無奈心理。

　　科舉功名的失意是元明時期儒生皈依道教的一種重要原因。科舉不利、功名失意，生命受到外來的強大壓力的壓迫，痛苦的心靈尋求解脫而出家學道。明蘇漢英、湯顯祖在功名失意之際，亦採用「黃粱一夢」故事為題材進行創作，但反映的思想內容卻不同於馬致遠等人的「黃粱夢」題材劇。

　　蘇漢英《黃粱夢境記》傳奇以呂洞賓醒悟黃粱夢為本事創作而成。劇本反映了社會的黑暗、人生的不平。主人公呂洞賓「少攻舉業，曾嘗越膽而讀父書。久困科名，因惜禹陰而求仙道」，科舉功名的不順利也是他求仙訪道的原因。鍾離權怕他因科舉不利而學道，學道之心不堅，使神通讓他大夢，欲使他知「夢裡繁華」、「人間虛幻」。作者在呂洞賓夢中展現了一幅幅現實人生痛苦的畫卷。讀書人怨歎命運多艱、功名不就。「天下事往往以無心得之，我們東馳西走，竟爾下第。呂生分明無意科舉就奪了一個狀頭。」這裡所表現的正是馬致遠劇中所說的「功名由命不由人」的思想。而科場弊端又使

無數的讀書人浩歎:「近聞得科場裡作弊,把剪刀剪人文字者極多,故時人有詩云:文章已付金刀剪,名姓何勞白簡封。吾曹白首文場,不知幾落并州快剪矣。」(第六齣)科舉的失意,使這些讀書人看破紅塵,轉而向道,尋找解脫。平民怨苛捐雜稅,括商法使商戶破產,間架法、除陌法弄得平民典妻、賣兒賣女,偷盜為生。宮女怨春,將士怨拚死疆場而無賞。總之,作者在劇中極寫人間之怨。

在這些怨歎聲中,呂洞賓可謂是極得意之人了。他本無意於功名,卻得太陰夫人相助攻入利名關中,一舉而成狀元,後官至宰相,一門榮貴。他為人正直,諫除括商令、間架法、除陌錢等害民之法;奏斬奸臣盧杞,以慰將士怨憤之心,可謂功高位尊。他所遇的皇帝也是一個愛民、愛才的賢明君主。皇帝在下括商令時,擔心杜佑「不悉朕意,過索民間」;閱呂洞賓試卷後說:「國步多艱,臣工俱曠,得士若此,實慰朕心」;呂洞賓請廢苛法、請斬盧杞,也一奏即從。在作者的筆下,皇帝是好的,只是被奸臣亂了朝綱。忠奸鬥爭歷來是戲曲小說中常用的格套。而這樣賢明的皇帝,卻因呂洞賓應對不合意而問罪。一中書聽旨後驚說:「呀,驚殺人也,呂平章在朝三十餘年,得君之深,無逾於彼,怎麼應對差誤,便拿下問罪了。」中書之語,也說明了伴君如伴虎,君意難測,稍有不虞,便有殺身之禍。

呂洞賓功名失意,夫妻子女離散,人世間世態炎涼變化:「一貴一賤登時變,一高一下怎生聯,人情澆薄似秋煙,也則是肝腸淺。思他當日,何曾在天,看他今日何曾在淵,就中可恨王婆面。休饒舌,莫再言,打教冷暖一般天。」人世間的功名利祿、人世間的哀歎怨恨、人世間的世態炎涼使他醒悟,飄然入道。

湯顯祖的《邯鄲記》以盧生醒悟黃粱夢為本事來創作的。主人公盧生在現實世界裡科舉失意,年年邯鄲道上奔忙,「學成文武之藝」,卻不能售於帝王之家。他認為:「大丈夫當建功樹名,出將入相,列鼎而食,選聲而聽,使宗族茂盛而家用肥饒,然後可以言得意也。」

睡夢中，他巧得佳妻，又得妻助而應考。關係、金錢使他從落第之人成為頭名狀元。他屢建功勞，開河三百里，開邊千里，十大功勞，可謂功名極盛矣。一朝被宇文融尋機陷害，性命險些不保。此時盧生說：「夫人，夫人，吾家本山東，有良田數頃，足以禦寒餒，何苦求祿，而今及此？思復衣短裘，乘青駒，行邯鄲道中，不可得矣。」（第二十齣〈死竄〉）他開始悔恨自己苦求功名，放棄了那種自由自在的生活。而他妻子喊冤午門，皇上免其死罪貶往鬼門關時，他又要妻子等待他「萬里生還」再朝天。後其妻織回文詩感動皇上，又得好友蕭嵩、裴光庭從中辯白，再加上番子也從中敘說，他再得召還。回朝後，盧生當了二十年首相，進封趙國公，食邑五千戶，官加上柱國太師。先蔭兒男一齊陞級，孫子十餘人都送監讀書。賜御馬、送女樂，賜田園樓館，可謂恩榮極矣。此時盧生進而求長生，想長享富貴。死到臨頭時，他還擔心自己六十年勤勞功績在國史中編載不全，還求高公公以開河之功蔭其小子。夢中死去，夢醒轉來，原來一切都是虛幻之景。建功立業、出將入相、列鼎而食、選聲而聽、宗族茂盛、家用肥饒卻無任何得意可言，都是虛幻，帶給人的是精疲力竭與無盡的煩惱。

　　《黃粱夢》雜劇中呂洞賓在夢歷人世間酒色財氣之害後醒悟出家；《桃柳昇仙夢》中柳春在夢歷得官上任被殺的惡境後醒悟出家；《三化邯鄲店》中盧生在夢歷官場失意，身死嵩街坊的惡境後醒悟出家；而《邯鄲記》中的盧生則在夢歷官場傾軋、功名順利、壽終正寢的夢境後醒悟，他們從各個不同的角度來寫夢境生活，反映了現實社會中處在各種不同境遇下的士人的內心痛苦。無論是科舉失意者，還是功名失意者、功名如意者，他們都面臨著生命的終極問題。對生命的思慮是所有宗教的基石，科舉功名導致的人生苦悶是引導人們皈依宗教的一個重要原因。

（二）自由幸福虛幻型

嚮往自由幸福是每個普通社會中人最基本的願望。但現實社會中人生不自由，幸福不長久，恩愛夫妻轉眼鸞隻鳳孤。人生的不自由、幸福的不長久使平民心中出現無法彌補的心理創傷，而在現實世界裡他們無法尋找到解脫，他們帶著這種苦悶與無奈的心理皈依自己本來覺得虛幻縹緲的神仙世界。

《藍采和》雜劇通過藍采和被漢鍾離、呂洞賓度脫的故事，表現了一種強烈的人生不自由感。許堅因李王不聽勸諫，害怕招惹禍殃，離鄉背井來到梁園以演戲為生。處處低聲下氣，忍氣吞聲。漢鍾離到戲園攪鬧，又在許堅生日時到許家門口「哭三聲，笑三聲」，許堅也不與之計較。雖然這樣忍耐百般，但災難還是降臨到他的頭上。他生日時，被叫官身。作為藝人，最怕的是應官身，應付稍有差遲，就會被羞辱乃至毆打。許堅因誤官身，被令責打四十棍。人生的不自由使他醒悟出家。出家三年，人間已三十年，從前的夥伴都老了，自己的妻子也已九十歲了，他們都不能演戲了。人間四季的景物，如春天的杏花、夏天的菱、秋天的霜、冬天的雪，瞬間變換，這些使他感悟到人生的短暫，死亡的臨近，徹底悟透人生。劇中許堅的遭遇，反映了封建社會藝人們地位低下，沒有人生自由的黑暗現實。

賈仲明的《鐵拐李度金童玉女》雜劇則通過鐵拐李度金童玉女重返天庭的故事，反映了富貴人家的人生苦悶：人生幸福短暫，良辰美景虛幻。

金安壽與童嬌蘭生活在一個幸福美滿的家庭之中。家庭環境優美，一切富麗豪華：「花遮翠擁，香靄飄霞，燭影搖紅。月梁雲棟，上金鉤十二簾櫳，金雀屏開玳瑁筵，綠蟻光浮白玉鐘，爽氣透襟懷，滿面春風。」（【仙呂八聲甘州】）四時景色宜人，風景無限。春天，春江泛綠，鴨兒江頭戲水，流鶯聲聲麗語，雁兒雙雙翔翔；柳添新黃

抽金條，桃樹紅花豔豔，酒旗園中斜挑，一切和平寧靜而富有詩意。夏天，「黃梅細絲江上雨，碧沼池內翠荷舒」，景色清和旖旎。環境優美，生活恬意：「【青歌兒】爭似俺花濃柳重，更和這雨魂雲夢，曲閣層軒錦繡擁，香溫玉軟叢叢，珠圍翠繞重重，鼉皮鼓兒冬冬，刺古笛兒喁喁，琵琶慢然輕攏，歌音換羽移宮，助人笑口歡容。幾多密意幽宗，只這等朝朝暮暮樂無窮，煞強似你那白雲洞。」夫妻恩愛，情深意重。「魚水夫妻兩意同，少年人興味偏濃，繡幃中淡蕩春風，紅浪輕翻翠被重，玉繩拽遙天半空，銀漏逐梅花三弄，直吃的斗杓回月影轉梧桐。」家庭美好，夫妻恩愛是現實的快樂，而神仙世界相比之下是那麼遙遠，那麼虛無縹緲。

　　鐵拐李以仙居蓬萊、長生不老、居瑤池俯視三茅太華來引誘他們，都不能動搖他們現實生活的意志。人世的享受是現實的、可見可感的，仙界是陌生的、虛幻的。金安壽只希望自己與妻子能長相廝守，長久地過著這種美滿幸福的人間生活。妻子是他幸福生活的依靠，妻子的一顰一笑都顯得嬌美可愛：「他笑呵似秋蓮恰半吐，他悲呵似梨花春帶雨，行呵似新雁雲邊落，話呵似雛鶯枝上語，醉呵似晚風前垂柳翠扶疏，浴呵似海棠擎露，立呵渲丹青仕女圖，坐呵觀世音自在居，睡呵羊脂般臥著美玉，吹呵韻清音射碧虛，彈呵拂冰弦斷復續，歌呵白苧宛意有餘，舞呵采雲旋掌上珠。」（【么篇】）鐵拐李把金安壽妻子度脫，使金安壽失去了精神上的依託。金安壽的內心由此而生出無限的痛苦，即使在夢中，他也想尋回妻子，重新過幸福美滿的生活。而夢中，他被自身的嬰兒姹女追逼，醒來後人間已過四十年，從前的豪華庭院只留下斷壁殘垣，一切繁華美景也都煙消雲散。金安壽在妻子離去、榮華逝去、時光流去的傷感情懷中出家學道。這其間沒有階級壓迫，沒有功名失意，家庭的破散、生存與幸福的虛幻是他出家的原因。這其中反映的是人生的無奈與深層的生死憂患。這種痛苦不來自社會，而是來自於人們對命運的終極關懷：人生短暫，

何以長生？他們皈依仙界，為的是尋求解脫。

西方宗教人類學家休謨認為，「宗教思想不是產生於理性，而是源於自然生活的不確定性和出自於對未來的恐懼，宗教所產生的作用就是在他（或她）的『對幸福迫切關心』方面能給予個人以信心和希望」。[30]藍采和、金安壽、童嬌蘭等人皈依神仙世界，正是自然生活的不確定性、對未來的恐懼所造成的，而仙界則是道教給予無數善男信女生存的信心和希望。在仙界，金安壽現世的生活得以繼續，他與嬌妻住在瓊樓玉閣，每日輕歌慢舞，過著幸福美滿的生活。

（三）道德倫理威壓型

道德倫理是維繫人與人、人與宗族、宗族與宗族、宗族與國家之間各種關係的重要紐帶，而孝則是其核心。「君子之事親孝，故忠可移君；事兄弟，故順可移於長；居家理，故治可移於官。」（《孝經》〈廣揚名章〉）孝一方面鞏固了以血緣為基礎的宗族關係，同時又有助於大一統的家長式的政治體制。漢以後，「百善孝為先」的思想佔據了整個社會思想界，成為一種根深柢固的傳統倫理。

在孝的傳統中，宗族的繁衍、血親的延續被放在最重要的地位。「不孝有三，無後為大。」子孫的繁衍，一方面使老有所養，死有所祭；另一方面，封建社會裡人們把子孫作為生命不朽的象徵，子孫繼承宗族的香火，保持宗族的傳統。而無後對於封建社會中的個體來說，意味著老無人養，香火無人繼承，血食無人祭奠，死後成為無所歸依的厲鬼。《禮記》〈祭法〉中講到對王公大夫死而無後者的祭祀，其中把這類厲鬼分為「泰厲」、「公厲」、「族厲」三種。孔穎達疏曰：「泰厲者，謂古帝王無後者也。此鬼無所依歸，好為民作禍，故祀之也。……公厲者，謂古諸侯無後者。諸侯稱公，其鬼為厲，故曰公

---

30 引自（英）布賴恩・莫利斯著，周國黎譯：《宗教人類學》（北京市：今日中國出版社，1992年），頁191。

屬。……族厲者，謂古大夫無後者也。族，眾也。大夫眾多，其鬼無後者眾，故言族厲。」[31]「絕後」使封建時代的個人陷入無比痛苦的處境之中。而子孫血統的純正又與夫妻有密切的關係，夫妻分離、妻子外遇都會使得這種血緣關係難以正常維繫。夫妻和睦，妻子貞潔也成為孝道的一個基本要求。元明清的八仙度脫劇中十分深刻地反映了這種以孝為核心的道德倫理對現實人生的威壓，在這種威壓下，苦難的人們別無希望，只得把自己的理想寄託在神仙世界。

　　《韓湘子九度文公昇仙記》傳奇中韓愈位居高官，卻因無兒而痛苦。「半世掌朝綱，衣紫腰金荷聖皇，恨只恨，此生無子，誰繼書香。」（第一折【畫眉序】曲）無子使他十分痛苦，而指望「承繼宗嗣」的姪兒韓湘卻又學道去遠方，使他夫妻老年無所寄託。「荏苒鬢成霜，羞對青銅倍慘傷，恨只恨天涯遊子音信乖張，枉教我爵位崢嶸，有信誰把宗枝望。」在他心中恨歎的是自己膝下無兒，無人為他繼書香：

　　　　怎奈身後無兒每掛懷，堪恨堪哀。（第十五折【一枝花】）
　　　　夫人，他千言萬語，只勸我出家，我不肯從他，又不知那裡去了，莫非天意使我絕後呵。（第十五折）
　　　　天道何知，使我韓愈老無所歸，可憐趨庭無子，幹蠱無人，戲彩無兒，我詩書世澤有誰追，簪纓門第何人繼。空淚沾衣，倚門悵望天涯無際。（第十五折【駐馬聽】）

　　因為無兒，韓愈怨自己，怨姪兒，繼而怨天。可以想見，無兒給韓愈精神上帶來多麼大的痛苦。後來他功名失意，被貶潮州。在雲橫秦嶺，雪擁藍關，僕從被虎咬，坐騎也倒斃的孤苦無援的情況下，醒

---

31 見《禮記正義》卷四十六，《十三經注疏》（北京市：中華書局，1980年影印本），頁1590。

悟出家。無後是他出家的一個重要因素。清代車江英《藍關雪》中有
〈湘歸〉一齣，寫韓湘奉師命回家與妻子相會，「留下兒孫一脈」，在
一定程度上即是《昇仙記》中韓愈無兒孫承繼香火內容的改編。而在
這改編中，可以看出封建倫理道德對封建士大夫及平民百姓的影響是
多麼的深刻。

　　元馬致遠《呂洞賓三醉岳陽樓》雜劇則反映了一對平凡夫妻無兒
時的痛苦。郭馬兒原是柳樹精，土木形骸，春風來時柳絲長，秋風起
時黃葉落，每日「伴煙伴雨在溪橋上」。而托生為人後，與賀臘梅結
為夫妻，卻又因人世的倫理道德而苦惱。夫妻無子，為求得一男半
女，舔茶客剩茶，欲積陰功，求福力。賀臘梅因呂洞賓說吃他吐的殘
茶，就有子嗣，不怕骯髒噁心而吃殘茶。這其中包含了多少委屈酸
辛！這種委屈在一定程度上是社會上無兒女之人的一種共性。後妻子
晚上被殺，郭馬兒又經歷失妻之痛。他因妻子之死而尋拿凶手，卻又
變成誣告他人而被判處死。無兒之痛、失妻之痛、死亡的恐懼使他醒
悟。這種醒悟出家，是他在現實社會苦難的重壓下無奈的選擇。

　　夫妻是家庭的基礎，夫妻互敬互愛、夫唱婦隨是傳統的美德。現
實社會中無愛的婚姻結合、恩愛夫妻的離散都會給人帶來心理上、生
理上的痛苦。谷子敬的《城南柳》雜劇亦取材於《呂洞賓三醉岳陽
樓》的故事。但劇中的柳精與桃精一開始即處於一種不平等的地位。
柳雖有仙風道骨，但是人間凡種；桃是天上仙種，仙凡有別。呂洞賓
讓他們成精成配後，因非人身只能白日隱在深山，晚上纔能到樓上歇
宿。托生為人後，楊柳面臨的又是一種不平等的婚姻：楊柳十分愛小
桃，但小桃不愛楊柳，這是封建婚姻制度下沒有愛情的青年男女的婚
姻悲劇。妻子跟呂洞賓出家，楊柳作為封建社會的男子，無法忍受。
他隨後去尋找妻子小桃，希望妻子回心轉意共同生活，但小桃不肯回
家，他一怒之下殺了小桃。後因殺人而判償命。恩愛成空，生死無
常，是實是虛，是夢是幻，楊柳醒悟出家。可以說妻子的出走使他喪

失了生活的依靠，而且面臨著社會倫理的威壓。金安壽因失妻而出家，楊柳也因失妻而出家，但金安壽夫妻是一對恩愛夫妻，而楊柳夫妻則是一對同床異夢的夫妻。他們雖遭遇不同，但同樣飯依神仙世界，這深刻地反映了封建社會中人們痛苦無助的現實。

　　《玩江亭》中牛員外與趙江梅是一對恩愛夫妻，家有萬貫家財。當牛員外被鐵拐李度脫之後，趙江梅面臨著的是獨守空房的現實。「餓死事小，失節事大。」作為一個封建社會的女性，必須守節，而守節等待她的將是孤獨無依。她不能失去丈夫，她去尋找丈夫，希望能以她的溫情使他回家。後來她在夢中被牛員外扮的渡船人威脅，她不肯順從，被打下水去。恩愛夫妻的離散、美好生活的破滅、人生孤獨的等待、死亡恐懼的威脅使她醒悟出家。她的悟道是無奈的，是社會倫理道德、社會黑暗現實迫使她走上這一步。

　　相比之下，《呂洞賓度鐵拐李岳》在倫理的威壓之下，還有命運的捉弄。岳孔目因接新官回家，見呂洞賓在他門前大笑三聲，大哭三聲，罵岳兒為無爺的孽種、罵岳妻為寡婦、罵岳壽為無頭鬼。岳壽把呂洞賓吊起，卻又被韓魏公放走。後岳孔目一嚇成病，臥床不起。面對死亡，作為現實中人，都有很強的恐懼心理。因為死亡意味著一切，包括金錢、地位、嬌妻美妾、愛子都會離之而去。而人不想死，想永生，想永久地佔有自己心愛的東西。岳壽死前囑咐兒子長大休做吏，務農為本。而叮囑妻子則不避瑣細，怕的是妻子失節，影響自己的「體面」。在這種繁複的叮嚀中，蘊含著中國傳統倫理道德思想的沉積。托兒，為的是有後繼香火，而對妻子的「多心」，則落腳於「我主意則是要你休嫁人」，有著很濃的貞節思想。而這種思想的後面則是一種深層的佔有慾。因為在古人看來，人的肉體雖亡，而靈魂猶在。靈魂處於陰間，雖然幽明相隔，但人鬼之間猶能相見，人間的一切猶能享用，猶能照顧。岳壽肉體死時，別妻寄子，但似乎還沒有那種深層的恐懼心理。而在陰間，當靈魂要下油鍋時則十分恐懼。在

他眼裡，靈魂被煎熬，勝似肉體的痛苦，因為靈魂之死，則一切徹底
消失。岳壽肉體死時，唱道：「則俺這三口兒相逢路兒遠。」相信靈
魂存在，相信他們夫妻、父子還能相會。岳壽還魂後，立即想到的是
妻子，他以取魂為名回家，一路上擔心的是自己去遲了，被「謊人賊
營勾了我那腳頭妻」。後來因為是借小李屍屍體還魂，引起兩家爭
執，李屠要打殺他。他在肉體與靈魂、愛與恨的矛盾中出家學道。他
的出家是在倫理與命運雙重威壓下無奈的選擇。

　　從上述作品的分析中，我們可以了解到芸芸眾生之所以皈依道
教，把希望寄託在八仙的引度成仙上，是因為現實社會中人們處在無
邊的苦海之中。科舉功名失意、自由幸福的短暫、道德倫理的威壓把
人們無形中從社會群體中排擠出來，使之處於一種孤獨無依的局面
中。「面對著嚴峻的環境，生命受到威脅，生存遇到困難，是經常有
的事，心理上就很容易由此產生孤獨感、挫折感、甚至是絕望感。生
命的熱情愈是受到困逼，受到擠壓，愈是要另闢蹊徑噴射出來。既然
進不了現實的殿堂，就只能進入天國的海市蜃樓。」「對那些感到群
體生活折磨而嚮往某種自由和獨立的人來說，真人或神人的形象無異
是一種美好生存的希望，一種精神上的安慰劑，使其心理能得到平
衡，能安於群體中的某個位置。」[32]八仙度脫劇中所反映的正是現實
社會中苦難眾生的美好期望。

三　理想的神仙世界

　　八仙度脫劇在反映人生苦難的同時，又虛構了一個理想的神仙世
界。它成為現實紛爭中苦難眾生在痛苦無助時的一個賴以寄託自己心
靈的美的殿堂。

---

32 嚴耀中：《中國宗教與生存哲學》（上海市：學林出版社，1991年），頁7、67。

　　「仙界本是神仙家按照神仙觀念創造出來的理想化的產物，它既是原始神界的變異與發展，又是現實世界的美化與昇華，是介於原始神界與現實世界之間鮮明體現長生不死與快樂自由特點的理想樂園。」[33]這個理想的樂園由天上仙宮、海上仙島、凡間仙窟三個部分組成，天仙、地仙、尸解仙生活其中。天仙居住在仙宮、仙島，以雲為駕，以龍為車，上天入地，雲遊四方，他們無生無死，與天地同在，與日月同輝。地仙、尸解仙則居住在人間仙境，洞天福地，自由自在，快樂逍遙。八仙是一群位居仙宮的天仙，但他們性喜人間，經常遊戲人間，引度世人昇上仙界。

　　八仙劇裡，作者筆下的八仙「笑引蒼龍游太華，倒騎黃鶴過扶桑」，「訪蓬萊登閬苑」，吃的是交梨火棗，飲的是玉液瓊漿，生活在一個自由、快樂、逍遙、永恆的仙界裡。這個仙界以原始的神界作為基礎，但更多的是「現實世界的美化與昇華」。《竹葉舟》裡呂洞賓說仙界「有蒼松偃蹇蛟龍臥，有青山高聳煙嵐潑，香風不動松華落，洞門深閉無人鎖」，這裡仙界中有古松、有深潭、有青山，很顯然是人間勝境的理想化。《三化邯鄲店》裡作者用其優美的筆調描繪了仙界的優美環境、富足的生活：

　　　【後庭花】我雖無百尺樓，數仞牆，止不過四圍山，三廈房。近閬苑金闕，勝長安錦繡鄉。非是我自誇揚，說與你一年景況。杏花風暖熔熔，吹將來蘭麝香。藕花風足律律，飄將來冰雪涼。桂花風廝琅琅，搖拽的環佩響。雪花風亂紛紛，玉龍戰鱗甲光。蕊珠編誦幾章，黃庭經寫幾行。芙蓉冠，薜荔裳，清風珮，秋水襠。金英杯，玉薤觴，青精飯，甘露漿。展白雲，鋪臥床。吸甘露，潤渴腸。駕青鸞，遊上方，奏琅敖，朝玉皇，自逍遙，自曠蕩，沒差役，沒慮想。

---

33 梅新林：《仙話——神人之間的魔幻世界》（上海市：三聯書店，1992年），頁109。

　　仙家居住環境四時風景旖旎：春天杏花開放，和風融融，吹來蘭麝般的清香；夏天荷花開放，山中涼風習習，吹來冰雪之涼，讓人感到清涼舒適；秋天桂子飄香，秋高氣爽，秋風吹人環佩叮咚作響；冬天裡雪花紛紛揚揚，似玉龍相戰，似鱗甲生光。仙家生活也豐富多彩：戴的是芙蓉冠，穿的是清風琚，秋水襠；用的是「金英杯、玉薤觴」；吃的是「青精飯，甘露漿」。每日裡「蕊珠編誦幾章，黃庭經寫幾行」，「駕青鸞，游上方，奏琅敖，朝玉皇」，生活清閒快樂。作者筆下的神仙世界也只不過是現實人間生活的理想化而已。

　　《黃粱夢》第一折裡，馬致遠通過八仙之一鍾離權之口描繪了一個神仙世界：

　　　　【醉中天】俺那裡自潑村醪嫩，自折野花新，獨對青山酒一尊，閒將那朱頂仙鶴引，醉歸去松陰滿身，冷然風韻，鐵笛聲吹斷雲根。

　　　　【金盞兒曲】俺那裡地無塵，草長春，四時花發常嬌嫩，更那翠屏般山色對柴門，雨滋棕葉潤，露養藥苗新，聽野猿啼古樹，看流水繞孤村。

　　馬致遠的筆下，神仙居處「淨無塵，草長春」，四周流水環繞，面對翠綠的青山，周圍長著棕樹，種著藥苗，有四時之花常開，一切都十分和諧舒適。而居住其中的神仙飲的是「村醪」，嗅的是野花的清香味，聽的是悠悠的笛聲，閒時調引仙鶴，生活自在閒適。這裡的神仙世界的人間氣息更為濃厚，而生活於其中的神仙簡直就是現實人生中隱居山林的隱士。

　　陶淵明在《桃花源記》裡描繪了一個人間仙境——桃花源。在這個人間仙境裡，風景優美，「土地平曠，屋舍儼然，有良田、美池、桑竹之屬」，其間百姓「黃髮垂髫並怡然自樂」。桃花源後來成為神仙

世界的「福地」。而這個人間仙境是武陵漁夫發現的。神仙居住在名
山大川，漁翁打漁大川之中，樵夫砍柴大山之上，神仙世界偶有進
入。漁翁生活自由無爭、快樂逍遙、閒適清靜，後來也成為神仙的化
身。在八仙度脫劇中，呂洞賓、鐵拐李等多化身漁翁，引度世人。
「雖是個不識字煙波釣叟，卻做了不思凡風月神仙」，「你道俺駕扁舟
泛碧波，挾漁竿披綠蓑，這就是仙家使作」等等也正好說明了這點。
在許多劇作家的筆下，神仙世界亦是漁翁生活環境的理想化。

　　劇作家以山間隱士、江上漁翁等所生活的環境為原型來虛構神仙
世界，這在一定程度上帶有文人的自我意識。文人厭絕現實世界的惡
濁環境，或隱居深山，或寄身漁翁。唐詩人張志和，隱居湖上，垂釣
為生，自號煙波釣徒。陸龜蒙隱居，時常垂釣煙江上，自號江湖散人。
而隱居在山林中的隱士則更多。八仙度脫劇的作家自己本身都是社會
失意文人，他們喜愛自然山水，有的還隱居山中或寄身漁翁之中，因
而他們筆下的神仙世界在一定程度上即是他們生活環境的理想化。

　　雖說作者以人間勝境為原型來虛構神仙世界，但劇中的神仙卻遠
比凡人神通廣大。他們能「上崑崙摘星辰」，乘風御氣，騰雲駕霧。
八仙中的韓湘子能開頃刻花，能造逡巡酒。《玩江亭》裡鐵拐李能乘
風過江、能穿壁進屋、能寒波造酒、能讓枯樹開花：

　　　　（先生云）牛璘，你見我這拐麼，款款在手，輕輕搖動，
　　地皮開處便是酒。你嚐。（牛員外做驚科云）哎喲，師父將拐
　　劃一劃，地皮就開了。師父，這是酒？這酒不是酒，是水。
　　（先生云）三點水著個酉字，疾！你嚐。（牛員外云）今番可
　　是酒。我試嚐咱。好酒也，可怎生頭裡嚐著是水。師父寫了三
　　點水著個酉字，墜下去就是酒？好酒！端的是醍醐灌頂，甘露
　　灑心。好酒，師父，酒也有了。可無有眼前景致。（先生云）
　　你見那枯樹麼？（牛員外云）我見。（先生云）疾！花開爛

漫，春景融和，賞花飲酒。（牛員外云）阿阿，努嘴兒了，放
嫩葉了。阿阿，打骨朵了，阿阿，開花兒了。你看那桃紅柳
綠，梨花白，杏花紅，芍藥紫，荼蘼淡，牡丹濃，山茶綻，臘
梅開，杜鵑啼，流鶯語，春景融和，百花爛漫。阿喲，好花
木，好花木。牛璘也，你要尋思波，我躲他，他到先在這裡等
著我。……我曾聽得人說，寒波造酒，枯樹開花，他便是大羅
神仙。這不是寒波造酒，兀的不是枯樹開花，他不是神仙，誰
是神仙？

　　神奇的法術、行動的隨心所欲、靈丹妙藥等等，滿足信仰者的心
理需要，使他們拋棄人間的一切，跟隨出家。

　　神仙世界是美好的，在那裡，自由幸福且長生不老。《金安壽》
劇中金安壽在人間失去的美好生活在仙界裡得以繼續，他與妻子嬌蘭
雙雙在仙界相聚，一起歌舞，生活比凡間更為自由美滿。《玩江亭》
劇中孤獨無依的趙江梅，在神仙世界裡，她又可以與自己的丈夫生活
在一起，共享神仙自由、長生之快樂。《城南柳》劇中，楊柳在現實
世界裡恩愛成空，生死無常，但成仙之後，與小桃同為天上仙人，雙
雙瑤池獻桃。現實裡失去的可以在這裡再次得到，現實裡沒有的也可
以在這裡得到。美好的仙界成為現實苦難眾生的理想追求。

　　通過對作家、作品的簡要分析，我們可以知道，八仙度脫劇是作
者人生失意尋求解脫心理的反映，而作品在反映作者人生失意的同
時，又反映了廣闊的社會人生。社會現實中的個人，上至皇親國戚，
下至平民百姓，他們都處在各個不同層面的人生苦難之中，他們都在
尋求宗教解脫。道教的神仙世界自由、長壽、快樂，是現實苦難眾生
的理想世界，從多方面消解了現實眾生的人生苦難。

第三節　八仙慶壽與人世詠歎

　　八仙度脫劇以外，八仙慶壽與詠歎人世題材的劇作也值得我們重視。

　　元明清時期，八仙信仰深入人心。以八仙慶壽為內容的劇作以其和合、吉祥的深層內蘊深得人們的喜愛，成為元明清乃至近現代人們慶壽演出的重要內容。這些劇作從多方面反映了中華民族的人生理想。

　　在中國歷史上，人們把世界看成一個有機的整體，把一切自然現實視為某一統一性的實體表現。孟子認為人性與天性是一致的，天地之間充塞著浩然之氣，善養此浩然之氣者就可以進入高尚的道德境界。「天人合一」即是這種思想的代表。「天人合一，天以自然災變來警戒人事，國家將有失道之敗，而天乃先出災害以譴告之，不知自省，又出怪異以警懼之，尚不知變，而傷敗乃至。以此見天心之仁愛人君而欲止亂也。」[34]人間無道，天顯災異來警告，而天下太平，則天顯祥瑞，天上神仙都下凡相慶。八仙慶壽劇也反映了這種天人合一的思想。

　　明代八仙慶壽劇多為上層貴族宴樂而作，劇本歌功頌德，展現的是一幅幅太平圖景。如：

　　　　《賀昇平群仙祝壽》：（南極大仙）奉上帝法旨，為因下方聖人孝敬虔誠，國母尊崇善事，晝夜諷誦經文，好生慈善。感動天庭。今逢國母聖誕之辰，著貧道在此仙苑中，聚群仙來商議。怎生與國母上壽。

　　　　又：今歲下方，十分豐稔，征旗不動，酒旗高懸，穀侵天

34　〔漢〕班固：《漢書》卷五六〈董仲舒傳〉（鄭州市：中州古籍出版社，1991年影印本）。

皆生雙穗；麥滿地盡秀二歧，這等大有之年，可是為何？皆是
聖母德厚，主上仁慈，致令豐登之世。[35]

　　《眾天仙慶賀長生會》：方今之世，四海晏然，八方寧
靜。黎民樂業，萬姓歌謠。五穀豐登，田蠶萬倍。風雨和調，
民安國泰，方今聖人在位，德過堯舜，行邁禹湯，崇文重武，
豁達大度，文欺伊呂之才，武勝韓彭之勇，鄉村鼓腹，享太平
之年，黎庶謳歌，樂雍熙之世。當今聖主節近萬壽之辰。（下
略）

　　又：見今聖主，豁達大度，納諫如流，免差徭，薄稅斂，
田蠶百倍，五穀收成，天下人民，皆享太平之世也。[36]

　　《蟠桃會》：（金母）今有下方三河分野，鶉火之次，善道
昭然，廣施陰騭，理當添與福壽，須索南極壽星，下方慶壽走
一遭。[37]

　　在這些劇中，帝王聖明、母后仁慈，人間太平，人民安居樂業。
天下太平，五穀豐登，使人們感到生存的樂趣，因而留戀人世而求長
生。積善、修行均可致長生。「人間長壽，得的多的，不只是一個
理。有積陰功者，有憑修煉的。積陰功者，名書紫府，姓列丹房。道
德高如天地，聲價皎如日星，渺粟宮之世界，低回釜之華嵩，人間得
上壽之年，天上遂仙班之選。又若憑修煉者，泥丸高枕，絳闕輕吁，
采丹田之紫芝，咽華池之淨水，保五臟之精英，閑三華之津液，煉九

35　王季烈：《孤本元明雜劇》（北京市：中國戲劇出版社，1958年）。

36　王季烈：《孤本元明雜劇》。

37　吳梅：《奢摩他室曲叢》本，上海涵芬樓印行。

鼎之丹砂，固萬年之靈質。壽同日月之長，命共乾坤之久。」[38]

　　積善、修行不僅能致長生，還能致天下太平。太平、長生、積善、修行，三者互為因果。而人間百姓的樂善修行、人間的太平盛世，使天上的神仙感應，下凡相慶，賜福賜壽。

　　八仙祝壽之物，有令人長生不老的金丹、蟠桃，還有延年益壽的千年靈芝、松竹梅花、交梨火棗等草木之物，在民間，壽酒、壽麵也成為八仙祝壽之物。金丹在道教信仰中具有神妙的功力。葛洪說：「服神丹令人壽無窮已，與天地相畢，乘雲駕龍，上下太清。」[39]王母娘的蟠桃，「三千年開花，三千年結實，三千年纔熟」，「但得嚐的，福如山嶽之高，壽同天地之久」（《蟠桃會》第一折）。其他的草木之物，也可得「延年遲死」（《抱朴子》〈極言篇〉）。在許多八仙劇中，八仙又以其法寶祝壽。如在《群仙祝壽》裡，漢鍾離拿金瓶插金蓮花、鐵拐李拿瑞煙葫蘆、湘子拿花籃獻牡丹、曹國舅獻金牌笊籬、張果老獻漁鼓簡子、藍采和獻雲陽板、張四郎獻金色鯉魚；在《八仙慶壽》劇裡：「漢鍾離遙獻紫瓊鉤，張果老高擎千歲韭，藍采和漫舞長衫袖，捧壽麵的是曹國舅，岳孔目這鐵拐護得千秋，獻牡丹的是韓湘子，進靈丹的是徐信守」。漢鍾離的棕扇、張果老的驢、鐵拐李的鐵拐、韓湘子的花籃、藍采和的雲陽板、徐神翁的葫蘆等是他們形象的代表。在人們心目中，吃神仙之物、觀神仙之花、拿神仙之物都能從中感受到靈氣，得到神仙的呵護，延年益壽。

　　八仙慶壽最初大多為皇室祝壽而作，排揚宏大，人物眾多。《群仙祝壽》裡，南極仙翁召集漢鍾離、呂洞賓、鐵拐李、韓湘子、張四郎、張果老、藍采和、曹國舅上八洞神仙商議祝壽，呂洞賓又推薦下八洞神仙王喬、陳戚子、徐神翁、劉伶、陳搏、畢卓、任風子、劉海

---

38 〔明〕朱有燉：《蟠桃會》，《奢摩他室曲叢》本，上海涵芬樓印行。

39 〔晉〕葛洪：《抱朴子》〈金丹篇〉（上海市：上海書店，1986年據世界書局《諸子集成》本影印），頁14。

蟾，一共備仙物前去慶壽。以山神為首的眾精靈，在得到呂洞賓的許可後亦備仙物前去慶壽。天仙、地仙、精靈加上人世的文武百官一起為慈善的聖母祝壽。《長生會》裡，香山九老、上八洞神仙、松竹梅三仙、福祿壽三星、荷花仙子、凌波仙子、文武百官一齊祝賀聖壽。朱有燉的《蟠桃會》是為自己生日而作，劇中場面相對來說也就小得多。劇中南極大仙、東華帝君、金母、嵩山仙子、大河仙女、八仙等仙下凡慶千歲壽旦。在這些劇中，都涉及到了天上、地上、人間仙凡慶壽，取天地人同慶之意。

　　從人世太平到積善修行，再到神仙感應前來祝壽，其中貫穿著很濃的天人感應思想，滲透著現實人生期求太平、長壽的夢想。

　　八仙度脫劇否定現實世界，張揚超自然的神性，引誘世俗百姓嚮往自由幸福的神仙世界；而八仙慶壽劇則與此相反，它通過神仙下凡慶壽，肯定現實世界，反映了世俗百姓立足現實的貴生、樂生理想。貴生、樂生是一切有生命之物的共同特徵，正如《太清真經》中所說的：「一切含氣莫不貴生，生為天地之大德，德莫過於長生，長生者必其外身也。」[40]長生是貴生、樂生思想的產物，是世俗芸芸眾生的共同心願。這種「強烈的戀生、貴生情緒自然就導致了對長生不死的追求，對不死藥的渴望，自神話時代以來就是常令人激動不已的心願。」[41]許多的帝王為了長生，不惜花費大量的人力物力去尋求並不存在的不死之藥；而世俗的百姓，他們則立足現實，希望通過自己誠心向善、苦志修行來獲得神仙的垂憐，得以長壽。

　　八仙慶壽劇正是這種長生夢想的反映。八仙源於民間，他們的身分基本上涵蓋了當時社會的各個階層，是各個階層長生夢想的代表。人們希望在享受人生快樂、功成名就之時，得到八仙相助，長生不

---

40 見〔宋〕李昉：《太平御覽》卷第六百六十八道部十，《四部叢刊三編》影宋本。
41 嚴耀中：《中國宗教與生存哲學》，頁112。

老，永享人間福祿。到了後來，神仙賜予長生之意漸漸淡下去，八仙慶壽劇的演出成為一種吉慶儀式，但這種儀式的背後隱藏的仍然是那揮之不去的貴生、樂生思想。清青城子的《志異續編》卷二〈優人〉中記載了一則故事：

> 江蘇常郡某知府壽誕，八屬邑制錦公祝。屆期，七屬員俱至，惟靖江縣呂某，為風所阻，遲之又久不到。知府慍甚，曰：「為我封門，即到亦不必通名。」迨靖江縣至，已各就席坐定，門吏不敢通報。一優人知之曰：「送我十金，我能直言。」許之。開場《八仙慶壽》，獨不見洞賓。七仙以次上壽畢，洞賓方至。鍾離動問：「呂仙為何來遲？」眾齊答曰：「想因大江風阻，故爾來遲，望老祖恕罪。」知府曰：「靖江呂公到矣。」命開門迎之。[42]

在這則故事中，知府因靖江縣令呂某遲到而十分惱怒，令閉門拒之。靖江知縣來到後，門吏不敢通報。後演員利用壽誕開始時演出的《八仙慶壽》巧為說明。八仙慶壽與八屬縣慶壽相應，而八仙中呂洞賓後到，又與靖江縣呂某相應，因而使知府覺得十分吉利，主動命人開門迎接。我們從知府前後感情的變化中，可以了解到求吉慶心理對人們的影響。人們遇有喜慶之事，如有不順，則心中大為不安。喜慶壽筵，演戲如果劇情悲戚，就會讓人不安，覺得大煞風景，而主人則更覺得不是吉兆，心裡惶恐。清杜于皇與陳維崧在閒談時認為宴會首席絕不可坐，因為坐首席要點戲，而點戲是一件苦事，點得不好，滿座不歡。杜于皇說：「余嘗坐壽筵首席，見新戲有《壽春圖》，名甚吉利，亟點之，不知其斬殺到底，終坐不安。」陳維崧也有過相同的遭

---

42 見《筆記小說大觀》本（揚州市：廣陵古籍刻印社，1983年）。

遇，他說：「嘗坐壽筵首席，見新戲有《壽榮華》，以為吉利，亟點之，不知其哭泣到底，滿座不樂。」[43]點戲人必須先了解劇情，掌握在座人員的情況，以不犯諱又能討好座中人為上。因而喜慶、吉祥的「八仙慶壽」戲則成為喜慶筵席常用的開場戲。如《檮杌閑評》第二回、第三回中寫到祝壽演戲，其中說：「開場做戲，鑼鼓齊鳴。戲子扮了八仙，上來慶壽。看不盡行頭華麗，人物清標。唱一套壽域婆星，喬王母捧著仙桃送到簾前上壽。」《歧路燈》第二十一回寫林家為母親做壽時：「戲班上討了點戲，先演了《指日高陞》奉承了席上老爺，次演了《八仙慶壽》奉承了後宅壽母，又演了《天官賜福》奉承了席上主人，然後開正本。」[44]戲點得十分得體，壽星高興，而前來祝壽之人，也覺得吉利，眾人心滿意足。

　　清代，八仙戲中出現了許多以歎世為主要內容的劇本。歎世之劇並不是清代纔有，在元明的雜劇、傳奇中感歎世態炎涼之內容屢屢出現，但作為劇本的整個基調來說仍然是以度脫為主，是人感受到人世間的世態炎涼因而出家。而清代的歎世劇則出現完全不同的基調。這些劇本的作者借八仙形象來抒發自己磊落不平之氣、憂國憂民之思。

　　鄭瑜《黃鶴樓》雜劇是一個感歎世事、抒發自己內心的苦悶之情的劇本。作者借呂洞賓與樹精之對答表現了他對世事的感慨。作者歎世可從兩個層次理解。首先是呂洞賓自歎。呂洞賓居住在神仙世界，在許多人的眼裡神仙世界是自由快樂、富足美麗的，而在此劇中，作者一反前人的這種思想，認為神仙比凡人還要苦。五百年一風劫，五百年一火劫，凶險萬分，呂洞賓僥倖躲過。過去之後，想起當時的情景「尚兀自小鹿心頭」跳。世上又附會許多烏有之事在他的身上，像與何仙姑相好、飛劍斬黃龍等事，使他有口難辯。長生不老，既有劫

---

43 〔清〕陳維崧：《迦陵詞》卷二十七〈自嘲用贈蘇昆生韻同杜于皇賦·小序〉，清康熙二十八年陳宗石惠立堂刊本。

44 〔清〕李綠園：《歧路燈》（鄭州市：中州書畫社，1980年），頁211。

數之苦，又十分孤獨，幾日前飲酒的朋友都去世，使他倍感孤獨。他也不想孤獨地長生世上，他後悔「當初沒來由八洞府做班頭，悔如今浪遨遊，五濁世漫淹留」。其次是作者通過呂洞賓之口歎人世間。人世間生命短暫，而世間人不知珍惜，只知道爭名奪利。得者歡，失者悲。呂洞賓想喝酒又未帶錢時說：「如此良宵，不可無酒，我身邊不帶杖頭，去賒是斷然不肯的。」這句話十分形象地說出作者對人世間那種金錢關係的厭惡。

神仙世界多劫難，呂洞賓住「怕」了；人世間爭名奪利，呂洞賓也住「厭」了。在作者心中，世界上沒有希望，沒有出路，找不到一塊樂土。呂洞賓最後無奈地躲到蓬萊去，也反映了作者十分無奈的心情。比起元明的作家來說，作者內心更加苦悶，因為他找不到解脫。

相比之下，袁蟫的《仙人感》在抒發自己的感慨之時更多地表現了作者憂國憂民的思想，反映了一個有良知的中國人內心的苦悶。

劇本借呂洞賓來抒發自己的無限感慨。呂洞賓三醉岳陽樓後，經過了無數時光，忽又偶過岳陽樓。呂洞賓見岳陽樓、君山是一片「殘陽枯草」，感歎人世滄桑，覺得「萬事無聊」。「孤城鼓角，寒灘蘆蓼，半掩黃陵古廟。憑欄凝眺，西風斷雁蕭蕭，只漁罾頹岸，赭石橫山，何處龍宮寶。俺也曾凌萬頃覓瑤島，俺也曾浮楂八月看秋濤。霎時都變了。」洞庭湖是古今防務緊要之處，而現今併入歐人商埠。而歐洲人到中國來並不是來「玩沼觀濠」，而是看中了中國大地的「金山銀窖」，而中國人還沉睡在攪不醒的糊塗覺中。作者在感歎外國入侵的同時，又感歎世上無英雄，「曾左胡彭」都不見，中原人物盡是劉表一類毫無遠見的人物。讀書人懂幾句外語，能講自由民主，則自詡為奇才傑士。那些科舉中人，看起來個個「昂首軒眉，經綸滿腹」，卻也只是些「看繁華，貪熱鬧」的人物而已。看到自己的家鄉被西洋人踐踏，現實的人生世態朝夕變化，作者的反應是「嗚呼痛哉」。在作者的筆下，一切都變了，只有「君山青青微霽尚是舊游時

風景」。作者借呂洞賓之口，對現實自然的荒敗、西洋人的入侵、人情世態的變幻、英雄人物的期盼都寫了出來。作者在這種感歎中間深深地表露出他自己無奈、失望的心情。呂洞賓最後的「飄然」而去，也從一方面反映出作者的心態：自己心有餘而力不足。作者懷才不遇，自己的抱負不能施展，面對紛紜世事，徒增感歎，「飄然」而去正表現了他內心深層的苦悶與無奈。

《黃鶴樓》、《仙人感》兩劇的作者最後都選擇「飄然而去」作為劇本的結局，這反映了晚清有識之士在國事紛紜之時，無可奈何的心情。另外像《寫心雜劇》中的《游梅遇仙》也是感歎時事的歎世劇。清代的這種歎世劇超出了八仙本來的宗教本色，成為一種感歎時事、抒發感情的手段。

眾多的八仙戲曲作品從各個不同的角度反映了五彩繽紛的現實生活。八仙度脫劇反映了現實人生苦難，否定現實生活世界，引誘苦難眾生嚮往超自然的神仙世界；八仙慶壽劇則通過八仙慶壽，肯定現實世界；八仙歎世劇則立足現實，感歎人生，表達了作者無奈苦悶的情懷，雖然主題不一，但都來自於社會現實生活，是封建社會民俗生活的真實反映。

第六章
八仙與中國小說

　　隨著八仙神迹傳說的出現，記錄八仙神迹傳說的志怪小說也相應地產生。這些單一的志怪小說經過幾代人的加工創造，由簡單到複雜，由單薄到豐滿，由幼稚到成熟，在明清時期出現了《東遊記》、《飛劍記》、《韓湘子全傳》、《三戲白牡丹》、《八仙得道傳》等長篇小說。這些小說是中國古典小說的重要組成部分，對八仙信仰的傳播起了十分重要的作用。

第一節　八仙小說發展概述

　　八仙系列小說內容豐富，形式多樣，既有幾十字的神迹故事，也有現代小說觀念上的短篇小說、長篇小說。這裡，筆者從發展的角度對八仙系列小說作品作一簡單的分析介紹。

一　志怪短篇

　　研究八仙小說自然離不開八仙神迹傳說的筆記作品。在唐宋元明清的筆記作品中，有大量的八仙神迹傳說的記載。這些筆記作品中所記載的八仙事迹一般有兩種類型：八仙事迹辯證型、八仙故事型。事迹辯證型，如宋吳曾《能改齋漫錄》卷十八的〈呂洞賓唐末人〉、〈呂洞賓傳神仙之法〉條，宋《畫墁集》卷八呂洞賓事迹，宋《蒙齋筆談》卷下〈呂洞賓〉條，明徐應秋《談薈》卷十七〈八仙〉條，明談遷《棗林雜俎》義集〈呂仙自序〉條，明《識餘》卷四呂洞賓事迹等

等，諸如此類的筆記對於了解八仙信仰的形成與發展十分重要，但因為作者採用的是學術的考證、分析方法，缺少文學性。這一類不是本章討論範圍。八仙故事型，記錄八仙故事，雖然篇幅短小，但有人物，有情節，具有一定的文學性，現代稱之為筆記小說，是八仙小說的雛形，是八仙小說創作的重要素材。

　　八仙故事型筆記因為所記的是神仙故事，屬於志怪小說範圍。這些作者編撰、記錄的宗旨也大致同於干寶《搜神記》。干寶相信神道，他的《搜神記》旨在「發明神道之不誣」。而八仙志怪作者以史實的筆調來記述，標明故事所得的時間地點，即是充分相信八仙這一類人物的存在。宋鄭景望說：「神仙事渺茫不可知，疑信者蓋相半。然是身本何物，固自有主之者，區區百骸，亦何足言。棄之則為佛，存之者為仙，在去留間爾。洞賓雖非余所得見，然世要必有此人也。」[1]鄭景望對神仙事疑信參半，但因為人本身有諸多難以解釋之處，又使他不得不信。筆記作者沒有見過鍾離權、呂洞賓等人，但他們對之相信不已，大致來源於這種對世界不可知心理。《純陽帝君神化妙通記》、《呂祖全傳》收集整理呂洞賓的神迹變化故事，合編在一起。苗善時、汪象旭都是道教徒，他們篤信神仙。苗善時「於諸經集唐宋史傳摭收實迹，削去浮華」，編撰《神化妙通記》，其目的在於「使同心志士開卷朗然，得觀天象，默會道微，明通無極」[2]而《呂祖全傳》的作者汪象旭幼年得重病，夢神仙救援，後學道以「酬夙願」，他編錄「祖師普度古今諸事」成集，目的在於「砭世俗淫穢之說，啟高明信持之志，使知古今有其理實，有其事，有其人，實有其應」。[3]他們在篤信神仙，欲明「神道之不誣」的同時，勸戒世人全心向善，修道成仙。

1　〔宋〕鄭景望：《蒙齋筆談》卷下〈呂洞賓〉條，《筆記小說大觀》本。

2　〔元〕苗善時：《純陽帝君神化妙通記序》，《道藏》第5冊。

3　見《呂祖全傳》〈憺漪子自紀小引〉，《古本小說叢刊》第38輯（北京市：中華書局，1987年）。

這一類八仙志異故事內容大致有二個方面：神迹顯化、神迹感應。神迹顯化指的是八仙活動的故事。李德裕《次柳氏舊聞》、鄭處誨《明皇雜錄》最早記載八仙中張果事迹。張果事迹之所以被記下來，一方面因為他曾是明皇宮廷裡的方士，有神奇的法術，能死而復生；另一方面因為他不慕名利，不願結交權貴，樂隱山林。在李德裕、鄭處誨二人筆下是作為實錄來記載的。而後代對他事迹的傳述則主要在於他的神異性，道教徒借之以明神道之實有，普通百姓傳之則起於對神仙世界的嚮往。《續仙傳》中藍采和生活異於常人，「一腳著靴，一腳跣行」，夏天衫內加絮，冬天臥於雪中而氣出如蒸，淡於錢財，最後乘鶴而去。呂洞賓遊戲人間，顯化最多。明汪象旭的《呂祖全傳後卷》編錄了四十九個故事，記載呂洞賓神通顯化的事迹。他能讓水化成酒、墨化成金，能用筆管渡河，能讓繪魚變活，神通廣大。神迹感應故事是指信徒篤信而得神仙降臨的故事。如安豐縣娼妓曹二香染惡疾，行善事設旅店以館過往客人，呂祖化寒士托宿，曹二香以禮待之，呂祖治癒其疾。[4]常州賣豆小兒敬仰呂洞賓，呂洞賓買豆，不取錢，呂洞賓贈以紅藥，使之懂天文地理，作文章「詞翰皆美」。而許多人因欺貧凌弱，雖遇神仙卻無緣相見，以至抱憾終身。無論是神迹顯化故事，還是神迹感應故事，在當時都是被人當成實錄加以記載的。在人們的信念中，八仙長生不老，又能飛騰變化，且時常遊戲人間，只要虔誠祈禱，八仙就會降臨，賜予福澤。

雖說作者是抱著宏揚神道的宗旨，以史家的態度來記錄、編撰八仙故事，但這些記載在他們的手中被加工整理後，帶有文學性。這些故事雖然短小，但結構完整，具有可讀性。如：

4　見《呂祖全傳》〈後卷〉之〈回心回心〉條，《古本小說集成》本（上海市：上海古
　　籍出版社，1990年）。

　　洛中陳執中，建甲第東都，親朋合樂。俄有襤褸道士至，
即洞賓也。陳公問曰：「子何技能？」曰：「我有仙樂一部，欲
奏以侑華席。」腰間出一軸畫，掛於柱上。繪仙女十二人，各
執樂器。道士呼使下，如人累累列於前。兩女執幢幡以導，餘
女奏樂；皆玉肌花貌，麗態嬌音，頂七寶冠，衣六銖衣，金珂
玉珮，轉動珊然，鼻上各有一粒黃玉如黍大，而體甚輕虛，終
不類生人。樂音清澈煙霄，曲調特異。三闋竟，陳曰：「此何
物女子？」道士曰：「此六甲六丁玉女。人學道成，則身中三
魂七魄，五臟六腑諸神皆化而為此。公亦願學否？」陳以為幻
惑，頗不快。道士顧諸女曰：「可去矣。」遂皆復上畫軸。道
士取軸張口吞之，索紙筆大書曰：

　　曾經天上三千劫，又在人間五百年。

　　腰下劍鋒橫紫電，爐中丹焰起蒼煙。

　　纔騎白鹿過滄海，復跨青牛入洞天。

　　小技等閒聊戲爾，無人知我是真仙。

末題曰：「谷客書。」即出門，俄不見。陳謂：「谷客乃洞賓
也。」悔恨欲抉目，未幾謝世。[5]

　　廬山開元寺僧法珍，坐禪二十年，頗有戒行。一日定坐，
見一道人謁，問曰：「師謂道惟坐可乎？」珍曰：「然。」道人
曰：「佛戒貪嗔淫殺為甚。方其坐時，自謂無此心矣，及其遇景
遇物，不能自克，則此種心紛飛莫御，道豈專在坐乎？」因與
珍至雲堂，見一僧方酣睡，謂珍曰：「吾偕子少坐於此，試觀此
僧。」良久，見睡僧頂門出一小蛇，長三寸餘，緣床足至地，

5　〔清〕汪象旭：《呂祖全傳後卷》〈仙樂侑席〉，《古本小說集成》本（上海市：上海
　　古籍出版社，1990年）。

遇涕唾食之，復循溺器飲而去；及出軒外，度小溝，繞花臺，若駐玩狀；復欲度一小溝，以水溢而返。道人當其來徑，以小刃插地迎之。蛇見畏縮，尋側徑至床右足，循僧頂而入。睡僧遽驚覺，問訊道人及珍曰：「吾適一夢，與二子言之。初夢從左門出，逢齋供甚精，食之；又逢美酒，飲之。因褰裳渡門外小江，逢美女數十，姿歡之；復欲渡一小江，水驟漲，不能往；逢一賊欲見殺，走以捷徑，至右門而入，遂覺。」道人與珍大笑。而謂珍曰：「以床足為門，以涕唾為供，以溺為醞，以溝為江，以花木為美女，以刃為賊，人之夢寐幻妄如此！」珍曰：「為蛇者何？」道人曰：「此僧性毒多嗔，薰染變化，已成蛇相。他日瞑目，即受生於蛇中矣。可不懼哉？吾呂公也。見子精忱可以學道，故來教子。」珍遂隨之而往，不知所終。[6]

第一則寫呂祖以畫中女仙奏樂侑席，場面宏麗而奇特。呂祖吞畫軸，有類於「陽羨鵝籠」之故事。故事充滿迷幻色彩，引人入勝。第二則故事旨在宣揚神仙勝於佛法。人欲被壓抑，但在無意識時表現出來。但作者卻並未採用枯燥的說教，而是通過一僧人睡夢中以涕唾為精美食物，以溺為美酒，以花為美女，以刃為賊，巧妙地表達了僧人被壓抑的酒、色、財、氣的慾望與是非之心。故事生動有趣，寓意深刻。

《夷堅支志》甲卷六的〈遠安老兵〉也是一篇精彩的短篇小說：

峽州遠安民家，篤信仙佛，嘗作呂公純陽會，道眾預者頗盛。齋供既罷，一老兵從外來，著敝青布袍，躡破麻鞋，負兩篛籠，弛擔踞坐，呼叫索食，卻之不可。其家尚有餘饌，隨與

之。既又求酒，畀以小樽，一吸而盡，至於再三皆然。主人駭
其量，語之曰：「尚能飲乎？」曰：「固所願也。但為君家費已
多，不敢請耳。」酒至，到手即空，不遺涓滴。徐問今日所作
齋會云何。告以故，客曰：「倘呂真人自來，必不能識。」主
人指壁間畫像示之，客注視微，微笑曰：「我卻曾識他，狀貌
結束，全然與此別。與我絹五尺，當為追寫一本。」主人喜，
既付之。客接絹不施粉墨，但置手中挼莎，俄而大吐，就以拭
殘污。主始惡焉，度其已醉，無可奈何。傍觀者至唾罵引去。
良久納絹於空瓶，笑揖而出。一童探瓶中取視，則仙像已成，
衣履穿束，宛與向客無小異。其家方悟真人下臨，悔恨不遇。
標飾置淨堂，謹事之。時淳熙七年，筠州新昌人鄒兼善為邑主
簿，傳其事。[7]

　　故事寫呂洞賓化身作畫，很有文學性。故事篇幅雖然短小，但其
中的人物形象生動。呂洞賓化身老兵，「著敝青布袍，躪破麻鞋，負
兩篛籠」，相貌普通；而性格狂放，「弛擔踞坐，呼叫索食」。他有驚
人的酒量，酒到手即空，不遺涓滴；同時又有神仙的神通，作畫「不
施粉墨，但置手中挼莎，俄而大吐，就以拭殘污」，而仙像就在這
「挼莎」、「拭污」之時完成。作者還注意通過場面描寫、心理描寫來
刻畫人物形象。故事發生在一個篤信仙佛的民家，其間正在作呂純陽
會，信徒們一個個抱著虔誠的心情祈禱，希望呂洞賓能賜與福澤。而
呂洞賓的形象、性格、語言、行動與這種場面形成一種強烈的對照，
在這種對照中，呂洞賓形象的「神異」之點被烘托出來。主人形象著
墨不多，但其信仙，而又大方好客的性格比較突出。作者又通過他對
呂洞賓酒量的「驚」，對呂洞賓以絹拭吐的「度」，見純陽畫後之

7　〔宋〕洪邁：《夷堅支志》甲卷六，清影宋鈔本。《筆記小說大觀》本略有不同。

「悟」、「悔」，與「謹事之」這些心理活動把主人的內心世界十分真切地表現出來。

八仙故事在民間流傳的同時，也成為說話藝術的題材。據譚正璧《話本與古劇》考證，《醉翁談錄》「小說開闢」「神仙」類中的《種叟神記》、《竹葉舟》、《黃糧夢》即是早期的八仙故事話本。《種叟神記》，譚先生認為有可能即是《寶文堂書目》中的《種瓜張老》，亦即《古今小說》卷三十三的〈張古老種瓜娶文女〉。明清時期的戲曲作品即以話本故事作為八仙中張果老的事迹。清李玉《太平錢》即據話本創作而成。話本敘真州六合縣種瓜老人張古老，看中韋諫議十八歲小女，叫媒人前去說合。韋諫議以十萬貫錢又全是小鈔來難他，不料張古老屆時準備齊整，韋氏無可奈何只得答應成親。後為韋氏父母、兄弟所惡，夫婦同歸茅山。後女兄往訪，見其家富麗如王府，纔知張古老為仙人。張古老贈以多金而遣歸。後韋家十三口全部昇仙。小說寫的是一對不合理的婚姻，卻因張古老是神仙，而得到人們的羨慕，這是人們調和社會矛盾的手段。《竹葉舟》，譚氏認為即是《寶文堂書目》中的《陳季卿悟道竹舟》，敘呂洞賓借竹葉舟點化陳季卿入道之事。《黃糧夢》，譚氏認為即是《寶文堂書目》的《黃粱夢》，敘盧生遇呂翁而悟道。呂翁在元明戲曲中都被當作呂洞賓，估計此話本即是敘呂洞賓度脫事。

《醒世恒言》卷二十一的〈呂洞賓飛劍斬黃龍〉是明馮夢龍擬話本而作的短篇小說。敘呂洞賓聽師父說一千多年，只度得他一人，呂洞賓發願說自己下界三年必引度三千成道。鍾離權傳其神劍，吩咐他休違期限、休尋和尚鬧、休失落寶劍後，讓他下界尋度有緣。整整行了一年，沒有發現可度之人。後上太虛頂望氣，見有青氣處就去尋訪。殷氏、王惟善處有青氣，可惜殷氏怒氣太重，王惟善時機未到，均難度脫。江西黃州黃龍山傅永善累世積善，青氣很盛，呂洞賓欲度

之成仙，而傅氏卻指斥道門「獨吃自屙」，贊黃龍禪師「說法如雲，度人如雨」，不願皈依道門。呂洞賓聽後不服，前去尋黃龍禪師鬥法，卻被黃龍禪師降伏，拜黃龍禪師為師。小說通過呂洞賓下界度脫不成，拜黃龍為師的故事，反映了當時佛、道相爭與融合的現實，同時也反映了作者對現實眾生不忠不孝、不仁不義的深層喟歎。

從神迹志異到話本小說，八仙故事經歷了從信徒的記實性記錄到娛樂性小說的發展過程。雖然大都只是一些單一神迹故事，情節簡略，人物形象也不夠豐滿，反映的現實面也比較狹窄，但對明清長篇小說的發展提供了素材。明清的小說作家就在這些原材料的基礎上創作了大量的八仙小說作品。

二　《東遊記》、《飛劍記》

隨著八仙傳說的廣泛傳播，文人以八仙為題材創作的長篇小說相繼問世。這些小說憑藉人們對八仙的篤信而流傳，同時八仙信仰也因之而更加深入人心。

《東遊記》、《飛劍記》是現存的兩部最早的八仙長篇小說。《東遊記》，一名《上洞八仙傳》，又名《八仙出處東遊記》，二卷五十六回，作者題「蘭江吳元泰」。現知最早的版本是明余文臺刻本，書名作《新刊八仙出處東遊記》，現藏日本內閣文庫。清嘉慶十九年清人把此書與《南遊記》、《西遊記》、《北遊記》合刊，名為《四遊記》。余文臺刻本前有余象斗撰的〈八仙傳引〉，余象斗是明萬曆時福建著名的出版家，《東遊記》余文臺本應當是萬曆時本，作者吳元泰也應生活於萬曆前後。《飛劍記》又稱《唐代呂純陽得道飛劍記》，二卷十三回，現存明萃慶堂刊本，現藏日本內閣文庫。作者鄧志謨，字景南，號竹溪散人、百拙、百拙生、風月主人，約明萬曆時在世，估計

是江西饒州府安仁縣人。[8]鄧志謨嘗遊閩，為建陽余氏塾師，他的編著很多，多為余氏所刊。二書都出於明萬曆年間，從《東遊記》明刊本分則不分回，《飛劍記》明刊本分回來看，《東遊記》的時代比較早。

　　八仙的傳說起於唐宋，盛於元明，戲曲小說踵事增華，使故事更加豐富。二書即是根據各種民間傳說彙集演化而成。因初脫胎於民間，尚呈現樸素的組合狀態。《東遊記》中鐵拐李原名李玄，看透功名利祿，出家學道，因難窺精要，因而前去終南山求太上老君指點。後與老君、宛丘同遊西域諸國，李玄吩咐弟子楊子守住肉體，後楊子母親病重，因而焚化李玄肉體而歸。李玄魂歸無所依，見有餓莩之體倒於山側，遂附之而起，將手中竹杖以水噴成鐵杖，後來人稱鐵拐李先生。後因戲騎青牛闖禍，被謫下凡積功補過。故事與《繪像列仙傳》、《歷代仙史》等略同。鍾離權，燕臺人，號雲房先生，生時有異能，長大為漢大將，領兵與番兵作戰，大勝番兵。正好鐵拐李從空中經過，為使鍾離權早日成仙，助番兵劫營，漢兵大敗。鍾離權獨騎奔逃山中，遇東華帝君，拜之為師，學修道秘術及金龍劍法。後得秘笈，得道成仙。故事與《金蓮正宗記》、《繪像列仙傳》、《歷代仙史》等略同。藍采和乃赤腳大仙降生，身雖為人，不昧本性，玩遊人間。常穿一破藍衫，繫一條三寸闊的黑木腰帶，一腳著靴，一腳赤足。夏天穿棉衣，冬天臥雪中而氣出如蒸。時常踏歌於市，乞討為生，以繩穿錢，拖之於後。遇鐵拐李講道，後乘白鶴仙去。故事完全沿襲沈汾《續仙傳》。張果老，原是混沌初開時的白蝙蝠精，後化身為人。在中條山中，得鐵拐李、宛丘授長生之道，成為神仙。他常騎一小白驢，日行數百里，休息時將驢折疊如紙，用時噴水復成活驢。唐玄宗時被召進宮，法術無窮，玄宗封他為通玄先生，後辭歸，仙去。故事

<hr>

8　〔明〕鄧志謨：《飛劍記》，見《古本小說集成》（上海市：上海古籍出版社，1990年）。

大致採自《明皇雜錄》。何仙姑，廣州增城人，武則天時住雲母溪，夢神教食雲母粉，後遇鐵拐李、藍采和，得修仙真訣，又得鐵拐李引之飛昇。故事完全沿襲《歷世真仙體道通鑒》。

呂洞賓名岩，字洞賓，號純陽子，乃東華帝君轉世。兩舉進士不第，六十四歲時在長安酒肆遇鍾離權，鍾離權使神通讓呂洞賓夢中考取狀元，做高官，姻豪門，子孫滿堂，一旦獲罪，全家被抄，孤身一人立於風雪之中。夢醒，黃粱猶未熟。悟透人間是非，出家學道。鍾離權十試洞賓，見洞賓道心已定，傳以仙訣。呂洞賓成道後到處遊行，淮水斬蛟，岳陽畫鶴，洛陽戲牡丹，留下無數的仙迹。故事與《歷世真仙體道通鑒》、《歷代仙史》等相同。呂洞賓後負氣下凡助遼，鍾離權下凡收伏之事，採自《南宋志傳》。韓湘子，字清夫，韓愈之姪，專心向道，後遇呂洞賓、鍾離權，得道成仙。故事基本上沿襲《青瑣高議》。曹國舅是曹太后弟，性喜修道，後遇鍾離權、呂洞賓，鍾、呂引之入仙班。故事與《妙通記》、《繪像列仙傳》略同。最後的「八仙過海」故事襲用明初雜劇《爭玉板八仙過滄海》故事。

《東遊記》作者用鐵拐李、鍾離權來把八仙故事串連成篇。鍾離權因鐵拐李放火助番，兵敗奔逃山谷而遇東華帝君；藍采和曾與鐵拐李講道；張果老得鐵拐李傳長生之道；何仙姑得鐵拐李、藍采和仙訣，後又得鐵拐李引之飛昇。鍾離權度呂洞賓，二人度韓湘子、曹國舅。但八仙的故事在作者的筆下沒有多少改動，「雜湊的情形是很顯然的」。[9]再則小說中的人物性格也不統一。尤其是呂洞賓的形象前後不一。呂洞賓經過雲房十試，去除色心、是非好惡之心，而他見白牡丹美色心動，與之相通，又負氣下凡助遼，性格前後矛盾。呂洞賓的形象在小說中顯得「油滑、庸俗」。總之，《東遊記》作者創作的成分比較少，藝術上比較粗糙。

9　趙景深：《中國小說叢考·讀四遊記》（濟南市：齊魯書社，1980年）。

　　《飛劍記》是一部專門聚合呂洞賓神迹，描寫呂洞賓從降生到得道成仙的小說。小說出現在《東遊記》之後，但並沒有受到《東遊記》的影響。《東遊記》的作者吳元泰，因沒有資料，難以明了其創作的動機，但從余象斗〈八仙傳引〉對那些商賈盜刻此書表示憤慨來看，至少可以知道余象斗刊刻此書是以牟利為目的。鄧志謨編著甚多，其編著主要以牟利為目的，但從《飛劍記》來看，他創作的目的主要是「慕真仙之雅」，因而欲「闡揚萬口」。〈飛劍記引〉稱小說「拓祖之遺事，而其中詩句，皆祖之口吻吐之」，可見作者取材的態度是十分嚴謹的。作者集呂祖事迹成篇，「慕呂祖以故實，玩呂祖之事，哦呂祖之詩」，希望呂祖能像天隱子一樣，在司馬子微讀天隱子三年後出現，以篤求道者之念。

　　小說敘呂純陽原是鍾離權的徒弟慧童，後慕人間繁華而私自下凡，投胎於永樂呂家。呂洞賓生有異相，但仕途不順，六十四歲纔中進士，官授咸寧縣令。鍾離權念其師徒情分前來度脫他，二人相遇長安酒肆。酒肆中，鍾離權施神通，讓呂大夢。呂洞賓夢中顯達，後一朝獲罪，孑然一身，因而醒悟人生，出家學道。鍾離權七試洞賓，見其學道意志堅定，纔收之為徒，傳以大道。鍾離權朝元去後，呂洞賓得火龍真人雌雄二劍，佩之遊歷天下。在呂梁洪斬惡蛟，在永寧城殺猛虎。他來到金陵，見白牡丹美貌，與之同宿，後被黃龍禪師點破。呂洞賓飛劍欲斬黃龍禪師，卻被黃龍禪師制伏。呂洞賓修煉九年，恢復了陽氣，又四處顯化積功：武昌賣梳、汴州賣墨、大庾赴齋、青城捉怪、江南醉酒、羅浮畫山、杭州行醫、岳陽畫鶴，到處留下他的神迹。後來他聽火龍真人說淮安玉溪何惠娘有仙緣，前去度脫何惠娘，共登仙界。

　　作者作此小說是「拓」呂祖遺迹，可見此書故事都有來歷。其中故事在《純陽帝君神化妙通紀》與《呂祖志》等書中可找到出處。我們以《妙通記》為例就可以明瞭此事。如第一回就用了《妙通記》

「瑞應明本第一化」的故事，第二回用了「黃粱（粱）夢覺第二化」、「歷試五魔第四化」的故事，第三回用了「神迹傳經第五化」、「明道體玄第六化」、「肥遁華峰第八化」的故事，⋯⋯第六回用了「穢梳高價第六十九化」、「武昌貨墨第六十八化」、「警妻道明第八十五化」、「長沙警僧第八十四化」⋯⋯每一回都有出處。當然作者並不是被動地集合，而是進行了創造性的加工，把一些本來不是一個故事的扭合在一起，成為一個較為完整的故事。小說語言比起《東遊記》來說流暢得多，也富有文采。呂洞賓的形象也豐滿得多。

三　《韓湘子全傳》、《呂祖全傳》

《東遊記》、《飛劍記》之後，明代天啟年間出現了《韓湘子全傳》，清代康熙初年出現了《呂祖全傳》。這兩部長篇小說比起《東遊記》、《飛劍記》來說，無論是故事情節，還是文學語言都有很大的提高，小說已由聚合神迹創作階段進而發展到利用神迹進行創作的階段。作者不再侷限於對現有神迹的聚合，而是利用想像進行合理的虛構，可以說作者創作的主體意識在作品中得到大大的加強。

《韓湘子全傳》三十回，第一回題「新鐫批評出相韓湘子」，署「錢塘雉衡山人編次，武林泰和仙客評閱」。雉衡山人，即楊爾曾，字聖魯，浙江錢塘人。小說現存最早的版本是明天啟三年（1623）金陵九如堂刊本，卷首有煙霞外史序，署「天啟癸亥季夏朔日煙霞外史題於泰和堂」，後又有武林人文聚刊本等。[10]

《韓湘子全傳》故事直接脫胎於明萬曆年間的傳奇《韓湘子九度文公昇仙記》（詳見戲曲部分），作者以之為基礎融合元明以來戲曲小說中韓湘子的故事進行創作。小說分為兩個大部分：韓湘子成仙、韓

---

10 見《古本小說集成》〈韓湘子全傳前言〉（上海市：上海古籍出版社，1990年）。

湘子度文公。敘韓湘子本漢靈帝時丞相安撫的女兒靈靈，靈靈死後轉
生白鶴，後得鍾、呂度脫，托生到九代積善的韓家，名叫韓湘子。韓
湘子七歲父母雙亡，韓愈夫妻撫養他長大。湘子從小「不讀詩書不慕
名，一心向道樂山林」，後離家出走，尋師訪道。鍾離權、呂洞賓怕
他道心不堅，設金錢美女引誘他，化猛虎巨蛇恐嚇他，都不能動搖湘
子求道之心，後傳之大道，湘子得道成仙。湘子成仙後，奉玉帝旨意
下凡去度韓愈一家昇仙。湘子利用仙家神通，點石成金、南臺祈雪、
身立雲中、頃刻開花造酒、仙樂侑席等點化韓愈，韓愈迷戀功名，不
悟。後韓愈因諫佛骨被貶潮州，湘子沿途多設磨難，多方開化，韓愈
在生死關頭醒悟人生，後出家學道成仙。湘子又設法度脫叔母、妻
子、岳父等成仙。

　　作者利用話本小說的形式，在每一回的開始用一首詩作為入話，
形式比較特別。作者第一回說明韓湘子前世因果，後來又點明韓愈、
林圭、竇氏、林蘆英的前世因果，只因為他們有前因，不昧本性纔能
得道成仙，從中既可以看出作者的思想世界，同時又可以看出作者的
創作構思。作者在小說中反覆渲染韓湘子度叔時的神通變化，還利用
合理的想像把張果老、呂洞賓等仙人的仙迹都附會到他的身上，把湘
子塑造成一個神通廣大、變化多端的神仙。但作者採用的是單調的反
覆形式，使讀者覺得累贅、生厭，缺乏新穎感。

　　相比之下，《呂祖全傳》的藝術性則比較高，作者的獨創性也比
較明顯。

　　《呂祖全傳》一卷，不分回，題「唐弘仁普濟孚佑帝君純陽呂仙
撰，奉道弟子憺漪汪象旭重訂」，現存清康熙元年汪氏原刊本，咸豐九
年寶賢堂本。蕭相愷先生在《古本小說集成》〈呂祖全傳前言〉中認為
作者大概就是汪象旭，呂純陽乃偽託。從現存的康熙元年刊本殘本[11]

---

11 見《古本小說叢刊》第38輯。

〈憺漪子自紀小引〉來看，汪象旭是「一日於故篋得祖師鸞筆」，並
不是他自作；再則，寶賢堂本的《證道碎事》中說呂洞賓生於「天寶
十四年四月十四日巳時」，而後面《呂祖全傳》則說呂洞賓生於「唐
貞觀二年八月初四日子時」，二者不一。從這些看來，原作者應非汪
象旭，汪象旭只是重訂刊行而已。但是《呂祖全傳》原本「文詞近
俗」[12]，而現存本文詞比較精練雅致，可見汪象旭對小說進行過文字
上的改造加工。汪象旭，錢塘人，他生活在明末清初社會大動盪時
期。從《證道碎事》第四冊《呂洞賓》之後作者自述的「憶予年十
六時乃神宗己未夏」與作者康熙元年的〈自紀小引〉來看，汪象旭生
於明萬曆三十一年（1603），死於康熙元年（1662）以後，享年六十
以上。

　　《呂祖全傳》是一本純為宣揚道教思想而作的宗教小說。汪象旭
整理此書的目的是「為好道者證」。汪象旭十六歲時曾患重病，夢中
得呂祖救護，因而常欲皈依祖師，以報再生之德。後舉業不成，朝代
更替，年高多病，使他「決意奉玄」。他刻印此集，旨在「將以砭世
俗淫穢之說，啟高明信持之志，使知古今有其理實，有其事，有其
人，實有其應，以自勉者推之以勉斯世」。可見作者對於小說中所寫
之事，是確信其有，整理此書，就是要借此感化世人，積功立德。書
敘呂祖名岩，字洞賓，本籍河南洛下，後遷襄陽活水村。呂祖生時異
香十里，紫光繞戶，八歲通墳典，作詩有雲外意。後舉貢士，進京趕
考，途中遇鍾離權，鍾離權贈以竹枕。呂洞賓酒肆中枕之入夢，夢中
顯達，後因失機被斬。醒來黃粱纔熟，因悟人生虛幻，轉回尋找鍾離
權。鍾離權讓他夢中歷覽地獄眾生之苦難，使之大悟。此後他一人跋
山涉水，歷盡千辛萬苦找到鍾離權。鍾離權化腿病來試呂洞賓，呂洞
賓悉心照料，為之化齋食，並負之泉邊洗浴，虎來時以身擋虎。鍾離

---

12 見〈憺漪子自紀小引〉，《古本小說叢刊》本。

權見呂心誠，帶之見鐵拐李、張果老，共助之修道。鍾離權因呂僕逸童死後化妖，派呂洞賓下山度脫。呂回家點化妻子劉氏，贈以仙丹，後劉氏成仙。逸童成柳妖，變化多端，以各種形象來引誘、恐嚇洞賓，呂洞賓道心堅定，終於降伏柳妖，一同周遊各地，施符救難。後遵師命採桃，脫去形質，成為真仙。

　　作者用第一人稱進行敘述，把呂洞賓黃粱夢、鍾離十試、度柳精等故事有機地融合在一起，重點渲染了呂洞賓成道前的心理醒悟、求師時的艱難困苦、成道後度柳精的驚險場景，層次井然，不落窠臼。小說寫人、寫景、敘事都有獨到之處，具有很高的文學價值。如呂洞賓夢遊地獄後醒來時的情景十分富有詩意：

　　　　但見疏星張殘局之棋，明河挹川浣之練；遠林繞一聲之驚鵲，高崗度數點之歸鴉。咿咿啞啞，漁艇歸乎別浦；嗚嗚咽咽，牧笛返於故村。舉目瀟然，形影相弔。頓思父母撫吾，朝夕在側，今流遺此地，彼此不知，泣然淚下。

　　這裡把鄉村天黑時的景色描繪得如詩如畫，同時把呂洞賓見漁艇歸浦、牧童返村時的心情也寫得十分真切，情與景有機結合。而呂洞賓度逸童的描寫則更為精彩，這裡摘引其中兩段：

　　　　將里許，忽然狂風大作，卷起萬里沙泥，拔倒千尋樹木，有倒山翻海之勢，予足不能履，身不能立，知其怪作也。用塵連拂數次，風恬息焉。頃之黑霧瀰漫，連天貫地，日月無光，山川莫辨，白晝渾同長夜，對面不識誰何？轟轟有聲，漸逼於予，予再拂塵，貫注存神，霧斂空山，雲歸溟海，朗然仍明。

　　　　忽香風習習，異味襲人，正東上一年少美人，約有二九方

笄而未字者，蛾眉嫩如新柳，星眼淨若澄波；髮挽巫峽之烏雲，臉親上林之紅杏；楚女難同比豔，吳娃不敢爭容；翠鈿小巧，金釧玲瓏；鴉青衫子輕揚，月白裙兒飄蕩；鞋過潘妃，不數金蓮鋪地；笑強褒姒，何須白繒裂聲；真有動人之情，更無可疑之象。手持筐籃，數莖竹筍，望予而過之。去而回顧，顧而生歡，遠半里許，復轉向予，放下筐籃，對予萬福云……

第一段寫景，場面浩大，景象壯闊，聲色具備，同時呂洞賓的行動、思想也於其中表現出來。第二段寫人，把美人的相貌、行動反覆渲染，寫出了美人的神韻。離開逸童妖化的前提，是一段絕妙的寫人佳作。小說語言半文半白，準確、精練、傳神。

《韓湘子全傳》、《呂祖全傳》是八仙題材小說發展的一個新階段，文學創造性得到加強。清代後期的《三戲白牡丹》、《八仙得道傳》則是在此基礎上的進一步發展。

四　《三戲白牡丹》、《八仙得道傳》

清代末年，出現了《三戲白牡丹》、《八仙得道傳》兩部以八仙故事為題材的長篇小說。兩部小說都是以《東遊記》為由頭而進行創作的。

《三戲白牡丹》，清末民初無名氏著，有晚清刊本及民初鉛印本，七十二回。該書與《飛劍記》、《呂祖全傳》同為演繹呂洞賓故事的小說，但此書作者創作目的是把呂洞賓三戲牡丹的故事作為「消閒之品」，宣揚的是「今番有酒須當飲，勿到無時歎若何」的思想，與前二書的宗旨不一樣。[13]也正因為如此，作者不拘泥於呂洞賓的神迹

---

13 〔清〕無名氏：《三戲白牡丹》第一回（濟南市：齊魯書社，1990年）。

史實，而大膽地進行虛構想像。全書以呂洞賓與白牡丹的愛情故事為主線，同時涉及到仙、凡、鬼三界的人物，對當時的社會現實有所反映。在思想上、藝術上此書是前二書所不能比的。

　　小說敘呂洞賓成道後與鐵拐李、鍾離權等八仙求老子文為王母祝壽。酒席上，呂洞賓醉戲嫦娥，嫦娥被貶下凡托生在百草山白富貴家，名叫白牡丹。王母壽宴後，八仙乘興遊東海，因藍采和花籃放出萬丈光芒，被白蟒精搶去。呂洞賓求助於二郎神，二郎神帶兵打敗白蟒精，白蟒精被玉帝下令斬首，靈魂降下塵凡，欲尋機向呂洞賓尋仇。後呂洞賓與鐵拐李擊掌為誓，再下塵世，欲前去度脫白牡丹。呂洞賓來到白家藥店，以買藥為名與牡丹相識，互生愛意。百草山上黃龍洞中，有黃龍無道，專門採陰補陽。白牡丹奉父命師從學道，黃龍欲以傳道為名姦污牡丹，呂洞賓知道後以山雞化牡丹模樣，前去應酬，而自己與牡丹成夫妻之樂。鐵拐李、何仙姑二仙贈白牡丹隱身草，並告呂洞賓不洩之密。呂洞賓再次來時，失去元陽，贈牡丹丹藥與降龍杵而去。黃龍真人再次要白牡丹前去應酬時，白牡丹以降龍杵使之現形。黃龍大怒，會合四海龍王前去龍華會與八仙大戰，黃龍被呂洞賓飛劍斬死。八仙火燒東海，入居龍王的水晶宮，被龍王水灌東海，仗曹國舅避水犀帶逃出，八仙氣憤不過，推倒泰山填平東海。龍王奏上天庭，玉帝派趙元帥下界辦理，趙元帥與黃龍原為師兄弟，不由八仙分辨，與八仙大戰。呂純陽奉師命下凡避難，助梁顯修洛陽橋，天兵來時，得梁救助。天兵無奈呂洞賓，把牡丹抓上天，不問理由斬之。呂洞賓上天界為之叫冤，南極仙翁、太白金星也從中周旋，玉帝罰趙元帥下界投生，令呂洞賓下界普度眾生，令白牡丹下界投生慈善人家，再行超度。白牡丹投生到花錦家中，名叫花牡丹。花牡丹七歲時，呂洞賓前來贈以仙丹，長成十七、八模樣。趙元帥下界後投身到楊尚書家中，名叫楊思文。楊思文無惡不作，見牡丹美貌，欲娶之為妻。父母官莫士仁依仗權勢，為楊家強送聘禮。呂洞賓令椿精化

身牡丹，前去楊家成親，變化多端，戲侮百般。呂洞賓指點花錦一家
到白雲洞修行，自己回到蓬萊。黃龍的徒弟黃髮道人與悟塵禪師、楊
思文等聯合四海龍王前來蓬萊向呂洞賓尋仇。呂洞賓在二郎神的幫助
下大敗來敵。楊思文逃回後向父親說明失敗經過，楊尚書立即寫奏章
述說呂洞賓種種罪行，皇帝把楊尚書的奏章放在通天爐內焚化。玉帝
閱奏後，差人把呂洞賓押入東海禁錮。東海龍王欲乘機報復，後得如
來、老子、觀音調和。楊思文父子得知八仙與龍王和好之後，十分惱
怒。楊思文千方百計想得牡丹為妻，以報復呂洞賓。後得鐵甲大仙推
薦，一同前去花果山求小石猴相助。小石猴用金錢到陰間買通判官，
把花牡丹父母害死。花牡丹前去告狀，東嶽大帝派人把小石猴抓到，
得知詳情，派人送牡丹父母還陽。後小石猴逃走，與通臂猿聯手，抗
拒天兵，被二郎神擒伏，得到懲罰。楊思文見小石猴死後，拜毛真人
為師。小石猴想自己同類都因楊思文而受害，前去找楊思文算帳。書
到這裡結束，故事似還沒有完。京劇《三戲白牡丹》有三本，前二本
故事內容與小說內容相同，後一本寫「洞賓牡丹皆有罪，凡間受難配
姻緣」，故事情節是小說中所沒有的，從戲曲故事情節來看，《三戲白
牡丹》小說應有全本，惜未見。

　　小說以《東遊記》故事為藍本，並且在許多回裡完全照抄《東遊
記》的文字內容。第一回敘述呂純陽出生成道，即完全因襲《東遊
記》第二十三回〈洞賓店遇雲房〉、第二十四回〈雲房十試洞賓〉、第
二十五回〈鍾呂鶴嶺傳道〉、第二十六回〈洞賓酒樓畫鶴〉的故事；
第二回敘述八仙求老子文字為王母祝壽等事，即是完全因襲《東遊
記》第四十六回〈八仙求文老子〉、第四十七回〈八仙蟠桃大會〉故
事而成。此外呂洞賓初戲白牡丹故事因襲《東遊記》第二十七回〈洞
賓調戲白牡丹〉；八仙火燒東海，龍王水灌八仙事因襲《東遊記》第
五十回〈八仙火燒東洋〉、第五十一回〈龍王投奔南海〉、第五十二回
〈龍王水灌八仙〉而成；如來、老子、觀音為龍王與八仙調和則因襲

《東遊記》第五十六回〈觀音和好朝天〉。另外其他抄襲相關語言處尚多。可見作者對《東遊記》故事的依賴。當然，作者在因襲的同時，通過想像，塑造了白蟒精、楊思文、楊尚書、花錦、小石猴、黃髮道人等人物，虛構了呂洞賓醉戲嫦娥、呂洞賓與黃髮道人蓬萊大戰、楊尚書為楊思文娶親、花牡丹為父母告狀等情節，使整個小說情節曲折，人物形象生動。

　　《八仙得道傳》[14]也是一部融彙八仙民間傳說創作而成的長篇神怪小說。它出現於清末，是宋元明清眾多八仙傳說故事、戲曲小說故事的提陞與創新。作者是清末的無垢道人。無垢道人四川人，幼孤失學，流落成都，後相從志元師學道清雲觀中。咸豐二年，他遵師命遊覽江山形勝，後北行入京，寓各道觀中凡十年。同治七年以後，他由京城去海外，不知所終。他在臨去海外之前，把自己所著的《八仙得道傳》托給陸敬甫，後得許廑父、徐枕亞整理校訂出版。

　　無垢道人是一個道教徒，他創作此小說的目的與《飛劍記》、《呂祖全傳》等小說一樣，是為了宣揚道教思想。他在同治七年的〈自序〉中說他有感於「道統失緒」，「後之學者，容有數典忘祖者」，因而「就老祖以來，迄於近代諸仙得道始末，與夫修道情形，著為《八仙得道傳》一書」(《八仙得道傳》〈原序〉)。從他的序言中，我們可以了解到他振興道統的目的十分明確。他之所以選擇八仙故事作為自己宣揚道教的題材，是因為其他故事「人事太生疏了，說將出來，未必動人信仰」，而八仙是「世人所共知共聞、人人所敬仰」的神仙，借此更能「動人信仰」。再則，也因「道統衰落，道流多不通文義」使他採用便於初學者了解的「稗乘體裁」，用「尋常方言」來寫作，以求道義廣達。

　　小說把支離破碎的八仙故事融會一體，敘述了八仙得道的詳細經

---

14 〔清〕無垢道人：《八仙得道傳》（上海市：上海古籍出版社，1996年）。

過，情節曲折生動。小說以古老的二龍治水傳說作為引子。遠古時候，灌口有一條孽龍在那裡潛伏修道，其龍珠後被縹緲真人指點孝子平和取去治母眼病，軀體仍遵命伏於水中。平和得珠後，治癒了母病，又攜之為眾鄉親治病。毛長官欲倚勢搶奪龍珠，平和只得吞入腹中，回家後化為龍體，與水中潛伏之龍合而為一。錢塘江中一條大簑纜長久受日月之氣，修煉成龍體，後奉火龍真人之命轉生為孝女胡秀春女飛龍。飛龍在母親含辱去世後，得遇師父，學得道法，為母報仇，後至東海潛修。一日，胡飛龍外遊，與平和相遇，二人大戰，誤上玉帝寶殿，被二郎神追殺，得縹緲真人、火龍真人相救並引薦。後平和、飛龍結為夫妻，負責管理水域，居於東海水晶宮中。玉帝因二龍打鬧上天庭，十分惱怒，要眾老仙保舉賢才為之輔弼。老君算定三千內將有八大金仙輔佐玉帝。

　　小說接著敘述八仙成道的經過。龍王平和在灌口時與一隻老鼠變化而成的蝙蝠精關係很好，這隻蝙蝠精就是張果的前身。蝙蝠精因有功於灌口人民，被立廟受祭，廟宇後被一蛟龍所毀。蝙蝠精奉師命托身為孫傑、田螺精之子，名為孫仙賜。蛟龍也托身為孫傑次子，經常在父母面前搬弄是非，挑撥父母與孫仙賜夫妻的關係，設謀把性喜修道的仙賜夫妻毒死。仙賜魂靈被胡三姐所救，其妻也另外投胎。後知其母被蛟龍打回原形，被禁錮在淮海村後，前去海中探望。孫仙賜在孫傑十世投生洛陽張家後，奉師命再下凡為其子，名為張果。田螺精海中修煉千年，道行成就，欲在螺殼中辦道場，張果父子得信後前去參加。

　　前來主持淮海村道場的法師是鐵拐李。鐵拐李與何仙姑前世都是上界天仙，因過失被謫下凡。何仙姑第一次托身為孫仙賜妻子，後數世轉生，托生為古書生之妻馬氏。古書生母于氏十分狠毒，在古書生外出經商時，設計把馬氏賣掉。馬氏在過江時跳水自殺，古書生回來時，十分痛心，把所得金銀全部棄之江中，因而成山湧出，名叫金

山。馬氏死後托生為金山邊上何姓家女，名叫何蘭仙，也就是八仙之
一的何仙姑。馬氏之屍被水漂下時，正好一道人撑船經過，道人破戒
相救，不想救之不成，反而把馬氏屍體弄折一腿。這道人後托生為洛
陽李奇家為兒，名叫李玄。李玄潛心向道，後得老君指點，修成大
道。後靈魂出竅遠訪金山何仙姑，把何仙姑送到衡山修行，而自己的
法身因弟子母病急歸而被焚化。李玄魂歸時無所依，只得附於跛足化
子之身。這就是八仙中的鐵拐李。鐵拐李得老君所贈葫蘆，奉命下海
主持淮海村大會。淮海村大會上，通天教主、蛟龍為首的邪教前來與
老君、鐵拐李為首的正教鬥法，結果邪不壓正，通天教主被射瞎一
眼，與蛟龍一起逃回靈峰山。

　　何仙姑在衡山修道一百多年後，玄女見其專心一志，親自傳授大
道。正值老君青牛逃走下凡，肆毒王大戶妻妾，何仙姑歷盡艱難，後
在九天上元夫人的幫助下戰勝牛精。上元夫人說與因果，並說看牛童
子已被謫人間。何仙姑後奉玄女之命，入凡濟世。其時正是秦嬴政當
政，趙高專權，趙高兒子專橫不法。何仙姑顯神通懲戒趙高父子。在
野外，遇上老君守牛童子轉世的漢鍾離，細心點化。後又與鐵拐李相
遇，共同指點漢鍾離。漢鍾離奉師命去迎費長房時，東華帝君派神獸
馱去，收之為徒，傳之大道。東華帝君又有異日尋漢鍾離為師之語
讖，東華帝君後降生為呂洞賓。漢鍾離奉命前往幽州與鐵拐李、何仙
姑他們相會。秦皇無道，修築萬里長城，披髮仙人轉世的范杞良與嫦
娥轉世的孟姜女成婚後雙雙被害。張果不知這是劫數，前去相救，反
而被妖人所捉。何仙姑前去救出張果，鐵拐李把范杞良、孟姜夫妻的
靈魂收入葫蘆，把孟姜女肉體化成銀魚。范、孟二人轉世為人，一為
藍采和，一為王月英，二人結為夫妻，後雙雙得道。

　　淮海村逃走的蛟龍潛修多年後，化身為白面書生與杭州何春瑛結
為夫妻。蛟龍欲得錢塘江為根據地，後被鍾離權剿滅，其妻春瑛力圖
復仇，亦被壓於山下。負責錢塘江的天神玄珠子因失察而被罰到湘江

邊為白鶴，白鶴後被鍾離權、呂洞賓點化，讓他轉世昌黎韓家，名叫韓湘子。韓湘子後再得鍾離權、呂洞賓度脫成仙，成仙後下凡度脫叔父全家成仙。

　　東華帝君下凡托身於永樂呂家，名叫呂洞賓。呂洞賓自幼聰明，又得鍾離權為師，功成名就，後被鍾離權點化出家。呂洞賓奉師命前往廬山學道，途中救了二郎神哮天犬，反被犬所咬。又因對小金子母親殺母、殺子之事關心而被扔進深洞。在那裡，他遇到了正在那裡等他的何仙姑。何仙姑傳以天遁劍法，呂洞賓後得師父從妖狐處所獲的干將莫邪神劍，修成大羅仙體。唐玄宗時，前去幫助在京城造劫的張果，又遇到了小金子轉世的白牡丹，經過三試，度白牡丹成仙。北宋時，鍾離權、呂洞賓二人度脫曹國舅成仙。從此八仙已全，同上天庭。因天庭無事，玉帝派八仙下凡救困濟貧。王母娘娘壽辰，八仙同去祝壽，過海時藍采和不慎將花籃掉在海中，被龍王孫子拾去，不願歸還。八仙與龍王大戰，龍王夫妻都被戰死。後玉帝讓龍王之子敖廣襲為龍王，在縹緲真人、火龍真人的調和下，八仙與之同歸於好。從此天庭安寧，四海太平。

　　作者以《東遊記》故事情節為藍本，但對之進行了出色的加工。作者把《東遊記》中矛盾的地方加以修改，簡略的地方予以豐富，使整個故事情節完整統一。作者在寫八仙成道的同時，把中國民間有名的傳說，如田螺精的傳說、孟姜女的傳說、嫦娥奔月的傳說、白蛇報恩的傳說、寶蓮燈的傳說、干將莫邪的傳說、鬼打牆的傳說、重九登高的傳說等合理地安排在八仙情節範圍內。這些傳說歷史悠久，故事生動，深得百姓喜愛。作者把它們與八仙故事有機融合在一起，一同為他的宗教目的服務。小說結構嚴謹，構思巧妙。二龍打鬥誤上天庭，玉帝不悅，求賢才輔弼；下界八仙相繼得道，為之輔弼，前後互相照應。二龍引出蝙蝠精，蝙蝠精引出蛟龍，蝙蝠精投胎引出田螺精，後又因田螺精辦道場而引出何仙姑、鐵拐李。何仙姑去京城，與

漢鍾離相遇，漢鍾離又遇東華帝君。漢鍾離、鐵拐李、何仙姑到幽州去引出了范杞良、孟姜女夫妻，范、孟夫妻投胎轉世為藍采和、王月英。故事情節結構環環相扣，作者又多用伏筆穿插敘述，使整個結構呈網狀形。

　　小說人物形象沒有因為作者的創作宗旨而變成概念化，人物形象鮮明，具有個性。不但八仙形象鮮明，次要人物也都鮮明生動。嫦娥與后羿是小說中的次要人物，嫦娥慈善，后羿殘暴狠毒，對比鮮明。嫦娥為避免后羿的加害，服仙丹飛昇，又被后羿射下，欲置之死地。而當后羿伐樹月中，心生悔意時，她的愛心又萌生。嫦娥的性格被鮮明地表現出來。作者還借用心理描寫來寫人物，如何仙姑仗義去戰青牛精，被青牛精打下，背在背上，何仙姑先是「香汗淫淫，芳心忡忡，只在思量個自盡的法兒」，後來又覺得「一個人自尋死路是最沒有中用的東西」，因而想法保存自己。簡短的心理描寫，把何仙姑頃刻的內心世界很生動地表現出來。

　　作者採用客觀敘述的方法，用全知視角來寫小說中的每一個人物。作者對小說中人物的心理活動、過去因果、未來結局都瞭若指掌。作者在客觀敘述的中間，又不時穿插自己的主觀評論，小說中始終都有作者置身其中。這些評論有些融於故事之中，有些則游離於故事之外。這些評論的插入是作者傳道宗旨的表現，對故事情節的完整、人物形象鮮明有相當大的負面影響。

　　通過對八仙系列小說的簡單分析，我們對八仙小說的發展脈絡有一個基本的了解。八仙傳說來自於民間，被文人加工整理後又返回民間，得到更為廣泛的傳播。在民間與文人之間經過多次反覆之後，故事情節由簡單變得豐富，人物由單一變得生動，從而出現了像《三戲白牡丹》、《八仙得道傳》這樣的長篇小說。在故事的發展中，《東遊記》起到了十分重要的作用。雖然小說情節支離破碎，結構不完整，

人物形象也多矛盾，但因它首次把八仙成道故事組合成篇，對後來的
八仙戲曲小說影響很大。

第二節　八仙系列小說的文化內涵

在中國傳統文化體系中，自然界和社會的每一層面，每一極其細
微的局部都有具體的神祇掌管統領，這眾多的神祇被人們按照現世社
會的等級制度安放在每一個可能的位置上。天上，有玉皇大帝、三
清、眾神諸佛，他們總理天上、地上、陰間的各種事務；地上有都城
隍、城隍、土地、山神、河神等等，具體負責管理民間各種事務；陰
間有十殿閻王負責管理人死後的各種事務。神鬼世界與現實世界同構
共存，成為封建社會世俗百姓無法擺脫的精神枷鎖。

八仙小說是作者根據民間傳說創作而成的神魔小說，作者在對神
鬼世界、現實世界進行描繪的同時，反映了世俗百姓的信仰習慣與信
仰心理。傳統的神聖與邪惡、因果與劫變觀念是貫穿小說始終的兩種
主要觀念。

一　神聖與邪惡的對立

從上古開始，人們就憑著自己的想像把宇宙空間分為天、地、地
下三個部分，認為每一部分都有居住者：天上居住著仙人，地上居住
著凡人，地下居住著鬼魂。陶弘景在《真誥》卷十六中把這種觀念闡
述得十分清楚：「天地間事理乃不可限，以胸臆而尋之，此幽顯中都
是有三部，皆相關類也。上則仙，中則人，下則鬼，人善者得為仙，
仙之謫者更為人，人惡者更為鬼，鬼福者復為人。鬼法人，人法仙，
循還往來，觸類相同，正是隱顯小小之隔也。」[15]在陶弘景看來，

15　〔南北朝〕陶弘景：《真誥》卷十六，明《正統道藏》本。

天、地、地下相鄰，仙與人、鬼也相鄰，可以「觸類相同」、「循環往來」；而善與惡則是「觸類相同」、「循環往來」的條件，人善者為仙，人惡者則為鬼。陶弘景把善惡觀念引入道教神仙修行中來，彌補了以前修煉成仙理論的不足。而善惡觀念正是千百年來世俗百姓價值判斷的最重要的標準。

世俗民眾對神仙與鬼怪的存在是篤信的，即使有人懷疑，也因為對自己本身及存在的世界萬物難以解釋而放棄。宋代鄭景望的思想正是這一類人的代表，他對神仙由懷疑到相信（《蒙齋筆談》卷下〈呂洞賓〉），就是因為世界的諸多不可知物引起的。他作為中上層知識分子猶然如此，山野漁夫俗民就更不用說了。在世俗百姓的心目中，神仙世界神聖而富足，神仙自由自在、長壽而且快樂，他們帶給人們的是財富與長壽，他們是善的象徵；而鬼域世界裡陰暗而污穢，鬼魅都是邪惡、狠毒之人所化，帶給人們的是災難與痛苦，是惡的象徵。神聖與邪惡是截然對立的。

八仙小說中，玉帝、老君、八仙、南極仙翁等等是神聖的代表，尤其是八仙，他們直接關心人們疾苦，深得人們的喜愛。他們作為神，被人們賦予了神的出身和非凡的經歷。老君「自混沌開闢，累世化身而來，有誕生之日，迨商湯、周時，分神化氣，始寄胎於妙玉女，八十一歲，暨武丁庚辰二月十五日丑時，降誕於楚之苦縣賴鄉曲仁里，從母左腋出，生於李樹下，指樹曰：『此吾姓也。』生時白首，面黃白色，額有參天紋理，日月角懸，長耳短目，鼻純骨雙柱，耳有三漏，美髭鬚，廣額疏齒，方口，足蹈地支，手把天干」。[16]漢鍾離生時「異光數丈，狀若烈火，侍衛皆驚」，「頂圓額廣，耳厚眉長，目深鼻赤，口方頰大，唇臉如丹，乳達臂長，如三歲兒」（同前書，第十一回）。呂洞賓乃「東華帝君」轉世，生時「異香滿室，天樂並

---

16 〔明〕吳元泰：《東遊記》第二回（上海市：上海古籍出版社，1956年）。

奏」,「生而金形玉質,道骨仙風;鶴頂猿背,虎體龍腮;鳳眼朝天,雙眉入鬢;頸修顴露,身材雄偉;鼻梁聳直,面色白黃」(同前書,第二十三回)。他們都有一個神奇的身世,同時又勤修苦練,經過種種磨難的考驗,克服種種慾望,修成大道。呂洞賓在經歷了類似人世現實的夢境後,悟透功名利祿皆虛幻;經歷了地獄夢境後,悟透生死,毅然放棄了家庭的優越條件,拋棄功名利祿、妻兒子女,前去學道(《呂祖全傳》)。鍾離權十試呂洞賓,在其「度量寬洪,輕財佈施」、「無懼心」、「色心定」、「利心不動」、「道心定」的表現下,纔傳之大道(《飛劍記》)。李玄上終南山學道,被妖精所騙,在生死關頭仍然篤信神仙,終於得道(《八仙得道傳》)。成道之路充滿著艱難險阻,八仙之所以能學道成仙,是因為他們有堅定的信念,有吃苦耐勞的精神。他們捨棄家庭去修道,但他們並不是沒有情感,沒有道德感,而是把此種情感、道德感化為成仙後的度脫,「一人得道,仙及雞犬」,他們通過度脫親人脫離苦海,擺脫輪迴來實現自己的愛心,比起世俗的愛似乎更進一層。從這種現象上,我們也可以看出儒家宗法倫理道德對道教的深刻影響。早在晉代,葛洪就提出了「欲求仙者,要當以忠孝、和順、仁信為本」(《抱朴子內篇》〈對俗〉)的看法,隨著元明清三教合一的發展,這種思想更成為修道者修身的重要條件。

　　通天教主、蛟龍、黃龍禪師、黃髮道人、悟塵禪師等是小說中邪惡的代表,是妖怪,是邪教徒的化身。黃龍禪師、蛟龍、黃髮道人、悟塵禪師都是獸類所化;通天教主雖是人卻經常學禽獸,暗中傷人,在淮海村鬥法時被文始真人所斥,被視為異類(《八仙得道傳》第三二回)。異類成怪,這也是中國萬物有靈論的產物。在世俗信仰中,天地萬物都有靈性,這種靈性經過日精月華的洗禮後,就會幻化成

精，能騰雲駕霧。干寶在《搜神記》[17]卷六中說：「妖怪者，蓋精氣之依物者也。」他認為時間的累積和時間的轉化都可以導致物類的變化：「千歲之雉，入海為蜃；百年之雀，入海為蛤；千歲龜鼉，能與人語；千歲之狐，起為美女；千歲之蛇，斷而復續；百年之鼠，而能相卜：數之至也。春分之日，鷹變為鳩；秋分之日，鳩變為鷹：時之化也。」（《搜神記》卷十二）這種異類得精氣成怪的傳說在中國民間十分普遍，八仙小說中的禽獸、草木之怪的出現正是這種信仰的反映。一條繫船的篾繩千百年後，得精氣化為龍；百草山的花木得靈氣化為人身；龜鶴千百年後亦得人身。楊柳得逸童靈魂相附而成妖，且變化多端：「或如人形，或如樹枝，或如虎狼，或如鬼魅；有時作婦人引誘子弟，有時作店肆邀人沽飲，有時吼叫如雷震川谷，有時跳躍如龍奮淵海。變態不常，興妖萬狀，遇者粉骨，逢之碎身。」（《呂祖全傳》）諸如此類，不勝枚舉。

　　在民俗信仰中，人們並不是把每一個草木、禽獸之妖視為邪惡，而是以善惡的標準來衡量。呂洞賓手下的逸童雖然以前作惡多端，但在呂洞賓度脫後，隨之遊行，廣立功德，成為呂祖的護法神。張果在遠古之時，是一隻大老鼠，因為救助危難百姓而被大水沖走，後得文美真人相救。後化身為蝙蝠，修行千年以行善為要，被當地百姓立祠祭祀。轉世為孫傑之子，又忠孝兩全。行善使他脫離獸類，成為人們喜愛的八仙之一。而黃龍禪師、蛟龍、黃髮道人等妖，他們一方面沒有好的出身，而又損人利己，不修大道。黃龍禪師乃是千百年修煉而得人身的龍，他利用傳道為名，採陰補陽，邪術害人。蛟龍也是千百年修煉而成人身，但不修正道，任意胡為。它在灌口毀掉給人們帶來福德的蝙蝠祠，後又托身孫傑家，設謀害死孫仙賜夫婦，把母親田螺精打回原形。後又在田螺精千年修行期滿舉辦道場時，帶眾妖前來搗

---

17 〔晉〕干寶：《搜神記》，明津逮秘書本。

亂。為了佔據錢塘江作為自己的根據地，不擇手段，欺騙春瑛，勒死岳母，因為他的行為使得善良的春瑛一家死於非命。可以說，蛟龍正是不忠不孝、不仁不義者的代表。黃髮道人、悟塵禪師乃是華光大帝手下的龜、蛇所變，助紂為虐。這些妖怪的被斬、被收中體現了中國傳統善惡終有報的觀念。

「邪不勝正」是中國傳統信仰中的重要觀念。人們相信，勝利永遠屬於正義者，即使正義者暫時弱小，但一定能夠戰勝邪惡。《呂祖全傳》中，逸童妖變化多端，但在呂洞賓的面前無計可施，最後被呂洞賓收伏。《三戲白牡丹》中，代表正義的八仙與邪惡勢力之間進行了多次交鋒：第一次，過東海時八仙與白蟒精戰，白蟒精被斬；第二次，八仙與黃龍戰，黃龍真人被斬；第三次，呂洞賓與黃髮道人、悟塵禪師等戰，黃髮道人、悟塵禪師被華光大帝收伏，每次都是代表正義的八仙取得勝利。《八仙得道傳》中何仙姑與青牛大戰，漢鍾離與蛟龍戰，八仙過海時與龍王戰，雖然邪惡勢力來勢洶洶，但都難逃脫失敗的命運。這種正與邪之鬥，又與明清時期宗教派別之間的正教與邪教之爭有關。明清時期，民間宗教興起，如羅教、長生教、白蓮教等，這些宗教被封建統治者稱為邪教，被嚴厲禁止。《呂祖全傳》裡有「請符者徹應如神，始有投於門下者。相續而至，凡千五百餘人。稍稍省悟，日躋於盛。為有司所惡，以為張角之流，差捕收予二人，置之縲紲凡百日，殆數也，故不避也」之語，正是當時現實狀況的反映。

善惡轉化是八仙小說中處理神聖與邪惡關係的辯證理論，這種理論是傳統觀念的反映。陶弘景在《真誥》中即已闡述了這種理論：「人善者得為仙，仙之謫者更為人，人惡者更為鬼，鬼福者復為人。」人們認為，仙、人、鬼三者地位在一定條件下會發生變化，變化的條件就是善與惡。仙與人、人與鬼之區別在於陽與陰的多少，仙人純陽，凡人陰陽皆具，而鬼魂則純陰。人行善則陽長而陰消，漸成

仙體；仙動凡念則陽消滅，謫為凡人；人為惡則陽消陰長，為鬼魅；
鬼為善則陰消陽生，接近人類。善惡導致仙、人、鬼地位轉變的思想
在小說中十分明顯：

> 天地人，三才理也；明與幽，三才判也。明有司宰，幽有
> 鬼神，一定理也。善則心體明白，光大正直，與陽合德；惡則
> 邪暗，偏曲昏晦，與陰合德。陽從陽類入於天，陰從陰類入於
> 地。方以類聚，物以群分，一定勢也。(《呂祖全傳》)

> 蓋人之性，念於善，則屬陽明，其性入於輕清，此天堂之
> 路；念於惡，則屬陰濁，其性入於粗重，此地獄之階。(《飛劍
> 記》)

> 天下之理，積善則昌，積惡者亡，此一定不可易者。(《東
> 遊記》)

　　小說還通過鮮明生動的形象來表現這種思想。《三戲白牡丹》中
嫦娥因酒席上進酒輕狂，動了凡念，被謫下凡為白牡丹，呂洞賓也因
戲嫦娥而下凡受風塵之苦。在人世間，呂洞賓因斬黃龍真人而被天兵
追殺，白牡丹也因與呂洞賓相愛而被斬。白牡丹再轉世後道心堅定，
悟透情關，苦心修煉，重返天庭。而楊思文本是天上的趙將軍，因為
偏袒黃龍真人，對八仙無禮，挑起爭端，又枉斬牡丹，因而被貶下
凡，但他在人間無惡不作，不修善道，後來被人刺死，墜入輪迴。
《八仙得道傳》中，披髮真人、嫦娥因過失被謫下凡，在凡間忠孝節
義俱全，最後修成正果。八仙中大都是仙人轉世，在凡間苦志修行、
廣行善事、普度眾生，得以重返天庭。人世間眾生為善的得神仙救
度，作惡的被惡鬼追入地獄。

　　在民俗信仰中，天堂與地獄是兩個相對的概念，是行善與為惡者的不同歸宿。天堂金碧輝煌，仙人們吃的是蟠桃、交梨火棗，飲的是瓊漿，長生不老，永遠逍遙快樂。而十八層地獄則黑暗惡濁，慘象遍佈，痛苦不堪。《呂祖全傳》裡通過呂祖的夢遊，描寫了一個黑暗、悲慘的鬼魂世界：

　　　　又行，遍遊愛河，橋廣盈尺，高及千丈，波濤洶湧，魚龍開吻若吞。或過者化為梁欄穩步，或過者推擠倒溺，魚龍競吞食之。予愴然不忍視。血湖相近愛河，腥穢之氣不可著鼻。溺河者無男，或止露面，或露乳，或露腹，千百萬狀。或提攜少兒，或摟抱赤子，紅光遍體，人不可近。刀砧近於血湖，割臍剖腹，開腸剜肚，又加上槌搗砧杵之。予悲而莫視，青衣嘻嘻笑，強予視焉。吊竿近於刀砧，較之刀砧少輕，或懸手，或懸足，或手足皆懸。中以石墜舌出，目眥皆裂。又加以荊杖加鞭，號楚之聲動也。其卒如戲傀儡為樂。刀山近於吊竿，尖峰峻嶺，皆刀戟布列，如三春新筍密透，銀光閃閃。卒人驅眾犯裸身上山，犯不肯從，以黃藤大棍後打，勉強匍匐而上，肢體皆裂，血同湧泉。予哀焉，為求解，卒不為意。碓磨近於刀山，尤慘。先以罪者縛，啟上蓋，以罪置中，蓋加，上壓以巨石，罪人叫聲如雷。二使牽動，一使以叉撥骨肉，如粉，帶血同膿，漿漾磨下。牛犁近於碓磨，先以罪人反縛雙手，一鬼拿定雙足，二鬼用一大木杠於背，扛出舌，一鬼用鉤簾搭定，扯出丈餘，驅一犢往來舌上數遍。其舌長二丈廣三尺，犁一時其舌如泥。未犁者置於傍，與之觀看，魂服早碎矣。油鑊近於牛犁，鐵鑊如缸，中盛油，下架柴。燒油沸，以罪者止縛雙足，先以為下鑊中，二手掙挫，一鬼使鐵叉叉下，須臾骨肉皆消。餓鬼近於油鑊，作一阱，中置罪人千計，體瘦不及一拱，喉細

不過一針，頭大如斗，口出煙霧，聲如蚊蠅，如水中黿鼉樣，
蓋不知其為何孽。青衣云：「此輩好食五葷三厭，日無足意，
故當此報。脫胎將為便蛆。」火焰近於餓鬼，作一坑，烈炭閃
閃，剝去罪人衣服，推於炭上。罪者掙起，用鐵笊篱定，燒爛
肌膚，臭不可聞，百里之外不滅。黑暗近於火焰，雖日必秉
火，方見你我。但聞哭泣之聲，不可見也。枉死近於黑暗，其
牆四堵中，皆繩縛，少手少足，沒頭沒面，千奇百怪之形，此
皆枉死者也。阿鼻近於枉死，此處最惡，虎門深鎖，牛頭馬面
百輩把守不容視。青衣言曰：「吾奉正陽帝君之命，可開一
視。」牛頭略開門一角少許，中間罪人奔湧跑號，哀啼叫救。
予心寒即回。（李建業校點本）

　　地獄之象慘不忍睹，與天堂形成鮮明的對比。民俗信仰利用天堂
的美好引誘世俗百姓為善，利用地獄的恐怖來威嚇為惡眾生，讓他們
棄惡從善。善惡轉化觀念給為惡者一個自新的機會，同時也砥礪那些
一直為善的堅定道心。

　　八仙小說中的神仙、凡人、鬼怪對立轉化觀念是中國千百來陰陽
觀念、善惡觀念的反映，這種思想在一定程度上有利於社會的和平穩
定，因而也一直受統治階級的肯定。

二　因果報應與劫變觀念

　　因果報應是由善惡觀念孳生的一種循環理論。這種理論來源於佛
教思想，隨著佛教思想的廣泛傳播而深入世俗百姓的心中。在世俗百
姓看來，「世間千模萬樣，各有前因」，前因導致現在的結果，而現在
的結果又成為後世之因。因果循環，成了他們理解世界萬事萬物之所

以如此的理論。清初的《因果經寶卷》[18]把人世的所有現象都加以分析，指明因果。「眼前之事看分明，也有看經並念佛，也有說經是虛文。也有孝順雙父母，也有忤逆二雙親。也有齋僧並佈施，也有攜掠做強人。也有修橋並補路，也有拆毀斷路人。也有出行乘轎馬，也有挑盒抬轎人。也有高樓大屋住，也有無屋去安身。也有殺牲並害命，也有買物去放生。也有滿堂兒和女，也有孤寡獨一人。也有忍饑並受餓，也有五穀滿倉盈。也有醜陋並下賤，也有美貌端正人。也有公平心正直，也有瞞心昧己人。善惡好醜貧與福，陰司早已注分明。」現實社會裡，眾生萬態都有因果，好因必有好果，惡因必有惡果。現世的各種五行不全的人都是前生惡因所致：今生癡子是因為前生奸謀騙人；今生缺嘴是因為前生誹謗別人；今生啞吧是因為前生行凶欺侮弱者。各種好的現象則是前生種的好因所致：今世聰明伶俐是因為前世念佛廣修行；今生轎馬出入是因為前世修橋與人行；今生有吃有穿是因為前生恤孤憐貧濟苦。這種思想深入世俗百姓的潛意識中，甚至成為左右他們行動的思想。八仙小說用生動的形象來闡述這種思想，更有影響力。

在八仙小說中，大至國家大事，小至生活細微無不有因有果。八仙修煉成仙是因為他們苦志修行，廣行善道；嫦娥被謫下凡是因為她動了凡心、起了欲念，後來再昇入天界是因為她在人世拋棄愛欲，苦志修行；二龍在八仙過海時被殺，是因為前有打鬥上天庭之因；東方朔被斬是因為曾在天界偷蟠桃；孫傑能得到田螺精的垂愛，是因其一家行善所致；李玄因在天界失禮而被謫下界，又因破戒救人不成反弄斷人腿而得瘸腿之報；范杞良、孟姜女二人之所以被秦始皇所害，是因為二人行為遭天譴；呂洞賓被哮天犬咬，是因他幼時曾害死一隻小狗。諸如此類，多不勝舉。因果報應是八仙小說的一種重要思想。

---

18 按：此經清順治十八年作，有清光緒刊本，筆者所見乃揚州師院圖書館藏本。

　　這種因果觀念建立在「萬物有靈」、「靈魂不滅」的基礎上，用善惡的標準、現實的經驗來肯定一種無法證明的理性存在。這種理性在某種程度上又表現為靈魂的永久化生。《八仙得道傳》中胡飛龍原是一條篾繩，得精氣後化身為胡秀春女，後得龍珠再化為龍；何仙姑最初是天上司花仙女，被謫下凡轉世為孫仙賜妻蕙姑，後再轉世為馬大姑，為何仙姑；張果老由老鼠化為蝙蝠，轉世為孫仙賜，為張果。淮海村鬥法中邪教小白蛇被善心人所救，小白蛇為報恩，轉世為小金子母，為白蛇精；而救白蛇的善心人轉世為王員外，後轉世為許仙，雙雙轉世的最後結果「非常美滿」。總之，眾生萬物都被民俗信仰安置在這個因果輪迴之中。因果輪迴觀念與神聖邪惡觀念都以善惡為標準，是世俗百姓對現實事物認知的兩種不同角度，其世俗效應也是勸人棄惡從善。

　　在八仙小說中，相伴因果觀念的是劫數觀念。劫數，又叫「定數」，或叫「劫難」。劫數觀念源於佛教，後又綜合了中國的天命觀念，意思與「氣運」大致相同。劫數觀念不同於因果觀念，是一種不以人的意志為轉移的天的意志。因果可以通過行善積德而改變，但劫數則不因善惡、忠孝而改變。明亡前後，無數忠臣義士捨身「赴義」，但局勢像冥冥之中的定數，無論戰守抑逃都在劫難逃。顧炎武在記吳志葵時說：「所不克者，大勢已去，公固無如之何耳，天下勢而已矣。」[19]其中的「大勢」也就是「氣數」，是「劫運」。八仙小說中，像「數之所定，人力真不可回」、「命中所遭，要逃也逃不去」、「劫數已定，該要遭殃的，就萬無倖免之理」、「劫數所關，雖神仙之力不能挽回」之類的話語隨處可見。大到國家命運、戰爭，小到姻緣都有定數。二龍灌口、錢塘之亂及相鬥上天庭都是「劫數」，玉帝也無可奈何（《八仙得道傳》第七回）。呂洞賓與張果老打賭下凡，後與

19 見趙園：〈明清之際士人之死及有關死的話題〉，載《學人》第6輯（南京市：江蘇文藝出版社，1994年）。

牡丹相會，都是「劫數」，是「萬萬脫不過的」（《三戲白牡丹》第十四回）。黃龍禪師被斬是其「劫數已至」；胡芸娘是狐狸所化，其與呂洞賓相鬥，被斬，也是因為其「劫數已至」。王昌與二郎神妹元真夫人姻緣有定數，後來元真夫人被壓也是「劫數」。這種劫數在作者看來，就是神仙也無可奈何。但在小說中，又有造劫與避劫之說。張果老奉命下界到唐玄宗朝造劫，以顛覆唐朝；呂洞賓遇劫，尋大善人梁顥相助，得免劫難。作者似乎又把劫數也納入善惡因果的範疇內。

　　神聖與邪惡、因果與劫變是八仙小說中的重要思想觀念，這種觀念用循環報應的理論來消極地解決社會問題，調和社會矛盾，麻醉了世俗百姓的心靈，對新思想的產生與接受帶來了很強的阻力，影響了中國科技文明的發展進程。

第三節　封建社會現實的折光

　　八仙小說是神魔小說，作者用浪漫主義的手法描寫了一個個豐富多彩的神魔世界，但作者生活於現實之中，社會現實生活不可避免地對他產生影響，這些影響也不可避免地在作品中反映出來。我們透過作品中的神妖、人鬼世界，可以清楚地看到作品的現實意義。

　　首先，作者通過對神魔世界的描寫反映了封建社會官場的黑暗與腐朽。封建社會官吏無能、怕死、官官相護、貪污賄賂、草菅人命等等在小說中都有曲折的反映。《八仙得道傳》開頭，二龍爭珠打鬧上天庭，而天宮群臣竟無人能制，玉帝為之震怒：「朕忝為天上之主，統轄三界文武萬仙，如今妖龍造反，竟敢打上寶殿，毀損殿廷，也不見一人和朕分憂，豈不愧死羞死。」「朕為諸天之主，乃萬仙領袖，天廷之中多少才能出眾，法術精通之士，如何被這兩妖橫行無忌，如入無人之境！難道滿朝仙吏都沒有趕得上兩個小妖的麼？如此情形，往後下界畜生，稍有本事都可任性橫行，目無法紀，甚至朕這通明寶

殿也有一天被妖人魔鬼拆毀淨盡，片瓦不存，那還成什麼樣子！這三界之上，也用不著朕這有名無實的玉帝了。」（《八仙得道傳》第六回）作者通過玉帝之口，對官吏的無能、怕死進行了譴責。作者生活於清末，當時社會動亂，太平天國起義、義和團運動、八國聯軍入侵，使整個中國一片混亂，妖龍打進寶殿，群臣措手無策，在一定程度上正是清末社會現實的真實反映。有識之士都指望出現挽救局面的能人，作者雖為方外之士，但看到國家動亂、外族入侵，他希望能出現象八仙一樣的人物救人民於倒懸。

官吏不僅無能，而且官官相護、貪污公行。二郎神乃正直的執法神，但在執法中時時徇情枉法。他在追殺擾亂通明寶殿的二龍時，縹緲真人、火龍真人出來說情，他也就放了二龍（《八仙得道傳》第七回）；王一之濫殺無辜，二郎神本擬嚴懲，但當鐵拐李出來說情時，也就放過王一之（《八仙得道傳》第五十三回）；楊思文罪大惡極，但因前世是趙將軍，曾與二郎神同為仙吏，二郎神念及舊情，亦放走了他（《三戲白牡丹》第四十五回）。太上老君青牛屢下凡作亂，淫虐王大戶妻妾，九天玄女得信後說：「本待誅戮，但於老君面上不便。」（《東遊記》第九回）何仙姑深受青牛精侮辱，但還是不忍殺之，她說：「照你這等行為，頭先那個大雷就可將你擊死。你曉得那雷是怎樣打起來的？乃是玄女仙尊派上元夫人前來救我，順便發雷儆你。總因你是祖師座騎，大家都不肯絕手相害。要是不然，你便有一百條性命也早完結了。」（《八仙得道傳》第三十四回）呂洞賓隨和尚前去收哮天犬，因念哮天犬是二郎神部下，不忍心下手傷害；而對待沒有背景的白蟒精、胡芸娘等妖精則不惜祭起神劍，毫不留情地斬殺之。現實世界中的官吏楊尚書無惡不作，欲強搶民女為兒媳；父母官莫士仁為虎作倀，強為楊尚書為媒送聘。陰間的鬼判官貪污受賄，草菅人命，把無罪的牡丹父母害死。作者對神仙世界、現實世界、鬼魅世界眾官吏的描寫，曲折地反映了封建社會官場的黑暗現實。

　　另外，作者還對是非不分的糊塗官進行了嘲諷。小石猴本是有罪之身，在逃出地獄之後，李長庚不分好壞帶他去找南北斗求壽，而南北斗星君也不問來由，信口說出「與天同壽」（《三戲白牡丹》第六十四回）。楊尚書狀告仙人呂洞賓，人間皇帝不辨真假，放在通天爐內焚化，而天上玉帝接到訴狀後，也不分曲直，派人把呂洞賓押到海底禁錮（《三戲白牡丹》第四十六回）。這些糊塗皇帝、糊塗官吏帶給善良百姓的同樣是苦難。

　　其次，作者通過八仙救世的描寫，反映了世俗百姓的現實生活與社會風氣。世俗百姓生活在貧病交加的境況下，他們大都被慾望所驅使，爭名奪利。《三戲白牡丹》中呂洞賓下界欲度脫有緣之人，但下界百姓都是些「爭奪名利，待付輪迴之人」（《三戲白牡丹》第十回）。《呂洞賓飛劍斬黃龍》裡，呂洞賓發願在三年裡下界度三千人成道，但世俗眾生「不忠者多，不孝者廣，不仁不義者眾生」，三年裡竟未找到一個有緣之人。神仙度世的艱難，曲折地反映了世俗風氣的惡劣。在現實生活中，富貴者仗勢欺人，無惡不作，如姑蘇土豪「資財無算，僕從百十，姜婢不計，犯者則以策斃，睥睨一郡」，因柳樹精絆倒他，就叫健僕將呂洞賓與柳樹精揪抬回家，欲毒打二人（《呂祖全傳》）。貧窮之人雖多向善之徒，但他們指望的是現世得神仙賜福或來生投生福家。呂洞賓遊行世間，或化貨郎，或化襤褸道人，或化乞丐，都無人理會，而當聽說是神仙下凡時，一個個無不恨歎，從中亦可見世人之勢利。呂洞賓為岳陽老嫗化井水為酒，老嫗家賣酒大富，而其子猶貪心不足，還嫌沒有酒糟餵豬（《東遊記》第二十九回）。修行的人也並不都是虔誠修行，許多人外表看起來道貌岸然，而內心卻被利欲驅使，十分骯髒。天竺寺的僧人雖然修道，但其性毒多嗔，內心的慾望在夢中化蛇出遊（《飛劍記》第十一回）。而戒嚴寺的和尚看似正經，在美女經過雲堂時，正襟危坐，瞧也不瞧，但暗中卻在美女回歸的路上攔住求歡（《飛劍記》）。小說也寫了不少樂善好

施的百姓，但總體上看，對人性惡的一面的揭露是主要方面。

　　《八仙得道傳》的作者無垢道人在小說中多次借神仙之口表達了他對世風日下的感歎：

　　　　只有西方如來佛爺歎說：「世風越遲越薄，人心越弄越壞，照此情形，只怕千年之後，至二千年間，百人之中，難得一個正人。……」（第六十八回）

　　　　張果對二靈官笑道：「……混沌之始，人人皆渾人，渾人則無機詐，無機詐便是善人。降至後世，機械變詐之風，一天盛似一天。因之世道人心，也一日薄過一日。到了薄極之時，即陽氣消滅，陰勢大盛之時，二公所謂鬼勢滔天，正其時也。」（第八十回）

　　無垢道人在對世情感歎的同時，還對中國科技落後的原因進行了分析。他說：「中國人的特性，凡是有了什麼特殊的發明，總是祖父子孫，世代相傳，不但外人不許傳授，就連自己的女孩子也不得預聞其事。因為女孩子大起來，終是要嫁人的，嫁人之後，對於丈夫的愛情一深，便什麼秘密說話都講出來了。久而久之，越傳越廣，他這秘法豈非就成了公開的辦法麼？所以中國習俗，有許多可以有益社會，拯濟貧病的秘法單方，終是流傳不廣，就是這個道理。」世俗社會的許多陋習使得科技發明被少數人秘守，成為他們獨家牟利的工具。如果能推而廣之，人們不斷「推陳出新」，則便民之法可層出不窮，科學也不至於落後，也不至於被外族欺侮。所以，作者對這種社會風氣先是「可笑、可歎」，進而「可惜、可恨」。他還把中西方科技觀念進行了比較，他說：「我又想到這等方法，假使發明在泰西科學哲學家手中，不但本人萬萬不肯輕易放過，非要研究一個徹底明白，甚至還

要編成書籍，公之於世。世人讀了他的書，又按其已成之法，或者還可以悟出其他的理由，發明其他的事業。或更就前人之法而益加改良，使之精而益精，美且盡善。」（上見《八仙得道傳》第六十九回）作者在一定程度上揭示了舊中國科技落後的主觀原因。

八仙系列小說的作者對社會、世態民風都抱著一種消極的態度，對社會的前途感到渺茫，對現實人生感到絕望，他們找不到出路，只能把自己的心思寄託到虛無縹緲的神仙世界。

八仙系列小說從最初的單一神迹志怪故事發展到人物眾多、情節豐富、結構嚴謹的長篇小說，經歷了一個由簡單到複雜的過程。這種過程與其他民間文藝的發展有相同之處，體現了民間傳說的衍生特徵。在這個過程中，《東遊記》首次把單個的八仙故事組合成篇，對八仙小說的發展起到了十分重要的作用。清代的《三戲白牡丹》、《八仙得道傳》等即是以之為藍本創作而成的長篇小說。

八仙小說以神魔故事為主，但作品在反映神魔世界的同時從多方面反映了中國世俗百姓的生存信仰與生存環境。我們可以清楚地看到，善惡觀念是世俗百姓基本的價值標準，神聖與邪惡對立、因果與劫變觀念是他們理解社會人生、宇宙的基本理論。

第七章
餘論

　　八仙信仰是一種廣泛的民間信仰，它影響到封建社會的各個方面，尤其對文學藝術、宗教民俗的影響最大。這種廣泛的民間信仰隨著時代的發展而變化，在今天的社會主義建設中仍有著積極的意義。本章對前文未涉及的八仙詩詞進行簡單介紹，並對八仙信仰的現實意義作簡要的闡述。

第一節　八仙詩詞概述

　　戲曲小說是八仙信仰傳播的主要文學形式，它們利用人們熟知的八仙故事為題材，採用通俗易懂的語言，深得世俗百姓的喜愛。在文學領域裡，還有許多託名八仙創作的詩詞作品，以及文人以八仙為歌詠對象而創作的詩詞作品，因其宗教意識太濃，語言雅而不俗，因而只在道教徒及中上層知識分子中流傳，影響不大。文人創作的八仙詩詞作品散見於眾多的文集中，難以匯集，這裡不予介紹。這裡只就託名八仙而作的詩詞作品作一簡單的介紹。

　　追溯八仙詩詞的歷史，就目前掌握的資料來看，南唐沈汾《續仙傳》中藍采和的「踏踏歌」（詳見第二章）是現存最早的八仙詩作。

　　　　踏踏歌，藍采和，世界能幾何？
　　　　紅顏一椿樹，流年一擲梭！
　　　　古人混混去不返，今人紛紛來更多。

　　朝騎鸞鳳到碧落，暮見桑田生白波。
　　長景明暉在空際，金銀宮闕高嵯峨。

　　藍采和行乞於城市，多踏歌寄意，其「歌極多，率皆仙意，人莫之測」。這首「踏踏歌」通過通俗的比喻，如「紅顏一椿樹，流年一擲梭」等感歎人世間紅顏易老、流年飛梭，進而對仙界的美妙、仙人生活的自由進行讚美，句意淺顯而寓意深刻。

　　鍾離權、呂洞賓、韓湘子、何仙姑等仙人的事迹在北宋時纔見於記載，他們的詩歌作品也差不多同時出現。鍾離權詩估計在宋初已有流傳，洪邁的《夷堅志》卷二十記載了他的兩首詩：

　　露滴紅蘭玉滿畦，閑拖象履到峰西。
　　但令心似蓮花潔，何必身將槁木齊。

　　古墅細香紅樹老，半峰殘雪白猿啼。
　　雖然不是桃源洞，春至桃花亦滿溪。[1]

　　這兩首詩出自溧陽倉斗子所藏之草書，詩後題「庚申歲」，且「書其名權，花押正如一劍之狀」，洪邁因此認為是鍾離權宋初建隆元年所作之詩。二詩描寫了一個幽靜的世界：紅花滿地，暗香紅樹，殘雪白猿，在這個世界裡，詩人心似蓮花，一塵不染，時常閒步山中，幽閒自得。

　　隨著鍾離權仙迹的增多，其詩作也不斷出現。宋元祐七年七月，鍾離權「錄詩四章贈王定國」，「多論精勤志學長生金丹之事」。[2]元祐

1　〔宋〕洪邁：《夷堅支志》丁卷十〈鍾離翁詩〉，清影宋鈔本。
2　〔宋〕佚名：《宣和書譜》卷十九，《四庫全書》本。

七年九月九日，他又有寄太原學士王古敏之詩（宋趙彥衡《雲麓漫
鈔》卷二）。《全唐詩》把鍾離權列入神仙類，收其詩四首：〈贈呂洞
賓〉、〈題長安酒肆三絕句〉。其中的三絕句是鍾離權初度呂洞賓時所
題之詩，在明清戲曲作品中是鍾離權角色常念的上場詩。

坐臥常攜酒一壺，不教雙眼識皇都。
乾坤許大無名姓，疏散人中一丈夫。

得道高僧不易逢，幾時歸去願相從。
自言住處連滄海，別是蓬萊第一峰。

莫厭追歡笑語頻，尋思離亂好傷神。
閑來屈指從頭數，得見清平有幾人。[3]

三首詩第一首寫神仙的自由快樂，第二首寫神仙的居處清幽，第
三首感歎人生生死無常，「詩意飄逸」。

韓湘詩不多，《全唐詩》僅收其〈言志〉與〈答從叔愈〉二詩，
二詩均出自劉斧的《青瑣高議》（詳見第二章）。張果老詩也很少，
《全唐詩》僅收其〈題登真洞〉詩一首：

修成金骨煉歸真，洞鎖遺蹤不計春。
野草謾隨青嶺秀，閑花長對白雲新。
風搖翠條敲寒玉，水激丹砂走素鱗。
自是神仙多變異，肯教蹤迹掩紅塵。[4]

3　〔清〕曹寅編：《全唐詩》卷八六○，《四庫全書》本。
4　〔清〕曹寅編：《全唐詩》卷八六○，《四庫全書》本。

　　何仙姑詩，今所知甚少。紹興二十四（1154）年的《三洞群仙錄》卷九的〈何姑故人〉條裡記載了她贈袁州洪秀才的一首詩：

　　　　《摭遺》：洪州袁夏秀才侍親過永州，因見何仙姑。曰：「吾鄉有故人亭，永亦有之。此是則彼非，此非則彼是，幸仙決之也。」仙曰：「此亭名因《選》詩而得之也，《選》詩曰：洞庭值歸客，瀟湘逢故人。夫洞庭之水與瀟湘之流一源耳。今永之境，湘水出其左，瀟水會其右，以二水所出故為永字。今永創此亭得其實也，彼則非也。」因贈詩曰：「全永從來稱舊郡，瀟湘源上構軒新，門前自古有流水，亭上如今無故人。風細日斜南楚晚，鳥啼花落浙東春。因君問我昔時事，江左亭名不是真。」[5]

　　這些詩作是否是他們所作，現在已無法考證清楚，今從俗，歸之他們名下。元明清時期，八仙詩作續有出現，這些詩多是後人附會之作，或是乩仙之詩，散見於筆記記載之中，這裡不再勾錄。值得注意的是，《玉笈雲華》卷一中記載了道光七年仲冬八仙經過壇場的乩詩。

　　　　果老張祖詩：鶴背歌來古道情，風頭吹去布虛聲。長江回望清
　　　　　　　　　　　流水，小谷遙觀濁霧塵。（吾等來矣。）
　　　　鍾離老祖詩：幾朵祥雲幾朵光，一溪名菊一溪芳。霞纏樓閣通
　　　　　　　　　　　霄漢，霧隱鸞臺抱曉霜。（贊本壇詩）
　　　　凝陽李祖詩：哈哈哈，醉鄉樂趣興偏多，夢裡婆心滿大羅。足
　　　　　　　　　　　踏丹霞遊不厭，身儀鐵拐走無訛。
　　　　青夫韓祖詩：飄飄步履日盤桓，走盡滄桑路不定。抖膽遨遊小
　　　　　　　　　　　宇宙，原來世事一迷灘。

5　〔宋〕陳葆光：《三洞群仙錄》卷九，明《正統道藏》本。

采和藍祖詩：朵蓮送我出仙幛，約降娑婆賞善齋。妙運無窮憑
　　　　　　法力，玄微明透是真才。

玉峰曹祖詩：簡板敲殘笛管和，興來天闕奏仙歌。瑤池藝奪群
　　　　　　姬妙，東勝洲中第一歌。

抑陽何祖詩：袖中天地巧機因，卜盡陰陽贊化工。聯迹諸真皆
　　　　　　已至，呂師何赴不來臨。

（話）吾等約赴天闕，路經壇境，因各留詩一首，不欲空度法
地也。（下略）

純陽呂祖詩：盤桓宇宙渡迷流，鸞輿無停日夜遊。未遇良緣歸
　　　　　　去也，路逢壇境把蹤留。吾亦去也。[6]

這是目前僅見的八仙同賦之詩。這些扶乩詩作對於中下層的信眾來
說，具有相當大的影響力。

　　八仙詩詞中，傳為呂洞賓所作的詩詞最多。呂洞賓出家前是落第
舉子，詩詞是其舉業功課，因而後人附會給他的詩最多。據記載，呂
洞賓之詩宋時已被結集刊行，其「《渾成》、《婆心》諸集」，「久傳於
世」（《呂祖全書》卷一）。南宋乾道二年（1166）陳谷神曾刊行呂祖
文集（《呂祖全書》卷三〈原刊文集序〉）。一二五一年，全真教刊行
呂祖《渾成集》，分上、下兩卷，何志淵作序（《道藏》第二十三冊）
明永樂二十年，廣陽張素氏，「有志於道」，「恐真仙之事迹，久或湮
泯，求諸善本，特壽於梓」，四十四代天師張宇清為書作序。乾隆九
年，黃誠恕「邀集一二同志博采遺文，廣搜聖訓」，編成《呂祖全
書》三十二卷，黃在序言中自稱「於向之疑者正之，闕者補之，登諸
棗梨，以壽於世」（《藏外道書》第七冊）。《全唐詩》把呂洞賓列入神
仙類，收其詩四卷，詞一卷。

6　〔清〕無名氏：《玉笈雲華》卷一，《藏外道書》第23冊。

　　在這些詩文集中，呂洞賓的詩詞數目出入很大，詩詞數量不斷增多。元刊《渾成集》中，呂洞賓詩二〇二首，《全唐詩》則收詩二五〇首、詞二十八首，《渾成集》二卷詩中只有下卷及上卷的少量詩收入。清初《呂祖全書》的三卷詩文中，共收詩二五三首，詞五十五首，而《渾成集》上卷之詩及《全唐詩》卷八五六中之詩也大多沒有收入。去其重複，呂祖詩估計有四百多首，詞作五十餘闋。[7]這些詩詞大致有三個來源，第一是呂洞賓自作。呂洞賓最初業儒，工詩文，後出家，應作有許多詩篇。第二個來源是他作附會而成。如「生日儒家遇太平」一絕，《全唐詩》又作李陞詩，「不用梯媒向外求」詩，《全唐詩》又作張辭詩，「曾歷天上三千劫」又見於張三豐集中，諸如此類，人們都歸之於呂洞賓（《呂祖全書》卷一）。另外，一些無名之詩，因詩有仙意，也多被人們附於呂祖名下。第三個來源是乩仙詩。明清之時，民間扶乩之風很盛，而呂祖時常降於鸞臺，作詩很多。陳惠榮在《呂祖全書》〈文集〉〈序言〉中記載了他與友人請仙之事，他說當時呂祖降靈，「所為詩文各體，頃刻千言」。呂祖還「曾降神於江夏涵三宮前後四十餘年，所演經典甚夥」，每次降神都有詩作，「涵三雜詠」詩就是乩仙所作。這是呂祖詩歌數量增多的主要來源。呂祖的這幾百首詩中，到底有多少是呂祖所作，現已無法分清，也沒有必要這樣做。因為人們既然把它們附會在呂祖名下，就在感情上接受了呂祖所作這個事實。這些詩作也在某種程度上對人們的生活起了或多或少的作用，平息了一些人們內心的躁動與不安，給求助者以理想與希望。

　　呂祖詩數量多，內容也相當廣泛。這裡以現存最早的《渾成集》為主對呂祖詩作一簡單的介紹。

7　按：明清的一些道教典籍中還有許多託名為呂祖所作的詩，數量更多。這裡只粗略統計了《渾成集》、《全唐詩》、《呂祖全書》三書所收詩詞。

　　勸世修行是呂祖詩歌的主要內容，他的勸世詩「隨方設化，辭白義精，觀之使人判然冰釋，怡然理順」。[8]世人爭名奪利，沉迷酒色，迷戀情愛，留戀妻兒子女，呂祖針對這些進行規勸。他認為人世功名不可戀，因為人世短暫，功名利祿轉眼成空，縱使你「吏越蕭何」、「才過子建」，也留不住飛逝的時光，最後仍然成為塚中枯骨；財利也不可貪求，因為人世間利害並存，「利未多時害已多」，像蜜蜂辛勤釀蜜、蠶兒勤勞吐絲，直到死亡，而自己卻不能享用，只是為他人辛苦而已。還有些人辛勤為兒孫計、為家室愁，呂祖認為妻子、兒孫也不可戀，「子孫衣祿子孫求」，又何必苦苦為之張羅呢？「一世人身萬劫修，何須苦苦為家愁。到頭付與兒孫計，著甚來由作馬牛？」功名利祿、妻子兒孫都損性戕身，何況人世間戰爭紛紛，並不太平。

　　人世間酒色財氣損性戕身，再則人生短暫，人世艱辛，喧囂的塵世難以居住。詩人在許多詩中給信仰者描繪了一個理想的神仙世界，那裡有四時不謝之花，四季不敗之景，還有令人長生不死的靈丹妙藥，無數得道的神仙住在那裡，他們神通廣大，自由長壽。

其一
騎鯨幾出洞庭湖，誰識逍遙厭世夫。
萬朵金蓮開混沌，一輪心月印虛無。
不求我住黃金屋，唯願人居白玉壺。
袖得青蛇歸去也，鳳簫聲裡步天都。

其二
喬木陰陰襯落霞，好山都屬道人家。
寒灰溫鼎重生焰，枯樹歸根復放花。

8　見《渾成集》〈序〉，《道藏》第23冊，頁685。

人世興亡終有限，瑤宮歲月了無涯。
天風觸亂鏗鏘佩，來往飛騰紫鳳車。

其三
雲路迢迢信鶴行，引吟佳句逼人清。
梅魂都被風偷去，竹影全因月印成。
好山只知仁者樂，酒醉偏合老兒情。
共誰同醉逃兵網，閬苑逍遙樂太平。

其四
羅浮道士誰同流，草衣木食輕王侯。
世間甲子管不得，壺裡乾坤只自由。
數著殘棋江月曉，一聲長嘯海山秋。
飲餘回乎話歸路。遙指白雲天際頭。

其五
春暖群花半開，逍遙石上徘徊。
獨攜玉律金訣，閑踏青莎碧苔。
古洞眠十九載，流霞飲幾千杯。
逢人莫話人事，笑指白雲去來。

在這些詩中，仙界鮮花爛漫、喬木蔭蔭，境界十分幽美，仙人過著「世間甲子管不得，壺裡乾坤只自由」的生活，他們吟詩、下棋、飲酒，生活得多麼悠閒快活啊！仙界與爭名奪利、生命短暫的塵世形成一個鮮明的對照。但仙國的門票並不是對每個人都發放，只有那些立志修行者纔有幸得到。要想進入仙國，就得立志修行，要想修行，就得放棄人間的一切，「要貪天上寶，須棄世間珍」，只有「莫貴榮

華」，淡泊名利，纔能實現。「真性元來得自由，莫教人事強拍囚。是
非浪裡宜緘口，名利場中好縮頭。妻子冤親還了了，死生途路得休
休，逍遙碧嶂青松下，坐看殘花逐水流。」而世人「貪名貪利年年
有，去是去非日日無」，沉迷於慾望之中，無法超陞。淡泊名利，消
除是非之心，這是通向成仙之路的第一步，但如要想昇入仙界，還須
進行艱苦的修煉。煉取長生丹藥是通向成仙之路的重要途徑。呂祖詩
中有大量煉丹修行的詩篇，《最玄吟》中的幾十首詩都是歌詠修真煉
丹之事。

> 一九丹藥久烹成，高射崑崙灼灼明。
> 佇鼎自今龍虎伏，開爐須遣鬼神驚。
> 大包天地應還窄，細入塵沙不太盈。
> 頑石點來金可就，人收爭得不長生。

> 欲造修真趣，須憑造化權。
> 青龍吞紫霧，白虎噴青煙。
> 皓氣騰三界，陽光射九泉。
> 一九丹藥就，還與未生前。[9]

　　呂祖勸世詩勸世人淡泊名利，努力修煉，那樣就可以超越生死，
進入自由永恆的仙界。他的詩中涉及的是一個人們最為關注的話
題——如何不死。生死是人們最為關注的話題，死後世界也是諸多宗
教研究的重點。在佛道的描述中，陰間是一個陰暗、恐怖的世界，那
裡有猛獸、惡鬼，還有油鍋、碓磨等酷刑，陰間的黑暗恐怖使人們對
死亡產生深層的恐懼，都想尋找解脫，越過生死河。道教神仙信仰認

9　〔唐〕呂洞賓：《渾成集》，《道藏》第23冊，第22、31首。

為，世人拋棄人世間名利、慾望，經過修煉，可以超越生死，因而得到無數世人的嚮往，並進行不懈地追求。呂祖的這些詩，明白曉暢，成為無數修行者的指南。

呂祖詩中除勸世內容之外，還有大量的詠物詩、贈答詩，詠物詩中以詠劍詩最多，藝術成就也最高。這些詠劍詩「假物明理，氣豪心放，讀之使人釋然四解，神清氣逸，刮垢磨光，飄飄然有昇虛之心」（《渾成集》〈序〉）。這些詩雖然也包含了勸世的內容，但顯現給我們的主要是俠義精神。詩中的呂祖是一個俠客形象：「匣劍輝霞待斬鯨」，「匣中寶劍時時吼，不遇志人誓不傳」，「背上匣中三尺劍，為天用斬不平人」，「偶因博戲飛神劍，摧卻終南第一峰」。

> 劍起星奔萬里誅，風雷隨處雨聲粗。
> 人頭攜到語猶在，騰步高吟過五湖。
>
> 磨利青風三尺劍，袖裡金錘不亂揮。
> 但是仇人須一報，豈教人道不男兒。
>
> 粗眉卓豎語如雷，聞說冤仇便住杯。
> 仗劍當空千里去，一更別我二更回。
>
> 今朝早起抹漆黑，千里報仇同頃刻。
> 袖中傾下死人頭，口內猶言道得得。
>
> 獨坐蓬萊觀宇宙，抽劍眉間海上游。
> 為見不平心裡事，解冤雪恥取人頭。

在這些詩中，我們看到的不是勸世詩中「戒氣」，「是非浪裡宜縅

口」的修行者形象，而是一個粗豪、迅捷、有仇必報的俠客形象。這些詩之所以被附會成呂祖之詩，大概是因為呂祖有著從劍俠入道的經歷吧！這些詩作大都是一些不願留名的作者所為，他們借詩言志，渲洩心中磊落不平之氣，因而作品明白曉暢，「長歌短詠，天籟自鳴」。

八仙詩歌來源廣泛，內容豐富，風格多樣。既反映了神仙信仰，也反映了世俗的生活，是中國神仙文學中頗具特色的部分。

第二節　八仙信仰的變遷及現實意義

八仙信仰是一種影響廣泛的民間信仰，它是封建社會政治、經濟、文化的產物，也隨著政治、經濟、文化的發展而變化。

八仙信仰大體上可以分為宗教信仰、民俗信仰兩個層次，二者既有區別，又有聯繫。唐宋時期，單個的八仙故事在民間流傳，全真教興起後，為了擴大其教派的影響，把民間盛傳的鍾離權、呂洞賓二仙奉為教祖，又通過鍾離權、呂洞賓二仙的度世，把民間有名的藍采和、韓湘子、鐵拐李、何仙姑、曹國舅、張果老等仙組成八仙團體，藉以宣傳全真教義。可以說，全真教使散亂無緒的民間八仙信仰得以提陞，使之變得整飭有序。而在民間，八仙形象沿襲著唐宋民間信仰中的八仙形象而來，同時又吸收了道教八仙形象的特徵。八仙神迹是宗教信仰層次與民俗信仰層次之間聯繫的重要樞紐，一方面，它是道教徒宣傳宗教教義的重要工具；另一方面，它又是民俗信仰者寄託自己希望的重要根據。

元明時期，八仙信仰具有普遍性，上至皇親國戚，下至平民百姓，都信奉八仙。王公大臣信奉八仙，有的還舉行隆重的求仙活動，他們為的是富貴、長壽；而作為中下層知識分子，他們因為現實生活中的種種不幸，找不到現實的解決辦法，他們信奉八仙為的是求取功名富貴；而下層的百姓，為生存而祈求則是他們信仰的主要目的。雖

然他們的目的有一定的差異，但都希望神仙能給他們帶來富貴與長壽。八仙信仰中的宗教因素佔主要成分。明末清初，外國科學技術逐漸傳入中國，人們也逐漸地認識了世界。晚清帝國主義列強入侵，徹底打破了中國人的迷夢。一些有識之士開始用新的眼光來審視整個物質世界與精神世界，發現神仙不能抵擋外國的堅船利炮，神仙也阻止不了燒殺擄掠。嚴峻的社會現實使不少人的信仰感情發生了變化，他們由超理性追求轉向理性的追求，開始尋求科學技術，尋找救國救民的措施。八仙信仰中的宗教意識被逐漸揚棄，失去昔日的光彩，而在這斑駁陸離的油彩下，露出了中華民族傳統文化「和合」的倩影。

八仙信仰的這種變化在八仙戲曲中表現得十分明顯。元代的八仙戲宣揚全真教教義，勸世人休妻捧子，放棄世間榮華富貴，出家修行，具有很濃的宗教意識。而從明代中後期開始，隨著資本主義經濟的發展，市民階層擴大，八仙戲在反映宗教意識的同時，也融進了普通百姓的世俗情感。再到後來，八仙信仰的宗教意識進一步淡化，八仙故事成為作家抒寫情志、渲洩不平的題材；八仙慶壽也成為民俗信仰中的一個吉祥儀式，以吉祥、和合、長壽的內蘊給世俗百姓以美好的祝願。

八仙信仰的變遷折射著中華歷史發展的軌迹，八仙的出現，八仙的神通化迹，以及由此而產生的浪漫主義神仙戲曲、小說都是中華文化的創造物。八仙中包含了複雜而有趣的民族意識和群體意識，同時也體現了我們古代的道德精神。八仙蔑視權貴、同情百姓、造福人民的精神，也濃縮著中國傳統的俠義精神。因而八仙信仰有著廣泛的適應性。新中國成立後，共產主義成為人們大眾的人生理想，再加上文化大革命的「橫掃牛鬼蛇神」運動，八仙信仰被作為封建舊俗而被清除，其中包蘊的「和合」精神也一併被清除。隨著改革開放的發展，社會主義文化事業進一步繁榮，八仙信仰也出現了新的氣象。八仙故事被整理出版，八仙戲曲被編排上演，八仙故事被拍成電影上映。八

仙信仰中的宗教意識被剔除，而其中包蘊的「和合」文化被加以發揚。這種「和合」精神對我國民族團結、祖國和平統一大業有著十分積極的意義。八仙故事中鮮明生動的形象、豐富的想像也有利於新時代文學的發展。八仙信仰在一定程度上還有利於社會主義經濟的發展，特別是旅遊經濟的發展。山東的蓬萊、嶗山，湖南的岳陽，廣東的羅浮，山西的永樂，陝西的終南山等八仙名勝，使遊人在飽覽山水的同時，展開想像的翅膀，得到精神的愉悅。隨著自然資源的進一步開發，許多自然奇麗的山水風光不斷發現，人們為了使其具有文化意義，往往根據山水形狀加以命名，其中許多景點被人們以八仙命名，有些還相應地編了不少的八仙故事。「山不在高，有仙則名」，八仙故事與自然山水有機結合，增加了山水的離奇迷幻色彩，給遊人無限的遐想。

第三節　結束語

　　八仙的傳說，是家喻戶曉的故事，它透過宗教、民俗、文學、藝術等形態，在民間廣泛流傳，並流播到日本、朝鮮、菲律賓、東南亞等地。雖然八仙最初是道教神仙，但自從八仙故事流傳以來，經歷了近千年的時間，它與我國傳統的倫理思想、民俗信仰相結合，還借助戲曲、小說、寶卷、道情、俗曲、鼓詞等文學形式孕育成長，在世俗百姓的傳播中由簡單逐漸演變為複雜，乃至包容廣泛的面貌。這種由簡單而至繁複的演變模式是眾多宗教故事、傳說故事演變的共同模式，如白蛇傳說、目連傳說、觀音傳說、關羽傳說、楊家將傳說等等，都是這一類型。這種添枝加葉、渲染誇張的情節，都是人們在傳播中，通過合理想像，虛構而成；它們與民間生活密切相關，又有真實的情感，因而一代一代地流傳下來。

　　八仙信仰影響廣泛，涉及到封建社會的各個方面，研究八仙信仰

有助於我們認識宗教信仰的起源與發展的社會基礎，有助於我們認識
在封建社會裡世俗百姓的痛苦生活和尋求解脫的無奈心理，也有助於
我們對文學與宗教諸多問題的認識。八仙中的呂洞賓與關聖帝君、觀
音菩薩是明清民間信仰的的三大神聖，本人想以八仙研究為突破口，
進而研究觀音、關帝及其他民間信仰，為宗教文學的研究盡自己的一
份力量。

下編
道教神仙戲曲研究

前言

　　在中國古典戲曲中，有大量的宗教故事劇，這些宗教故事劇把宗教世俗化，與倫理道德、社會規範等相結合共同影響了中國古代社會。在這些宗教故事劇中，以道教神仙故事為題材的劇作數量多，內容廣泛，影響大。因此，研究中國古代的道教神仙戲曲有利於我們全面地了解中國古代戲曲，也有利於我們更全面地了解中國古代文化。

　　對道教神仙戲曲的研究開始於二十世紀初，吳梅、王國維等學者在研究戲曲作家作品時曾涉及到這方面的內容，他們的成果多為序跋、考證性的文章。在他們之後，馮沅君、趙景深、關德棟等人撰文對一些道教神仙劇作進行了初步的研究，如黃緣芳的〈劉東生的〈月下老定世間配偶〉〉[1]（1941）、馮沅君的〈元曲中二郎斬蛟的故事〉[2]（1943）、關德棟的〈柳毅傳書與佛經故事〉[3]（1947）、張壽林的〈巫覡與戲劇〉[4]（1948）等。一九四九年後，由於政治因素的影響，一直到改革開放後纔開始有研究者涉足這個領域，出現了么書儀的〈元雜劇中的「神仙道化」戲〉[5]、呂薇芬的〈馬致遠的「神仙道化」劇和它產生的歷史根源〉[6]、吳新雷的〈也談馬致遠的「神仙道化」劇〉[7]等研究論文。這些論文對元代的神仙道化戲進行了多方面

1　見《東方雜誌》第10期，1941年5月。
2　見《說文月刊》第3卷第9期。
3　見《俗文學》第23期，1947年。
4　見《東方文化》第1卷第5期，1948年。
5　見《文學遺產》第3期，1980年。
6　見《文學評論叢刊》第3期，1979年。
7　見《中華戲曲》第一輯，1986年。

的探討，取得了可喜的成就，為後來的研究奠定了基礎。縱觀前人的研究成果，我們發現他們的研究成果零散，缺乏系統性。再則從時段上看，他們的研究重點在元代，明清神仙戲曲幾乎無人觸及；從題材來看，他們的研究重點在元代的神仙道化戲，而神仙驅邪除魔劇、神仙慶壽喜慶劇、神仙愛情劇則幾乎沒有人觸及。

因此，全面系統地研究道教神仙戲曲，探討其獨特的藝術價值與文化意蘊，是很有意義的。首先，道教神仙戲曲是戲曲藝術與道教觀念的結合，既具有一般文藝作品的形象性、通俗性、娛樂性等特點，又有其獨特表現方法與藝術風格，該課題的研究有助於我們對道教戲曲藝術的深入了解。其次，神仙戲曲的出現與繁榮都與社會環境有著密切的關係，元代全真教的興盛與明代統治者崇信道教對神仙戲曲的繁榮都有很大的影響，而馬致遠、范康、谷子敬、朱有燉、湯顯祖、屠隆他們之所以創作神仙戲曲，與當時的社會環境以及個人的遭遇都有關係。因此，該課題的研究有助於我們全面了解元明清時期的社會環境和作家心態。再次，道教神仙戲曲利用神仙世界的美好與永恒消解了人與社會、人與自然、人與死亡之間的諸多矛盾，構築了一個既現實又超越的文化空間。研究該課題還有助於我們更全面地了解中國傳統文化。

目前，文學研究正逐漸擺脫傳統的、單一的思想藝術分析模式，走向多元化。這種變化來自於多種文化的滲透，也來自多種觀念的衝撞，多種手法的交融以及多種材料的運用。這種多元化的研究是文學研究的必然之路，也是中國文學研究走向未來，走向世界的必然趨勢。本課題正是嘗試著利用多元化的研究方法，從宗教學、戲劇學、民俗學等角度來研究道教神仙戲曲，力圖展現其獨特的面貌。

道教神仙戲曲作品眾多，據莊一拂《古典戲曲存目匯攷》不完全統計，現存劇目三百多個，劇本一百多本，內容相當豐富。本課題採用分類研究的方法，把這些劇目分為神仙度脫劇、驅邪除魔劇、慶壽

喜慶劇、神仙愛情劇四大類來進行研究。首先，從戲曲史研究的角度，以歷史發展為縱線，以歷史事實、劇作家的人生遭際為緯線，採用實證的方法對道教神仙戲曲劇目及故事流變進行考述，做到「言必有據」。其次，從宗教文化研究的角度，採用文化大背景的研究方法，把道教神仙戲曲放到當時的文化大環境中，結合宗教理論、民俗信仰等探討其深層的文化意蘊。再次，從文藝學的角度，探討神仙戲曲的獨特藝術魅力。

　　設想也許不錯，但由於水平有限，研究工作異常艱難。文稿雖幾經修訂，然仍覺淺陋非常，如今大膽面世，聊付智者一哂。

第一章
緒論

　　中國戲曲與宗教的關係十分密切，正如張庚先生〈中國戲曲在農村的發展以及它與宗教的關係〉一文中所說的「戲曲和宗教是雙向選擇」，「戲曲借宗教存活，宗教也借戲曲招徠善男信女」[1]。戲曲與宗教的這種關係，從戲曲起源時就已存在，並且一直貫穿在中國戲曲的發展過程之中。道教神仙戲曲劇目最早出現於宋金雜劇院本之中，但完整的劇本形式則出現於元雜劇中。討論元明清的道教神仙戲曲，有必要回溯神仙戲曲的歷史淵源。然而神仙戲曲的歷史文化淵源及其社會基礎，內容十分廣泛，如果要全面地加以闡述，無異於把小船駛向浩瀚的大海，最終有可能迷失方向。因而筆者只想從戲曲起源及其發展的窄小角度對道教神仙戲曲的歷史淵源加以追溯。

　　關於戲曲的起源，學術界有多種說法，其中比較有代表性的是戲曲起源於上古巫覡歌舞、起源於模仿傀儡表演、起源於印度梵劇等說法。這些說法雖然各不相同，但都認為戲曲的起源與宗教活動有關，是古代人民宗教感情的產物。對生命的讚頌、對力量的謳歌、對人的宗教尊嚴和人在宗教裡的地位的重視是人類早期藝術活動的精神內核，這種精神被一直繼承下來，在各個不同時代的藝術活動中都有所表現。對戲曲起源諸問題，筆者沒有作過專門研究，這裡利用前人的研究成果，結合戲曲起源於上古歌舞、起源於模仿傀儡二說，對戲曲成熟前的宗教性演出活動作粗淺的線性描述。

---

[1] 張庚：〈中國戲曲在農村的發展以及它與宗教的關係〉，載《戲曲研究》第四十六輯（北京市：文化藝術出版社，1993年），頁3。其中原文為：「薛若鄰和我講，戲曲和宗教是雙向選擇，我也同意。戲曲借宗教存活，宗教也借戲曲招徠善男信女。」

第一節　歌舞百戲與宗教意識

　　中國戲曲以歌舞為主，因而人們普遍認為戲曲起源於上古巫覡歌舞。上古時期，人們對自然與社會的諸多現象缺乏理性認識，在他們的「原始世界觀中，一切都是具體的巫術」[2]。巫覡就是巫術師，是負責祭祀的神權階層，他們能以歌舞降神，給人以心理上的幫助。《說文解字》（五）解釋「巫」曰：「巫，祝也。女能事無形，以舞降神者也。」《詩經》〈陳風〉中的〈宛丘〉詩就是一首反映巫女歌舞降神的詩篇：「子之湯兮，宛丘之上兮。洵有情兮，而無望兮。坎其擊鼓，宛丘之下。無冬無夏，值其鷺羽。坎其擊缶，宛丘之道。無冬無夏，值其鷺翿。」詩中女子一年四季裝飾著具有象徵意義的鷺羽，在鼓缶等打擊音樂的伴奏下翩翩起舞。程俊英的《詩經譯注》認為「詩中的『子』，就是以舞降神為職業的女子，所以她不論天冷天熱都在街上為人們祝禱跳舞」，詩篇反映了陳國愛好跳舞，巫風盛行的民間風俗[3]。馬克斯・韋伯在《儒教與道教》一書中描述了巫的這種降神舞蹈過程：「在社廟祀祭時，他們最後還要神魂顛倒地手舞足蹈：先是『魔力』附身，繼而『靈』附身，最後是『神』附身，並且通過這個人施加影響。巫與覡後來呈現出一幅『道家』面容（至今仍如此）。」[4]中國古代巫師降神舞蹈基本上如韋伯的描述，巫覡的這些巫術活動也如韋伯所說的，後來被道教所吸收。

　　宋代的蘇軾在《東坡志林》卷二中首先把上古的祭祀活動與戲禮聯繫在一起，認為「八蜡」是三代時期的「戲禮」[5]。「蜡」是古代年

2　〔德〕馬克斯・韋伯著，王容芬譯：《儒教與道教》（北京市：商務印書館，1995年），頁21。

3　程俊英：《詩經譯注》（上海市：上海古籍出版社，1985年），頁236。

4　〔德〕馬克斯・韋伯著，王容芬譯：《儒教與道教》，頁232。

5　〔宋〕蘇軾《東坡志林》卷二〈八蜡三代之戲禮〉：「八蜡，三代之戲禮也。歲終聚戲，此人情之所不免也，因附以禮義。亦曰：不徒戲而已矣，祭必有尸，無尸曰

終時，人們為了酬謝與農事有關的八位神靈而舉行的祭祀活動。在這一天，人們唱歌跳舞，答謝神靈，以求得來年的豐收。這種「八蜡」祭禮與後來的迎神賽社關係密切。蘇軾《東坡志林》認為這種祭祀「必有尸」，其中「貓虎之尸」、「置鹿與女」等，都是「倡優」所扮。「八蜡」祭禮對戲曲的影響到底有多大，未見專門論述。明代楊慎也認為「女樂之興，本由巫覡」。王國維在前人的基礎上提出「歌舞之興，始於古之巫」的觀點，認為「古代之巫，實以歌舞為職，以樂神人者也」。上古時期，黃河流域有「恆舞於宮，酣歌於室」的巫風，長江流域的楚國信鬼好祀，祭祀時必作歌舞以樂神，巫風更盛。祭祀時，一般都有「尸」，「尸」一般用子弟或由巫覡擔任。王國維認為楚辭中的「靈」就是巫兼尸之功用者，有神附體，又有娛神二種功效。巫覡「或偃蹇以象神，或婆娑以樂神」，是「後世戲劇之萌芽」。巫覡的歌舞娛神與蜡祭之禮密切相關，因而王國維認為《東坡志林》把「八蜡」作為三代的戲禮，「非過言也」[6]。

　　後來的戲劇理論家大都沿用王國維的戲曲起源說。張庚、郭漢城主編的《中國戲曲通史》亦持此觀點。他們在分析了原始時代和奴隸制時代的歌舞後說：「在原始時代和奴隸制時代的歌舞，除了那些純為給奴隸主歌功頌德的以外，雖然都帶有相當濃厚的儀式性和宗教色彩，但它卻也表現了當時人民群眾的若干思想感情和願望，它們就是中國民間歌舞和民間表演藝術最初的傳統。」[7]他們認為上古歌舞都帶有相當濃厚的儀式性和宗教色彩，當時民眾的一些願望通過這些宗教性、儀式性的演出表現出來。上古歌舞中表現出來的宗教意識與當

奠，始死之奠與釋奠是也。今蜡謂之祭，蓋有尸也。貓虎之尸，誰當為之？置鹿與女，誰當為之？非倡優而誰！葛帶榛杖，以喪老物，黃冠草笠，以尊野服，皆戲之道也。」（下略），見《叢書集成初編》第2850冊（北京市：商務印書館，1939年）。

6　王國維：《宋元戲曲考》，見《王國維文集》（北京市：中國文史出版社，1997年），第一卷，頁308、309。

7　張庚、郭漢城：《中國戲曲通史》（北京市：中國戲劇出版社，1980年），頁9。

時人們的生存環境密切相關，可以說，希望風調雨順、五穀豐登、健康長壽、永生不死是當時演出活動的深層意蘊。《周禮》中所舉的舞蹈有帗舞、羽舞、皇舞、旄舞、干舞、人舞，鄭司農注曰：「帗舞者，全羽；羽舞者，析羽；皇舞者，以羽冒覆頭上，衣飾翡翠之羽；旄舞者，犛牛之尾；干舞者，兵舞；人舞者，手舞。」[8] 干舞以兵器為道具，其中表現的是人們對力、武的崇拜意識，而帗舞、羽舞、皇舞等以羽毛為飾物，則在一定程度上表現了先民渴望羽化成仙的生命意識。

　　隨著時代的發展，人們理性認識並把握自然的能力不斷增強，巫覡的功能也隨之不斷分裂。隨著俳優娛人歌舞的出現，巫覡歌舞的重心地位逐漸喪失，然仍不絕如縷，一直在民間流行，用歌舞降神的形式滿足無數信眾的精神需要。

　　漢代，黃老之學、天人感應思想非常流行，帝王士大夫多好神仙方術。其中漢武帝尤其迷信古代煉金術、神仙方術。據司馬遷《史記》〈封禪書〉的記載，漢武帝篤信神仙，他封禪泰山，東巡海上，為的是求取神仙不死之藥。統治者對神仙思想的迷戀直接影響了當時的演出活動，漢代百戲中以神仙故事為內容的歌舞劇《總會仙倡》就是其中最典型的例子。《總會仙倡》見於張衡的《西京賦》：

> 華嶽峨峨，岡巒參差。神木靈草，朱實離離。總會仙倡，戲豹舞羆；白虎鼓瑟，蒼龍吹箎；女娥坐而長歌，聲清暢而蜲蛇；洪涯立而指麾，被毛羽之襳襹。度曲未終，雲起雪飛，初若飄飄，後遂霏霏。復陸重閣，轉石成雷。霹靂激而增響，磅礚象乎天威[9]。

8　《周禮》〈春官〉〈宗伯第三〉，《十三經注疏》（北京市：中華書局，1980年影印）。

9　〔梁〕蕭統編，〔唐〕李善注：《文選》（北京市：中華書局，1977年），頁48。

在張衡的簡略記載中，保存了漢代一個優美的歌舞劇。三皇時的仙人洪涯穿著美麗的羽毛衣裳，在那裡指揮歌舞；仙倡女娥放聲歌唱，歌聲清暢而悠揚。洪涯、女娥都是神仙世界裡的人物，他們生活在一個神木靈草遍地、朱紅果實纍纍的仙界。那裡有馴順的虎豹、熊羆、蒼龍，能為他們的歌舞伴奏，能隨他們的歌聲起舞。在這個演出中，有演員、有化妝、有伴奏、有歌唱、有布景，還有舞臺效果，已具有相當高的藝術水平。而其中所表現的是神仙世界的快樂與美好，洪涯的羽衣既有很強的裝飾作用，同時又表明洪涯的羽仙身分。這種歌頌神仙世界的歌舞表演，既反映了人們渴望改造自然、協調人與動物關係的願望，同時又表現了人們渴望不死的宗教思想。

與《總會仙倡》同見於《西京賦》的《東海黃公》，也是一個宗教意識很濃的演出。張衡在《西京賦》中記載得十分簡略：「東海黃公，赤刀粵祝，冀厭白虎，卒不能救，挾邪作蠱，於是不售。」[10]在傳為葛洪撰的《西京雜記》中則記載得比較詳細：

> 　　東海人黃公，少時為術，能制蛇禦虎，佩赤金刀，以絳繒束髮，立興雲霧，坐成山河。及衰老，氣力羸憊，飲酒過度，不能復行其術。秦末，有白虎見於東海，黃公乃以赤刀往厭之。術既不行，遂為虎所殺。三輔人俗用以為戲，漢帝亦取以為角抵之戲焉[11]。

從《西京雜記》的記載中，我們可知《東海黃公》是一個故事性很強的角觝表演。其中有人物、有化妝、有臺詞，而且故事有固定的結局，已具備了後世戲劇的基本要素，許多研究者把它稱為古劇的原

10　同前註。

11　〔晉〕葛洪：《西京雜記》卷三，《四部叢刊》子部影印明嘉靖孔天胤刊本。

型。其中的主要人物東海黃公是一個術士，用絳繒束髮，佩赤金刀，口中唸唸有詞，能為幻術，立興雲霧，坐成山河，後因年老又飲酒過度，不能再行其術，遂被虎所殺。這個形象與後來的道教術士有很大的相似，是當時民間巫術信仰的產物。周貽白先生根據故事內容推斷認為此演出「顯然是來自民間傳說，而由當時的人民採取這一傳說來作為譏刺巫覡的一種故事表演」[12]。

《總會仙倡》讚美神仙世界的美好，宣揚的是一種幸福神義論，而《東海黃公》中白虎為患，黃公驅虎被殺，宣揚的是一種苦難神義論，後世道教神仙戲曲的重要主題似可在這裡找到源頭。《東海黃公》利用嚴肅的主題諷刺、嘲弄了術士的荒淫，後世宗教戲曲演出中嚴肅的宗教主題與娛樂的、世俗的滑稽科諢結合亦可在這裡找到源頭。

梁時《大雲樂》，清納蘭性德認為是後世優伶之始：「梁時大雲之樂，作一老翁演述西域神仙變化之事，優伶實始於此。」[13]從納蘭性德所述的內容來看，《大雲樂》當為《上雲樂》之誤。《樂府詩集》（清商曲辭八）記載的《上雲樂》中有梁武帝的《上雲樂》、梁周捨的《上雲樂》。梁武帝的《上雲樂》有七曲：〈鳳臺曲〉、〈桐柏曲〉、〈方丈曲〉、〈方諸曲〉、〈玉龜曲〉、〈金丹曲〉、〈金陵曲〉[14]，這七曲的曲詞大意為「神仙境界，歡樂無極」。七曲「雖或為配合舞蹈的唱詞，但毫無情節可言」[15]，應當不是納蘭性德所指的《大雲樂》。納蘭性德所指的《大雲樂》當為周捨的《上雲樂》：

> 西方老胡，厥名文康。遨游六合，傲誕三皇。西觀濛汜，東戲扶桑。南泛大蒙之海，北至無通之鄉。昔與若士為友，共

---

12 周貽白：《中國戲曲論集》（北京市：中國戲劇出版社，1960年），頁11。

13 〔清〕納蘭性德：《淥水亭雜識》，《昭代叢書》巳集，卷二十四。

14 〔宋〕郭茂倩：《樂府詩集》卷五十一（北京市：中華書局，1979年），頁744。

15 周貽白：《中國戲曲論集》，頁4。

弄彭祖扶床。往年暫到崑崙，復值瑤池舉觴。周帝迎以上席，
王母贈以玉漿。故乃壽如南山，志若金剛。青眼眢眢，白髮長
長。蛾眉臨髭，高鼻垂口。非直能俳，又善飲酒。簫管鳴前，
門徒從後。濟濟翼翼，各有分部。鳳皇是老胡家雞，師子是老
胡家狗。陛下撥亂反正，再朗三光。澤與雨施，化與風翔。覘
雲候呂，志游大梁。重駟修路，始居帝鄉。伏拜金闕，仰瞻玉
堂。從者小子，羅列成行。悉知廉節，皆識義方。歌管愔愔，
鏗鼓鏘鏘。響震鈞天，聲若鵾皇。前卻中規矩，進退得宮商。
舉技無不佳，胡舞最所長。老胡寄篋中，復有奇樂章。賫持數
萬里，願以奉聖皇。乃欲次第說，老耄多所忘。但願明陛下，
壽千萬歲，歡樂未渠央[16]。

　　這是周捨撰的歌舞辭，其中的老胡文康是一個神仙，他與海神、
彭祖為友，曾到神仙居住的崑崙山參加瑤池宴，王母贈以玉漿，因而
「壽如南山，志若金剛」。他帶著一班門徒，前來祝皇上「壽千萬
歲，歡樂未渠央」。周捨的歌舞辭，是為優伶表演所寫，還是為文康
帶領雜技團來給皇上祝壽之事實所寫，現已無從得知。納蘭性德認為
是優伶之始，周貽白先生也認為歌辭已有代言之趨勢，他們都把其中
的表演當作優伶表演來看待。歌辭中有著很濃的神仙意識，是當時神
仙思想影響的產物。

　　唐代初年，朝廷定禮樂，「約三代之歌鐘，均九威之律度」，以
「上可以籲天降神，下可以移風變俗」[17]為宗旨，其中就包含了一定
數量的宗教性祭祀音樂。前秦呂光破龜茲後，獲得龜茲樂，其中有佛
曲百餘首，後流入中原，佛教音樂因而興旺。唐高宗見所尊奉的祖先

---

16 〔宋〕郭茂倩：《樂府詩集》卷五十一，頁746。
17 〔唐〕段安節：《樂府雜錄原序》，見《中國古典戲曲論著集成》（北京市：中國戲劇
　　出版社，1959年），第一冊，頁37。

老子無樂頌德，命白明達造道曲、道調[18]，促進了道教音樂的發展。
此後，佛曲、道曲都有所發展。大中時期的《羯鼓錄》所記的一百三
十餘首曲中，有「諸佛曲詞」十首，另外三十三首「食曲」中亦多為
佛寺樂曲[19]。在崔令欽《教坊記》所記的二百多種樂曲中，《獻天
花》、《巫山女》、《眾仙樂》、《河瀆神》、《二郎神》、《太白星》、《五雲
仙》、《大獻壽》、《巫山一段雲》、《洞仙歌》、《大郎神》、《霓裳》等樂
曲似與道教神仙有關[20]。《霓裳》當指《霓裳羽衣曲》，關於此曲淵
源，說者多異，《異人錄》、《逸史》、《鹿革事類》等書認為唐明皇遊
月宮，觀仙女舞，聆月中天樂，默記其聲，後編為《霓裳羽衣曲》[21]。
白居易的長詩《霓裳羽衣歌》[22]記述了唐憲宗元和年間宮廷《霓裳羽
衣舞》的演出盛況。從詩中「案前舞者顏如玉，不著人家俗衣服。虹
裳霞帔步搖冠，鈿瓔纍纍佩珊珊」來看，舞蹈演員「虹裳霞帔」，扮
仙人裝束，與俗不同。再則，詩中描寫舞容時云「上元點鬟招萼綠，
王母揮袂別飛瓊」，「上元」當指上元夫人，「萼綠」當指萼綠華，「王
母」當指西王母，「飛瓊」當指許飛瓊，他們都是有名的女神仙。由
此可見，《霓裳》當為表演神仙故事舞蹈的樂曲。《教坊記》中所記的
樂曲，大多當如《霓裳羽衣曲》一樣，伴有歌舞表演。《樂府雜錄》
〈雲韶樂〉中所記載的：「樂分堂上、堂下。登歌四人，在堂下坐。
舞童五人，衣綉衣，各執金蓮花引舞者。金蓮，如仙家行道者也。」[23]
其中舞童執金蓮模仿仙家行道，所表演的應與道教內容有關。唐溫庭
筠《乾𦠆子》云陸象先度量寬宏，為馮翊太守時，參軍與府僚曾戲弄

---

18 〔唐〕崔令欽：〈教坊記序〉，見《中國古典戲曲論著集成》，第一冊，頁20。
19 王小盾：《隋唐五代燕樂雜言歌辭研究》（北京市：中華書局，1996年），頁21。
20 〔唐〕崔令欽：《教坊記》，見《中國古典戲曲論著集成》，第一冊，頁14。
21 〔宋〕王灼：《碧雞漫志》卷三，見《中國古典戲曲論著集成》，第一冊，頁124。
22 〔唐〕白居易：〈霓裳羽衣歌〉，見《全唐詩》第四四四卷（北京市：中華書局，
　　1960年），頁4970。
23 〔唐〕段安節：《樂府雜錄》，見《中國古典戲曲論著集成》，第一冊，頁42。

他，其中一位「於使君廳前，墨塗其面，著碧衫子，作神舞一曲，慢趨而出」[24]。這位參軍以墨塗面，扮演的可能是鍾馗，所演的「神舞」曲可能是當時流行的神舞曲。五代孫光憲《北夢瑣言》中有一則記載云：黔南節度使王保義之女聰敏，善彈琵琶，夢異人頻授樂曲。授其樂曲之人，「其形或道或俗，其衣或紫或黃」，所授之曲「其聲清越，與常異，類於仙家紫雲之亞也」。「所傳曲，有道調宮、玉宸宮、夷則宮、神林宮、蕤賓宮、無射宮、玄宗宮、黃鐘宮、散水宮、仲呂宮。商調，獨指泛清商、好仙商、側商、紅綃商、鳳抹商、玉仙商。角調，雙調角、醉吟角、大呂角、南呂角、中呂角、高大殖角、蕤賓角。羽調，鳳吟羽、背風香、背南羽、背平羽、應聖羽、玉宮羽、玉宸羽、風香調、大呂調。其曲名一同人世，有涼州、伊州、胡渭州、甘州、綠腰、莫靼、項盆樂、安公子、水牯子、阿濫泛之屬。凡二百以上曲。」[25]王女所習之曲，與時曲名同而音不同，時人以為仙家所授。這些樂曲，估計是唐代樂工或名道士倚時曲而創製的道教樂曲。

　　唐代參軍戲以滑稽詼諧深得人們的喜愛，成為當時的重要表演形式。參軍戲中，宗教性的表演很少見諸記載。咸通年間，李可及表演的《三教論衡》，其中雖以三教為內容，但其目的是諷刺三教如婦人一樣，爭論不休。

　　　　咸通歲，優人可及者，滑稽諧戲，獨出輩流。雖不能托諷匡正，然巧智敏捷，亦不可多得。嘗因延慶節緇黃講論畢，次及倡優為戲。可及乃儒服岌巾，褒衣博帶，攝齊以陞崇座，自

24　〔唐〕溫庭筠：《乾饌子》，《太平廣記》卷四九六〈趙存〉條徵引（北京市：中華書局，1961年），頁4067。

25　〔五代〕孫光憲：《北夢瑣言》，《唐五代筆記小說大觀》（上海市：上海古籍出版社，2000年），頁1999。

稱三教論衡。其偶坐者問曰：「既言博通三教，釋迦如來是何
人？」對曰：「是婦人。」問者驚曰：「何也？」對曰：「《金剛
經》云：『敷座而坐。』或非婦人，何煩夫坐然後兒坐也？」
上為之啟齒。又問曰：「太上老君何人也？」對曰：「亦婦人
也。」問者益所不諭。乃曰：「《道德經》云：『吾有大患，是
吾有身。及吾無身，吾復何患？』倘非婦人，何患於有娠
乎？」上大悅。又曰：「文宣王何人也？」對曰：「婦人也。」
問者曰：「何以知之？」對曰：「《論語》云：『沽之哉，沽之
哉！我待價者也。』而非婦女，待嫁奚為？」上意極歡，寵錫
甚厚。翌日，授環衛之員外職。[26]

　　李可及利用諧音、雙關等手法，把《金剛經》、《道德經》、《論
語》中的語句進行出乎意料的引申，獲得很好的喜劇效果。這種諷刺
三教的演出，對後來戲曲科諢以僧、道為重要諷刺對象有一定的影響。

第二節　傀儡表演與宗教意識

　　孫楷第先生在《傀儡戲考原》[27]一書中認為後世戲劇源於傀儡
戲，是真人模仿傀儡戲的聲容舉止發展而來；而傀儡戲又與古代驅儺
活動中由真人扮演的「方相氏」關係密切。對於孫楷第先生的觀點，
周貽白等人已在他們的論著中有所批評，此不多議。雖然孫楷第先生
的戲劇起源於傀儡戲之說不被學界廣泛認同，但傀儡戲對戲劇的影響
是不容忽視的。筆者這裡不想討論戲劇起源於傀儡戲一說的是與非，
也不想對傀儡戲、儺戲作詳細的探討，只想通過對傀儡戲及與之有關

26　〔唐〕高彥休：《唐闕史》卷下，見《四庫全書》〈子部〉〈小說家類〉。
27　孫楷第：《傀儡戲考原》（上海市：上雜出版社，1952年）。

的儺戲資料的簡要分析，對其中宗教性的表演作簡單描述。

　　孫楷第先生所提到的傀儡之源的「儺」，是一種歷史悠久的宗教民俗活動。這種活動最初當與巫覡歌舞一樣是一種巫術活動，是先民為消除自己遇到的災禍及為保死者靈魂安息而舉行的驅邪除疫活動。這種活動在《周禮》〈夏官司馬〉中就有記載：

> 　　方相氏掌蒙熊皮，黃金四目，玄衣朱裳，執戈揚盾。帥百隸而時難，以索室驅疫。大喪，先柩，及墓，入壙，以戈擊四隅，驅方良。（鄭注：「方良，罔兩也。」）[28]

《後漢書》〈禮儀志〉中也有記載：

> 　　先臘一日大儺，謂之逐疫。其儀選中黃門子弟，年十歲以上十二以下，百二十人為㑌子。皆赤幘，皂制，執大鼗。方相氏黃金四目，蒙熊皮，玄衣朱裳，執戈揚盾。十二獸有衣毛角。中黃門行之，冗從僕射將之，以逐惡鬼於禁中。夜漏上水，朝臣會。侍中、尚書、御史、謁者、虎賁、羽林郎將執事，皆赤幘陛衛，乘輿御前殿。黃門令奏曰：「㑌子備，請逐疫。」於是中黃門倡，㑌子和曰：「甲作食凶，胇胃食虎，雄伯食魅，騰簡食不祥，攬諸食咎，伯奇食夢，強梁祖明共食磔死寄生，委隨食觀，錯斷食巨，窮奇騰根共食蠱。凡使十二神追惡凶。」「赫女軀，拉女幹，節解女肉，抽女肺腸。女不急去，後者為糧。」因作方相與十二獸舞，歡呼周遍，前後省三過。持炬火送疫出端門。[29]

28　《周禮》〈夏官司馬〉，《十三經注疏》本。

29　〔南朝宋〕范曄：《後漢書》卷十五，《景印文淵閣四庫全書》（臺北市：臺灣商務印書館，1983年）。

唐段安節的《樂府雜錄》記載得更為詳細：

> 用方相四人，戴冠及面具，黃金為四目，衣熊裘，執戈，
> 揚盾，口作「儺、儺」之聲，以除逐也。右十二人，皆朱髮，
> 衣白□畫衣。各執麻鞭，辮麻為之，長數尺，振之聲甚屬。乃
> 呼神名，其有甲作，食凶者；胇胃，食虎者；騰簡，食不祥
> 者；攬諸，食咎者；祖明、強梁，共食磔死寄生者；騰根，食
> 蠱者等。侲子五百，小兒為之，衣朱褶、素襦，戴面具。以晦
> 日於紫宸殿前儺，張宮懸樂。太常卿及少卿押樂正到四閣門，
> 丞並太樂署令、鼓吹署令、協律郎並押樂在殿前。事前十日，
> 太常卿並諸官於本寺先閱儺，並遍閱諸樂。其日，大宴三五署
> 官，其朝寮家皆上棚觀之，百姓亦入看，頗謂壯觀也。太常卿
> 上此。歲除前一日，於右金吾龍尾道下重閱，即不用樂也。御
> 樓時，於金雞竿下打赦鼓一面，鉦一面，以五十人，唱色十
> 下，鼓一下，鉦以千下。[30]

　　從這些記載來看，驅儺逐疫活動一直在民間流傳，而且活動的規
模也由小變大，成為一種具有濃郁宗教色彩的民俗活動。在《周禮》
〈夏官司馬〉、《後漢書》〈禮儀志〉等書的記載中，驅儺的主要任務
是驅除疫癘，求得健康與平安。而《樂府雜錄》的記載中，宮廷驅儺
演出人數眾多，場面壯觀，演出的內容除傳統的驅儺表演外，還加進
了其他的表演活動，而且允許百官家屬、普通百姓觀看。驅儺不僅是
一種宗教儀式性演出，而且成為一種娛樂性演出。宋代還不斷創制
新的儺儀[31]，表演內容也日趨豐富。後來因禁卒倚儺作亂[32]，宮廷的

---

30 〔唐〕段安節：《樂府雜錄》〈驅儺〉，見《中國古典戲曲論著集成》，第一冊，頁43。
31 〔宋〕龔明之《中吳紀聞》卷五：「（翟汝文）公在翰苑時，禁中新創儺儀，有旨令
　　撰文。是日辰巳間，中使送篇目至，午後亟督索進呈。數篇既立就，而文法且極高

驅儺規模可能受到限制。在這種活動中，最具威懾力的是方相氏，他們「戴冠及面具，黃金為四目，衣熊裘，執戈，揚盾」，驅邪除魅。而另外的十二人，朱髮白衣，執麻鞭，口裏呼喚著十二神的名字。十二神都是能驅除邪惡之神，其中有食凶的甲作、食虎的胇胃、食不祥的騰簡、食咎的攬諸、食蠱的騰根等。方相祛邪不僅在臘前舉行，如遇喪葬，也多用方相「入壙」，「以戈擊四隅，驅方良」，保護死者的安全。臘前驅儺主要是驅日常住室裡的鬼怪，而喪葬時用方相入壙，則是為了驅除死者居室的鬼怪，無論是為生人驅怪還是為死者驅怪都是為了使活著的人消除死亡恐懼，獲得心理安慰。

　　傀儡戲最初也是一種宗教意識很強的演出活動。應劭在《風俗通》中說「魁櫑，喪家之樂」，到漢代末年「京師賓婚嘉會，皆作魁櫑」[33]。《搜神記》卷六[34]中亦云：「漢時，京師賓婚嘉會，皆作魁櫑，酒酣之後續以輓歌。魁櫑，喪家之樂；輓歌，執紼相偶和之者。」《舊唐書》〈音樂志〉也有大致相同的記載：「窟儡子，亦云魁儡子，作偶人以戲，善歌舞。本喪家樂也，漢末始用之於嘉會。」[35]從《風俗通》、《搜神記》、《舊唐書》〈音樂志〉的記載來看，傀儡戲與喪葬儀式的關係十分密切。孫楷第先生在《傀儡戲考原》中說：「其喪家用伎樂之事，雖不知如何，然以後世事例之，則知喪家樂之由簡單而複雜，由驅凶至娛神，由娛神以至娛人，乃必然之過程。」[36]他認為傀儡戲經歷了由驅凶、娛神到娛人的發展過程。因為傀儡戲本

古，石林乃謂公文極難得。」《宋元筆記小說大觀》（上海市：上海古籍出版社，2001年），頁2899。

32　〔宋〕歐陽修《歸田錄》、〔宋〕文瑩《玉壺清話》中均有記載，此不徵引。

33　〔漢〕應劭：《風俗通義》，見王利器：《風俗通義校注》（北京市：中華書局，1981年），頁568。

34　〔晉〕干寶：《搜神記》，《叢書集成初編》第2692冊。

35　〔五代〕劉昫：《舊唐書》（北京市：中華書局，1975年）。

36　孫楷第：《傀儡戲考原》，頁11。

是喪家之樂，與喪葬時用方相入壙「以戈擊四隅，驅方良」儀式有著某種相同性，孫楷第先生進而認為傀儡即驅儺活動的方相[37]。

　　作為喪家樂的傀儡戲經歷了逐漸融合、改變的過程後，到漢代末年，由於其形式、內容的適應性改變，人們忽略了其原來的「喪家樂」義，在「賓婚嘉會」上演出助興。有意思的是，傀儡戲雖然在漢末已用之嘉會，但其「喪家樂」之義卻一直延續，並未中斷。唐封演的《封氏聞見記》卷六〈道祭〉記載云：

　　　　大曆中，太原節度使辛景雲葬日，諸道節度使使人修祭。范陽祭祭盤最高大，刻木為尉遲鄭公突厥鬥將之戲。機關動作，不異於生。祭訖，靈車欲過，使者請曰：「對數未盡！」又停車，設項羽與漢高祖鴻門之象，良久乃畢[38]。

　　在這則記載中，范陽祭盤刻木人表演故事，祭祀亡靈，應與古代的「喪家樂」有關。另外，從這則記載來看，當時的木偶戲已有故事表演，表演的故事有尉遲公鬥將、鴻門宴等。

　　宋代以後，傀儡戲成為大眾娛樂的重要組成部分，表演的內容既有歷史故事、烟粉故事、公案故事，也有眾多的宗教神怪故事。宋耐得翁《都城紀勝》[39]中云：「凡傀儡敷演烟粉靈怪故事、鐵騎公案之類。其話本或如雜劇，或如崖詞，大抵多虛少實，如巨靈神、朱姬大仙之類是也。」周密《武林舊事》[40]卷一「天基聖節排當樂次」第十九盞有「傀儡群仙會盧逢春」，估計是由盧逢春用傀儡來表演群仙會故事。同書卷三迎新篇中有「木床鐵擎為仙佛鬼神之類，駕空飛動，

37　孫楷第：《傀儡戲考原》中云：「應劭所云魁㯟為喪家樂者，余謂即是方相。」，頁8。
38　〔唐〕封演：《封氏聞見記》（北京市：中華書局，1958年）。
39　〔宋〕耐得翁：《都城紀勝》（北京市：古典文學出版社，1956年合訂版），頁97。
40　〔宋〕周密：《武林舊事》（北京市：古典文學出版社，1956年合訂版）。

謂之臺閣」的記載，估計也是傀儡之類。《武林舊事》卷二〈元夕〉篇所記「大小全棚傀儡」內容共有七十一目，其中比較明顯屬於宗教性表演的有瞎判官、喬三教、喬樂神（馬明王）、地仙、抱鑼裝鬼、十齋郎、耍和尚等，從這些劇目的名稱來看，似乎都是以佛道人物作為嘲弄對象的表演。而在民間，傀儡戲的「喪家樂」意識仍比較明顯。如明小說《金瓶梅詞話》第六十五回，李瓶兒死後，行三七的晚上，喬大戶娘子與眾夥計娘子伴月娘在靈前看偶戲；第八十回，西門慶死後的首七晚上，街坊夥計主管等二十餘人叫了一起偶戲在靈前演出[41]。從中仍隱約可見傀儡戲的「喪家樂」意識。

儺戲、傀儡戲最初起源於為解脫人生苦難的宗教驅邪除疫儀式，這種儀式表演在千百年的發展變化中，娛樂成分逐漸加強，成為大眾娛樂的重要組成部分。但其中的驅邪除疫的宗教意識仍隱約可見，並在一定程度上影響了其他演出形式。特別是宋金傀儡戲所演的宗教神怪故事，不少成為元明清戲曲的演出內容。

第三節　宋金雜劇院本中的宗教故事劇

宋代，商業經濟發展，城市繁榮，民間文學藝術蓬勃發展。在當時的「瓦舍勾欄」內演出的百戲伎藝眾多，有雜劇、雜技、傀儡、影戲、說經書、說唱、講史、小說、舞蹈、諸宮調、合生、武藝等，這些伎藝在演出中互相學習交流、融合，共同促進了中國戲曲的形成與發展。

在眾多的百戲伎藝中，宗教內容的表演是其中重要的組成部分之一。說經書是宗教性的說唱，其宗教性自不用多說。小說中，宗教內

41　〔明〕蘭陵笑笑生：《金瓶梅詞話》（北京市：人民文學出版社，1985年），頁890、1226。

容也相當豐富，宋羅燁在《醉翁談錄》「小說開闢」中把小說分為靈怪、烟粉、傳奇、公案、樸刀、杆棒、神仙、妖術八類，其中講說宗教故事的就有「靈怪」、「妖術」、「神仙」三類。傀儡戲中的宗教內容表演也很豐富，前已述及，此不多贅。南宋吳自牧《夢梁錄》[42]卷二十所記的南宋淳祐至咸淳（1241-1274）年間臨安的「百戲伎藝」中，有「裝神鬼」、「舞判官」二種專門伎藝。在百戲藝人中，還出現了專演神鬼故事的藝人，如周密《武林舊事》卷六所記的「諸色伎藝人」中就有「神鬼」、「七聖法」的演藝者：謝興哥、花春、王鐵一郎、王鐵三郎（神鬼），杜七聖（七聖法）[43]。此外，諸軍藝人也不時演出宗教故事戲，如宋葉夢得《石林燕語》中就有諸軍演「鬼神戲」的記載[44]。孟元老的《東京夢華錄》卷七「駕登寶津樓諸軍呈百戲」裏也記載了諸軍藝人的百戲表演，其中宗教性表演就佔了相當大的一部分：

> （前略）忽作一聲如霹靂，謂之「爆仗」，則「蠻牌」者引退。烟火大起，有假面披髮，口吐狼牙烟火，如鬼神狀者上場。著青帖金花短後之衣，帖金皂褲，跣足，攜大銅鑼隨身，步舞而進退，謂之「抱鑼」。繞場數遭，或就地放烟火之類。又一聲爆仗，樂部動《拜新月》慢曲。有面塗青碌，戴面具金晴，飾以豹皮錦繡看帶之類，謂之「硬鬼」。或執刀斧，或執杆棒之類，作腳步蘸立，為驅捉視聽之狀。又爆仗一聲，有假

42　〔宋〕吳自牧：《夢梁錄》，《叢書集成初編》（北京市：商務印書館，1936年），第3221冊。

43　〔宋〕周密：《武林舊事》，頁466。

44　〔宋〕葉夢得《石林燕語》卷一：「瓊林苑、金明池、宜春苑、玉津園，謂之四園。瓊林苑，乾德中置。太平興國中，復鑿金明池於苑北，導金水河水注之，以教神衛虎翼水軍習舟楫，因為水嬉。（中略）金明水戰不復習，而諸軍猶為鬼神戲，謂之『旱教』」。見《叢書集成初編》（北京市：商務印書館，1936年），第2754冊。

面長髯，展裏綠袍靴簡，如鍾馗像者，傍一人以小鑼相招和舞步，謂之「舞判」。繼有二三瘦瘠，以粉塗身，金睛白面，如髑髏狀，繫錦繡圍肚看帶，手執軟杖，各作魁諧趨蹌，舉止若排戲，謂之「啞雜劇」。

又爆仗響，有烟火就湧出，人面不相睹。烟中有七人，皆披髮文身，著青紗短後之衣，錦繡圍肚看帶，內一人金花小帽，執白旗，餘皆頭巾，執真刀，互相格鬥擊刺，作破面剖心之勢，謂之「七聖刀」。

忽有爆仗響，又後烟火出，散處以青幕圍繞，列數十輩，皆假面異服，如祠廟中神鬼塑像，謂之「歇帳」（下略）[45]

抱鑼、硬鬼、舞判、啞雜劇雖然名目不同，但如果把它們的表演聯繫起來考察，就會發現它們表演的似是一個比較完整的故事。「抱鑼」的演出者「假面披髮，口吐狼牙烟火，如鬼神狀」，當是扮演鬼魅。「硬鬼」的演出者「面塗青碌，戴面具金睛」，有的執刀斧，有的執杵棒，表演「驅捉視聽」之狀，從接著演出的「舞判」來看，「硬鬼」應是判官手下的干將。「舞判」的演出者「假面長髯」，「綠袍靴簡」，當扮演鍾馗。鍾馗以捉鬼食鬼而著稱，「硬鬼」是他的先行，他們「驅捉視聽」，同鍾馗一起驅鬼祛邪。「啞雜劇」的扮演者是「二三瘦瘠，以粉塗身」，手執軟杖，作各種滑稽的動作，表演一群被追捉的鬼狼狽逃避的樣子。四個項目表演的應是鍾馗捉鬼故事。

緊接在這四個項目後面表演的是「七聖刀」，演員七人，都「披髮文身，執真刀，互相格鬥擊刺」。七聖當是傳說中的「梅山七聖」，在元明戲曲中，梅山七聖是二郎神的部從，跟隨二郎神降妖伏魔。隨

45　〔宋〕孟元老：《東京夢華錄》，《叢書集成初編》（北京市：商務印書館，1936年），第3216冊。

後演出的「歇帳」，上場數十人，「皆假面異服，如祠廟中神鬼塑像」，表演的也是神鬼故事。通過前面的簡要分析，我們對當時百戲伎藝中的宗教神鬼內容的演出情況有一個大致的了解。

　　宋雜劇繼承了唐代參軍戲的滑稽表演傳統，又廣泛吸收了當時流行的百戲伎藝的表演技巧，在當時諸多百戲伎藝中最受人們歡迎。金院本是流行於北方金統治地區的一種表演藝術，出現的時間略後於宋雜劇，其表演形式與宋雜劇基本相同。南宋耐得翁的《都城紀勝》〈瓦舍眾伎〉對雜劇演出的角色組成及內容有簡略記載：

　　　　雜劇中，末泥為長，每四人或五人為一場，先做尋常熟事一段，名曰豔段；次做正雜劇，通名為兩段。末泥色主張，引戲色分付，副淨色發喬，副末色打諢，又或添一人裝孤。其吹曲破斷送者，謂之把色。大抵全以故事世務為滑稽，本是鑒戒，或隱為諫諍也[46]。

從耐得翁的記載來看，宋雜劇通常兩段，一般由四到五人表演，內容「務為滑稽」，但其中「隱為諫諍」。宋人張師正《倦游雜錄》、王辟之《澠水燕談錄》、朱彧《萍洲可談》、張端義《貴耳集》、岳珂《桯史》等書中記載了一些雜劇演出的情況，其中演出的人物多少不定，演出的內容也正如耐得翁所說的借滑稽形式來諷諫政治。然而雜劇演出的內容絕不止是滑稽諷諫，內容相當豐富，只是文人士大夫只記下了與政治有關的內容而已。宋人的筆記資料中，也有一些宗教性演出的記載，如孟元老的《東京夢華錄》卷八記載了北宋汴京中元節前搬演《目連救母》雜劇之事：「構肆樂人，自過七夕，便般《目連救母》雜劇，直至十五日止，觀者增倍。」《目連救母》雜劇演出的時

---

46 〔宋〕耐得翁：《都城紀勝》，頁96。

間長達七、八天之久，內容之豐富可想而知。南宋僧人道隆的《馬大師與西堂百丈南泉玩月》中記載了川雜劇的演出情況：「戲出一棚川雜劇，神頭鬼面幾多般。夜深燈火闌珊甚，應是無人笑倚欄。」[47]可見川雜劇中所表演的多是神鬼內容。張師正的《倦游雜錄》記載了一場借宗教內容諷諫政治的演出：

> 熙寧九年，太皇生辰，教坊例有獻香雜劇。時判都水監侯叔獻新卒。伶人丁仙見假為一道士，善出神，一僧善入定。或詰其出神何所見？道士云：「近曾至大羅，見玉皇殿上有一人，披金紫，熟視之，乃本朝韓侍中也。手捧一物。竊問傍立者，云：『韓侍中獻國家金枝玉葉萬世不絕圖。』」僧曰：「近入定到地獄，見閻羅殿側有一人，衣緋垂魚，細視之，乃判都水監侯工部也。手中亦擎一物。竊問左右，云：『為奈何水淺，獻圖，欲別開河道耳。』」時叔獻興水利，以圖恩賞，百姓苦之，故伶人乃有此語[48]。

丁仙見（現）是北宋時期著名的演員，他利用給太皇祝壽表演的機會，與其他演員一起扮演道士出神到天堂、僧人入定到地獄，通過各述所見來委婉地諷刺政治。可惜的是，張師正只記下了與政治有關的部分內容，而沒有記錄下整個演出內容。

雖然宋金雜劇院本的演出多見於記載，但均無劇本供我們研究，學者們對之進行的研究主要依靠宋元人留下來的宋官本雜劇段數名目、金院本名目以及元明雜劇中的點滴資料。宋官本雜劇段數名目主要記載在宋末元初周密的《武林舊事》一書之中。《武林舊事》卷十

---

47 見《大正藏》卷八十，頁89上欄。
48 〔宋〕張師正：《倦游雜錄》，《宋元筆記小說大觀》，頁754。

記載了宋官本雜劇段數名目二百八十個，王國維、譚正璧等人對之進
行了詳細的研究，但也只考證出五十餘個段數的大致內容，約佔全部
段數的五分之一。金院本名目主要見於元末陶宗儀所著的《南村輟耕
錄》[49]一書，在該書卷二十五中記載了七百十一個院本名目。譚正璧
的〈金院本名目內容考〉[50]一文中考證出其中一百五十餘個名目的大
致內容，約佔全部名目的四分之一。在這些大致可考內容的二百多個
名目中，與宗教演出有關的大約有四十餘個，約佔五分之一。其中，
宋雜劇中的宗教性段數有《王子高六么》、《慕道六么》、《三偌慕道六
么》、《簡帖薄媚》、《鄭生遇龍女薄媚》、《柳毅大聖樂》、《馬頭中和
樂》、《二郎熙州》、《鶻打兔變二郎》、《二郎神變二郎神》、《裴航相遇
樂》、《夢巫山彩雲歸》、《宴瑤池爨》、《鍾馗爨》等；金院本中的宗教
性名目有《月明法曲》、《菜園孤》、《還魂酸》、《師婆兒》、《馬明
王》、《莊周夢》、《蝴蝶夢》、《八仙會》、《白牡丹》、《無鬼論》、《酒色
財氣》、《鬧芙蓉城》、《張生煮海》、《佛印燒豬》、《迓鼓二郎》、《獨腳
五郎》、《入桃園》、《風花雪月》、《船子和尚四不犯》、《王母祝壽》、
《瑤池會》、《蟠桃會》、《變二郎爨》、《淨瓶兒》、《錯寄書》、《打青
提》、《唐三藏》、《浴佛》等。

　　在上面所列的四十二個宗教性演出名目中，與佛教內容有關的有
九個，與道教神仙及民間信仰有關的名目有三十三個。九個與佛教內
容有關的名目為：《簡帖薄媚》、《月明法曲》、《佛印燒豬》、《船子和
尚四不犯》、《淨瓶兒》、《打青提》、《唐三藏》、《浴佛》、《錯寄書》。
其中雜劇段數《簡帖薄媚》與院本名目《錯寄書》應都演述簡帖和尚
下書謀奪皇甫嵩妻的故事。宋元戲文中也有《洪和尚錯下書》劇目。
宋洪邁的《夷堅支志》丙集〈王武功妻〉，明代的《涇林雜記》、《國

49　〔元〕陶宗儀：《南村輟耕錄》（北京市：中華書局，1959年），頁306。
50　譚正璧：〈金院本名目內容考〉，見《話本與古劇》（上海市：上海古籍出版社，
　　1985年），頁192。

色天香》、《龍圖公案》等書中都有相似的故事。譚正璧先生認為這個
故事「當為流行民間之故事，或竟為當時實事，故戲劇家、小說家都
取為題材」[51]。《月明法曲》院本當演月明和尚度柳翠故事，譚正璧疑
《淨瓶兒》院本亦演同一故事。《唐三藏》院本演唐三藏西天取經故
事，此故事元明時期比較流行。《打青提》院本，譚正璧認為「青
提」是目連母親名字，此院本應演「目連救母」故事。《浴佛》院本
應是演四月八日佛生日的故事。《船子和尚四不犯》院本應是演民間
傳說的船子和尚故事，元李壽卿有《船子和尚秋蓮夢》。船子和尚，
《五燈會元》卷五有事迹記載，明人《太平清話》卷二亦有記載。
《佛印燒豬》，演蘇東坡與佛印禪師的故事，元楊景賢有《佛印燒豬
待子瞻》雜劇。這九個名目涉及的七個故事，當是宋元時期比較流行
的佛教故事。

　　在三十三個與道教神仙內容有關的名目中，許多屬於民間信仰的
範疇，因為道教時常把民間信仰的神納入道教神譜中，因而難以準確
區分，這裡統一納入道教神仙範疇進行討論。在這些名目中，《慕道
六么》、《三偌慕道六么》二個雜劇段數，譚正璧先生認為演張良學道
事。《蝴蝶夢》、《莊周夢》二個院本當演莊子夢蝶悟道故事。《二郎熙
州》、《鶻打兔變二郎》、《二郎神變二郎神》三個雜劇段數與《迓鼓二
郎》、《變二郎爨》二個院本應都是演二郎神故事。《宴瑤池爨》、《王
母祝壽》、《蟠桃會》、《瑤池會》四個名目內容應大致相同，都屬於祝
壽類演出。《八仙會》院本，譚正璧先生認為演鍾呂八仙故事。《菜園
孤》應演張老種瓜娶文女故事，張老後來被人當成八仙中的張果老。

　　《王子高六么》、《鄭生遇龍女薄媚》、《柳毅大聖樂》、《裴航相遇
樂》、《夢巫山彩雲歸》、《還魂酸》、《白牡丹》、《鬧芙蓉城》、《張生煮
海》、《入桃園》、《風花雪月》等名目大都敷演神仙與凡人的愛情故

事。《王子高六么》、《鬧芙蓉城》二目都是演王子高遇芙蓉仙女的故事，宋元戲文中亦有《王子高》劇目。《裴航相遇樂》本事出唐裴鉶《傳奇》，演裴航藍橋遇仙女雲英，與之成親後仙去的故事。《入桃園》院本，譚正璧疑當為「入桃源」，演劉晨阮肇與桃源仙女相遇成親的故事。元明清以此為題材的劇作甚多。《夢巫山彩雲歸》演楚襄王陽臺夢會神女的故事，故事本宋玉的《神女》、《高唐》二賦。雜劇段數《風花雪月爨》與院本《風花雪月》內容應大致相同，從元吳昌齡《張天師斷風花雪月》雜劇的內容來看，當演陳世英與桂花仙子愛情故事。《鄭生遇龍女薄媚》的本事，譚正璧先生認為可能出自唐代沈嚴之《湘中怨解》中的太學生遇龍女的故事。《柳毅大聖樂》本事源唐李朝威的《柳毅傳》，演柳毅為龍女送信，龍女得救，後與柳毅成親的故事。《張生煮海》院本，演張生煮海與龍女瓊蓮成親的故事，元李好古有同名雜劇。這些名目所演的大都是落魄文人遇仙女、龍女，成就美好姻緣，幸福長壽，這在一定程度上給落魄文人一種心理安慰。

《馬頭中和樂》、《馬明王》、《無鬼論》、《獨腳五郎》、《鍾馗爨》等名目當演述神鬼故事。雜劇段數《馬頭中和樂》與院本《馬明王》二目，譚正璧認為都是演民間蠶神馬頭娘的故事。馬明王乃馬頭娘的俗稱，《七修類稿》、《原化拾遺記》中都有記載。《獨腳五郎》院本當演民間信仰的獨腳五郎神故事。獨腳五郎，在一些記載中又稱獨腳五通、五通神，是一淫神，因能給人帶來財富，在江浙一帶被普遍崇信。《鍾馗爨》演鬼王鍾馗捉鬼故事。

另外，宋金雜劇院本名目中，一些名目雖然難以考定其確切的故事內容，但從題目仍可以推定其與宗教演出有關。如宋雜劇段數中的《和尚那石州》、《青陽觀碑彩雲歸》、《門子打三教爨》、《論禪孤》、《毀廟》、《雙三教》、《三教安公子》、《三教鬧著棋》、《三教化》、《打三教庵字》、《普天樂打三教》、《滿皇州打三教》、《領三教》等；金院

本中的《謝神天》、《雙福神》、《白雲庵》、《壞道場》、《五鬼聽琴》、《四道姑》、《晉宣成道記》、《龐方溫道德經》、《集賢賓打三教》、《三教》、《四偌祈雨》、《講道德經》、《跳布袋爨》、《開山五花爨》、《喬道場》、《喬打聖》、《神道名》、《菩薩名》、《成佛》、《爺娘佛》、《禿醜生》、《窗下僧》、《坐化》、《入口鬼》、《大燒餅》、《清閑真道本》等。

　　從宋金雜劇院本中的宗教劇目來看，佛教劇目中所表現的主要是救贖主題及世俗社會對不守清規者的批判。與道教神仙信仰有關的劇目中，所表現的既有神仙驅邪除怪的救贖主題，同時還有祝健康長壽、愛情幸福、財運興旺等屬於幸福神義論的內容，元明清神仙戲曲中的重要主題在其中幾乎都有表現。

　　綜前可知，中國戲曲在起源時就與宗教結下了不解之緣，在此後的發展過程中，宗教性演出一直是其演出的重要組成部分。宋金時期，雜劇院本中出現了大量的宗教故事劇，這些宗教故事劇由於其勸善懲惡的宗教理念與世俗的娛樂意識有機地結合在一起，又表現了當時人民群眾的若干思想感情和願望，因而深得世俗百姓的喜愛。這些宗教故事劇題材廣泛，形式多樣，對元明清時期的宗教故事劇有著直接的影響。

第二章
道教神仙戲曲的發展

　　元代是中國古典戲曲發展的黃金時期，劇作數量多，內容豐富，廣泛而又深刻地反映了當時的社會現實。在眾多的劇作中，道教神仙故事劇數量多，風格獨特，是元劇的重要組成部分之一。元代夏庭芝在〈青樓集志〉[1]中把雜劇分為駕頭、閨怨、鴇兒、花旦、披秉、破衫兒、綠林、公吏、神仙道化、家長里短十類，「神仙道化」就是其中的一類。明初朱權的《太和正音譜》把元與明初雜劇分為十二科：「一曰神仙道化，二曰隱居樂道，三曰披袍秉笏，四曰忠臣烈士，五曰孝義廉節，六曰叱奸罵讒，七曰逐臣孤子，八曰鏺刀趕棒，九曰風花雪月，十曰悲歡離合，十一曰烟花粉黛，十二曰神頭鬼面。」[2]十二科中，神仙道化、隱居樂道、神頭鬼面三科與道教神仙內容有關，而且「神仙道化」、「隱居樂道」被列在第一、二位，可見道教神仙戲曲在元及明初雜劇中地位的重要性。

　　道教神仙戲曲在元代大量出現，既是宋金道教神仙故事劇發展的結果，也是元代特殊的政治、宗教環境影響的結果。

第一節　元道教神仙戲曲的宗教環境

　　金末元初，社會動亂，人民顛沛流離，朝不保夕，傳統的價值

1　〔元〕夏庭芝：〈青樓集志〉，見《中國古典戲曲論著集成》（北京市：中國戲劇出版社，1959年），第二冊，頁7。

2　〔明〕朱權：《太和正音譜》，見《中國古典戲曲論著集成》，第三冊，頁24。

觀、道德觀被蒙古人的鐵蹄無情地摧垮。再則，元朝統治者不重視文
化，長期不舉行科舉，文人地位低下，以致有「八娼九儒十丐」之
說。當時的文人再也沒有唐宋文人那種「致君堯舜上，再使風俗淳」
的雄心壯志，而是深深地陷入一種精神失落之中。他們無法以傳統的
觀念來解釋這一切，更無法排遣由此而產生的種種抑鬱與憤懣。他們
重新調整自己的心態，有的玩世不恭，放下自己高貴的架子，與他們
原所不齒的娼優為伍，為他們寫作劇本，求得生存所需；有的歸隱山
林，潔身自好；有的則皈依宗教，用宗教的清規戒律來平靜自己躁動
不安的心靈。蕭抱珍創立的太一教、劉德仁創立的大道教、王重陽創
立的全真教成為當時文人的心理寄託，而尤以全真教對文人的影響
最大。

　　全真教融和三教，主張三教平等，他們的教義將儒家的忠孝觀、
佛教的心性說、道教的清靜無為論有機地結合在一起，提倡「外修陰
德，內煉真功」，在社會各階層中影響很大。在金貞祐南遷之際至金
徹底傾覆的歲月裏，社會苦難把一大批人推進了全真教團。王惲在
〈衛州胙城縣靈虛觀碑〉裡說當時「全真教大行，所在翕然從風。雖
虎苛狼戾性於嗜殺之徒，率受法號」[3]。特別在丘處機雪山面見成吉
思汗後，全真教的影響更大。成吉思汗對全真教大加稱賞，稱丘處機
為老神仙。在丘處機東歸時，成吉思汗下旨賜其門下蠲免賦稅差發：

　　　　丘神仙應有底修行底院舍等，系逐日念誦經文告天底人每
　　　　與皇帝祝壽萬萬歲者，所據大小差發稅賦都休教著者。據丘神
　　　　仙底應系出家門人等，隨處院舍都教免了差發稅賦者。

　　成吉思汗十八年九月，在丘處機返燕途中，成吉思汗又下旨教丘

3　〔元〕王暉：《秋澗集》卷五十三，《景印文淵閣四庫全書》〈集部〉〈別集類〉（臺北
　　市：臺灣商務印書館，1983年）。

處機管理天下所有的「出家善人」，一切由丘處機「就便理會」。成吉思汗二十二年五月，又下旨改北宮仙島（瓊華島）為萬安宮，天長觀為長春宮，賜「金虎牌」，讓「天下出家善人皆隸焉」，「道家事一仰神仙處置」[4]。

　　由於元統治者蠲免全真教徒的賦稅，讓全真教掌管天下道教、管理天下出家人，提陞了全真教在社會中的地位。無數的平民百姓，為了生存，皈依全真教。對知識分子來說，全真教教義與儒家的「獨善其身」有著某種相似，容易被他們接受；再則全真教在發展中，十分重視招引文人士大夫入道，「丘處機所收弟子多是儒士或出於儒士之家」。陳垣先生說：「全真王重陽本士流，其弟子譚馬丘劉王郝，又皆讀書種子，故能結納士類，而士類亦樂就之。況其創教在靖康之後，河北之士正欲避金，不數十年又遭貞祐之變，燕都亡覆，河北之士又欲避元，全真遂為遺老之逋逃藪。」[5]金亡時，不少士大夫流離失所，他們有的「混於雜役」，有的「墮於屠沽」，還有的凍餓街頭。全真教掌教李志常十分重視收容這些士人，「委曲招延，飯於齋堂，日數十人」[6]，其中有不少的士人皈依了全真教。南宋彭大雅的《黑韃事略》對燕京士大夫流離失所，皈依全真教的事實也有所記述：「（前略）長春宮多有亡金朝士。既免跣焦，免賦役，又得衣食，最令人慘傷也。」[7]文人士大夫紛紛入道，這使得全真教的整體素質有所提高。這些文人利用他們的文學才能進行宗教宣傳，使得全真教的影響更為廣泛。

4　〔元〕李志常：《長春真人西遊記》卷下，見《道藏》（北京市：文物出版社，1988年），第三十四冊，頁500、496。

5　陳垣：《南宋初河北新道教考》卷一〈全真上〉（北京市：中華書局，1962年），頁15。

6　〔元〕王鶚：〈玄門掌教大宗師真常真人道行碑銘〉，見《甘水仙源錄》卷三第八十，《正統道藏》（臺北市：藝文印書館，1977年印行），第33冊，頁26318。

7　〔南宋〕彭大雅：《黑韃事略》，《叢書集成初編》本。

　　雜劇在元初發展成熟，成為元代最流行的文藝形式。王重陽與全真七子都十分重視教義宣傳，他們都有比較高的文學修養，善於用詩詞歌曲宣傳教義，引導信眾。王重陽的《重陽教化集》、《重陽分梨十化集》，馬丹陽的《丹陽神光燦》、《洞玄金玉集》、《漸悟集》，王處一的《雲光集》，丘處機的《磻溪集》，譚處端的《水雲集》，郝大通的《太古集》，尹志平的《葆光集》等都是利用詩詞曲宣揚全真思想。丘處機還精通音律，曾為金世宗剖析全真道教理，進《瑤臺第一曲》宣揚仙道，稱頌世宗，世宗大悅[8]。雜劇這一流行的文藝形式很自然得到全真教的重視，從全真教著名道士潘德沖的墓室裡有戲曲雕刻來看，這一點是無庸置疑的[9]。在全真教的影響下，許多作家以道教神仙故事為題材，宣揚全真教教義，反映當時社會的動盪黑暗以及世俗百姓、文人士大夫皈依全真教的現實。道教神仙戲因之而興盛，成為元雜劇的重要組成部分。

第二節　元道教神仙戲曲的宗教意蘊

　　元代的道教神仙戲曲，根據鍾嗣成的《錄鬼簿》、無名氏（一作賈仲明）的《錄鬼簿續編》、徐渭的《南詞敘錄》等書的記載，大約有劇目四十餘個，存劇本十餘種。從這些劇目來看，其中既有反映正一教天師驅邪除魔為內容的劇作，如吳昌齡的《張天師夜祭辰鈎月》、石君寶的《張天師斷歲寒三友》，也有反映與道教有關的民間信仰的劇作，如楊顯之的《借通縣跳神師婆旦》，還有《劉阮誤入桃源洞》、《張生煮海》、《柳毅傳書》、《裴航遇雲英》等反映仙凡愛情的劇作，內容相當廣泛。但其中最多的是反映全真教度世思想的劇目，約有二十餘種。

8　參卿希泰主編：《中國道教史》第三卷（成都市：四川人民出版社，1993年），頁44。
9　徐蘋芳：〈關於宋德方和潘德沖墓的幾個問題〉，《考古》1960年第8期，頁44。

（1）雜劇

一、馬致遠《呂洞賓三醉岳陽樓》（《錄鬼簿》著錄，存脈望館鈔校本、《元曲選》本）；

二、馬致遠《王祖師三度馬丹陽》（《錄鬼簿》著錄，佚）；

三、馬致遠《馬丹陽三度任風子》（天一閣本《錄鬼簿》著錄，存《元刊古今雜劇三十種》本、脈望館鈔校本、《元曲選》本）；

四、馬致遠《開壇闡教黃粱夢》（《錄鬼簿》著錄，存脈望館鈔校本、《元曲選》本等）；

五、馬致遠《太華山陳摶高臥》（《錄鬼簿》著錄，存《元刊古今雜劇三十種》本、《元曲選》本等）；

六、鄭廷玉《風月七真堂》（《錄鬼簿》著錄，佚）；

七、趙文殷《張果老度脫啞觀音》（《錄鬼簿》著錄，佚）；

八、紀君祥《韓湘子三度韓退之》（《錄鬼簿》著錄，佚）；

九、趙明道《韓湘子三赴牡丹亭》（《錄鬼簿》著錄，佚）；

十、岳伯川《呂洞賓度鐵拐李岳》（《錄鬼簿》著錄，存《元刊古今雜劇三十種》本、《元曲選》本）；

十一、范康《陳季卿誤上竹葉舟》（《錄鬼簿》著錄，存《元刊古今雜劇三十種》本、《元曲選》本等）；

十二、李壽卿《鼓盆歌莊子嘆骷髏》（《錄鬼簿》著錄，《元人雜劇鉤沉》存《仙呂宮》曲一套）；

十三、史九散人《花間四友莊周夢》（《錄鬼簿》著錄，存脈望館鈔校本。劇本作者署「史九敬先」，題為「老莊周一枕蝴蝶夢」）；

十四、張國賓《嚴子陵垂釣七里灘》（天一閣本《錄鬼簿》著錄，佚）；

十五、宮天挺《嚴子陵釣魚臺》（《錄鬼簿》著錄，存《元刊古今雜劇三十種》本，題為「嚴子陵垂釣七里灘」）。

十六、無名氏《漢鍾離度脫藍采和》(《今樂考證》著錄，存脈望館
　　　鈔校本)；

十七、無名氏《瘸李岳詩酒玩江亭》(《錄鬼簿續編》著錄，存脈望
　　　館鈔校本)；

十八、楊景賢《王祖師三化劉行首》,(《錄鬼簿續編》著錄，存脈
　　　望館鈔校本、《元曲選》本)；

十九、賈仲明《丘長春三度碧桃花》(《錄鬼簿續編》著錄，佚)
　　　[10]。

(2) 宋元戲文

二十、無名氏《七真堂》(見《海澄樓藏書目》，佚)；

二一、無名氏《呂洞賓三醉岳陽樓》(《南詞敘錄》〈宋元舊篇〉著
　　　錄，《宋元戲文輯佚》存殘曲七支)；

二二、無名氏《呂洞賓黃粱夢》(《南詞敘錄》〈宋元舊篇〉著錄，
　　　佚)；

二三、無名氏《金童玉女》(《九宮正始》注引，《宋元戲文輯佚》
　　　存殘曲一支)；

二四、無名氏《韓文公風雪阻藍關記》(《寒山堂曲譜》注引，
　　　佚)；

二五、無名氏《韓湘子三度韓文公》(《寒山堂曲譜》注引，佚)。
上面所列的二十五種神仙度脫劇劇目，從度世主角、劇作內容以及度
世方法等方面來看，幾乎都與全真教有關。

　　首先，在這些劇目中，馬致遠的《王祖師三度馬丹陽》、《馬丹陽
三度任風子》，鄭廷玉的《風月七真堂》，楊景賢的《王祖師三化劉行

---

10 楊景賢、賈仲明是元末明初人，其劇作大致作於明初，因在他們之後未見王重陽及
　　全真七子的度世劇，因而此劇放在這裡一併討論，而他們的其他神仙劇則放在明初
　　討論。

首》，賈仲明的《丘長春三度碧桃花》五種劇目直接以王重陽與全真七子作為度世主角。此外，宋元戲文中的《七真堂》戲文，一般也認為演全真七子故事。

　　《王祖師三度馬丹陽》、《王祖師三化劉行首》演王重陽度世故事。《王祖師三度馬丹陽》，劇本佚，但從劇名來看，此劇演王重陽度脫馬鈺的故事。馬鈺是王重陽的大弟子，《金蓮正宗記》「丹陽馬真人」條、《金蓮正宗仙緣像傳》「丹陽子」條都記載了王重陽食瓜自蒂、十度分梨點化馬鈺悟道之事。在《馬丹陽三度任風子》雜劇中，馬丹陽云自己「初蒙祖師點化，不得正道，把我魂魄，攝歸陰府，受鞭笞之苦，忽見祖師來救，化作天尊，令貧道似夢非夢，方覺死生之可懼也」，因而「棄其金珠，拋其眷屬」，出家學道[11]。馬致遠此劇估計敷衍以上內容。《王祖師三化劉行首》，今存《元曲選》本，演王重陽夜遇鬼仙，讓鬼仙人間托生還宿債，後命馬丹陽前去度之成仙的故事。《風月七真堂》雜劇與《七真堂》戲文，劇本均佚，一般認為演全真七子故事。《馬丹陽三度任風子》、《丘長春三度碧桃花》二劇演馬丹陽、丘處機度世故事。全真七子只有馬丹陽、丘處機有度世故事劇，這與二人在全真教的地位影響有關。王重陽死後，馬丹陽、丘處機相繼執掌全真教，在當時影響很大。《丘長春三度碧桃花》，劇本佚，本事不詳。《馬丹陽三度任風子》，今存《元曲選》本，劇演馬丹陽度脫終南山任屠成仙故事。劇本故事當源於馬丹陽度脫屠者劉清之事，《金蓮正宗記》有記載：「（馬丹陽）既還鄉里，復見屠者劉清，教之曰：『曩日壁間之頌，不覺流年二十換矣。以日計之，日宰三豬，十萬之數，亦已足矣。況公壽八十有三，族廣家豪，理當止殺。』公方省悟，遂擇日設齋持砧器於郭門外焚之。」[12]

11　〔元〕馬致遠：《馬丹陽三度任風子》，見臧晉叔編：《元曲選》（北京市：中華書局，1989年），頁1670。

12　〔元〕秦志安：《金蓮正宗記》卷三〈丹陽馬真人〉條，載《道藏》第三冊。

　　王重陽與全真七子度世劇數量不多，被度脫的人物除全真七子外，也只有妓女與屠夫，反映的生活面比較狹窄。如果單憑這幾個劇目，還不能說全真教對元代神仙道化戲有多大影響，但如果把眼光放開一點，我們就可以發現除以上幾種度世劇目外，元代的神仙度世劇幾乎都是八仙度世故事劇。而八仙之首鍾離權、呂洞賓是王重陽甘河鎮所遇之仙。在《金蓮正宗記》、《金蓮正宗仙緣像傳》等全真教典籍中，鍾離權、呂洞賓、劉海蟾都成為王重陽之師。鍾離權師自東華帝君，度呂洞賓、劉海蟾，三人又共度王重陽成仙。全真教北宗以東華帝君為第一祖、鍾離權為第二祖、呂洞賓為第三祖、劉海蟾為第四祖、王重陽為第五祖。八仙之首的鍾離權、呂洞賓都成了全真教祖，成名已久的何仙姑、藍采和、鐵拐李等仙人則都成為全真教祖師鍾離權、呂洞賓的徒弟或道友。八仙中鍾離權、呂洞賓等仙度世，實際也是全真教度世思想的反映。

　　在上面所列的二十五種劇目中，八仙度世故事劇十三種，其中鍾離權度世劇三種、呂洞賓度世劇四種、韓湘子度世劇四種、鐵拐李度世劇一種、張果老度世劇一種。

　　《開壇闡教黃粱夢》、《漢鍾離度脫藍采和》二劇演鍾離權度脫呂洞賓、藍采和成仙故事。「黃粱夢」故事，最早見於唐傳奇《枕中記》，寫呂翁點化盧生事；到金元時期，全真教典籍《純陽帝君神化妙通記》、《歷世真仙體道通鑒》等書則以之為鍾離權度脫呂洞賓故事。此劇故事即直接源自《純陽帝君神化妙通記》中的「黃粱夢覺第二化」。《呂洞賓黃粱夢》戲文估計亦演此故事。

　　《呂洞賓三醉岳陽樓》、《呂洞賓度鐵拐李岳》、《陳季卿誤上竹葉舟》三劇演呂洞賓度世故事。《呂洞賓三醉岳陽樓》，演呂洞賓度脫柳樹精得道成仙故事。呂洞賓度柳精故事，從宋人《畫墁集》、《蒙齋筆談》等筆記中所記的呂洞賓岳陽樓遇松精的傳說及岳州石刻、《江州望江亭自記》中所記的「第一度郭上灶」等事演化而來。元苗善時的

《純陽帝君神化妙通記》中有〈度老松精第十二化〉、〈再度郭仙第十三化〉[13]，把二事聯繫在一起。呂洞賓度柳精故事即是苗善時的《純陽帝君神化妙通記》中呂洞賓度松精故事的變化發展。《陳季卿誤上竹葉舟》雜劇，演呂洞賓度脫陳季卿成仙故事，本事出唐人薛昭蘊的《幻影傳》，亦見《纂異記》及《異聞實錄》等書。《呂洞賓度鐵拐李岳》，演呂洞賓度鐵拐李成仙故事，劇本本事無考，估計是作者據民間傳說創作而成。

　　鍾離權、呂洞賓度世劇外，《張果老度脫啞觀音》演張果老度世故事，劇本佚。《瘸李岳詩酒玩江亭》演鐵拐李度金童玉女省悟出家，復歸仙班的故事。《韓湘子三度韓退之》、《韓湘子三赴牡丹亭》雜劇以及宋元戲文中的《韓文公風雪阻藍關記》、《韓湘子三度韓文公》戲文，劇本均佚，但從劇名來看，四劇應該都演韓湘子度脫韓愈故事。

　　在王重陽全真七子、八仙度世劇外，《太華山陳摶高臥》、《鼓盆歌莊子嘆骷髏》、《花間四友莊周夢》、《嚴子陵垂釣七里灘》、《嚴子陵釣魚臺》五劇利用道祖、隱士的修行故事，宣揚道教神仙思想。《鼓盆歌莊子嘆骷髏》、《花間四友莊周夢》二劇演莊子悟道故事，本事源出莊子〈齊物論〉及〈至樂篇〉中莊子鼓盆、夢蝶等故事。《太華山陳摶高臥》演陳摶故事。陳摶是鍾離權、呂洞賓內丹派的重要人物，與全真教也有著很深的淵源。劇中陳摶不慕功名利祿，不戀酒色財氣，是全真教的理想人物。《嚴子陵垂釣七里灘》、《嚴子陵釣魚臺》二劇演嚴子陵不願功名，隱居富春故事，今存宮天挺的《嚴子陵垂釣七里灘》。劇中嚴子陵自稱「貧道」，他把富貴看作「蝸牛角半痕涎沫」，把功名看成「飛螢尾一點光芒」[14]，這種清靜無為、意在山野的

---

13 李一泯主編：《道藏》，第五冊，頁712。
14 〔元〕宮天挺：《嚴子陵垂釣七里灘》，見隋樹森編：《元曲選外編》（北京市：中華書局，1959年），頁448。

思想，與全真教教義在一定程度上也是切合的。可見，這些隱居樂道
劇主要宣揚的也是全真教「葆性全真」思想。

　　通過對元代神仙度脫劇度世主角、劇本內容的簡要分析，全真教
對元代神仙度脫劇的影響之深已不言而喻。

　　不僅如此，元代神仙度脫劇中，神仙度世方法以及道教徒修行內
容等也大都與全真教教義相同。元代神仙度脫劇中神仙度世大都採用
夢中點化、自身頓悟的方式。《黃粱夢》劇中，呂洞賓夢中經歷了酒
色財氣，「陞沉萬態，榮悴千端」，恍然醒來時，身猶臥肆中，黃粱猶
未煮熟，因而醒悟人生，出家學道。《藍采和》劇中，鍾離權、呂洞
賓二人在度脫藍采和時，讓藍采和經歷人世惡境，讓他感悟到現實人
生的極端不自由，自悟而出家。《鐵拐李》劇中，呂洞賓度鐵拐李
時，讓岳孔目魂入地獄，靈魂受苦，後又讓之附體還魂，使之在靈魂
與肉體、生存與死亡的痛苦煎熬中醒悟出家。《岳陽樓》劇中，呂洞
賓顯神通先點化了賀臘梅，後又以死亡恐懼來警醒郭馬兒，讓他醒悟
出家。這些劇作雖然有些故事本來就有夢醒悟道的原型，但這些故事
被選則在一定程度上與全真教的影響有關。而《陳季卿誤上竹葉舟》
劇對《纂異記》中情節的改編，更顯出了這一點。在《纂異記》中陳
季卿乘竹葉舟回家並非夢，而在元劇中，則作為夢境處理，陳季卿因
夢而省悟。

　　這種夢中點化、自身頓悟的度脫方法，與全真教度世關係最為密
切。全真教教祖王重陽點化馬丹陽、譚長真、郝大通等人採用的大都
是點悟式的方法，讓他們自悟出家。如王重陽度郝大通：「（郝大通）
大定丁亥秋貨卜於市，士大夫環列而坐，重陽最後至，背面而坐。先
生曰：何不回頭。重陽曰：只恐先生不肯回頭。先生頗驚，遽起作
禮。」[15] 王重陽利用郝大通話語乘機點化，使之醒悟。王重陽度孫不

─────────────

15　〔元〕秦志安：《金蓮正宗記》，見《道藏》，第三冊，頁363。

二時，「出神入夢，種種變現。懼之以地獄，誘之以天堂，十度分梨，六番賜芋」，使孫不二醒悟[16]。他度脫馬丹陽時，也是這樣。馬丹陽說：「初蒙祖師點化，不得正道，把我魂魄，攝歸陰府，受鞭笞之苦，忽見祖師來救，化作天尊，令貧道似夢非夢，方覺死生之可懼也。因此遂棄其金珠，拋其眷屬。（下略）」[17]

王重陽既重視教徒自身「內向」性心理體驗，同時又注意他們「外向」的意會直覺。他在《重陽立教十五論》的第二條「雲游」中說：「凡游歷之道有二：一者看山水明秀花木之紅翠，或玩州府之繁華，或賞寺觀之樓閣，或尋朋友以縱意，或為衣食而留心。如此之人雖行萬里之途，勞形費力；遍覽天下之景，心亂氣衰，此乃虛雲游之人。二者參尋性命，求問妙玄，登巇險之高山，訪明師之不倦，渡喧轟之遠水，問道無厭。若一句相投，便有圓光內發，了生死之大事，作全真之丈夫，如此之人乃真雲游也。」[18]王重陽提倡雲游，其目的是通過雲游觸動心機，圓光內發，了悟生死。《鐵拐李度金童玉女》中金安壽因瞬間見四季景物變化、《花間四友莊周夢》中莊周因頃刻間見鮮花開謝而省悟生死，就是外向觀照「道」和內向體驗「道」的過程，便是主體頓悟本性，「明心見性」的過程。

全真教強調「頓悟而漸修」，「明心見性」只是證仙的第一步，而要成仙，則還要經過艱苦的修命過程。王重陽創造了內外結合的成仙方法，稱「外修陰德，內煉真功」。自身真功的修煉，須得一個清靜的修行環境，出家修行成為其中重要的一步。「凡出家者，先須投庵，庵者，舍也，一身依倚。身有依倚，心漸得安，氣神和暢，入真道矣。」[19]全真教初期傳教都是以庵為據點，這種庵本指圓頂草屋。

---

16 同前註。
17 〔元〕馬致遠：《馬丹陽三度任風子》，見臧晉叔編：《元曲選》，頁1670。
18 〔金〕王重陽：《重陽立教十五論》，見《道藏》，第三十二冊，頁153。
19 同前註。

元神仙道化戲《任風子》中的「草團瓢」、《黃粱夢》中的「草團
標」、《劉行首》中的「草庵」、《玩江亭》中的「茅庵」等就反映了全
真教初期草庵修行的實況。修行的首要條件是絕對禁欲。絕對禁欲是
全真教識心的首要條件。王重陽「以妻女為枷鎖，稱兒孫歡笑為虎狼
咆哮，視夫婦如仇敵，稱養兒育女是還前世孽債」，奉勸世人「休妻別
子斷恩愛」，「跳出樊籠尋性命」。七情六欲中尤重絕酒色財氣，王重陽
稱「凡人修道，先須依此十二字：斷酒色財氣攀緣愛念憂愁思慮」[20]。
《全真清規》中有「酒色財氣食葷但犯者罰出」的責罰條例[21]。《純陽
真人渾成集》中呂純陽有戒酒、戒色、戒財、戒氣的勸世歌[22]。《開壇
闡教黃粱夢》中，作者利用呂洞賓被鍾離權度脫的過程，展現了酒色
財氣對人性的傷害。呂洞賓喝酒吐血，傷身；妻子不貞，傷情；貪
財，差點讓他喪命；爭氣戀子女，而子女被摔死，最後自己也被殺
死。呂洞賓通過夢中的惡境，斷酒色財氣，攀緣愛念憂愁思慮，修成
正果。此外，《岳陽樓》中呂洞賓贈劍要郭馬兒殺妻，《任風子》中任
屠休妻摔子，鐵拐李棄父母妻兒，《竹葉舟》中陳季卿拋功名利祿妻
兒子女，《陳摶高臥》中陳摶不近酒色財氣，《莊周夢》中莊周去酒色
財氣等，都或多或少地反映了全真教禁欲主義的修行思想。

　　全真教摒棄傳統的外丹燒煉，重視內丹修煉，即煉自己的精氣
神，從而「了達性命」。《陳摶高臥》劇中，陳摶「全不管人間甲子，
單則守洞裡庚申，降伏盡嬰兒姹女，將煉成丹汞黃銀」。《竹葉舟》第
一折中呂洞賓云：「俺不用九轉丹成千歲壽，俺不用一斤鉛結萬年
珠。也不採甚麼奇苗異草，也不佩甚麼寶篆靈符。只要養的這精神似

---

20 轉引自任繼愈主編：《中國道教史》下卷（北京市：中國社會科學出版社，2001年），
　頁687、689。
21 〔元〕陸道和：《全真清規》〈教主重陽帝君責罰榜〉，見《道藏》，第三十二冊，頁
　159。
22 李一氓主編：《道藏》，第二十三冊，頁685。

水，煉的這骨髓如酥。常日把那心猿意馬牢拴拄，一任教陵移谷變，石爛的這松枯。」諸如此類唱詞中，透露出全真教內丹修煉的思想。

　　通過對元代神仙度脫劇的劇作內容、度世主角、度世方式等方面的考察，我們對全真教與元代神仙度脫劇的關係有一個較為清楚的了解：全真教興盛，世俗百姓紛紛皈依的現實為戲曲提供了豐富的創作素材和眾多的觀眾，而神仙道化戲在反映現實的同時，又生動形象地宣揚了全真教思想。

第三節　元道教神仙戲曲的作家心態

　　元代道教神仙戲曲以神仙故事為題材，在宣揚道教神仙思想的同時，也曲折地反映了當時的社會現實。而劇作者之所以創作道教神仙劇，則與他們的人生遭際密切相關。元代的劇作家，鍾嗣成在《錄鬼簿》中根據他個人所知，分為「前輩已死名公才人」、「方今已亡名公才人」、「方今才人」三類。張庚、郭漢城的《中國戲曲通史》認為：鍾嗣成所說的「『前輩已死名公才人』，應為北雜劇的第一期作家。他們當分別活動於金末（1200）前後至元成宗元貞、大德（1300）前後的一百來年的時間內。至於『方今』、『已亡』和『未亡』兩類，可列為北雜劇的第二期作家。他們的活動時期約在元貞、大德以後，到元亡（1368）前後。」[23]第一期作家大多是金代遺民，他們生活的時代政治動盪，生命受到嚴峻的挑戰，許多士人淪落江湖，皈依宗教。這一時期的劇作家，據《錄鬼簿》的「前輩已死名公才人有所編傳奇行於世者」中記載，有五十六人，其中二十多位作家創作有道教神仙劇。元代後期，社會相對穩定，經濟繁榮。隨著儒學的被重視，科舉的恢復，士人的地位逐漸得到提高，士人追求現世幸福的理想也不斷

---

23 張庚、郭漢城：《中國戲曲通史》（北京市：中國戲劇出版社，1980年），頁127。

增長。這一時期的劇作家,據《錄鬼簿》的記載也有五十多人,但其中只有二、三位劇作家創作了與道教神仙有關的戲曲作品。可以說,社會環境直接影響了神仙戲曲的創作。

從現存的資料來看,馬致遠是我們現在所能考知的最早大量寫作神仙戲曲的作家。《錄鬼簿》記載云:「馬致遠,大都人,號東籬,任江浙行省務官。」天一閣本《錄鬼簿》在小傳後有賈仲明補的輓詞:「萬花叢裡馬神仙,百世集中說致遠,四方海內皆談羨。戰文場曲狀元,姓名香貫滿梨園。《漢宮秋》、《青衫淚》、《戚夫人》、《孟浩然》,共庾白關老齊肩。」[24]《太和正音譜》稱馬致遠之詞如「朝陽鳴鳳」,「有振鬣長鳴,萬馬皆瘖之意」[25]。從這些簡略的記載中,可以知道,馬致遠是一位才華橫溢、名聲很大的劇作家,但他生活在政治混亂腐敗、知識分子地位低下的元代,他的才能不被重視,只當了行省務官之類的小官。仕途失意等因素使他皈依了全真教,成為全真教的忠實信徒。跟馬致遠一起創作《黃粱夢》劇作的李時中是中書省掾,花李郎、紅字李二是教坊才人,也都是地位低下的知識分子。

《竹葉舟》的作者范康,《錄鬼簿》說他「明性理,善講解,能詞章,通音律」,「佔文場第一功,掃千軍筆陣元戎,龍蛇夢,狐兔踪,半生來彈指聲中」。從鍾嗣成的這些評語來看,范康是一個「天資卓異」、多才多藝,但功名不順,一生落魄的文人。他每日過著飲酒、吟詩、作曲的生活,「一下筆即新奇」,「人不可及」[26]。元代的神仙劇作家還有陸進之、岳伯川、鍾嗣成、趙文殷、紀君祥、趙明道等人。岳伯川,元代初期的劇作家。他才名很高,「玉京燕趙名馳」,作曲「言詞俊,曲調美」[27],但鬱鬱不得志,功名不就。《錄鬼簿》只記

---

24 〔元〕鍾嗣成:《錄鬼簿》,見《中國古典戲曲論著集成》第二冊,頁167。

25 〔明〕朱權:《太和正音譜》,見《中國古典戲曲論著集成》第三冊,頁16。

26 〔元〕鍾嗣成:《錄鬼簿》,見《中國古典戲曲論著集成》第二冊,頁120。

27 見天一閣本賈仲明所補輓詞,引自《中國古典戲曲論著集成》第二冊注544。

載了他的籍貫：「濟南人，或云鎮江人。」他的《呂洞賓度鐵拐李
岳》通過對鐵拐李被呂洞賓度脫經過的描寫，反映了功名如夢、人生
如夢、生死無常的思想。鍾嗣成「德業輝光，文行溫潤，人莫能
及」，「所編小令套數極多，膾炙人口」，而功名不順，「以明經累試於
有司，數與心違」，功名的不順使他「杜門養浩然之志」[28]。陸進之
「好作詩，善文」，但也只作過福建省都事一類小官。趙文殷，為教
坊色長，天一閣本《錄鬼簿》有賈仲明補的輓詞：「教坊色長有學
規，文敬超群眾所推。樂星謫降來彰德。編《萊檐兒仙》傳奇，撰
《武王伐紂》精微。秀華治風物美，樂章興南北東西。」[29]可知他是
一位文才超群、音樂出眾的藝人。但在當時，藝人地位十分低下，明
代初年朱權的《太和正音譜》把這些藝人們打入「娼夫」類。此外，
張國賓、紀君祥、趙明道等作家，有的是教坊才人，有的生平無從得
知，但可以肯定的是他們與馬致遠、范康、岳伯川、鍾嗣成等劇作家
一樣，都是有才但人生失意的作家。

　　文學作品是作家藝術創造活動的成果，是作家審美創造主體的對
象化、語符化。作家對外在生活素材的篩選、過濾、加工都傾注著作
家自己的思想感情，作品在一定程度上即是作家思想感情的體現。道
教神仙劇雖然寫的是宗教故事，但劇作家人生失意、內心苦悶的情懷
從中可以很清楚地感受到。

　　范康的《竹葉舟》反映了元代讀書人科舉失意、皈依宗教的現
實。劇中，陳季卿「幼習儒業，頗有文名」，卻「應舉不第，流落不
能歸家」，後出家為道。他的朋友惠安「自幼攻習儒業，中年落髮為
僧」。而前來度脫陳季卿的仙人呂洞賓也是「因應舉不第」而出家。
他們都是科舉失意的文人，為僧、為道、為仙似乎成為眾多失意文人

28 〔明〕賈仲明：《錄鬼簿續編》，見《中國古典戲曲論著集成》第二冊，頁281。
29 引自《中國古典戲曲論著集成》第二冊，頁190注485。

的一種歸宿。陳季卿科舉不第，窮困潦倒，有家難歸，是封建時代落魄儒生的典型。呂洞賓以仙界的美妙、現實功名的虛幻點化他，他卻迷於功名，戀於妻子，不肯出家。乘竹葉舟歸家與妻子、父母短暫相會之後，即刻啟程前去赴考，可見功名在他的心目中佔有多麼重要的地位！夢中回來時，他掉在大江之中，驚醒之後，因見呂洞賓荊籃所留之詩，追隨出家。在他的醒悟中，包含著一種更為深層的苦悶——死亡的恐懼。科舉功名的失意是這種恐懼的引導因素。夢中被淹猶有醒時，現實中被淹則葬身魚腹，功名利祿、妻兒子女都會成空。而呂洞賓是仙人，能知他夢中之事，能度之長生不死，所以他跟之出家。陳季卿從迷戀功名富貴、妻兒子女到出家學道尋找解脫，這種轉變中存在著一種人生價值的轉換，在這種轉換中，科舉失意的痛苦被死亡的恐懼掩蓋，而死亡的恐懼最終又被神仙世界所消解。

馬致遠的《黃粱夢》以呂洞賓「黃粱一夢」醒悟出家的故事創作而成。劇本從更廣的角度反映了一代知識分子深層的心理苦悶。主人公呂洞賓是一個執迷於功名的讀書人，他十年寒窗苦讀，為的是一舉成名天下聞，過上「身穿錦緞輕紗，口食香甜美味」的生活。漢鍾離以仙界優美的環境、仙人生活的閑適與神仙的神通來點化。但這一切對於呂洞賓來說是那麼遙遠，難以捉摸，「我十年苦志，一舉成名，是荷包裡東西，拿得定的，神仙事渺渺茫茫，有什麼準程，教我去做他」。呂洞賓志在功名，但現實生活中「功名由命不由人」，社會上「則敬衣衫不敬人」，功名難以實現。現實如夢，夢如現實。夢中，呂洞賓中狀元、得高官、娶美妻，依靠上有權有勢的高太尉，十分得意。而美酒傷身，妻子不貞無情又使他傷情，為貪財而差點送命。因刺配而行走荒山野嶺，又差點因饑餓、冷凍而死。心裡繫情孩子，孩子卻又被強人摔死。最後，自己想逃也不能，亦被殺死。夢中功名成就，過上自己刻意追求的錦衣美食的生活，但這些帶給人的不是歡樂，而是一種更深層的痛苦。

　　馬致遠對科舉功名有著清醒認識，他在《黃粱夢》、《陳摶高臥》等劇中借神仙之口表達出來：「功名二字，如同那百尺高竿上調把戲一般，性命不保。脫不得酒色財氣這四般兒，笛悠悠，鼓咚咚，人鬧吵，在虛空，怎如的平地上來，平地上去，無災無禍，可不自在多哩。」（《黃粱夢》）「三千貫二千石，一品官二品職，只落的故紙上兩行史記，無過是重裀臥列鼎而食，雖然道臣事君以忠，君使臣以禮，哎，這便是死無葬身之地，敢向那雲陽市血染朝衣。」（《陳摶高臥》）《岳陽樓》雜劇中，作者借呂洞賓悲嘆功名，悲嘆歷史人物的命運：「古人英雄，今安在哉？華容路這壁是曹操遺迹，烏江岸那壁是霸王故址。曹操奸雄，夜眠圓枕，日飲鴆酒。三分霸王，有喑啞叱咤之勇，舉鼎拔山之力，今安在哉？」呂洞賓由悲嘆功名到悲嘆歷史上叱咤風雲的人物，再從悲嘆歷史人物到深層的人生悲嘆：人生短暫，一切都是虛幻。在這悲嘆中飽含了作者苦悶、無奈與辛酸的感情。

　　此外，岳伯川的《鐵拐李》、馬致遠的《任風子》、宮天挺的《七里灘》等劇作對科舉功名的態度雖然沒有《黃粱夢》、《竹葉舟》等劇那麼強烈，但他們對科舉功名的否定依然很清楚地表現出來。《鐵拐李》劇中鐵拐李去「名韁利鎖」，修道成仙。《七里灘》劇中嚴子陵視富貴為「蝸牛角半痕涎沫」，視功名為「飛螢尾一點光芒」，這些都表達了作者遠離富貴功名，追求清靜自然生活的思想。《任風子》劇中雖然是任屠主唱，但從任屠唱詞中的「我自撇下酒色財氣，誰曾離茶藥琴棋」，「我閑彈夜月琴三弄，誰待細看春風玉一圍」，「我待學陶淵明歸去來兮」等曲詞來看，他的身上有著很濃的文人意識，表達了作者的隱逸思想。

　　「神仙世界是一個與現實世界根本不同的超現實世界。然而當現實世界的人把它作為一個確實存在的世界而相信的時候，它就對現實世界的人們發揮著作用和影響。神仙的超世觀念與執著於世的悲劇意

識是對立的，它在本質上對悲劇意識有一種消解作用。」[30]神仙度脫劇在反映人生苦難的同時，又虛構了一個理想的神仙世界，它成為現實紛爭中苦難眾生在痛苦無助時的一個賴以寄託自己心靈的美的殿堂。

劇中的神仙是人們生存理想的昇華，他們「笑引蒼龍游太華，倒騎黃鶴過扶桑」，「訪蓬萊登閬苑」，吃的是交梨火棗，飲的是玉液瓊漿，生活在一個自由、快樂、逍遙、永恆的仙界裡。他們神通廣大，能「上崑崙摘星辰」，乘風御氣，騰雲駕霧。八仙中的韓湘子能開頃刻花，能造逡巡酒。《玩江亭》裡鐵拐李能乘風過江，能穿壁進屋，能用寒波造酒，能讓枯樹開花。神仙所擁有的逡巡造酒、頃刻開花等神通在一定程度上也滲透著文人意識。

作者筆下的神仙世界也是人間勝境的昇華。《竹葉舟》裡呂洞賓所說的仙界「有蒼松偃蹇蛟龍臥，有青山高聳烟嵐潑，香風不動松華落，洞門深閉無人鎖」，很顯然就是人間的勝境理想化。《黃粱夢》第一折裡，馬致遠通過鍾離權之口描繪了一個神仙世界：

> 【醉中天】俺那裡自潑村醪嫩，自折野花新，獨對青山酒一尊，閑將那朱頂仙鶴引，醉歸去松陰滿身，冷然風韻，鐵笛聲吹斷雲根。
>
> 【金盞兒】俺那裡地無塵，草長春，四時花發常嬌嫩，更那翠屏般山色對柴門，雨滋棕葉潤，露養藥苗新，聽野猿啼古樹，看流水繞孤村。

在馬致遠的筆下，神仙居處群山疊翠，綠水常流，那裡「地無塵，草長春」，有四時常開之花，有百年不老之松，棕樹、藥苗在雨水的滋潤下生意盎然，一切都十分和諧舒適。而居住其中的神仙飲的是「村

---

30 張法：《中國文化與悲劇意識》（北京市：中國人民大學出版社，1989年），頁199。

醪」，嗅的是野花的清香，聽的是悠悠的笛聲，生活悠然閑適。這裡的神仙世界人間氣息更為濃郁，而生活於其中的神仙簡直就是現實人生中隱居山林的隱士。可以說，作者是以山間隱士所生活的環境為原型來寫他筆下的神仙世界。而在其他一些神仙劇中，自由快活，與世無爭的漁翁也成為神仙的化身。呂洞賓、鐵拐李等多化身漁翁，引度世人。「雖是個不識字烟波釣叟，卻做了不思凡風月神仙」[31]，「你道俺駕扁舟泛碧波，執漁竿披綠蓑，這就是仙家使作」[32]就說明了這一點。在一些神仙劇中，神仙世界亦是漁翁生活環境的理想化。

　　劇作家以山間隱士、江上漁翁等所生活的環境為原型來虛構神仙世界，這在一定程度上帶有文人的自我意識。文人厭絕現實世界的惡濁環境，或隱居深山，或寄身漁翁。唐詩人張志和，隱居湖上，垂釣為生，自號烟波釣徒。陸龜蒙隱居，時常垂釣烟波江上，自號江湖散人。而隱居在山林中的隱士則更多。神仙度脫劇的作家自己本身都是社會失意文人，他們喜愛自然山水，有的還隱居山中或寄身漁翁之中，因而他們筆下的神仙世界在一定程度上即是他們生活環境的理想化。

　　通過上面的簡要分析，我們知道元代神仙戲曲作家大都是失意文人，他們的創作也從多方面反映了他們憤悶不平卻又無可奈何的心情。現實世界裏，他們失意落魄，痛苦的心靈難以解脫，他們就把自己的心靈寄託到虛無縹緲的神仙世界，利用神仙世界的美好消解現實人生的苦痛。可以說，虛無縹緲的神仙世界成為元代失意文人的精神家園。

31　〔明〕谷子敬：《呂洞賓三度城南柳》，見臧晉叔編：《元曲選》（北京市：中華書局，1958年），第3冊，頁1194。

32　〔元〕范康：《陳季卿誤上竹葉舟》，見臧晉叔編：《元曲選》（北京市：中華書局，1958年），頁1057。

第三章

道教神仙戲曲的興盛

　　道教神仙戲曲發展到明代，進入一個相對興盛的時期。在這一時期裏，道教神仙戲曲的題材有所擴大，神仙度脫劇外，神仙慶壽、神仙鬥法等題材的劇作也都有所發展。其次，道教神仙戲曲所表現的主題也呈現多樣化，其中既有純粹宣揚道教思想的劇作，也有借道教神仙題材自抒不平、諷刺社會、反思人生的劇作。這種狀況的出現是明代社會、作者遭際等諸多因素共同影響的結果。

第一節　宗教環境與文化政策

　　明代道教神仙戲曲的興盛是明代宗教文化政策影響的結果。

　　首先，上層統治者對道教的利用與信奉為道教神仙戲曲的興盛提供了有利的政治環境。

　　明代的最高統治者大多崇奉道教，信仰神仙。明太祖朱元璋曾當過僧人，開國之初，比較重視佛教。《明史》列傳二十七中記載云：「帝自踐阼後，頗好釋氏教，詔徵東南戒德僧，數建法會於蔣山，應對稱旨者輒賜金襴袈裟衣，召入禁中，賜坐與講論。吳印、華克勤之屬，皆拔擢至大官，時時寄以耳目。」他還在一些僧人的請求下，為僧立官，設左右善世、左右闡教、左右講經覺義等官，並給予很高的品秩[1]。在佛教地位提高的同時，道教的地位也得到相應的提高。朱元璋開國時，重要的道士有劉基、張中、周顛、丘玄清、冷謙等，朱

1　〔清〕張廷玉等：《明史》卷一三九（北京市：中華書局，1974年），頁3988。

元璋還親撰《周顛仙傳》紀周顛仙事。祥符宮道士劉淵然能「呼召風雷」，朱元璋召至，賜號「高道」，館朝天宮[2]。朱元璋重視佛道，主要是想利用佛道為封建統治服務。他的這種目的在《三教論》中說得十分明白。他在《三教論》中認為儒教「萬世永賴」，「凡有國家不可無」，是最重要的；而仙佛所求不驗，並不存在，但「佛仙之幽靈，暗理王綱，益世無窮」，通過仙佛天堂地獄之說，勸善懲惡，可以讓老百姓畏天、畏王法，對朝廷教化很有作用[3]。

　　明成祖朱棣對佛道基本上還是採取利用政策。他除利用佛道從政治上馴化民眾外，還利用佛道為自己不正當的奪權行為尋求合法的解釋。他為了給自己的「靖難之變」找到合法依據，利用道教與民間信仰之神來為自己的「靖難」塗上「奉天行道」的色彩。他宣揚自己是真武神的化身，而且把「靖難之變」的大小七十餘次戰鬥中，稍有奇怪事情發生的，莫不歸功於真武神[4]。他稱帝后，派人尋訪張三豐，還命工部侍郎郭璡、隆平侯張信等，督丁夫三十餘萬人，在相傳是真武神修煉之地的武當山修武當宮觀，設官鑄印以守[5]。他還在北京營建宏偉的真武廟，並定為京師九廟之一，由官方祭祀。

　　明代諸帝王中對道教最為崇信的是明世宗朱厚熜。朱厚熜之所以崇信道教，期望成仙，估計與他之前諸位帝王大多英年早逝有關。此前的明代帝王中，仁宗四十八歲駕崩，宣宗三十八歲駕崩，景帝三十歲駕崩，英宗三十八歲駕崩，憲宗四十一歲駕崩，孝宗三十六歲駕崩，武宗三十一歲駕崩，都是英年早逝。特別是嘉靖二十年遭宮婢之變後，世宗「移居西內，日求長生，郊廟不親，朝講盡廢，君臣不相

2　〔清〕張廷玉等：《明史》卷二九九〈方伎〉（北京市：中華書局，1974年），頁7639。

3　引自卿希泰：《中國道教史》（成都市：四川人民出版社，1993年），第三卷，頁387。

4　馬書田：《中國道教諸神》（北京市：團結出版社，1996年），頁104。

5　〔清〕張廷玉等：《明史》卷二九九〈方伎〉，頁7641。

接，獨仲文得時見，見輒賜坐，稱之為師而不名」[6]。大興齋醮，許多大臣，為齋醮撰寫青詞，迎合皇上修仙之意。嚴嵩、夏言、徐階、李春芳、嚴訥、郭樸、袁煒等人皆以青詞媚主而得入閣[7]。

嘉靖之後，「雖不再有方士、道士以方術邀寵，干亂朝政的事，但並沒有放棄信奉道教的傳統」[8]，道教的齋醮之風一直未斷。明代最後一個皇帝崇禎，在天下大亂之際還召張真人建禳妖護國清醮及羅天大醮祈求神佑。

最高統治階級對道教的崇信與利用直接影響到官僚階層及普通民眾的宗教信仰，為道教神仙戲曲的興盛提供了十分有利的宗教環境。在這種環境的影響下，劇作家大量創作、改編道教神仙劇以滿足人們信仰心理的需要。

其次，明代的戲曲文化政策對神仙戲曲的興盛也有著直接的影響。

明初，朱元璋十分重視戲曲的教化作用。他對高明的《琵琶記》極為欣賞，說：「五經、四書，布、帛、菽、粟也，家家皆有；高明《琵琶記》，如山珍、海錯，貴富家不可無。」[9]重視的就是《琵琶記》的忠孝節義主題。在朱元璋的提倡下，明初的《五倫全備記》、《易鞋記》等傳奇都明確宣稱「若於倫理無關係，縱是新奇不足傳」的教化思想。據記載，明初朱元璋分封諸王，諸王之國時，「必以詞曲一千七百本賜之」[10]，其目的就是想利用戲曲來教育他的皇子皇孫[11]。

6　〔清〕張廷玉等：《明史》列傳一九五〈佞倖〉（北京市：中華書局，1974年），頁7896。

7　參任繼愈：《中國道教史》（北京市：中國社會科學出版社，2001年），頁807。

8　任繼愈：《中國道教史》，頁785。

9　〔明〕徐渭：《南詞敘錄》，引自《中國古典戲曲論著集成》（北京市：中國戲劇出版社，1959年），第三冊，頁240。

10　〔明〕李開先：〈張小山小令後序〉，引自王利器：《元明清三代禁毀小說戲曲史料》〈前言〉（上海市：上海古籍出版社，1981年）。

11　參王利器：《元明清三代禁毀小說戲曲史料》〈前言〉。

正因為統治者意識到戲曲的重要性，所以他們在對待普通民眾的
戲曲娛樂活動時採取十分嚴酷的政策，限制表演者、演出內容、演出
時間，壓制人們的思想，維護封建統治。《客座贅語》、《遁園贅語》
等書中記載了明初的一些法令榜文。《遁園贅語》中記載云：

> 洪武二十二年三月二十五日，榜文云：「在京軍官軍人，
> 但有學唱的，割了舌頭。娼優演劇，除神仙、義夫節婦、孝子
> 順孫、勸人為善及歡樂太平不禁外，如有褻瀆帝王聖賢，法司
> 拿究。下棋打雙陸的斷手，蹴園的卸腳。」千戶虞讓子虞端，
> 吹笛唱曲，將上唇連鼻尖割去。指揮伏顒與姚晏保蹴球，卸去
> 右足，全家戍滇。[12]

懲罰之嚴酷可見一斑。明太祖還於中街立高樓，「令卒偵望其上，聞
有弦管飲博者，即縛至倒懸樓上，飲水三日而死」[13]。洪武三十五年
《御制大明律》中對戲曲搬演內容有明確規定：

> 凡樂人搬做雜劇戲文，不許妝扮歷代帝王后妃、忠臣烈士、
> 先聖先賢神像，違者杖一百；官民之家，容令妝扮者與同罪。
> 其神仙道扮，及義夫節婦、孝子順孫、勸人為善者，不在禁限。[14]

永樂九年七月，明成祖對此法令予以強調，並下令：「非律所該
載者，敢有收藏傳誦印賣，一時拿送法司究治。奉聖旨，但這等詞

---

12 〔明〕顧起元：《客座贅語》卷十〈國初榜文〉，引自王利器：《元明清三代禁毀小
說戲曲史料》，頁12。

13 〔清〕李光地：《榕村語錄》卷二十二〈歷代〉，引自王利器：《元明清三代禁毀小
說戲曲史料》，頁13。

14 〔明〕《御制大明律》（洪武三十年五月刊本），引自王利器：《元明清三代禁毀小說
戲曲史料》，頁13。

曲，出榜後，限他五日都要乾淨將赴官燒毀了，敢有收藏的，全家殺了。」[15]此後，地方上也出現了與大明律相配套的地方法規。《莊渠先生遺書》中記載的明正德十六年十二月欽差提督學校廣東等處提刑按察司魏副使興學正風俗文〈敦樸儉以保家業〉中就有「不許造唱淫曲，搬演歷代帝王，訕謗古今」等規定[16]。

　　明統治者的嚴酷政策以及對戲曲題材的限制，使得神仙戲曲在明代得到長足的發展，在明代戲曲中佔有很重要的地位。明初朱權的《太和正音譜》把元及明初雜劇分成十二科，其中與道教神仙有關的就有三科，而且「神仙道化」、「隱居樂道」被列在第一第二，從中亦可見神仙戲曲被重視的程度。在這種環境的影響下，明初的賈仲明、谷子敬、王子一、朱權、朱有燉，明中葉的屠隆、汪廷訥、湯顯祖等創作了大量的神仙戲曲。此外，宮廷的御用文人為宮廷演出也創作了大量的神仙戲曲。

　　另外，在這裡要附帶提一下三教合一思想對明代神仙戲曲的影響。

　　在中華文化史上，儒、釋、道三教並存，佔據主導地位的儒家思想與外來的佛教思想及傳統的道教思想之間不斷衝突、融合，共同推動了中華文化的發展。這種衝突與融合，使三教思想不斷滲透，終於在明清時期形成了三教合一的局面。三教合一思想對明代神仙戲曲的人物、故事、主題等方面都有一定的影響。神仙戲曲中出現了三教神仙，如鍾、呂八仙就成為三教喜愛的神仙形象。明中葉雜劇《降丹墀三聖慶長生》中，鍾離權上場詩中云：「髮短髯長本自然，半為羅漢半為仙。胸中自有吾夫子，到底三家總一天。」[17]其中的鍾離權即是

---

15 〔明〕顧起元：《客座贅語》卷十〈國初榜文〉，引自王利器：《元明清三代禁毀小說戲曲史料》，頁14。

16 〔明〕歸有光編次：《莊渠先生遺書》卷九〈公移〉，引自王利器：《元明清三代禁毀小說戲曲史料》，頁91。

17 〔明〕無名氏：〈降丹墀三聖慶長生〉，見王季烈編：《孤本元明雜劇》（北京市：中國戲劇出版社，1958年），頁601。

三教通神形象，他具有和尚髮短、道士髯長的特點，半為羅漢，半為
神仙，而內心奉行的是儒家孔夫子的倫理道德思想。從中亦約略可見
明代道教、佛教戲曲的一些特徵。明代後期，三教合一思想對劇作家
的影響更為明顯。湯顯祖既創作了主人公皈依佛教的《南柯記》，也
創作了主人公皈依道教的《邯鄲記》，為仙為佛在作者看來並沒有太
大的區別。屠隆的《曇花記》傳奇則在宣揚道教神仙思想的同時，宣
揚佛教思想。劇本主人公木清泰所遇的仙人山玄卿即是道教神仙，而
西天祖師賓頭盧則是佛教菩薩。木清泰拜賓頭盧為本師，山玄卿為導
師，相隨遊地獄、天堂。從〈曇花記凡例〉來看，作者此劇的目的是
「廣譚三教，極陳因果，專為勸化世人」。道士、和尚結伴而行，引
度世人，在以前的劇作中尚未見過。曹雪芹《紅樓夢》中跛足道人、
癩頭和尚的組合似在這裏發源。汪廷訥的《同昇記》則糾合三教故
事，表現三教合一的思想：「東海一衲與無無居士、赤肚子、了悟禪
師三數人，初遇各持門戶，若相矛盾，而卒乃相忘於無言。於是東海
一衲，耳既有覺，便思覺人，演六賊之竊發，歸一將之擒伏。卓爾三
家，渾同一事，不廢宴笑而直啟元局，不離聲色而竟收太乙。」[18]值
得注意的是明清時期，出現了許多結局以神仙出場的劇作，這些劇作
因其主體部分不是道教神仙內容，因而本書不作分析。由於許多劇作
神仙思想與佛教觀念難以明確區分，因而明後期呂天成《曲品》就把
神仙戲曲、佛教戲曲歸為一類，名為「仙佛」劇[19]。

　　在明代統治者的崇道風氣、戲曲政策以及三教合一思想的影響
下，明代神仙戲曲得到了長足的發展，內容豐富，形式多樣，成為明
代戲曲中頗具特色的部分。

18　〔明〕冶城老人：〈同昇記序〉，見《曲海總目提要》（天津市：天津古籍書店，1992
　　年影印出版），卷三十九，頁1693。

19　〔明〕呂天成《曲品》卷下「（前略）括其門數，大約有六：一曰忠孝，一曰節
　　義，一曰風情，一曰豪俠，一曰功名，一曰仙佛。元劇門類甚多，南戲止此矣。」
　　見《中國古典戲曲論著集成》，第六冊，頁223。

第二節　淡泊修行與韜晦明志

　　明代初期，朱元璋由於特殊的時代環境和自身的素質等因素，實行了一系列專制政策加強明王朝的統治。政治上，他為了強化君主的絕對權威，借胡惟庸叛亂廢除了宰相制度，集大權於一身；在地方上設立布政使司、都指揮使司、按察使司，讓權力分散，防止地方官權重作亂。思想上，重視程朱理學，使之成為整個明王朝的正統思想。明朝統治者除多次下詔強調外，還親自組織編寫《四書大全》、《五經大全》等書加以宣揚，並且利用八股取士來加以強化。對知識分子採取打與拉相結合的政策，一方面利用官位、編書等方法拉攏文人，而另一方面對那些不被朝廷所用、不與朝廷合作的文人，採取「誅其身，沒其家」的政策，對那些表面上合作而內心牴觸的文人則在文字上大肆找岔子，大興文字獄。對待普通民眾，則利用宗教的天堂地獄威嚇利誘，利用符合統治需要的戲曲演出來引導控制。在這種專制政治的影響下，明初的文學作品沒有多少真情實感，大多歌功頌德、粉飾太平之作。

　　明初的專制政治及宗教文化政策對道教神仙劇作家的創作心態也有著明顯的影響。從現存的資料來看，明前期創作道教神仙劇的作家有谷子敬、劉東生、賈仲明、楊景賢、蘭茂、朱權、朱有燉、楊慎等人，他們有的是由元入明的失意文人、有的是貶謫官吏、有的是失志藩王，他們雖然人生失意，但在他們的劇作中看不到元道教神仙劇中的那種磊落不平之氣，表現出來的是一種淡泊平和的心態。這種淡泊平和的心態，在普通作者劇中表現為安天樂命、奉道修行、尋求超越的心理，而在失志藩王朱權、朱有燉的筆下則有著很強的歌功頌德、韜晦明志的心理。

一　淡泊修行

　　王子一、谷子敬、劉東生、楊景賢、賈仲明等人都是由元入明的劇作家。王子一，生平未見記載，《太和正音譜》列入國朝雜劇作家，朱權稱其劇如「長鯨飲海」，「風神蒼古，才思奇瑰」[20]。劉東生，《錄鬼簿續編》有簡略記載：「名兌。作《月下老定世間配耕（耕，當為偶）》四套，極為駢麗。」[21]《太和正音譜》列之於國朝雜劇家中，稱其詞「如海嶠雲霞」，「熔意鑄詞，無纖翳塵俗之氣」[22]。王子一的《劉晨阮肇誤入天台》、劉東生的《月下老定世間配偶》都以神仙愛情故事為題材，《劉晨阮肇誤入天台》中劉晨、阮肇與神仙結緣，長壽永生，表現了世人的愛情理想，《月下老定世間配偶》中月老紅線配姻緣，表現了婚姻命定觀。王子一的劇作今存《元曲選》本，劇中劉晨、阮肇在天台山下「閑居修行」，「常則是道書堆玉案，仙岐疊青霞」[23]，劉晨、阮肇的身上隱約可見作者淡泊修行的身影。

　　谷子敬、賈仲明的劇作中淡泊修行、尋求超越的心態更為明顯。谷子敬，金陵人。從他現存的散曲套數〔北黃鐘醉花陰〕〈豪俠〉、〔北商調集賢賓〕〈閨情〉來看，他早年多情任俠，「醉鄉中放浪形骸」，與朋友「盡都是五陵豪邁，都是些闊論高談梁棟材。一個個安邦定策，一個個劍揮星斗，一個個胸卷江淮」[24]《錄鬼簿續編》稱他多才多藝，「明《周易》，通醫道」，「口才捷利」，所作「樂府、隱語，盛行於世」。元末時，任樞密院掾史，洪武初年，被流放「源時」。元末社會動亂，朝代更替使他感悟到人生世態的無常，他又因

20　〔明〕朱權：《太和正音譜》，見《中國古典戲曲論著集成》，第三冊，頁22。

21　〔明〕無名氏：《錄鬼簿續編》，《中國古典戲曲論著集成》，第二冊，頁292。

22　〔明〕朱權：《太和正音譜》，見《中國古典戲曲論著集成》，第三冊，頁22。

23　〔明〕王子一：《劉晨阮肇誤入天台》，見臧晉叔編：《元曲選》（北京市：中華書局，1989年），頁1355。

24　謝伯陽編：《全明散曲》（濟南市：齊魯書社，1994年），頁15。

下堂而意外地「傷一足」，「終身有憂色」[25]，這些使他產生很強的出
世思想。他的這種出世思想在他的劇作中有比較明顯的表現。他創作
了《城南柳》、《枕中記》、《鬧陰司》、《借屍還魂》、《一門忠孝》五種
雜劇，雖然今僅存《城南柳》一劇，但從其他四劇題目仍可推知為宗
教故事劇。《枕中記》，劇本已佚，《錄鬼簿續編》著錄此劇題目正名
為「終南山呂公雲外游，邯鄲道盧生枕中記」。從題目、正名來看，
劇本演呂洞賓度脫盧生的故事。作者借盧生一枕黃粱夢醒悟人生的故
事，寄寓自己對人生功名的態度。《城南柳》雜劇，《錄鬼簿續編》著
錄，題目正名為「西池母重會天上桃，呂洞賓三度城南柳」。《太和正
音譜》著錄「三度城南柳」。劇本今存明脈望館校《古名家雜劇》
本、《元曲選》本等。劇演呂洞賓度脫柳樹成仙故事，本事與馬致遠
《岳陽樓》大致相同。作者把《岳陽樓》中郭馬兒改為楊柳，把賀臘
梅改成小桃，桃柳相配比梅柳相配似更為恰當。劇敘呂洞賓奉師命到
岳陽度脫城南柳，第一次到岳陽樓楊氏酒館中喝酒，以蟠桃佐酒，拋
桃核，讓桃柳成花月之妖；第二次到岳陽樓時，呂洞賓讓二妖托生為
人，結為夫妻；第三次到岳陽時，多方點化，度脫二人成仙。劇本通
過柳樹一度為妖、二度為人、三度成仙的過程，凸現出神仙度世的慈
悲情懷。

　　賈仲明，山東人。《錄鬼簿續編》記載云：

　　　　賈仲明，山東人。天性明敏，博究群書。善吟咏，尤精於
　　樂章隱語。嘗傳文皇帝於燕邸，甚寵愛之。每有宴會，應制之
　　作，無不稱賞。公丰神秀拔，衣冠濟楚，量度汪洋，天下名士
　　大夫，咸與之相交。自號雲水散人。所作傳奇樂府極多，駢麗
　　工巧，有非他人之所及者。一時儕輩，率多拱手敬服以事之。

---

25 〔明〕無名氏：《錄鬼簿續編》，《中國古典戲曲論著集成》，第二冊，頁282。

後徙居蘭陵，因而家焉。所著有《雲水遺音》等集行於世[26]。

　　從《錄鬼簿續編》的記載來看，賈仲明「天性明敏」，很有才華，又「量度汪洋」，深得明成祖的喜愛。從他的〈書錄鬼簿後〉署「永樂二十年壬寅中秋，八十雲水翁賈仲明書於怡和養素軒」來看，享年八十以上。據此，可知賈仲明生於一三四二年，明建國時，纔二十六歲，沒有谷子敬那麼深的亡國之情。但從「徙居蘭陵」一語來看，亦有不同程度的失意之感。他創作了十六種雜劇，其中《呂洞賓桃柳昇仙夢》、《丘長（春）三度碧桃花》、《鐵拐李度金童玉女》等劇與道教有關。《呂洞賓桃柳昇仙夢》劇，《今樂考證》著錄，今存脈望館校《古名家雜劇》本、《孤本元明雜劇》本，題目作「漢鍾離助道用機關」，正名作「呂純陽桃柳昇仙夢」。劇敘南極翁見汴京梁園館聚香亭畔桃柳有仙風道骨，差呂洞賓下凡度脫。呂洞賓到梁園喝酒醉睡，夜遇桃精柳精。呂洞賓讓柳精去長安柳氏門中托生為男，名叫柳春；桃精去長安陶氏門中托生為女，二人結為夫妻。柳春是長安財主，重陽節請眾街坊郊外秀野園登高賞玩。呂洞賓前來度脫二人，但二人貪圖富貴，不肯出家。呂洞賓使神通讓二人大睡。柳春夢中得官，夫妻收拾行李前去上任，途遇強人攔路搶劫，被殺死。二人醒來後，省悟出家，從純陽修行，成仙了道，同赴天堂。

　　谷子敬、賈仲明二劇雖然都以馬致遠《岳陽樓》故事為藍本進行創作，但二劇在思想上遠遠比不上馬致遠的劇作。馬致遠在《岳陽樓》雜劇中，借呂洞賓之口感嘆功名虛幻、仕途險惡，借郭馬兒、賀臘梅夫妻表現封建社會中普通夫妻無兒的痛苦、丈夫失妻的痛苦和死亡的痛苦，具有很強的社會意義。谷子敬的《城南柳》劇中雖然也表現了作者功名失意、慨嘆興亡的思想，但從呂洞賓的度脫說教中可以

---

26 〔明〕無名氏：《錄鬼簿續編》，見《中國古典戲曲論著集成》，第二冊，頁292。

看出作者淡泊寧靜的內心世界。賈仲明的《桃柳昇仙夢》通過柳春夫妻夢中得官，上任途中被強人所殺，後醒悟人生，出家學道的故事，反映了社會現實的黑暗、反映了現實社會人們面臨生死威脅時痛苦無助的心理，然而作者卻未把矛頭指向黑暗的封建制度，削弱了作品的思想意義。相比《岳陽樓》來說，二劇中作者的主體意識相對淡薄，社會矛盾、人生痛苦在劇中也都沒有得到較充分的體現。

　　也許是賈仲明元朝滅亡時纔二十多歲，而且在明初受到寵遇的緣故，其劇作所表現的主要是富貴人的心理苦悶與尋求超越的感情。他的《鐵拐李度金童玉女》一劇通過鐵拐李度金童玉女重返天庭的故事，反映了富貴人家的人生苦悶：人生幸福短暫，良辰美景虛幻。《太和正音譜》著錄《度金童玉女》，《今樂考證》著錄全名。劇本今存明陳與郊《古名家雜劇》本、脈望館鈔校本等。劇本與元無名氏《鐵拐李詩酒玩江亭》雜劇情節結構基本相同，度脫方法也基本相似，二劇應源於同一本事。劇敘蟠桃宴上，金童玉女因一念思凡，被罰往女真族中投胎為人，金童托生為金安壽，玉女托生為童嬌蘭，二人結為夫妻。王母娘娘怕二人迷失本性，派鐵拐李前去度脫。童嬌蘭生日時，鐵拐李前去度脫，二人貪圖人間快樂，不肯出家。鐵拐李顯神通，從空中落下、化金光而去，都不能打動現實幸福中的金安壽。鐵拐李先點化童嬌蘭，又顯神通讓金安壽昏睡，讓其被本身心猿意馬追逐。金安壽醒來後，鐵拐李又讓其瞬間見慘景，後省悟出家，重返天庭。金安壽在妻子離去、榮華逝去、時光流去的傷感情懷中出家學道。這其間沒有階級壓迫、沒有功名失意，家庭的破散、生存與幸福的虛幻是他出家的原因。這其中反映的是人生的無奈與深層的生死憂患。這種痛苦不來自社會，而是來自於人們對命運的終極關懷：人生短暫，何以長生？他們皈依仙界，為的就是超越生死。

　　蘭茂的《性天風月通玄記》與楊慎的《宴清都洞天玄記》是明前期兩部以道教修煉為內容的劇作。

蘭茂，字廷秀，別號和光道人，又稱玄壺子、風月子，洪武時布衣作家。原籍洛陽，後遷嵩明楊林（今雲南曲靖）。蘭茂性穎悟，博學多才，但賦性簡淡，不樂仕進，著書自娛。他信奉道教，重視道教修煉，《性天風月通玄記》前的詩作就十分清楚地表達了他的思想：「論出家，到也深，學得些些假修真。迴光返照常清靜，識破了身外生身。那管他塵世山林，行持常把黃庭運。愛的是養氣凝神，喜的是陰降陽陞。靈光現出圓如鏡，頃刻間竅竅光明。黃河水陞轉崑崙，如今認得真玄牝。」從他別號和光道人、玄壺子、風月子亦可略見。《性天風月通玄記》，今存清乾隆五十七年抄本，《古本戲曲叢刊五集》據之影印，一卷二十齣。劇前有《師徒傳道》一齣，敘張果老門下弟子痴痴子，奉命度脫愚愚子。痴痴子收之為徒，傳之入門之理，性命雙修之道，築基煉己之理、藥物之理、火候之理、燒煉之理、陰陽之理、內外藥物之理、屯蒙之理、溫養之法、金丹大道之法，是一齣枯燥無味的說教劇。《性天風月通玄記》雖然也是修煉說教劇，但形象較為生動。劇敘風月棄官歸隱，修煉仙道。為求道伴，遊玩城南。姹女擔柴說道，深合風月之心。風月遂買姹女香柴，後求黃婆為媒，去柴氏宅議婚。自己回家則先降伏六賊，用香柴鍛鍊金丹。黃婆為之求親，但被姹女母西山洞主拒絕，而且要發癸兵與風月之兵大戰，如風月三陣皆勝，纔以姹女相配。風月起精兵與之大戰，降伏西山洞主，而自己也中火毒，至兌門王氏家沽蟠桃酒解毒。後得仙人度脫，直上蓬瀛。此劇是作者根據道教吐納修煉之法創作而成的傳奇，主角風月，實係作者化身。坦弱道人在所作序言中認為此劇乃「學道修仙之玄範」，認為作者蘭茂「廣博仙經，參訪仙宗，修煉金丹性命之旨，得受異人指教，修成不壞金身，脫胎神化，位列仙班」，創作此劇是為了「以度後賢」[27]。雖然作者在劇中宣揚道教神仙思想，但

---

27 〔明〕坦弱道人：〈性天風月通玄記序〉，見《中國古典戲曲序跋彙編》（濟南市：齊魯書社，1989年），頁857。

從《副末開場》曲中的「此本道情內，觀忠孝賢良，足見戲文大意。然其要全在含畜（蓄）雙關，假此道名，托物比興而已」語來看，此劇作者是利用「含蓄雙關」、「托物比興」的手法來宣揚忠孝思想[28]。

嘉靖年間，楊慎創作了《宴清都洞天玄記》雜劇，似以蘭茂的《性天風月通玄記》傳奇為藍本。楊慎，明正德六年辛未科狀元，嘉靖三年因議大禮而被廷杖，謫居雲南三十餘年至死。《宴清都洞天玄記》，今存明脈望館鈔校本、《孤本元明雜劇》本等，共四折。《孤本元明雜劇》簡名為《洞天玄記》，題目作「無名子收崑崙六賊，降東蛟奪先天一氣」，正名作「戰山君配姹女嬰兒，宴清都作洞天玄記」。劇敘形山道人於形山五氣洞中修道，於靜觀中，見崑崙山下六賊：袁忠、馬志、聞聰、睹亮、孔道、常滋奸盜詐偽，勾引三尸，教唆五鬼，成群結黨，是非萬端，道人前去欲以善道化之。道人吟詩傳道，六賊皈依，拜道人為師，但不願出家。道人中秋節再來度脫，六賊終於燒山寨隨之出家。道人帶六賊遊山玩水，降潭中蛟龍，降白虎、嬰兒姹女，功成行滿。劇本內容與蘭茂《性天風月通玄記》相似，吳曉鈴認為楊慎竊自蘭茂《性天風月通玄記》傳奇[29]。

楊慎劇前有楊悌嘉靖二十一（1542）年序，楊悌認為楊慎此劇「仿道書」而作，宣揚道教修煉思想：「其曰形山者身也，崑崙者頭也，六賊者心意眼耳口鼻也。降龍伏虎者，降伏身心也。人能如此，則仙道可冀矣。」[30]

在楊慎之後有陳自得的《證無為太平仙記》，劇敘胡突齋化崑崙六賊故事。陳自得此劇與楊慎劇不惟事迹相同，而且曲文賓白相同者十之有九。玄都浪仙劉子〈宴清都洞天玄記序〉中認為陳自得此劇乃

---

28 〔明〕蘭茂：《性天風月通玄記》，《古本戲曲叢刊五集》影印清乾隆鈔本。

29 按筆者未見吳曉鈴原文，此參莊一拂：《古典戲曲存目彙考》（上海市：上海古籍出版社，1982年），頁422。

30 王季烈編：《孤本元明雜劇》。

竄改楊慎劇而成。祁彪佳《遠山堂劇品》（雅品）著錄楊慎《洞天玄記》，下注云「一名《證有為太平仙記》」[31]（「有」當為「無」），似把《證無為太平仙記》當作《洞天玄記》的別稱。

谷子敬、賈仲明、蘭茂、楊慎等人雖然都是失意文人，但在他們劇作中表現出來的是淡泊修行的平和心態。這種心態的出現一方面可能是他們徹底醒悟，心境淡泊，另一方面，專制政治的影響、文字獄的嚴酷也可能使他們的心態在一定程度上發生變化。

二　韜晦明志

稍後於谷子敬、賈仲明的神仙劇作家朱權、朱有燉都是皇室成員。朱權是明太祖朱元璋的第十七子，朱有燉是朱元璋第五子朱橚的長子。朱權封寧王，朱有燉襲封周王。他們錦衣美食，揮金如土，沒有也不可能有一般讀書人那種貧窮落魄之感。但他們因生長在帝皇之家，皇室之中皇權的爭奪使他們處在傾軋之中，隨時都有生命危險。他們為人謹慎小心，大多溺情聲色以明心迹，還「每每假托神仙，藉以養晦自全」[32]。他們的神仙道化劇正是他們韜晦自全心態的反映。

朱權，「生而神姿朗秀，白晰美鬚髯」，有謀略，自稱「大明奇士」。燕王起兵靖難稱帝，他有功卻得不到燕王許諾的封地，「恃靖難功，頗驕恣，多怨望不遜」[33]。永樂元年，改封南昌，後被人誣告「巫蠱誹謗」。此後，他為了避禍，韜光養晦，「構精廬一區，蒔花藝竹，鼓琴讀書其間」。「晚節益慕沖舉，自號臞仙」[34]。在他現存的散

31　〔明〕祁彪佳：《遠山堂劇品》，見《中國古典戲曲論著集成》，第六冊，頁153。

32　〔明〕史寶安：〈東華仙三度十長生序〉，見《中國古典戲曲序跋彙編》，第七卷，頁827。

33　〔清〕錢謙益：《列朝詩集小傳》乾集下（北京市：古典文學出版社，1957年），頁6。

34　〔清〕張廷玉等：《明史》〈列傳第五〉（北京市：中華書局，1959年），頁3591。

曲作品中，有不少曲寫他的隱居生活。在「南北雙調合套」〈樂道〉
套數中，作者「綠水青山松陰下，將瑤琴一操，見山嶺凹凸道，向溪
澗邊採藥苗，都則待要養性修真，笑引黃鶴」，「吃的是仙酒仙桃，有
時節將靈丹煉燒」，不再戀世間名利，「一任他塵寰中喧鬧，怎如俺閬
苑逍遙」[35]，表達了作者養性修真的思想。他與正一道、全真道、淨
明道都有比較密切的關係，南昌新建縣的「南極長生宮」就是他在龍
虎山第四十三代天師張寧初的建議下修建的[36]；他的雜劇《沖漠子獨
步大羅天》中的仙人呂洞賓、張紫陽則是全真教祖師；淨明道還把朱
權當作一代傳人，《逍遙山萬壽宮志》有〈淨明朱真人傳〉。〈淨明朱
真人傳〉中說朱權「自言前身乃南極沖虛真君降生，不樂藩封，棲心
雲外」，「忽爾布袍草履，掛冠宮門，飄然雲水，至豫章天寶洞」修
道。朱權信奉道教，著有《洞天秘典》、《太清玉冊神隱》、《淨明奧
論》、《陰符性命集解》、《道德性命全集》等道書多種，對淨明道理論
有所闡發。卿希泰主編的《中國道教史》認為朱權「去藩邸就山洞茅
舍修道，未必是真，但信仰道教和加入道教徒行列當是事實」[37]。朱
權的《沖漠子獨步大羅天》雜劇中的沖漠子所居的「匡廬之南，彭蠡
之西」，正是朱權封地所在；劇中的沖漠子「生於帝鄉，長居帝輦」
等，也與作者身世相符。劇中的沖漠子正是作者自己的化身。此劇
《今樂考證》著錄，《太和正音譜》丹丘先生名下有《獨步太羅》一
名。今存脈望館鈔校本、《孤本元明雜劇》本。《孤本元明雜劇提要》
云：「原題明丹丘先生撰，蓋亦寧獻王朱權所作也。王晚慕沖舉，沖
漠子即其自號。」[38]劇敘呂純陽、張紫陽二仙奉東華帝君之命，下界
點化沖漠子。先鎖其心猿意馬，後去其酒色財氣，逐其三尸之蟲。再

---

35 謝伯陽：《全明散曲》，頁262。
36 參《中國戲曲志》〈江西卷〉（北京市：中國ISBN中心，1998年），頁12。
37 上參卿希泰主編：《中國道教史》，第三卷，頁520。
38 王季烈編：《孤本元明雜劇》。

與一粒丹藥，教之養嬰兒姹女之道，然後同入大羅天為仙。作者在劇中看透人生，認為「窮通榮辱，壽夭得失，往古來今，皆如一夢」，只是「富貴則為好夢，貧賤則為惡夢」而已。「原心反性」，「適情知足」，「明生死之分」[39]是他心態的反映，而這種心態的產生很明顯源於他人生的苦悶。此外，他還創作了《淮南王白日飛昇》（演淮南王白日飛昇成仙故事）、《瑤天笙鶴》（演古仙王喬的故事）、《周武帝辯三教》（演北周武帝崇道故事）等劇，雖然劇本已佚，但劇中宣揚道教神仙思想仍很明顯。

朱有燉，周定王朱橚長子。朱橚，洪武三年封吳王，十一年改封周王。朱橚不得朱元璋歡心，建文帝也因為他是燕王朱棣的同母弟，頗「疑憚之」。建文時，朱橚有異謀，被次子告發，貶蒙化，後召還京師禁錮。永樂初，復其周王舊封，至藩地開封，永樂十八年又有人告他謀反，成祖以密告信示之，但未追究。朱有燉在建文帝時因父被貶而被流徙，襲父爵位後，又數被其弟攻訐[40]。在這樣的環境中，朱有燉十分謹慎小心，以慕道修真、溺情聲色來表明自己安守本分的心迹。他的慕道修真不但見於言辭，而且付諸行動。他的〈神仙會自引〉中云：「予觀紫陽張真人《悟真篇》內，有上陽子陳致虛注解，引用呂洞賓度張珍奴成仙證道事迹。予以為長生久視，延年永壽之術，莫逾於神仙之道，乃制傳奇一帙，以為慶壽之詞。」[41]從〈自引〉中就可以清楚地看到這一點。

在朱有燉現存的散曲作品中，有許多歌詠慕道修真的篇章。朱有燉在【北南呂一枝花】〈賡人韻自述〉[42]套曲中，稱自己「久存忠孝心，夙有神仙分」，「夢仙卿玉闕遙參，居中國金門大隱」，「獨攜丹

---

39 王季烈編：《孤本元明雜劇》。

40 〔清〕張廷玉等：《明史》〈列傳第四〉（北京市：中華書局，1959年）。

41 〔明〕朱有燉：〈神仙會自引〉，見《中國古典戲曲序跋彙編》，頁843。

42 謝伯陽編：《全明散曲》，頁374。

灶，自悟玄門」，「常教配陰陽離坎情親，興來呵向坤宮溫養黃芽，閑時節守素室修持道本，老後也靜靈臺保護天君」。他在自述中，把忠孝、神仙作為自己立身的標準，把自己為藩王稱為「金門大隱」。此外，他的【北雙調清江引】〈題隱居〉、【北越調天淨沙】〈詠山水小景〉、【北中呂山坡裏羊】〈省悟〉、【北中呂滿庭芳】〈青金丹樂府贈吳光明〉、【南仙呂西河柳】〈詠酒色財氣〉、【北雙調快活年】〈詠酒色財氣〉、【北正宮白鶴子】〈八篇道情詠鉛汞〉等曲也都直接描寫了他的修真慕道生活。他雖然修真養性，但他內心卻並不平靜，在他的散曲中還時常可見他明明白白表露心迹的篇章。他在【北南呂一枝花】〈得慶壽詞南呂宮一闋，予就賡其韻以酬之〉一曲中，說自己「感聖主洪恩大德，託天朝英武神威，芳名保守無他異。立身呵謙恭是務，拊心呵本分為期」，「仰君親厚德，我將這忠孝持心億千紀」[43]，明確地表明了他安守本分、忠孝持心的思想。他在【北雙調新水令】〈送別〉套曲最後寫道：「囑咐你先生要知，我常是謹守分報皇恩，秉忠誠立家國。」[44]作者表面上是希望離別者明白自己的心迹，實際上是希望皇上明白自己安分守己、忠心不二的心迹。

　　朱有燉的這種心態，在他的雜劇作品中也有比較明顯的反映。他創作了三十一種雜劇，劇作內容不外乎神仙道扮、義夫節婦以及勸人為善、歡樂太平之類。參以洪武、永樂年間的戲曲禁令，他的劇作沒有一種超出許可範圍。在三十一種雜劇中，以神仙形式的劇本有十二種。《十美人慶賞牡丹園》、《四時花月賽嬌容》、《洛陽風月牡丹仙》三劇是以神仙形式出現的賞花劇。《十美人慶賞牡丹園》雜劇演西王母下降中州賞玩名花；《四時花月賽嬌容》演牡丹仙、蓮花仙、菊花仙、梅花仙等宴飲賞景，都是歌舞劇。《洛陽風月牡丹仙》敘歐陽修

43　謝伯陽編：《全明散曲》，頁346。

44　謝伯陽編：《全明散曲》，頁348。

賞洛陽牡丹，作〈洛陽牡丹記〉文，牡丹仙為感謝歐陽修的盛情，請
王母賜歐陽修福壽之事，亦是慶賞牡丹劇。《福祿壽仙官慶會》、《群
仙慶壽蟠桃會》、《瑤池會八仙慶壽》、《河嵩神靈芝慶壽》四劇以神仙
慶壽為主要內容，表達作者祈求健康長壽的願望（詳見後面章節）。

　　《紫陽仙三度長椿壽》、《東華仙三度十長生》、《南極星度脫海棠
仙》三劇演神仙度花木之精成仙故事。《紫陽仙三度長椿壽》中，紫
陽仙奉呂洞賓之命度脫成都府雲頂山椿精成仙；《東華仙三度十長
生》中，東華仙度脫中州十長生物松、柏、竹、山、鶴、鵲、水、
雲、鹿、龜等成仙，二劇把慶壽與度脫結合，而作者的用意重在慶
壽。《南極星度脫海棠仙》是作者正統四年根據自己移栽海棠之事創
作而成。他在〈詠懷慶海棠嶺上海棠花吟自引〉中說：

　　　　正統三年春，予遣童僕采藥於懷慶之地，太行之陽。僕
　　回，具言太行山之海棠嶺海棠之盛：入山可行五十里，有高嶺
　　深澗，其間儘是海棠，不下千萬餘本。皆長於叢林荒草之中，
　　人迹罕到之處。訪其彼土之老，但云：自古稱為海棠嶺，人亦
　　不知罕，人家亦不栽植，每遇春時，滿山如錦。但樵牧者折其
　　花以為玩，斫其木以為薪耳。予聞之，即命數十人荷鍤而往，
　　移得三十餘本，植於苑中。及清明之時，奇葩豔質，百媚千
　　嬌，紅紫芳菲，照耀人目，誠有睡未足之嬌態之比也。特詠
　　〈海棠吟〉一篇，以寄興焉。正統四年，節近清明，復睹嬌豔
　　之姿，欲置酒合樂以賞之，因念詩不能歌於席上，遂檃括〈海
　　棠吟〉之意，假托於神仙，作《海棠仙》傳奇一帙，以為佐樽
　　賞花云耳。[45]

---

45 引自蔡毅編：《中國古典戲曲序跋彙編》，頁841。

　　從他的〈自引〉可知，此劇是作者假託神仙而寫的賞花之詞。作者以神仙婚姻的形式來表現自己賞花之意，形式新穎別致。劇本中海棠仙生長在荒山野嶺，被野花精圍住求顏色。南極星化彭員外，金母扮神媒前來說海棠嫁彭員外。後六丁神把海棠移栽瑤池，同登仙界。作者在劇中把他移栽海棠、慶賞海棠之意用金母為媒、木公為長者嫁海棠與彭祖的神仙婚姻故事來表現，富有情趣。作者把海棠移栽自家苑中喻為移栽瑤池、登仙界，在一定程度上表現了作者對自己的生活環境的陶醉之情。

　　《呂洞賓花月神仙會》、《小天香半夜朝元》二劇演神仙度脫妓女成仙故事。《呂洞賓花月神仙會》，本事初見洪邁《夷堅志》[46]丁志卷十八〈張珍奴〉條，元苗善時《純陽帝君神化妙通記》中有〈度張珍奴第八十化〉。劇敘金母因蟠桃仙子土木形骸，令她到人間托生為人，經歷風塵再行度脫。蟠桃仙子托生為湖州妓女張珍奴，淪落風塵。張珍奴雖為風塵女子，卻好修真奉道。金母后命呂洞賓八仙下凡點化張珍奴成仙。《小天香半夜朝元》劇前有作者《小天香半夜朝元引》：

　　　　世之有精神血氣者，則有死生；有形象物色者，則有成壞。此皆造化必然之理，陰陽消長之道，不可違也。惟能保精神，煉氣血，於千萬年而不死者，故名曰仙。然為仙者，有天仙、地仙、神仙、鬼仙之類不一，或有羽化飛昇，出神棄尸之名各等。予觀今世楊仙姑，可謂天仙也。仙姑京兆妓籍人，姓楊名小天香，道號守靜。在元時適河南安生右丞，早寡，年甫二十一歲，惟撫幼子以度日。其母憐其寡居，自河南取回京兆，欲其復為迎送之事。仙姑怒曰：「妾聞婦無再醮之理。妾雖出於妓籍，斷不可從此，以累婦德。」其後，母欲強逼之，

---

46 〔宋〕洪邁：《夷堅志》丁志（北京市：中華書局，1981年），頁688。

遂潛遁入華山玉女峰頭修道。蓬首跣足，外棄形骸，寒暑不易
其志，煉就神形，遂得悟道。後遇陳希夷點化朝元。京兆人有
夜聞空中仙樂和鳴，睹一老仙，携數女仙西行，其中彷彿一人
若昔日名妓小天香也。

　　予聞斯事而嘆曰：異哉！神仙之化，為不誣矣！向之所謂
精神血氣之不耗而致然歟。不寧惟是，而仙姑能守婦道，雖出
於倡優之門，而節義俱全。比之良家婦女不能守志者，為何如
耳。於世教豈無補哉。特以次第，編為傳奇，庶可繼乎麗則之
音，非若淫詞豔曲之比也。政所謂：詩人老筆佳人口，再喚春
風到眼前。誠如是言耳，故為引[47]。

從朱有燉的〈自引〉來看，此劇乃作者據元朝實事寫作而成。劇本情
節與作者〈自引〉所敘沒有太大出入。作者在劇中把小天香寫成瑤池
金母小女玉戹下凡，雖然淪落風塵，但不願為娼，只求從良。後嫁給
河南安生右丞，卻青年守寡。母親逼她接客養家，小天香百般無奈之
下，逃入華山修道。經過艱苦的修煉之後，煉成內外丹，陳摶及玉戹
仙界姐妹引之證果朝元。張珍奴、小天香都是不甘淪落的妓女，他們
有著比良家婦女更堅貞的意志，作者寫他們在神仙的指引下成仙，有
力地宣揚了封建的節義思想。

　　通過對朱有燉幾種神仙劇的簡要分析，我們可以看到，其中表現
的主要是忠孝節義及歡樂太平思想。在他劇中，神仙所度之人不是茫
茫苦海中求度的苦難民眾，而是「夙有仙緣」的花木之精和被謫下凡
的神仙。其中所反映的並不是人生苦難，而是作者求長生、護世教思
想。椿樹、十長生、海棠都是作者筆下理想的長生太平之物，而張珍
奴、小天香則是作者理想的節義女子。張珍奴、小天香都是人間地位

---

47 引自吳梅：《奢摩他室曲叢》本，上海涵芬樓印行。

低下的妓女，但在朱有燉的劇中賦予她們高貴的出身，都是神仙被謫下凡。他們之所以有節義，是因為他們有神仙根基。作者提高了她們的地位，但並不是提高妓女的社會地位，而是認為她們這樣的人物對於封建世教大有好處，借此可以宣揚封建的節義思想。而椿樹、十長生、海棠它們之所以能昇仙脫俗，是因為「聖天化育」、澤被萬物所致。作者自己感沐皇恩、安守臣分的忠節思想也從中委屈地透露出來。他還在一些劇作中明明白白地向朝廷表忠心：「一心待守禮法不生分外」、「每日將萬歲皇恩感戴」（《得騶虞》）；「保山河守藩千萬紀」，「順天心合天道，守德遵仁輔帝堯」（《蟠桃會》），其自明心迹、韜晦全身的用意十分明顯。

　　總而言之，明前期的道教神仙劇作家大都是人生失意者，他們大都向道教神仙世界尋求解脫。在當時專制政治的影響下，他們的劇作表現出淡泊平和的心態。這些劇作在宣揚道教神仙思想的同時，也多方面地宣揚了封建忠孝節義思想。從他們的劇作中，可以感受到他們韜晦自全的內心律動。

第三節　宗教意識與世俗情感

　　明嘉靖以後，由於統治者荒淫腐朽，宦官專權日趨嚴重，明王朝的各項制度都不同程度地遭到破壞，動搖了朝廷的權威與封建倫理道德的正統地位。昏亂的政治環境，帶給知識分子痛苦無奈的同時，也給予了更多的自由。這一時期，王陽明的心學思想，特別是王學左派重視人的本來慾望、主張人與人平等的思想廣泛流行。知識分子重視真情，反對禮教，創作了大量抒發真情、反映現實的文學作品。在當時人文思潮的影響下，明後期的道教神仙劇作家大都關注現實人生。他們有的利用神仙度世來反映現實黑暗，發洩胸中的憤悶與不平；有的利用神仙人物來譏諷時政；有的利用神仙慶壽來頌聖諛人，雖然主

旨有異，但其中都有著作者較為強烈的主體意識，表現了作者的人生理想。

　　明後期的神仙劇作家既有普通文人，也有教坊藝人，他們的生平事迹除少數作家外，大多無考。他們的劇作也大多亡佚。筆者本節就本人掌握的材料，從以下幾個方面對他們的生平思想與神仙劇作做簡要的分析。

一　憤激傷感與宗教解脫

　　以屠隆、蘇漢英、湯顯祖、汪廷訥、葉小紈為代表的明後期神仙度脫劇作家，他們從不同的層面反映了社會的不平、人生的不幸，表達他們憤激無奈而尋求解脫的心理。

（一）屠隆的《曇花記》、《修文記》傳奇

　　屠隆是明代後期一位著名的文學家，他創作了《曇花記》、《修文記》兩部神仙度世傳奇。他的神仙度脫劇中的人物與他所要表達的思想及他的人生經歷有著密切的關係，可以說這兩部神仙劇是作者憤激無奈感情的真實體現。

　　屠隆，字長卿，號赤水，出身於貧苦的漁民家庭，二十歲就遠往龍游山村教書為生，三十四歲中舉，次年中進士。先後任潁上（今屬安徽）、青浦（今屬上海）知縣，萬曆十一年陞禮部主事[48]。第二年，刑部主事俞顯卿告他與西寧侯宋世恩「淫縱」，被免官。他晚年從李海鷗、金先生等人學道，自稱「黃冠道民」，成為道教的忠實信徒。然而他並沒有忘懷自己的志向與榮辱，在倭寇入侵時，他上〈南北備倭策〉，稱自己雖然「屏居物外」，「學攝心煉性之妙法」，但面對艱難

---

48 參見徐朔方：《晚明曲家年譜》（杭州市：浙江古籍出版社，1993年），第二卷。

世事，仍然「雄心未死，俠骨尚存」[49]。他五十六歲（萬曆二十六年）創作的《曇花記》，是他的第一部戲曲作品，是他融悔恨、憤懣於神仙度世之中的劇作。此劇今存明萬曆間武林天繪樓刊本、汲古閣《六十種曲》本等。

劇本以虛構的與郭子儀齊名的大功臣木清泰為線索，「博收雜出，頗盡天壤間奇事」。木清泰因戰功而封王，妻姜賢惠美麗。木清泰在仙人山玄卿、西天祖師賓頭盧的點化下，醒悟人生，飄然雲遊。雖歷經種種魔境，但道心堅定。後遍遊地獄，見各種惡境，又隨二仙遊天堂、西方淨土，歷觀樂境。其妻姜在家修行，道心堅定。其子從父命，立志功名，立軍功。凱旋歸來時，閣中曇花開放，一家聚會，皇上褒封。作者在《曇花記凡例》說作此劇的目的是「廣譚三教，極陳因果，專為勸化世人」，要求演出者「齋戒」、「坐演」，觀看者「齋戒恭敬」，「遇聖師天將登場，諸公須坐起立觀」[50]。從劇本故事情節及演出凡例來看，此劇宗教意識強烈，是作者宣揚佛法與仙道的一部傳奇。然而作者在宣揚宗教思想的同時，又把自己的人生遭際融入其中。陳眉公在寫給屠隆的信中說：「前讀《曇花記》，痛快處令人解頤，淒慘處令人墮淚。批判幽明，喚醒醉夢，二藏中語也。」[51]呂天成在《曇花記》評語中云：「赤水以宋西寧侯嬲戲事敗官，故托木西來以頌之，意猶感宋德。或曰：『盧相即指吳縣相公，孟豕韋即指糾之者。』才人喪檢，亦常事，何必有恚心耶？其詞華美充暢，說世情極醒。」[52]祁彪佳在《遠山堂曲品》中也認為此劇「闡仙、釋之宗，窮天罄地，出古入今」，其中「唾罵奸雄，直以消其塊壘」[53]。張琦在

49　〔明〕屠隆：《南北備倭策》，引自徐朔方：《晚明曲家年譜》，第二卷，頁368。

50　〔明〕屠隆：〈曇花記凡例〉，見明天繪樓刊本，《古本戲曲叢刊初集》影印。

51　〔明〕陳繼儒：《陳眉公尺牘》卷二〈與屠赤水使君〉，此引自徐朔方：《晚明曲家年譜》，第二卷，頁385。

52　〔明〕呂天成：《曲品》卷下，見《中國古典戲曲論著集成》，第六冊，頁235。

53　〔明〕祁彪佳：《遠山堂曲品》，見《中國古典戲曲論著集成》，第六冊，頁19。

《衡曲塵譚》「作家偶評」中云：「越之屠赤水，為辭古鬱，《曇花》一記，憤懑淒爽，寓言立教，具見婆心。」[54]沈德符的《顧曲雜言》對屠隆被罷官經過以及此劇的創作意圖介紹得更為明確：

> 甲申歲，刑部主事俞識軒顯卿論劾禮部主事屠長卿隆。得旨，兩人俱革職為民。俞，松江之上海人，為孝廉時，適屠令青浦，以事干謁之，屠不聽，且加侮慢，俞心恨甚。至是，具疏指屠淫縱，且云「與西寧侯宋世恩夫人有私」，並及屠帷薄，至云「日中為市，交易而退」，又有「翠館侯門，青樓郎署」諸媟語。上覽之，大怒，遂並斥之。屠自邑令內召，甫年餘；俞第後授官，祇數月耳。睚眥之忿，兩人俱敗，終身不復振。人亦有惜屠之才，然終不以登啟事也。西寧夫人有才色，工音律。屠亦能新聲，頗以自炫，每劇場，輒闌入群優中作技。夫人從簾箔見之，或勞以香茗，因以外傳。至於通家往還，亦有之，何至如俞疏云云也！
>
> 近年屠作《曇花記》，忽以木清泰為主，嘗怪其無謂。一日遇屠於武林，命其家僮演此曲，指揮四顧，如辛幼安之歌「千古江山」，自鳴得意。余於席間私問馮開之祭酒云：「屠年伯此記，出何典故？」馮笑曰：「子不知耶？『木』字增一蓋成『宋』字，『清』字與『西』為對，『泰』即『寧』之義也。屠晚年自恨往時孟浪，致累宋夫人被醜聲；侯方向用，亦因以坐廢。此懺悔文也。」時虞德園吏部在坐，亦聞之，笑曰：「故不如余所作《曇花》序，云『此乃大雅《目連傳》，免涉閨閣葛藤』語，差為得之。」余應曰：「此乃著色《西遊記》，何必詰其真偽？」[55]

---

54 〔明〕張琦：《衡曲塵譚》，見《中國古典戲曲論著集成》，第四冊，頁270。

55 〔明〕沈德符：《顧曲雜言》，見《中國古典戲曲論著集成》，第四冊，頁209。

　　陳眉公、呂天成、沈德符、祁彪佳、張琦等人都是屠隆同時或稍後的作家，從他們對此劇的有關記述中，我們可以知道，屠隆晚年悔恨自己從前孟浪，不但害了自己而且害了別人。他借仙佛度世自我懺悔，同時又表達了他的一種希冀與祝願。他把因他而受到傷害的西寧侯夫婦隱入劇中，讓他們得道成仙，昇入天堂，而把挾仇詆毀他的仇人改名打入地獄。他的朋友宋西寧侯萬曆二十五年十月去世，此劇自序作於萬曆二十六年，徐朔方先生認為屠隆編寫此劇是為了悼念這位友人，「許多劇中情節可以和屠隆本人的行事兩相對照」⁵⁶。

　　屠隆晚年，家中接連發生不幸，長媳沈七襄、長女湘靈、長子金樞相繼去世，屠隆面對這種無法以理性解釋的不幸，他與無數普通人一樣，以為是前世冤孽所致，向宗教尋求解脫。此時的他已對道教「入魔尤深」，尤其相信完初道人孫榮祖，因為孫榮祖言其女死後成仙，使他痛苦的心靈得到一絲告慰。以至他在病重時，還「扶床凝望」，希望孫榮祖「飆車」相迎⁵⁷。他六十二歲時作的《修文記》正是以其女湘靈死後為仙修文天上為主旨而創作的神仙度脫劇。

　　《修文記》，今存明萬曆間刊本，《古本戲曲叢刊初集》據之影印。劇敘越人蒙曜娶妻韓神姬，生女兒湘靈、子玉樞、玉璇，都有才名。玉樞妻蔣支機、玉璇妻施靜姝亦賢淑有才，琴瑟和諧。然頹運時至，女湘靈、兒玉樞與媳蔣氏相繼夭亡，蒙曜遂別妻子雲遊訪道，到武夷山得完初道人引見仙師，明前世因果。知女兒湘靈已歸仙位，學雲篆，為天宮修文仙史；玉樞及其妻蔣氏前世殺生太多，魂入地獄，亟待超度。大仙讓完初道人做功德超度玉樞到貴人道投胎，玉樞思量人世風波，輪迴不息，不願投胎為人，願在鬼域入道修行。蒙曜與妻雙雙修道。後湘靈、玉樞以及二仙師同降蒙家作龍沙小會。

56　徐朔方：《晚明曲家年譜》，第二卷，頁313。

56　徐朔方：《晚明曲家年譜》，第二卷，頁313。
57　參〔清〕錢謙益：《列朝詩集小傳》丁集上；參見鄭振鐸：《修文記跋》，見蔡毅：
　　《中國古典戲曲序跋彙編》，頁1211。

這是一部「自傳與幻想」相結合的劇作。主角蒙曜是作者的化身，劇本第一齣《賞花》中蒙曜自稱「曾為縣令」、「再官省郎」、「被讒去國」、「飄然入道」，這正與屠隆的經歷相契合。而第十齣《仇鬼》裡寫任伯豁生前與蒙曜有仇，設計害他，「誰想反害自己，兩敗去官」，人們認為指俞顯卿誣陷屠隆事。劇中所敘蒙曜一家修仙，亦與屠隆一家相符，且屠隆女兒名字與劇中蒙曜女名字完全相同。長子和兒媳的名字略有改動，但很容易辨認。此外劇中的閻羅王、仙師、真人、道友，生前都是作者的友人，如果根據劇中的暗示，「不難考查出他們的真實姓名」[58]。鄭振鐸先生認為屠隆此劇把自己「生平友仇」、「並入記中」，是戲曲史上「自敘傳」體例的「始作俑者」[59]。

從上面分析可知，屠隆的神仙度脫劇把自己的人生不幸融入其中，劇作中自我意識十分強烈，抒情性很強。他的劇作「形式上雖則仍然是代言體，實質上戲曲被看作五七言詩一樣，或者很少有區別，直接用以抒情言志，而不太注意到舞臺演出效果，劇中人物往往成為作者主觀意志的傳聲筒」[60]。

（二）湯顯祖的《邯鄲記》傳奇

與屠隆同時稍後的湯顯祖是明代最有名的劇作家。他是江南名士，廣有才名，但因為不願依附權貴而多次名落孫山，一直到萬曆十一年才中進士，又因不願被權貴拉攏而出任南京太常博士。南京任上，他因上書指斥權奸而被貶到雷州半島的徐聞縣當典史，後轉遂昌縣令。遂昌任上，他勤政愛民，卻遭到別人的無端誹謗，因而棄官歸家。從此，他在家鄉專心從事戲曲創作，萬曆二十六年，他創作了享譽文壇的名劇《牡丹亭》。萬曆二十九年，辭官歸家已三年的湯顯祖

58　徐朔方：《晚明曲家年譜》，第二卷，頁315。
59　鄭振鐸：《修文記跋》，見蔡毅：《中國古典戲曲序跋彙編》，頁1211。
60　徐朔方語，見《晚明曲家年譜》，第二卷，頁315。

被朝廷追加因過失免職的處分，他的心情十分抑鬱，再則他的兒子在
南京去世，也對他打擊很大。消極出世的佛道思想佔據了他的心靈，
而道教神仙思想對他的影響尤著。湯顯祖家裡有崇道傳統，他的祖
父、祖母都信奉道教，母親也講求道家的養生之術。他的祖父曾「一
再啟發他神往超現實的靈境」，但他仍然醉心於科舉功名，他自己在
詩中說：「第少仙童色，空承大父言。」[61]在功名失意、不意之憂困擾
心靈時，這種思想也就自然而然地趨於強烈。

　　他的《邯鄲記》就是他信道思想的體現。劇本以唐沈既濟的《枕
中記》傳奇為藍本，通過盧生「黃粱一夢」醒悟生死的故事，表達了
作者對現實人生的態度，從中也寄寓了作者憤激無奈的苦悶情懷。劇
中主人公盧生在現實世界裡科舉失意，年年邯鄲道上奔忙，「學成文
武之藝」，卻不能售於帝王之家。他認為：「大丈夫當建功樹名，出將
入相，列鼎而食，選聲而聽，使宗族茂盛而家用肥饒，然後可以言得
意也。」睡夢中，他巧得佳妻，又得妻助而應考。關係、金錢使他從
落第之人成為頭名狀元。為官後，他屢建功勞，開河三百里，開邊千
里，有十大功勞，可謂功名極盛矣。一朝被宇文融尋機陷害，性命險
些不保。此時盧生說：「夫人，夫人，吾家本山東，有良田數頃，足
以禦寒餒，何苦求祿，而今及此？思復衣短裘，乘青駒，行邯鄲道
中，不可得矣。」（第二十齣〈死竄〉）[62]他開始悔恨自己苦求功名，
放棄了那種自由自在的生活。而當他妻子喊冤午門，皇上免其死罪貶
往鬼門關時，他又要妻子等待他「萬里生還」再朝天。後其妻織回文
詩感動皇上，又得好友蕭嵩、裴光庭從中辯白，再加上番子也從中敘
說，他再得召還。回朝後，盧生當了二十年首相，進封趙國公，食邑
五千戶，官加上柱國太師。先蔭兒男一齊陞級，孫子十餘人都送監讀

---

61 引自徐朔方：《湯顯祖評傳》（南京市：南京大學出版社，1993年）。
62 〔明〕湯顯祖：《邯鄲記》，引自徐朔方箋校：《湯顯祖全集》第四冊（北京市：北
　京古籍出版社，1999年）。

書。賜御馬、送女樂，賜田園樓館，可謂恩榮極矣。此時盧生進而求
長生，想長享富貴。死到臨頭時，他還擔心自己六十年勤勞功績在國
史中編載不全，還求高公公以開河之功蔭其小子。夢中死去，夢醒轉
來，原來一切都是虛幻之景。建功立業、出將入相、列鼎而食、選聲
而聽、宗族茂盛、家用肥饒卻無任何得意可言，都是虛幻，帶給人的
是精疲力竭與無盡的煩惱。

　　作者在劇中借盧生宣揚了人生如夢、仙界長壽美好的虛無的宗教
思想。他在〈自敘〉中說：

　　　　士方窮苦無聊，倏然而與語出將入相之事，未嘗不憮然太
　　息，庶幾一遇之也。及夫身都將相，飽厭濃醒之奉，迫束形勢
　　之務，倏然而語以神仙之道，清微閑曠，又未嘗不欣然而嘆，
　　倘然若有遺，暫若清泉之活其目，而涼風之拂其軀也。又況乎
　　有不意之憂，難言之事者乎？回首神仙，蓋亦英雄之大致矣！
　　（中略）獨嘆〈枕中〉生於世法影中，沉酣噂𠴲，以至於死，
　　一哭而醒。夢死可醒，真死何及。（下略）[63]

　　湯顯祖認為，窮苦無聊的人一聽到別人談出將入相之事，就希望
自己有朝一日能出將入相；一旦身為將相，雖飽厭美酒佳餚，擁有嬌
妻美姜，卻時時面臨著官場傾軋，一聽到神仙之事則神往而希有所
遇。順境之人，猶然如此，那些因「不意之憂」、「難言之事」而痛苦
的人則更是嚮往神仙世界。在湯顯祖看來，人的心態隨著地位、環境
的變化而變化，而神仙世界長生不老、幸福美滿，是每個現實中人都
無限嚮往的。湯顯祖在文中認為「回首神仙，蓋亦英雄之大致」，對
醒悟現實、皈依神仙有著很高的評價。湯顯祖最初以天下民生為己

63　〔明〕湯顯祖：〈邯鄲夢記題詞〉，見徐朔方箋校：《湯顯祖全集》（北京市：北京古
　　籍出版社，1999年），第二冊，頁1154。

任，志在現世功名，但他一生不得志，功名、利祿在他的人生旅途中
顯得如夢幻般迷離短暫，「不意之憂」、「難言之事」困擾著他，使他尋
求解脫。湯顯祖感嘆盧生「於世法影中，沉酣唼囃，以至於死，一哭
而醒」，認為自己醒悟得早，解脫得早。而「夢死可醒，真死何及」一
語則又明顯地表露出作者對死亡的恐懼與對長生的渴望。閔光瑜認為
此劇乃湯顯祖之「大慈悲」、「大功德」，可以與《大乘》、《貝葉》、《六
一金丹》相比，「從名利熱場一再展讀，如滾油鍋中一滴清涼露」。盧
明天放道人劉志禪則認為湯顯祖以酒色財氣為四賊，「將四條正路布
於《邯鄲》一部中，指引蹬入，悟時自度」[64]，深得道家要旨。

　　湯顯祖不像屠隆那樣直接抒情，而是「繪夢境為真境」，通過對
盧生「夢中之炎涼」、「夢中之經濟」、「夢中之治亂」、「夢中之輪迴」[65]
的描寫，反映了明代後期的社會現實，表達自己對社會人生的態度。
吳梅先生認為此劇「備述人世險詐之情，是明季官場習氣，足以考鏡
萬曆年間仕途之況」，是作者洩憤之作，劇中「憤慨甚多」[66]。

　　湯顯祖之前，車任遠創作了《邯鄲夢》雜劇，劇中「多工語」，
自從湯顯祖《邯鄲記》傳奇問世後，車任遠雜劇就被淹沒無聞了。車
任遠的《蕉鹿夢》，「甚有奇幻意」[67]，作者通過樵夫烏有辰得鹿，被
漁翁魏無虛所取的故事，宣揚現實如夢、夢如現實的虛無思想，欲借
此點醒那些迷夢中人。

（三）蘇漢英的《黃粱夢境記》傳奇

　　蘇漢英的《黃粱夢境記》傳奇也以「黃粱一夢」故事為題材，但
與湯顯祖《邯鄲記》不同，作者寫的是呂洞賓醒悟黃粱夢故事。蘇漢

64　〔明〕閔光瑜：〈邯鄲夢小引〉、〔明〕劉志禪：《邯鄲夢題詞》，見蔡毅：《中國古典
　　戲曲序跋彙編》，頁1263、1264。

65　〔明〕沈際飛：〈題邯鄲夢〉，見徐朔方箋校：《湯顯祖全集》，第四冊，頁2570。

66　吳梅：〈邯鄲記跋〉，見蔡毅：《中國古典戲曲序跋彙編》，頁1266。

67　〔明〕呂天成：《曲品》卷下，見《中國古典戲曲論著集成》，第六冊，頁237。

英，名元雋，別署不二道人。據官桂銓的〈元明福建戲曲家考〉[68]一文考證，蘇漢英，福建莆田人，流寓沙縣。清康熙年間《沙縣志》卷十〈寓賢〉有蘇漢英小傳：

> 蘇元雋，字漢英，號太初，眉山長子。生而英慧，五歲即日誦詩書千餘言上口，八歲能遍記古今典故。長就試太學，輒冠軍。司成馮具區、季青城閱其卷，嘖嘖稱為「人龍」，一時名士傾之。嘗曰：「措大矻矻，窮年何事，第以一經老牖下，以八股博世，資不大斗筲耶！」馳騁其才，復為詩、古文、詞。顧力穡，不逢年，屢獻屢刖，竟弗沮，曰：「器之不習，猶吾罪也。」迨丙子，試卷為場蠹所剪，擲去，嘆曰：「吾之獨難一第，命也！」未幾逝。生平至性，孝友過人。周急鄉黨，朋友知己遍燕趙、吳越間。情耽山水，凡勝必造，凡造必詩。逸志遠度，所編《呂真人夢境傳奇》，大旨可見。[69]

從蘇漢英小傳來看，他才華出眾，但科舉不利，屢困場屋，至死未能及第。他的《黃粱夢境記》正是當時社會現實與作者個人遭遇的反映。該劇《遠山堂曲品》著錄，今存明萬曆間繼志齋刊本，《古本戲曲叢刊初集》據之影印。作者通過呂洞賓的夢境，深刻地反映了明代科舉制度的黑暗與官場的險惡。主人公呂洞賓「少攻舉業，曾嘗越膽而讀父書。久困科名，因惜禹陰而求仙道」，科舉功名的不順利也是他求仙訪道的原因。鍾離權怕他因科舉不利而學道，學道之心不堅，使神通讓他大夢，欲使他知「夢裡繁華」、「人間虛幻」。作者在呂洞賓夢中展現了一幅幅現實人生痛苦的畫卷。讀書人怨嘆命運多

---

68 官桂銓：〈元明福建戲曲家考〉，見《戲曲研究》第13輯（北京市：文化藝術出版社，1984年），頁181。

69 〔清〕林采等修：（康熙）《沙縣志》，康熙四十年刊本。

艱、功名不就。「天下事往往以無心得之，我們東馳西走，竟爾下第。呂生分明無意科舉就奪了一個狀頭。」這裏所表現的正是馬致遠劇中所說的「功名由命不由人」的思想。而科場弊端又使無數的讀書人浩嘆：「近聞得科場裏作弊，把剪刀剪人文字者極多，故時人有詩云：文章已付金刀剪，名姓何勞白簡封。吾曹白首文場，不知幾落幷州快剪矣。」（第六齣）科舉失意，使這些讀書人看破紅塵，轉而向道，尋找解脫。平民怨苛捐雜稅，括商法使商戶破產，間架法、除陌法弄得平民典妻、賣兒賣女，偷盜為生。宮女怨春，將士怨拚死疆場而無賞。總之，作者在劇中極寫人間之怨。

在這些怨嘆聲中，呂洞賓可謂是極得意之人了。他本無意於功名，卻得太陰夫人相助攻入利名關中，一舉而成狀元，後官至宰相，一門榮貴。他為人正直，諫除括商令、間架法、除陌錢等害民之法；奏斬奸臣盧杞，以慰將士怨憤之心，可謂功高位尊。他所遇的皇帝也是一個愛民、愛才的賢明君主。皇帝在下括商令時，擔心杜佑「不悉朕意，過索民間」；閱呂洞賓試卷後說：「國步多艱，臣工俱曠，得士若此，實慰朕心」；呂洞賓請廢苛法、請斬盧杞，也一奏即從。在作者的筆下，皇帝是好的，只是被奸臣亂了朝綱。忠奸鬥爭歷來是戲曲小說中常用的格套。而這樣賢明的皇帝，卻因呂洞賓應對不合意而問罪。一中書聽旨後驚說：「呀，驚殺人也！呂平章在朝三十餘年，得君之深，無逾於彼，怎麼應對差誤，便拿下問罪了？」中書之語，也說明了伴君如伴虎，君意難測，稍有不虞，便有殺身之禍。

呂洞賓功名失意，夫妻子女離散，人世間世態炎涼變化：「一貴一賤登時變，一高一下怎生聯，人情澆薄似秋烟，也則是肝腸淺。思他當日，何曾在天，看他今日何曾在淵，就中可恨王婆面。休饒舌，莫再言，打教冷暖一般天。」人世間的功名利祿、人世間的哀嘆怨恨、人世間的世態炎涼使他醒悟，飄然入道。

劇本對呂洞賓省悟黃粱夢情節進行了創造性的改造，以唐代的背

景來寫明代的實事。傳奇中「并州快剪剪文章」，正是作者科舉文章
被剪的痛苦經歷的反映。他通過呂洞賓夢中境遇的變化，把自己關心
世事卻無可奈何的心情委屈表現出來。祁彪佳《遠山堂曲品》把此劇
列為「逸品」，評曰：「傳黃粱夢多矣，惟此記極幻、極奇，盡大地山
河、古今人物，盡羅為夢中之境。呂仙得太陰相助，一戰入利名關，
四十年窮通得喪，止成就得雪下一飯夫耳。嗟哉！世人乃逐逐魘囈
乎？」[70]

（四）汪廷訥的《同昇記》、《長生記》傳奇

　　汪廷訥是明代後期有名的劇作家，也是一個虔誠的道教信徒。從
他取名「無如」、「坐隱先生」、「無無居士」、「全一真人」，就可見其
向道之心。他早年志在現世的科舉功名，然科舉不利，只得捐資為
官，曾任「督餉大夫」、「鄞江司馬」。航經高蓋山時，雲外異人「窺
其宿根高潔，有功成名退之勇」，前來點化，廷訥豁然頓悟[71]。此後，
「友仙證道」，不知所終。

　　汪廷訥創作的傳奇已知的有十五種，其中《同昇記》、《長生記》
是兩部仙佛故事劇。《同昇記》，劇本佚，從《曲海總目提要》卷三十
九著錄的冶城老人序中可知劇情大意：「東海一衲與無無居士、赤肚
子、了悟禪師三數人，初遇各持門戶，若相矛盾，而卒乃相忘於無
言。於是東海一衲，耳既有覺，便思覺人，演六賊之竊發，歸一將之
擒獲。卓爾三家，渾同一事，不廢宴笑而直啟元局，不離聲色而竟收
太乙。」此劇雖「紐合三教」，然其中所寫多「廷訥事」，劇中人物也
大都是汪廷訥「當時所交而改易姓名」[72]。與他同時的呂天成認為此

70　〔明〕祁彪佳：《遠山堂曲品》，見《中國古典戲曲論著集成》，第六冊，頁12。
71　〔清〕黃文暘：《曲海總目提要》卷十（天津市：天津古籍書店，1992年），頁414。
72　上引自〔清〕黃文暘：《曲海總目提要》卷三十九，頁1693。

劇：「似頌一友者，而己附入之。詞采甚都，但事情不奇耳。」[73]

《長生記》，《曲品》等著錄，存明環翠堂刊本，未獲見。劇本「搜羅仙籍，擷純陽證果之始末」，演呂洞賓入道成仙，顯化濟世故事。劇中事實，多據《列仙傳》，而戲狎牡丹、劍斬黃龍、召將除妖、岳陽度柳等出，則本稗官小說。作者為什麼要創作此劇？我們看看他的〈自序〉就可以得到明確的答案：

> 余夙慕乎元宗，於環翠堂右，建百鶴樓，高十丈許，奉事純陽子唯謹。蓋表余一念皈依之誠，且祈以廣嗣續，其雅志也。乙巳暮春，余晨參純陽子。禮畢，假寐瓊藥房。純陽子揖余，闡發元扃，力驅宿垢，且囑以指導塵世，將降令子以報若。余覺而異香滿室，神情爽朗，轉思無誘世之術，則急翻呂真人集暨列傳、逸史百家，搜求純陽子顛末，為作《長生記》。
>
> 按純陽子未遇雲房時，垂涎富貴，若非黃粱一夢，幾不免墮落宦海中，厥後名登紫府，誰非此夢力也。余今瓊藥之夢，雖不敢上擬黃粱之夢，然感我師之提誨諄諄，敢不書紳敬佩之。是秋杪而記成。越明年夏五月，余果舉一丈夫子，於是信我師之夢，果不我欺矣[74]。

從汪廷訥的自序可知，作者之所以創作此劇是因為呂洞賓給了他一個生男孩的好夢。汪廷訥因為未生男孩，承受著封建倫理道德的強大壓力。他迫切希望能有一個「丈夫子」，這種希望十分強烈，形之夢寐。在得到呂洞賓的夢兆後，痛苦的心靈得到很大的安慰。而巧的是第二年五月，果真得一男孩，這種巧合更堅定了他奉道之心。汪廷

73　〔明〕呂天成：《曲品》卷十，見《中國古典戲曲論著集成》，第六冊，頁235。
74　〔清〕黃文暘：《曲海總目提要》卷八（天津市：天津古籍書店，1992年），頁332。

訥後來在高蓋山邊被異人度化，既是官場險惡、禍福無常造成的，同時也是他對道教神仙世界「夙慕」的結果。

明赤城山人文九元以汪廷訥事迹為題材創作了《天函記》傳奇，也有人認為此劇是汪廷訥自作，托名文九元而已。此劇已佚，從《曲海總目提要》卷十的著錄來看，此劇「據坐隱先生紀年傳，摘而敷衍」，劇中所演「多神仙之事」[75]。

（五）葉小紈的《鴛鴦夢》雜劇

葉小紈的《鴛鴦夢》是一本「寓言匹鳥，托情夢幻」的「感悼」之作。葉小紈，字蕙綢，江蘇吳江人。她出生於書香門第，與姊紈紈（字昭齊）、妹小鸞（字瓊章）都是當時有名的閨秀詩人。小鸞於崇禎五年將出嫁前五日病逝，紈紈在小鸞死後七十日亦悲慟而死。小紈在「瓊摧昭折，人琴痛深」之際，「本蘇子卿『昔為鴛與鴦』之句」[76]而創作了這本雜劇。作者用擬男的形式把三姐妹幻化成男形，以三姐妹的字「昭齊」、「瓊章」、「蕙百芳」為之名，把三人的深厚情誼借結拜三兄弟來加以表現。在作者筆下，昭齊、瓊章、蕙百芳原為天上仙女，「三人偶語相得，松柏綰絲，結為兄弟，指笠澤為盟」，後被貶謫凡間為男。三人結為兄弟，詩酒相得，後昭齊、瓊章相繼夭逝。蕙百芳醒悟人生，尋道訪真，得呂洞賓點化，與昭齊、瓊章相會，同歸天上。劇本以蕙百芳夢境的起滅來組織劇情，初以蕙百芳夢鴛鴦戲水，狂風吹折並頭蓮，驚得鴛鴦沖天飛為起；中以蕙百芳夢與昭齊相會被檐間鐵馬驚醒推動劇情；末以呂洞賓點破蕙百芳夢中之情，蕙百芳醒悟「人生聚散榮枯得失皆猶是夢」，出家歸真[77]。

劇本情節簡單，無甚轉折，但情感豐富。作者在劇中抒發了她哀

75　〔清〕黃文暘：《曲海總目提要》卷十，頁414。

76　〔明〕沈君庸：〈鴛鴦夢小序〉，見咸豐硯緣集本。

77　〔明〕葉小紈：《鴛鴦夢》，見咸豐硯緣集本。

悼姊妹夭亡的無限悲痛之情，以及由此而生的人生如夢，聚散無常之感。蕙百芳最後出家學道，神仙度脫，又表現了作者無法排遣自己的內心苦痛，向神仙世界尋求寄託之情。她想像昭齊、瓊章都昇天為仙，自己也回歸天上，這種宗教幻想在一定程度上消解了她現實生活中的痛苦與無奈。

綜上所述，屠隆、湯顯祖、葉小紈他們之所以皈依道教神仙，創作道教神仙劇，是因為他們都有著不幸的人生遭遇。他們的神仙度脫劇在宣揚道教神仙思想的同時，也多方面反映了明代的社會現實，反映了作者自己的人生理想與痛苦不幸。

二　世俗情感與諷世意識

明代後期，除前面所提及的幾位道教神仙劇作家外，還有許多以道教神仙故事為題材進行創作的作家。這些劇作家大致可以分為兩大類，一類是普通文人，一類是教坊藝人。二類作家中，除少數文人作家姓名可知外，其他均難考知，暫付闕如。教坊藝人大多為皇家演出而創作，劇作以吉祥喜慶、歡樂太平為宗旨。神仙劇中所宣揚的無非是聖主英明、聖母慈祥，人世太平，神仙下凡慶賀，頌揚之意十分明顯。只有少數劇作為普通官員慶壽而作，如《黃眉翁賜福上壽》，《孤本元明雜劇提要》認為是「殆伶工為武臣之母稱壽所作」。

明後期文人創作的道教神仙劇內容豐富多樣，除前面所提及的宗教解脫內容外，享受生活逐漸成為關注的熱點。劇作家多利用道教神仙故事來表現人們世俗享樂心理。龍膺《藍橋記》、呂天成《藍橋記》、楊文炯的《玉杵記》、許自昌的《橘浦記》、顧覺宇的《織錦記》、黃惟楫的《龍綃記》等演繹著超越傳統的神仙愛情故事，表現世人的愛情理想（詳見後面章節）。神仙度脫劇的宗教意義在許多作品中也已大大淡化，人們利用神仙度世來表現世人求富貴、求長壽的

思想。在元馬致遠的《太華山陳摶高臥》雜劇中，陳摶戒酒色財氣，不願人間富貴，而在明無名氏的《恩榮記》傳奇中則成為富貴神仙。祁彪佳《遠山堂曲品》評曰：「陳希夷對鏡掀髯曰：『非帝則仙。』及其道成，不啻蘧蘆視帝王矣！而作者加以人間之富貴，何淺之乎窺希夷哉！」王畿的《白鶴記》敘「徐二孺幼慕游仙，得一雛鶴蓄之，鶴銜珠以謝而去，自是為紫虛玄女所引，遍歷仙、魔諸境，遂證上昇」。祁彪佳《遠山堂曲品》認為是「腐儒作此以佞求仙者」之劇。而鄉村塾師胡湛然的《跨鶴記》則寫自己授徒講學，最後登仙，以慰其寂寞孤獨、落魄潦倒的一生。祁彪佳《遠山堂曲品》認為此劇詞句「穢惡」，「令人字字欲嘔」[78]。

　　值得注意的是，明代後期出現了一些借神仙故事來譏刺時事的劇作。陳一球的《蝴蝶夢》，以莊周夢蝶為本事進行創作。劇敘莊周因不應楚王之聘，妻子惠二娘與之反目。莊周後出家學道，為促妻悟道，乃佯死幻化。惠二娘在莊周復活後，羞愧自縊，魂入地獄，莊周超度之。劇中通過楚王專權肆虐，惠施沉迷聲色，襯托出莊周高潔的人格。此劇作於明崇禎初年，因作者曾向浙江巡按御史趙繼鼎痛陳時事二十條，引起貪官污吏的報復，此劇被列為「謗書」，成為他的罪狀之一。作者在〈以《蝴蝶夢》贈金陵何丕顯先生〉詩中云：「平生心事付莊周，萬古靈無總夢游。偶而直言輕性命，致誇俠骨傲王侯。」[79]把作者的詩結合劇情來考察，作者在劇中有所寄寓是很明顯的。當然，前面提到的蘇漢英的《黃粱夢境記》、湯顯祖的《邯鄲記》、屠隆的《曇花記》等傳奇中也有類似陳一球《蝴蝶夢》中的寄寓與諷世內容。但只有陳一球的劇作被列為「謗書」，估計內容切中時弊，引起當權者的忌恨。戴之龍的《玉蝶記》傳奇寫「裴得道酷信

---

78 〔明〕祁彪佳：《遠山堂曲品》，見《中國古典戲曲論著集成》，第六冊，頁116、117。
79 齊森華、陳多等：《中國曲學大辭典》（杭州市：浙江教育出版社，1997年），頁392。

丹鉛之術，至子女流離，家破而身幾不免」之事，祁彪佳認為此劇作者必借此譏刺那些迷於求仙之人[80]。徐陽輝的《有情痴》雜劇，借蓬萊仙客衛叔卿點化有情痴，對世上人生萬態進行了描述。「有情痴不著姓名，蓋以自寓也。」劇本「玩世不恭，語多譏刺」：「始云富貴的人，百般去趨奉他；貧賤的人，百般去欺侮他，譏世人炎涼情狀也。又云：胸中本無一字，做出滿腹的態度來。拾他人之唾餘，為自己之識見。文宗班馬，他亦曰班馬；詩推李杜，他亦曰李杜。譏世人假托聲氣也。又云：酒食到口，人人都說相知；利害及身，個個盡成反面，譏世人凶終隙末也。又云：古人以終南為捷徑，如今只消在接官亭；古人出疆必載質，如今只消一個紅手本，譏世人奔走勢利也。又云：有無不能相通，多寡不能相濟。只喜錦上添花，不肯雪中送炭。譏世人慳吝囂薄也。」作者的目的是譏諷世事，「警醒凡情」[81]。

　　總之，明代的道教神仙劇題材豐富，內容多樣。其中既有宣揚宗教出世思想的劇作，也有立足現實人生，追求享樂思想的劇作。神仙由元及明初劇作中的度世主角，逐漸成為表現世俗生活劇作的配角。神仙地位的下移，在一定程度上反映了世人社會地位的提陞。這對清代道教神仙劇有著很大的影響。

---

80 〔明〕祁彪佳：《遠山堂曲品》，見《中國古典戲曲論著集成》第六冊，頁101。
81 〔清〕黃文暘：《曲海總目提要》卷八，頁327。

第四章
道教神仙戲曲的式微

　　清代的神仙戲曲沿襲明代神仙戲曲發展的餘緒，繼續在舞臺上出現，但劇目數量比元明時期要少得多，純宗教性的劇作更少，大多數劇作融度脫、愛情、祝壽、鬥法為一體，表現世俗的情感。而一些神仙劇作則更是拋開宗教內容，利用神仙來感嘆世事，抒發感慨。這種局面的出現是清代的政治環境、宗教環境、文化環境共同影響的結果。

第一節　宗教環境與文化政策

　　明代統治者崇尚道教，舉行了各種齋醮儀式祈求神仙的幫助。就在即將亡國的前一年，崇禎皇帝還召張真人入京建禳妖護國清醮及羅天大醮於萬壽宮，希望借神仙之力解決內憂外患。然而神仙卻並未幫助明人守護江山，就連做法事的張真人在法事完畢後也立即辭歸江西，也許張真人自己都明白神仙乃虛無之事，根本無補於世事[1]。

　　清朝統治者鑒於明朝滅亡的教訓，在對三教採取兼容的同時，十分重視儒家忠孝倫理思想，對道教除了因統治的需要而加以適當的管理保護外，根本不予重視。清統治者還多次下令對與道教有關的方術、神怪、符咒嚴加禁止，認為這些法術、符咒虛妄荒誕，對人民有很大的欺騙性。清太宗在未入關前就曾下令禁譯漢人野史，認為：「漢文《通鑑》之外，野史所載，如交戰幾合、逞施法術之語，皆係妄誕。此等書籍，傳至國中，恐無知之人，信以為真，當停其翻

1　參見任繼愈主編：《中國道教史》（北京市：中國社會科學出版社，2001年），頁785。

譯。」[2]入關之後，由於一些邪教借佛道之名，煽惑民眾，影響社會
治安，清統治者多次下令嚴禁邪教。康熙二十六年，曾下旨禁僧道邪
教：「至於僧道邪教，素悖禮法，其惑世誣民尤甚。愚人遇方術之
士，聞其虛誕之言，輒以為有道，敬之如神，殊堪嗤笑。俱宜嚴行禁
止。」[3]僧道邪教的行為影響了正統道教的社會地位，正統道教不斷
向儒學靠攏，神仙思想進一步與儒家的忠孝倫理融合，忠孝神仙成為
道教神仙的主流。如重視出家修行的內丹派雖然還提倡看破功名富
貴，學道修仙，但也在向儒學靠攏，強調忠孝倫理，調和入世與出世
的矛盾，倡導「在家出家，在塵出塵，在事不留事，在物不戀物」的
修行理念，不以出家入山、捨棄人事為煉丹成仙前提[4]。清政府對道
教的態度以及道教對忠孝倫理的強調，直接影響了清代的神仙戲曲的
發展。

　　當然，清代神仙戲曲的衰落與清統治階級的戲曲文化政策也密切
相關。清初，清政府承襲明制，對戲曲的管理也與明朝大體一致：
「凡樂人搬做雜劇戲文，不許妝扮歷代帝王后妃及先聖先賢忠臣烈士
神像，違者杖一百，官民之家，容令妝扮者與同罪。其神仙道扮及義
夫節婦、孝子順孫、勸人為善者，不在禁限。」[5]清統治之所以沿襲
明朝的律令不禁神仙道化及義夫節婦、孝子順孫等類戲，是因為他們
看出這類戲「事關風化，可以興起激勸人為善之念」[6]，有利於他們
的統治。後由於邪教多利用戲曲小說宣揚怪力亂神、煽惑愚民，清政

2　〔清〕王嵩儒：《掌固零拾》卷一〈譯書〉，引自王利器：《元明清三代禁毀小說戲
　　曲史料》（上海市：上海古籍出版社，1981年），頁22。

3　《大清聖祖仁皇帝實錄》卷一二九，引自王利器：《元明清三代禁毀小說戲曲史料》
　　（上海市：上海古籍出版社，1981年），頁25。

4　參任繼愈主編：《中國道教史》，頁857、858。

5　《大清律例》卷三十四，引自王利器：《元明清三代禁毀小說戲曲史料》（上海市：
　　上海古籍出版社，1981年），頁18。

6　《大清律例按語》卷二十六〈刑律雜犯〉，引自王利器：《元明清三代禁毀小說戲曲
　　史料》（上海市：上海古籍出版社，1981年），頁34。

府多次下令嚴禁那些宣揚怪力亂神、法術符咒之類的戲曲小說。康熙二十六年，禁淫詞小說令中語云：「……其中有假僧道為名，或刻語錄方書，或稱祖師降乩，此等邪教惑民，固應嚴行禁止。」[7]道光十二年清政府禁鼓詞令中云：「此書多演怪力亂神，供人捧腹，似乎無害，然辭氣抑揚之間，但圖熱鬧，總以拜師學法，驅役鬼神，嘯聚山林，劫奪法場等為賢。小民何知正史，信以為真，此邪教必滋事之所由來，為害甚巨，可不禁乎？」[8]道光十四年，下旨禁傳奇演義，其中云：「復有假託誣妄，創為符咒禳厭等術，蠢愚無識，易為簧鼓，刑訟之日繁，奸盜之日熾，未必不由於此。」[9]對這些怪力亂神、符咒法術類戲曲的查禁，也直接影響了清代神仙戲曲的創作。再則，由於演戲人眾，易滋事生亂，清政府對戲曲的演出也多方禁止，如禁開戲館、禁迎神賽會、禁淫戲、禁演夜戲、禁演怪力亂神戲等。

　　在禁止怪力亂神、符咒法術等類戲曲小說的同時，清政府大力提倡忠孝節義劇：

　　　　今世戲出，即古樂章，每見有孝子忠臣，激烈悲苦，雖婦豎猶為感泣，此其動人，原最懇切。惟近時所撰院本，率多淫褻，而世人喜為搬演，最傷風化，合行諭禁。除非大慶賀，不得演戲外，所有演唱出牌，總不出忠孝節義四字。違者，定將該戲班及演戲之家，一體重處。[10]

7　〔清〕魏晉錫：《學政全書》卷七〈書坊禁例〉，引自王利器：《元明清三代禁毀小說戲曲史料》（上海市：上海古籍出版社，1981年），頁25。

8　〔清〕白山：〈靈臺小補序〉，引自王利器：《元明清三代禁毀小說戲曲史料》（上海市：上海古籍出版社，1981年），頁71。

9　《大清宣宗成皇帝實錄》卷二四九，引自王利器：《元明清三代禁毀小說戲曲史料》（上海市：上海古籍出版社，1981年），頁72。

10　〔清〕丁大椿：《來復堂學內篇》一冊〈風俗〉第六，引自王利器：《元明清三代禁毀小說戲曲史料》（上海市：上海古籍出版社，1981年），頁127。

　　凡勸化之最足動人者，莫如演做好戲。王陽明先生曰：
「要民俗反樸還淳，宜取今之戲子，將妖淫詞調俱去了，只取
忠臣孝子故事，使愚俗百姓，人人易曉，無意中感激他良知起
來，卻於風化有益。」故點戲者，務要點忠孝節義等出。……[11]

　　在清政府宗教文化政策的影響下，清代的神仙戲曲作品數量明顯
減少，而且大多與忠孝節義思想有關。作品利用神仙故事宣揚統治者
提倡的忠孝節義思想，反映清統治者「疾虛妄、重徵實」的文化理
念。而神仙戲曲應有的浪漫、神奇的藝術風格則被呆板的寫實考證所
取代，失去其獨特的藝術魅力，走向沒落。

第二節　忠孝倫理與富貴神仙

　　在清宗教文化政策與專制政治的影響下，道教神仙戲曲逐漸改變
方向適應統治階級的需要。一方面，劇作淡化了人生如夢、棄家修行
的宗教理念，把道教思想與忠孝倫理結合起來，塑造忠孝神仙形象，
滿足統治者的統治需要。另一方面，劇作還通過神仙賜福壽，塑造富
貴神仙形象，滿足統治階級與世俗百姓的享樂需求。可以說，忠孝神
仙與富貴神仙是清代道教神仙劇中兩個重要的主題。

　　清代的神仙度脫劇，筆者據《曲海總目提要》、《古典戲曲存目匯
考》、《中國曲學大辭典》等書粗略統計，有丁耀亢的《赤松游》、黃
周星的《人天樂》、王聖徵的《藍關度》、戴思望的《岳陽樓》、周鎧
的《黃鶴樓》、車江英的《藍關雪》、無名氏的《萬仙錄》等傳奇，葉
承宗的《狗咬呂洞賓》、黃周星的《惜花報》、永恩的《度藍關》、楊
潮觀的《韓文公雪擁藍關》、綠綺主人的《度藍關》等雜劇。這些劇

11　〔清〕梁恭辰：《勸戒錄五編》卷六，引自《元明清三代禁毀小說戲曲史料》（上海
　　市：上海古籍出版社，1981年），頁282。

作絕大多數是傳統八仙度世故事的改編，其中改編最多的是韓愈風雪阻藍關故事。王聖徵的《藍關度》，《曲錄》著錄，劇本佚，《曲海總目提要補編》著有此本，云：「演韓湘度其叔愈於藍關，與《九度昇仙記》關目各異。一派妄誕，狎侮大儒，疑出道士手筆，大半本《韓仙傳》而又加變幻。[12]」因劇本不存，難知詳情。永恩的《度藍關》據《韓湘子全傳》改編，有《漪園四種》附錄本，劇敘韓湘子、何仙姑等在藍關度化韓愈，韓湘護送韓愈到潮州，助其驅走鱷魚，韓愈後與妻成仙。綠綺主人的《度藍關》，未獲見。車江英的《藍關雪》，劇本存，見《四名家傳奇摘出》本、《清人雜劇二集》本。人們一般遵循鄭振鐸先生的看法，把此劇當作雜劇。全劇共四折：〈湘歸〉、〈報參〉、〈賞雪〉、〈衡山〉，但四折故事並不連貫，莊一拂認為此劇「似無結構」。此劇最早的版本是《四名家傳奇摘出》本，從「傳奇摘出」四字來看，此四折應是傳奇《藍關雪》的摘出，鄭振鐸先生誤為雜劇。在明代的《韓湘子九度文公昇仙記》傳奇中韓愈位居高官，卻因無兒而痛苦。而指望「承繼宗嗣」的姪兒韓湘卻又學道去遠方，使他夫妻老年無所寄託，香火無人繼承。雖然韓湘最後度脫韓愈成仙，但「無後」成為韓愈一生的遺憾。在車江英的《藍關雪》中，〈湘歸〉一齣敘鍾離權說韓湘子「塵緣未盡，尚該留下兒孫一脈，後來奏入《牡丹亭記》」，因而韓湘子七夕之夜回家與妻子杜氏共度良宵，以盡人倫，以補明戲曲中韓愈無後之恨。〈報參〉一齣敘吳元濟反，韓愈為參軍隨軍前去平定；〈賞雪〉一齣敘吳元濟賞雪，李愬雪夜入蔡州，擒吳元濟，兩齣突出了韓愈的將帥才能。〈衡山〉一齣敘韓愈被貶潮州刺史，南下途中經過衡山，神風吹開雲霧，讓韓愈飽覽山間美景，突出了韓愈的正直無私。韓愈在劇中功成名就，子孫綿綿，雖然被貶，但正直無私，萬世敬仰。

---

12 北嬰：《曲海總目提要補編》（北京市：人民文學出版社，1959年），頁70。

　　楊潮觀的《韓文公雪擁藍關》雜劇，簡名《藍關》，乃《吟風閣雜劇》之一。本事與以前的劇作一樣，出於《青瑣高議》，但作者加以創新，旨在宣揚封建忠孝思想。劇中，韓愈雖在逆境中，仍忠於朝廷，無怨無悔，滿懷愛國愛民之心。〔混江龍〕曲中韓湘子唱道：「單則是上方重眺，幾曾百里辨秋毫。只見那遍地裏紅塵滾滾，普天下黑霧滔滔。則幾個忠臣孝子，義烈人豪，赤淋淋天真感激，顫巍巍至性堅牢。從來是這樣人，偏有許多磨難。喜的是真金不怕火，他頭頂兒上呵，他一道罡風迎浩氣，直沖黑霧貫丹霄。莫說那邪魔煞黨，辟易奔逃。就是些星官天將，敢毛骨森蕭。則俺八洞高真廝遇處，也要一邊拱立讓他遭。忠和孝，這是天上人間齊印可，萬空充塞起心苗。」[13]作者借韓湘子之口宣揚「忠孝心，即是神仙路」，在忠臣孝子面前神仙都要讓道。這是以忠孝為本的儒學官吏寫的一本寫心劇。

　　清代韓愈雪阻藍關故事在戲曲同類題材中獨樹一幟，從中我們可以看出劇作者的心態與元明時期已大有不同，他們不是借此宣揚宗教思想，而是宣揚封建倫理道德思想。

　　韓愈藍關故事之外，呂洞賓度世故事也被清代劇作家改編，注入忠孝節義的內容。

　　呂洞賓度世故事一直是元明清神仙度世劇的主要內容，清代戲曲中，黃周星的《人天樂》、戴思望的《岳陽樓》傳奇、無名氏的《萬仙錄》傳奇、周曒的《黃鶴樓》傳奇、葉承宗的《狗咬呂洞賓》雜劇等都是以呂洞賓為度世主角的劇本。

　　清初黃周星的《人天樂》傳奇演呂洞賓度脫軒轅載成仙的故事。作者身處清初動亂之際，作為明之遺民，他有國破家亡之愁，他在本劇的〈自序〉中云自己作劇的目的有二「一為吾生哀窮悼屈，一為世人勸善醒迷」，劇中顯然表達作者自己的無限愁怨。然而劇本以勸善

13　〔清〕楊潮觀：《吟風閣雜劇》（北京市：中華書局，1933年），頁148。

形式出現，劇中軒轅載雖窮困潦倒，但不昧人之財，不貪色，慈善仁愛，因而其二子高中，自己也得呂洞賓金丹而成仙。作者的憤懣不平與道德倫理結合在一起，表現得比較謹慎，這是清初政治環境下大多數文人的心態。戴思望的《岳陽樓》傳奇，《傳奇匯考標目》別本有此劇目，劇本佚，估計演呂洞賓度柳樹精成仙故事。《萬仙錄》傳奇未見著錄，劇本佚。《曲海總目提要》卷三一著有此劇：

> 不知何人所作。演呂祖洞賓事。洞賓登真，眾仙俱會，故曰萬仙錄也。（中略）略言：呂岩字洞賓，唐京川人也。八洞神仙共會，因洞賓有仙分，相攜渡海。雲房先生訪而度之。洞賓本儒家子，父母在堂，兄弟二人並習舉子業。一日，洞賓入酒肆，城南柳樹精化為酒色財氣諸魔遞相擾惑。雲房至肆點化，洞賓未悟，不肯從游，乃先化柳精而去。洞賓偕弟赴京應試，弟一舉成名，而洞賓下第。雲房復與相遇，示現夢中境象，以點化之。既而醒，黃粱甫熟，遂從雲房出世。久之道成，然嗔心猶未能斷。嘗過杭州參黃龍禪師，酬對不契，夜半飛劍入禪室中。劍被黃龍收攝，卓地不動。洞賓百計取劍，終不能得。乃拜服，願歸佛法。後遇白尚言之女，復度此女成仙。而其弟則享人間富貴，奉其父母，受朝廷寵誥之榮。（下略）[14]

　　從《曲海總目提要》著錄的內容來看，此劇融合呂洞賓黃粱夢、飛劍斬黃龍、三戲白牡丹故事而成，而且塑造出一個享人間富貴、侍奉雙親的弟弟。呂洞賓成仙，而其弟功名及第，享人間富貴，侍奉雙親，承繼香火，作者塑造呂洞賓弟弟以補元明神仙劇成仙棄家形象之

---

14 〔清〕黃文暘：《曲海總目提要》（天津市：天津古籍書店，1992年影印本），頁1383。

不足，與車江英《藍關雪》傳奇一樣，體現的是很濃的世俗倫理道德思想。

清代神仙劇，除宣揚忠孝倫理思想外，還在許多劇中宣揚了富貴神仙思想。李玉的《太平錢》、吳士科的《合歡圖》、胡介祉的《廣陵仙》、韓錫胙的《漁村記》、雪川樵者的《錦上花》、陳烺的《花月痕》、無名氏的《蟠桃會》等劇把神仙度世與愛情、長壽結合在一起，滿足世俗情感的需要[15]。周暟的《黃鶴樓》傳奇利用呂洞賓度脫田喜生把忠孝神仙與富貴神仙結合在一起。劇本模仿《桃花扇》結構，以袁枚《子不語》中所記周公之祖百四十四歲壽終的故事為藍本，穿插費禕騎鶴、呂洞賓吹簫，組合而成。作者的用意是在「歌詠太平，而兼於勸世」。劇敘武昌人田喜生父母雙亡，到陸萼華父衙中為伴讀，在仙棗亭偶食仙棗，乘雲遊四海。其間雖遇呂洞賓吹簫，但不識仙機。後隨費禕學道，又往田家轉劫。陸萼華也轉劫陸家。後上帝賜其金銀，完娶陸萼華。田喜生年至一百四十四歲，長子為吏部尚書、次子為中書舍人。後費禕贈以仙釀，田喜生與妻返老還童，後皆成仙[16]。劇本中的田喜生壽高、夫妻和睦、子貴，最後又被度成仙，這是明清時期人們追求的理想境界。

富貴神仙思想除利用神仙度脫、神仙愛情曲折表現外，還利用神仙慶壽賜福來表現。這類劇作，筆者認為大致可以分為兩大類：一類是為皇室節慶祝禱寫作，一類是為民間節慶祝禱寫作。為皇室節慶寫作的劇本來源於兩個方面，一是宮廷御用文人創作，如張照為首的宮廷劇作家；一是帝后壽誕或出巡時，地方官吏請人創作的頌聖劇，如王文治、吳城、蔣士銓等人的迎鑾劇（詳見後面章節）。為民間節慶祝禱而寫作的神仙劇，在清代並不多（詳見後面章節），這些劇作在

---

15 按清代許多劇作在開頭或結尾利用神仙上場，表現吉祥喜慶思想，難以明確歸類，這裡不做統計。

16 參郭英德：《明清傳奇綜錄》（石家莊市：河北教育出版社，1997年），頁1080。

祝禱時也表現出很濃的頌聖思想。如范希哲（一作無名氏）的《萬家春》雜劇，利用玉帝蟠桃宴，福祿壽三星、張仙、劉海蟾等仙祝世間如意多福的形式，表現歌詠太平之意。胡重的《嘉禾獻瑞》，通過東方朔與張果老等八仙祝南岳魏夫人八旬之壽，表現祝賀昇平的思想。[17]這些劇作利用神仙形式，表現吉祥喜慶思想，成為節慶活動中的一種吉祥儀式。

　　從上面所提及的神仙劇來看，神仙故事成為劇作家宣揚忠孝倫理、滿足世俗情感需要的工具，其原有的宗教意識已被濃郁的世俗情感沖淡。

第三節　感慨世情與憂傷國事

　　清代神仙劇中出現了一些以嘆世為主要內容的劇本。嘆世之劇並不是清代纔有，在元明的雜劇、傳奇中感嘆世態炎涼的內容已屢屢出現，但作為劇本的整個基調來說仍然是以度脫為主，是人們感受到人世間的世態炎涼而出家。而清代的嘆世劇則出現完全不同的基調。這些劇本的作者借神仙形象來抒發自己磊落不平之氣、憂國憂民之思，幾乎沒有宗教成分。葉承宗的《狗咬呂洞賓》、鄭瑜的《黃鶴樓》、徐爔《寫心雜劇》中的〈遊梅遇仙〉與〈痴祝〉、袁蟫的《鈞天樂》與《仙人感》等是其中的代表。

　　葉承宗的《狗咬呂洞賓》[18]雜劇以神仙度脫形式來抒情寫憤，頗具個性。劇本今存《稷門四嘯》順治間刊本，《清人雜劇二集》本。劇本以俗語「狗咬呂洞賓，不識好人心」點綴成篇。全劇四折一楔子，敘石介被呂洞賓度脫事。劇本雖以呂洞賓度石介成仙為內容，但

17　參齊森華、陳多等：《中國曲學大辭典》（杭州市：浙江教育出版社，1997年），頁457、469。

18　鄭振鐸輯：《清人雜劇二集》，民國二十三年長樂鄭氏刊本。

劇中揭露的是人情世態，反映的是作者無限憤懣之情。呂洞賓嘆世之言：「俺看世間人好厭煩也！真是口舌凶場，是非苦海，莫說世人，就是俺呂洞賓也免不得也。【仙呂賞花時】（沖末唱）則俺滿部虬髯尺許長，被他們打扮豐標似上皇，這也還罷了，又道俺輕採牡丹芳。（沖末云）當初鍾離師父，教俺點石為金，是我不肯誤了五百年後之人，（唱）則俺一片心天空月朗，肯容易點紅妝。」表現了作者對人世間的口舌是非的極端厭惡。林宗評曰：「亦奇幻超忽，亦慨慷悲憤，亦滑稽調笑，亦蒼勁整嚴，其於後先諸嘯進於化矣。」[19]可見作者借奇幻超忽、滑稽調笑之事來寄寓自己感慨悲憤之情。作者廣有才名，少年得志，但一直蹭蹬科場，蹉跎近二十年，至順治三年才中進士。二十年的蹉跎歲月中，他飽嚐了人世間的辛酸，看透了人世間的世態炎涼。石介形象在一定程度上正是作者自己形象的寫照。石介失意時，備受凌辱，而得志時，狗也變臉奉承，正反映了作者自己二十多年蹉跎歲月中的辛酸苦辣。從石介身上也可以看出作者多才恃傲的個性。石介窮困潦倒，呂洞賓來求布施時，他說：「盡屋裏刷刮，也不過是殘篇斷札，盡肚裏剞查，濟不得你前堂後廈，盡口裏撲搭，當不得那根椽片瓦。」石介自負才高：「俺詞賦追司馬，學識富張華，視著那掇紫拾青未足誇，敢福分比傍人亞。倘有波斯識咱，（帶云）先生莫笑小生說，（唱）敢把筆安天下。」認為自己有安天下之才，只是福分未到而已。當呂洞賓只要他寫上一行時，神氣又來了：「有有有，俺付上山一搭，水一窪，若先生嫌少呵，再付上千里雲天萬縷烟霞，秀才們從來無假，便取去有甚爭差。」石介是一個典型的儒生形象，他的形象也正是作者才高不遇、窮困潦倒的象徵。石介在功名成就時出家學道，也是作者內心苦悶，向宗教尋求解脫的心理反映。

鄭瑜的《黃鶴樓》雜劇，今存《雜劇三集》本。這是一個感嘆世

---

19 鄭振鐸輯：《清人雜劇二集》，民國二十三年長樂鄭氏刊本。

事、抒發自己內心苦悶之情的劇本。作者借呂洞賓與樹精之對答表現了他對世事的感慨。作者嘆世可從兩個層次理解。首先是呂洞賓自嘆。呂洞賓居住在神仙世界，在許多人的眼裏神仙世界是自由快樂、富足美麗的，而在此劇中，作者一反前人的這種思想，認為神仙比凡人還要苦。五百年一風劫，五百年一火劫，凶險萬分，呂洞賓僥倖躲過。過去之後，想起當時的情景「尚兀自小鹿心頭跳」。世上又附會許多烏有之事在他的身上，像與何仙姑相好、飛劍斬黃龍等事，使他有口難辯。長生不老，既有劫數之苦，又十分孤獨，幾日前一同飲酒的朋友都去世了，使他倍感孤獨。他也不想孤獨地長生世上，他後悔「當初沒來由八洞府做班頭，悔如今浪遨遊，五濁世漫淹留」。其次是作者通過呂洞賓之口嘆人世間。人世間生命短暫，而世間人不知珍惜，只知道爭名奪利，得者歡、失者悲。呂洞賓想喝酒又未帶錢時說：「如此良宵，不可無酒，我身邊不帶杖頭，去賒是斷然不肯的。」這句話十分形象地說出作者對人世間那種金錢關係的厭惡。神仙世界多劫難，呂洞賓住「怕」了；人世間爭名奪利，呂洞賓也住「厭」了。在作者心中，世間沒有希望，沒有出路，找不到一塊樂土。呂洞賓最後無奈地躲到蓬萊去，也反映了作者十分無奈的心情。比起元明的作家來說，作者內心更加苦悶，因為他找不到解脫。

　　相比之下，袁蕚的《仙人感》[20]在抒發自己的感慨之時更多地表現了作者憂國憂民的思想，反映了一個有良知的中國人內心的苦悶。劇本作於光緒二十九年（1903），作者借呂洞賓來抒發自己的無限感慨。呂洞賓三醉岳陽樓後，經過了無數時光，忽又偶過岳陽樓。呂洞賓見岳陽樓、君山是一片「殘陽枯草」，感嘆人世滄桑，覺得「萬事無聊」。「孤城鼓角，寒灘蘆蓼，半掩黃陵古廟。憑欄凝眺，西風斷雁蕭蕭，只漁罾頹岸，赭石橫山，何處龍宮寶。俺也曾凌萬頃覓瑤島，

---

20 〔清〕袁蕚：《瞿園雜劇》，光緒戊申（1908）春刊本。

俺也曾浮槎八月看秋濤。霎時都變了。」洞庭湖是古今防務緊要之
處，而現今併入歐人商埠。而歐洲人到中國來並不是來「玩沼觀
濠」，而是看中了中國大地的「金山銀窖」，而中國人還沉睡在攪不醒
的糊塗覺中。作者在感嘆外國入侵的同時，又感嘆世上無英雄，「曾
左胡彭」都不見，中原人物儘是劉表一類毫無遠見的人物。讀書人懂
幾句外語，能講自由民主，則自詡為奇才傑士。那些科舉中人，看起
來個個「昂首軒眉，經綸滿腹」，卻也只是些「看繁華，貪熱鬧」的
人物而已。看到自己的家鄉被西洋人踐踏，現實的人生世態朝夕變
化，作者的反應是「嗚呼痛哉」。在作者的筆下，一切都變了，只有
「君山青青微霽尚是舊遊時風景」。作者借呂洞賓之口，把現實自然
的荒敗、西洋人的入侵、人情世態的變幻諸現實以及作者對英雄人物
的期盼之情都寫了出來。作者在這種感嘆中間深深地表露出他自己無
奈、失望的心情。呂洞賓最後的「飄然」而去，也從一方面反映出作
者的心態：自己心有餘而力不足。作者懷才不遇，自己的抱負不能施
展，面對紛紜世事，徒增感嘆，「飄然」而去正表現了他內心深處的
苦悶與無奈的解脫。

　　《黃鶴樓》、《仙人感》兩劇的作者最後都選擇「飄然而去」作為
劇本的結局，這反映了清代有識之士在國事紛紜之時，無可奈何的心
情。袁蟫作於宣統元年（1909）的《鈞天樂》雜劇也是憂傷國事之
作，作者借《鈞天樂》「有始而無卒」之意來諷刺維新改良運動。另
外像《寫心雜劇》中的《游梅遇仙》、《痴祝》也是感世抒懷的嘆世
劇。清代的這些神仙嘆世劇去掉了神仙劇的宗教色彩，成為劇作家感
嘆時事、抒發不平的手段。

　　通過前面的簡要分析，我們可以清楚地看到，清代的道教神仙劇
在清政府宗教文化政策的影響下，劇目大大減少，宗教意識淡化。大
量的劇作中融入了統治階級需要的忠孝倫理思想、世俗百姓所期待的
享樂思想，表現出濃郁的世俗情感。此後，由於國事紛紜，文人的關

注視點轉移，神仙劇的創作進一步衰落。只有少數地方戲藝人，通過改編、演出神仙劇，滿足世人求吉祥喜慶、富貴長壽的心理需要。

第五章

神仙度脫劇

　　道教神仙戲曲劇目眾多，內容相當豐富。本人根據道教神仙戲曲社會功能的不同，把它們分為神仙度脫劇、神仙驅邪除魔劇、神仙慶壽喜慶劇、神仙愛情劇四大類。四類中，神仙度脫劇劇目最多，從各個不同角度反映了現實人生的苦難與解脫追求。筆者為了便於分析，根據度世主角的不同，又把神仙度脫劇分為八仙度脫系列、道教宗師度脫系列、自悟修行系列三類。下面對之簡要加以分析。

第一節　八仙度脫系列劇

　　八仙是元明清時期人們最喜愛的神仙群體，對元明清時期的宗教、民俗、文學藝術等都有著相當深刻的影響。八仙故事也成為元明清乃至近現代戲曲創作的重要題材來源。以八仙度脫為題材的劇作，筆者粗略加以統計，大概有以下四十幾種。

（1）宋元戲文中的八仙度脫劇

一、無名氏《呂洞賓三醉岳陽樓》（《南詞敘錄》〈宋元舊篇〉著錄，存殘曲七支）；

二、無名氏《呂洞賓黃粱夢》（《南詞敘錄》〈宋元舊篇〉著錄，佚）；

三、無名氏《韓文公風雪阻藍關記》（《寒山堂曲譜》注引，佚）；

四、無名氏《韓湘子三度韓文公》（《寒山堂曲譜》注引，佚）。

（2）元雜劇中的八仙度脫劇

一、馬致遠《呂洞賓三醉岳陽樓》（《錄鬼簿》著錄，存）；

二、馬致遠《開壇闡教黃粱夢》（《錄鬼簿》著錄，存）；

三、趙文殷《張果老度脫啞觀音》（《錄鬼簿》著錄，佚）；

四、紀君祥《韓湘子三度韓退之》（《錄鬼簿》著錄，佚）；

五、趙明道《韓湘子三赴牡丹亭》（《錄鬼簿》著錄，佚）；

六、岳伯川《呂洞賓度鐵拐李岳》（《錄鬼簿》著錄，存）；

七、范康《陳季卿誤上竹葉舟》（《錄鬼簿》著錄，存）；

八、陸進之《韓湘子引度昇仙會》（《錄鬼簿》著錄，佚）；

九、無名氏《漢鍾離度脫藍采和》（《今樂考證》著錄，存）；

十、無名氏《瘸李岳詩酒玩江亭》（《錄鬼簿續編》著錄，存）。

（3）明代雜劇中的八仙度脫劇

一、谷子敬《呂洞賓三度城南柳》（《錄鬼簿續編》著錄，存）；

二、谷子敬《邯鄲道盧生枕中記》（《錄鬼簿續編》著錄，佚）；

三、賈仲明《呂洞賓桃柳昇仙夢》（《今樂考證》著錄，存）；

四、賈仲明《鐵拐李度金童玉女》（《太和正音譜》著錄，存）；

五、朱權《沖漠子獨步大羅天》（《今樂考證》著錄，存）；

六、朱有燉《呂洞賓花月神仙會》（《今樂考證》著錄，存）；

七、葉小紈《鴛鴦夢》雜劇（《今樂考證》著錄，存）；

八、無名氏《呂真人九度國一禪師》（《寶文堂書目》著錄，佚）；

九、無名氏《呂翁三化邯鄲店》（《今樂考證》等著錄，存）；

十、無名氏《呂純陽點化度黃龍》（《今樂考證》等著錄，存）；

十一、無名氏《呂洞賓戲白牡丹飛劍斬黃龍》（《百川書志》著錄，佚）；

十二、無名氏《飛劍斬黃龍》（《寶文堂書目》著錄，佚）；

十三、無名氏《城南柳》（《遠山堂劇品》著錄，佚）；

十四、無名氏《柳梅成仙記》（《寶文堂書目》著錄，佚）；

十五、無名氏《黃粱夢》（《遠山堂劇品》著錄，佚）；

十六、無名氏《邊洞玄慕道昇仙》（《今樂考證》著錄，存）。

（4）明代傳奇中的八仙度脫劇

一、徐霖《柳仙記》（未見著錄，佚）；

二、徐霖《枕中記》（《金陵瑣事》著錄，佚）；

三、蘇漢英《夢境記》（《遠山堂曲品》著錄，存）；

四、湯顯祖《邯鄲記》（《曲品》著錄，存）；

五、汪廷訥《長生記》（《曲品》著錄，存）；

六、車任遠《邯鄲夢》（《曲品》著錄，佚）；

七、無名氏《韓湘子昇仙記》（未見著錄，存）；

八、錦窩老人《昇仙傳》（《遠山堂曲品》著錄，佚）；

九、無名氏《蟾蜍記》（《遠山堂曲品》著錄，佚）。

（5）清代雜劇傳奇中的八仙度脫劇

一、王聖徵《藍關度》（《曲錄》著錄，佚）；

二、戴思望《岳陽樓》（未見著錄，佚）；

三、周皚《黃鶴樓》（未見著錄，存乾隆刊本）；

四、車江英《藍關雪》（未見著錄，存《四名家傳奇摘出》本）；

五、無名氏《萬仙錄》（未見著錄，佚）；

六、葉承宗《狗咬呂洞賓》（未見著錄，存順治刊本）；

七、永恩《度藍關》（未見著錄，存乾隆刊本）；

八、楊潮觀《韓文公雪擁藍關》（《今樂考證》著錄，存乾隆刊本）；

九、綠綺主人《度藍關》（未見著錄，見《清人雜劇三集目》）。

在上面所列的四十八種八仙度脫劇劇目中，呂洞賓為度世主角的劇作最多，有二十七種，其次是韓湘子度世劇，有十三種。此外，鍾離權度世劇五種，鐵拐李度世劇二種，張果老度世劇一種。

一　呂洞賓度世劇

在以呂洞賓為度世主角的二十七種劇目中，除了《鴛鴦夢》、《沖漠子獨步大羅天》等少數劇目是劇作者據自己的身世獨創外，幾乎都是唐宋時期呂洞賓傳說故事的變化與發展。其中被人們反覆改編的是呂洞賓岳陽度柳精故事與邯鄲道度盧生故事。

（一）呂洞賓度柳精

呂洞賓度柳精故事，是宋代呂洞賓度松精故事的改造。呂洞賓岳陽遇松精故事，在宋代是一個十分有名的神仙故事，宋張舜民的《畫墁集》、鄭景望的《蒙齋筆談》、洪邁的《夷堅志》等書都有記載。《夷堅志》卷三十七在記載了呂洞賓遇松精之事後，還說：「至建炎中，松猶存。紹興二十三年大風拔樹無數，此松遂枯。有道人適至，折已仆一枝，插於傍，咒曰：彼處難安身，移來這裏活。自是日以暢茂，即今稚松也。道人者蓋翁云。」[1]在這則記載中又多出折枝插傍而活的仙迹。元明清時期，松精變成柳精，估計是著眼於傳說中的插枝而活之事，松樹插枝而活不符合事實，而轉移成柳樹，則順理成章。元苗善時《純陽帝君神化妙通記》中的〈度老松精第十二化〉、〈再度郭仙第十三化〉把呂洞賓度松精與呂洞賓度郭上灶聯繫在一起：

> 岳州巴陵縣白鶴山下兩池潛巨蟒，池上一老樹枝幹悉槁，

1　〔宋〕洪邁：《夷堅志》卷三十七，《筆記小說大觀》本。

蔓草翳焉。帝君過之，有人自樹杪降而拜曰：「我，松之精也。幸見先生，願求濟度。」帝君曰：「汝妖魅也，奚可語汝道？平日亦有陰德否？」曰：「池中兩蟒屢害人，弟子每化為人立水次，勸人遠避，救活數百人。」蟒出化為劍，錮之沉於泉。帝君詩曰：「獨自行來獨自坐，世上人人不識我。惟有南山老樹精，分明知道神仙過。」今巴陵庵前一老乾枯死，旁一枝獨生，乃神丹之力，世號稚松。又一巨石如墨狀，乃帝君化石墨為者存焉。（〈度老松精第十二化〉）

　　郭上灶乃老樹精後身。一日，帝君詭為丐者，垢面鶉衣瘡痍淋瀝。日往來啜茶，不償一金。求茶者掩鼻皆去。自是經月不售。郭無慍色，益取佳茗待之。帝君曰：「子可教也。吾呂公耳。子前生乃老樹精，還記之否？」郭恍然若夢覺也，曰：「幸見先生，可教弟子學道。」帝君曰：「子欲學道，不懼生死，宜受一劍。」郭唯唯。帝君引劍向其首，郭大呼。帝君俄不見。郭怏怏，自是遍游雲水。一日忽遇帝君，遂得道。（下略）（〈再度郭仙第十三化〉）[2]

　　馬致遠的《呂洞賓三醉岳陽樓》、谷子敬的《呂洞賓三度城南柳》、賈仲明的《呂洞賓桃柳昇仙夢》、無名氏的《呂洞賓三醉岳陽樓》、無名氏的《城南柳》、無名氏的《柳梅成仙記》、徐霖的《柳仙記》、戴思望的《岳陽樓》等都是演繹這一故事的劇作。今僅存馬致遠、谷子敬、賈仲明的劇作。

　　馬致遠的《呂洞賓三醉岳陽樓》雜劇與苗善時所記大體相同，但又有所區別。劇敘呂洞賓在蟠桃會上飲宴，見下方一道青氣上沖雲

2　〔元〕苗善時：《純陽帝君神化妙通記》卷三，見《道藏》第五冊（北京市：文物出版社，1988年），頁712。

霄，知有神仙出世，下來度脫。呂洞賓扮賣墨客來到岳陽樓，夜遇柳
精、梅精，呂讓二精托生人間，待經歷酒色財氣之後再來度脫。柳精
托生為郭馬兒（郭上灶），梅精托生為賀臘梅，結為夫妻，在岳陽樓
前賣茶為生。呂洞賓顯神通先點化了賀臘梅，後又以死亡恐懼來警醒
郭馬兒，二人出家學道，得道成仙。谷子敬的《呂洞賓三度城南
柳》，與馬致遠《岳陽樓》的故事情節基本一致，又略有變化。作者
把馬致遠劇中的郭上灶、賀臘梅改成楊柳、小桃，桃柳相配，更合乎
自然；劇情也緊扣「三度」而設，一度為花月妖，二度為人，三度為
仙，更為緊湊合理。馬致遠的《岳陽樓》劇中，郭上灶、賀臘梅是一
對恩愛夫妻，郭上灶出家因其妻晚上被人所殺引起；而谷子敬的《城
南柳》中，楊柳與小桃是一對無愛夫妻，小桃被度後，楊柳追趕，後
抽劍殺妻。二劇表現了不同的人生境況。賈仲明的《呂洞賓桃柳昇仙
夢》情節更多變化，呂洞賓度脫的是梁園桃柳，柳轉世為柳春，桃轉
世為陶氏，柳春為長安財主，貪圖功名，夢中得官，上任途中被殺，
後醒悟出家。其中表現了富貴功名如夢似幻的思想。可以說，同一個
故事在不同的作者筆下表現的主題均有不同。

（二）呂洞賓度盧生

　　呂洞賓度盧生故事劇，本事源於唐沈既濟傳奇小說《枕中記》。
小說敘唐開元間道士呂翁在邯鄲客舍，授枕讓落第盧生入夢，歷經榮
華，壽終正寢。盧生醒來知是一夢，睡前店主所蒸黃粱尚未熟。「黃
粱一夢」成為唐宋以後一個著名的典故。谷子敬的《邯鄲道盧生枕中
記》、無名氏的《呂翁三化邯鄲店》、車任遠的《邯鄲夢》、徐霖的
《枕中記》、湯顯祖的《邯鄲記》等都是演繹這一故事的劇作，今存
無名氏的《呂翁三化邯鄲店》雜劇與湯顯祖的《邯鄲記》傳奇。
　　《三化邯鄲店》，《今樂考證》等著錄，今存脈望館校于小谷本，
《孤本元明雜劇》據以校印，題目作「爭名不把詩書厭，奪利常把良

田佔」，正名作「盧生一夢蒿街坊，呂翁三化邯鄲店」。劇敘呂洞賓奉命前去度脫盧生，而盧生留戀功名利祿，不願出家。呂洞賓顯神通於邯鄲道上化一酒肆，自化邯鄲老人炊黃粱，讓盧生入夢。盧生夢中做大官，後奉命去剿草寇，聖人無端怪他坐視不理，問斬。醒來省悟，出家學道。劇本改變了盧生夢中壽終正寢的結局，以身死蒿街坊為結，反映了封建社會仕途的凶險。《孤本元明雜劇提要》認為此劇「曲文清新雋逸，佳句甚多」，「通體無一率直語，雖關白馬鄭之作，無以過之」。湯顯祖的《邯鄲記》傳奇在繼承的基礎上又有所創新。劇中，呂洞賓奉東華帝君之命，新修一座蓬萊山門，門外蟠桃一株，浩劫剛風吹落花片塞礙天門。掃花的何仙姑已證仙班，因下凡欲度盧生為掃花之人。而盧生留戀人世功名富貴，不願出家。呂洞賓設計讓盧生入夢，夢中娶美妻、得高官、家族繁盛，最後壽終正寢。醒來看破人生，出家成仙，為天界的清淨盡力。構思新奇，寓意深刻。二劇取材相同，因作者個人的價值觀有異，劇本呈現不同的特點。

（三）呂洞賓度佛陀

　　《呂純陽點化度黃龍》、《呂洞賓九度國一禪師》、《呂洞賓戲白牡丹飛劍斬黃龍》、《飛劍斬黃龍》四劇敷演呂洞賓與佛陀之間關係。《呂純陽點化度黃龍》、《呂真人九度國一禪師》二劇演神仙點化佛陀成仙故事。《呂真人九度國一禪師》，當演呂洞賓度脫國一禪師成仙故事，劇本佚。國一禪師，宋龔明之的《中吳紀聞》卷二記載云：「國一禪師，乃昆山圓明村朱氏子。捨俗為僧，受業於景德寺，法名道欽。因遊歷叢林，遇一有道者，語之云：『乘流而行，遇徑則止。』既至雙徑，遂借龍潭，築庵其上，即開山之祖也。」[3]在龔明之的記載中，國一禪師曾得一有道者指點，此劇本事估計源於此。《呂純陽

3　〔宋〕龔明之：《中吳紀聞》，見《宋元筆記小說大觀》（上海市：上海古籍出版
　　社，2001年），第三冊，頁2849。

點化度黃龍》，演呂洞賓點化黃龍禪師成仙故事，劇本今存脈望館鈔
校內府本，《孤本元明雜劇》據以校印，題目作「東華君法令傳仙
道」，正名作「呂純陽點化度黃龍」。劇敘呂洞賓奉東華帝君之命，下
凡訪度有仙緣道行之人。他來到黃龍山黃龍寺時，正遇黃龍禪師說
法，呂洞賓與之談法論道。二人又各顯神通遠赴千里之外的揚州瓊花
大會，黃龍禪師是陰神出舍，只能見物聞香，卻無法帶回；呂洞賓是
陽神出舍，不但能見物聞香，而且帶回揚州瓊花一枝、蒸食四個。呂
洞賓後又顯頃刻開花、逡巡造酒之神通。黃龍禪師被呂洞賓折服，拜
呂洞賓為師，修煉性命雙修之道，後功成行滿，飛昇天府，位列仙
班。《孤本元明雜劇提要》認為此劇「曲中多玄旨，文筆修潔，當是
道家筆墨，或內廷供奉之作也」[4]。《飛劍斬黃龍》、《呂洞賓戲白牡丹
飛劍斬黃龍》二劇恰好相反，演呂洞賓被黃龍禪師度脫的故事。《飛
劍斬黃龍》雜劇，劇本佚。呂洞賓飛劍斬黃龍的故事，最早見宋普濟
《五燈會元》卷八的〈呂岩洞賓真人〉條：

> 呂岩真人，字洞賓，京川人也。唐末三舉不第，偶於長安
> 酒肆遇鍾離權，授以延命術，自爾人莫之究。嘗游廬山歸宗，
> 書鐘樓壁曰：「一日清閑自在身，六神和合報平安。丹田有寶休
> 尋道，對境無心莫問禪。」未幾，道經黃龍山，睹紫雲成蓋，
> 疑有異人。乃入謁，值龍擊鼓陞堂。龍見，意必呂公也，欲誘
> 而進。屬聲曰：「座傍有竊法者。」呂毅然出，問：「一粒粟中
> 藏世界，半升鐺內煮山川。且道此意如何？」龍指曰：「這守
> 尸鬼。」呂曰：「爭奈囊有長生不死藥。」龍曰：「饒經八萬
> 劫，終是落空亡。」呂薄訝，飛劍脅之，劍不能入。遂再拜，
> 求指歸。龍詰曰：「半升鐺內煮山川即不問，如何是一粒粟中

4　王季烈：《孤本元明雜劇》卷首（北京市：中國戲劇出版社，1958年）。

藏世界？」呂於言下頓契。作偈曰：「棄卻瓢囊摵碎琴，如今不戀水中金。自從一見黃龍後，始覺從前錯用心。」（下略）[5]

　　在這個記載中，呂洞賓飛劍欲斬黃龍，後反被黃龍禪師所度。明末馮夢龍的《醒世恆言》中有《呂洞賓飛劍斬黃龍》小說，故事與《五燈會元》大體相同。《呂洞賓戲白牡丹飛劍斬黃龍》雜劇，《百川書志》著錄，劇本佚。但從劇目可知當與白牡丹有關。明末鄧志謨的《飛劍記》小說第五回〈呂純陽宿取白牡丹，純陽飛劍斬黃龍〉[6]，敘呂洞賓宿取白牡丹，修煉內丹，被黃龍禪師點破機要，走洩元陽。呂洞賓怒，飛劍欲斬黃龍，卻無能為力，被黃龍禪師訓斥並留其一劍。《呂洞賓戲白牡丹飛劍斬黃龍》故事應與《飛劍記》相同。呂洞賓的度人與被度，估計是佛道爭勝的結果。

（四）呂洞賓其他度世故事劇

　　呂洞賓度世故事劇，除上面所提及的外，還有《陳季卿誤上竹葉舟》、《呂洞賓度鐵拐李岳》、《邊洞玄慕道昇仙》、《沖漠子獨步大羅天》、《呂洞賓花月神仙會》、《鴛鴦夢》、《狗咬呂洞賓》等劇。在這些劇作中，呂洞賓所度的陳季卿、石介、薰百芳是書生、鐵拐李岳是官吏、邊洞玄是道姑、沖漠子是皇室宗親、張珍奴是妓女，涉及社會的各個階層。

　　陳季卿竹葉舟故事，是唐代有名的傳說故事，《幻影傳》、《纂異記》、《異聞實錄》等書中都有記載。宋《醉翁談錄》中亦有《竹葉舟》話本名目。在《纂異記》的記述中，陳季卿應試不第後訪僧青龍寺，見寰瀛圖而思歸家鄉。終南山翁以竹葉幻為舟，陳季卿乘之歸

5　〔宋〕普濟：《五燈會元》（北京市：中華書局，1984年），頁497。

6　〔明〕鄧志謨：《飛劍記》，見《古本小說集成》（上海市：上海古籍出版社，1990年）。

家,復乘之回京師。初以為夢,六十日後,其妻自江南奔來,纔知非夢。陳季卿成名後,入終南山修道而去。元趙道一的《歷世真仙體道通鑒》卷四十四有〈終南山翁〉一篇,乃刪節《纂異記》中陳季卿故事而成,但未提陳季卿成名修道之事。范康此劇繼承了《纂異記》的主體情節,又做了比較大的改動。他把「終南山翁」改為「呂洞賓」,把陳季卿乘舟歸家作為夢境處理,把陳季卿成名修道改為夢中落水驚醒後自悟求度。這些改變在很大程度上受到當時流行的全真教思想的影響。

　　《邊洞玄慕道昇仙》演鍾離權、呂洞賓度脫道姑邊洞玄昇仙故事。劇本今存脈望館校內府本,《孤本元明雜劇》據以校印。劇敘邊洞玄道法精通,慈悲為懷,有仙人之分。鍾離權、呂洞賓下凡為之論金丹大道,傳火候之法,安爐立鼎,煉成金丹。王母娘娘迎之飛昇,眾八仙天界相迎,東華帝君加封仙位。邊洞玄,《太平廣記》卷六十三有小傳,傳云邊洞玄是唐開元末冀州棗強縣女道士,「學道服餌四十年」,後食老人所贈玉英湯餅,飛昇成仙[7]。《歷世真仙體道通鑒》[8]卷四十三〈邊洞元〉亦有小傳,傳云邊洞玄自幼慕道,遇一書生攜酒,二人同飲。後書生以木簡化為劍欲借邊洞玄之肝,洞玄懼而醒悟。此劇主要根據《太平廣記》中邊洞玄故事加以想像創作而成。《孤本元明雜劇提要》認為「明代崇尚道教,宮中及藩邸皆慕沖舉。此等劇當是內廷供奉或諸藩宴會之本」,「曲文亦頗雅潔,與度黃龍相近」[9]。

　　此外,《呂洞賓度鐵拐李岳》取材於唐宋時期的民間傳說,《狗咬呂洞賓》取材於北宋石介故事,《呂洞賓花月神仙會》取材於宋代妓女張珍奴故事,這些都是唐宋時期比較有影響的神仙故事。前面已述及,此不再贅。

7　〔宋〕李昉:《太平廣記》(北京市:中華書局,1961年),頁392。

8　見《道藏》第五冊。

9　王季烈:《孤本元明雜劇提要》。

二　韓湘子度世劇

　　度叔父韓愈成仙是韓湘的主要仙迹。北宋劉斧的《青瑣高議》前集卷九〈韓湘子〉條中有韓湘藍關送韓愈的故事，但仍未出現韓愈被度脫的結局[10]。在漫長的民間傳播過程中，韓愈的結局發生了改變，他最後被韓湘度脫成仙。韓愈在唐代力排佛道，後人把他奉為封建衛道者，認為韓愈被度是佛道信徒故意所為，但在唐時已有韓愈「服食而死」的記載，如白居易的〈思舊〉詩中有「退之服硫黃，一病訖不痊」之句，韓愈自己的〈寄隨州周員外〉詩中也有「金丹別後知傳得，乞取刀圭救病身」之句，卞孝萱先生對諸如此類的記載詳加考辨，認為「韓愈晚年好聲色，不免乞靈於藥故事」[11]。由此可見，韓愈被道教神仙所度，亦有現實的引子。韓湘度叔成仙故事估計在南宋時期的民間傳說中完成，此後的戲曲小說在演繹這一故事時，又在一定程度上予以充實完善。

　　以韓湘子為度世主角的劇目有十三種，宋元戲文中的《韓文公風雪阻藍關記》、《韓湘子三度韓文公》，元雜劇中紀君祥的《韓湘子三度韓退之》、趙明道的《韓湘子三赴牡丹亭》、陸進之的《韓湘子引度昇仙會》，劇本均佚。陸進之的《韓湘子引度昇仙會》，《錄鬼簿續編》著錄，題目正名作：「陳半街得悟到蓬萊，韓湘子引度昇仙會。」《元人雜劇鉤沉》輯存佚曲二支。從中可知，此劇演韓湘子度陳半街成仙故事。明蘭陵笑笑生《金瓶梅詞話》第五十八回所演的「韓湘子度陳半街」《昇仙會》雜劇[12]，當與此劇故事相同。其他劇目從劇名來看，估計主要演韓湘子度脫其叔韓愈一家成仙故事。

　　明代無名氏的《韓湘子昇仙記》、《蟾蜍記》以及雲霞子的《藍關

10　具體請參看拙著《八仙與中國文化》（北京市：中國社會科學出版社，2000年）。
11　卞孝萱：〈「退之服硫黃」五說考辨〉，見《東南大學學報》1999年第4期。
12　〔明〕蘭陵笑笑生：《金瓶梅詞話》（北京市：人民文學出版社，1985年），頁767。

記》、錦窩老人的《昇仙傳》等劇也是演韓湘子度脫韓愈成仙故事。
《蟾蜍記》、《昇仙傳》均佚，只有《韓湘子昇仙記》存有劇本。《蟾
蜍記》，《遠山堂曲品》（具品）著錄云：「湘子於筵前頃刻開牡丹，有
『雲橫秦嶺』、『雪擁藍關』之句，曾見之於《外紀》。及考《太平廣
記》，韓昌黎謫潮州，行次商山，有雲水迎立馬首送至鄧州者，蓋其
甥而非姪也。此湊集孟郊、賈島諸人，而未得作法，故聯合無情。惟
記中以《諫佛骨表》為曲，亦自朗徹可觀。」[13]從祁彪佳評語可知此
劇融合韓愈與賈島、孟郊等故事創作而成，但「未得作法」，「聯合無
情」，沒有什麼藝術性。《昇仙傳》，《遠山堂曲品》（雜調）著錄，作
者題為錦窩老人。祁彪佳認為此劇「荒穢特甚，即憲宗自稱憲宗，文
公自稱文公」，更是不值一觀。

　　《韓湘子昇仙記》，此戲未見著錄，今存明萬曆間富春堂刊本，
題為《韓湘子九度文公昇仙記》，共三十六折，分上下兩卷，上卷十
四折，下卷二十二折，其中十六折闕。劇敘韓愈無兒，撫養姪兒韓
湘。韓湘十四歲，愈為之娶妻綠英。後韓湘出外學道成仙，下凡顯神
通欲度叔父，但韓愈不悟。後韓愈因諫迎佛骨而謫貶潮州，行次藍
關，天下大雪，韓愈在馬死糧盡、隨從也被虎咬死的慘況下醒悟求
度。韓湘後度叔父、嬸子、妻子成仙，一同飛昇。作者把唐代與韓愈
有關的一些歷史事實神化，番僧進佛骨、韓愈藍關被阻、韓愈潮州事
迹等都被當作神的旨意、神的安排，從而顯示人生之多艱，神力之無
窮。明嘉靖年間刊的《風月錦囊》的「正科入賺」中有一支曲子：
「韓湘子，非凡侶，平生不慣攻書史。走終南，從學鍾離仙祖。得
道回歸，欲度昌黎，伊心不悟，先設花間句。至貶潮陽，雪滿藍關，
馬不能全，人不能度，叫韓湘不知何處。方覺仙凡異路，希之不

13　〔明〕祁彪佳：〈遠山堂曲品〉，見《中國古典戲曲論著集成》（北京市：中國戲劇出
　　版社，1959年），第六冊，頁82。

及。」[14]這支曲子所述內容與《韓湘子昇仙記》內容基本相同，從這支曲子或可推知《韓湘子昇仙記》出現於嘉靖以前。明胡文煥《群音類選》[15]「官腔類」摘錄《昇仙記》「繡房想姪」、「湘子見叔」、「畫堂開宴」、「嬸母思姪」、「設計害愈」、「行程傷感」、「初度文公」、「虎咬張千」、「復度文公」等內容，這些內容分別來自此劇第七折、第十一折、第十二折、第十三折、第十五折、第二十二折、第二十五折、第三十折、第三十一折。可見韓湘子度韓愈故事在明代頗為流行。

　　元明以神仙度脫為主旨的韓湘子度韓愈故事，到了清代戲曲中，主題出現了分化。一方面，出現了因襲元明韓湘度韓愈成仙的劇作，如王聖徵的《藍關度》、永恩的《度藍關》等劇；另一方面，又出現了封建知識分子借韓愈寫心，宣揚封建忠孝思想的劇作，如車江英的《藍關雪》傳奇、楊潮觀的《韓文公雪擁藍關》雜劇等。車江英《藍關雪》傳奇，雖然只有摘出，但從摘出〈湘歸〉來看，作者從封建倫理的角度對韓湘故事進行了改編，把韓湘出家無後的不孝行為改為鍾離權讓韓湘子七夕回家與妻子共度良宵，「留下兒孫一脈」，承繼韓氏香火。劇中韓愈正直無私，形象也顯得高大，他來到衡山時，神風吹開雲霧，讓他飽覽山間美景。楊潮觀的《韓文公雪擁藍關》雜劇則更是一反前人的格調，把韓愈寫成無怨無悔、滿懷愛國愛民之心的志士，旨在借韓愈宣揚封建忠孝思想。

　　清及近代地方戲中，韓湘度韓愈、韓湘度妻是比較有名的劇目，絕大多數的地方劇種都有演出。徽劇的《藍關渡》、川劇高腔的《渡藍關》、湖北漢劇的《文公走雪》、陝北道情的《雪擁藍關》等劇都演繹韓湘度韓愈故事，劇情基本因襲明清韓湘度韓愈故事。其中陝北道情戲中的《雪擁藍關》是連臺本戲，可連演三天三夜[16]。韓湘度妻故

---

14 孫崇濤、黃仕忠：《風月錦囊箋校》（北京市：中華書局，2000年），頁4。

15 〔明〕胡文煥：《群音類選》（北京市：中華書局，1980年）。

16 《中國戲曲志》〈陝西卷〉（北京市：中國ISBN中心，1995年），頁104。

事是在明《韓湘子昇仙記》（傳奇）、《韓湘子全傳》（小說）的基礎上發展而來。陝西端公戲中的《湘子度妻》、陝北道情戲中的《湘子度林英》、天津評劇中的《韓湘子三度林英》等劇都演繹韓湘度妻故事。湖南花鼓戲中的《韓湘子》，又名《茅庵度妻》，是劇作者根據民間「九度文公十度妻」的傳說敷衍而成，其中包括《湘子出家》、《林英觀花》、《湘子化齋》、《服藥》、《湘子賣桃》、《湘子賣雜貨》、《林英昇天》等折[17]，劇情頗有特色。

三　鍾離權、張果老、鐵拐李度世劇

（一）鍾離權度世劇

鍾離權是八仙之首，度呂洞賓成仙是他影響最大的仙迹。在傳為唐施肩吾著的《鍾呂傳道集》中，記述了鍾離權與呂洞賓的論道問答，其中有論真仙、論大道、論天地、論日月等章，對修行過程進行了論述。北宋鄭景望的《蒙齋筆談》中云呂洞賓「五代間，從鍾離權得道」；《宣和書譜》卷十九亦云「呂洞賓於先生執弟子禮，有問答語及詩成集」，這些著作都肯定了鍾離權與呂洞賓的師徒關係，但對其悟道經過沒有記載[18]。在元明清道教典籍及戲曲小說中，呂洞賓「黃粱一夢」省悟生死。黃粱悟道的經歷，估計是金元全真教徒附會嫁接的。元苗善時《純陽帝君神化妙通記》中的〈黃粱夢覺第二化〉就襲用「黃粱一夢」情節，〈歷試五魔第四化〉進一步寫了呂洞賓醒悟後，鍾離權五試呂洞賓，渲染了呂洞賓成道的艱辛。此後，明小說《飛劍記》中鍾離權七試呂洞賓，《繪像列仙傳》中則變成十試。當然，「黃粱悟道」仍是其中的中心內容。明清戲曲小說中，「黃粱一

---

17 《中國戲曲志》〈湖南卷〉（北京市：文化藝術出版社，1990年），頁175。
18 詳情請參見拙著《八仙與中國文化》。

夢」一方面是呂洞賓度盧生故實，另一方面又是鍾離權度呂洞賓故實。呂洞賓度盧生故事劇在前面已述及，鍾離權度呂洞賓故事劇有《呂洞賓黃粱夢》、《開壇闡教黃粱夢》、《黃粱夢境記》、《萬仙錄》、《黃粱夢》等劇目，存有馬致遠《開壇闡教黃粱夢》、蘇漢英的《黃粱夢境記》二種劇本。

《開壇闡教黃粱夢》，《錄鬼簿》「李時中」名下著錄：「第一折馬致遠，第二折李時中，第三折花李郎學士，第四折紅字李二。」這是馬致遠、李時中、花李郎、紅字李二四人合作寫成的劇本。劇敘呂洞賓上京趕考，途經邯鄲王化店，遇奉命前來點化他的仙人鍾離權。鍾離權使神通讓呂洞賓大夢一場。呂洞賓夢中得高第，做高官，又娶上有權有勢的高太尉之女為妻。征吳元濟時貪財買陣，被流放沙門島。途遇大雪，饑寒交迫，兒女、自己均被強人所殺。醒來知是一夢，看破酒色財氣，隨鍾離權出家，得道成仙。劇本情節與苗善時《純陽帝君神化妙通記》中的〈黃粱夢覺第二化〉大體相同。蘇漢英的《黃粱夢境記》傳奇主體情節也大體相同，作者在劇中用很大的篇幅來反映官場的腐朽與科舉的黑暗（詳見第三章）。無名氏的《萬仙錄》，劇本佚，《曲海總目提要》卷三十一有提要記載。從《曲海總目提要》的記載來看，呂洞賓悟道經過頗為曲折：「一日，洞賓入酒肆，城南柳樹精化為酒色財氣諸魔遞相擾惑。雲房至肆點化，洞賓未悟，不肯從游，乃先化柳精而去。洞賓偕弟赴京應試，弟一舉成名，而洞賓下第。雲房復與相遇，示現夢中境象，以點化之。既而醒，黃粱甫熟，遂從雲房出世。」[19]劇中，柳樹精化酒色財氣擾惑呂洞賓，後被鍾離權度脫；鍾離權經過兩度點化，「示現夢中境象」，使呂洞賓悟道。從「既而醒，黃粱甫熟」語來看，「黃粱悟道」仍是劇作的主體情節。

---

19 〔清〕黃文暘：《曲海總目提要》卷三十一（天津市：天津古籍書店，1992年影印本），頁1383。

鍾離權度呂洞賓故事劇之外,《漢鍾離度脫藍采和》演漢鍾離度藍采和成仙故事。此劇《也是園書目》、《今樂考證》等著錄,今存脈望館鈔校《古名家雜劇》本,題目作「引兒童到處笑呵呵,老神仙摑手醉高歌」,正名「呂洞賓點化伶倫客,漢鍾離度脫藍采和」。漢鍾離度脫藍采和,未見明確記載。此劇採《續仙傳》、《江南餘載》等書中藍采和、許堅的傳說創作而成[20]。劇敘樂名叫藍采和的伶人許堅有半仙之分,漢鍾離下凡引度,但許堅不悟。後漢鍾離在許堅生日時,顯惡境頭警醒許堅,度之出家。許堅悟透生死,功成行滿,位列仙班。

(二)張果老、鐵拐李度世劇

鍾離權度世劇之外,鐵拐李、張果老也有度世劇。《張果老度脫啞觀音》,演張果老度世故事,劇本已佚。此劇《錄鬼簿》趙文殷名下著錄,《錄鬼簿續編》無名氏劇作中著錄《啞觀音》,題目正名曰:「西王母歸元華陽女,張古老度脫啞觀音。」《太和正音譜》「娼夫不入群英」趙明鏡名下著錄《啞觀音》。《永樂大典》卷二〇七四一雜劇五中有《張果老度喑觀音》一目,嚴敦易《元劇斟疑》[21]認為可能即是趙文殷的《啞觀音》。此劇本事,嚴敦易《元劇斟疑》考證認為襲自宋人詞話中的《種瓜張老》。《古今小說》中有《張古老種瓜娶文女》話本,其中云韋女七歲不能言,後開口便成詩四句,後嫁張古老,得成神仙。嚴先生認為《啞觀音》本事即與此相同。

《瘸李岳詩酒玩江亭》、《鐵拐李度金童玉女》二劇均演鐵拐李度金童玉女復歸仙界的故事。二劇所寫地域基本相同,而且都用夢境、幻境的度脫方法,估計源於同一傳說故事。但二劇又有所不同。首先,二劇的男女主人公不同,《瘸李岳詩酒玩江亭》為牛璘、趙江

---

20 參見拙著:《八仙與中國文化》第二章。

21 嚴敦易:《元劇斟疑》(北京市:中華書局,1960年),頁734。

梅,《鐵拐李度金童玉女》為金安壽、童嬌蘭。其次,二劇中主人公悟道先後有不同。《瘸李岳詩酒玩江亭》中金童牛璘先悟,《鐵拐李度金童玉女》中玉女童嬌蘭先悟。再次,悟道的方式有不同。《瘸李岳詩酒玩江亭》中牛璘被鐵拐李的仙術折服而出家;趙江梅因丈夫修道,倍感孤獨,又夢強人脅迫,因不順從而被打下水去,醒悟出家。《鐵拐李度金童玉女》中,玉女嬌蘭被度完全是一種突然行為;而金安壽在妻子出家後,覺得生活失去了往日的幸福,再則夢中被嬰兒姹女追趕,醒來時,從前豪華的庭院都變成了斷壁殘垣,因而醒悟出家。第四,表現的主題也有所區別。《瘸李岳詩酒玩江亭》反映了封建時代女子失去丈夫的痛苦;《鐵拐李度金童玉女》則反映了失去愛妻後,男子的孤獨、痛苦、人生如夢幻感。牛璘、趙江梅是漢人,金安壽、童嬌蘭是女真人,二對夫妻的出家修道,也說明了無論是漢人還是女真人,無論是男人還是女人,他們在失去親人後的痛苦與尋求解脫之感是相同的。

第二節　仙師度世與莊周悟道

在元明清神仙度脫劇中,除八仙度世劇外,還有一些以其他神仙為度世主角的劇作。這些劇作大致可以分為道教宗師度世、民俗神仙度世二類。

一　道教宗師度世劇

道教宗師度世故事主要以全真教為主。全真教北宗祖師王重陽及全真七子、南宗祖師張紫陽等都有度世故事劇。

全真教北宗王重陽及全真七子度世劇有馬致遠的《王祖師三度馬丹陽》、《馬丹陽三度任風子》、鄭廷玉的《風月七真堂》、楊景賢的

《王祖師三化劉行首》、賈仲明的《丘長春三度碧桃花》等，今存
《王祖師三化劉行首》、《馬丹陽三度任風子》二劇。《王祖師三化劉
行首》雜劇，《錄鬼簿續編》楊景賢名下著錄簡名《劉行首》，正名
「王祖師三代（化）劉行首」。《太和正音譜》、《也是園書目》、《今樂
考證》、《曲錄》著錄《馬丹陽度脫劉行首》，《太和正音譜》作者題無
名氏，今存脈望館鈔校《古名家雜劇》本、《元曲選》本。脈望館鈔
校本題目作「大夫松假作章臺柳，頃刻花能造逡巡酒」，正名作「醉
猱兒魔障欠先生，馬丹陽度脫劉行首」；《元曲選》本題目作「北邙山
倡和柳梢青」，正名作「馬丹陽度脫劉行首」，作者題楊景賢。脈望館
本、《元曲選》本的題目正名與《錄鬼簿續編》著錄均不相同，因而
此劇歸屬尚有爭議。劇敘唐明皇時管玉斝夫人，五世為童女身，後為
鬼仙。一夜與王重陽祖師相遇，求王重陽度脫。王重陽命她先托生為
女人還五世宿孽後，再行度脫。管玉斝夫人後托生為妓女劉行首，為
人聰明伶俐，深得官人們喜愛。馬丹陽奉師命前來度脫，但劉行首不
悟，沉迷於與林員外的愛欲之中。後東岳托生神奉王重陽法旨，入劉
行首夢中告知前因，劉行首在生死輪迴的恐懼下醒悟，皈依道教，成
仙朝元。《馬丹陽三度任風子》，天一閣本《錄鬼簿》馬致遠名下著錄
簡名《馬丹陽》，題目作「王祖特重䞋七香堂」，正名作「馬丹陽三度
任風亭」，「特」字當誤。《元曲選》本題目作「甘河鎮一地斷葷腥」，
正名作「馬丹陽三度任風子」。劇敘終南山任屠有神仙之分，馬丹陽
前去點化。馬丹陽先化一方盡吃齋素，使得屠行盡行折本。任屠仗義
持刀前去欲殺馬丹陽，反覺自己被馬丹陽護法神所殺。回去時面前出
現三條路，任屠不知該走哪一條。馬丹陽要他來處來，去處去。任屠
醒悟出家。馬丹陽讓他經歷了種種魔障，去六賊，看破生死，功成
行滿。

　　全真教南宗張紫陽度世劇有朱權的《沖漠子獨步大羅天》、朱有
燉的《紫陽仙三度長椿壽》、無名氏的《李雲卿得悟昇真》等。《沖漠

子獨步大羅天》演呂洞賓、張紫陽奉東華帝君之命下凡度脫沖漠子成仙之事。《紫陽仙三度長椿壽》,《今樂考證》著錄,今存明宣德間原刊本、脈望館鈔校本、《奢摩他室曲叢》本。劇敘成都府雲頂山中椿樹紫氣沖霄,紫陽仙奉呂洞賓法旨前去度脫。紫陽先讓椿精人間托生為男,再讓所攜花籃中牡丹人間托生為女,待脫去土木形骸之後再行度脫。二精托生人間為春郎與牡丹,結為夫妻。紫陽再來度脫時,因春郎不悟,先引牡丹成道。紫陽施神通讓春郎大睡一場,春郎醒後出家學道,後仙界朝元。劇作內容與度脫形式與元馬致遠的《岳陽樓》、谷子敬的《城南柳》極為相似。吳梅在跋語中云:「此為神仙道化劇。與《馬丹陽》、《月明和尚》、《岳陽樓》等相類。惟必將老椿轉世,花王作眷,然後為之度脫,未免多一轉折。若云土木形骸,不能證道,顧既能幻化人形,何不直捷超度?」[22]吳梅對這種度脫模式提出了有意思的質問:為何不直捷超度,而要多一轉折?筆者認為,神仙度樹精的這種轉折,自有其深意。劇本雖然寫的是神仙度脫樹精,但著眼點卻是現實中的人,寫樹是為了感人,度樹也是為了度人。這一轉折的使用,一方面突出了神仙度世的慈悲情懷,同時也給世俗眾生成仙的希望。《李雲卿得悟昇真》雜劇,演張紫陽度脫神醫李雲卿故事。劇本今存脈望館鈔校本,本事見《歷世真仙體道通鑒》卷四十六〈李雲卿〉,大意是李雲卿隱居廬山行醫,一日採藥至深山中,得山神所授之神丹玉字,後修煉仙去。此劇把山神換成張紫陽,云東華帝君與眾仙一同講道,忽見一道青氣沖上天,知廬山李雲卿有神仙之分,派張紫陽下界度脫。李雲卿行走山中,迷失道路,張紫陽指與正道,傳與大丹之法,度之成仙。東華帝君聚眾仙接引雲卿成仙,傳授大道,共赴蟠桃宴。

---

22 吳梅:〈常椿壽跋〉,見蔡毅:《中國古典戲曲序跋彙編》(濟南市:齊魯書社,1989年),頁850。

　　全真教北宗、南宗度世主角雖同屬全真教範疇，但度脫形式、劇作主旨又有所區別。北宗度世劇幾乎都有夢幻情境，而南宗度世劇則較少使用。北宗度世劇主要反映人生苦難，宣揚人生如夢思想；南宗度世劇則主要反映聖天化育、善人仙報，宣揚封建倫理道德思想。這種情況的出現，可能與元明時期的宗教環境、政治環境有關。

　　此外，明清神仙度脫劇中，還有一些以其他神仙為度世主角的劇作。如《東華仙三度十長生》演東華仙度十長生成仙故事；《南極星度脫海棠仙》演南極星度海棠成仙故事；《有情痴》演蓬萊仙客衛叔卿點化有情痴故事；《半夜朝元》演陳摶度小天香成仙故事；《赤松游》演張良從赤松子學道成仙故事。《東華仙三度十長生》、《南極星度脫海棠仙》、《有情痴》、《小天香半夜朝元》等劇前面已提及，此不多贅。張良故事，明無名氏的《赤松記》、清丁耀亢的《赤松游》等劇中都有演繹。明無名氏的《赤松記》傳奇，今存明萬曆間文林閣刊本，《古本戲曲叢刊二集》據之影印。本事出正史，《仙傳拾遺》中亦有記載。劇敘張良誅秦滅楚功成身退，從赤松學道，後其二妻亦登仙界。清丁耀亢的《赤松游》，劇本情節與明無名氏劇作大體相同。劇中以黃石公為赤松子，增飾力士證為菩提，又出故周大夫滄海君為儒教大師，遂有道、佛、儒三家，共度張良成仙。東華仙、南極星、赤松子、陳摶、衛叔卿、福祿壽等都是民間喜愛的神仙，他們的度世故事反映了世人追求長壽富貴、重視節義倫理的思想。

二　莊周悟道系列劇

　　莊周是先秦道家學說的主要人物，後來成為道教的重要神仙－南華仙。《莊子》〈齊物論〉中的夢蝶、〈至樂篇〉中的鼓盆、嘆骷髏等事成為元明清戲曲小說的重要題材。

　　元李壽卿的《鼓盆歌莊子嘆骷髏》、史九敬先的《老莊周一枕蝴

蝶夢》演莊子悟道故事。《鼓盆歌莊子嘆骷髏》雜劇，《錄鬼簿》天一
閣本著錄簡名《嘆骷髏》，題目作「南仙華不朝趙天子」，正名作「鼓
盆莊子嘆骷髏」[23]，劇本佚，趙景深《元人雜劇鉤沉》輯存《仙呂
宮》一套。此劇本事源出於《莊子》〈至樂篇〉，敘莊子妻死，莊子鼓
盆而歌；莊子之楚，見骷髏有形，因而問之，晚上枕之而臥，骷髏入
莊子夢中。馮夢龍的《警世通言》中有《莊子鼓盆成大道》小說，敘
莊子裝死，其妻田氏失節嫁人，莊子復活後，田氏羞愧自殺，莊子鼓
盆而歌。小說把原本闡述生命道理的哲學故事，改變成節義倫理故
事。《老莊周一枕蝴蝶夢》劇，《錄鬼簿》著錄，今存脈望館鈔校本，
題目正名云：「太白星三度燕鶯忙，老莊周一枕胡（蝴）蝶夢。」劇
本根據《莊子》〈齊物論〉中夢蝶故事創作而成。劇敘莊周失儀，被
貶下界，感嘆人生短暫，出遊杭州。玉帝恐他迷失正道，派蓬壺仙長
前去點化。莊周醒悟，回歸天上。

　　明清神仙戲曲中，謝弘儀的《蝴蝶夢》、陳一球《蝴蝶夢》、謝惠
的《玉蝶記》、冶城老人的《衍莊》、王應遴的《衍莊新調》、沈樕的
《續道遙游》、無名氏的《蝴蝶夢》、《南華記》、《鼓盆歌》、《莊周半
世夢蝴蝶》、嚴鑄的《蝴蝶夢》等劇都是演繹莊周故事的劇作。謝弘
儀（一名謝國）的《蝴蝶夢》傳奇，《遠山堂曲品》著錄，今存明崇
禎間拄笏齋刊本，《古本戲曲叢刊三集》影印。全劇分上下二卷，共
四十出。劇本以莊周夢蝶開場，以赴蟠桃宴收場，故亦名《蟠桃
宴》。劇本把莊子夢蝶與鼓盆成大道故事結合起來，把莊子妻田氏改
為韓氏。在作者筆下，韓氏在莊周復活後並未自殺，而是「因愧得
修，因修得證」[24]，潛心修煉，後亦飛昇。從卷首陸夢龍的序言來
看，謝弘儀是一位將軍，他軍旅之餘酷好作劇，而且「親教習而試

---

23 見《中國古典戲曲論著集成》第二冊《錄鬼簿》注390。
24 〔明〕謝弘儀：〈蝴蝶夢凡例〉，見蔡毅：《中國古典戲曲序跋彙編》，頁1329。

之」[25]。《遠山堂曲品》（逸品）評曰：「竄雲功成而不居，在世出世，特為漆園吏寫照。舌底自有青蓮，不襲詞家淺瀋，文章之府，將軍且橫槊入矣。」[26]可見作者在寫莊周的同時，寄託了自己的人格理想。陳一球的《蝴蝶夢》把莊周與惠施的故事結合在一起，把莊周妻改為惠二娘。惠二娘因莊周不願為官而與之反目，莊周佯死促妻修行，度之昇天。劇本通過莊周故事，反映了明代社會現實，後被當局列為「謗書」。

　　王應遴的《衍莊新調》，又名《逍遙游》，今存《盛明雜劇二集》本。劇敘莊子利用骷髏說法，點化梁棟成仙。李逢時《四大痴》雜劇中「色痴」用莊子故事，劇作中扇墳、毀扇、病訣、晤俊、露哀、決嫁、劈棺等與《蝴蝶夢》沒有什麼差別，作者在最後添《陰妒》一出，云莊子妻陰魂不散，念禍起扇墳之婦，因至婦家索鬧，適婦豔妝出嫁。莊妻與之爭論，化大風一陣，燈火盡滅，眾皆驚散。劇本有所寄託，但意義不大。

　　莊周夢蝶、鼓盆故事還被許多地方劇種改編。湖南高腔中有《南華堂》，故事與明清劇作又有所不同，其中有《度白儉》、《吳壽歸陰》、《扇墳吵嫁》、《大劈棺》等折，其中《扇墳吵嫁》為花旦重頭戲。衡陽湘劇亦有此劇，辰河戲有高腔整本名《楚荊山》。巴陵戲有彈腔《度白儉》、《扇墳吵嫁》[27]等折。川劇高腔、胡琴傳統劇目中亦有《南華堂》，劇敘莊周得道，觀音恐其迷戀嬌妻田氏，化為孀婦扇墳點化。莊周裝死，幻化楚王孫弔孝試妻，田氏果為所惑，與王孫結為夫妻。合巹之夜，因王孫舊疾復發，田氏劈莊周棺欲取腦為藥引。莊周復活，逼田氏自盡。玉皇得知莊周無故戲妻，逼死田氏之事後，

25　〔明〕陸夢龍：〈蝴蝶夢敘〉，見蔡毅：《中國古典戲曲序跋彙編》，頁1330。

26　〔明〕祁彪佳：《遠山堂曲品》，見《中國古典戲曲論著集成》，第六冊，頁13。

27　參《中國戲曲志》〈湖南卷〉，頁168。

大為不滿，降旨將莊周由天仙貶為地仙[28]。劇本改變了故事的結局，讓莊周受到懲罰，反映了人們對莊周試妻、逼妻的不滿。

從前面述及的內容來看，莊周故事在不同劇作家的筆下有著不同的演繹。莊子的那些原本闡述生命道理的故事，被劇作者根據自己的主觀需要、宗教需要、世俗倫理的需要而世俗化。這種世俗化的改變也是其他哲學、宗教故事所共有的情況。

第三節　人生苦難與宗教解脫

文學作品離開作者之後，即成為一種獨立的藝術品。一方面，它是作者思想的載體，另一方面，它又不僅僅只是作者思想的載體，作品通過作者所提供的語言文字提供給讀者的內容遠遠超過作者所要表達的內容。它是我們認識作者所處時代政治、經濟、宗教等方面的重要資料。元明清劇作家創作的神仙度脫劇，主旨在於宣揚道教神仙思想。但作者在宣揚宗教思想的同時，也間接地反映了當時社會芸芸眾生的苦難。劇本中，神仙所度脫的人物有皇親、官吏、書生、茶倌、屠夫、藝人、妓女等，涉及到當時社會的各個階層。神仙為了度脫他們，根據他們各自不同的社會地位、不同的理想追求把他們的生存環境進行幻變，用夢境或幻境讓他們感受到現實人生的苦難。這種夢境或幻境所展現的苦難境界，是他們真實的生存環境或生存環境的真實延伸。人生的苦難引發他們返觀自身，對自己的生存環境、生存意義進行反思，這種對生命本體意義的思索，也就很自然地指向生命的終極──死亡。現實的苦難、死亡的恐懼，使他們對現實人生失去了信心，轉而祈求得到神仙的度脫，希望進入自由幸福、長壽永生的仙界。現實社會的苦難來自社會的各個方面，主要表現在科舉功名失意、道德倫理威壓、自由幸福虛幻等方面。

---

28 參《中國戲曲志》〈四川卷〉（北京市：中國ISBN中心，1995年），頁138-139。

一　科舉功名失意

中國士人大都懷有儒家「治國平天下」的人生理想，以天下為己任，以功名富貴為榮譽。而科舉則是這一人生理想實現的基礎，因為只有科舉及第，纔會有伴隨而來的功名富貴，纔會有實現理想的可能。德國社會學家馬克斯・韋伯的《儒教與道教》一書對中國科舉的重要性也有十分清楚的認識：「在中國，十二個世紀以來，由教育，特別是考試規定的出仕資格，遠比財產重要，決定著人的社會等第。」[29]然而現實生活中，並不是人人都能仕運亨通，無數的書生名落孫山，無法擠進官場，飽受世人的冷遇與窮困潦倒的折磨。而即使科舉中式，擠進官場，也並不是都能步步高陞，被貶謫、被殺頭的也很多。科舉功名的失意落魄，使無數的書生處在痛苦之中，他們為了平衡自己的心態，自覺或不自覺地尋找消解因素。神仙世界也就成了許多科舉功名失意者的心理寄託。

元明清時期的神仙度脫劇，十分真切地反映了讀書人的痛苦與尋求解脫的現實。《竹葉舟》、《三化邯鄲店》、《黃粱夢》、《黃粱夢境記》、《桃柳昇仙夢》、《邯鄲記》、《鴛鴦夢》、《狗咬呂洞賓》等劇作通過夢境或幻境展現了科舉失意者的生存環境。他們承受著來自然社會各個方面的強大壓力。《竹葉舟》雜劇中，陳季卿科舉失意，有家難歸，夢中乘竹葉舟歸家與家人短暫相聚後，又即刻起程前去趕考。可以說，科舉功名已成為陳季卿生命中最重要的部分，已成為他行動的實際主宰者。夢中掉入洶湧的大江，自然的波濤使他感受到死亡的威脅，這種威脅使他放棄了自己追求已久的理想，皈依自己本不相信的神仙世界。《三化邯鄲店》雜劇以呂洞賓度盧生故事創作而成。劇中

---

29 〔德〕馬克斯・韋伯著，王容芬譯：《儒教與道教》（北京市：商務印書館，1995年），頁159。

盧生醉心功名，夢中科舉高中，娶嬌妻，功成名就，五十年恩寵，榮華享盡。但轉眼間災禍降臨，披枷戴鎖，身死蒿街坊。盧生夢中的境遇是現實社會科舉成功者人生歷程的真實反映：君意難測，伴君如伴虎，隨時都有生命危險。夢中的被斬驚醒了醉夢中的盧生，他放棄了科舉功名的追求，皈依神仙世界。馬致遠的《黃粱夢》雜劇通過呂洞賓夢境展現了科舉成功者的另一種結局。呂洞賓夢中科舉高中，娶上有錢有勢的高太尉女兒為妻，官為天下兵馬大元帥，過上自己追求的理想生活。然美酒傷身、多情傷心、貪財又差點送命，護兒女卻又不能，最後兒女、自己均被強人殺死。造成呂洞賓出家的因素來自自然、社會、家庭多個方面，有更深廣的社會意義。蘇漢英的《黃粱夢境記》傳奇既反映了科舉失意者的痛苦，又反映了科舉成功者的痛苦。呂洞賓現實科舉失意，夢中得意，為官三十年，勢傾朝野，最後卻因應對差誤，被拿下問罪。這些劇作通過夢境從各個不同的角度來寫科舉功名給人生帶來的苦難，反映了現實社會中處在各種不同境遇下的讀書人的內心痛苦。陳季卿出家的直接動因是夢中落水被淹，盧生出家的直接動因是夢中被殺，呂洞賓醒悟的直接動因也是夢中被殺，可以說死亡威脅是他們出家的最直接的動因，而科舉功名失意則是這種動因的直接引導。費爾巴哈在《宗教本質講演錄》中說「唯有人的墳墓纔是神的發祥地」，又說「若世上沒有死這回事，那亦就沒宗教了」。梁漱溟先生也認為：「世間最使人情志動搖不安之事，莫過於所親愛者之死和自己的死。而同時生死之故，最渺茫難知。所以它恰合於產生宗教的兩條件：情志方面正需要宗教，知識方面則方便於宗教之建立。」[30]的確，世人在面對死亡威脅時，最感無奈，最需要宗教的撫慰。

---

30 引自梁漱溟：《中國文化要義》（上海市：學林出版社，1987年），頁103。

二　自由幸福虛幻

　　自由幸福是每個社會中人最基本的願望，但現實社會中人生不自由、幸福不長久，恩愛夫妻轉眼間鸞隻鳳孤。人生的不自由、幸福的不長久、生存的艱難等因素導致人們心中出現無法彌合的心理創傷，而在現實世界裏他們無法尋找到解脫，只得帶著痛苦與無奈向超現實的神仙世界尋求解脫。

　　　《鐵拐李度金童玉女》、《老莊周一枕蝴蝶夢》等劇反映了富貴人家的人生苦悶：人生幸福短暫，良辰美景虛幻。《鐵拐李度金童玉女》雜劇中，金安壽與童嬌蘭生活在一個幸福美滿的家庭之中，夫妻和睦，家庭富麗豪華，生活環境優美，四時景色宜人。鐵拐李以仙界的美好來引誘他們，都不能動搖他們現實生活的意志。因為家庭美好，夫妻恩愛是可見可感的、現實的享受，相比之下，神仙世界是那麼遙遠，那麼虛無縹緲。金安壽只希望與妻子長相廝守，長久地過著這種美滿幸福的人間生活。鐵拐李把童嬌蘭度脫，使金安壽感情上失去了依托。金安壽的內心由此產生無限的痛苦，即使在夢中，他也想尋回妻子，重新過幸福美滿的生活。而夢中，他被自身的嬰兒姹女追逼，醒來後人間已過四十年，從前的豪華庭院只留下斷壁殘垣，一切繁華美景也都烟消雲散。鐵拐李又讓他瞬間見四季景象的更替，他感悟到人生短暫、生死無常，富貴繁華只如過眼雲烟，在傷感與無奈中出家學道。《老莊周一枕蝴蝶夢》雜劇中莊周因人生在世生死一關無法逃脫，因而四處遊學散心。太白金星以富貴點化，莊周因「富貴貧窮，流轉不息」而傷感。太白金星以頃刻種花結果點化他，使他感到人生年華就如花一樣易於凋敗。太白金星又讓鶯燕蜂蝶四仙女拿著琴棋書畫，勸莊周戒酒色財氣；讓桃柳竹石四仙女助他明金丹大道，最後醒悟人生，正果朝元。金安壽、莊周形象所反映的不是普通百姓的貧窮苦痛，也不是普通書生的失意落魄，而是富貴人家因人生短暫、

快樂不長久而產生的痛苦無奈與生死憂患之情。

　　《任風子》雜劇通過任屠被馬丹陽度脫，反映了普通人的生存困境。任屠因馬丹陽化一方盡吃素，屠行盡行折本，他賴以為生的生存環境受到威脅，因而鋌而走險，持刀前去殺馬丹陽。然而，他非但沒有殺到馬丹陽，反而覺得自己被馬丹陽的護法神所殺，大叫救命，而實又未被殺。來時一條路，回去時三條路，心內迷茫。由於生存環境的惡劣、死亡的恐懼、現實人生的虛幻，任風子放下屠刀，修成正果。《藍采和》、《劉行首》二劇反映了封建社會底層的藝人與娼妓的生存環境與心理痛苦。《藍采和》劇中，許堅因李王不聽勸諫，害怕招惹禍殃，離鄉背井來到梁園以演戲為生。處處低聲下氣，忍氣吞聲。漢鍾離到戲園攪鬧，又在許堅生日時到許家門口「哭三聲，笑三聲」，許堅也不與之計較。雖然這樣忍耐百般，但災難還是降臨到他的頭上。他生日時，被叫官身。作為藝人，最怕的是應官身，應付稍有差遲，就會被羞辱乃至毆打。許堅因誤官身，被令責打四十棍。人生的不自由使他醒悟出家。出家三年，人間已三十年，從前的夥伴都老了，自己的妻子也已九十歲了，他們都不能演戲了。人間四季的景物，如春天的杏花、夏天的菱、秋天的霜、冬天的雪，瞬間變換，這些使他感悟到人生的短暫，死亡的臨近，徹底悟透人生。劇中許堅的遭遇，反映了封建社會藝人們地位低下，沒有人生自由的黑暗現實。《劉行首》劇中，劉行首原本是鬼仙，王重陽要她托身為人還卻五世宿孽後，再度之成仙。劉行首聰明伶俐，「吹彈歌舞，吟詩對句，拆白道字，頂真續麻，件件通曉」，而且又美麗出眾，「楊柳腰，海棠顏色」，深得人們喜愛。馬丹陽前來度脫時，她正幻想著與林員外相愛廝守。然而應官身讓她不自由；林員外的愛情也在他妻子出現時經不起考驗；東岳神托夢，又使她面臨生死輪迴之苦，在這多種因素的影響下，劉行首出家修道。

　　西方宗教人類學家休謨認為，「宗教思想不是產生於理性，而是

源於自然生活的不確定性和出自於對未來的恐懼，宗教所產生的作用
就是在他（或她）的『對幸福迫切關心』方面能給予個人以信心和希
望」[31]。藍采和、金安壽、童嬌蘭、任風子等人皈依神仙世界，正是
自然生活的不確定性、對未來的恐懼所造成的，而仙界則是道教給予
無數善男信女生存的信心和希望。在仙界，金安壽現世的生活得以繼
續，他與嬌妻住在瓊樓玉閣，每日輕歌曼舞，過著幸福美滿的生活。

三　倫理道德的威壓

　　道德倫理是維繫人與人、人與宗族、宗族與宗族、宗族與國家之
間各種關係的重要紐帶，而孝則是其核心。「子曰：君子之事親孝，
故忠可移於君；事兄悌，故順可移於長；居家理，故治可移於官。」
「以孝事君則忠，以敬事長則順。」[32]孝一方面鞏固了以血緣為基礎
的宗族關係，同時又有助於大一統的家長式的政治體制。漢以後，
「百善孝為先」的思想佔據了整個社會思想界，成為一種根深柢固的
傳統倫理。在孝的傳統中，宗族的繁衍、血親的延續被放在最重要的
地位。「不孝有三，無後為大。」子孫的繁衍，一方面使老有所養，
死有所祭；另一方面，封建社會裏人們把子孫作為生命不朽的象徵，
子孫繼承宗族的香火，保持宗族的傳統。而「無後」對於封建社會中
的個體來說，意味著老無人養，香火無人繼承，血食無人祭奠，死後
成為無所歸依的厲鬼。《禮記》〈祭法第二十三〉中講到對王公大夫死
而無後者的祭祀，其中把這類厲鬼分為「泰厲」、「公厲」、「族厲」三
種。孔穎達疏曰：「曰泰厲者，謂古帝王無後者也。此鬼無所依歸，

---

31 〔英〕布賴恩·莫里斯著，周國黎譯：《宗教人類學》（北京市：今日中國出版社，
　　1992年），頁192。

32 見《孝經》卷七〈廣揚名章第十四〉、卷二〈士章第五〉，見《十三經注疏》（北京
　　市：中華書局，1980年），頁2558、2548。

好為民作禍，故祀之也。……曰公厲者，謂古諸侯無後者。諸侯稱公，其鬼為厲，故曰公厲。……曰族厲者，謂古大夫無後者鬼也。族，眾也。大夫眾多，其鬼無後者眾，故言族厲。」[33]「絕後」使封建時代的個人陷入無比痛苦的處境之中。而子孫血統的純正又與夫妻有密切的關係，夫妻分離、妻子外遇都會使得這種血緣關係難以正常維繫。夫妻和睦，妻子貞潔也成為孝道的一個基本要求。

《韓湘子九度文公昇仙記》傳奇中韓愈位居高官，卻因無兒而痛苦。「半世掌朝綱，衣紫腰金荷聖皇，恨只恨，此生無子，誰繼書香。」（第一折【畫眉序】曲）無子使他十分痛苦，而指望「承繼宗嗣」的姪兒韓湘卻又學道去遠方，使他夫妻老年無所寄託。「荏苒鬢成霜，羞對青銅倍慘傷，恨只恨天涯游子音信乖張，枉教我爵位崢嶸，有信誰把宗枝望。」在他心中恨嘆的是自己膝下無兒，無人為他繼書香：

> 怎奈身後無兒每挂懷，堪恨堪哀。（第十五折【一枝花曲】）
>
> 夫人，他千言萬語，只勸我出家，我不肯從他，又不知那裏去了，莫非天意使我絕後呵。（第十五折）
>
> 天道何知，使我韓愈老無所歸，可憐趨庭無子，幹蠱無人，戲彩無兒，我詩書世澤有誰追，簪纓門第何人繼。空淚沾衣，倚門悵望天涯無際。（第十五折【駐馬聽】）

因為無兒，韓愈怨自己，怨姪兒，繼而怨天。可以想見，無兒給韓愈精神上帶來多麼大的痛苦。後來他功名失意，被貶潮州。在雲橫秦嶺，雪擁藍關，僕從被虎咬，坐騎也倒斃的孤苦無援的情況下，醒

---

33 見《禮記正義》卷四十六，《十三經注疏》，頁1590。

悟出家。無後是他出家的一個重要因素。清代車江英《藍關雪》中韓湘奉師命回家與妻子相會，「留下兒孫一脈」，在一定程度上即是《昇仙記》中韓愈無兒孫承繼香火內容的改編。在這改編中，可以看出封建倫理道德對封建士大夫及平民百姓的影響是多麼的深刻。

　　《呂洞賓三醉岳陽樓》雜劇反映了一對平凡夫妻無兒時的痛苦。郭馬兒原是柳樹精，托生為人後，與賀臘梅結為夫妻，卻又因人世的倫理道德而苦惱。夫妻無子，為求得一男半女，舔茶客剩茶，欲積陰功，求福力。賀臘梅因呂洞賓說吃他吐的殘茶，就有子嗣，不怕骯髒噁心而吃殘茶。這其中包含了多少委屈酸辛！這種委屈在一定程度上是社會上無兒女之人的一種共性。後妻子被殺，郭馬兒又經歷失妻之痛。他因妻子之死而尋拿凶手，卻又變成誣告他人而被判處死。無兒之痛、失妻之痛、死亡的恐懼使他醒悟。這種醒悟出家，是他在現實社會苦難的重壓下無奈的選擇。另外，《城南柳》、《桃柳昇仙夢》、《玩江亭》、《金安壽》等劇中被度脫的夫妻都沒有兒女提示，無後或許也是他們出家的原因之一。

　　夫妻是家庭的基礎，夫妻互敬互愛、夫唱婦隨是傳統的美德。現實社會中無愛的婚姻結合、恩愛夫妻的離散都會給人帶來心理上、生理上的痛苦。谷子敬的《城南柳》雜劇亦取材於《呂洞賓三醉岳陽樓》的故事。但劇中的柳精與桃精一開始即處於一種不平等的地位。柳雖有仙風道骨，但是人間凡種；桃是天上仙種，仙凡有別。呂洞賓讓他們成精成配後，因非人身只能白日隱在深山，晚上纔能到樓上歇宿。托生為人後，楊柳面臨的又是一種不平等的婚姻：楊柳十分愛小桃，但小桃不愛楊柳，這是封建婚姻制度下沒有愛情的青年男女的婚姻悲劇。妻子跟呂洞賓出家，楊柳作為封建社會的男子，無法忍受。他隨後去尋找妻子小桃，希望妻子回心轉意共同生活，但小桃不肯回家，他一怒之下殺了小桃。後因殺人而判償命。恩愛成空，生死無常，是實是虛，是夢是幻，楊柳醒悟出家。可以說妻子的出走使他喪

失了生活的依靠，而且面臨著社會倫理的威壓。金安壽因失妻而出家，楊柳也因失妻而出家，但金安壽夫妻是一對恩愛夫妻，而楊柳夫妻則是一對同床異夢的夫妻。他們雖遭遇不同，但同樣皈依神仙世界，這深刻地反映了封建社會中人們痛苦無助的現實。《玩江亭》中牛員外與趙江梅是一對恩愛夫妻，家有萬貫家財。當牛員外被鐵拐李度脫之後，趙江梅面臨著的是獨守空房的現實。「餓死事小，失節事大。」作為一個封建社會的女性，必須守節，而守節等待她的將是孤獨無依。她不能失去丈夫，她去尋找丈夫，希望能以她的溫情使他回家。後來她在夢中被牛員外扮的渡船人威脅，她不肯順從，被打下水去。恩愛夫妻的離散，美好生活的破滅，人生孤獨的等待，死亡恐懼的威脅使她醒悟出家。她的悟道是無奈的，是社會倫理道德、社會黑暗現實迫使她走上這一步。

　　《呂洞賓度鐵拐李岳》、《呂洞賓花月神仙會》、《半夜朝元》等劇中反映了封建社會人們普遍重視的節義倫理。《呂洞賓度鐵拐李岳》雜劇中，臨死前囑咐兒子長大休做吏，務農為本。而叮囑妻子則不避瑣細，怕的是妻子失節，影響自己的「體面」。在這種繁複的叮嚀中，蘊含著中國傳統倫理道德思想的沉積。托兒，為的是有後繼香火，而對妻子的「多心」，則落腳於「我主意則是要你休嫁人」，有著很濃的貞節思想。岳壽還魂後，首先想到的是妻子，他以取魂為名回家，一路上擔心的是自己去遲了，被「謊人賊營勾了我那腳頭妻」。後來因為是借小李屠尸體還魂，引起兩家爭執，李屠要打殺他。他在肉體與靈魂、愛與恨的矛盾中出家學道。《呂洞賓花月神仙會》、《半夜朝元》二劇反映了妓女的節烈思想。張珍奴雖然為妓，但雅好修道，只求脫離苦海；小天香雖為妓女，但立志從良，在夫死後又立志守節，守節生活難以如願後，又立志修道。他們雖賤為妓女，但在他們的身上有著普通婦女都難以做到的節義行為。

　　從上述的簡要分析中，我們可以了解到芸芸眾生之所以皈依道

教，把希望寄託到神仙引度成仙上，是因為現實社會中人們處在無邊的苦海之中。科舉功名失意、自由幸福短暫、道德倫理的威壓無形中把人們從社會群體中排擠出來，使之處於一種孤獨無依的局面中。「面對著嚴峻的環境，生命受到威脅，生存遭到困難，是經常有的事，心理上就很容易由此產生孤獨感、挫折感、甚至是絕望感。生命的熱情愈是受到困逼，受到擠壓，愈是要另闢蹊徑噴射出來。既然進不了現實的殿堂，就只能進入天國的海市蜃樓。」「對那些感到群體生活折磨而嚮往某種自由和獨立的人來說，真人或神人的形象無異是一種美好生存的希望，一種精神上的安慰劑，使其心理能得到平衡，能安於群體中的某個位置。」[34]

---

34 嚴耀中：《中國宗教與生存哲學》（上海市：學林出版社，1991年），頁7、67。

第六章
神仙驅邪除魔劇

在道教神仙戲曲中，以除妖去怪、禳解鬥法為內容的劇作也佔了相當大的比重。這些劇作基本上都以正義戰勝邪惡為結構模式，曲折地反映了封建社會的各種紛爭，以及世俗百姓對不可知自然力量的畏懼與抗爭。

以驅邪鬥法為內容的劇目主要有以下三十幾種：

（1）元明清戲文傳奇中的劇目

一、無名氏《劉錫沉香太子》（《南詞敘錄》著錄，佚）；

二、明包胤祺《采真記》（《遠山堂曲品》著錄，佚）；

三、清張彝宣《天下樂》（《今樂考證》等著錄，佚）；

四、清程煐《龍沙劍》（未見著錄，存世瑞堂本）；

五、清石子斐《鎮靈山》（《曲錄》著錄，佚）；

六、清張照《混元盒》（未見著錄，存昇平署鈔本）；

七、無名氏《三世修》（《今樂考證》著錄，佚）；

八、無名氏《享千秋》（未見著錄，存曹氏鈔本）；

九、無名氏《旌陽劍》（《曲錄》著錄，佚）。

（2）元明清雜劇中的劇目

一、元吳昌齡《張天師夜祭辰鈎月》（《錄鬼簿》著錄，存《元曲選》本，題為《張天師斷風花雪月》）；

二、元吳昌齡《哪吒太子眼睛記》（《錄鬼簿》著錄，佚）；

三、元李好古《巨靈劈華岳》（《錄鬼簿》著錄，佚）；

四、元石君寶《張天師斷歲寒三友》（《錄鬼簿》著錄，佚）；

五、元張時起《沉香太子劈華山》（《錄鬼簿》著錄，佚）；

六、元李取進《神龍殿欒巴噀酒》（《錄鬼簿》著錄，佚）；

七、元岳伯川《羅公遠夢斷楊貴妃》（《錄鬼簿》著錄，佚）；

八、元王曄《破陰陽八卦桃花女》（《錄鬼簿》著錄，存《元曲選》本）；

九、元無名氏《二郎神醉射鎖魔鏡》（《今樂考證》著錄，存《古名家雜劇》本）；

十、元無名氏《桂花精》（《太和正音譜》著錄，佚）；

十一、明朱有燉《張天師明斷辰鈎月》（《今樂考證》著錄，存宣德間原刊本）；

十二、明無名氏《飛劍斬黃龍》（《寶文堂書目》著錄，佚）；

十三、明無名氏《呂洞賓點化度黃龍》（《今樂考證》著錄，存脈望館鈔校本）；

十四、明無名氏《二郎神鎖齊天大聖》（《今樂考證》著錄，存脈望館鈔校本）；

十五、明無名氏《灌口二郎斬健蛟》（《今樂考證》著錄，存脈望館鈔校本）；

十六、明無名氏《大聖收魔》（見《顧曲雜言》，佚）；

十七、明無名氏《太乙仙夜斷桃符記》（《今樂考證》著錄，存脈望館鈔校本）；

十八、明無名氏《化胡成佛》（《今樂考證》著錄，佚）；

十九、明無名氏《華光顯聖》（見《顧曲雜言》，佚）；

二十、明無名氏《許真人拔宅飛昇》（《今樂考證》著錄，存脈望館鈔校本）；

二一、明無名氏《爭玉板八仙過海》（《今樂考證》著錄，存脈望館鈔校本）；

二二、明無名氏《時真人四聖鎖白猿》（《今樂考證》著錄，存脈望
　　館鈔校本）；

二三、明無名氏《哪吒神力擒巡使》（《寶文堂書目》著錄，佚）；

二四、明無名氏《劈華山沉香救母》（《寶文堂書目》著錄，佚）；

二五、明無名氏《薩真人白日飛昇》（《寶文堂書目》著錄，佚）；

二六、明無名氏《薩真人夜斷碧桃花》（《今樂考證》著錄，存《元
　　曲選》本）；

二七、明無名氏《猛烈哪吒三變化》（《今樂考證》著錄，存脈望館
　　鈔校本）；

二八、清沈玉亮《鍾馗嚇鬼》（見《積山雜記》，佚）；

二九、清蒲松齡《鍾妹慶壽》（未見著錄，存鈔本）；

三十、清楊潮觀《灌口二郎初顯聖》（《今樂考證》著錄，存乾隆間
　　刊本）[1]。

　　從上面所列劇名及與之相關的內容來看，這些劇目涉及到天上、
人間、陰間三方面的內容，除魔祛邪的主角有神仙、天師真人，還有
鬼王鍾馗等。筆者為了便於分析，把這些劇目分為神仙系列、天師真
人系列、鍾馗及其他仙道系列三個部分。

第一節　神仙鬥法除魔劇

　　神仙鬥法系列劇包括神仙除魔、神仙鬥法兩方面內容，而鬥法與
除魔往往又是密不可分，因為只有法勝纔能魔除。在這兩方面的內容
中，神仙除魔是主要方面。神仙神通廣大，他們是正義的化身，而妖
魔鬼怪則是邪惡的、害人力量的代表，神仙利用神通除魔驅怪，反映
了人們崇拜武、力，征服自然的願望。

1　以上劇目主要根據莊一拂、傅惜華等人的戲曲目錄著作粗略歸納，有些劇目因劇本
　　不存或劇本內容複雜而難以分清，憑主觀刪存，多有不當之處。

一　真武神與驅邪院

在元明雜劇中，出現了專門的神仙除魔機構：驅邪院。元吳昌齡的《張天師》雜劇、張壽卿的《紅梨花》雜劇較早提到驅邪院。

> 【正宮端正好】則被你催逼得我兩三番，喝撅得我十餘次，我不合暗約通私，怎當那驅邪院一夥天兵至，狠惡的忒如此。（《張天師》第三折）

> 【七弟兄】別不上一年、兩年，說不盡恨綿綿。負心人這搭兒裏重相見。初相逢看我似蕊珠仙，你今朝待送我到驅邪院。（《紅梨花》第四折）[2]

雖然唱詞比較簡略，但驅邪之意十分明確。有驅邪院，自然就有驅邪院主。在《二郎神醉射鎖魔鏡》中，驅邪院主掌管著天獄，天獄裏有三面鏡子：照妖鏡、鎖魔鏡、驅邪鏡，鎮著數洞妖魔。《二郎神鎖齊天大聖》[3]雜劇第四折中對這位神界的驅邪院主有詳細的介紹：

> （驅邪院主云）太極初分天地中，驅神使將顯神通。金闕書名朝上帝，掌判驅邪鎮北宮。貧道北極驅邪院主是也。乃元始化身太極之體，開皇初劫下世，紫雲元年歲建甲午三月甲寅庚午時，符太陽之精，授胎金闕化身。父乃淨樂國王，母乃善勝夫人，腹孕一十四月，則太上八十二化，產母左脅降生。當生之時，瑞雲覆國，異香芬然，地土皆變成金玉瑞應之祥。生

2　〔明〕臧晉叔編：《元曲選》（北京市：中華書局，1989年），頁186、1091。

3　王季烈編：《孤本元明雜劇》（北京市：中國戲劇出版社，1958年）。

而神靈，長而勇猛。年至於七歲，經典一覽，悉皆默會。仰觀俯察，棄國辭朝，至於武當山內，修行辦道。四十九年，至歲次庚子九月九日，有天花祥雲氤氳而下，五龍捧聖，白日飛昇。朝參金闕瓊臺，受印護國佑民。威鎮北方，統攝玄武之位，以斷天下邪魔。時有六天魔王，引諸鬼眾傷害生靈，毒氣上沖。玉帝敕命，差貧道披髮跣足，金甲玄袍，皂纛玄旗，引本部下六丁六甲五雷神兵，降臨凡世，與六天魔王戰於洞陰之野。時魔王以坎離二氣，化蒼龜巨蛇，變現方成，貧道攝於足下，乃龜蛇二將是也。我分判人鬼，鎮諸魔眾，入於酆都。人民治安，風調雨順。貧道回奏玉帝，玉帝見貧道有功，敕封貧道九天采訪游奕使，北極鎮天真武玉虛師相玄天元聖仁威上帝，正授北極驅邪院都教主。（下略）

　　從驅邪院主的上場白中，我們知道這位神界驅邪除魔的首腦人物就是真武神。真武神在小說《北遊記》中被玉帝賜為真武大將軍，奉旨收妖，降伏妖魔三十六名，被封為混元九天萬法教主蕩魔天尊。真武信仰源於星宿崇拜，真武本名玄武，是古代神話傳說中的北方之神，被道教吸收後，逐漸神化，成為鎮守北方的總司令：蕩魔天尊、玄武上帝。宋時因避聖祖趙玄朗諱而改為真武。真武神之所以有這麼高的地位，主要是因為統治者的信奉和政治的需要。宋徽宗、宋欽宗都很崇拜真武神，封真武神為「佑聖助順真武靈應真君」。徽宗政和三年，朝會儀衛中就有真武隊，中有金吾折衝都尉一員，有仙童旗、真武旗、螣蛇旗、神龜旗等。[4]元代蒙古皇帝也崇信真武，元成宗時，加封真武為「元聖仁威玄天上帝」。明成祖朱棣還宣揚自己就是

4　《宋史》卷一四三，《志》第九十六，《景印文淵閣四庫全書》史部四十（臺北市：臺灣商務印書館，1983年）

真武的化身，利用真武神為自己的靖難之變塗上「奉天行道」的色彩[5]。統治者的政治需要使得真武越來越神化。

真武神成為道教戲曲中的驅邪院主，估計是明代統治者崇信的結果。從現存的幾種以真武為驅邪院主的劇本都是內廷供奉演出本似可以證明這一點。在這幾種戲曲中，真武神手下有二神將：二郎神、哪吒。

哪吒本為佛教神，是毗沙天王的第三個兒子。宋元時期，他成為玉皇大帝駕下的大羅仙，玉帝命其下凡投胎除魔，身上充滿了道教神仙氣。在明清時期，民間就把哪吒當作神仙。《也是園藏書古今雜劇目錄》把以他為主角的《猛烈哪吒三變化》雜劇就列入「神仙」類。在戲曲作品中，哪吒「降十大魔君、八角師陀鬼、鐵頭藍天鬼、獨角逆鱗龍、無邊大刀鬼，更有四魔女：天魔女、地魔女、運魔女、色魔女」，因為他降妖魔眾多，被玉皇封為「八百八十一萬天兵降妖大元帥」[6]。以他為主角的戲曲有《哪吒神力擒巡使》、《哪吒太子眼睛記》、《猛烈哪吒三變化》等。《二郎神醉射鎖魔鏡》雜劇中哪吒也是主角。《哪吒神力擒巡使》、《哪吒太子眼睛記》兩種，劇本佚，本事不詳。《猛烈哪吒三變化》題目作「慈悲攝伏五鬼魔」，正名作「猛烈哪吒三變化」。劇敘焰魔山下五鬼神通廣大，與夜叉四魔女爭鬥，荼毒生靈。佛祖派善勝童子即哪吒三太子前去驅除五鬼。哪吒法力高強，降伏五鬼，又令五鬼引戰四魔女，降伏四魔女，使之同歸佛道。劇末有「翊贊聖明君，永坐黃金殿，願大明享昇平萬萬年」之句，估計亦是內廷供奉之劇。

5　參馬書田：《中國道教諸神》（北京市：團結出版社，1996年），頁104。

6　〔元〕無名氏：《二郎神醉射鎖魔鏡》第一折，見隋樹森編：《元曲選外編》（北京市：中華書局，1959年），頁961。

二　二郎神斬蛟除魔劇

　　二郎神是道教神仙，原型為秦時太守李冰。李冰為蜀郡太守時，鑿離堆以避水害，建都江堰澤福萬民。由於李冰功績偉大，他的治水經過在傳說中逐漸被神化。漢應劭的《風俗通義》記述了李冰故事，其中就出現了李冰化牛與江神爭鬥，殺死江神的故事：

> 　　秦昭王聽田貴之議，遣李冰為蜀郡太守，開成都兩江，溉田萬頃，無復水旱之災，歲大豐熟。江水有神，歲取童女二人以為婦，不然，為水災。主者白出錢百萬以行聘，冰曰：「不須。吾自有女。」到時，裝飾其女，當以沉江水，徑至神祠，上神坐，舉酒酹曰：「今得傳九族，江君大神，當見尊顏，相為進酒。」冰先投杯，但淡淡不耗，冰屬聲曰：「江君相輕，當相伐耳。」拔劍，忽然不見，良久，有兩蒼牛鬥於岸旁。有間，冰還，流汗，謂官屬曰：「吾鬥大極，當相助也，若欲知我，南向腰中正白者，我綬也。」主簿乃刺殺北面者，江神遂死，後無復患。蜀人慕其氣決，凡壯健者，因名冰兒。[7]

　　在這則記載中，李冰革除民間為江神娶婦的惡習，與西門豹革除河伯娶婦習俗同屬一個類型。不同的是李冰的故事被神話化，而西門豹的故事則保存了歷史的原貌。因李冰治水有功，化牛與江神鬥，後來的記載中就把李冰治水與化牛鬥江神結合起來，成為治水神話。由於江神是管理河道的正神，因而後來的記載中，李冰化牛鬥殺江神的故事，變成蛟龍為患，李冰入水斬蛟。《成都記》[8]中沒有李冰以女與

7　〔漢〕應劭：〈風俗通義〉，見王利器：《風俗通義校注》（北京市：中華書局，1981年），頁583。

8　〔宋〕李昉：《太平廣記》卷二九一（北京市：中華書局，1961年），頁2316。

神為婚之事，只有李冰入水戮蛟之情節。因李冰戮蛟，成都無水害。《獨醒雜志》云李冰父子因有功於蜀，江鄉人「今亦祠之，號曰灌口二郎」[9]。從這則記載來看，「灌口二郎」指的是李冰父子二人。

　　而在後來的傳說中，灌口二郎成為李冰第二子的專稱。在一些記載中，李二郎成為治水的實際功臣。《古今集記》中記載說：「李冰使其二郎，作三石人以鎮湔江，五石犀以壓水怪，鑿離堆以避沫水害，穿三十六江，灌溉川西數州縣稻田。」[10]《蜀故》中也有大致相同的記載。李冰入水斬蛟的故事也被二郎傳說所承繼。

　　李二郎之後，唐宋時期又出現了趙二郎。趙二郎，姓趙名昱，在傳為柳宗元著的《龍城錄》[11]中較早提到。

　　　　趙昱，字仲明，與兄冕，俱隱青城山，從事道士李珏。隋末，煬帝知其賢，徵召不起。督讓益州太守臧膡，強起昱至京師。煬帝縻以上爵，不就，獨乞為蜀太守。帝從之，拜嘉州太守。時犍為潭中有老蛟為害日久，截沒舟船，蜀江人患之。昱蒞政五月，有小吏告昱，會使人往青城山置藥，渡江溺死者，沒舟航七百艘。昱大怒，率甲士千人及州屬男一萬人，夾江岸鼓噪，聲振天地。昱乃持刀沒水，頃江水盡赤，石岩半崩，吼聲如雷。昱左手執蛟首，右手持刀，奮波而出。州人頂戴，事

9　〔宋〕曾敏行《獨醒雜誌》卷五〈崇德廟〉：「有方外士，為言蜀道永康軍城外崇德廟，乃祠李太守父子也。太守名冰，秦時人，嘗守其地。有龍為孽，太守捕之，且鑿崖中斷，分江水一派入永康，鎮孽龍於離堆之下。有功於蜀人，至今德之，祠祭甚盛，每歲用羊至四萬餘。凡買羊以祭，偶產羔者，亦不敢留。永康藉羊稅以充郡計。江鄉人今亦祠之，號曰『灌口二郎』，每祭，但烹一膗，不設他物，蓋有自也。」引自《宋元筆記小說大觀》（上海市：上海古籍出版社，2001年），第三冊，頁3247。

10　轉引自馮沅君：〈元劇中二郎斬蛟的故事〉，《說文月刊》第三卷第九期。

11　〔唐〕柳宗元：《龍城錄》，見《唐五代筆記小說大觀》（上海市：上海古籍出版社，2000年），頁150。

為神明。隋末大亂，潛以隱去，不知所終。時嘉陵漲溢，水勢
汹然，蜀人思昱。頃之，見昱青霧中騎白馬，從數獵者，見於
波面，揚鞭而過。州人爭呼之，遂吞怒。眉山太守薦章，太宗
文皇帝賜封神勇大將軍，廟食灌江口，歲時民疾病禱之無不
應。上皇幸蜀，加封赤城王，又封顯應侯。昱斬蛟時，年二十
六。珏傳仙去，亦封佑應保慈先生。

在這則記載中，趙昱還沒有灌口二郎的稱號，估計因排行第二，後人
稱之為二郎。《三教搜神大全》[12]中記載得比較詳細：

　　清源妙道真君，姓趙名昱，從道士李珏隱青城山。隋煬帝
知其賢，起為嘉州太守。郡左有冷源二河，內有犍為老蛟，春
夏為害。其水泛漲，漂淤傷民。昱大怒。時五月間，設舟船七
百艘，率甲士千餘人、民萬餘人夾江鼓噪，聲振天地。昱持刀
入水，有頃其水赤，石崖奔吼如雷。昱右手持刃，左手持蛟首
奮波而出。時有佐昱入水者七人，即七聖是也。公斬蛟時年二
十六歲。隋末天下大亂，棄官隱去，不知所終。後因嘉州水漲
溢，蜀人見青霧中乘白馬引數人鷹犬彈弓獵者波面而過，乃昱
也。民感其德，立廟於灌江口奉祀焉，俗曰灌口二郎。太宗封
為神勇大將軍，明皇幸蜀加封赤（原闕），宋真宗朝益州大
亂，帝遣張乖崖入蜀治之。公詣祠下求助於神，果（原闕）奏
請於朝，追尊聖號曰清源妙道真君。

在這則記載中，趙昱隋時為嘉州太守，入水斬蛟，民感其德，立廟於

---

12 〔明〕闕名：《繪圖三教源流搜神大全（外二種）》（上海市：上海古籍出版社，1990
　　年）。

灌口奉祀，稱為灌口二郎。唐太宗封之為神勇大將軍，宋真宗封之為清源妙道真君。

而在《河南通志》中，趙昱成了楊煜：「河南府二郎神廟在府城西關，祀隋灌州刺史楊煜。煜嘗斬蛟築堤遏水患，故民為立廟。」[13]《河南通志》中二郎神姓楊，估計與當時流行的楊戩二郎神有關。

二郎神楊戩，起於宋代。楊戩本是宋徽宗時四大奸臣之一，徽宗自稱道君，「當時便把楊戩比作灌口神，造些小說，派這楊戩合王黼、高俅、李邦彥作王楊高李四大元帥」[14]。陳墨香認為楊戩為二郎神起於北宋時期，而且這時期又出現楊二郎救母的小說。陳墨香沒有注明出處，我求教於熟悉宋代文學的專家與民俗學專家，也未得到小說的確切出處。這裡只得把陳墨香敘述的情節照引於此：

> 小說道玉皇大帝，有個妹子，思凡下界，配與一個楊姓書生，產下一子，即是楊戩。玉皇差天兵，把他妹子，捉回天去。可憐一位公主，變了罪犯，不但摘下珠冠，還要解開雲髻。這女的披散著頭髮，穿了青衣，戴了鎖，被夥神頭鬼臉的天丁，押在桃山，永遠監禁。楊戩長大成人，要劈桃山救母，怎奈劈山大斧，成精逃走，在塵世吃人。楊戩好容易找著此物，賭神通施法力，降了斧怪，現出原身。楊戩方得劈開了山，救出母親。玉皇見外甥神奇，封在灌口，聽調不聽宣。

以李冰父子為原型的灌口二郎，隨著時空的轉換出現了趙昱（煜）、楊戩，但李冰父子的事迹則似一直貫穿在這些人物事迹之中。李二郎也並沒有因為趙二郎、楊二郎的出現而消失，而是與趙二郎、楊二郎並行於民間。《續唐書》卷二十五《蜀世家》記載云：「乾

---

13 轉引自馮沅君：〈元劇中二郎斬蛟的故事〉，《說文月刊》第三卷第九期。
14 陳墨香：〈二郎神考〉，《劇學月刊》（1933年）第二卷第十二期。

德二年秋八月，衍北巡，以同平章事王鍇判六軍諸衛事，衍戎裝，披金甲，珠冠錦袖，執弓挾矢，旌旗戈甲，百里不絕，百姓望之，謂之灌口神。」[15]其中的灌口神當指李二郎。南宋詞人楊無咎在【二郎神】《清源生辰》詞中寫道：「炎光欲謝，更幾日、熏風吹雨。共說是天公，亦嘉神貺，特作澄清海宇。灌口擒龍，離堆平水，休問功超前古。當中興、護我邊陲，重使四方安堵。」[16]其中所寫二郎神從「清源」封號來看，應該是趙二郎。宋代佚名詞人的《滿庭芳》詞中亦提到灌口二郎：「若論風流，無過圓社，拐膝蹬蹓搭齊全。門庭富貴，曾到御簾前。灌口二郎為首，趙皇上、下腳流傳。人都道、齊雲一社，二錦獨爭先。□花前。並月下，全身綉帶，偷側雙肩。更高而不遠，一搭打秋千。毬落處、圓光膝拐，雙佩劍、側蹓相連。高人處，翻身佶料，天下總呼圓。」[17]其中的二郎神是圓社之首，與趙皇踢球，應該指二郎神楊戩。由於趙二郎事迹與李二郎大致相同，在明清的傳說中，趙二郎漸漸淡出。李冰父子由於其偉大的功績，成為官方奉祀之神，元文宗七年十二月，加封秦蜀郡太守李冰為聖德廣裕英惠王，其子二郎神為英烈昭惠靈顯仁祐王。[18]《清史》志五十九云：「灌縣祀秦蜀守李冰，封敷澤興濟通裕王，子二郎，為承續廣惠英顯王」。而二郎神楊戩則由於其救母故事的影響在民間流傳。二郎神在民間的變化非常複雜，請參看陳墨香《二郎神考》、馮沅君《元劇中二郎斬蛟的故事》、江亞玉的《由形象特徵之演變談二郎神》[19]、康保成的《二郎神信仰及其周邊考察》[20]等文，此不多贅。

15　〔清〕陳鱣：《續唐書》，《叢書集成初編》，第3848冊。

16　唐圭璋編：《全宋詞》（北京市：中華書局，1965年），頁1182。

17　唐圭璋編：《全宋詞》，頁3734。

18　《元史》本紀第三十四，《四庫全書》史部五十（臺北市：臺灣商務印書館，1983年）。

19　江亞玉：〈由形象特徵之演變談二郎神〉，見《小說戲曲研究》（臺北市：聯經出版事業公司，1988年），第一集。

20　康保成：〈二郎神信仰及其周邊考察〉，《文藝研究》1999年第1期。

　　二郎神故事最早被搬上舞臺當在唐代中期，唐崔令欽《教坊記》
所列的曲名中有《二郎神》。唐代的《二郎神》曲與宋元以後的《二
郎神》曲似不一樣，當是一種有人物表演的舞蹈。崔令欽在《教坊
記》中云：

　　　　凡欲出戲，所司先進曲名。上以墨點者即舞，不點者即
　　否，謂之「進點」。戲日，內伎出舞，教坊人惟得舞《伊州》、
　　《五天》，重來疊去，不離此兩曲，餘盡讓內人也。《垂手
　　羅》、《回波樂》、《蘭陵王》、《春鶯囀》、《半社渠》、《借席》、
　　《烏夜啼》之屬，謂之「軟舞」；《阿遼》、《柘枝》、《黃麞》、
　　《拂林》、《大渭州》、《達摩》之屬，謂之「健舞」。[21]

從這則記載來看，《伊州》、《五天》、《蘭陵王》、《柘枝》、《大渭州》
等都是舞蹈，或是伴有舞蹈的音樂表演。而與之同列的《二郎神》曲
估計也伴有舞蹈，或竟是以舞蹈表演二郎神故事。《蜀檮杌》中，蜀
後主孟昶宴會時俳優扮演二郎神，似可為此觀點佐證：「（廣政十五
年）六月朔宴，教坊俳優作灌口神隊二龍戰鬥之象。須臾天地昏暗，
大雨雹。」[22]蜀地俳優扮演灌口神隊，並且有二龍戰鬥的表演。《成都
記》還認為流行民間春冬鬥牛之戲亦源出李冰化牛斬蛟故事[23]。
　　宋官本雜劇中有《二郎熙州》、《鶻打兔變二郎》、《二郎神變二郎
神》，譚正璧《話本與古劇》一書認為熙州、鶻打兔、二郎神為曲
名。從這些劇名來看，主要是演述二郎神變故事，鶻打兔也有可能不
是曲名，而是演二郎神變鶻打兔故事。金院本「諸雜大小院本」中有

21　〔唐〕崔令欽：《教坊記》，載《中國古典戲曲論著集成》（北京市：中國戲劇出版
　　社，1959年），第一冊，頁12。

22　〔宋〕張唐英：《蜀檮杌》，《叢書集成初編》，第3855冊，頁23。

23　〔宋〕李昉：《太平廣記》卷二九一，頁2316。

《迓鼓二郎》、《變二郎爨》二個劇目。

　　元明清戲曲中，二郎神常在一些劇中出現。專演二郎神故事的劇作有吳昌齡的《二郎收豬八戒》、無名氏的《二郎神醉射鎖魔鏡》、《灌口二郎斬健蛟》、《二郎神鎖齊天大聖》、楊潮觀《吟風閣雜劇》中的《灌口二郎初顯聖》等劇。吳昌齡的《二郎收豬八戒》，是《西遊記》雜劇第四本中的一折，演二郎神奉觀音之命帶細犬前助孫悟空降豬八戒之事。情節簡單，其中灌口二郎為誰，也沒有明確說明。《二郎神醉射鎖魔鏡》、《灌口二郎斬健蛟》、《二郎神鎖齊天大聖》三劇中二郎神為趙昱（一作煜），而《灌口二郎初顯聖》雜劇中二郎神則為李冰子李二郎。

　　《二郎神醉射鎖魔鏡》雜劇演二郎神趙昱與哪吒擒獲神通廣大的天上妖魔的故事。此劇今存陳與郊《古名家雜劇》本、脈望館校《古今雜劇》本等。脈望館鈔校本有刻本與抄本兩種，刻本注曰：「古名家本」，作者署「（元）□□撰」，題目作「三太子大鬧黑風山」；抄本題為「二郎神射鎖魔鏡一卷」，不題撰人，題目作「都天大帥降妖怪」，是趙清常根據「內本錄校」而成。抄本與刻本前三折相同，只是抄本多些無謂之襯字，刻本則「較簡潔」。抄本與刻本第四折不同，王季烈在編《孤本元明雜劇》時把抄本的第四折改作第五折，卷末穿關據抄本增入。劇中，二郎神趙昱奉玉帝命鎮守西川，途經玉結連環寨時，前去探訪哪吒。酒醉後與哪吒比箭，二郎神誤中天獄鎖魔鏡，牛魔羅王、金睛百眼鬼乘機逃出。韓元帥奉命追拿，但未追及。驅邪院主命二郎神與哪吒擒拿二妖，將功折罪。二郎神與哪吒各帶本部神兵，與妖魔大戰。二郎神「神通廣大，變化多般，身長萬餘丈，腰闊數千圍，面青髮赤，巨口獠牙」，在哪吒的配合下擒住二妖。二妖魔被押入酆都，眾神將復還本位。祁彪佳《遠山堂劇品》認為此劇

「意想」「大有元人之韻」，但「詞氣少欠振拔，用韻亦有雜者」²⁴。

《灌口二郎斬健蛟》雜劇則演二郎神趙煜為民除害，擒斬水中健蛟的故事。劇本《今樂考證》、《也是園書目》、《曲錄》著錄，今存脈望館鈔校內府本、《孤本元明雜劇》本。題目作「眉山七聖擒妖怪」，正名作「灌口二郎斬健蛟」。劇敘嘉州太守趙煜秉性忠直，心無邪佞，治民有法，判斷無私，驅邪院主奉玉帝命派天丁神前去接引他白日飛昇。飛昇前，治下百姓正報冷源河內健蛟為害，趙煜正在想法擒拿；飛昇後，趙煜被封為灌口二郎真君，奉玉帝命前去擒蛟。二郎神帶眉山七聖與健蛟鬼力大戰，擒健蛟斬之，為民除害。玉帝加封二郎神為清源妙道二郎真君。在《龍城錄》、《方輿勝覽》、《三教搜神大全》等書中，趙煜（昱）先斬蛟，後棄官歸隱，不知所終。而此劇則把斬蛟一事放在趙煜飛昇後，把人與蛟戰改為神與蛟戰，似更合符情理。

《二郎神鎖齊天大聖》雜劇演二郎神趙煜捉拿偷仙丹、盜御酒的齊天大聖的故事。此劇《今樂考證》、《也是園書目》、《曲錄》等著錄，今存脈望館鈔校本。劇敘齊天大聖化仙童偷老君金丹數顆，又盜仙酒數十瓶，回花果山水簾洞請兄弟前來宴賞。乾天大仙得知後，派鬼力請二郎神領天兵前去捉拿。二郎神率眉山七聖及諸天兵將齊天大聖擒伏，齊天大聖被驅邪院主罰入陰司，永不得超陞。現存劇本是趙清常「萬曆四十三年二月十七日校內本」而成，現存的《西遊記》在萬曆二十年左右已刊行，但此劇情節與《西遊記》大相逕庭。在《西遊記》中齊天大聖是一隻無父母兄弟的石猴，在龍宮獲得如意金箍棒；而此劇中，他有大哥通天大聖、姐姐龜山水母、妹妹鐵色獼猴、弟弟耍耍三郎，他大哥通天大聖善使鐵棒。《西遊記》中前去擒捉齊天大聖的是二郎神楊戩，而此劇則為趙煜。不知此劇與《西遊記》是何種關係。

---

24 〔明〕祁彪佳：《遠山堂劇品》，見《中國古典戲曲論著集成》（北京市：中國戲劇出版社，1959年），第六冊，頁152。

　　《灌口二郎初顯聖》則演李二郎鎖蛟治水故事。劇敘李冰開鑿離堆，壞了蛟龍窟穴，龍婆龍子怒恨，尋李冰在江邊廝殺。李冰大敗，二郎神帶二將及鷹犬助戰，龍婆龍子受傷，遂被擒伏。鎖龍婆於離堆之下，命其約勒江波，命小蛟攻開東岸，分水內江，灌注農田，使千里荒蕪，變成沃野。此劇是楊潮觀為官四川時，根據李冰與子二郎治水神話創作而成。

　　現存的四種劇本中只有二郎神趙煜（昱）、二郎神李二郎，而沒有二郎神楊戩。楊戩在《西遊記》中大戰齊天大聖，卻不見於劇作中。陳墨香認為楊二郎劈山救母故事，因為不忠於天帝，所以後來不人有人講[25]。楊戩是宋代的大奸臣，估計這也是後人恥於搬演上舞臺的重要原因。楊戩故事雖然不受知識階層歡迎，但其劈山救母之事因宣揚孝義思想，在民間講唱文學（如寶卷）中十分流行。

　　劈山救母故事最初源於巨靈神劈華山故事。元李好古有《巨靈神劈華岳》、宋元戲文中有《劉錫沉香太子》、元張時起有《沉香太子劈華山》、明雜劇有《劈華山沉香救母》等劇目，劇本均佚。莊一拂《古典戲曲存目匯考》認為本事出《文選》張衡〈西京賦〉注引古語，述劉彥昌與華山聖母成親，生一子名沉香。事為聖母兄二郎神悉後，囚聖母於華山底，沉香長大後劈開華山，救出聖母。不知莊一拂所見是何人注本。〈西京賦〉中云「巨靈贔屭！高掌遠蹠，以流河曲，厥迹猶存」，李善注云：「華，山名也。巨靈，河神也。巨，大也。古語云：此本一山，當河水過之而曲行，河之神以手擘開其上，足蹴離其下，中分為二，以通河流。手足之迹，於今尚在。（中略）遁甲《開山圖》曰：有巨靈胡者，偏得坤元之道，能造山川，出江河。」[26]其中只有巨靈開山之故事，巨靈為河神，此故事是宣揚河神

---

25 陳墨香：〈二郎神考〉，《劇學月刊》（1933年）第二卷第十二期。

26 〔梁〕蕭統編，〔唐〕李善注：《文選》（北京市：中華書局，1977年）。

的巨大威力。唐代李隆基的《途經華岳》、蘇頲《奉和聖制途經華岳應制》、王維的《華岳》、李白的《華岳》等人的詠華山詩中也是歌詠巨靈的開山功績。至於巨靈劈山與沉香救母如何聯繫在一起，卻未見明確的記錄。筆者於《漢武故事》中找到一則資料：

> 東郡送一短人，長七寸，衣冠具足。上疑其山精，常令在案上行，召東方朔問。朔至，呼短人曰：「巨靈，汝何忽叛來，阿母還未？」短人不對，因指朔謂上曰：「王母種桃，三千年一作子，此兒不良，已三過偷之矣，遂失王母意，故被謫來此。」上大驚，始知朔非世中人。短人謂上曰：「王母使臣來，陛下求道之法：唯有清淨，不宜躁擾。復五年，與帝會。」言終不見[27]。

從這則記載中的「巨靈，汝何忽叛來，阿母還未？」一語來看，巨靈與救母聯繫在一起。《漢武故事》，今人劉文忠綜合前說，又據書中反映的社會現象，推論作者當為建安前後人[28]。如果推論無誤，則可知在東漢末年，巨靈與救母已聯繫在一起，後來的沉香劈華山救母，二郎神劈山救母當都發源於此。二郎神與巨靈劈華山聯繫在一起似乎出現得比較晚。明《二郎神鎖齊天大聖》雜劇中，有巨靈神助二郎神戰齊天大聖。其中的巨靈神「膀闊身長數丈高，金睛赤髮怒沖霄，肩擔月樣開山斧，太華山峰用手搖」，應是劈華山之巨靈神，但與二郎神並無親戚關係。清末無垢道人的《八仙得道傳》中則成為二郎神外甥王泰劈華山。明代寶卷《二郎開山寶卷》[29]講唱楊二郎開山

---

27 〔漢〕無名氏：《漢武故事》，見《漢魏六朝筆記小說大觀》（上海市：上海古籍出版社，1999年），頁173。

28 參王根林：〈漢武故事校點說明〉，見《漢魏六朝筆記小說大觀》，頁165。

29 〔明〕無名氏：《二郎開山寶卷》，明嘉靖三十四年刊本。

救母，此寶卷中的楊二郎乃河南碓州人，父名楊天佑，籍貫與《河南通志》中的楊二郎相同。遼寧太平歌傳統劇目《劈山救母》即演楊二郎劈山救母故事[30]。在清及近代地方戲中，沉香劈山救母故事更為流行。湖北楚劇、河北梆子、京劇、江西宜黃腔、陝西同州梆子腔等劇種中都有演出。在這些劇目中，二郎神是封建家長的代表，他壓制華山聖母與劉彥昌的自由愛情，把華山聖母壓於華山之下。二郎神由劈山救母反抗天帝，變成封建衛道者，成為其甥沉香反抗的對象。其間演變軌迹一時難以理清，此不多及。

三　仙佛鬥法劇

　　神仙除魔劇之外，還有一些劇本演仙佛爭勝以及神仙團體之間的爭鬥。《化胡成佛》、《呂洞賓點化度黃龍》、《飛劍斬黃龍》等劇演仙佛鬥法爭勝故事。《化胡成佛》劇本已佚，但從劇目就可以知道這是演述老子化胡成佛故事。化胡成佛是佛道多年來爭論的焦點，到元時最為激烈。此劇以老子化胡成佛為內容，很明顯就是抑佛揚道。《呂洞賓點化度黃龍》、《飛劍斬黃龍》二劇也明顯地表現佛道鬥法爭勝。《呂洞賓點化度黃龍》中呂洞賓與黃龍禪師談法論道，闡述性命雙修的道理。二人又比試神通，呂洞賓神通廣大，能開頃刻花，能造逸巡酒，使黃龍禪師大為折服，皈依仙道。王季烈認為此劇「曲中多玄旨」，「當是道家筆墨」[31]。《呂真人九度國一禪師》也是仙人度脫佛教徒成仙故事劇。《飛劍斬黃龍》劇本佚，但從明末馮夢龍《醒世恒言》中《呂洞賓飛劍斬黃龍》小說內容來看，此劇當源自《五燈會元》中〈呂岩洞賓真人〉條，演黃龍禪師點化呂洞賓故事。呂洞賓飛劍欲斬黃龍，反被黃龍制服，最後皈依佛門。呂洞賓的度與被度中反

30　《中國戲曲志》〈遼寧卷〉（北京市：中國ISBN中心，2000年），頁136。
31　王季烈：《孤本元明雜劇提要》（北京市：中國戲劇出版社，1958年）。

映了佛道相爭相融的現實。明初朱有燉的《瑤池會八仙慶壽》劇中，金童問呂洞賓是否曾「驅邪斷怪」，呂洞賓說：「我也曾飛寶劍伏黃龍。」從這對話看來，呂洞賓飛劍欲斬的黃龍，在民間傳說中成為害人的妖怪。

《爭玉板八仙過海》演道教神仙內部以八仙為代表的天仙與以龍王為代表的水仙之間的爭鬥。劇敘白雲仙長因「塵世雍熙，聖人在位，風調雨順，物阜民安，和氣上應於九天」，「閬苑繁華，牡丹盛開」，在閬苑設筵請五大聖與八仙赴宴賞牡丹。八仙與眾仙一起開懷暢飲，醉醺醺而歸，各顯神通飄海而過。東海龍王之子敖廣與毒龍巡海，見藍采和玉板光芒萬丈，派水卒搶去。八仙與之大戰，斬龍子，殺得水族大敗。東海龍王集四海龍王率百萬水族前來與八仙相鬥，結果又大敗。東海龍王請天官、地官、水官相助，八仙請太上老君相助。太上老君派齊天大聖前去助戰，大敗三官及神兵。後來，佛祖如來出面，雙方講和。此劇今存脈望館鈔校本，是萬曆四十三年趙清常以內府本對校後的版本，從這亦可知此劇在明宮廷與民間都深受喜愛。我們常說的「八仙過海，各顯神通」一語，即來自於此。

神仙鬥法除魔劇大致如上所述。劇中的神仙主要是憑神通變化降妖伏魔，戰勝對方，而下面一節所提到的天師真人則主要依靠符籙、法術等手段召請天神下降壇場，以達到驅邪除怪的目的。

第二節　天師真人驅邪劇

人們崇拜神靈，主要為了祈福免禍。因神靈虛幻無形，奧秘無窮，普通人無法與之溝通。從上古開始，在人與神之間就出現了溝通的使者——巫覡。巫覡利用各種神秘方法降神、解夢、預言、祈雨、祛邪、醫病等，巫覡的這些方法後來都被道教所吸收。道教徒利用符籙法術召請神靈，祛除造成現實社會種種苦難的邪惡勢力。他們的大

法旨主要有三種：行咒、行符、行法。咒語是「上天之密語」，可以招「群真萬靈」下降；符籙是「上天之合契」，「群真隨符攝召下降」；法術則是以符咒招群真百靈下降之術[32]。宋元時期的正一、上清、靈寶、清微、神霄、淨明等派雖然所召請之神有所區別，所使用的咒語有所不同，但都是以符籙法術等手段調動鬼神之力為人求福消災。這些信仰在戲曲中都有所反映，其中最突出的是張天師、許旌陽、薩真人等法師的祛邪除妖劇。

一　張天師除妖祛怪劇

張天師最早指東漢的張道陵。張道陵首創道教，教人悔過奉道，以符水咒法治病，其後道徒尊張道陵為天師。而天師名號後來由其後人世代承襲，都叫張天師。《水滸傳》開篇第一回「張天師祈禳瘟疫，洪太尉誤走妖魔」中的張天師已是張道陵的二十幾代後人。在《神仙傳》、《歷世真仙體道通鑒》、《列仙全傳》等書中，張天師得太上老君所送經書、符籙秘訣、雌雄劍、都功印等，法力高強。因為張天師降魔伏妖、驅邪祛鬼，在民間影響很大，成為民間鎮宅保護神。

張天師驅邪除妖的故事很多，但引起劇作家興趣寫成劇本的並不多。元吳昌齡的《張天師夜祭辰鈎月》雜劇、石君寶的《張天師斷歲寒三友》雜劇，明朱有燉的《張天師明斷辰鈎月》雜劇以及清張照的《混元盒》傳奇等劇是現存幾個以張天師故事為題材的劇目。

吳昌齡的《張天師夜祭辰鈎月》、朱有燉的《張天師明斷辰鈎月》二劇都取材於陳世英與月中仙子的故事，但二劇所表現的主題則完全不同。吳昌齡的《張天師夜祭辰鈎月》雜劇，曹棟亭本、天一閣本《錄鬼簿》著錄。天一閣本《錄鬼簿》簡名云《辰鈎月》，題目作

「文曲星笞救太陰星」，正名作「張天師夜祭辰鈎月」。《說集》本、孟稱舜本《錄鬼簿》無此目[33]。《元曲選目》作簡名《張天師》，有注云「一作辰鈎月」。《元曲選》有《張天師斷風花雪月》雜劇，作者題吳昌齡，題目正名為：「長眉仙遣梅菊荷桃，張天師斷風花雪月。」雖然現存劇本題目正名與《錄鬼簿》所載的題目正名有出入，但從《元曲選目》的注語及明初朱有燉劇作題目、內容來看，此劇應該就是《錄鬼簿》吳昌齡名下的《張天師夜祭辰鈎月》。劇中的張天師名叫張道玄，《曲海總目提要》據劇中「祖傳道法，戒籙精嚴，三十七代，輩輩流傳」語認為應是張與棣，「道元之名係撰出」[34]。劇敘陳世英上朝取應，路過洛陽，前去探望為洛陽太守的叔父陳全忠。陳全忠留陳世英在後園中溫習經史，準備科試。中秋之夜，陳世英撫琴遣興，時月宮桂花仙子被羅侯、計都二星纏繞，陳世英的琴聲感動婁宿救了月宮一難。桂花仙子與封姨、桃花仙子到下界相謝，飲酒歡會，並約來年八月十五再會。後陳世英相思成病，中秋時仙子失約未至，病情更添幾分。張天師回龍虎山前，到太守處辭行，得知陳世英病情，知是被花月之妖攪纏所致。張天師設壇作法，勾荷、菊、梅、桃、桂等仙子至壇前，桂花仙子承認思凡。張天師牒往長眉仙處處置，長眉仙以桂仙為酬恩思凡，情有可原，釋之。

劇中有張天師請神作法的詳細情節：

> （天師請神科云）道香德香，無為香，清淨自然香，妙洞真香，靈寶惠香，朝三界香，吾乃統攝玄門，恢弘至道，咒司九主，宣課威儀，醮法列壇，無不聽命。恭惟玉清聖境元始天

33　見《錄鬼簿》，《中國古典戲曲論著集成》（北京市：中國戲劇出版社，1959年），第二冊，頁172注335。

34　〔清〕黃文暘：《曲海總目提要》（天津市：天津古籍書店，1992年影印本），卷二，頁49。

尊，左輔右弼之星官，武職文班之聖眾，雷公電母，風伯雨師，瑤宮寶殿天王，紫府丹臺仙眷，五福十神，四司五帝，日宮月宮神位，南斗北斗星君，斗步五方，星分九曜，東華南極，西靈北真，十二之星辰，四七之纏度，三臺華蓋，九天帝君，三界直符使者，十方從駕威靈，當境土地龍神，諸處城隍社廟，幽冥列聖，遠近至真，以此真香，普同供養。伏以陰靈耀景，環六合以開光，素魄迎情，犯十花而育物。今者時遇中秋，偶逢月蝕，羅計纏於黑道，婁宿聞此顯威，夢入蟾宮，敵戰惡星而退度，救茲月蝕。元光再續於寥天，半滅半明，乍盈乍闕，忽嫦娥之感動，思凡世而降臨，私離瑤臺，誤干天運，混仙凡而為患，錯躔舍以成災。請命道流，立壇究治，臣敢不啟奏玄空，急揚雷令，招接天庭，奉行攝勘。今年今月，今日今時，奉道弟子張道玄仰憑聖力，隨其萬處周流，不誤一真清淨，稽首拈香，無極大道，不可思議功德。〔擊令牌科云〕一擊天清，二擊地靈，三擊五雷，速變真形。天圓地方，律令九章，金牌響處，萬鬼潛藏。〔咒水科云〕水無正行，以咒為靈，在天為雨露，在地作源泉。一噀如霜，二噀如雪，三噀之後，百邪俱滅。〔執劍科詩云〕老君賜我驅邪劍，離火煅成經百煉，出匣紛紛霜雪寒，入手輝輝星斗現。先請東方青帝青神，唧符背劍，入吾水中；後請南方赤帝赤神，唧符背劍，入吾水中；又請西方白帝白神，唧符背劍，入吾水中；再請北方黑帝黑神，唧符背劍，入吾水中；又請中方金帝金神，唧符背劍，入吾水中。（詩云）吾持此水非凡水，九龍吐出靜天地，太乙池中千萬年，吾今將來靜妖氣。（下略）[35]

---

35 〔元〕吳昌齡：《張天師斷風花雪月》，見臧晉叔編：《元曲選》（北京市：中華書局，1958年），頁184。

張天師利用香供奉神靈，招請神靈，又用令牌、劍、符咒施行法術，神化其行動，從而達到袪妖的目的。古典戲曲中的法師請神除妖大都與此劇相類。

　　吳昌齡劇中月宮桂花仙子因陳世英救月宮一難而思凡下界，明初朱有燉的《張天師明斷辰鈎月》則把桂花仙子思凡改為桃花精假冒嫦娥之名前去相會，目的是翻月宮被污之案。此劇今存明宣德間原刊本、脈望館鈔校本、《奢摩他室曲叢》本。劇敘陳世英有友人婁大王乃上界婁宿，中秋月蝕時，在世英跪求之下，上天救月宮之難。嫦娥得救後，欲報陳世英之恩德，又覺得仙凡無說話之理，吩咐東岳神延陳世英壽命。桃花精假嫦娥之名前去與陳世英歡會，致使陳世英疾病纏身。家裏見醫治無效，遂請李法官行法袪病。李法官欲召嫦娥前來折證，嫦娥請張天師為之剖白。張天師差人下凡擒桃花精，問明情由，罰桃花精往下方受罪。在作者看來，「月宮乃太陰至精之氣，豈有私凡之心」，他借張天師神通來「分別邪正」，以宣月宮之冤。

　　元石君寶的《張天師斷歲寒三友》一劇，劇本不存，估計是演松、竹、梅歲寒三友的故事。此外，元無名氏的《桂花精》雜劇，估計與吳昌齡劇題材相同，演桂花仙子思凡之事。《遠山堂曲品》（具品）著有無名氏的《月桂》傳奇，祁氏評曰：「桂仙下嫁言生，此是古《辰鈎月》劇。劇詞極綺麗，此記第寥寥數語耳。」[36]從祁彪佳的評語來看，《月桂》傳奇當演桂花仙子下嫁言生事，與吳昌齡、朱有燉劇大致相同。不知二劇中是否有張天師除妖情節。

　　元明雜劇中的張天師主要憑藉符籙、印劍咒語等為人治花月妖纏迷之病，情節比較簡單。清代張照的《混元盒》傳奇演張節真人與金花聖母鬥法，用混元盒收妖的故事。劇本共有八十五齣，結構龐大，情節複雜，張天師的除妖神通在劇中得到多方面的渲染。此劇今存昇

36　〔明〕祁彪佳：《遠山堂曲品》，見《中國古典戲曲論著集成》，第六冊，頁82。

平署鈔本，《古本戲曲叢刊九集》影印本，《曲考》、《曲錄》、《曲海總
目提要》均列入無名氏，莊一拂列之張照名下。《曲海總目提要》認為
此劇「荒誕不根，大約仿《封神演義》、《西遊記》等書，憑空結撰」
而成，現在一般認為此劇本事直接源於明代寫混元盒的小說《五毒全
傳》。此劇《曲海總目提要》卷四十有劇情大意，這裏摘引如下：

　　　　明嘉靖時，世宗好長生之術。有陶謙者，本民間皮匠，以
　　妖言獲罪當誅。世宗聞其能點石成金，召見，惑其說，用童女
　　燒煉，怨氣干九霄。玉帝怒，命凶神降罰，收取惡人。
　　　　大孤山下有水神，曰金花聖母娘娘，與張真人世仇，欲乘
　　此機，興妖滅法。出聚妖幡以集群妖，擇其尤者，曰白氏夫
　　人、紅衣道人、洪氏夫人、吳公長老、白衣娘子、黃衣娘子、
　　蛙子妹妹、獨角大王、華石精、黑石精、蝎子精、大毛、二
　　毛、狐仙、七怪等，分授法術。令云：洪教真人張節，吾世仇
　　也。其祖傳九宮八卦五雷神印，為世異寶。爾等用吾法，先破
　　其印，俟其出，邀截於路誅滅之。群妖受教，散處民間為
　　害，以伺真人。
　　　　真人祖道陵知之，降於昇仙臺，授節太乙圖、九龍神
　　帕、琢妖金簪、信香盒、如意金盒。信香盒者，有急以盒中香
　　焚之，老真人即至。如意金盒者，即所謂混元盒也。降妖伏
　　怪，乃取用之。
　　　　時有趙國盛者，將門之子，以蔭入監，嘗登奎星閣，閣舊
　　有妖，國盛負氣，按劍坐閣中。至夜分，見一美婦人，國盛知
　　為妖，飲以酒。妖飲而醉，口中吐一物如珠，國盛吸之，五臟
　　如焚，須臾，身體輕健欲飛。妖醒，恚且哭曰：吾必有以報
　　汝。國盛就試稱旨，擢御史，巡按江西。抵任忽失印，托疾不
　　理事。俄有兩道者，自言能治奇疾。見國盛，則已知失印事，

為求得於江中。厚酬之，謝不取，以素紙一幅，浼國盛求真人印。真人召火德星君，以真火炙之，化一婦人，云本良家子，為二怪攝去，剝皮為紙，求真人泄冤。真人作法收妖，則華花、黑花二石，並收其黨獨角大王，則白脛大虎也。國盛慚，反誣真人不法。世宗遣廷臣陸炳、薛保，召真人赴京。

時洪氏夫人化作美女，蠱村民富氏子，召龍貯桶中，欲灌江邊民而害真人。真人用符授富氏子壓之，乃大白蟒蛇也。吳公長老等亦來害真人，趙天君以鞭揮之，縛付真人，俱收入混元盒內。而紅衣、白衣、黃衣三怪，奔告金花。金花出與真人戰，諸神將俱不能勝，真人法寶皆為金花所收，遂被獲。以真人乃水官星君化身，不敢傷，困之水府。

老真人奏玉帝，命諸天王將天兵十萬討之。而金花以寒光冷氣護其居，天王兵將無能入者。乃請西方鬥戰勝佛孫大聖，與二郎神以神通破其寒光冷氣。金花乃敗走，求救於其師老母元君。元君至，大聖亦如束手無策者。玉帝甚怒，查閱仙籍，知元君是女媧弟子。乃告女媧，女媧責元君而貶金花，收三怪還其主。三怪者：普門白鸚鵡、南極山中猴精，及南極老人所乘鹿也。

真人得出，行至張家灣，收白氏夫人貯盒中。白氏夫人者，千年老狐，神通廣大。真人訪求四依山中散仙陸壓道人，始得收之。一路擒怪無算，至崇文門，遇火德星君，真人與語，知奉玉旨，將焚張志家。真人以親故泄天機，後真人邸第亦焚。真人入朝質辨，世宗知其冤，立置國盛於法。國盛臨刑脫去，不知所終。時蝎子精盛行，世宗命陶謙治之。謙懼而逃，死於道。廷臣共舉真人，真人治蝎精。世宗嘉之。真人於是奏謙妖妄，前以誤聽觸天帝怒，以致妖氣盛行，勸世宗宜崇正法，勿信妖誣。世宗聞其有混元盒，令出盒現諸妖元神，真

人一一使現而復收之。辭歸龍虎山，作羅天大醮，酬諸天神。未幾，玉帝召真人歸水官星君位，真人遂沐浴上昇云。[37]

　　劇本以明嘉靖年間皇帝寵信陶仲文，沉迷煉丹為引子，利用想像寫天怨人怒，妖怪滋生，危害人類。劇中妖魔眾多，大都是自然界害人力量的象徵，如虎精、蟒精、狐精、蝎子精等，牠們聚集在水神金花聖母的聚妖幡下，化成各種形象危害人類。這些妖魔有組織，而且神通廣大，張天師雖然得到祖師的多種法寶，仍然無濟於事，被金花聖母囚於水府之中。金花聖母之師老母元君，法力之高更是令孫大聖、二郎神都束手無策，最後女媧祖師出面，纔平息這場妖亂。劇中的張天師不畏艱難，收妖除魔，維護正義，是現實社會正義力量的象徵。湘劇、祁劇等劇種中有此劇目。

二　許旌陽故事劇

　　許遜，研究道教者大都認為實有其人，活動於西晉末年，因曾為旌陽縣令而被稱為許旌陽。唐以前就出現了《許遜別傳》，唐初的《藝文類聚》卷二十一收錄了〈許遜別傳〉的部分內容，文中突出了許遜的孝行：他七歲喪父，「躬耕負薪以養母，盡孝敬之道」。《太平寰宇記》所收南齊劉澄之的《鄱陽記》中首先提到許遜斬蛟，黃小石認為「該史料所說許遜斬蛟事，為後出的所有傳記沿襲，只是在情節上進行了更多的神奇編造」[38]。《朝野僉載》卷三記載許遜為旌陽縣令，得道於豫章西山，「江中有蛟蜃為患，旌陽沒水，劍斬之」[39]。許

37　〔清〕黃文暘：《曲海總目提要》（天津市：天津古籍書店，1992年影印本），頁1737。

38　黃小石：《淨明道研究》，頁3。

39　〔唐〕張鷟：〈朝野僉載〉，見《唐五代筆記小說大觀》，頁40。

遜斬蛟蜃的記載，突出了許遜的法術神通。唐代陳宗裕的〈敕建烏石觀碑記〉中出現了「許公舉家拔宅仙去」之說法。可見許遜孝行信仰、法術信仰、飛昇成仙信仰在唐代都已經出現，只不過故事比較簡單。唐以後，許遜的故事因其孝的內核，再加上民間對其方術的需要、飛昇成仙的嚮往而流傳頗廣。到宋元時期，他的傳說故事更為豐富，出現了《西山許真君八十五化錄》（施岑序作於宋丙午年），記載許遜的神迹。《許真君仙傳》、《孝道吳許二真君傳》以及趙道一《歷世真仙體道通鑒》卷二十六的〈許太史〉等文也對許遜事迹進行了渲染神化。

　　許遜在宋徽宗政和二年（1112），被封為「神功妙濟真君」，在道教神仙譜系中的地位僅次於張道陵。而在傳為許遜昇仙的南昌一帶，許遜影響最為深廣[40]。許遜還是道教淨明道派的祖師，該派首重忠孝，主張化民以忠孝廉謹慎之教。

　　許遜事迹在明代開始出現於戲曲作品中，現所知的有明無名氏的《許真人拔宅飛昇》雜劇、《旌陽劍》傳奇，清程煐的《龍沙劍》傳奇等演繹許遜故事。這些戲曲作品主要以許遜斬蛟傳說為題材進行創作的。《許真人拔宅飛昇》雜劇今存脈望館鈔校本，題目作「鎖蛟精棄官學道」，正名作「許真人拔宅飛昇」。劇敘九洲都仙高明太史因思凡被謫下凡托生為許遜。許遜雖為凡人，然道性猶存，為旌陽縣令時，點石成金，救助無錢完稅而被關押的貧苦百姓。後棄職歸山，修養仙道。鄱陽湖蛟精、蛇精危害百姓，許遜帶吳猛書符欲斬蛟精，又怕污染水面。後蛟精逃走，化黃牛臥沙灘上，伺機報復。吳猛奉師命用紙剪黑牛前去與黃牛相鬥，並用劍砍傷黃牛。蛟精受傷後變儒生混入人群中逃走，入贅賈家為婿。許旌陽追到賈家，蛟精變出本相，逃入深潭，後被許遜鎖於井中。因許遜在人間救世安民，斬妖除魔，東

---

40 參任繼愈主編：《中國道教史》（北京市：中國社會科學出版社，2001年），頁755。

華帝君奉玉帝敕命，派人下凡度脫許遜一家飛昇成仙。劇本移接了李
冰化牛鬥江神故事、欒巴斬狸故事寫許遜斬蛟，突出了許遜的法術神
通。無名氏的《旌陽劍》傳奇，劇本佚，估計與前劇內容大致相同。
程煐的《龍沙劍》合許遜除妖、樊夫人除妖以及《獨異記》中李鷁事
創作而成。劇敘唐時鄱陽湖蛟精興風作浪，殘害生靈。安定人李鷁，
偕妻前去赴江西都昌任，過鄱陽湖時，被蛟精所得。蛟精冒充李鷁，
贅於南昌刺史屈突家。仙人許遜、樊夫人為救世安民，下凡除怪，救
出李鷁，擒獲蛟精，以龍沙劍斬之。後李鷁夫妻入廬山修道，仙人以
龍沙劍相贈。許真君在江西最受崇拜，被尊為普天福主，真君戲又叫
福主戲，是神戲中最隆重的一種。明代弋陽腔中出現了演許真君故事
的連臺本戲《鐵樹傳》，敷衍許真君修道、斬蛟等故事。清代地方戲
中，許真君斬蛟故事外，點化王陽明的《真君擺渡》也頗受人們重
視。《真君擺渡》是《護國記》中的一折，演許真君化漁翁點化王守
仁，暗示寧王反叛必敗；王即急下贛州，興兵討伐寧王的故事[41]。九
江青陽腔、安徽岳西高腔等劇種中有此劇目。

　　許遜救助貧苦百姓、斬蛟除害等故事在劇本中被加以突出，這在
一定程度上反映了明清時期人們祈福免禍的願望。

三　薩真人、時真人等驅邪除妖劇

　　薩真人，名守堅，西河人，自稱汾陽薩客，學神霄雷法於張繼
先、王文卿、林靈素，後世稱其道派為「西河派」、「天山派」，屬神
霄支派。《歷世真仙體道通鑒續編》卷四有薩守堅小傳：

　　　　薩真人，名守堅，南華人也，一云西河人，自稱汾陽薩

41 參《中國戲曲志》〈江西卷〉（北京市：中國ISBN中心，1998年），頁245、248、689。

客。少有濟人利物之心，嘗學醫誤用藥殺人，遂棄醫。聞江南三十代天師虛靜先生及林王二侍宸道法之高，欲求學法。出蜀至陝，行囊已盡。方坐石悶，忽見三道人來。薩問此去信州遠近。道人問所欲。薩云：「欲訪虛靜天師參學道法。」道人曰：「天師羽化矣！」薩方悵恨，一道人云：「今天師道法亦高，吾與之有舊，當為作字，可往訪之。吾有一法相授，日間可以自給。」遂授以咒棗之術，曰：「咒一棗可取七文，一日但咒十棗，得七十文，則有一日之資矣！」一道人云：「吾亦有一法相授。」與之棕扇一柄，曰：「有病者則搧之，即愈。」一道人云：「吾亦有一法相授。乃雷法也。」薩拜而受之，用之皆驗。一日凡咒百餘棗，止取七十文為日用，餘者復以濟貧。及到信州，見天師，投信。舉家慟哭。乃三十代天師親筆也。信中言：「吾與林侍宸、王侍宸遇薩某，各以一法授之矣，可授以未盡之文。」薩由是道法大顯。

　　嘗寓某處城隍廟數日，太守夢城隍告之曰：「薩先生數日寓此，令我起處不安，幸為我善遣之。」太守至廟，逐薩使去。薩行數十里，遇人舁豕往廟酬願。薩以少香附之曰：「去酬願畢，為置爐焚之。」其人如誡，迅雷一聲，火焚其廟，更不延燒民居。

　　越三年，薩至某渡，無操舟者，舉篙自渡，置三文錢於舟中以償渡金。因掬水浣手，見一人鐵冠紅袍，手執玉斧，立於水中。薩訶之曰：「汝乃何人，速見形。」其人立於側曰：「我王善，即某州城隍也。昨真官焚我廟，我家三百餘口無依。我實無罪，訴於上帝。帝賜玉斧，令我相隨，遇真官有犯天律令，得便宜施行後奏。我隨真官三年，並無犯律者。今日渡舟，真官乃置錢舟中，則真官無可報之時矣。今願為部將，奉行法旨。」薩曰：「更相從三年，亦只如是。」薩遂奏玉帝，

擢為部將。每有行持報應若響。嘗有詩云:「道法於身不等閑,尋思戒行徹心寒。千年鐵樹開花易,一日酆都出世難。」又詩云:「言清行濁休談道,不顧天條法謾行。但依本分安神氣,何慮仙都不挂名。」真人得道後游閩中,一日端坐而化。[42]

　　薩真人正直行善、除怪驅邪的故事在民間影響較大,被文人寫入小說、戲曲中。明末鄧志謨的小說《咒棗記》,寫薩真人前世為善,後世修行,後得昇天。無名氏的《薩真人白日飛昇》雜劇,也應是演薩真人得道飛昇故事。《薩真人夜斷碧桃花》則是寫薩真人祈禳驅鬼、成就人間再世姻緣的故事。此劇《也是園書目》、《今樂考證》、《曲錄》等著錄,今存息機子刊本、《元曲選》本。息機子刊本題目作「張道南斷弦應再續」,《元曲選》本題目作「張明府醉題青玉案」。劇敘廣東潮陽知縣徐端之女碧桃與縣丞張圭之子張道南早有婚約,三月十五日碧桃父母被張家請去慶賞牡丹。碧桃見父母不在家,到縣衙後園遊賞,正好遇上前來尋找走失鸚鵡的張道南。二人相認,一同看花,不巧被父母回來時看見,碧桃在父母責罵之下一氣而亡。徐知縣把女兒埋葬於縣衙花園中,墳上長出一株碧桃花。後張道南中狀元,官授潮陽知縣。道南於官府後花園中見碧桃花,摘回插在房中,晚上碧桃鬼魂前來相會。因人鬼相異,道南得病,父母見醫藥無效,遂請薩真人祈禳。薩真人行法,得知詳情,檢姻緣簿,知二人有緣當合。正好碧桃妹玉蘭壽盡而亡,碧桃遂借妹妹玉蘭之體還魂。薩真人為張圭、徐端說明其中情由,兩家遂「再合姻緣」。此劇所寫的再生情緣,在元明時期深得人們的喜愛。范文若改編為南戲後,流傳更廣[43]。

42 見《正統道藏》(臺北市:新文豐出版公司,1977年),第八冊,頁821。

43 〔明〕范文若:〈夢花酣自序〉中云「元人有《薩真人夜斷碧桃花》雜劇,童時演為南戲,即名《碧桃花》,流傳甚盛。」見《中國古典戲曲序跋彙編》(濟南市:齊魯書社,1989年),頁1364。

　　明無名氏的《太乙仙夜斷桃符記》與《時真人四聖鎖白猿》也是以驅妖除怪為內容的劇作。《太乙仙夜斷桃符記》寫太乙仙除妖救閻英的故事。太乙仙，不知名姓，從曲詞中「今還信州去」語來看，應屬正一道派。此劇《今樂考證》、《也是園書目》、《曲錄》著錄。今存脈望館鈔校本、《孤本元明雜劇》本。劇敘閻府尹之子閻英郊外踏青時，救門東娘，二人許親。閻英回家後，叫父親喚媒婆前去提親，但媒婆尋找幾天都未找到。閻英相思成病，門東娘夜晚前去相會。家僮六兒把此事告知府尹。第二天晚上，門東娘、門西娘都來到閻英房中，二人發生爭吵，被門外探看的府尹怒聲喝斥嚇走。太乙仙路過洛陽，因與府尹有舊，前來探訪。得知閻英病情後，設壇作法召神拿妖，原來門東娘、門西娘就是門上桃符成精所化。太乙仙遣二妖往酆都受罰。劇中太乙仙作法據劇情提示有點香、請神、擊令牌、舉筆、書符、仗劍、咒水等，與張天師作法過程大致相同。

　　《時真人四聖鎖白猿》雜劇寫時真人為沈璧除白猿精故事。從劇本來看，時真人，姓時名玄，字道初，道號景陽子，曾參五祖七真，事迹未詳。此劇《也是園書目》、《今樂考證》、《曲錄》著錄，今存脈望館鈔校本。劇敘杭州沈璧以海上經商為業，頗有家財，妻子大有顏色。沈璧泛海出外月餘後，有自稱烟霞大聖的白猿精變作沈璧模樣，到沈家佔其妻子財產。沈璧離家兩年光景，利增百倍，回家時烟霞大聖變出本相，打倒沈璧，並限他三日之內把嬌妻幼子、田產物業全都與之。沈璧請法官作法，毫不濟事，被趕出家門。沈璧無臉見人，投西湖自盡，被時真人救起。時真人讓沈璧夢中入神界告狀，並差斗口四將前去捉妖，讓沈璧夫妻再得團圓。沈璧事後把家有物件散與眾人，把金銀珠寶舍與庵觀寺院，三口兒蓋茅庵修行學道。白猿精化人淫人妻女的故事在古代小說中較為常見，話本小說中就有《陳巡檢梅嶺失妻》等。

　　從上面提到的劇作來看，劇作中的天師真人主要依靠符籙法術召

喚神靈來降妖祛怪，有意思的是他們所祛除之怪幾乎都與婚姻愛情有關。

第三節　鍾馗捉鬼及其他仙道驅邪劇

一　鍾馗故事劇

　　鍾馗是一個家喻戶曉的傳說人物，他驅疫逐鬼，懲惡揚善，保護人間平安，玉皇大帝封他為驅邪斬祟將軍。鍾馗驅邪斬鬼傳說，人們一般認為從古代的驅儺習俗演化發展而來。最早在《太上洞淵神咒經》中有記載，卿希泰先生認為此經出現於晉代。如果此說無誤的話，那麼鍾馗斬鬼的傳說已在晉代出現。唐以後，鍾馗斬鬼傳說十分流行。鍾馗斬鬼畫還成為皇上頌賜給官員們的除舊迎新禮物[44]。

　　鍾馗的故事也在流傳中不斷被豐富發展，鍾馗也由唐吳道子鍾馗畫題記中的「武舉不捷之士」，成為滿腹詩書，文才出眾的才子，科舉高中，被皇上封為天下頭名狀元。不僅他的身世被完全改寫了，還增出了一個妹妹，鍾馗嫁妹故事也成為鍾馗傳說中的重要內容。鍾馗故事的發展變化，戲曲小說有著很大的貢獻。小說中，明代出現了《鍾馗全傳》小說，明人《西洋記》中也有「五鬼鬧判」故事；清代有劉璋的《斬鬼傳》、雲中道人的《平鬼傳》等。這些小說通過鍾馗驅鬼故事，描寫了廣闊的社會現實，是中國小說史上有名的諷刺小說。戲曲方面，宋官本雜劇中有《鍾馗爨》，明代有無名氏的《慶豐年五鬼鬧鍾馗》雜劇、阮大鋮的《獅子賺》傳奇，清代有沈玉亮的《鍾馗嚇鬼》、蒲松齡的《鍾妹慶壽》雜劇以及張彝宣的《天下樂》傳奇等。

---

44 參劉錫誠：〈鍾馗論〉一文，載《二十世紀中國民俗學經典》〈信仰民俗卷〉（北京市：社會科學文獻出版社，2002年），頁318-330。

　　《慶豐年五鬼鬧鍾馗》雜劇，今存脈望館校內府本，封面題「本
朝教坊編演」，是明朝宮廷新年供奉劇。劇敍終南山甘河鎮鍾馗平生
正直，不信邪鬼，滿腹詩書，中過鄉貢進士後，因楊國忠當權，兩次
都未中殿試。又一年科考將到時，李知縣要鍾馗再次上京赴考。鍾馗
半路迷踪失路，夜宿五道將軍廟中，大耗小耗眾鬼出來作祟，都被鍾
馗趕走。科舉場上，鍾馗文才出眾，但楊國忠不學無術貪財受賄，欲
取對他行賄的常風，把鍾馗趕了出去。鍾馗回店後，一氣而亡。張伯
循正直無私，把鍾馗文章進呈皇上，皇上封鍾馗為天下頭名狀元。殿
頭官得知鍾馗死訊後，叫張大人拿著鍾馗官衣靴帽前去店中焚化，讓
鍾馗地府中使用。鍾馗死後為判官，管領天下邪魔鬼怪，得靴帽後前
來致謝，趕走了正纏繞殿頭官大人的鬼魅。殿頭官醒來後，奏知聖
上，為鍾馗立廟祭祀。新年之際，三陽真君、五福神及眾神祇在三陽
閣慶賞豐年，鍾馗讓眾鬼調百戲，點神爆竹驅邪，共賀新年。

　　明末阮大鋮的《獅子賺》也以鍾馗故事為題材，劇本佚，《曲海
總目提要》卷十二有故事提要：

　　　　唐武舉鍾馗曾攝功曹印務，管轄八萬四千鬼頭，以包龍圖
　　斷盆兒鬼案被揭，至總持殿轉降為奈河橋橋梁侯缺大使。閒曹
　　冷署，不堪寂寞。與總持殿掌印判官喇嘛苗有舊，乃盛設飲饌
　　招苗飲，並陳古玩贈苗。苗亦携地裏鬼、看財鬼、兩頭鬼饋
　　鍾。酒酣，鍾出妹侑酒，苗遂與通。於陵陳仲子以生前矯廉，
　　死為餓鬼，來乞食，為鬼吏所毆。苗醉中遺文筆判簿在地，為
　　仲子拾去。苗歸，途遇狨頭僧牽小猴一頭，在奈河橋演說猴頭
　　經。使猴演故事，為眾鬼指示因果。苗至，令猴重演。猴加衣
　　冠作判赴席狀，自入門揖讓饋遺，以至與鍾妹戲謔，及毆陳仲
　　子，無不畢現。苗怒甚，欲撻之，猴忽化為虎，眾皆驚走。苗
　　至家，遂得疾，其妻子延醫賽無常診視。而狨頭僧陰攝鍾妹

魂，使與相見，兩情方篤，忽見陽間差役拘之。病益甚，竟不
起。馗方欲與苗朋比納賄，而知苗變，又苗妻以妹贈鞋為據，
告之等輪王，欲馗填命，陳仲子亦以所拾文筆判簿訴被毆狀。
輪王乃按律罰三人往陽間受罪。輪王欲修等輪志，且補判官
缺，乃使卒以書邀禰衡蘇軾。衡赴天曹修文，軾以啟辭。遂以
陳仲子補判職，而戒以不必矯廉云[45]。

　　從上面的劇情介紹來看，劇中的鍾馗與民間傳說中的正直無私的
鬼王形象不同。劇中，鍾馗管理失誤，被降為奈河橋橋梁侯缺大使
時，又與總持殿苗判官朋比為奸，出妹侑酒，任苗判官與妹私通，最
後被判往陽間受罪。作者通過鍾馗故事，反映了官場的黑暗與社會的
不平。《曲海總目提要》認為此劇「關目皆空花幻影」，與《曇花
記》、《修文記》一樣同是「借傳奇說法」之作。

　　明末清初戲曲家張大復的《天下樂》傳奇也是以鍾馗故事為題材
創作而成，此劇已佚，今僅存《嫁妹》一出，京劇的《鍾馗嫁妹》即
來源於此。從《曲海總目提要》卷二十一所記的劇情來看，劇中的鍾
馗形象較前有很大的不同。

　　　　杜平，字鈞卿，杭州錢塘人，累世為商，家資巨萬。父母
　　早亡，未及婚娶。與金陵李四、錫山任安、丹徒孫立、姑蘇吳
　　彥正，同業營生，意氣相得，願散資財普濟窮民。平拯濟江浙
　　將遍，自往都下淮揚，而出資八十萬，令四人分濟四方。一往
　　滇貴，一往齊燕，一往湘楚川隴，一往閩粵。於是吳越分野，
　　常有金光五道，亘天而起。
　　　　時鍾南山秀士鍾馗，與妹媚兒同居。聞唐高祖開科取士，

---

45 〔清〕黃文暘：《曲海總目提要》，頁499。

欲赴京應舉，貧乏無貲。平在長明寺中，大捨錢帛穀米。馗聞
其名，詣寺訪之。平即邀至家中，贈百金為資斧，佐以寶劍。
馗為人好剛使氣，乘醉入寺，寺僧方為杜作瑜珈道場，延請法
師施食。馗見大詫，以為妖誕，毀榜毆僧，且謂平曰：「人之
禍福在天，何得托名於鬼。若鬼果能作禍於人，是為害人之
物，必當盡殺而啗之。」諸餓鬼訴於觀音大士。大士知其正
直，後將為神，而怒其謗佛，乃令五窮鬼損其福，五屬鬼奪其
算。馗赴京，旅次疕瘧，及稍愈，由徑道往長安。夜抵陰山窮
谷中，為眾鬼所困，變易形狀，紺髮墨面，叢生怪鬚，塞土於
口而去。馗入京就試，獲中會元。殿試之時，以貌醜被黜。自
觸殞身，大鬧酆都。奏知玉帝，玉帝憫其正直無私，懷才淪
落，封為驅邪斬祟將軍，領鬼兵三千，專管人間祟鬼屬氣。

　　初馗之赴舉也，平厚賙其家，且使婢為其妹役，馗深感
之。平以貿易入都，馗方登第，以妹許平。未及嫁而馗為神。
時天子御朝，八方王子萬里入貢，云睹五道祥雲，輝映中國。
而其時適三月不雨，有旨問袁天罡。天罡云：五雲之瑞，應在
五人。及召平等入見，平訟馗冤，請為立廟褒封，三日甘霖必
沛。乃贈馗狀元，而令平等禱雨。如期雨降，遂拜平天下五路
大總管。馗踐前約，親率眾鬼，笙簫鼓樂燈火車馬，自空而
下，以妹嫁平。五人復受玉帝之敕，為五路大將軍，又令多寶
天尊，賜以天女繡花雲蟒五件、辟邪金盔五頂。其僕招財、利
市，俱得並封[46]。

　　此劇把鍾馗故事與五路財神故事結合起來，財神掌管人間利祿，
而鍾馗驅除邪祟，人間富足安樂，天下太平，表達了作者的美好理想。

---

46 〔清〕黃文暘：《曲海總目提要》（天津市：天津古籍書店，1992年影印本），卷二
　　一，頁959。

　　康熙年間沈玉亮的《鍾馗嚇鬼》、蒲松齡的《鍾馗慶壽》也是以鍾馗故事為題材的劇作。沈玉亮的劇作已佚，劇情不詳。蒲松齡的劇作，未見著錄，今存鈔本。劇中鍾馗才華出眾，卻因相貌不揚而被黜落。鍾馗悲憤之下，撞金階而死，死後被封為判官。鍾馗認為人間的貧賤愁苦都是鬼魅作祟而致，發誓若遇魑魅魍魎，必吞食之。鍾妹在鍾馗生日時，送兩鬼為賀儀，鍾馗叫廚房烹鬼做菜，用來佐酒。

　　從上面劇作中的鍾馗故事可知，戲曲作家在利用民間傳說進行創作的同時，又充分發揮自己的想像，使得鍾馗傳說變得豐富多彩。

二　其他驅邪除妖、鬥法禳解故事劇

　　驅邪除妖、鬥法禳解之類的劇作除了上面介紹的劇作外，還有其他一些不成系列的劇作。下面對之作簡單的介紹。

1　元李取進的《神龍殿欒巴噀酒》

　　李取進此劇寫神仙欒巴神通顯化故事劇。此劇《錄鬼簿》著錄，劇本佚，趙景深《元人雜劇鉤沉》[47]輯存《雙調》一套、《南呂宮》一套。欒巴故事最早出現在葛洪的《神仙傳》卷五：

> 　　欒巴者，蜀郡成都人也。少而好道，不修俗事。時太守躬詣巴，請屈為功曹，待以師友之禮。巴陵太守曰：「聞功曹有道，寧可試見一奇乎？」巴曰：「唯。」即平坐，卻入壁中去，冉冉如雲氣之狀，須臾失巴所在。壁外人見化成一虎，人並驚，虎徑還功曹舍。人往視虎，虎乃巴成也。後舉孝廉，除郎中，遷豫章太守。廬山廟有神，能於帳中共外人語，飲酒空

---

47 趙景深：《元人雜劇鉤沉》（北京市：古典文學出版社，1956年）。

中投杯。人往乞福，能使江湖之中，分風舉帆，行各相逢。巴至郡，往廟中，便失神所在。巴曰：「廟鬼詐為天官，損百姓日久，罪當治之。」以事付功曹，巴自行捕逐。若不時討，恐其後游行天下，所在血食，枉病良民，責以重禱。乃下所在推問山川社稷，求鬼踪迹。此鬼於是走至齊郡，化為書生，善談五經，太守即以女妻之。巴知其所在，上表請解郡守往捕，其鬼不出，巴謂太守：「賢婿，非人也，是老鬼詐為廟神。今走至此，故來取之。」太守召之不出。巴曰：「出之甚易！請太守筆硯奏案。」巴乃作符，符成，長嘯，空中忽有人將符去，亦不見人形。一坐皆驚。符至，書生向婦涕泣曰：「去必死矣。」須臾，書生自齎符來至庭，見巴不敢前。巴叱曰：「老鬼何不復爾形。」應聲即便為一狸，叩頭乞活。巴敕殺之，皆見空中刀下，狸頭墮地。太守女已生一兒，復化為狸，亦殺之。巴去還，豫章郡多鬼，又多獨足鬼，為百姓病。巴到後更無此患，妖邪一時消滅。

後徵為尚書郎。正旦大會，巴後到有酒容，賜百官酒，又不飲，而西南向噀之。有司奏巴不敬，詔問巴。巴曰：「臣鄉里以臣能治鬼護病，生為臣立廟。今旦有耆老皆來臣廟中享臣，不能早飲之，是以有酒容。臣適見成都市上火，臣故漱酒為爾救之，非敢不敬。當請詔問，虛詔抵罪。」乃發驛書問成都，已奏言正旦食後失火，須臾有大雨三陣，從東北來，火乃止，雨著人皆作酒氣。後一旦忽大風雨，天地晦冥，對坐不相見，因失巴所在。尋問巴還成都，與親故別，稱不更還。老幼皆於廟中送之，云去時亦風雨晦冥，莫知去處也。[48]

---

48 〔晉〕葛洪《神仙傳》，見《叢書集成》初編3348冊（北京市：中華書局，1991年），頁35-36。

　　《神仙傳》中欒巴有法術能治鬼醫病，斬狸、噀酒救火是他的主要神迹。其中斬狸的情節與許旌陽斬蛟情節大體一致，估計因欒巴曾為豫章太守，而許旌陽於豫章得道，後人遂把欒巴斬狸情節移接到許旌陽斬蛟上。欒巴「噀酒救火」神迹，則移植了干寶《搜神記》卷二中樊英噀水救火故事[49]。宋陳光葆的《三洞群仙錄》中欒巴只有「斬狸」故事，而「噀酒」則是樊英故事。元趙道一《歷世真仙體道通鑒》卷十五也有詳細的記載。李取進此劇取材於欒巴的傳說，當演欒巴斬狸、噀酒救火故事。

2 元王曄的《破陰陽八卦桃花女》

　　王曄的《破陰陽八卦桃花女》演周公與桃花女鬥法爭勝故事。此劇《錄鬼簿》著錄[50]，《錄鬼簿續編》「失載名氏」雜劇中有《桃花女》，題目正名作「祭北斗七星老籛篷，破陰陽八卦桃花女」。《太和正音譜》未著錄王曄劇作，在「古今無名雜劇」中著錄《智賺桃花女》。今《元曲選》存《桃花女破法嫁周公》，不題著者名，題目為「七星官增壽延彭祖」，正名為「桃花女破法嫁周公」。隋樹森以之歸王曄。劇中周公算卦三十年無差，算準石留住、彭祖死期，卻被心地善良的桃花女一一禳解。周公得知原委後，逼彭祖送聘禮，想借為兒娶妻害死桃花女。婚禮中，周公多次設計害桃花女，但被桃花女一一禳解。桃花女以德報怨，最後一家和好。劇中桃花女被周公屢屢相逼，幾至喪失性命，但最後仍嫁給周家，這反映了封建社會女性的悲慘命運。

　　桃花女與周公鬥法故事在清代地方戲中多有改編演出。乾嘉年間

---

49 干寶《搜神記》卷二〈樊英〉：樊英隱於壺山，嘗有暴風從西南起，英謂學者曰「成都市火甚盛。」因含水嗽之，乃命計其時日。後有從蜀來者云：「是日大火，有雲從東起，須臾大雨，火遂滅。」見《漢魏六朝筆記小說大觀》，頁289。

50 按天一閣本《錄鬼簿》不載此目。

的焦循在《劇說》中云:「近安慶『梆子腔』劇中,有《桃花女與周公
鬥法》、《沉香太子劈山救母》等劇,皆本元人。」[51]從焦循的記述來
看,清乾嘉年間梆子腔中的桃花女故事與元劇仍相去不遠。隨著時代
的發展,人們的觀念也逐漸發生變化,桃花女最後委屈嫁周家的結局
被改變。山東柳琴戲《八卦陰陽鬥》劇中,周公因桃花女破其法,尋
桃花女鬥法,連以九十六卦相問,桃花女對答如流,周公因而動武,
二人殺得難分難解,最後在仙人李洪的勸解下和解,入深山修道[52]。
寧夏秦腔劇目《火裏桃花》中周公乃道貌岸然、假借占卜救世的騙
子,他的伎倆被民女桃花揭穿後,惱羞成怒,動用天兵加害桃花女,
在見桃花女安然無恙後當場氣死[53]。徽劇傳統劇目《桃花女與周公鬥
法》(又名《反八卦》)中周公、桃花女乃真武神的刀、鞘下凡投胎。
周公因桃花女破他的八卦,多次施法加害,皆為桃花女識破。全劇四
十多折,故事離奇,情節複雜,以八卦貫穿,通過周公用八卦法,桃
花女巧破來推動劇情[54]。

　　桃花女與周公鬥法故事中所反映的是「禳解神煞」之法,禳解神
煞之法自古有之,是一種「觀文察變考驗陰陽五行生尅之理,以趨吉
避凶」之法,「盛於漢魏而管輅、郭璞之術為尤著」[55]。這種禳解之
法,現在一些地方的婚娶猶有用之。

　　此外,明包胤祺的《采真記》,無名氏的《享千秋》、《大聖收魔》、
《華光顯聖》等劇也是除魔鬥法故事劇,因劇本不存,此不多及。

---

51 〔清〕焦循:《劇說》,見《中國古典戲曲論著集成》(北京市:中國戲劇出版社,
　　1959年),第八冊,頁95。

52 參《中國戲曲志》〈山東卷〉(北京市:中國ISBN中心,1994年),頁138。

53 參《中國戲曲志》〈寧夏卷〉(北京市:中國ISBN中心,1996年),頁89。

54 參《中國戲曲志》〈安徽卷〉(北京市:中國ISBN中心,1993年),頁194。

55 〔清〕黃文暘:《曲海總目提要》卷四(天津市:天津古籍書店,1992年影印本),
　　頁130。

第四節　神聖與邪惡的較量

　　善惡觀念是千百年來世俗百姓價值判斷的重要標準，神聖與邪惡、忠良與奸佞是由善惡孳生出來的觀念，而禍福則是善惡產生的必然結果。這種觀念在中國古代戲曲小說中有著廣泛的影響，神仙驅邪除魔劇裏所反映的就是善與惡、神聖與邪惡的鬥爭。在這種鬥爭背後隱藏的是人們征服自然、解除現實痛苦的理想。

　　自然是人類生存的依賴，同時又是人類苦難的來源之一。弗洛伊德認為人生苦難有三個根源：自然、我們自身和社會生活的不健全，自然就是其中之一[56]。人們與自然休戚相關，強烈依賴於農作物的生長，然而人們對自然現象缺乏了解，面對自然災害無能為力。由於人們對自然現象不了解、對自然災害無能為力，人們一方面把自然現象當成與人一樣有靈性的神靈，認為這些神靈像人一樣都有著某種欲求，只要對之頂禮膜拜，滿足他們的欲求，就可以換取他們的保護與恩賜。天上的日月星辰、風雨雷電，地上的山脈河流、草木泉石都成為人們崇拜的對象，出現了日神、月神、星辰之神、山神、河神、風神、雨神、雷神、門神、灶神、廁神、井神等眾多神祇，幾乎所有主要的自然物和自然現象都曾經在不同情況下被當作一種人格化的超自然存在而受到崇拜。另一方面，人們又在不斷地了解自然，期求征服自然。神仙驅邪除魔劇裏，二郎神擒天上魔、斬水中蛟、收山中妖，哪吒收服天魔女、地魔女、運魔女、色魔女，張天師混元盒收石精、虎精、蟒精、狐精、蝎子精等，這些都曲折地反映了人們征服自然、改善生活環境的理想。

　　在諸多自然災害中，水災是人們最感無奈，也是威脅最大的自然

56　〔英〕布賴恩・莫里斯著，周國黎譯：《宗教人類學》（北京市：今日中國出版社，1992年），頁222。

災害。在古人眼裏，水災的發生是蛟龍作怪產生的，蛟精是自然災害的象徵，也是邪惡勢力的象徵。戲曲中，灌口蛟精「翻江攪海」，喜怒無常，怒時風雹亂下，傷損禾稼，損壞船隻，讓人們五穀難收，屍橫水面[57]。鄱陽湖的蛟精也是「混海翻江作浪潮，張牙舞爪出波濤。敢同巨蟒爭湖海，不忿蒼龍上碧霄。喜來水定風波靜，怒後興雲起電雹。損害生靈施惡躁，爭潭競窟逞英豪。作怪成精裝秀士，滿身鱗甲怕人瞧。腥風拂面施威勢，一心纏擾女妖嬈」，「出潭沖塌江河岸，翻身振倒水晶宮」[58]。這些蛟精神通廣大，變化多般。灌口龍母因李冰鑿離堆，壞了牠的巢穴，因而「駕起風雷雨電」，變成人身與李冰廝殺[59]；鄱陽湖蛟精變黃牛臥在沙洲欲害許真人，在被吳猛砍傷後，又變儒生入贅長沙賈家，欺騙了善良的賈家。他們是危害人民生命財產安全的強大邪惡勢力。

　　面對蛟精的橫行，人們塑造了二郎神、許真人，他們不但神通廣大，而且正直愛民。《灌口二郎斬健蛟》雜劇中，趙昱性格忠良，胸懷寬廣，為官時減差徭，薄稅斂，嘉州一郡田疇廣盛，禾稼豐穰，人民安康。因為忠直守志，德性溫良，正直中和而白日飛昇成仙。為神後仍不忘嘉州人民為蛟精所害，奉敕命，使神通，擒健蛟斬殺之為民除害。《灌口二郎初顯聖》雜劇中，李冰因「江水泛漲，傷害居民」，率民開鑿離堆，為民造福。公子李二郎神通廣大，利用鐵彈、鷹犬制服蛟龍母子，鎖之離堆之下，命之約勒江波，分水灌溉農田。《許真人拔宅飛昇》劇中許真人慈悲憫世，為縣令時，為了解救牢獄中無力納糧的百姓，使神通點瓦石為金，埋於院中，讓百姓得錢還糧。百姓稱他「端的清似水，明如鏡，上不虧公，下不損民」，是人民理想的

---

57 〔明〕無名氏：《灌口二郎斬健蛟》第一、二折，見《孤本元明雜劇》。

58 〔元〕無名氏：《許真人拔宅飛昇》第二折，見《孤本元明雜劇》。

59 〔清〕楊潮觀：《灌口二郎初顯聖》，見《吟風閣雜劇》（北京市：中華書局，1963年）。

父母官。後因世上為官多損害百姓，欺瞞上官，因而棄官歸山，修養仙道。遊方時，隨路「誅蛇戮蟒，斬魅除妖」，救度萬民。到鄱陽湖邊，見蛟精為害，投符籙水中，頓時間湖水變得滾水一般，逼出蛟精。蛟精化黃牛，欲害他，他剪紙為黑牛前去與之相鬥，讓吳猛仗劍斬之。蛟精受傷後，逃到長沙化為儒士，入贅賈家。許真人又追到長沙，蛟精現原身躲入深潭後，許真人以法術神通把蛟精鎖於井中。在他的身上，有一種除惡務盡的精神。二郎神、許真君斬蛟除害，反映了人們征服水患的理想。

　　自然是人類苦難的根源之一，但人類絕大多數的苦難並不是來源於自然而來自社會關係。社會關係的不健全導致戰爭、社會集團間的衝突以及精神壓抑，中國古代的人們雖然沒有明確地意識到這一點，但從他們所關心的問題中曲折地反映出來。

　　《二郎神醉射鎖魔鏡》、《二郎神鎖齊天大聖》、《爭玉板八仙過海》通過神魔之間的戰爭，反映了人們神聖戰勝邪惡的戰爭觀念。《鎖魔鏡》雜劇中二郎神與哪吒比試武藝時，誤中天獄的鎖魔鏡，逃出了犯天條的牛魔王與金睛百眼鬼，二郎神、哪吒奉法旨，率天兵，擒拿二魔。哪吒「三頭六臂顯神威」，二郎神「神通廣大，變化多般。身長萬餘丈，腰闊數千圍，面青髮赤，巨口獠牙」，二人齊心合力，擒伏二魔。《二郎神鎖齊天大聖》雜劇中，齊天大聖與哥哥通天大聖、弟弟耍耍三郎，神通廣大，變化多般。他們喜怒無常，「喜來霧斂雲收，怒後興風作浪。扳折太岳高峰頂，攪亂東洋大海波」，「輕輪鐵棒，攀藤攬葛鬼神驚，怒逞雄威，走石飛沙天地暗」[60]。他們久佔花果山千百年，三界神祇不敢與之鬥勝。齊天大聖化仙童偷太上老君丹藥以及御廚仙酒到花果山享用，觸犯天條，乾天大仙舉薦二郎神前去征剿。二郎神剛聽到乾天大仙舉薦他去征剿時，對齊天大聖的神

---

60 〔明〕無名氏：《二郎神鎖齊天大聖》第三折，見《孤本元明雜劇》。

通心存懼意：「齊天大聖神通廣大，變化多般，小聖難以和他鬥勝也。」但因為是上帝法旨，作為國家正神，理該為國分憂，也就抖起精神，召集手下七聖將一起前去擒拿齊天大聖。七聖將個個「神通廣大，變化多般」，「怒來摧山斷嶺，喜來風靜天晴」，上帝因為他們「勇猛正直」，讓他們鎮壓梅山之境。因為齊天大聖法力高強，變化無常，上帝又差巨靈神前去助戰。巨靈神「膀闊身長數丈高，金睛赤髮怒沖霄，肩擔月樣開山斧，太華山峰用手搖」，神通廣大，法力高強。天兵人人勇烈，個個威風，戈甲鮮明，槍刀燦爛，威嚴而齊整，在二郎神、巨靈神的帶領下戰勝了齊天大聖。劇本在宣揚正義戰勝邪惡思想的同時，也有著很濃的封建正統觀念。

《八仙過海》[61]寫的是八仙與東海龍王為代表的水仙之間的爭戰。龍王本來是民俗信仰之神，後來被道教吸收，成為道俗共祭的神仙。劇中南海龍王的上場詩中有「恭承玉帝三清命，久居大海作龍王」之語，也說明了這一點。八仙與龍王之間的爭鬥，應是道教內部不同派別之爭。但從劇中鍾離權向太上老君求助時所說的「我等恐怕不能取勝，折了俺道門志氣。特告祖師憐憫，救度小道八人，以顯道法高強」之語來看，似乎又不是道教內部之爭，而是道教神仙與世俗神仙之間的一次爭戰。這次爭戰起因於東海龍王之子摩揭貪寶、搶奪藍采和雲陽板的不正當行為，結果摩揭被殺，東海龍王帶兵前去與八仙爭鬥，又被大敗。東海龍王誓報殺兒之仇，求助於天地水三官，三官也不辨情由，答應出兵助戰，造成天仙與水仙大戰。東海龍王為代表的水仙勢力強大，特別是天地水三官助戰後，有數百萬之眾，更顯陣容強大。相比之下，八仙人單力薄，但他們個個道法高強，擁有威力無比的法寶。過東海時，曹國舅踏笊籬、湘子用花籃、鐵拐李用鐵拐、鍾離權用芭蕉扇、徐神翁用鐵笛、張果老用藥葫蘆、藍采和用玉

---

61 〔明〕無名氏：《爭玉板八仙過滄海》，見《孤本元明雜劇》。

板、呂洞賓踏寶劍，各顯神通。在藍采和玉板被搶，人被拖入水中之後，鍾離權用金丹照出藍采和的所在。而鍾離權的火葫蘆放在海中，使了法，持了咒，可以一個變十個，十個變百個，百個變千個，千個變萬個，可以燒乾東海之水。呂洞賓寶劍也法力無窮，撇向空中，也可以一口變十口，十口變百口，百口變千口，千口變萬口，從天而落，殺得東海龍王軍隊大敗逃亡。在移山、攪海、翻江、齊天、通天五大聖及群仙的幫助下，殺敗了有天地水三官助戰的東海龍王。

　　由於摩揭的貪寶、東海龍王的偏袒護短、天地水三官的不辨情由，導致了這次大的爭戰，使無數生靈塗炭。八仙是正義的一方，他們要求拿回自己的物品，是合情合理的正當要求，他們的勝利是正義的勝利。

　　在諸多的社會問題中，婚姻愛情問題是人們最關心的問題之一。在封建社會，男女之間沒有自由相愛的權力，「父母之命，媒妁之言」，使無數的青年男女所配非人，為情所困。青年男女之間的真摯愛情被人們看作是邪惡的，把他們沉迷於其中看成被妖精迷惑。天師、真人的降妖伏魔本領在面對邪惡情緣時大顯神威。

　　《張天師斷風花雪月》[62]雜劇中張天師利用符籙法術判處了一椿仙凡愛情。陳世英一曲瑤琴救月宮一難，桂花仙子為報陳世英之恩而下凡與之相會，並相約來年八月十五再會。「三十三天離恨天最高，四百四病相思病最苦。」桂花仙子與陳世英的一夜之情，使得陳世英害相思病，一病不起。張天師設壇場，使神通，勾花月之妖前來問訊，得知桂花仙子思凡之情，最後把一干人等發到長眉仙處。張天師、長眉仙都勾陳世英魂魄到場看仙子被判之惡境，讓他內心省悟，脫離相思苦海。在劇作家看來，桂花仙子是月宮之仙，陳世英是濁骨凡胎，他們之間的愛情注定得不到好的結果。但作者仍未把桂花仙子

---

62 〔元〕吳昌齡：《張天師斷風花雪月》，見臧晉叔編：《元曲選》第一冊。

當成邪惡的妖精，而是通過長眉仙之口，認為桂花仙子雖然思凡，但為報恩而去，況且她久居月殿，從無匹配，情亦有可原，姑且不問。明朱有燉的《張天師明斷辰鈎月》[63]也是以陳世英故事為題材的劇作。但作者把桂花仙子思凡，改成桃花仙子假扮嫦娥之名前去引誘陳世英。月宮嫦娥是太陰至精之氣，「豈有私凡之心」？嫦娥感陳世英救月宮之難，但並未下凡報恩，感情十分純正：「待將玉兔長生藥報那秀才恩去，想天仙凡人，怎生有一同說話的理？若有仙分，我告一位神仙，度脫他成仙，看了他又無仙分。如今只分付東岳一聲，多與他些陽壽者。」桃花仙子假冒嫦娥之名前去與陳世英婚配，目的是「假他精神，堅根固本」，是邪惡行為。張天師除妖去怪，維護了神仙世界的純潔。《桃符記》雜劇也是以法師除妖為內容。桃符日久成精，幻化成美女門東娘、門西娘，與書生閣英相會成親。閣英因此染病不起。太乙仙用三道符籙使閣英省悟，使妖怪現形，讓鍾馗擒來罰入地獄受苦。《碧桃花》雜劇中，薩真人所判的是張道南與徐碧桃之間的人鬼戀情。但因為徐碧桃與張道南有夙緣，而且她還有二十年陽壽未盡，薩真人法外施恩，讓碧桃借妹妹身體還魂，讓不合法的愛情得到合法的地位。

在古人的意識中，仙是純陽之體，與之交則陽長陰消，健康長壽；而妖怪鬼魅是純陰之體，與之交則陽消陰長，損壽、多病乃至死亡。陳世英與桃精交、閣英與桃符精交、張道南與鬼魂交都染病不起，醫藥無效，其中就反映了這種觀念。

《時真人四聖鎖白猿》雜劇所寫的是妖精霸佔人妻子的惡姻緣。烟霞大聖神通廣大，法力高強，「佔斷烟霞萬里峰，任吾來往自縱橫，爬山過嶺施英勇，翻江攪海顯神通，騰雲駕霧昇狂雨，走石吹沙起怪風」[64]。他化沈璧模樣，霸佔了沈璧妻子及家產，沈璧回來時，

---

63 吳梅：《奢摩他室曲叢》本。
64 王季烈：《孤本元明雜劇》。

他不但不退讓，反而打倒沈璧，限沈璧三日之內把嬌妻幼子田產物業全部給他。沈璧請法官作法，不但奈何不了他，反而被他扯碎符籙，摔碎香爐，趕走沈璧。時真人因沈璧三輩兒奉道，平日裏恤孤憐貧，有善心，救沈璧，贈信香、符籙，並遣斗口四將除妖，使他一家再得團圓。《搜神後記》中有一則與時真人鎖白猿大致相同的故事：

> 太叔王氏，後娶庾氏女，年少色美。王年六十，常宿外，婦深無欣。後忽一夕見王還，燕婉兼常。晝坐，因共食。奴從外來，見之大驚。以白王。王遽入，偽者亦出。二人交會中庭，俱著白帢，衣服形貌如一。真者便先舉杖打偽者，偽者亦報打之。二人各敕子弟，令與手。王兒乃突前痛打，是一黃狗，遂打殺之。王時為會稽府佐，門士云：恆見一老黃狗，自東而來。其婦大恥，病死[65]。

在這則故事中，黃狗化人與庾氏女交，與《時真人四聖鎖白猿》只略有不同。劇中沈璧泛海經商常數年不歸，妻子在家獨守空房，白猿有機可乘；《搜神後記》中王氏年六十，常常外宿，其妻年少色美，黃狗乘機親近。烟霞大聖與沈妻、庾氏與黃狗之間的惡姻緣，實際上反映的是年輕貌美女子婚姻不幸，尋求外遇的現實。

張天師、薩真人、太乙仙、時真人用神通法術去妖除怪，維護了正常的社會秩序。

《桃花女破法嫁周公》雖然以鬥法為內容，但不同於張天師、時真人等人的除妖去怪，是一本以鬥法為內容的特殊婚姻題材劇。周公自幼攻習周易，自稱神算無差，但桃花女法勝一籌，使他懷恨在心。他強逼彭祖為他送定禮，選凶神惡煞日迎親，想通過娶親致桃花女於

---

65 〔晉〕陶潛：《搜神後記》卷九，見《漢魏六朝筆記小說大觀》，頁480。

死地，以達到維護自己至尊地位的邪惡目的。桃花女法術高強，心地善良，用法術使石婆婆老年有所依靠，讓年老的彭祖長壽，面對周公的邪惡用心，她一一解禳，平安無恙。周公起心害人，反害自己，最後桃花女以德報怨，救活周公全家。桃花女的勝利，是正義對邪惡的勝利。劇本在鬥法之外，還深刻地反映了封建婚姻制度的殘酷性。

神仙驅邪除魔劇通過神仙真人驅邪除魔故事，曲折地反映了世俗百姓征服自然、戰勝病魔、維護正常生活秩序的理想。

第七章
神仙慶壽喜慶劇

　　神仙是人們生存理想的反映，他們神通廣大、長壽富足，而且有著濟世度人的慈悲胸懷，他們帶給人們的是健康長壽與吉祥幸福。在人們這種心理的影響下，古典戲曲中出現了許多以神仙下凡慶賀人世壽辰、佳節為內容的劇本，這些劇本從多方面反映了人們祈求太平、長壽的夢想。

第一節　神仙慶壽喜慶劇述略

　　喜慶節日、壽辰表演神仙故事淵源甚古。南朝梁周舍的《上雲樂》[1]中，西方老胡文康「遨遊六合」，曾赴崑崙瑤池之宴，曾喝王母所贈玉液瓊漿，因而「壽如南山，志若金剛」，他帶著一班門徒祝皇上「壽千萬歲，歡樂未渠央」。從詩中所寫的內容來看，應是祝壽表演。唐李白的《上雲樂》[2]也敘述著這個故事，詩結尾有「拜龍顏，獻聖壽，北斗戾，南山摧，天子九九八十一萬歲，長傾萬歲杯」之語，祝壽之意更為明顯。這類詩詞在唐詩宋詞中屢見不鮮，它們傳承著神仙降吉祥喜慶的信仰，這種信仰也為戲曲所繼承。

一　宋元時期的神仙慶壽喜慶劇

　　戲曲一出現於宋金時期，神仙慶壽喜慶劇就在宋金雜劇院本劇目

1　〔宋〕郭茂倩：《樂府詩集》卷五十一（北京市：中華書局，1979年），頁746。
2　同前註，頁747。

中出現。現存的宋金雜劇院本劇目中有許多神仙故事劇，可以確定為神仙祝壽喜慶類的有《宴瑤池饗》、《瑤池會》、《蟠桃會》、《王母祝壽》、《八仙會》[3]五種。另外，宋周密的《武林舊事》卷一「天基聖節排當樂次」第十九盞有「傀儡群仙會盧逢春」，這應是由盧逢春用傀儡來表演群仙會故事。同書卷三迎新篇中有「木床鐵擎為仙佛鬼神之類，駕空飛動，謂之臺閣」[4]的記載，可見神仙故事表演已成為壽辰、喜慶節日演出的重要內容。

金元時期，全真教興盛，元雜劇中出現了大量的神仙道化戲，但這些神仙道化戲大都以神仙度世為內容，只有鍾嗣成的《宴瑤池王母蟠桃會》、無名氏的《王母蟠桃會》戲文屬於神仙慶壽的範疇。鍾嗣成的《宴瑤池王母蟠桃會》，《錄鬼簿續編》著錄，劇本佚。《王母蟠桃會》戲文，《九宮正始》注為「元傳奇」，《宋元戲文輯佚》輯存殘曲三支。此劇《寒山堂曲譜》作《西池宴王母瑤臺會》，注云：「前明鈔本，原題敬先書會合呈。」可見此劇是當時敬先書會才人所作的慶壽劇。元人創作的神仙慶壽劇見之記載的僅此二種，那元及明初人的慶壽演出情況如何呢？明初朱有燉在〈瑤池會八仙慶壽引〉中說：「慶壽之詞，於酒席之中，伶人多以神仙傳奇為壽。然甚有不宜用者，如《韓湘子度韓退之》、《呂洞賓岳陽樓》、《藍采和心猿意馬》等體，其中未必言詞盡皆善也。」[5]從朱有燉的〈瑤池會八仙慶壽引〉來看，明初以前的慶壽演出中「伶人多以神仙傳奇為壽」，其中就有《韓湘子度韓退之》、《呂洞賓岳陽樓》、《藍采和心猿意馬》等劇。這些劇本之所以被朱有燉認為「不宜用」，估計是這些劇本宣揚了人生如夢的消極思想，讓人覺得不吉利的緣故。吳梅在《八仙慶壽跋》中

3　參譚正璧：《話本與古劇》（上海市：上海古籍出版社，1985年），頁204、216。

4　〔宋〕周密：《武林舊事》（北京市：古典文學出版社，1956年合訂版）。

5　吳梅：《奢摩他室曲叢》，上海涵芬樓印行本。

亦云：「清嘉、道間，官場忌演《邯鄲夢》，以為不吉也。」[6]從中約
略可見明清觀眾的接受心態。在這種心態的影響下，以神仙慶壽、慶
賀佳節等吉祥喜慶類戲曲大量出現。

二　明代文人創作的神仙慶壽喜慶劇

　　明代，人們在慶賀壽誕及喜慶節日時，多喜歡表演神仙故事劇。
從現存的零星記載來看，當時所表演的神仙劇作內容多樣，如龍膺為
母親壽辰撰寫了《藍橋記》傳奇、祁彪佳母親壽辰演《鵲橋記》傳奇
等。此外，吳德修的《偷桃記》，無名氏的《恩榮記》、《蟠桃會》、
《祝壽記》、《祝福記》等傳奇也都是人們喜愛的吉祥喜慶的神仙故事
劇。《藍橋記》、《鵲橋記》二劇是裴航雲英、牛郎織女神仙愛情故事
劇，詳見後文。《蟠桃會》傳奇與《恩榮記》故事大致相同，演陳摶
故事，劇本今存懷寧曹氏鈔本。劇中陳摶「子秉忠為司諫，孫一鳳為
狀元」，百歲壽辰時，東方朔偷桃前來祝壽。劇本表現了「富貴神仙
福祿壽考」的主旨，是一本「喜筵吉席，隨地相宜，可供演唱」[7]的
劇本。《祝壽記》傳奇見《時興滾調歌令玉谷調簧》，《祝福記》今存
舊鈔本，二劇未獲見。

　　相比傳奇來說，明雜劇中的神仙慶壽劇作品要多得多。其中既有
文人創作的雜劇，也有教坊藝人編演的內廷供奉雜劇。文人創作的劇
作主要有：
　　一、朱有燉《福祿壽仙官慶會》（《今樂考證》著錄，今存明宣德間
　　　　原刊本）；

6　吳梅：〈八仙慶壽跋〉，見《中國古典戲曲序跋彙編》（濟南市：齊魯書社，1989年），
　　頁820。
7　〔清〕黃文暘：《曲海總目提要》（天津市：天津古籍書店，1992年影印本），卷三
　　十一，頁1368。

二、朱有燉《群仙慶壽蟠桃會》(《今樂考證》著錄，今存明宣德間原刊本)；

三、朱有燉《瑤池會八仙慶壽》(《今樂考證》著錄，今存明宣德間原刊本)；

四、朱有燉《河嵩神靈芝慶壽》(《今樂考證》著錄，今存明宣德間原刊本)；

五、祁麟佳《慶長生》(《遠山堂劇品》著錄，劇本佚)；

六、楊維中《偷桃獻壽》(《遠山堂劇品》著錄，劇本佚)；

七、許自昌《瑤池宴》(《傳奇匯考標目》別本著錄，劇本佚)；

八、無名氏《東方朔》(《遠山堂劇品》著錄，劇本佚)；

九、無名氏《種松堂慶壽茶酒筵宴大會》(未見著錄，存明《茶酒爭奇》本)；

十、無名氏《諸仙慶壽記》(《寶文堂書目》著錄，劇本佚)；

十一、無名氏《蟠桃三祝》(《讀書樓書目》著錄，劇本佚)；

十二、無名氏《蟠桃宴》(《寶文堂書目》著錄，劇本佚)。

以上所列的劇目中，《慶長生》、《偷桃獻壽》、《東方朔》、《諸仙慶壽記》、《蟠桃宴》、《蟠桃三祝》劇本均佚，但從題目仍可確定為神仙慶壽劇。祁麟佳的《慶長生》，《遠山堂劇品》有語云：「太室作此以壽母，一幅神仙逍遙圖。」楊維中的《偷桃獻壽》是北曲雜劇，《遠山堂劇品》認為此劇「未得北詞之致，聊敷衍以供壽筵耳」[8]。《種松堂慶壽茶酒筵宴大會》，未獲見。明嘉靖年間刊刻的《風月錦囊》卷二十收有〈八仙慶壽〉中的「蓬萊三島」、「眾仙慶壽」二套，從「蓬萊三島」套中有「人生七十古來稀，幸得身安是便宜」之語[9]，似為人七十壽辰祝壽之劇，不知摘自何劇。

8　〔明〕祁彪佳：《遠山堂劇品》，《中國古典戲曲論著集成》(北京市：中國戲劇出版社，1959年)，第六冊頁165、189。

9　孫崇濤、黃仕忠：《風月錦囊箋校》(北京市：中華書局，2000年)，頁554。

　　朱有燉是明初著名的雜劇作家，他的劇作全都保存下來。朱有燉
的封地在開封，他所寫的劇本多與河南風物有關，在當時影響很大。
錢謙益云：「王遭世隆平，奉藩多暇，勤學好古，留心翰墨。（中略）
制《誠齋樂府傳奇》若干種，音律諧美，流傳內府，至今中原弦索多
用之。李夢陽〈汴中元宵〉絕句云：『中山孺子倚新妝，趙女燕姬總
擅場。齊唱憲王新樂府，金梁橋外月如霜。』出今日思之，東京夢華
之感，可勝道哉。」[10]他的劇本大多為神仙道扮、義夫節婦以及勸人
為善、歡樂太平之類。除上面所列的四種神仙慶壽劇外，他的《十美
人慶賞牡丹園》、《天香圃牡丹品》、《四時花月賽嬌容》、《呂洞賓花月
神仙會》、《東華仙三度十長生》、《洛陽風月牡丹仙》、《南極星度脫海
棠仙》、《神後山秋獮得騶虞》、《紫陽仙三度常椿壽》等劇也都是吉祥
喜慶劇。《十美人慶賞牡丹園》、《天香圃牡丹品》、《四時花月賽嬌
容》、《洛陽風月牡丹仙》、《南極星度脫海棠仙》等劇是賞花宴飲時演
出的劇本，劇中貫穿的是歡樂太平思想。《呂洞賓花月神仙會》、《東
華仙三度十長生》、《紫陽仙三度常椿壽》三劇都以度脫開始，以慶壽
結束。《神後山秋獮得騶虞》則以永樂年間鈞州神後山出現禎祥之物
騶虞，捕獲後進獻朝廷一事為內容，是一種歌功頌德劇。《福祿壽仙
官慶會》、《群仙慶壽蟠桃會》、《瑤池會八仙慶壽》、《河嵩神靈芝慶
壽》四劇以神仙慶壽為主要內容，表達作者祈求健康長壽的願望。
　　〈群仙慶壽蟠桃會〉[11]是朱有燉宣德四年五十歲生日時所寫。他
在〈群仙慶壽蟠桃會引〉中說：

　　　　自昔以來，人遇誕生之日，多有以詞曲慶賀者，筵會之中，以
　　　　效祝壽之忱。今年值初予度，偶記舊日所制南呂宮一曲，因續

---

10 〔清〕錢謙益：《列朝詩集小傳》乾集下（北京市：古典文學出版社，1957年）。
11 吳梅：《奢摩他室曲叢》本，上海涵芬樓印行本。

成傳奇一本，付之歌，唯以資宴樂之嘉慶耳。宣德歲在己酉正
月良日書。

　　從他的小引可知，作者此劇的目的在於求吉祥喜慶。劇本開頭的
詩也明顯地表現了這種思想：「華堂今日玳筵排，感得群仙赴會來。
壽酒香浮春色動，宮花紅映曉雲開。九華瑞露凝金殿，千歲蟠桃獻玉
階。南極星明增福壽，禎祥喜慶滿樓臺。」劇敘瑤池上蟠桃果熟，適
逢人間千秋壽旦，金母派金童玉女請東華木公、南極星君及眾仙真慶
賞蟠桃，並一同下凡獻桃祝壽。董雙成、許飛瓊奉命看守蟠桃，東方
朔扮靈龜、仙鶴偷桃，被二仙女拿住，押見金母。東華仙、南極星、
八仙及眾仙真前來赴會，高捧蟠桃下凡祝壽。此劇趙清常鈔本後題
「乙卯孟秋六之日校內本」，可見此劇民間、內府都有演出。

　　《瑤池會八仙慶壽》是朱有燉宣德七年冬所作。作者有感於伶人
喜歡演神仙傳奇慶壽，而神仙傳奇又多有不宜用者，因而「制《蟠桃
會》、《八仙慶壽》傳奇，以為慶壽佐樽之設，亦古人祝壽之意耳」。
劇本今存明宣德間原刊本、脈望館鈔校本、《奢摩他室曲叢》本。《奢
摩他室曲叢》本題《新編瑤池會八仙慶壽》，題目為「香山寺九老朝
真」，正名為「瑤池會八仙慶壽」。劇敘瑤池蟠桃成熟，金母差金童玉
女請上界諸仙並上八洞神仙前來慶賞蟠桃。正遇千秋壽旦，八仙與眾
仙奉獻蟠桃，上祝千歲壽。從該劇引言中的「宣德七年季冬良日」之
語來看，此劇應是朱有燉五十三歲生日前所作。劇本人物生動，《遠山
堂劇品》（雅品）云：「境界是逐節敷衍而成，但仙人各自有口角，從
口角中各自現神情，以此見詞氣之融透，字字發《光明藏》矣。」[12]
劇本以鍾離權、呂洞賓八仙為主角，在民間影響比較大。《綴白裘》[13]

---

12 〔明〕祁彪佳：《遠山堂劇品》，見《中國古典戲曲論著集成》，第六冊，頁146。
13 〔清〕錢德蒼：《綴白裘》（北京市：中華書局，1957年校印本）。

第十一集所收的梆子腔劇本《堆仙》，即是朱有燉此劇最後一折刪改而成，只曲子順序有所改變。朱有燉雜劇曲牌的順序是：〔新水令〕、〔喬牌兒〕、〔雁兒落〕、〔得勝令〕、〔沽美酒〕、〔太平令〕、〔川撥棹〕、〔水仙子〕、〔餘音〕。《堆仙》劇曲牌的順序是：〔新水令〕、〔水仙子〕、〔雁兒落〕、〔沽美酒〕、〔清江引〕。《堆仙》劇〔雁兒落〕把朱劇〔雁兒落〕、〔得勝令〕兩曲涵括；〔沽美酒〕把朱劇〔沽美酒〕、〔太平令〕兩曲曲詞涵括；〔清江引〕把朱劇〔餘音〕曲詞涵括。整劇除刪去〔喬牌兒〕、〔川撥棹〕二曲外，曲詞基本相同。

　　《福祿壽仙官慶會》創作的具體時間不明，估計在《群仙慶壽蟠桃會》、《瑤池會八仙慶壽》二劇之後。劇演人間慶賀新年，福祿壽三仙召鍾馗捉鬼，為人間增福添壽。劇本與教坊編演的《慶豐年五鬼鬧鍾馗》雜劇內容大致相同。

　　《河嵩神靈芝慶壽》是朱有燉正統四年二月所作。他在〈河嵩神靈芝慶壽引〉中說：

> 予欽蒙聖恩，奉藩守國，於今十五載。仰賴聖世雍熙，天下和平，中原豐稔，雨暘時若，藩國安康，宮闈吉慶。乃今正統四年春二月，有靈芝生於王宮中，佛堂之東，紫蓋金莖，形大若盎，高可六寸，燁燁光輝，色如赤瑛，堅而潤澤。實社稷之衍慶，河嵩之效靈，為聖朝之祥瑞，開萬萬年太平之應也。顧予菲薄，何德以堪？然有此瑞應，豈無歌詠以美之？因作傳奇一帙，載歌載詠，以答荷社稷河嵩之恩眷，以慶喜聖世明時之嘉禎，以增延全陽老人之福壽耳。故為引。正統四年二月十九日，全陽老人年六十一歲，書於存心殿。[14]

---

14 引自蔡毅：《中國古典戲曲序跋彙編》，頁844。

　　從作者的小引可知，作者因靈芝生於王宮，倍感吉祥而作此劇。劇敘嵩山、黃河二神因天下太平，十數年來甘露降於松柏、毫光顯耀於伽藍、騶虞現瑞、野蠶成繭、鳳凰翔集、白鵲飛鳴、白毛鹿現、同穎禾出、連理木生、合歡花開，各種禎祥之物屢現，只有靈芝瑞草未曾呈祥，派神將仙女前去東華帝君處求取。東華帝君聞得中原人豐物阜，驅和氣讓宮殿苑內生長瑞芝，邀南極仙及眾仙真赴靈芝之會，增福添壽。

　　朱有燉正統四年卒，此劇可能是他最後的劇作。他的神仙慶壽劇與他的其他劇作一樣，宣揚正統思想，表明自己不二心迹。他永樂初年的《神後山秋獮得騶虞》雜劇在頌皇恩的同時表明不二心迹：「一心待守禮法，不生分外」，「每日將萬歲皇恩感戴」。三十年後的這個劇本中仍是「守分心常樂，知是保安寧」，可見他為人之謹慎小心。朱有燉的神仙慶壽劇追求新奇，但藝術上成就不高，正如王國維所說的「規摹元人，了無生氣，且多吉祥、頌禱之作，其庸惡殆與宋人壽詞相等」[15]。

三　明教坊編演的神仙慶壽喜慶劇

　　明代，統治階級崇信道教，到嘉靖年間達於極盛。許多官吏都善寫青詞，嚴嵩等人以善寫青詞而得皇帝寵信。在這種環境的影響下，宮廷的演劇活動也帶有很濃的神仙氣。當時的教坊編演了大量的神仙慶壽劇，「供奉御前，呼嵩獻壽」。主要劇目有：

　　一、《三星下界》（見《顧曲雜言》，劇本佚）；

　　二、《天官賜福》（見《顧曲雜言》，存《遏雲閣曲譜》本）；

　　三、《大羅天群仙慶壽》（《寶文堂書目》著錄，劇本佚）；

---

15 王國維：《盛明雜劇初集跋》，見《中國古典戲曲序跋彙編》，頁463。

四、《西王母祝壽瑤池會》（《今樂考證》著錄，劇本佚）；

五、《南極仙金鑾慶壽》（《今樂考證》著錄，劇本佚）；

六、《祝聖壽金母獻蟠桃》（《今樂考證》著錄，存脈望館鈔校本）；

七、《降丹墀三聖慶長生》（《今樂考證》著錄，存脈望館鈔校本）；

八、《紫微宮慶賀長春節》（《今樂考證》著錄，存脈望館鈔校本）；

九、《黃眉翁賜福上壽》（《今樂考證》著錄，存脈望館鈔校本）；

十、《賀昇平群仙祝壽》（《今樂考證》著錄，存脈望館鈔校本）；

十一、《賀萬歲五龍朝聖》（《今樂考證》著錄，存脈望館鈔校本）；

十二、《眾天仙慶賀長生會》（《今樂考證》著錄，存脈望館鈔校本）；

十三、《眾群仙慶賞蟠桃會》（《今樂考證》著錄，存脈望館鈔校本）；

十四、《眾神聖慶賀元宵節》（《今樂考證》著錄，存脈望館鈔校本）；

十五、《感天地群仙朝聖》（《今樂考證》著錄，存脈望館鈔校本）；

十六、《慶千秋金母賀延年》（《今樂考證》著錄，存脈望館鈔校本）；

十七、《廣成子祝賀齊天壽》（《今樂考證》著錄，存脈望館鈔校本）；

十八、《寶光殿天真祝萬壽》（《今樂考證》著錄，存脈望館鈔校本）；

十九、《獻禎祥祝延萬壽》（《今樂考證》著錄，劇本佚）[16]。

---

16 按：上面所列劇目中，脈望館鈔校本大都封面上有「本朝教坊編演」標識。《三星下界》、《天官賜福》二劇，則根據《顧曲雜言》所云「《三星下界》、《天官賜福》各種喜慶傳奇，皆係供奉御前，呼嵩祝壽。」其他劇目則根據劇目並參《古典戲曲存目匯考》而定。

　　這些雜劇中，《眾天仙慶賀長生會》、《祝聖壽金母獻蟠桃》、《寶
光殿天真祝萬壽》、《感天地群仙朝聖》、《廣成子祝賀齊天壽》、《紫微
宮慶賀長春節》等劇都是教坊為皇帝祝壽時編演的劇本。《眾天仙慶
賀長生會》敘皇上豁達大度，德過堯舜，崇文重武，天下太平。萬壽
之時，東華仙奉西池金母法旨，請天上天下得道真仙祝延聖壽。香山
九老、福祿壽三星、八洞群仙、荷花仙子、凌波仙子等奉法旨去祝壽
延年。《祝聖壽金母獻蟠桃》敘太上老君派游奕使告知金母，人間聖
壽時一同去下界獻蟠桃祝賀聖壽。聖上誠心齋戒，派東方朔、李少君
設壇祈禱。太上老君、金母同南極仙、八仙前去獻蟠桃、祝聖壽。
《感天地群仙朝聖》敘人間聖皇壽誕，長生大帝令張紫陽、廣成子、
赤松子、王重陽、白玉蟾、劉長生、譚長真等仙下界為聖主祝壽。路
過順天府時，正遇府尹到郊外祭天地，人民喜遇豐收，里長老人將雙
穗穀、二歧麥進獻。至萬壽日，眾仙獻金丹寶籙、松竹梅花、靈芝瑞
草、千歲蟠桃等物，府尹帶百姓獻禾稼為聖皇上壽。《廣成子祝賀齊
天壽》敘廣成子赴闕祝壽，結壇宮中，召中國境內五岳四瀆之神各將
異寶奇珍同來祝壽。《紫微宮慶賀長春節》敘諸天仙因下界聖皇治
世，敬天恤民，教雪月梅三白獻瑞，又值瑤池蟠桃成熟，金母率眾仙
女各捧長生壽物，至太極紫微宮祝賀萬壽。劇本形式、內容大同小
異，取天地人同慶之意。《寶光殿天真祝萬壽》把度脫與慶壽結合起
來，形式略有不同。劇敘虛玄真人與脫空祖師講道，互相爭論。東華
帝君責虛玄真人凡心未退，罰往下界托生為孫彥弘，又令漢鍾離、呂
洞賓引入武當山修道。後孫成道，適逢人間聖君萬壽，孫彥弘隨群仙
下凡，獻天音塔為聖壽。

　　此外，《三星下界》、《天官賜福》、《獻禎祥祝延萬壽》、《賀萬歲
五龍朝聖》、《南極仙金變慶壽》、《西王母祝壽瑤池會》、《大羅天群仙
慶壽》等劇也是聖壽時演出的劇本。《眾神聖慶賀元宵節》演神仙下
凡慶賀人間元宵佳節，為萬乘帝增添福壽。

　　《降丹墀三聖慶長生》、《賀昇平群仙祝壽》、《慶千秋金母賀延年》三劇是為聖母祝壽時演出的劇本。《降丹墀三聖慶長生》敘大明聖母於京師建延福宮，因此感動天官、地官、水官，於十月十四日萬壽之辰，召西王母、八仙、福祿壽三星、北斗七星、董雙成、許飛瓊等仙真同至延福宮上壽。《賀昇平群仙祝壽》敘人間國母聖誕，南極仙聚群仙商議與國母上壽。呂洞賓推薦下八洞神仙一同祝壽。呂洞賓下界召下八仙時，山神與眾精怪也要求前往，並要現本形舞蹈祝壽。玉帝也遣天使下降祝聖母壽誕。《慶千秋金母賀延年》敘太乙真人因漢孝文帝孝敬聖母，仁慈寬厚，當聖母千秋令節，會合金母領諸仙女及增福神壽星等，同至內苑獻蟠桃仙酒靈芝檜柏等祝壽。

　　教坊編演的神仙慶壽劇中只有《黃眉翁賜福上壽》等少數劇本演普通官員慶壽，神仙賜福。《黃眉翁賜福上壽》敘楊景母壽，楊景與眾將商議如何回家上壽。楊景欲上書奏明，岳勝提醒防備王樞密，因而先叫孟良四將先到京城報知寇準。寇準要四將回邊關，自己即奏聖上，讓楊景回家為母上壽。楊景聽說後，至東京為母親祝壽，黃眉翁離天宮紫府為佘太君增福壽。楊景回到邊關後，寇準奉旨到三關為楊加官賜賞。《孤本元明雜劇提要》認為此劇「關目率直，曲文平庸，殆伶工為武臣之母稱壽所作，殊不足觀」。

　　教坊編演的劇本在藝術上幾乎都如王季烈所評的「關目率直，曲文平庸」。鄭振鐸對這些劇本也持否定態度：

　　　　「教坊編演」的十八劇，除《爭玉板八仙過海》比較的活潑有趣外，幾乎無一劇不是很討厭的頌揚劇。董其昌所謂欲「效楚人一炬」者，正是指此等劇而言。在結構的雷同，故事的無聊，敘述的笨澀方面，尤為「前無古人，後無來者」。……這一部分劇本，在戲曲的「題材」上說來，誠是重要的發現。因為這一類的題材，在任何選本上都是不會被選

錄，因之，也不會為我們所見到。我們所見到的，只是清代昇
平署的若干鈔本耳。但在批評家的眼光看來，這些無聊的劇本
卻是最不值得流傳下來的。在這二百四十二種的劇本裏，這一
部分可以說是最駑下而且無用的了。[17]

這些劇本從藝術上看誠如鄭振鐸先生所說的「最駑下」，但筆者
卻不認為完全無用。這些劇本從文化學、宗教學的角度來研究，有著
多方面的意義。它們的表達方式雖然「雷同」、「笨澀」，但表達了人
類社會的一種共同理想：健康長壽、幸福安康。

四　清代的神仙慶壽喜慶劇

清代的神仙慶壽喜慶劇雖然數量趕不上明代，但因大多數是文人
創作的劇本，藝術成就比較高。這些劇作既有內廷供奉劇，也有各地
文人因康熙、乾隆南巡而創作的祝壽劇。張笑俠在〈天保九如序〉中
說清康熙、乾隆年間，「宮中不時演劇，昇平署中，極為盛興」，「一
般文臣所編劇本，不下數百種，每於年節、喜慶、壽誕、朔望等日，
俱有應時當令之劇排演」[18]，他所收集的這類劇本就有五十餘種。張
照是宮廷編劇文臣的主要負責人之一，在他的組織下編寫了大量的劇
本。他們所編的《月令承應》、《法宮雅奏》、《九九大慶》等劇中有許
多以神仙慶壽吉祥喜慶的劇作。如《月令承應》中為元旦編演的《群
星拜賀》、《三微感應》，為燕九節慶賀丘處機生日編演的《聖母巡
行》、《群仙赴會》，為碧霞元君誕辰演的《天官祝福》、《星雲景慶》，
為端午節編演的《靈符濟世》、《采藥降魔》、《混元盒》，為慶冬至編

17　鄭振鐸：〈跋脈望館鈔校本古今雜劇〉，見《中國古典戲曲序跋彙編》，頁401。
18　引自蔡毅：《中國古典戲曲序跋彙編》，頁1183。

演的《瀛州佳話》、《玉女獻盆》等等，都是以神仙故事為內容的吉祥喜慶劇。這類時應戲不但宮中重視，在民間也十分盛行。《清稗類鈔》云：清光緒庚子以前，「京師最重時應戲，如逢端午，必演《雄黃陣》；逢七夕，必演《鵲橋會》，此亦荊楚歲時之意，猶有古風」，光緒庚子以後「專尚新異」，這類時應戲就停而不演了[19]。《法宮雅奏》是皇族有喜慶事時演奏的劇本，內容都吉祥喜慶，如《列宿遙臨》、《雙星永慶》、《群仙呈技》、《福壽呈祥》、《天官祝福》、《群星拱護》、《群仙導路》等。《九九大慶》則是為皇帝太后等人生日演出編的慶壽戲。劇中神仙慶壽的內容很多，有《洞仙共祝》、《萬壽無疆》、《天開壽域》、《天保九如》、《吉星葉慶》等。朝鮮朴趾源的《山莊雜記》記錄了乾隆五十五年在熱河避暑山莊舉行的乾隆七十誕辰慶典活動中的戲本名目：《九如歌頌》、《光被四表》、《福祿天長》、《仙子效靈》、《海屋添籌》、《瑞呈花舞》、《萬喜千祥》、《山靈應瑞》、《羅漢渡海》、《勸農官》、《檐葡舒香》、《獻野瑞》、《蓮池獻瑞》、《壽山拱瑞》、《八佾舞虞廷》、《金殿舞仙桃》、《皇建有極》、《五方呈仁壽》、《函谷騎牛》、《士林歌樂社》、《八旬焚義卷》、《以躋公堂》、《四海安瀾》、《三皇獻歲》、《晉萬年觴》、《鶴舞呈瑞》、《復朝再中》、《華封三祝》、《重譯來朝》、《盛世崇儒》、《嘉客逍遙》、《聖壽綿長》、《五岳嘉祥》、《吉星添耀》、《緱山控鶴》、《命仙童》、《壽星既醉》、《樂陶陶》、《麟鳳呈祥》、《活潑潑地》、《蓬壺近海》、《福祿并臻》、《保合大和》、《九旬移翠巘》、《黎庶謳歌》、《童子祥謠》、《圖書聖則》、《如環轉》、《廣寒法曲》、《協和萬邦》、《受茲介福》、《神風四扇》、《休徵疊舞》、《會蟾宮》、《司花呈瑞果》、《七曜會》、《五雲籠》、《龍閣遙瞻》、《應月令》、《寶鑒大光明》、《武士三千》、《漁家歡飲》、《虹橋現大海》、《池湧金蓮》、《法輪悠久》、《豐年天降》、《百歲上壽》、《絳雪

---

19 〔清〕徐珂：《清稗類鈔》（北京市：中華書局，1986年），第十一冊，頁5023。

占年》、《西池獻瑞》、《玉女獻盆》、《瑤池杳世界》、《黃雲扶日》、《欣
上壽》、《朝帝京》、《待明年》、《圖王會》、《文象成文》、《太平有
象》、《灶神既醉》、《萬壽無疆》[20]。從劇目可知，神仙故事是其中重
要的組成部分。這些承應戲內容吉祥喜慶，形式新穎，排場熱鬧。

各地官員、鄉紳因皇上、皇太后壽誕，也請文人創作了一些慶壽
劇。無名氏的《康熙萬壽雜劇》、裘璉的《萬壽昇平》二劇是為康熙
祝壽而作。《康熙萬壽雜劇》共十八種，今存十二種，其中《玉燭均
調》、《罷虎韜威》、《律呂正度》、《金母獻環》、《雲師衍數》、《萬方仁
壽》六種演神仙故事。《玉燭均調》演呂洞賓、何仙姑二仙「遊覽山
川，觀風問俗，歌詠太平」。《罷虎韜威》演「巨靈神驅逐熊罷虎豹，
遠伏深山，以慶億萬年永享昇平之樂也」。《律呂正度》演「瑤池仙
子，演律上壽，頌揚萬一」。《金母獻環》演「瑤池金母，同上元紫雲
諸仙演《霓裳》之舞，采度索之桃，獻環玉闕，共祝無疆」。《雲師衍
數》演「陳摶邵雍等，稱述九章之始，頌揚萬世之謨」。《萬方仁壽》
劇「以群仙作引，爰及耆英，效嵩祝之丹誠，紀聖朝之實事」[21]。

蔣士銓《西江祝嘏》是乾隆十六年皇太后壽誕時，應江西紳民之
請而作。劇本共四種：《康衢樂》、《忉利天》、《長生籙》、《昇平瑞》。
據王興吾序言記載，蔣士銓四劇「本出自民間風謠」，其中《長生
籙》、《昇平瑞》則是獨具特色的神仙慶壽劇。《長生籙》敘中華太后
壽辰，月中嫦娥邀請女媧、電母煉丹貢獻，嫦娥在丹桂兩樹之間設
宴，奏《霓裳羽衣曲》為之侑觴。金母則命董雙成召女仙共注《長生
寶籙》，欲獻中華。王母娘娘欲將蟠桃採獻中華太后，又恐東方朔偷
桃，派度索山土地與南海、北海、西海土地一齊看守。因東方朔外
出，眾土地放鬆警惕，喝酒取樂，結果被東方朔母親田婆婆乘機摘桃

---

20 引自王利器：《元明清三代禁毀小說戲曲史料·前言》（上海市：上海古籍出版社，
　　1981年），頁15。
21 蔡毅：《中國古典戲曲序跋彙編》，頁1181。

而去。嫦娥雲中看見，按落雲頭，阻住田婆婆，令她一起去中華獻大丹及蟠桃祝壽。劇本中還塑造了一個散仙女几，很會鬥酒，「上八仙」呂洞賓、藍采和都被她灌醉，飲中八仙前去嗜酒，也被她設出幾個酒令來，弄得一個個東倒西歪，踉蹌而去。《昇平瑞》寫人間昇平，祝壽演《女八仙》，劇中何仙姑「約了七位道友向長壽仙家去慶壽」，而七仙「被魁星捉去月課」，「因此各令妻子來」。蔣氏劇作劇情新奇，形象生動，語言詼諧有趣。鄭振鐸認為蔣士銓《西江祝嘏》四劇，「以枯索之題材，成豐妍之新著」[22]，「雖同為頌揚劇」，但較之教坊編演的劇本，「則誠為清雋之至的才人之筆」[23]。

　　由於康熙、乾隆多次南巡，各地官員、富商為了奉迎皇上，請文人創作了不少的迎鑾劇。吳城的《群仙祝壽》是乾隆十六年間，為迎接乾隆與皇太后到浙江時所作。吳城的《群仙祝壽》組合浙江風物傳說，以浙西、浙東的神仙組成「男八仙」、「女八仙」，共同為皇太后祝壽。王文治的《迎鑾樂府》是乾隆第五次南巡時所作。當時梁森奉檄辦梨園雅樂，以重金聘請王文治作《迎鑾樂府》。此劇乃「即地即景」之作，共九折：《三農得澍》、《龍井茶歌》、《祥徵冰繭》、《海宇歌恩》、《燈燃法界》、《葛嶺丹爐》、《仙醞延齡》、《瑞獻天台》、《瀛波清宴》，表現的是海宇平安，民康物阜的雍熙氣象。此劇在西湖行宮演出時，「輒蒙褒賞，賜予頻仍」[24]，得到乾隆皇帝的賞識。

　　呂星垣的《康衢樂府》是嘉慶二十四年（1819）直隸府方公為祝皇上六十壽誕而囑托呂星垣作。此劇今存原刊本，均以萬字開頭：《萬年輯瑞》、《萬壽蟠桃》、《萬福朝天》、《萬寶屢豐》、《萬花先春》、《萬里安瀾》、《萬騎騰雲》、《萬卷琅嬛》、《萬舞鳳儀》、《萬國梯

22 鄭振鐸：〈清人雜劇初集自序〉，見《中國古典戲曲序跋彙編》，頁534。

23 鄭振鐸：〈跋脈望館鈔校本古今雜劇〉，見《中國古典戲曲序跋彙編》，頁401。

24 〔清〕梁廷柟：《曲話》卷三，見《中國古典戲曲論著集成》（北京市：中國戲劇出版社，1959年）第八冊，頁265。

航》。呂星垣稱自作「儀舌猶存，江花未謝」，師亮采稱此劇為「才子
之極思焉」[25]，可見故事新、形式新、富於才情是本劇的特色。

　　除了為皇上、皇太后祝壽的劇作外，還有許多劇作是文人為親人
祝壽、為上司祝壽而作。清初傅山的《八仙慶壽》是為其母壽辰所
作。此劇是一折短劇，劇敘莊子、東方朔、老寒、李正陽、幼伯子、
女丸、酒客和麻姑八位仙人祝壽。[26]孔廣林的《松年長生引》是為其
祖母徐太夫人七十壽辰而作。作者在〈自序〉中說「乾隆三十三年中
春」祖父囑海昌陳竹廠夫子撰《松年長生引》，竹廠夫子以中州音韻
弗諧，而命廣林填北曲二折。從作者自序可知，此劇四折，第二折、
第四折是孔廣林所作，第一折、第三折乃陳竹廠所作，今僅存孔廣林
所撰二折。劇演金母為女仙（廣林祖母）增福添壽。此外，孔廣林還
撰有祝壽劇《五老添籌》[27]。韓錫胙的《南山法曲》是乾隆二十四年
為無錫刺史吳愛棠祝壽時作。當時韓錫胙亦在無錫為官，韓為吳作壽
序，並制《南山法曲》以侑觴。劇演韓湘子為南極老人祝壽。作者把
自己比作韓湘子，而把吳愛棠比作南極老人，對吳愛棠極為傾倒[28]。
無名氏的《調元樂》雜劇是為乾隆年間兩江總督高晉祝壽而作，劇演
麻姑與眾仙採芝、制曲為兩江祝壽之事。

　　此外，許善長的《茯苓仙》傳奇，演麻姑食茯苓成仙，為王母祝
壽故事。張聲玠的《壽甫》雜劇演飲中八仙為杜甫賀壽故事。張大復
的《快活三》演蔣霆得婦為妻，為揚州太守時，又得銀十萬，最後夫
妻雙雙成仙而去。他的《雙福壽》演周勃功高天下，位極人臣，八十
壽辰時，王母獻蟠桃祝壽。在作者看來，富、貴、神仙是人生三種快

25　〔清〕師亮采：〈康衢樂府序〉，見《中國古典戲曲序跋彙編》，頁1176。按：師亮
　　采序作於嘉慶二十三年（1818）。
26　參齊森華等：《中國曲學大辭典》（杭州市：浙江教育出版社，1997年），頁456。
27　〔清〕孔廣林：〈松年長生引〉，見《清人雜劇二集》，1934年長樂鄭氏刊本。
28　〔清〕金昌世：〈南山法曲跋〉，見《中國古典戲曲序跋彙編》，頁1041。

活之事，蔣霆、周勃都兼而得之，是人生幸事。與張大復同一思想的清代劇作還有許多，如雪川樵者《錦上花》、無名氏的《三星照》、《天錫貴》等。《錦上花》劇本佚，《曲海總目提要》卷四十有此劇提要，劇演屈志隆求仙訪道，得寶藏，建軍功，一門榮貴，後又餌丹成仙。《三星照》，劇本佚，《曲海總目提要》卷四四有此劇提要，劇「取福祿壽三星拱照之意，借陳摶曹彬點綴生色」。《天錫貴》，劇本佚，《曲海總目提要》卷四十六有此劇提要，劇演梅芬「安貧守道，神錫之以富貴。因用是名，擢大魁，獲藏金，得佳偶，故又名《喜重重》」。清代神仙祝壽劇資料繁複，筆者才識有限，掛一漏萬，略述如上。

　　從前面的分析中，我們對中國戲曲中的慶壽喜慶劇有了大致的了解。這些劇作的出現有多方面的因素，而世人貴生、樂生心理的影響無疑是其中最重要的因素。

第二節　　人世太平與長壽夢想

　　從上古時期開始，人們就把宇宙看成一個有機統一的整體，自然萬象都是這種統一性的實體表現。在這個統一的有機體中，神主宰著一切，他們拿著善惡賞罰簿，監督著世人的一舉一動，不時以禍福、災異來警示世人。「國家將有失道之敗，而天乃先出災害以譴告之，不知自省，又出怪異以警懼之，尚不知變，而傷敗乃至。以此見天心之仁愛人君，而欲止其亂也。」[29] 道教經典《太上感應篇》把這種天人感應思想具體化、通俗化。因為《太上感應篇》的勸善懲惡思想有助於封建統治，宋理宗為之御書「諸惡莫作，眾善奉行」，加以褒譽推廣。由於理宗的褒譽，當時的名臣巨儒如鄭清之、真德秀等爭著為

29　〔漢〕班固：《漢書》卷五十六〈董仲舒傳〉（鄭州市：中州古籍出版社，1991年影印本）。

之撰序作跋，使其迅速在民間推廣。到嘉熙二年，有的縣城已達到人手一冊[30]。由於統治階級的褒譽與推廣，使得天人感應思想深入人心。在人們的意識中，人間無道，天顯災異來警告；而天下太平，天則顯祥瑞，天上神仙都下凡相慶。神仙慶壽劇也反映了這種天人感應的思想。

　　明清的神仙慶壽劇多為上層貴族宴樂而作，劇本歌功頌德，展現的是一幅幅太平圖景。如：

　　　《賀昇平群仙祝壽》：（南極大仙）奉上帝法旨，為因下方聖人孝敬虔誠，國母尊崇善事，晝夜諷誦經文，好生慈善。感動天庭。今逢國母聖誕之辰，著貧道在此仙苑中，聚群仙來商議。怎生與國母上壽。

　　　又：今歲下方，十分豐稔，征旗不動，酒旗高懸，穀侵天皆生雙穗；麥滿地盡秀二岐，這等大有之年，可是為何？皆是聖母德厚，主上仁慈，致令豐登之世。[31]

　　　《眾天仙慶賀長生會》：方今之世，四海晏然，八方寧靜。黎民樂業，萬姓歌謠。五穀豐登，田蠶萬倍。風雨和調，民安國泰，方今聖人在位，德過堯舜，行邁禹湯，崇文重武，豁達大度，文欺伊呂之才，武勝韓彭之勇，鄉村鼓腹，享太平之年，黎庶謳歌，樂雍熙之世。當今聖主節近萬壽之辰。（下略）

　　　又：見今聖主，豁達大度，納諫如流，免差徭，薄稅斂，田蠶百倍，五穀收成，天下人民，皆享太平之世也。[32]

---

30 任繼愈：《中國道教史》（北京市：中國社會科學出版社，2001年），頁552。
31 王季烈：《孤本元明雜劇》（北京市：中國戲劇出版社，1958年）。
32 王季烈：《孤本元明雜劇》。

《蟠桃會》：（金母）今有下方三河分野，鶉火之次，善道
昭然，廣施陰騭，理當添與福壽，須索南極壽星，下方慶壽走
一遭。[33]

《河嵩神靈芝慶壽》：中國安和大有年，家家子孝與妻
賢。園林賞玩三春景，蠶麥收成九夏天。秋日登場禾黍熟，冬
時賽廟鼓笛喧。太平治世常豐稔，願祝名藩福壽延。[34]

在這些劇中，帝王聖明、母后仁慈、藩王賢能，人間太平，人民安居
樂業。天下太平，五穀豐登，使人們感到生存的樂趣，因而留戀人世
而求長生。積善、修行均可致長生：「人間長壽，得的多的，不只是
一個理。有積陰功者，有憑修煉的。積陰功者，名書紫府，姓列丹
房，道德高如天地，聲價皎如日星，渺粟宮之世界，低回釜之華嵩，
人間得上壽之年，天上遂仙班之選。又若憑修煉者，泥丸高枕，絳闕
輕噓，采丹田之紫芝，咽華池之淨水，保五臟之精英，閑三華之津
液，煉九鼎之丹砂，固萬年之靈質。壽同日月之長，命共乾坤之
久。」[35]積善、修行不僅能致長生，還能致天下太平。太平、長生、
積善修行，三者互為因果，而人間百姓的樂善修行、人間的太平盛
世，使天上的神仙感應，下凡相慶，賜予福壽。

神仙祝壽之物，有令人長生不老的仙丹、蟠桃，還有延年益壽的
千年靈芝、松竹梅花、交梨火棗等草木之物，在民間，壽酒、壽麵也
成為神仙祝壽之物。能讓人長生不死的仙丹、蟠桃，從上古時期開
始，就是人們夢寐以求的仙物。在中國古代神話中，東方的蓬萊、方
丈、瀛洲是三個著名的仙島，那裏居住著眾多仙人，有不死之藥，去

---

33 吳梅：《奢摩他室曲叢》本，上海涵芬樓印行。

34 王季烈：《孤本元明雜劇》。

35 〔明〕朱有燉：《蟠桃會》，《奢摩他室曲叢》本，上海涵芬樓印行。

過那兒的人都說諸仙人與不死之藥都在那裏，但一般人無法接近，船一靠近，就被怪風引開[36]；西方的崑崙山亦有不死之藥，相傳后羿曾登崑崙山向西王母乞得不死之藥，後被妻子嫦娥偷吃，嫦娥得以飛昇成仙[37]。由於嫦娥奔月傳說的影響，西王母的不死之藥影響比較大。由於仙界縹緲，仙藥難尋，後世無數的道教徒通過煉丹欲製造長生金丹，奪天地之造化。金丹在道教信仰中具有神奇的功力，葛洪說：「服神丹令人壽無窮，已與天地相畢，乘雲駕龍，上下太清。」[38]

　　金丹對於帝王來說，得到並非難事，而對於世俗百姓來說，是不可企及的東西。明清的神仙祝壽劇中，只有內廷供奉演出的少數劇本中有神仙獻金丹祝壽。而大多數劇本中，蟠桃是最重要的祝壽之物。

　　王母娘的蟠桃，「三千年開花，三千年成實，三千年纔熟」，「但得嚐的，福如山岳之高，壽同天地之久」[39]。八仙中的何仙姑就是食異人所給的仙桃而成仙的。崇信神仙的漢武帝曾得食王母賜予的蟠桃五個，而他的臣下東方朔雖無此機緣，卻以不正當的手段得到蟠桃，王母說東方朔曾三偷蟠桃[40]。東方朔本是一個滑稽人物，因為他曾偷蟠桃，在民間慶壽劇中成為一個重要人物。傳奇中，吳德修的《偷桃記》、張大復的《雙福壽》、無名氏的《蟠桃會》，雜劇中楊維中的《偷桃獻壽》、無名氏的《東方朔》、楊潮觀的《偷桃》等劇中都有東方朔偷桃的情節。由於東方朔偷桃故事吉祥喜慶，因而深得世俗百姓的喜愛。以至民間有「這個女人不是人，九天玄女下凡塵。生個兒子

---

36 〔漢〕司馬遷：《史記》〈封禪書〉（北京市：中華書局，1959年）。

37 〔漢〕劉安：《淮南子》〈覽冥訓〉「譬若羿請不死之藥於西王母，姮娥竊以奔月，悵然有喪，無以續之。何則？不知生死之藥所由生也。」見何寧：《淮南子集釋》（北京市：中華書局，1998年），頁502。

38 〔晉〕葛洪：《抱朴子》〈金丹篇〉（上海市：上海書店，1986年據世界書局《諸子集成》本影印），頁14。

39 〔明〕朱有燉：《蟠桃會》，《奢摩他室曲叢》本。

40 〔晉〕張華：《博物志》卷八，見《漢魏六朝筆記小說大觀》（上海市：上海古籍出版社，1999年），頁220。

會做賊，偷來蟠桃獻娘親」的祝壽詞。

金丹、蟠桃可以令人長生不老，松竹梅花、交梨火棗等草木之物，也可以讓人「延年遲死」，因此也成為祝壽之物。在許多八仙慶壽劇中，八仙又以其法寶祝壽。如在《群仙祝壽》裏，漢鍾離拿金瓶插金蓮花、鐵拐李拿瑞烟葫蘆、韓湘子拿花籃獻牡丹、曹國舅獻金牌笊籬、張果老獻漁鼓簡子、藍采和獻雲陽板、張四郎獻金色鯉魚；在《八仙慶壽》劇裏：「漢鍾離遙獻紫瓊鈎，張果老高擎千歲韭，藍采和漫舞長衫袖，捧壽麵的是曹國舅，岳孔目這鐵拐拄護得千秋，獻牡丹的是韓湘子，進靈丹的是徐信守。」漢鍾離的棕扇、張果老的驢、鐵拐李的鐵拐、韓湘子的花籃、藍采和的雲陽板、徐神翁的葫蘆等是他們形象的代表。在人們心目中，吃神仙之物、觀神仙之花、拿神仙之物都能從中感受到靈氣，得到神仙的呵護，延年益壽。

神仙慶壽劇最初大多為皇室祝壽而作，排場宏大，人物眾多。《群仙祝壽》裏，南極仙翁召集漢鍾離、呂洞賓、鐵拐李、韓湘子、張四郎、張果老、藍采和、曹國舅上八洞神仙商議祝壽，呂洞賓又推薦下八洞神仙王喬、陳戚子、徐神翁、劉伶、陳搏、畢卓、任風子、劉海蟾，一同備仙物前去慶壽。以山神為首的眾精靈，在得到呂洞賓的許可後亦備仙物前去慶壽。天仙、地仙、精靈加上人世的文武百官一起為慈善的聖母祝壽。《長生會》裏，香山九老、上八洞神仙、松竹梅三仙、福祿壽三星、荷花仙子、凌波仙子、文武百官一齊祝賀聖壽。朱有燉的《蟠桃會》是為自己生日而作，劇中場面相對來說也就小得多。劇中南極大仙、東華帝君、金母、嵩山仙子、大河仙女、八仙等仙下凡慶千歲壽誕。在這些劇中，都涉及到了天上、地上、人間，取「天地人同慶」之意。

從人世太平到積善修行，再到神仙感應前來祝壽，其中貫穿著很濃的天人感應思想，滲透著現實人生祈求太平、長壽的夢想。

神仙度世劇否定現實世界，張揚超自然的神性，引誘世俗百姓嚮

往自由幸福的神仙世界；而神仙慶壽劇則與之相反，它們通過神仙下凡慶壽，肯定現實世界，反映了世俗百姓立足現實的貴生、樂生理想。貴生、樂生是一切有生命之物的共同特徵，長生是貴生、樂生思想的產物，是世俗芸芸眾生的共同心願。這種「強烈的戀生、貴生情緒自然導致對長生不死的追求。對不死藥的渴望，自神話時代以來就是常令人激動不已的心願」[41]。兩千多年前成書的《尚書》〈洪範〉把壽、富、康寧、攸好德、考終命當作人生五福，「壽」被放在第一位。漢代桓譚《新論》中的五福為「壽、福、貴、安樂、子孫多」，也是把「壽」放在第一位[42]。許多帝王為了長生壽考，不惜花費大量的人力物力去尋求並不存在的不死之藥；而世俗的百姓，他們則立足現實，希望通過自己誠心向善、苦志修行來獲得神仙的垂憐，得以長壽。

　　神仙慶壽劇正是這種長生夢想的反映，人們希望在享受人生快樂、功成名就之時，得到神仙相助，長生不老，永享人間福祿。在神仙慶壽劇中，王母、南極仙、黃眉翁、廣成子、三官、福祿壽、麻姑、八仙等眾多神仙下凡祝壽，而在民間影響最大的是八仙慶壽。八仙源於民間，他們的身分基本上涵蓋了當時社會的各個階層，是各個階層長生夢想的代表。神仙慶壽到了後來，漸漸成為一種吉慶儀式，但這種儀式的背後隱藏的仍然是那揮之不去的貴生、樂生思想。朱有燉在〈瑤池會八仙慶壽引〉中提到的《韓湘子度韓退之》、《呂洞賓岳陽樓》、《藍采和》等劇之所以被時人忌諱，大概是因為這些劇作帶給人們的是官場險惡、生死無常的思想吧！

　　清代青城子的《志異續編》卷二〈優人〉條中記載了一則故事：

　　　　江蘇常郡某知府壽誕，八屬邑制錦公祝。屆期，七屬員俱

---

41 嚴耀中：《中國宗教與生存哲學》（上海市：學林出版社，1991年），頁112。
42 馬書田：《中國民間諸神》（北京市：團結出版社，1997年），頁191。

至，惟靖江縣呂某，為風所阻，遲之又久不到。知府慍甚，曰：「為我封門，即到亦不必通名。」迨靖江縣至，已各就席坐定，門吏不敢通報。一優人知之曰：「送我十金，我能直言。」許之。開場《八仙慶壽》，獨不見洞賓。七仙以次上壽畢，洞賓方至。鍾離動問：「呂仙為何來遲？」眾齊答曰：「想因大江風阻，故爾來遲，望老祖恕罪。」知府曰：「靖江呂公到矣。」命開門迎之。[43]

在這則故事中，知府因靖江縣令呂某遲到而十分惱怒，令閉門拒之。靖江知縣來到後，門吏不敢通報，後演員利用壽誕開始時演出的《八仙慶壽》戲巧為說明。八仙慶壽與八屬縣慶壽相應，而八仙中呂洞賓後到，又與靖江縣呂某相應，因而使知府覺得十分吉利，主動命人開門迎接。我們從知府前後感情的變化中，可以了解到求吉慶心理對人們的影響。

　　人們遇有喜慶之事，如有不順，則心中大為不安。喜慶宴席，演戲如果劇情悲戚，就會讓人不安，覺得大煞風景，而主人則更覺得不是吉兆，心裏惶恐。清杜于皇與陳維崧在閑談時認為宴會首席絕不可坐，因為坐首席要點戲，而點戲是一件苦事，點得不好，滿座不歡。杜于皇說：「余嘗坐壽筵首席，見新戲有《壽春圖》，名甚吉利，亟點之，不知其斬殺到底，終坐不樂。」陳維崧也有過相同的遭遇，他說：「嘗坐壽筵首席，見新戲有《壽榮華》，以為吉利，亟點之，不知其哭泣到底，滿座不安。」[44]點戲人必須了解劇情，掌握在座人員的情況，以不犯諱又能討好座中人為上。因而吉祥喜慶的《天官賜福》、《八仙慶壽》、《蟠桃會》等神仙劇成為喜慶場合常演的開場戲。

---

43 見《筆記小說大觀》本（揚州市：廣陵古籍刻印社，1983年）。

44 〔清〕陳維崧：《迦陵詞》卷二十七〈自嘲用贈蘇昆生韻同杜于皇賦〉〈小序〉，清康熙二十八年陳宗石惠立堂刊本。

如《檮杌閑評》第二回、第三回中寫到祝壽演戲，其中說：「開場做戲，鑼鼓齊鳴，戲子扮了八仙上來慶壽。看不盡行頭華麗人物清標，唱一套壽域婺星高。王母娘娘捧著仙桃，送到簾前上壽。」[45]《歧路燈》第二十一回寫林家為母親做壽時：「戲班上討了點戲，先演了《指日高陞》，奉承了席上老爺；次演了《八仙慶壽》，奉承了後宅壽母；又演了《天官賜福》，奉承了席上主人。然後開正本。」[46]戲點得十分得體，壽星高興，而前來祝壽之人，也覺得吉利，眾人心滿意足。

神仙慶壽劇從宋金時期開始出現在舞臺上，到現在已有近千年的歷史。在這近千年的發展中，它由簡單的故事劇逐漸簡化成為一種吉慶儀式。這種吉慶儀式因其蘊含了和合吉祥、長壽富貴的深層內蘊，能滿足世俗百姓求吉祥和合、福祿壽考的心理需要，因而在如今仍然有很強的生命力。

第三節　蟠桃與慶壽戲劇

在古代慶壽活動中，桃是最重要的物品之一，是健康長壽、驅邪納吉的象徵，千百年來深受人們的喜愛。元明清慶壽戲曲通過神仙下凡獻桃慶壽傳達著豐富的文化信息，反映了人們貴生樂生的思想。筆者本節擬從蟠桃慶壽的文化觀照及蟠桃慶壽故事的不同形態作簡要的分析，探討慶壽戲曲的文化意蘊。

一　蟠桃慶壽的文化淵源

桃在古代文獻資料中出現得比較早，記載得也比較多。《山海

45　〔明〕無名氏：《檮杌閑評》（北京市：人民文學出版社，1983年），頁24。
46　〔清〕李綠園：《歧路燈》（鄭州市：中州書畫社，1980年），頁211。

經》中的〈西山經〉、〈北山經〉、〈東山經〉、〈中山經〉等篇中都有桃
的記載：

> 不周之山，……爰有嘉果，其實如桃，其葉如棗，黃華而
> 赤柎，食之不勞。(〈西山經〉)
>
> 又北百一十里，曰邊春之山，多蔥、葵、韭、桃、李。
> (〈北山經〉)
>
> 又南水行八百里，曰岐山，其木多桃李，其獸多虎。(〈東
> 山經〉)
>
> 又南水行七百里，曰孟子之山，其木多梓桐，多桃李。
> (〈東山經〉)
>
> 又西九十里，曰夸父之山。……其北有林焉，名曰桃林，
> 是廣員三百里，其中多馬。(〈中山經〉)
>
> 又東北百五十里，曰驕山，……其木多松柏，多桃枝鈎
> 端。(〈中山經〉)
>
> 又東北二百里，曰綸山，其木多梓枏，多桃枝。(〈中山
> 經〉)
>
> 又東北三百里，曰靈山，……其木多桃李梅杏。(〈中山
> 經〉)[47]

　　從《山海經》的這些記載來看，桃從上古時期起就是一種分布十
分廣泛的果樹。這種普通的果子給人們提供食物，為人們的生存做出
了貢獻。但這種普通的果子似乎並不被重視，人們所重視的是能令人
長生的仙桃。在先秦時期，神仙信仰分為兩個系統：崑崙山神話系
統、海上蓬萊仙島神仙系統，仙桃亦有崑崙山西王母仙桃與以度朔山

---

47 袁珂：《山海經校注》(上海市：上海古籍出版社，1980年)。

為代表的海上仙桃。從現存的資料來看，仙桃影響的擴大與漢武帝奉
道而衍生的故事密切相關。漢末建安前後的《漢武故事》、晉張華的
《博物志》、晉時的《漢武帝內傳》等書中都記載了西王母為漢武帝
獻桃之事：

> 下車，上迎拜，延母坐，請不死之藥。母曰：「太上之
> 藥，有中華紫蜜雲山朱蜜玉液金漿，其次藥有五雲之漿風實雲
> 子玄霜絳雪，上握蘭園之金精，下摘圓丘之紫柰，帝滯情不
> 遣，欲心尚多，不死之藥，未可致也。」因出桃七枚，母自啖
> 二枚，與帝五枚。帝留核著前。王母問曰：「用此何為？」上
> 曰：「此桃美，欲種之。」母笑曰：「此桃三千年一著子，非下
> 土所植也。」（中略）又致三桃曰：「食此可得極壽。」（《漢武
> 故事》）[48]

> 漢武帝好仙道，祭祀名山大澤以求神仙之道。時西王母遣
> 使乘白鹿告帝當來，乃供帳九華殿以待之。（中略）帝東面西
> 向，王母索七桃，大如彈丸，以五枚與帝，母食二枚。帝食桃
> 輒以核著膝前，母曰：「取此核將何為？」帝曰：「此桃甘美，
> 欲種之。」母笑曰：「此桃三千年一生實」。（《博物志》）[49]

> （西王母）因呼帝共坐，帝南面，向王母。母自設膳，膳
> 精非常。豐珍之肴，芳華百果，紫芝萎蕤，紛若填樏。清香之
> 酒，非地上所有，香氣殊絕，帝不能名也。又命侍女索桃，須
> 史，以鎣盛桃七枚，大如鴨子，形圓，色青，以呈王母。母以
> 四枚與帝，自食三桃。桃之甘美，口有盈味。帝食輒錄核，母

---

48 〔建安前後〕佚名：《漢武故事》，見《漢魏六朝筆記小說大觀》，頁173。
49 〔晉〕張華：《博物志》卷八，見《漢魏六朝筆記小說大觀》，頁220。

曰：「何謂？」帝曰：「欲種之耳。」母曰：「此桃三千歲一生實耳，中夏地薄，種之不生如何！」帝乃止。（《漢武帝內傳》）[50]

在《漢武故事》中，西王母所獻之桃「三千年一著子」，食之「可得極壽」，已具有後世傳說中神仙蟠桃的二個基本特點：結果時間長、長壽。張華的《博物志》、佚名的《漢武帝內傳》所記故事基本相同，其中對西王母所獻之桃的形狀大小有了明確說明：「大如彈丸」、「大如鴨子（一作卵），形圓，色青」。從中可知西王母所獻桃具有形圓、個小、色青等特點。

在西王母獻桃故事流行的同時，魏晉南北朝時期的文獻資料中，也記述了東方的仙桃。《風俗通》、《神異經》等書記載云：

> 東方有樹，高五十丈，葉長八尺，名曰桃。其子徑三尺二寸，和核羹食之，令人益壽。食核中仁，可以治嗽。（《神異經》）[51]

> 東海有山名度索山，有大桃樹，屈盤數千里，曰蟠桃。（《十洲記》）[52]

> 《括地圖》曰：「桃都山有大桃樹，盤屈三千里，上有金雞，日照則鳴。下有二神，一名鬱，一名壘，並執葦索，以伺不祥之鬼，得則殺之。」應劭《風俗通》：「《黃帝書》稱，上古之時，兄弟二人曰荼與鬱，住度朔山上桃樹下，簡百鬼。鬼妄捎人，援以葦索，執以食虎。」（《荊楚歲時記》）[53]

50　佚名：《漢武帝內傳》，見《漢魏六朝筆記小說大觀》，頁142。

51　〔漢〕東方朔：《神異經》，見《漢魏六朝筆記小說大觀》，頁50。

52　引自《藝文類聚》卷八十六，《四庫全書》本。

53　〔南朝梁〕宗懍：《荊楚歲時記》，見《漢魏六朝筆記小說大觀》，頁1052。

> 扶桑東五萬里，有磅磄山，上有桃樹百圍，其花青黑，萬歲一
> 實。(《拾遺記》)[54]

上面所引述的資料中提到了度朔山之桃、桃都山之桃、磅磄山之桃，
這些地方的桃樹都很高大，有的「高五十丈」，有的徑「百圍」，有的
「盤屈三千里」。果實也很大，有的桃子徑「三尺二寸」，結果時間
長，「萬歲一實」。桃子「和核羹食之，令人益壽」，核仁可治咳嗽。
東方仙桃比西王母的仙桃個大、結果時間長，既可治病，又可延年
益壽。

當然魏晉以後的記載中，仙桃在許多地方出現。如綏山之桃、郴
州之桃：

> 前周葛由，蜀羌人也。周成王時，好刻木作羊賣之。一
> 旦，乘木羊入蜀中。蜀中王侯貴人追之，上綏山。綏山多桃，
> 在峨眉山西南，高無極也。隨之者不復還，皆得仙道。故里諺
> 曰：「得綏山一桃，雖不能仙，亦足以豪。」山下立祠數十
> 處。[55]

> 仙桃，出郴州蘇耽仙壇，有人至心祈之，輒落壇上，或至
> 五六顆，形似石塊，赤黃色，破之，如有核三重，研飲之，愈
> 眾疾，尤治邪氣。[56]

到了後來，西王母仙桃逐漸由個小色青形圓之桃變為東方大桃，
度朔山蟠桃逐漸成為人們長壽追求的對象。西晉傅玄的〈桃賦〉所讚
美的就是度朔蟠桃：「望海島而慷慨兮，懷度朔之靈山。何茲樹之獨

---

54 〔前秦〕王嘉：《拾遺記》，見《漢魏六朝筆記小說大觀》，頁510。
55 〔晉〕干寶：《搜神記》，見《漢魏六朝筆記小說大觀》，頁279。
56 〔唐〕段成式：《酉陽雜俎前集》，見《漢魏六朝筆記小說大觀》，頁693。

茂兮，條枝紛而麗閑！根龍虬而雲結兮，彌千里而屈盤。」[57]唐獨孤授的〈蟠桃賦〉所寫的亦是度朔蟠桃，而且把《漢武故事》、《漢武帝內傳》等書中東方朔三偷桃與度朔之桃聯繫在一起[58]。唐代詩人歌詠蟠桃的詩不多，柳宗元的「披山窮木禾，駕海逾蟠桃」、元稹的「西瞻若水兔輪低，東望蟠桃海波黑」[59]，其中蟠桃當指蟠桃生長的地方。施肩吾的「蟠桃樹上日欲出」（〈望曉詞〉）、徐夤的「蟠桃樹在烟濤水」（〈東〉）等詩句所寫的都是東方海上蟠桃。陳陶的「仙家風景晏，浮世年華速。邂逅漢武時，蟠桃海東熟」（〈續古二十九首〉）詩句中，就把海上蟠桃與漢武帝聯繫在一起。《集仙錄》中，謝自然成道前後，金母命群仙「將桃一枝，大如斗，半赤半黃半紅」，「將桃六攢令食，食三攢」，可見金母之桃已大得可觀，且食之得仙[60]。到了宋代詩詞中，蟠桃一詞出現得十分頻繁，在這些詞中提到的也主要是海上蟠桃。如晏殊的「海上蟠桃易熟，人間好月長圓」（〈破陣子〉）、張綱的「海上蟠桃元未老，月中仙桂看餘芳」（〈浣溪沙〉）、韓元吉的「蓬萊水淺何曾隔，也應待得蟠桃摘」（〈醉落魄〉）、姜特立的「海上蟠桃，山中仙杏，共勸長生酒」（〈念奴嬌〉）等詩句都是詠海上蟠桃祝壽。在宋代詞人筆下，蟠桃的生長時間長短不一，有一千年、三千年、九千年、一萬年等說法。劉辰翁、李綱筆下的蟠桃一千年一熟，如「蟠桃熟，一熟一千年」（劉辰翁）、「千歲蟠桃初結實」（李綱）。晏殊、郭應祥、王義仙、崔敦禮、王邁、范成大、吳季子筆下的蟠桃則是一熟三千年。葛郯詞中蟠桃一熟「八千秋」，張孝祥筆下的蟠桃「一熟九千年」，王安中詞中的則是「萬歲蟠桃結」。到了元明清的戲曲作品

---

57 〔晉〕傅玄：〈桃賦〉，《初學記》卷二十八，《四庫全書》本。

58 〔唐〕獨孤授：〈蟠桃賦〉，見〔清〕董誥編：《全唐文》（北京市：中華書局，1983年影印本），卷四五六，頁4658。

59 〔唐〕元稹：〈夢上天〉，《全唐詩》，卷四一八。

60 〔宋〕李昉：《太平廣記》（北京市：中華書局，1961年），卷六十六，頁411。

中，西王母的蟠桃「三千年開花，三千年成實，三千年纔熟」[61]，「一熟九千年」就成為比較流行的說法。明洪武八年，朱元璋向眾詞臣出示元內府中所藏巨桃半核，「長五寸，廣四寸七分，前刻西王母賜漢武桃」，宋濂奉制〈蟠桃核賦〉[62]。從唐宋元的這些零星資料中，體大、成熟時間長已成為西王母蟠桃的重要特徵。

二　蟠桃慶壽的文化意蘊

西王母蟠桃由於有難生長、時間長、食之長壽成仙等諸多神秘之點，千百年來成為世人長壽追求的重要對象，「蟠桃」也因之成為中華祝壽文化中最重要的詞語之一。在詞、散曲、戲曲等大眾文學作品中，「蟠桃」一詞的出現大都與祝壽有關。宋詞中，晏殊的〈破陣子〉（海上蟠桃易熟）、〈鵲踏枝〉（紫府群仙名籍秘）詞，張綱祝榮國生日的〈浣溪沙〉、〈點絳唇〉詞，張元幹祝周總領生日的〈水龍吟〉詞，王之道祝張文伯生日的〈水調歌頭〉詞，郭應祥「壽韓思機」的〈滿江紅〉詞，張矩的「為趙懶窩壽」的〈摸魚兒〉詞，何夢桂「壽夾穀書隱」的〈沁園春〉詞等都利用蟠桃來表達「海上蟠桃易熟，人間好月長圓」，「蟠桃花發一千年，祝長壽、比神仙」（晏殊語）的美好祝願。蘇軾〈臨江仙〉（九十日春都過了）詞中的「閬苑先生須自責，蟠桃動是千秋，不知世人苦厭求」句以蟠桃生長時間太長，難以滿足世人的長壽需求來責難閬苑先生，詞旨意味深長。散曲中，王惲的〔越調平湖樂〕〈壽李夫人六首〉、〈壽府僚〉，鍾嗣成的〔南呂罵玉郎過感皇恩采茶歌〕〈壽〉、張可久的〔雙調沉醉東風〕〈胡容齋使君壽〉等諸多曲中蟠桃與長壽密切相連。

61　〔明〕朱有燉：《新編瑤池會八仙慶壽》，上海涵芬樓印行。

62　〔明〕宋濂：〈奉制撰蟠桃核賦〉，《宋學士文集》卷一，《四部叢刊》本。

　　戲曲舞臺上，蟠桃慶壽一直是祝壽演出最重要的內容之一。宋金雜劇院本中，《宴瑤池饗》、《瑤池會》、《蟠桃會》、《王母祝壽》等劇目都與蟠桃有關，當演西王母慶賞蟠桃的故事。元神仙道化劇中雖有多種劇本涉及蟠桃，但只有鍾嗣成的《宴瑤池王母蟠桃會》雜劇、無名氏的《王母蟠桃會》與慶壽有關，其他主要屬於神仙度脫劇範疇。明代，與蟠桃有關的慶壽劇大量出現，既有文人創作的劇本，也有教坊才人創作的劇本。文人創作的劇本，有吳德修的《偷桃記》，無名氏的《蟠桃會》、《祝壽記》、《恩榮記》等傳奇，朱有燉的《群仙慶壽蟠桃會》、《瑤池會八仙慶壽》，楊維中的《偷桃獻壽》，無名氏的《蟠桃三祝》、《蟠桃宴》、《東方朔》等雜劇，今存吳德修的《偷桃記》、無名氏的《祝福記》、朱有燉的《群仙慶壽蟠桃會》、《瑤池會八仙慶壽》等劇。脈望館鈔校本《古今雜劇》所保存的教坊編演的有關慶壽的十幾種劇作中幾乎都有蟠桃慶壽的場面。清代無名氏的《康熙萬壽雜劇》、《雙福壽》傳奇、李斗的《歲星記》傳奇、蔣士銓《西江祝嘏》雜劇等亦都有蟠桃慶壽的場面。而地方戲中《蟠桃會》、《八仙慶壽》等是最普通的劇目。此外，一些神仙度脫劇、愛情劇中亦有蟠桃慶壽的場面。可以說，蟠桃是元明清神仙戲曲中最常見的物品，是世俗百姓最喜愛的吉祥物。

　　蟠桃在慶壽之外，還有著多重文化意蘊。在魏晉時期的文獻資料中，所提到的仙桃有崑崙之桃、桃都山之桃、磅磄山之桃、度朔山之桃、綏山之桃、郴州之桃，然而到了後來只有度朔山的蟠桃影響大，而其他的仙桃則沒有什麼影響。唐宋以後文學藝術作品所寫的大多是度朔蟠桃，如《清江貝先生詩集》中云：「我聞度朔山，蟠桃何鬱鬱。千歲纔一花，結子復何日。食之云不死，敷腴反枯質。」[63]清《康熙萬壽雜劇》中「金母獻環」演瑤池金母採度朔之桃共祝無疆。

63 〔明〕貝瓊：《五言古詩》〈雜詩〉，見《清江貝先生詩集》卷一，《四部叢刊》本。

度朔山蟠桃之所以影響大，其中有著複雜的原因。估計一方面因度朔山遠在海外，難以尋覓，有著一定神秘性，另一方面是度朔山之桃涉及到中華民俗文化的另一個重要命題：驅邪納吉。度朔桃驅邪之意蘊，源於上古時期，《風俗通》徵引《黃帝書》云：

> 謹按《黃帝書》：「上古之時，有神荼與鬱壘昆弟二人，性能執鬼。度朔山上有桃樹，二人於樹下簡閱百鬼，無道理妄為人禍害，神荼與鬱壘縛以葦索，執以食虎。」於是縣官常以臘除夕飾桃人，垂葦茭，畫虎於門，皆追效前事，冀以衛凶也。桃梗，梗者，更也，歲終更始，受介祉也。（下略）[64]

神荼、鬱壘二人在度朔山桃樹下簡百鬼，執之食虎，為人除害。桃枝驅邪之說，在漢魏的記載中亦多見。東漢張衡的〈西京賦〉記載了當時的驅儺活動，活動中「桃弧棘矢，所發無臬」，其中所說的即是用桃木為弓矢射鬼。《後漢書》〈禮儀志〉中還有皇帝以「葦戟、桃杖以賜公、卿、將軍、特侯、諸侯」[65]的記載。梁宗懍的《荊楚歲時記》中云正月裏，「造桃板著戶，謂之仙木。（中略）桃者，五行之精，厭伏邪氣，制百鬼也」[66]。桃被稱為仙木，成為人們驅邪的重要工具，後世的門聯就是由桃符演變而來。

此外，桃似還隱含一種來源甚古的生殖意義。雌性生殖器的外形呈桃形，現今湖南一些地方仍稱雌動物生殖器為「桃子」。桃子在一定程度上也隱含了得子的吉兆，夢食仙桃生子的傳說就說明了這一點。如元清虛真人范全生母夢「神人出桃一枚俾啖之，覺而有娠」，

64　〔漢〕應劭著，吳樹平校釋：《風俗通義》（天津市：天津古籍出版社，1980年），頁306。

65　〔南朝宋〕范曄：《後漢書》〈禮儀中〉，《四庫全書》本。

66　〔南朝梁〕宗懍：《荊楚歲時記》，見《漢魏六朝筆記小說大觀》，頁1051。

後誕范全生[67]；井德用真人母陳氏「翼夕夢仙娃，衣青衣，冠玄冠，授桃一枚，食而有娠」，後誕井真人[68]。《仙桃種》戲曲中，主人公夢食仙桃，後有孕生子，也很明顯地反映了桃的這種生殖意蘊[69]。「桃之夭夭」、「投桃報李」、「桃李滿天下」等詩意中亦隱含著這種生殖意義。《神仙記》中，天台二女與劉晨阮肇成親時，「群女持桃子，笑曰：賀汝婿來」，其中也應蘊含著某種生殖祝福[70]。

　　長壽健康、驅邪納吉、多子多福等多重文化意蘊當是蟠桃深受世人喜愛的重要原因。

三　蟠桃慶壽的戲劇觀照

　　伴隨著西王母仙桃傳說的廣泛流行，民間出現了許多與蟠桃有關的神仙故事。這些故事在祝壽詩詞曲中多有詠嘆，在戲曲作品中也有生動的演繹，豐富了祝壽文化。這些故事從慶壽模式上看，大致可以分為群仙瑤池賞蟠桃祝壽、群仙下凡獻桃祝壽、東方朔偷桃祝壽三種模式。

　　群仙瑤池宴賞蟠桃，這是神仙世界最重要的活動，也是人世間眾生最為嚮往的盛會。詩人憑想像在詩詞中吟詠，畫家憑想像在繪畫中描繪。鄭思肖有〈西王母蟠桃宴圖〉、王陽明亦曾獻〈蟠桃圖〉。鄭思肖的「玄圃筵開物外春，萬仙歡笑動精神」[71]詩句，把神仙會蟠桃的那種興奮快樂之情真切地予以表現。民間還「挑成祝壽詞，織成蟠桃

---

67 見〈清虛純德輔教真人祠堂記〉，光緒《棲霞縣續志》，引自王宗昱：《金元全真教石刻新編》（北京市：北京大學出版社，2005年），頁40。

68 見〈皇元制授諸路道教都提點洞陽顯道忠貞真人井公道行之碑〉，《續修陝西通志稿》，引自王宗昱：《金元全真教石刻新編》，頁92。

69 〔清〕佚名：《仙桃種》，一名《瓊花記》，《曲海總目提要》卷三十一著錄，頁1365。

70 〔宋〕李昉：《太平廣記》，頁383。

71 〔宋〕鄭思肖：〈西王母蟠桃宴圖〉，見《所南翁一百二十圖詩集》，《四部叢刊》本。

會」[72]（趙明道），把神仙蟠桃會織入羅帕，傳情達意。在元明清戲曲
作品中，群仙瑤池慶賞蟠桃祝壽模式，一般演西王母瑤池蟠桃成熟，
邀群仙慶賞蟠桃；到後來，下凡祝壽成為蟠桃會的重要議題。朱有燉
的《群仙慶壽蟠桃會》雜劇敘瑤池蟠桃成熟，又恰好人間千歲壽旦，
西王母邀眾仙慶賞蟠桃，並一同下凡獻桃祝壽。其《瑤池會八仙慶
壽》雜劇，劇中人物有所變化，但模式差不多。

　　獻桃祝壽模式大致有兩種形式，第一種是西王母蟠桃宴，眾仙向
西王母獻桃。獻桃的有金童玉女、桃花仙子、蟠桃仙子、猿猴等。谷
子敬的《城南桃》、賈仲明的《金安壽》、朱有燉的《神仙會》等雜劇
中都有獻桃金母的場面。第二種是人間壽誕，神仙向人間壽星獻桃。
這種模式的形成與西王母獻漢武帝仙桃有關，西王母是獻桃的主角之
一。明代教坊編演的慶壽劇、清代的慶壽劇等基本上都屬於這種形
式。明代文人、教坊才人編寫的慶壽劇中，神仙下凡獻桃祝壽的對象
主要是皇室宗族及一些非常有地位的人物，如皇帝、皇太后、皇后、
皇妃、藩王等，而民間的慶壽活動則多是這些劇作的改編演出。王懋
昭在〈演戲慶壽說〉一文中對民間慶壽演戲十分不滿：

> 　　嘗慨世人豪華相競，無論生壽冥壽，演戲慶祝，優人必扮
> 八仙與王母，為之拜焉跪焉，以明肅恭而邀賞。夫優人之拜
> 跪，固所當然。而既扮八仙與王母，是儼然八仙、王母為之拜
> 也跪也。夫八仙之為仙、王母之為神，人人知之。以仙神而拜
> 跪生壽之人，冥壽之鬼，人人見之而不以為怪。豈以戲之謂
> 嬉，人鬼可嬉，而仙神亦可嬉耶！[73]

---

72 〔元〕趙明道：〔雙調夜行船〕〈寄香羅帕〉，見隋樹森編：《全元散曲》（北京市：
　　中華書局，1964年）頁335。

73 〔清〕王懋昭：〈三星圓〉前序，引自蔡毅：《中國古典戲曲序跋彙編》，頁2060。

王懋昭的這種不滿也當存在於其他劇作者心中，因而在他們的劇作中，西王母獻桃上壽被改為仙女獻桃上壽、麻姑獻桃上壽。

相比前兩種模式來說，東方朔偷桃慶壽模式更得世俗百姓的喜愛。東方朔偷桃在《漢武故事》、《漢武帝內傳》、《博物志》等書中都有記載。《漢武故事》中巨靈說王母蟠桃三千年一著子，東方朔三偷之。《漢武帝內傳》中西王母說東方朔是她鄰家小兒，曾為「仙官」，「性多滑稽，曾三來偷此桃」。東方朔為仙官的經歷到唐李冗《獨異志》中又有所變化：「漢東方朔，歲星精也。自入仕漢武帝，天上歲星不見，至其死後，星乃出。」[74]該書還記載了東方朔神奇的出身：張少平妻田氏，少平卒後寡居，忽夢一人自天而下，壓其腹，因而懷孕，後「徙於代，依東方，五月朔旦生一子，以其居代東方，名之東方朔」[75]。「人云東方朔奇，奇事皆歸東方朔」，許多奇事都依附到東方朔身上，使得他的一切更加神奇。

明清時期，人們把他偷桃故事譜為戲曲，今存朱有燉的《群仙慶壽蟠桃會》雜劇、吳德修的《偷桃記》傳奇、蔣士銓的《西江祝嘏》雜劇等，皆以滑稽詼諧為基調。《蟠桃會》雜劇中，王母派董雙成、許飛瓊二仙女看守蟠桃，仙家歲月長，二仙女蟠桃樹邊略睡，東方朔化作千年靈龜、仙鶴前去偷桃，後被仙女捉住。作者把東方朔偷桃作為劇中的滑稽場面來寫，藉以調節觀眾心理，活躍舞臺氣氛。吳德修的《偷桃記》則寫東方朔偷桃成仙後，向漢武帝自薦，後隨司馬相如出征，殺私通匈奴的董偃，為國出力之事。而蔣士銓《西江祝嘏》雜劇則更是立意出奇，劇寫王母派四海土地看守度朔山蟠桃，四海土地以東方朔有事外出而放鬆警惕，結果東方朔母田婆婆乘機前去偷走了蟠桃，途遇嫦娥，一同下凡獻桃祝壽。劇中形象生動，場面熱鬧，滑

---

74 〔唐〕李冗：《獨異志》卷上，見《唐五代筆記小說大觀》（上海市：上海古籍出版社，2000年），頁918。

75 〔唐〕李冗：《獨異志》卷上，見《唐五代筆記小說大觀》，頁909。

稽有趣，是一部獨具特色的祝壽戲。以東方朔偷桃故事為題材的劇作，只有楊潮觀的《偷桃》雜劇超越了傳統的祝壽主題，作者通過東方朔被捉後對王母的反駁來表達自己的觀點。

千百年來，西王母蟠桃在民俗神仙信仰的推動下，成為中華祝壽文化的寵兒。人們並非都不了解西王母蟠桃的虛無，只是因為其蘊含了長壽、多子、吉祥等美好祝願，智者也樂於從眾。正如王陽明在〈題壽外母蟠桃圖〉中所說的：「夫王母蟠桃之說，雖出於仙經異典，未必其事之有無。然今世之人多以之祝願其所親愛，固亦古人岡陵松柏之意也。吾從眾可乎。」[76]這種為「祝願親愛」而產生的從眾心理是蟠桃影響擴大的重要推動力，也是神仙慶壽戲劇經久不衰的重要原因。

---

76 〔明〕王陽明：〈題壽外母蟠桃圖〉，見《陽明先生集要文章編》，《四部叢刊》本。

第八章

神仙愛情劇

在元明清以道教神仙故事為題材的劇作中，有一大批劇作敷衍神仙與凡人、道姑與書生的愛情故事。這些劇作雖然沒有很強的宗教意識，但筆者認為仍應屬於道教神仙劇的範疇，它們是道教神仙故事的世俗解讀。這些劇作通過描寫神仙與凡人、道姑與書生的浪漫愛情故事，表現了人的本能慾望，曲折地反映了封建社會男女雙方對理想愛情的無限渴望。

神仙愛情劇劇目眾多，筆者從元明清的戲曲典籍以及莊一拂、傅惜華等人的戲曲目錄著作中粗略統計了以下劇目：

（1）元明戲文傳奇中的神仙愛情劇目

一、施惠《芙蓉城》（《傳奇匯考標目》別本著錄，佚）；

二、徐㫤《杵藍田裴航遇仙》（《傳奇匯考標目》別本著錄，佚）；

三、無名氏《王子高》（《南詞新譜》引有《王子高舊傳奇》，《宋元戲文輯佚》存曲八支）；

四、無名氏《柳毅洞庭龍女》（《南詞敘錄》著錄，佚）；

五、無名氏《董秀才遇仙記》（未見著錄，《宋元戲文輯佚》存曲六支）；

六、心一子《遇仙》（《曲品》著錄，佚）；

七、徐霖《種瓜記》（見《金陵瑣事》，佚）；

八、龍膺《藍橋記》（《曲品》著錄，佚）；

九、呂天成《藍橋記》（《遠山堂曲品》著錄，佚）；

十、楊之炯《玉杵記》（《遠山堂曲品》著錄，佚）；

十一、雲水道人《藍橋玉杵記》（未見著錄，存明浣月軒刊本）；

十二、許自昌《橘浦記》（《遠山堂曲品》著錄，存明梅花墅刊本）；

十三、高濂《玉簪記》（《曲品》著錄，存《六十種曲》本）；

十四、葉憲《釵書記》（《遠山堂曲品》著錄，存明萬曆刊本）；

十五、顧覺宇《織錦記》（《曲錄》著錄，存《董永遇仙》、《槐蔭分別》二折）；

十六、黃惟楫《龍綃記》（《曲品》著錄，佚）；

十七、柳□□《翡翠鈿》（《遠山堂曲品》著錄，佚）；

十八、無名氏《傳書記》（未見著錄，見《曲品》「龍綃」條，佚）；

十九、無名氏《月桂記》（《遠山堂曲品》著錄，佚）；

二十、無名氏《鵲橋記》（見《曲目鈎沉錄》，佚）；

二一、無名氏《天緣記》（見《曲海總目提要》，佚）；

二二、無名氏《玉杵記》（《遠山堂曲品》著錄，佚）。

（2）清傳奇中的神仙愛情劇目

一、李玉《太平錢》（《今樂考證》著錄，存鈔本）；

二、李漁《蜃中樓》（《今樂考證》著錄，存《笠翁十種曲》本）；

三、鄒山《雙星圖》（未見著錄，存清刊本）；

四、張勻《長生樂》（《曲錄》著錄，存鈔本）；

五、高宗元《玉簪記》（《今樂考證》著錄，佚）；

六、陸繼輅《洞庭緣》（《今樂考證》著錄，存光緒刊本）；

七、陳烺《仙緣記》（《曲錄》著錄，存《玉獅堂十種曲》刊本）；

八、何鏞《乘龍佳話》（未見著錄，存光緒石印本）；

九、洞口漁郎《藍橋驛》（《今樂考證》著錄，佚）；

十、張彝宣《井中天》（《今樂考證》著錄，佚）；

十一、司馬章《雙星會》（未見著錄，存清乾隆刊本）；

十二、無名氏《樊樹記》（《今樂考證》著錄，存鈔本）；

十三、無名氏《求如願》（見《曲海總目提要》，佚）。

（3）元雜劇中的神仙愛情劇目

一、庾吉甫《裴航遇雲英》（《錄鬼簿》著錄，佚）；

二、馬致遠《劉阮誤入桃源洞》（《錄鬼簿》著錄，佚）；

三、尚仲賢《張生煮海》（《錄鬼簿》著錄，佚）；

四、李好古《張生煮海》（《錄鬼簿》著錄，存《元曲選》本）；

五、尚仲賢《洞庭湖柳毅傳書》（《錄鬼簿》著錄，存《元曲選》本）；

六、石子章《秦翛然竹塢聽琴》（《錄鬼簿》著錄，存脈望館鈔校本）；

七、汪元亨《桃源洞》（《錄鬼簿續編》著錄，佚）；

八、陳伯將《誤入桃源》（《錄鬼簿續編》著錄，佚）。

（4）明雜劇中的神仙愛情劇目

一、王子一《劉晨阮肇誤入天台》（《太和正音譜》著錄，存《元曲選》本）；

二、劉兌《月下老定世間配偶》（《錄鬼簿續編》著錄，佚，《元人雜劇九沉》存四套曲）；

三、汪道昆《楚襄王陽臺入夢》（《今樂考證》著錄，存《盛明雜劇》本）；

四、車任遠《高唐夢》（《曲品》著錄，佚）；

五、楊之炯《天台奇遇》（未見著錄，存明浣月軒刊本）；

六、無名氏《雷澤遇仙記》（《今樂考證》著錄，存脈望館鈔校本）；

七、無名氏《巫娥女醉赴陽臺夢》（《今樂考證》著錄，佚）；

八、無名氏《呂洞賓戲白牡丹》（《今樂考證》著錄，佚）；

九、無名氏《相送出天台》(《遠山堂劇品》著錄，佚)；

十、無名氏《渡天河織女會牽牛》(《寶文堂書目》著錄，佚)；

十一、無名氏《張于湖誤宿女貞觀》(《今樂考證》著錄，存脈望館鈔校本)。

(5)清雜劇中的神仙愛情劇目

一、龍燮《芙蓉城》(《曲錄》著錄，存乾隆刊本)；

二、黃兆森《藍橋驛》(《今樂考證》著錄，存康熙博古堂刊本)；

三、梁孟昭《相思硯》(《今樂考證》著錄，佚)；

四、陳烺《花月痕》(未見著錄，存清道光刻本)；

五、程聰《月殿緣》(未見著錄，存清乾隆間稿本)；

六、臥園居士《梅花福》(未見著錄，存清刻本)[1]。

　　以上所列劇目五十餘種，從劇目內容來看，主要寫仙人與凡人、龍女與凡人、道姑與書生三大類愛情故事。每一類愛情故事中又有多個故事系列，筆者下面分別加以介紹。

第一節　仙凡愛情劇系列

　　仙凡愛情劇是道教神仙愛情劇的主體部分，從愛情主角來看，其中可分為女仙與凡男、男仙與凡女兩大故事類型。男仙與凡女愛情的劇目比較少，只有呂洞賓戲白牡丹、張果老娶文女等少數劇目。相比之下，仙女與凡男愛情的劇目則多得多，其中又以劉阮天台遇仙、裴航遇雲英、董永遇仙、牛郎織女四故事為題材的劇目最多。

1　按：因現存劇目、劇本內容複雜，往往度世、慶壽、鬥法等互相融合，難以做出很準確的區分。筆者統計的劇目主要從題目及劇本內容的主流傾向來加以區分的。

一　劉晨、阮肇與天台二仙女愛情系列劇

劉晨、阮肇與天台桃源二仙女的故事，最早當源於干寶的《搜神記》，南朝宋劉義慶的《幽明錄》中也有記載。《太平廣記》卷六十一中收錄了《神仙記》中的故事，題為《天台二女》：

> 劉晨、阮肇，入天台采藥，遠不得返。經十三日饑。遙望山上有桃樹子熟，遂躋險援葛至其下。啖數枚，饑止體充，欲下山。以杯取水，見蕪菁葉流下，甚鮮妍。復有一杯流下，有胡麻飯焉。乃相謂曰：此近人矣。遂渡山，出一大溪。溪邊有二女子，色甚美。見二人持杯，便笑曰：劉阮二郎捉向杯來。劉阮驚。二女遂忻然如舊相識，曰：來何晚耶？因邀還家。南東二壁，各有絳羅帳。帳角懸鈴，上有金銀交錯。各有數侍婢使令。其饌有胡麻飯、山羊脯、牛肉，甚美。食畢行酒。俄有群女持桃子，笑曰：賀汝婿來。酒酣作樂。夜後各就一帳宿，婉態殊絕。至十日求還，苦留半年。氣候草木，常是春時。百鳥啼鳴，更懷鄉，歸思甚苦。女遂相送，指示還路。鄉邑零落。已十世矣。[2]

在這個故事中，作者塑造了一個優美而寧靜的世界，在那裏有令人長生不老的仙桃、胡麻飯，還有四季如春的景色、美麗多情的桃源仙女，這些都讓人怦然心動。而且山中半年，人間十世，人世短暫的時間在這裏變得永恆。由於這個故事能滿足世人內心深處的情愛慾望、長生慾望、享樂慾望，因而千百年來被人們詠嘆，成為古代文人

2　明鈔本《太平廣記》作《搜神記》，見《太平廣記》卷六十一（北京市：中華書局，1961年），頁383。

心中一個難解的情結。東晉陶淵明的《搜神後記》卷一也記載了一個
與之大致相同的故事。故事云會稽獵戶袁相、根碩二人追趕山羊至赤
城，那裏「內甚平敞，草木皆香」，「有一小屋，二女子住其中，年皆
十五六，容色甚美」。二女見袁相、根碩二人至，「欣然云：『早望汝
來。』遂為室家」[3]。袁相、根碩遇仙當是劉、阮故事的流傳變化。劉
義慶的《幽明錄》中劉、阮故事有了進一步發展：劉晨、阮肇乃剡縣
（今浙江嵊縣）人，「漢明帝永平五年」，二人因入山取穀皮，於山中
迷路十三日後遇天台仙女，留住半年後回家，人間已七世，後於「晉
太元八年，忽復去，不知何所」[4]。在這則記載中，劉、阮生活於東漢
初年，於東晉末年不知所終，其間相距三百多年，劉、阮生活時間的
拉伸神化了他們天台遇仙的經歷。故事結尾的「忽復去，不知何所」
一語，使故事帶有一種迷幻色彩，成為後來文人想像發揮的根據。

　　宋元時期，劉晨、阮肇與二仙女都成為道教典籍中的神仙。宋紹
興年間陳光葆的《三洞群仙錄》[5]卷十二有〈天台劉阮〉條：

> 《神仙傳》：劉晨、阮肇嘗往天台山采藥，迷失道路。因過
> 溪，見二女子顏色殊絕。邀至家，設甘酒下胡麻飯、山羊脯，
> 食之甚美。館於山中半年許，洎歸鄉，邑零落，已七百年矣。

元趙道一《歷世真仙體道通鑒》卷七有〈劉晨〉[6]條，事迹與《太平
廣記》所記大致相同，但已完全神化。《太平廣記》中「群女持桃

3　〔晉〕陶潛：《搜神後記》卷一（北京市：中華書局，1981年）。
4　〔南朝宋〕劉義慶：《幽明錄》，見《漢魏六朝筆記小說大觀》（上海市：上海古籍
　　出版社，1999年），頁697。
5　〔宋〕陳光葆：《三洞群仙錄》，見《道藏》（北京市：文物出版社，1988年），第32
　　冊，頁315。
6　〔元〕趙道一：《歷世真仙體道通鑒》，見《正統道藏》（臺北市：新文豐出版公司，
　　1977年），第8冊。

子」慶賀，在趙道一筆下成為「數仙客將三五桃」來慶賀。劉晨、阮
肇駐留十五日後求還，仙女說：「今來此是宿福所招得至仙館，比之
流俗何有此樂。」劉晨、阮肇回去後：「既無親屬，棲泊無所，卻欲
還女家，尋當年所往山路，迷莫知其處。至晉武帝太康八年，竟失二
公，不知其所之也。」在趙道一的筆下，劉、阮與天台二女故事已完
全被神化，成為道教神仙故事。

　　劉晨、阮肇與天台二仙女的愛情故事，「神仙兒女，兼備一身」[7]，
深得文人士大夫的喜愛。唐宋時期，文人用詩詞吟詠著這個美麗的愛
情故事，牟融、張祜、曹唐、蘇軾、葉夢得、陸游、汪莘、劉辰翁、
陳德武等詩人都有題詠。特別是唐詩人曹唐用〈劉晨阮肇游天台〉、
〈劉阮洞中遇仙子〉、〈仙子送劉阮出洞〉、〈仙子洞中有懷劉阮〉、〈劉
阮再到天台不復見仙子〉組詩描述了劉阮與天台仙女相遇、分離的過
程，對劉阮再到天台不復見仙子報以惋惜與同情：「再到天台訪玉
真，青苔白石已成塵。笙歌冥寞閑深洞，雲鶴蕭條絕舊鄰。草樹總非
前度色，烟霞不似昔年春。桃花流水依然在，不見當時勸酒人。」[8]

　　宋金時期，劉阮桃源遇仙故事被搬上舞臺，金院本中有《入桃
源》[9]劇目。元明清時期，以這個故事為題材的劇作更是層出不窮。
元雜劇中有馬致遠的《劉阮誤入桃源洞》、汪元亨的《桃源洞》、陳伯
將的《誤入桃源》；明雜劇中有王子一的《劉晨阮肇誤入天台》、楊之
炯的《天台奇遇》、無名氏的《相送出天台》等；明無名氏《賽四節
記》傳奇中有《天台遇仙》、清傳奇中有張勻的《長生樂》等。

　　馬致遠的《劉阮誤入桃源洞》劇，《錄鬼簿》著錄，劇本佚，《元

7　吳梅：〈誤入桃源跋〉，見《中國古典戲曲序跋彙編》（濟南市：齊魯書社，1989年），
　　頁806。

8　〔清〕彭定求等：《全唐詩》卷六四〇（北京市：中華書局，1960年）。

9　按：此劇目原名《入桃園》，譚正璧先生疑應作「入桃源」，演劉晨、阮肇故事。詳
　　見《話本與古劇》（上海市：上海古籍出版社，1985年），頁212。

人雜劇鉤沉》輯存第四折《雙調收尾》曲一支。馬致遠的〔南呂四塊
玉〕《天台路》散曲亦以劉、阮天台遇仙為歌詠對象：「采藥童，乘鸞
客，怨感劉郎下天台。春風再到人何在，桃花又不見開。命薄的窮秀
才，誰教你回去來。」[10]汪元亨的《劉晨阮肇桃源洞》，《錄鬼簿續
編》著錄，題目正名作「二人誤入武陵溪，劉晨阮肇桃源洞」。從此
劇題目正名來看，作者似是把天台桃源仙女故事與武陵桃花源結合起
來。陳伯將的《誤入桃源》，《錄鬼簿續編》著錄，劇本佚，題目正名
不詳。無名氏《相送出天台》，《遠山堂劇品》著錄，劇本佚。劉、阮
遇仙故事今存明王子一《劉晨阮肇誤入天台》、楊之炯《天台奇遇》
雜劇，無名氏《賽四節記》中的《天台遇仙》齣、清張匀的《長生
樂》傳奇。

　　王子一的《劉晨阮肇誤入天台》雜劇，是現存寫劉晨、阮肇故事
的最早的劇本。此劇《太和正音譜》著錄，今存脈望館校《古名家雜
劇》本、《元曲選》本等。劇本在《搜神記》、《幽明錄》、《歷世真仙
體道通鑒》劉晨、阮肇故事的基礎上，增加了太白金星，而且改變了
故事的結局。劇中劉晨、阮肇在天台山下「閑居修行」，「常則是道書
堆玉案，仙峰疊青霞」。一日入天台山採藥，天晚難以返家，太白金
星指引二人去桃源洞與二仙女相會。二仙女本是紫霄玉女，因動凡心
而被謫降塵寰，與劉晨、阮肇有五百年仙契。二仙女與劉晨、阮肇結
成仙緣一年後，劉晨、阮肇思歸故鄉，然歸家時，一切都已改變。二
人再入天台山尋桃源仙女，在太白金星的指引下，與二仙女再相會，
後同登天府。作者根據《幽明錄》中的「忽復去，不知何所」進行了
合理的想像，改變了這個故事的感傷結局，代以劉阮二人再入桃源與
二仙女相會，同登天府的美好結局，表達了作者追求理想人生的思
想。孟稱舜認為此劇與元劇「風氣相類」，「佳語秀語雕刻語絡繹間出

10　〔元〕馬致遠：〔南呂四塊玉〕〈天台路〉，見《全元散曲》（北京市：中華書局，
　　1964年），上冊，頁234。

而不傷渾厚之意」，藝術成就很高[11]。然此劇情節仍有疏漏之處，如二
仙子本居住在人迹罕至的天台山桃源洞內，但劇中寫她們與劉晨、阮
肇分別時，「二仙子乘車」送至「十里長亭」，似與環境不太吻合。當
然，這個疏漏並不影響此劇的主題，相反更顯現出作者對人間理想愛
情的期待，作者並未把他們當作不可企及的對象，而是把他們當作現
實生活中自由相愛、感情美好的情侶對待。

　　楊之炯的《天台奇遇》為一折短劇，今存明萬曆間浣月軒原刊
本，《古本戲曲叢刊》據之影印；無名氏《天台遇仙》是《賽四節
記》中一齣，見明胡文煥《群音類選》卷二十三。兩劇故事情節與王
子一劇作大致相同。元明戲曲中，與劉晨、阮肇結緣的仙女各不相
同。元張壽卿《謝金蓮詩酒紅梨花》第一折謝金蓮唱詞中有「可知道
劉郎喜殺，又值著我玉真未嫁，抵多少香飯胡麻」[12]之詞；明王子一
《誤入桃源》第四折劉晨詩中有「再到天台訪玉真，青苔白石已成
塵」之詞[13]，劉晨與玉真結親，與唐人曹唐詩所寫相同。楊之炯雜劇
中二仙女為玉香仙子含真、絳真，無名氏《賽四節記》傳奇中二仙女
為金蘭香、金蕙芳。

　　清張勻的《長生樂》傳奇對劉晨、阮肇故事進行了比較大的改
造。張勻，字宣衡，號鵲山，浙江秀水人，約清康熙三十一年前後在
世。劇本《曲錄》、《曲考》、《曲海目》等著錄，列入「無名氏」劇作
中[14]。劇本今存鈔本、《古本戲曲叢刊三集》影印本。全劇十六齣，分
上下兩卷。上卷敘武夷太姥一千二百歲生辰，王子喬、麻姑眾仙前去
祝壽。武夷太姥求聖母為兩少女婚事留心。聖母云峨嵋劉晨、阮肇是

11　〔明〕孟稱舜：《古今名劇合選》，《古本戲曲叢刊第四集》影印。

12　〔元〕張壽卿：《謝金蓮詩酒紅梨花》，見臧晉叔編：《元曲選》（北京市：中華書局，
　　1989年），頁1082。

13　〔明〕王子一：《誤入桃源》，見臧晉叔編：《元曲選》，頁1366。

14　按：《中國曲學大辭典》以之屬明袁于今。

上仙轉世，等他們登科後，為之作伐，成就姻緣。晉王考試士子，劉
晨中狀元，阮肇為讓劉晨科第佔先，在試卷上劃圈違規，後皇帝降旨
拔阮肇為遺才狀元。皇帝給二狀元假期榮歸，二人重陽登高遊賞。因
天台山二仙女與劉晨、阮肇有六日姻緣之分，天台山神用縮地神杖，
幻引二人入天台山，與二仙子相遇。二人戀二仙芳容與之成親。下卷
敘天子壽辰，群仙騎鶴下凡祝壽。仙人贈聖上詩，言聖上仙緣應在劉
阮二人身上。皇上授劉晨子劉餘蔭為兵部尚書、滅寇大元帥。劉餘蔭
帶兵大敗契丹。劉晨、阮肇二人山中思歸，六日後出山。人間一切都
變了，山中六日，人間六十年。劉晨帶子餘蔭朝見皇上，獻仙丹，被
拜為天台郡國公。《長生樂》中劉晨、阮肇由天台人變成峨嵋人，他
們之所以到天台山，是因為山神的縮地神杖而致。劉晨、阮肇二人出
山後獻仙丹為顯官。全劇把人世功名、神仙情愛與神仙長壽結合起
來，借劉晨、阮肇故事，演一門富貴神仙。《曲海總目提要》卷三十
三著有此劇，後有按語云：「劉餘蔭、餘祐兄弟，涿州人，皆為顯
官，子孫貴盛。作者借晨、肇事以娛之。恐或然也。」[15]

　　通過前面的簡要分析，我們知道劉阮桃源遇仙系列劇在對傳說故
事繼承的同時進行了相應的改編。其中最重要的就是改變了故事的結
局，劉晨、阮肇與天台仙女的傷感離別被改變成美滿團圓。這種改變
表現了文人對理想愛情的追求、對幸福長壽生活的無限嚮往之情。

二　裴航、雲英愛情故事系列劇

　　裴航、雲英的愛情故事也是古代文學中的一個重要創作題材。故
事源出唐裴鉶《傳奇》，《太平廣記》卷五十收入，篇名〈裴航〉。敘
唐長慶中，裴航下第遊於鄂渚，船上遇樊夫人。樊夫人天姿國色，裴

15　〔清〕黃文暘：《曲海總目提要》（天津市：天津古籍書店，1992年影印本），頁1476。

航賂樊夫人侍妾以詩達情意。樊夫人贈詩一章:「一飲瓊漿百感生,玄霜搗盡見雲英。藍橋便是神仙路,何必崎嶇上玉清。」裴航後於藍橋遇雲英,憶樊夫人詩句,前去求親,雲英祖母欲得玉杵臼為聘。裴航歷盡艱辛,買得玉杵臼,終與雲英成親。成親後,入玉峰洞中,居瓊樓殊室,餌絳雪瓊英之丹,「體性清虛,毛髮紺綠,神化自在,超陞為上仙」。

裴航與雲英美好的愛情故事,引起文人的無限遐想,不少的文人用不同的文學體裁來寫這個故事,寄託自己的美好理想。小說中,宋耐得翁《醉翁談錄》辛集卷一神仙嘉會類有〈裴航遇雲英於藍橋〉條,《清平山堂話本》有〈藍橋記〉,《萬錦情林》卷二有〈裴航遇仙〉,《燕居筆記》卷七有〈裴航遇雲英記〉,這些都在傳述裴航遇仙的故事。裴航遇仙也成為道教徒宣揚神仙思想的重要故事。元趙道一《歷世真仙體道通鑑後集》卷四〈雲英〉條把裴航、樊雲英都作為道教神仙。

在古典戲曲中,以這個故事為題材的劇作很多。宋雜劇中的《裴航相遇樂》當是以此故事為題材的最早的戲曲作品。元明戲文傳奇中有徐畈的《杵藍田裴航遇仙》、龍膺的《藍橋記》、呂天成的《藍橋記》、無名氏的《玉杵》、楊之炯的《玉杵記》、雲水道人的《藍橋玉杵記》等,元雜劇中有庾吉甫的《裴航遇雲英》,清傳奇中有洞口漁郎的《藍橋驛》,清雜劇中有黃兆森的《藍橋驛》雜劇等。這些劇本從不同的角度演繹著這個優美的神仙愛情故事。

庾吉甫《裴航遇雲英》雜劇、徐畈《杵藍田裴航遇仙》傳奇,二劇均佚,且無有關劇情的記載,作品詳情已不可知。龍膺的《藍橋記》傳奇、呂天成的《藍橋記》,二劇亦佚,但在明人資料中可找到點滴記載。龍膺的《藍橋記》,《曲品》卷下著錄云:「龍公才甚敏而綺。具草時,以稿示家君,云:『為母壽也。』」詞白極琢麗。吾邑楊

生《玉杵》，何足齒哉！」[16]從呂天成的評語中，可知龍膺此劇為母祝
壽而作。呂天成的《藍橋記》，《遠山堂曲品》（豔品）著錄，祁氏認
為此劇：「於離合悲歡、插科打諢之外，一以綺麗見奇。字字皆翠琬
金鏤，丹文綠牒，洵為吉光片羽，支機七襄也。直堪對壘《曇花》；
且能壓倒《玉玦》。」[17]從祁彪佳的評語來看，呂天成把裴航遇雲英故
事改寫成具有「離合悲歡」情節的劇本。

　　呂天成評龍膺劇時提到的「吾邑楊生《玉杵》」，當指楊之炯的
《玉杵記》。楊之炯，字「星水」，「余姚人」，與呂天成同鄉。呂天成
《曲品》認為楊之炯《玉杵記》「選事頗佳，而詞多剿襲」。《遠山堂
曲品》著錄《玉杵記》，作者為「楊文炯」，「文」當為「之」誤。祁
彪佳認為此劇「文彩翩翩，是詞壇流美之筆。惜尚少伐膚見髓語，而
用韻亦雜。若與郁藍之《藍橋》較才情，此曲當退三舍；然律以場上
之體裁，吾未敢盡為《藍橋》許也。」[18]楊之炯此劇已佚，呂天成
《曲品》卷下認為此劇「合裴航、崔護」二人之事創作而成。《曲海
總目提要》[19]卷十著有此劇，云此劇乃「明末余姚人楊之炯作」，「合
裴航崔護事為一，以航得玉杵臼聘仙女雲英故云《玉杵記》。玉杵事
迹，詳載《藍橋記》中；崔護事迹，詳載〈登樓〉、〈題門〉二記中。
作者取此相合，蓋航遇老嫗之女，護遇老父之女，映射有情，聯綴生
色也」。清高奕《新傳奇品》著錄《玉杵》，云：「楊星水作。裴航崔
護事。」[20]由此可見，楊之炯的《玉杵記》乃融合裴航遇雲英與崔護
謁漿兩個故事而成。

16　〔明〕呂天成：《曲品》，見《中國古典戲曲論著集成》（北京市：中國戲劇出版社，
　　1959年），第六冊，頁236。

17　〔明〕祁彪佳：《遠山堂曲品》，見《中國古典戲曲論著集成》，第六冊，頁18。

18　〔明〕祁彪佳：《遠山堂曲品》，見《中國古典戲曲論著集成》，第六冊，頁56。

19　〔清〕黃文暘：《曲海總目提要》，頁421。

20　〔清〕高奕：《新傳奇品》，見《中國古典戲曲論著集成》，第六冊，頁283。

　　《古本戲曲叢刊初集》影印明浣月軒刊本《藍橋玉杵記》，作者題為「雲水道人」，後附《蓬瀛真境》、《天台奇遇》二雜劇。莊一拂、徐子方、蔡毅等人認為楊之炯字星水，別署雲水道人，把《藍橋玉杵記》作為楊之炯所作。但劇本故事並非如《曲品》、《曲海總目提要》中所云「合裴航、崔護」二事而成，劇中只提到崔相國、崔顥，卻並未提到崔護，更沒有崔護遇老父之女的故事。《遠山堂曲品》著錄有無名氏的《玉杵記》：「藍橋玉杵事，呂棘津、龍朱陵皆有《藍橋記》，楊星水亦有《玉杵記》。此贅出逐婿、溺女，後始會藍橋之杵，饒舌甚矣。」[21]從祁彪佳所言的「逐婿、溺女，後始會藍橋之杵」的情節來看，劇情與現存的雲水道人的《玉杵記》相合。可見此劇當非楊之炯所作，仍應歸之雲水道人。

　　雲水道人的《藍橋玉杵記》前有虎耘山人序、凡例及〈裴仙郎全傳〉、〈劉仙君傳〉、〈裴真妃傳〉、〈鐵拐先生傳〉、〈西王母傳〉等神仙傳記。〈凡例〉中說：「本傳原屬霞侶秘授。撰自雲水高師，首重風化，兼寓玄詮。閱者齋心靜思方得其旨。」「本傳中多聖真登場，演者須盛服端容，毋致輕褻。」可見作者此劇是借裴航雲英故事宣揚道教修煉及道德倫理思想。劇本把裴航遇雲英故事改寫成一個再生緣故事。裴航原為天上散仙張葦航，雲英為天上玉女樊雲英，他們因凡心猶熾，被謫下凡經歷磨難，結再生緣。玉女雲英用的玉杵忘還，帶入人間，作為前生媒證。裴家、李家為裴航、雲英指腹為親。雲英祖母裴玄靜修煉得道，在屍解前傳雲英道妙；裴航祖父清冷真人亦有道，傳裴航道法。雲英父親見裴航學道，意欲悔親，把裴航趕出。雲英誓不肯負，後其父逼她與金公子成婚，雲英抱石投水自盡，被仙祖母救起，攜入終南山修道。裴航被趕出後，按祖父吩咐前去尋找父親友人崔相國，得到崔相國所贈重金。遊郢途中，舟遇樊夫人，航以詩相

調，樊夫人答詩中隱含雲英之意。裴航至藍橋，求飲，見雲英，前去求親。雲英祖母要他訪求被雲英父親早年賣掉的玉杵臼，以之為聘。裴航入京尋訪，適逢京中考試，被友人拉去應試，高中探花，官授監軍，立軍功。在得到玉杵臼下落後，他辭官前去，盡其所有買得。搗藥百日後，月老主婚，與雲英畢姻。後玉皇下詔，二人復列仙班。夫妻遊地獄，見慘象，救父母超陞。劇中裴航誠信、雲英貞烈，裴航最後功成名就，愛情美滿，又得道成仙，是人們理想的富貴神仙形象。

　　清洞口漁郎的《藍橋驛》傳奇，《今樂考證》著錄，劇本佚。莊一拂《古典戲曲存目匯考》照錄入清代傳奇劇目中，洞口漁郎是誰，亦未加考證。筆者認為洞口漁郎為明末劇作家龍膺。龍膺，湖南桃源人，自號「洞口漁郎」（《明詩綜》），撰有《藍橋記》傳奇。龍膺的《藍橋記》傳奇，呂天成《曲品》、祁彪佳《遠山堂曲品》均著錄。洞口漁郎初見於清初吳震生（署笠閣漁翁）的《笠閣批評舊戲目》[22]。《笠閣批評舊戲目》用劇作家別名來著錄的有很多，如「第二狂」（畢魏）、「玉勾斜客」（鄭小白）、「不可解人」（朱京藩）、「主弧者」（王翃）等。書中沒有著錄龍膺，「洞口漁郎」應當就是龍膺的別名。再則戲目著錄的大多是明及清初劇目，從時間上看也與龍膺的時代相吻合。黃兆森的《藍橋驛》，《今樂考證》著錄，今存康熙間博古堂刊本，未獲見。

　　裴航遇仙故事從唐代到清代，人們一直在傳述著。文人把裴航遇仙當作人生情感美事，而道教徒則把裴航遇仙看成上帝的旨意。不同的傳述標志著不同階層的人們對這個故事的不同接受，在傳述中作者個人的感情也得到相應的表現。

22　〔清〕吳震生（笠閣漁翁）：《笠閣批評舊戲目》，見《中國古典戲曲論著集成》，第七冊，頁307。

三　董永遇仙系列劇

　　董永與七仙女的故事是一個家喻戶曉的神仙愛情故事。這個故事最早出現在《孝子傳》、《搜神記》等書中，《太平廣記》卷五十九「女仙四」中收錄了《搜神記》董永遇仙的故事，題為「董永妻」：

> 　　董永父亡，無以葬，乃自賣為奴。主知其賢，與錢千萬遣之。永行三年喪畢，欲還詣主，供其奴職。道逢一婦人曰：「願為子妻。」遂與之俱。主謂永曰：「以錢丐君矣。」永曰：「蒙君之恩，父喪收藏。永雖小人，必欲服勤致力，以報厚德。」主曰：「婦人何能？」永曰：「能織。」主曰：「必爾者，但令君婦為我織縑百匹。」於是永妻為主人家織，十日而百匹具焉[23]。

　　這則記載比較簡略，在記載中，董永妻除善織外，並無其他的神異性。《津逮秘書》本《搜神記》中的董永故事比《太平廣記》所記故事多了一個神奇的結局：「女出門，謂永曰：『我，天之織女也。緣君至孝，天帝令我助君償債耳。』語畢，凌空而去，不知所在。」[24]句道興本《搜神記》[25]記載得較為詳細：

> 　　昔劉向《孝子圖》曰：有董永者，千乘人也。小失其母，獨養老父，家貧甚苦。至於農月，與輼車推父於田頭樹蔭下，與人客作，供養不闕。其父亡歿，無物葬送，遂從主人家典田，貸錢十萬文。語主人曰：「後無錢還主人時，求與歿身主人為奴一世常（償）力。」葬父已了，欲向主人家去。在路逢

23　〔宋〕李昉：《太平廣記》，頁368。
24　〔晉〕干寶：《搜神記》（《津逮秘書》本），見《漢魏六朝筆記小說大觀》，頁286。
25　見《搜神後記》附錄，頁143。

一女，願與永為妻。永曰：「孤窮如此，身復與他人為奴，恐
屈娘子。」女曰：「不嫌君貧，心相願矣，不為恥也。」永遂
共到主人家。主人曰：「本期一人，今二人來，何也？」主人
問曰：「女有何伎能？」女曰：「我解織。」主人曰：「與我織
絹三百匹，放汝夫妻歸家。」女織經一旬，得絹三百匹，主人
驚怪，遂放夫妻歸還。行至本相見之處，女辭永曰：「我是天
女，見君行孝，天遣我借君償債。今既償了，不得久住。」語
訖，遂飛上天。前漢人也。

在這則記載中，董永是西漢時「千乘」人，葬父後前去主家為奴
時，路逢上天派來幫他還債的天女。天女十日間織絹三百匹，幫董永
償債後，又飛上天去。

董永故事因為其孝順的主題、豔遇的姻緣，廣為流播。敦煌俗文
中有《董永變文》，未獲見。明《清平山堂話本》[26]中有《董永遇仙
傳》話本。

在《董永遇仙傳》話本中，董永乃「東漢中和年間」，「潤州府丹
陽縣董槐村」人，因父死無錢安葬，賣身傅長者家傭工三年貸錢葬
父。董永孝心「感動天庭」，「玉帝遙見，遂差天仙織女降下凡間，與
董永為妻，助伊織絹償債，百日完足，依舊昇天」。織女奉命下凡，
於槐蔭樹下與董永結成夫婦，同去傅長者家償債。織女一月之間織就
三百匹紵絲，償還債務。雙雙回家，至槐蔭樹下時，織女言說天意，
飛昇而去。飛昇前，織女說自己已懷孕一月，若生兒再來相送。董永
後因傅長者奏明聖上，被封為兵部尚書。天上織女生兒，玉帝取名董
仲舒，送到凡間，由董永撫養。董仲舒長大後，從嚴君平那兒，得知
自己母親是天上的七仙女，前去尋找，得仙米，後昇天。這則故事把

董永演繹成功名成就、婚姻美滿、子孫貴盛的富貴神仙故事。此後的戲曲小說及說唱文學中的董永故事，大多以此為藍本。

　　董永故事在宋元時期就被搬上舞臺，無名氏的《董秀才遇仙記》戲文當是以董永遇仙故事為題材的較早的劇作。此劇《九宮正始》題《遇仙記》，注為「元傳奇」，《宋元戲文輯佚》存殘曲六支。此後，明心一子的《遇仙》、顧覺宇的《織錦記》傳奇，清地方戲中的《天仙配》等都是以此故事為題材的戲曲作品。

　　心一子[27]的《遇仙》傳奇，《曲品》「下中品」著錄，云：「董永事。詞亦不俗。此非『弋陽』所演者。」[28]可見明萬曆前後弋陽腔、昆腔均在搬演這個故事。顧覺宇《織錦記》，《曲錄》等著錄，《曲海總目提要》卷二十五著錄此劇故事提要。《曲海總目提要》[29]云：「一名天仙記。據刊本，係梨園顧覺宇撰。演漢董永行孝鬻身路逢織女事。以仙女織錦償傭直，故以為名。姓名關目，多係增飾。至以董仲舒為永子，係仙女所生，且云仲舒名祀。仲舒前漢人，祀後漢人，相去懸絕，合而為一。又引嚴君平導仲舒認母，仙女怒其洩漏天機，焚嚴易卦陰陽等書。荒唐太甚耳。」《曲海總目提要》著錄此劇情大意云：

　　　　董永，字延年，潤州丹陽縣董槐村人。母早背，父官運使，引年歸家，尋亦棄世。貧無以殯葬，乃自鬻于府尹傳華家為傭。華居林下，素好善，憐永孝，周給之。永持銀歸，太白星以永孝行，奏聞上帝。帝察織女七姑，與永有夙緣，令降凡

27　按官桂銓的〈元明福建戲曲家考〉一文據《沙縣誌》考定「心一子」為蘇眉山。見《戲曲研究》第13輯（北京市：文化藝術出版社，1984年），頁181。證據不足，此不從。

28　〔明〕呂天成：《曲品》，見《中國古典戲曲論著集成》，第六冊，頁244。

29　〔清〕黃文暘：《曲海總目提要》，頁1109。

百日，助償傭直。及永詣傅，道遇仙女於槐陰，仙女紿以喪偶無依，願為永室。永堅拒之，太白星化作老叟，力相慫恿，又使槐樹應聲，為之媒妁。永謂天遣，遂偕詣傅。仙女自克晝夜織錦十匹，傅不之信，多與絲以試之。眾仙女皆助織，及明，十錦皆就，五色燦然。傅乃大異，待永以賓禮。傅女賽金，與仙女最契。傅子狡黠，欲戲仙女，仙女用掌雷驚之。百日期滿，仙女與永辭傅。令永持所織龍鳳錦獻於朝，曰功名由此。復示錦內之詩，曰：傅女為姻亦由此。遂乘雲而去。永以情告傅，傅知其孝心所感，即以女妻之。永持錦詣闕，詔擢進寶狀元。及游街，仙女抱一子送永，遂不見。永取名曰祀，字曰仲舒。稍長，穎悟絕倫，人或誚其無母。永叩嚴君平，君平教以七月七夕往太白山，俟有七女過，第七衣黃者即母也。如所教，果見其母。與葫蘆三枚，云授若父子二枚，一枚授君平。祀歸，以葫蘆遺君平，中忽吐焰，焚其所閱陰陽等書。怒君平洩天機也。

從《曲海總目提要》著錄的劇情來看，此劇故事源自《清平山堂話本》中的《董永遇仙傳》，但又有所改變。明胡文煥《群音類選》選有《織錦記》中〈董永遇仙〉、〈槐陰分別〉二齣，其中董永是賣身葬母，與前所錄情節有異[30]。明《堯天樂》存〈槐陰分別〉一折，題為《槐陰記》；《萬曲長春》選〈仙姬天街重會〉一折，題為《織絹記》。清及近代地方戲中，董永遇仙是許多劇種的傳統劇目。如安徽黃梅戲的《天仙配》（又名《七仙女下凡》）、河北平調劇的《天仙配》

30　〔明〕胡文煥：《群音類選》（北京市：中華書局，1980年影印本），頁1536。《董永遇仙》出〈步步嬌〉詞中云「卑人葬親前來至，托賴母親埋葬矣，前去謝恩人……」後說白中有「不瞞娘子說，今為埋葬母親，將此身賣在傅長者家，要還他三年債滿，方得回家，怎生是好？」

（又名《張七姐落凡》、《百日緣》）、廣東正字戲中的《槐蔭別》，等
等。這些劇目把七仙女奉命下嫁，改為思凡下嫁，增強了故事的反封
建性。

　　此外，董永遇仙故事在說唱文學中也有大量的作品出現。清代有
《董永賣身張七姐下凡織錦槐陰記》彈詞，《董永寶卷》、《天仙配寶
卷》、《柳陰記寶卷》、《路結成親寶卷》[31]等。

四　牛郎織女愛情系列劇

　　牛郎織女故事也是我國家喻戶曉的民間傳說故事。這個故事淵源
甚古，《詩經》〈小雅〉〈大東〉中就有牛郎織女出現：

> 維天有漢，監亦有光，跂彼織女，終日七襄；
> 雖則七襄，不成報章，睆彼牽牛，不以服箱。

　　天上的銀河十分寬廣，織女星兒來回織布忙，卻織不出好的花
樣；牽牛星兒閃閃亮，卻不能用來駕車輛。詩中的牽牛、織女是天上
的星座，但作者以自己豐富的想像賦予他們人格精神，借之發洩心中
對統治者搜刮財物、奴役人民的怨憤之情[32]。

　　《古詩十九首》中的「迢迢牽牛星」則是一首歌詠牛郎織女感情
的詩篇。

> 迢迢牽牛星，皎皎河漢女。纖纖擢素手，札札弄機杼。終日不
> 成章，泣涕零如雨。河漢清且淺，相去復幾許。盈盈一水間，
> 脈脈不得語。

---

31 車錫倫：《中國寶卷總目》（臺北市：中央研究院中國文哲研究所籌備處，1998年）。
32 參程俊英：《詩經譯注》（上海市：上海古籍出版社，1985年），頁410。

在這首詩裏，牽牛、織女被銀河阻隔，兩地相思。織女相思落淚，無心織布。在詩中，銀河「清且淺」，相距也不太遠，而有情人卻不能相見。作者借牛郎、織女表達的是一種近距離感情受阻，咫尺天涯的感覺。此外，曹丕〈燕歌行〉、謝惠連的〈七月七日夜詠牛女〉等詩中，牛郎、織女的故事也是歌詠的對象[33]。

六朝時期，牛郎織女愛情故事更加清晰。南朝梁任昉的《述異記》（逸文）[34]云：

> 天河之東有美女，天帝女孫也。機杼勞役，織成雲霧天衣。容貌不暇整理。帝憐之，嫁與河西牽牛。自後竟廢織紝。帝怒，責歸河東，但使一年一度相會。

文中，織女年年勞役，忙於織布，辛勤勞苦，容貌不整。天帝把她嫁給牛郎後，夫妻之歡使她樂而忘歸。天帝怒其貪歡不歸，狠心地決定讓他們一年只相會一次。南朝梁宗懍《荊楚歲時記》中亦云：「七月七日，為牽牛織女聚會之夜。」[35]

牛郎、織女的故事流傳到後來，越來越接近人民的生活，更富有人情味。比較流行的傳說有兩種。第一種基本上沿《述異記》故事發展而來，多見於唐宋元明的詩詞散曲作品。宋張文潛的《七夕歌》有比較完整的敘述。這種傳說在流播中增加了烏鴉傳錯話，使得他們一年一度相會的情節。第二種傳說則變化比較大。傳說中，牛郎在人間受哥嫂欺侮，與老牛為伴。一天，老牛告訴牛郎有一群仙女在湖中洗浴，叫他去取紅色的仙衣，那衣服的主人就是牛郎的妻子。織女沒有

---

33 參羅永麟：〈試論牛郎織女〉一文，載《二十世紀中國民俗學術經典》〈傳說故事卷〉（北京市：社會科學文獻出版社，2002年）。

34 引自〔清〕褚人獲：《堅瓠集》卷三「牽牛織女」條，見《筆記小說大觀》（揚州市：廣陵古籍刻印社，1983年）。

35 〔南朝梁〕宗懍：《荊楚歲時記》，見《漢魏六朝筆記小說大觀》，頁1058。

仙衣不能上天，就留在人間與牛郎成親，生下一男一女。老牛死之前，叫牛郎剝下皮留著以備急用。牛郎織女之事，被王母娘娘知道後，前來要捉織女回去。牛郎回來時，織女已被王母拉著昇向空中，牛郎急忙披上牛皮，帶著孩子追了上去。眼看就要追上，王母娘娘拔下髮簪向後一劃，一條洶湧的天河阻隔了他們。牛郎織女每日隔河相望而泣，他們的痴情感動了王母娘娘，允許他們每年七月七日相會一次。這種傳說在唐宋時期的記載中未見記載。羅永麟認為這種傳說是牛郎織女故事逐漸與《毛衣女》和《兩兄弟》發生關係，最後形成的。筆者認為這種傳說或是《搜神記》中田崑崙故事與牛郎織女故事的結合與發展。

> 昔有田崑崙者，其家甚貧，未娶妻室。當家地內，有一水池，極深清妙。至禾熟之時，崑崙向田行，乃見有三個美女洗浴。其崑崙欲就看之，遙見去百步，即變為三個白鶴，兩個飛向池邊樹頭而坐，一個在池洗垢中間。遂入穀芝底，匍匐而前，往來看之。其美女者乃是天女。其兩個大者抱得天衣乘空而去。小女遂於池內不敢出池，其天女遂吐實情，向崑崙道：「天女共三個姊妹，出來暫於池中游戲，被池主見之。兩個阿姊當時收得天衣而去，小女一身避近中間，天衣乃被池主收將，不得露形出池。幸願池主寬恩，還其天衣，用蓋形體出池，共池主為夫妻。」（中略）雖則是天女，在於世情，色欲交合，一種同居。日往月來，遂產一子，形容端正，名曰田章。（下略）[36]

後來的牛郎織女傳說與此故事情節有很大的相似。

元明清時期的道教典籍中，牛郎織女成為道教神仙。《歷世真仙

36　見句道興本《搜神記》，引自《搜神後記》附錄，頁137。

體道通鑒後集》卷二〈女仙〉中就有「織女」的記載：

> 織女上應天宿，牽牛則河鼓是也。舊說天河與海通，漢時
> 有人居海上者，年年八月見有浮槎去來，不失期。人有奇志者
> 立飛閣其上，多齎糧乘槎而去，十餘日至一處，有城郭狀，屋
> 舍甚嚴。遙望室中有織婦人，又見一丈夫牽牛飲之。（下略）[37]

　　牛郎織女故事以其優美的愛情傳說、憐貧恤孤的道德主題在民間
廣為傳播，也成為戲曲小說的重要題材。明朱名世有《牛郎織女傳》
小說，戲曲中，見之記載的有明無名氏的《鵲橋記》傳奇、《渡天河
織女會牽牛》雜劇，清鄒山的《雙星圖》傳奇、梁孟昭的《相思硯》
雜劇等。《鵲橋記》，未見著錄，劇本佚，《曲目鉤沉錄》引祁彪佳日
記《歸南快錄》中有此劇名。祁彪佳日記云：「崇禎八年八月十九
日，母親壽誕，親戚皆來祝賀，共觀《鵲橋記》。」清鄒山《雙星
圖》傳奇，未見著錄，今存清初原刊本。劇作共二卷三十出，敘牛郎
織女成婚後，溺於愛欲，荒於耕織，被蚩尤乘機擾亂天宮，後歷盡艱
險，纔得團圓。梁孟昭的《相思硯》，《今樂考證》著錄。劇敘南極老
人與牽牛下棋，遺落二子，化為寶硯，曰「相」、曰「思」。後牽牛、
織女被謫下凡，為尤星、衛蘭生，以硯作合，結為夫婦。故事落入明
清流行的風情劇格套中。

　　牛郎織女故事雖然廣為流傳，但劇作卻並不多，質量也不高。清
鄒山在〈雙星圖小引〉中分析了造成這種情況的多種原因：「何自元
以後，曾無有作之者？或曰『難也』。以三垣也而九垓，則聚其班
難；以經星也而贅肬，則措其詞難；以非佛非仙，非人非鬼，而欲曲
寫其悲歡離合之致，則得其情難。」[38]

37　〔元〕趙道一：《歷世真仙體道通鑒後集》，見《正統道藏》，第8冊，頁858。
38　〔清〕鄒山：〈雙星圖小引〉，見《中國古典戲曲序跋彙編》，頁1515。

五　呂洞賓戲白牡丹系列劇

　　呂洞賓是八仙之一，是道教內丹派的重要人物，被全真教奉為教祖。而在民間傳說故事中，他又是一位有情有愛的「色仙」，他與白牡丹的愛情故事在民間廣為流傳，成為戲曲小說的重要題材。金院本中有《白牡丹》一目，譚正璧、馮沅君[39]都認為此劇目演呂洞賓與白牡丹故事。白牡丹是北宋時名妓，王銍《默記》中載有北宋定州妓白牡丹，元雜劇《花間四友東坡夢》劇中蘇東坡用白牡丹引誘佛印還俗，與呂洞賓還沒有聯繫。金院本中《白牡丹》是否演呂洞賓與白牡丹故事，筆者認為還得存疑。從明初賈仲明《呂洞賓桃柳昇仙夢》雜劇第一折呂洞賓說白中有「朝向酒家眠，夜宿牡丹處」[40]之句來看，呂洞賓戲白牡丹的傳說應該在元末明初已出現。明嘉靖年間刊刻的《風月錦囊》中有一支〔山坡羊〕曲提到畫有「呂洞賓戲白牡丹」的吊屏，可見呂洞賓戲白牡丹故事在明初已頗為流行[41]。明無名氏有《呂洞賓戲白牡丹》雜劇，《百川書志》著錄了《呂洞賓戲白牡丹飛劍斬黃龍》雜劇，劇本均佚，內容不詳。明末鄧志謨的《飛劍記》第五回〈呂純陽宿取白牡丹，純陽飛劍斬黃龍〉，敘呂洞賓宿取白牡丹，修煉內丹，被黃龍禪師點破機要，走洩元陽。呂洞賓怒，飛劍欲斬黃龍。《呂洞賓戲白牡丹》、《呂洞賓戲白牡丹飛劍斬黃龍》二劇所演估計與鄧志謨小說內容相同。

　　清末，出現了無名氏的《三戲白牡丹》小說。小說以呂洞賓、白牡丹的愛情故事為主線進行了大膽的虛構想像，內容涉及到仙、凡、

39　譚正璧：《話本與古劇》；馮沅君：《古劇說匯》（北京市：作家出版社，1956年）。

40　隋樹森編：《元曲選外編》（北京市：中華書局，1959年），頁696。

41　孫崇濤、黃仕忠：《風月錦囊箋校》（北京市：中華書局，2000年），頁177。〔山坡羊〕：「悶來時在秦樓上閒站，猛抬頭見吊屏四扇。頭扇畫的襄王秦女，二扇畫的是鄭元和配著李亞仙。第三扇畫的是呂洞賓戲著白牡丹，第四扇畫的是崔鶯鶯領張生和紅娘在西廂下站。（下略）」

鬼三界人物，對當時的社會現實進行了曲折的反映。小說中，呂洞賓
與白牡丹的愛情故事融智慧與愛情於一爐，深得人們喜愛。清代的地
方戲紛紛以此為題材進行創作、改編，有《純陽戲洞》、《三戲白牡
丹》、《牡丹對課》、《點藥名》等名，幾乎每一個地方劇種都有演出。
錫劇中有《三戲白牡丹》[42]，劇敘蟠桃會上呂純陽酒醉，對斟酒嫦娥
失態，王母遷怒嫦娥，謫貶凡間為白牡丹。呂洞賓下凡引度，斬千年
孽龍黃龍真人，牡丹昇天，復為嫦娥。湖南長沙花鼓戲中有《洞賓度
丹》[43]（又名《牡丹對藥》），劇敘白牡丹父女在鐵板橋前開一藥店。
呂洞賓見牡丹美貌，欲前去「戲度」之。一日偕徒兒到藥店以買藥為
名，戲調牡丹。牡丹聰敏機智，應答如流，呂洞賓無趣而回。贛劇劇
目《牡丹對藥》劇情與之基本相同。

　　京劇[44]中以此故事為題材的劇本今存有《戲牡丹》、《度牡丹》、
《三戲白牡丹》等，內容各不相同。《戲牡丹》演白牡丹與呂洞賓悲
劇性愛情故事。劇敘牡丹在勞山師從黃龍修煉。在黃龍至崑崙赴龍華
會時，牡丹與呂洞賓相遇，兩人互相愛慕，結為夫妻。後雷聲響起，
純陽離去，牡丹悲痛不已。《度牡丹》劇則以呂洞賓度白牡丹為主要
內容。劇敘呂洞賓欲度杭州女子白牡丹成仙，化成遊方道人，至白員
外天堂藥店買藥。白牡丹應對如流，呂竟為所窘。白牡丹受黃龍真人
指點，常採藥煉藥。呂又到牡丹煉藥的茅庵借宿，告訴白牡丹自己姓
名，並云特來度她成正果。牡丹乃隨呂洞賓而去。黃龍真人得信追
來，二人鬥法。呂洞賓不勝，割斷天橋藤條，發誓不再下凡度世人成
仙。此劇本現有閻嵐秋藏本。劇本本事來源於明代的白牡丹、黃龍禪
師、呂洞賓之間的故事，又與杭州風物聯繫起來。在此劇中，呂洞賓

42 見金毅主編：《錫劇傳統劇目考略》（上海市：上海文藝出版社，1989年）。

43 見湖南省戲曲研究所編：《湖南戲曲傳統劇本》（長沙市：湖南省戲曲研究所，1981
　　年編）總第二十六集。

44 京劇方面資料均採自《京劇劇目辭典》（北京市：中國戲劇出版社，1989年）

度脫失敗。《三戲白牡丹》以清末小說《三戲白牡丹》為藍本結合其
他一些民間傳說創作而成，共有三本。三本戲是一個連續的整體，第
一本故事基本上與錫劇《三戲白牡丹》相同，只有呂洞賓被天王追
趕，牡丹被王福堂斬是添加的內容。第二本是接上本白牡丹被斬開始
的。牡丹被斬後降生人世，呂純陽獲罪被沉海底。後得三教主救度返
本還原。第三本，二仙回到仙界後，被玉帝降罪下凡結為夫妻，歷盡
人間艱辛，官高封侯。

　　上面所述劇本雖然都敷演呂洞賓戲白牡丹故事，但各地方戲在編
演中都適當地改編創新，因而呈現不同的風格特點。在改編者的筆
下，呂洞賓與白牡丹故事已脫離了宗教神仙的清心寡欲，更多地帶有
民間青年男女的性格特點。[45]

六　張果老娶文女系列

　　張果老娶親故事最早源於唐李復言《續玄怪錄》中張老事，《太
平廣記》卷十六〈張老〉襲其文。其中的張老，是梁天監時人，與韋
恕為鄰居。韋恕有一子一女，子名義方。張老與韋氏成親後，韋恕嫌
棄，張老帶韋氏回王屋山。後義方前去相訪時，張贈一席帽囑去揚州
賣藥王老家取錢一千萬。宋耐得翁《醉翁談錄》所記話本小說名目中
有〈種叟神記〉，故事與明馮夢龍《古今小說》卷三十三中的《張古
老種瓜娶文女》應大致相同。馮夢龍《古今小說》中的《張古老種瓜
娶文女》，內容與《張老》大致相同，但主要人物張老變成張古老。
小說敘韋恕是梁武帝管理馬匹的官吏，有一兒一女。兒韋義方跟王僧
辯北征。一日，雪中丟失了梁武帝的白馬。白馬跑到種瓜叟張古老
處，張古老還馬給韋恕並贈給鮮瓜。韋恕與妻子、女兒一同去感謝張

---

45 參拙著《八仙與中國文化》（北京市：中國社會科學出版社，2000年）。

古老，張古老看上了韋恕的女兒，請媒人前去提親。韋恕大怒，要十萬貫小錢為聘，以難張古老。沒料到張古老如數備齊十萬貫聘錢，韋恕無奈，只得許親。韋義方北征歸來時恰遇其妹賣瓜，韋義方衝進去要殺張古老。次日又要去接妹妹歸家，韋義方去時，張古老已帶韋氏離開。義方一路追趕至茅山桃花莊，纔知張古老是仙人。張古老贈以席帽，令去揚州申公處取十萬貫錢。山中一天，人間已是二十年，其父母及家人一共十三口已昇仙。

　　這個故事在宋金時期估計就被搬上舞臺，金院本中有《菜園孤》劇目，譚正璧《話本與古劇》疑演《續玄怪錄》中張老事。明初徐霖的《種瓜記》，估計也是敷演張果老娶文女的故事。因劇本佚，難知詳情。

　　清李玉的《太平錢》也是以張古老種瓜娶文女為題材的劇作。此劇《今樂考證》、《新傳奇目》、《曲考》、《曲海目》著錄，今存鈔本、《古本戲曲叢刊三集》本。全劇分上下兩卷，共二十七出，上卷十五出，下卷十二出。李玉此劇以張古老為張果老，把故事時間放在唐代，並且把「定婚店」中韋固的故事一並融入其中。張果老在唐與羅公遠曾同為玄宗時術士，作者因而把揚州王公、申公改為羅公遠，把唐張果老的一些事迹也融入其中。劇敘廣陵張果老，種瓜為生，與賣生藥的羅公遠時常往來。韋恕有一男一女，男名固，字義方，外出應試，並求良姻。韋固應試不成，於定婚店夢見月下老人，向月下老人詢問自己的婚事。月下老人說其妻子纔二歲，韋想改變這種安排，前去行刺。孤女遇刺未死，後被大官韓休收養。韋固後去邊塞參戰軍務。韋家有御賜白驢，一日雪中走失，在張果老處尋到。張果老還給白驢，還贈以鮮瓜。韋恕見瓜驚訝，與妻子、女兒同去張果老瓜園遊賞。張果老看上韋女，遣媒人前去說親。韋恕大怒，以十萬貫太平錢為聘禮來難張果老。那知張果老如數備齊聘禮，韋恕不得不把女兒嫁給他。張果老後討得韋家白驢，夫妻兩人騎歸王屋山。韋固立功回

家，得知妹子之事後，怒氣衝天前去殺張果老，追至王屋山後，知張果老是天上神仙。張果老贈以席帽，要他持帽去揚州羅公遠處取十萬貫太平錢。山中三月，人間已二十年，韋家都已仙去，家園也已變成廟宇。韋固到揚州取錢後，上京應試，以太平錢娶得韓休之女，而韓女原來就是二十年前自己所刺之女也。劇本以姻緣前定的思想，掩蓋了不合理的婚姻制度。

　　清代的地方戲中也有不少以張果老娶親故事為題材的劇作。京劇中以此為題材的劇本有三本[46]：第一本敘韓尚書告老還鄉，其女麗娘遊園遇妖。看園叟張果老為之降妖得黑驢。麗娘女友韋萍馨前去探視，張果老見韋有仙風道骨，欲乘機度化之。張果老托張嫂為媒，前去說親，韋父以彩禮難之。至期，張果老備齊彩禮前去迎親，卻為所阻。眾人赴縣衙辯理。韋萍馨與婢女芸娘扮作兄妹潛逃離家。第二本敘張果老眾人至縣衙告狀，縣令因證據確鑿，遂約定兩家三日後成親，又暗囑韋家買通張嫂改供。韋女外逃，經紅蓮寺，被和尚識破女身，囚於寺後，欲逼淫之。張果老與韋氏兄弟趕到，救出韋女。後張果老與韋女成親。洞房之中，張點化韋女。韋萍馨決心學道。後韓家遇難，張果老夫婦顯神通救出韓家眾人，發大水淹沒眾山寇。第三本敘張果老成親後，不得韋氏兄弟歡心，二人搬回瓜園。韋萍馨學道，吃苦耐勞。同邑佟士雄兄弟見韋女貌美，幾番生事，被張果老痛懲。張果老因韋女事未赴蟠桃宴，鐵拐李前來相探。鐵拐李調戲韓麗娘，後又化作年輕公子，求親相戲。

　　三本敷演一個連續的故事，劇情在李玉《太平錢》的基礎上又有所創新。[47]

46 引自《京劇劇目辭典》。

47 參拙著《八仙與中國文化》。

七　其他仙凡愛情故事劇

　　楚襄王與巫山神女故事是一個久遠的神話故事。故事出宋玉〈神女〉、〈高唐〉二賦，云楚襄王遊高唐後夢與神女相會之事。這位神女就是民間傳說中的「巫山神女」，她是天帝的幼女瑤姬，常與凡人在夢中相愛交媾。瑤姬故事被收入《集仙錄》中，《太平廣記》卷五十六「女仙」收入。《集仙錄》〈瑤華夫人〉篇云瑤姬是王母第二十三女，師三元道君，學得「煉神飛化」之道，四處遊歷。因喜愛巫山風光，流連於此，大禹治水時曾向她求助。楚襄王「築臺於高唐之館，作陽臺之宮以祀之」。作者認為宋玉之賦乃誣神仙高真之文。

　　楚襄王夢巫山神女故事文學作品中多有敘及，是一個文人喜愛的風流故事。元明清戲曲作品中以此故事為題材的劇作有元楊景賢的《楚襄王夢會巫娥女》、明王子一的《楚岫雲》、汪道昆的《楚襄王陽臺入夢》、車任遠的《高唐夢》、無名氏的《巫娥女醉赴陽臺夢》等。今只存汪道昆的《楚襄王陽臺入夢》雜劇。汪道昆劇《遠山堂劇品》著錄，題為《高唐夢》，今存明萬曆間原刻《大雅堂雜劇》本、《盛明雜劇》本。劇敘楚襄王與宋玉游高唐，夢與神女相契的故事。

　　王子高遇芙蓉仙人是北宋有名的神仙傳說，宋葉夢得的《避暑錄話》、王明清的《玉照新志》、王銍的《默記》、趙彥衛的《雲麓漫鈔》等著作中都有記載。王迥，字子高，與蘇軾有姻親，其遇仙事因蘇軾作〈芙蓉城〉詩，人遂以為信[48]。晏元獻為相時，還曾為皇儲事問過王子高之父王璐[49]。胡微之以王子高與仙女周瑤英芙蓉城故事作〈王迥子高芙蓉城傳〉，《綠窗新話》及《施顧注蘇詩》、《集注分類東

48　〔宋〕葉夢得：《避暑錄話》卷二，見《宋元筆記小說大觀》（上海市：上海古籍出版社，2001年），頁2627。

49　〔宋〕王銍：《默記》，見《宋元筆記小說大觀》，頁4537。

坡先生詩》引有殘文[50]。宋官本雜劇中的《王子高六么》、金院本中的《鬧芙蓉城》，宋元戲文中施惠的《芙蓉城》、無名氏的《王子高》，清龍爕的《芙蓉城》雜劇等都是以此故事為題材的劇作，今僅存清龍爕的《芙蓉城》雜劇。另外，《宋元戲文輯佚》輯存無名氏《王子高》曲八支。

　　明無名氏的《雷澤遇仙記》、清無名氏的《天緣記》傳奇也是寫仙凡愛情故事的劇作。《雷澤遇仙記》，《今樂考證》等著錄，今存脈望館鈔校本。全劇五折，題目作「玉女錦裙留秀士，雷郎花圃遇神仙」，正名作「跨鸞冉冉歸天去，後約瑤池二十年」。劇敘雷澤與仙女許飛瓊情好成配，二人題詩聯吟。別後雷澤思念不已，撫瑤琴相招。許飛瓊送與蟠桃仙酒，並告知雷生功名之期。後雷生果如期獲得功名，仙子天上相呼，相約雷生歸田時再來相聚。雷生歸田後，仙子前來相會，相約二十年後瑤池再會。故事平平，與明代功成名就、愛情美滿、長壽成仙格套相同。趙清常在跋語中說此劇乃「學究之筆」。《孤本元明雜劇提要》附明天順八年雷澤事迹：「按明天順八年二甲進士雷澤，山西忻州定襄縣人，除刑科給事中，抗直不避權勢。疏陳戚畹驕恣，被廷杖幾死，醒復諫不止。聞者稱為鐵漢。仕至光祿寺卿。」此劇所記姓名爵里，均與之合，《孤本元明雜劇提要》因而認為此劇當是「時人慕其風節，而為此記」[51]。

　　《天緣記》，又名《擺花張四姐思凡》，未見著錄，劇本佚。劇演王母娘娘女張四姐嫁崔文瑞故事，《曲海總目提要》卷四十有此劇故事提要：

　　　　張女四姐，玉皇之女，王母所生，姊妹共七人，居斗牛宮中。宋仁宗時，東京崔文瑞者，貧士也，奉母居破廟中。女與

50　參程毅中編：《古體小說鈔》〈宋元卷〉（北京市：中華書局，1995年），頁224。
51　王季烈：《孤本元明雜劇》（北京市：中國戲劇出版社，1959年）。

崔有仙緣，故下嫁之。崔一旦巨富，金珠寶貨，不可算數。富
人王員外，誣崔為盜。張指揮納其賄，酷刑拷崔。女乃入獄救
崔出，盡縱獄囚，殺王員外。指揮奏於朝，遣包拯捕女，又為
所擒，已而釋還。奏請用楊家將討之。楊文廣、呼延慶與戰，
皆為收入攝魂瓶中。復用楊家女將木桂英、李三娘、查查公
主、藍峰小姐、賽花小姐五人，皆能駕霧騰雲，飛沙走石，交
戰時各顯神通，復盡被收入攝魂瓶。包拯入地府，又往佛國遍
察之，皆不得其根底。乃至南天門謁老君，引奏玉皇。查點斗
牛宮，始知其下界三日。乃命火龍哪咤、齊天大聖、三天將同
往，令取還天宮。及交戰，復皆大敗。訴於王母，令其姊妹六
仙女共說之。令謁玉皇，復還天上。乃呼崔母及文瑞同昇，俱
證仙果。其所盜用天上三寶，一曰鑽天帽，戴之則三十三天，
任其獨往獨來。一曰入地鞋，履之則十八層地府，任其自出自
入。一曰攝魂瓶，用之則天神天將皆為所攝。[52]

此劇把楊家將故事、包拯故事融進，模仿《西遊記》、《封神演
義》創作而成。《曲海總目提要》認為此劇「出於鼓詞，荒唐幻妄，然
鋪設人物兵馬旗幟戈甲戰鬥擊刺之狀，洞心駭目，可喜可愕，亦有足
觀者」[53]。明萬曆間《鼎鍥徽池雅調南北官腔樂府點板曲響大明春》
中收有《天緣記》折出。清及近代地方戲中，亦多有演出。如安徽貴
池儺戲中的《搖錢記》（又名《擺花張四姐》）、江西弋陽腔中的《搖
錢樹》、陝西花鼓戲中的《桑園配》（又名《四姐配夫》）、吉林二人轉
中的《張四姐臨凡》等，都是演張四姐下凡嫁崔文瑞故事的劇目。

　　清代的傳奇中還有許多劇本寫神仙因情而被謫塵凡、結親人間的

52　〔清〕黃文暘：《曲海總目提要》，頁1745。

53　同前註。

故事。如陳烺的《花月痕》寫金童玉女因動情而墜落塵凡，為蕭步
月、霍映花，二人再結情緣。程聰的《月殿緣》寫清華仙與嫦娥仙子
暗種情緣，下凡成佳偶。鄭含成的《富貴神仙》中白玉虹與石念娘乃
天上赤腳大仙、散花女仙下凡，二人成親，享受人間富貴後，重返天
庭；臥園居士的《梅花福》中田梅友與易琴仙伉儷情歡，原來二人是
天宮掌梅仙判與琴心仙子。諸如此類的作品，為數不少。

第二節　龍女與凡人愛情劇

　　中國大陸有著廣闊的水域，還有著綿延幾千里的海岸線。在古人
看來，這些廣闊的水域都有神在管理著，這種神叫作龍王。海上有東
海龍王、南海龍王、西海龍王、北海龍王等管理，內陸水域也都有龍
王主持，洞庭湖有洞庭龍王、涇河有涇河龍王等等。龍王家族在道教
典籍中出現得比較少，但在民俗生活中的地位卻十分重要，是「道俗
共祭」之神，人們一般稱之為水仙。龍王美麗多情的女兒喜歡誠信質
樸的凡人，與他們共結良緣。

一　柳毅龍女愛情系列劇

　　龍女與凡人的愛情故事最有名的當數柳毅與龍女故事。柳毅與龍
女故事源出唐李朝威的《柳毅傳書》。柳毅下第回歸，路過涇陽，與
受虐待在河邊牧羊的龍女相遇，應龍女之請，送信到洞庭。龍女叔父
錢塘君帶兵前去救出龍女。後柳毅與龍女輾轉成親，得成神仙。

　　柳毅與龍女愛情故事，宋金時期即被搬上舞臺，宋雜劇中有《柳
毅大聖樂》，金諸宮調中有《柳毅傳書》。宋元戲文中有《柳毅洞庭龍
女》，元雜劇中有尚仲賢的《洞庭湖柳毅傳書》，明傳奇有許自昌的
《橘浦記》、黃惟楫的《龍綃記》、無名氏的《傳書記》等劇，清傳奇

有李漁的《蜃中樓》、何鏞的《乘龍佳話》等劇。《柳毅大聖樂》、《柳毅洞庭龍女》，因劇本佚，難知詳情。尚仲賢的《洞庭湖柳毅傳書》，《錄鬼簿》著錄，今存顧曲齋本、《元曲選》本、《柳枝集》本。劇敘龍女三娘遠嫁涇河小龍，琴瑟不和，被小龍粗暴對待。而老龍聽信一面之辭，不加分辨，罰她到涇河邊牧羊。龍女於涇河岸邊遇到下第的柳毅，托柳毅到洞庭湖給父母送信。柳毅到洞庭湖傳書，錢塘君得信後率兵前去，救出龍女。龍王想把龍女嫁給柳毅，柳毅力辭。別時，柳毅、龍女各有留戀之情。家中母親為之聘范陽盧氏，婚時纔知是龍女三娘。後一家仙去。劇作情節與李朝威小說情節無大出入。明黃惟楫的《龍綃記》傳奇，《遠山堂曲品》著錄，呂天成云：「舊有《傳書記》，姑蘇周侍御亦撰其傳，皆不及此。」[54]可見在黃惟楫劇作之前，已有《傳書記》行世，而且周侍御也利用柳毅故事創作有傳奇劇本，因劇本均佚，難知詳情。明代以柳毅龍女故事為題材的劇作今僅存許自昌的《橘浦記》。

　　許自昌的《橘浦記》，《遠山堂曲品》（能品）著錄，今存明萬曆梅花墅刊本，《古本戲曲叢刊初集》據日本東京九皋會影印本重印。劇本在柳毅龍女之外，增入虞世南之女為柳毅妻，而把龍女為柳毅妾。作者之所以把龍女由妻降為妾，因為在作者看來，龍女為再醮之婦，只能為妾。作者還把白黿、猿猴、蛇報恩的故事也串入劇中，其目的是寫一本動物報恩劇。在故事的改編中，作者對柳毅龍女之間的情感不予重視，為的是表現封建節義、善惡報應觀念。劇本情節枝蔓，《遠山堂曲品》評曰：「余閱黃山人所撰《柳毅》傳奇，嫌其平衍，乃此又何多駢枝也！於傳書一事，情景反不徹。」[55]

　　清代李漁的《蜃中樓》，《新傳奇品》等著錄，今存清初《笠翁十種曲》本。此劇合柳毅傳書、張生煮海故事而成，把柳毅與龍女寫成

54　〔明〕祁彪佳：《遠山堂曲品》，見《中國古典戲曲論著集成》，第六冊，頁54。

55　〔明〕祁彪佳：《遠山堂曲品》，見《中國古典戲曲論著集成》，第六冊，頁59。

自由相愛定情，後又忠於愛情，提陞了柳毅傳書故事的情感意義。劇敘洞庭龍女王舜華與東海龍女瓊蓮本為堂姐妹，二人相伴遊於蜃樓，見柳毅、張羽，遂幻出虹橋與二人相會定情。其後王舜華錯配涇河龍子，舜華誓死不從，備受折磨。後張羽代柳毅冒險傳書，柳毅、龍女二人成親。張羽用神鍋煮海水，娶得東海龍女瓊蓮。何鏞《乘龍佳話》，未見著錄，今存光緒辛卯石印本。作者白稱劇情與《蜃中樓》絕不相蒙，劇本曲文少而且淺易，排場新奇，燈彩鮮明，構思精巧，沒有重複牽強之弊[56]。在清及近代地方戲中，柳毅與龍女故事也有改編演出，情節大多因襲唐人小說。粵劇《柳毅傳書》中柳毅形象略有改變，劇中柳毅不是下第書生而是赴試入秦，聽到龍女三娘的遭遇後，毅然捨棄科考折回洞庭為三娘傳書[57]，形象比此前的同題材劇作都要感人。

二 張生煮海娶龍女系列劇

柳毅與龍女愛情故事之外，比較有影響的就是張羽煮海娶龍女瓊蓮的故事。金無名氏《張生煮海》院本，元尚仲賢《張生煮海》雜劇、李好古《張生煮海》雜劇，都是以張生煮海為題材的劇作，清代李漁合柳毅、張羽故事創作了《蜃中樓》傳奇。李漁《蜃中樓》已如上述，此不贅述。尚仲賢《張生煮海》，《錄鬼簿》下注為「次本」，劇本佚。李好古的《張生煮海》，《錄鬼簿》著錄，今存《元曲選》本、《柳枝集》本。作者題「李好古」，題目作「石佛寺龍女聽琴」，正名作「沙門島張生煮海」。《元曲選》本、《柳枝集》本的最大區別是《元曲選》本第三折由正末扮石佛寺長老作媒，《柳枝集》本由正旦扮仙母為媒。孟稱舜在第三折評點中說：「仙母作媒，吳興本改作

---

56 〔清〕何鏞：〈乘龍佳話自序〉，引自蔡毅：《中國古典戲曲序跋彙編》，頁1163。
57 參《中國戲曲志》〈廣東卷〉（北京市：中國ISBN中心，1993年），頁139。

石佛寺長老，今看曲辭與長老口角不肖，仍改從原本。」可見元劇原本應是以仙母為媒，以正旦主唱到底。劇敘瑤池會上，金童玉女有思凡之心，罰往下方投胎脫化。金童為潮州張羽，玉女為東海龍王女兒瓊蓮。張生東游海邊，見石佛寺清靜，借房攻書。夜晚彈琴散心，龍女瓊蓮聞聲前來聽琴。二人相見，相約八月十五成親。張羽等不及中秋，前去相尋。後遇東華帝君派來點化他與龍女的毛女仙姑，得三件寶物，前去沙門島煮海逼龍王許親。張生煮海，龍王答應招張生為婿。張生、龍女償還夙債，同返仙界。此劇最後說的「願普天下曠夫、怨女，便休教間阻。至誠的一個個皆如所欲」，正是作者愛情觀的體現。與王實甫「願天下有情的皆成眷屬」思想大致相同。孟稱舜評點說：「凡人情至則異數可狎，黑海可入。作者寓意在此語中，時有點醒處。」[58]近代許多地方劇種都有張生煮海故事的演出，如新疆秦腔劇目中的《張羽煮海》，河北晉劇劇目中的《仙鍋記》等。這些劇目對張羽與龍女的愛情故事進行了相應的加工，把張羽龍女才子佳人式的愛情模式，改為自由相愛、勇敢反抗的愛情模式。

三　其他愛情故事劇

宋雜劇中的《鄭生遇龍女薄媚》、清張彝宣的《井中天》傳奇、無名氏的《求如願》傳奇、陸繼輅的《洞庭緣》、黃燮清的《絳綃記》傳奇等也寫書生與龍女的愛情故事。《鄭生遇龍女薄媚》，載周密《武林舊事》，譚正璧《話本與古劇》疑此劇敘唐沈亞之《湘中怨解》中鄭生遇龍女的故事[59]。《井中天》，《今樂考證》著錄，《曲海總目提要》卷二十八著錄此劇提要，認為此劇演《平妖傳》故事，其中有「李遂入井，與日霞仙子成親，贈鐵胎神臂弓，後用以破王則，仙

58　〔明〕孟稱舜：《古今名劇合選》，《古本戲曲叢刊四集》據明崇禎六年本影印本。

59　事見《太平廣記》卷二九八引《異聞集》中〈太學鄭生〉文，頁2372。

子以所生子還之」[60]等情節。此雖云仙子，但在井中，也可以說是龍女系列的演變。

無名氏的《求如願》傳奇，本事出《搜神記》卷四〈青洪君〉篇：

> 盧陵歐明，從賈客道經彭澤湖，每以舟中所有多少投湖中，云以為禮。積數年。後復過，忽見湖中有大道，上多風塵。有數吏，乘車馬來候明，云是青洪君使要。須臾達，見有府舍，門下吏卒。明甚怖。吏曰：「無可怖。青洪君感君前後有禮，故要君。必有重遺君者。君勿取，獨求如願耳。」明既見青洪君，乃求如願。使逐明去。如願者，青洪君婢也。明將歸，所願輒得，數年，大富。[61]

《博異錄》亦收入此故事，情節有所變化。《太平廣記》卷二九二收入《博異錄》文，篇名〈歐明〉。

> 盧陵邑子歐明者，從賈客道經彭澤湖。每過，輒以船中所有，多少投湖中。見大道之上，有數吏皆著黑衣，乘車馬，云是清洪君使，要明過。明知是神，然不敢不往。吏車載明，須臾見有府舍，門下吏卒。吏曰：清洪君感君有禮，故要君，以重送君。皆勿取，獨求如願耳。去，果以繒帛贈之，明不受，但求如願。神大怪明知之，意甚惜之。不得已，呼如願，使隨明去。如願者，清洪婢，常使取物。明將如願歸，所須輒得之，數年成富人。意漸驕盈，不復愛如願。正月歲朝，雞初一鳴，呼如願。如願不即起，明大怒，欲捶之。如願乃走於糞

60　〔清〕黃文暘：《曲海總目提要》卷四十一，頁1259。

61　〔晉〕干寶：《搜神記》，見《漢魏六朝筆記小說大觀》，頁307。

上，有昨日故歲掃除聚薪，足以偃人，如願乃於此逃，得去。
明謂逃在積薪糞中，乃以杖捶糞使出。又無出者，乃知不能
得。因曰：汝但使我富，不復捶汝。今世人歲朝雞鳴時，輒往
捶糞，云：使人富。[62]

在這則故事中，歐明偶得如願，成為富人，後富貴驕人，又失去
如願。《求如願》傳奇對這個故事進行了改造，寫成一本仙凡愛情
劇。敘歐陽修之孫歐陽名三代清白，虔誦《法華經》，青湖龍王女如
願，亦誦《法華經》。呂洞賓知歐陽名本金童，龍王女如願本玉女，
數當配合，指示結姻。歐陽名夫妻後廣行善事，飛昇仙去[63]。「求如
願」是明清時期春節裏重要民俗活動。清康熙年間陳夢雷《元正嘉
慶》劇中的「代代塵凡空勞攘，為求如願而敲灰塊」[64]句，似可證明
這一點。

《洞庭緣》、《絳綃記》二劇都是以《聊齋志異》〈西湖主〉篇中
故事為藍本創作而成。《洞庭緣》根據〈西湖主〉、〈織成〉創作而
成，敘陳生因救洞庭王妃，得娶龍王之女；公主侍女織成與陳生友人
柳生有夙緣，亦得成親。《絳綃記》據《聊齋志異》中〈西湖主〉故
事改寫。敘陳弼教為將軍賈綰參贊軍務，征剿楊蛟。一日軍士射得一
豬婆龍，陳生憐之，勸賈綰放生。後賈軍兵敗，陳生覆舟湖中，遇王
妃，原來王妃就是昔日所救之豬婆龍。王妃感陳生救命之恩，招陳為
駙馬，與龍女西湖公主成親。

62　〔宋〕李昉：《太平廣記》，頁2321。
63　〔清〕黃文暘：《曲海總目提要》，頁1787。
64　〔清〕陳夢雷：《松鶴山房詩集》卷九《雜曲》，清康熙銅活字印本，《續修四庫全
　　書》第1415冊。

第三節　道姑書生愛情劇及月老故事劇

一　道姑與書生愛情劇

　　道姑與書生愛情劇也是明清愛情戲曲內容之一。他們衝破宗教清規戒律的束縛，自由結合，最後獲得愛情的勝利。這類劇作最有名的是陳妙常與潘必正愛情故事劇。

　　陳妙常、潘必正故事最初見於《古今女史》，《燕居筆記》、《萬錦情林》、《國色天香》中也有記載。在《古今女史》中，陳妙常乃「女貞觀尼」，後與潘法成私通。而在此後的戲曲小說中，陳妙常由尼姑變成道姑，與之私通的人物也由潘法成變成潘必正。元關漢卿的《萱草堂玉簪記》雜劇、明無名氏的《張于湖誤宿女貞觀》雜劇、明高濂的《玉簪記》傳奇等都是以這個故事為題材的劇作，今存後二種。《張于湖誤宿女貞觀》雜劇，《也是園書目》、《今樂考證》、《曲錄》著錄。今存脈望館鈔校于小谷本，《孤本元明雜劇》據以校印，題目作「俏書生暗結鴛鴦伴，歹姑娘分破鸞凰段」，正名作「陳妙常巧遇好姻緣，張于湖誤入女真觀」。劇敘陳妙常小時出家，能詩善琴，聰明美麗。張于湖曾以詩相挑，被妙常以詩拒之。後妙常與觀主之姪潘必正暗結連理，懷孕後被觀主發現，移送建康府發落。太守張于湖判陳妙常還俗與潘必正完婚。高濂的《玉簪記》吸收了雜劇的一些內容，又有許多改變。劇本把陳妙常作為道姑，但處理不佳，「女貞觀尼」形象原型不時顯露。如第五齣中，陳妙常皈依佛法僧三寶；第六出介紹女貞觀云「前面有個寺院，上寫敕建女貞觀」；後又有「（中略）悟真庵王師兄送貼佛金來」。從「佛法僧三寶」、「寺院」、「貼佛金」等詞可見陳妙常尼姑身分。第七齣雖然明確稱陳妙常為道姑，但陳妙常念的經卻是佛教的《法華經》[65]。一些研究者認為陳妙常本來

65　〔明〕高濂：《玉簪記》，見《六十種曲》（北京市：中華書局，1958年），第三冊。

是尼，之所以改為道姑，是因為尼姑扮相不雅。劇中女主角陳妙常的出身被改變。《張于湖誤宿女貞觀》雜劇中，陳妙常是小商人的女兒，十歲時就被父親捨身出家，在女貞觀中做道姑已有十三年。《玉簪記》中，陳妙常出身於官宦人家，父親曾任開封府丞，十六歲時因金兵南侵，逃難中與母親離散，弱質無依，入女真觀安身。《玉簪記》中男女主人公之間的關係發生了變化。雜劇中，潘必正和陳妙常偶然相逢，沒有任何關係；而《玉簪記》中二人從小就有婚約，以玉簪為聘禮，因戰亂而長期離散，互不相識。高濂的改編處理意欲為不合宗教清規的愛情找到符合世俗倫理的理由。

元石子章的《秦翛然竹塢聽琴》也是一本演道姑還俗與書生結親的故事劇。此劇《錄鬼簿》著錄，天一閣本《錄鬼簿》著錄簡名《竹塢聽琴》，題目「鄭彩鸞茅庵悟道」，正名「秦修（翛）然竹塢聽琴」。今存顧曲齋刊本、脈望館校《古名家雜劇》本、《元曲選》本等。劇中女主人公鄭彩鸞與秦翛然有指腹婚約，後因父母雙亡而不通音信，後為堅守婚約而出家修道。梁公弼夫人鄭氏與丈夫失散後亦出家學道，與鄭彩鸞時有往來。秦翛然上京應試，路過鄭州，住父摯梁公弼府中。出城踏青時與鄭彩鸞相認，秦翛然應試高中，梁公弼為之完婚。鄭道姑也與丈夫相遇而還俗。孟稱舜評此劇云：「如月夜聞琴，音韻冷然，曲中令品。」

陳妙常、鄭彩鸞、梁公弼夫人等人的出家與還俗反映了自然真情對宗教清規的勝利。

二　月下老故事劇

李玉《太平錢》傳奇中提到的「月下老」傳說，是中國古代一個著名的傳說。這個傳說最早見於唐代《續玄怪錄》一書，《太平廣記》卷一五九收入，題名〈定婚店〉。在這篇小說中，韋固一心想早

點娶妻成家，但多方求婚，都不遂意。一日於月下逢一老人，正在翻檢姻緣簿。韋固從老人那裏得知姻緣已定，妻為賣菜人之女，方纔三歲。韋固想改變這種命運，命其僕人前去刺殺小女，刺中眉心。韋固後來屢次求婚皆不就，十四年後纔娶得如意之妻。然妻子眉間常貼一花鈿，韋固不解，逼問之，纔知妻子原來就是自己當年派人去刺的三歲小女，長大後因眉間有疤痕，故以花鈿遮之。這個故事宣揚了姻緣前定的思想，月下老人手中的姻緣簿早就載定了婚姻的對象，紅線也亦牢牢綁定，想改變這種命運是徒勞的。隨著這個故事的傳播，月老、姻緣簿、紅線成為愛情婚姻的代名詞。

　　故事雖然見於唐人記載，傳說應出現於唐以前，估計與古代男女月下相會定情有關。一些少數民族現在還有「跳月」習俗。筆者想要找到這個傳說比較早的文字資料，惜學識有限，僅於《西京雜記》卷三中發現一點相關資料：

> 戚夫人侍兒賈佩蘭，後出為扶風人段儒妻。（中略）又說在宮內時，嘗以弦管歌舞相歡娛，競為妖服，以趣良時。十月十五日，共入靈女廟，以豚黍樂神，吹笛擊築，歌〈上靈〉之曲。即而相與連臂踏地為節，歌〈赤鳳凰來〉。至七月七日，臨百子池，作於闐樂。樂畢，以五色縷相羈，謂為相連愛。（下略）[66]

　　其中七月七日「臨百子池」與祈求子孫有關，而以五色線相羈，謂之「相連愛」，則應與月下老「紅線」繫足有著相同的意義。從上面的資料來看，「紅線」表達愛情婚姻的習俗在漢代初年就已出現。

66　〔漢〕劉歆撰，〔晉〕葛洪集：《西京雜記》卷三，見《漢魏六朝筆記小說大觀》，頁97。〔晉〕干寶：《搜神記》中亦有記載，略有出入。「相連愛」，《搜神記》作「相連綬」。

以月下老傳說為題材的劇作，除李玉的《太平錢》外，還有明劉兌的《月下老定世間配偶》雜劇、何梁的《翠鈿記》傳奇、柳□□的《翡翠鈿》傳奇，清陳於鼎（南山逸史）的《翠鈿緣》雜劇等。

劉兌的《月下老定世間配偶》雜劇，《錄鬼簿續編》、《太和正音譜》著錄。趙景深《元人雜劇鈎沉》輯存〈仙呂點絳唇〉、〈正宮端正好〉、〈黃鐘醉花陰〉、〈雙調新水令〉四套。《詞林摘豔》於雙調題「《月下老問世間配偶雜劇》第四折，皇明劉東生」。《雍熙東府》所錄依次題為〈春景〉、〈夏景〉、〈秋景〉、〈冬景〉，四套中曲意也相符。《廣正譜》、李開先《詞謔》〈詞套〉也稱是劉東生的雜劇。趙景深先生根據現存資料也不能判定到底是套數還是雜劇，最後認為原作可能是套數體裁，後來被人們看成雜劇[67]。何梁的《翠鈿記》，《遠山堂曲品》著錄，劇本佚。《遠山堂曲品》評云：「赤繩之繫，月下老指點韋固，卒諧耇於十年後，以為傳奇足矣，乃益之以兄韋圍，頭緒紛然，遂有不能舒轉處。」從祁彪佳的評語可知，作者在韋固之外又加了韋圍，頭緒比較多。柳□□的《翡翠鈿》傳奇，《遠山堂曲品》著錄，劇本佚。劇本在韋固故事之外，添加了「韋祥奪婚」等情節，「頭緒過繁」[68]。

陳於鼎（南山逸史）的《翠鈿緣》雜劇，《今樂考證》著錄，今存《雜劇三集》本，共五齣。劇本中仙人月老名何登，乃吳剛之化身，「月中持斧，世上伐柯」，只因世人妄想，故下凡來略施點化。韋固之妻，乃種節度使之女，因安祿山之亂一家被害，被陳婆撫養。故事沒有多大改動，作者創作此劇目的是宣揚一飲一啄皆由天定，「達士常安義命，痴人多費周旋」的思想。

---

67 參趙景深：《元人雜劇鈎沉》（上海市：上海古典文學出版社，1956年），頁126。

68 上見〔明〕祁彪佳：《遠山堂曲品》，《中國古典戲曲論著集成》，第六冊，頁74、58。

第四節　理想婚姻的追求與道德倫理的規範

　　道教神仙愛情劇是封建制度下的特殊產物，是人的本能慾望被壓抑後的曲折反映。這種奇異的愛情之花，反映了封建社會青年男女的愛情理想。

一　現實愛情被壓抑是神仙愛情滋生的土壤

　　愛情是人類最美好的情感，它有著無邊的權威與力量，不僅存在於人類靈魂的神秘世界中，而且作為一種普遍意向存在於現實生活之中。男女之間的悅慕，是人的本能慾望，是無法阻攔與分割的。在西方的神話傳說中，人是一個完整的、圓球狀的特殊物體，由男女組成的一個統一的個體。這個特殊的物體擁有一個頭顱、四隻手、四條腿、四隻耳朵和可以觀察相反方向的兩副面孔，力量強大。後來由於人膽大妄為，宙斯覺得人的力量過於強大，對神的世界構成威脅，於是決定把人一分為二。分開後的每一部分都會變得軟弱，然而在人體被分成兩半後，「每一半都急切地撲向另一半」，他們「糾結在一起，擁抱在一起，強烈地希望融為一體」[69]。這個神話故事十分生動地說明了只有男女和諧地融為一體，纔有完整的人格，力量纔會強大；男女之間的愛是人的本能慾望，外界強力雖然可以暫時把它分開，但分開的個體卻時刻尋找機會融合。隨著社會的發展、倫理世界的建立、男女之間的性愛被壓制，人性被扭曲，然而人的這種本能慾望卻利用各種形式曲折表現出來。

　　在中國封建社會，男女之間的愛情被視為洪水猛獸，統治者利用禮教等手段進行壓制。「父母之命，媒妁之言」，決定了男女的終生命

---

[69] 〔保〕瓦西列夫著，趙永穆等譯：《情愛論》〈引言〉（北京市：三聯書店，1997年），頁4。

運。早在先秦時期，孟子就說過：「不待父母之命、媒妁之言，鑽穴隙相窺，逾牆相從，則父母國人皆賤之。」[70]《詩經》中就有無數男女發出情不自由的嘆息聲，〈將仲子〉是其中最有代表性的一篇：

> 　　將仲子兮！無踰我里，無折我樹杞。豈敢愛之？畏我父母。仲可懷也，父母之言，亦可畏也！
> 　　將仲子兮！無踰我牆，無折我樹桑。豈敢愛之？畏我諸兄。仲可懷也，諸兄之言，亦可畏也！
> 　　將仲子兮！無踰我園，無折我樹檀。豈敢愛之？畏人之多言。仲可懷也，人之多言，亦可畏也。

　　詩中，女子深愛著自己的情人，但因為害怕家庭的反對、社會輿論的指責，再三叮囑她的情人不要再來。愛和禮教的矛盾使她痛苦不安，卻又無可奈何。[71]

　　越到後來，禮教對人的控制越嚴。特別是到了宋元明清時期，程朱理學對男女之情的控制到了無以復加以地步。男女之間被當作人之大防，男女七歲就規定不能同席。「三從」、「四德」、「七出」、「餓死事小，失節事大」等對女子的情感進行了多方面的限制。「萬惡淫為首」的思想使人們的感情帶上一種罪惡感。這種思想使得明代的貞烈婦女空前增多，有記載的就有一萬多人。作為與儒教思想互補的佛道也大力宣揚禁欲思想。佛教宣揚「四大皆空」思想，「不邪淫」為五戒之一。道教本來並不強調禁欲，有些宗派還強調男女雙修、採陰補陽，到了金元時期，新興的全真教吸取佛教、儒教思想，也十分重視禁欲戒色：「切戒色兮切戒色，色心纔起元神滅。自然夫婦玉堂中，

70　〔戰國〕孟軻著，楊伯峻、楊逢彬評：《孟子》〈滕文公章句下〉（長沙市：岳麓書社，2000年），頁101。
71　程俊英評注：《詩經譯注》，頁140。

一點精神千丈雪。」[72]「二八佳人體似酥，腰間仗劍斬愚夫。雖然不見人頭落，暗裏教君骨髓枯。」[73]宗教的清規戒律與封建禮教一起對男女之情進行了清剿，力圖扼殺這人類本能的慾望。

雖然封建的倫理道德思想、宗教禁欲主義對男女之情進行圍剿，但人的這一本能慾望是不可戰勝的。《東坡志林》中記載了這樣一個故事：

> 昨日太守楊君采、通判張公規邀余出遊安國寺，坐中論調氣養生之事。余云：「皆不足道，難在去欲。」張云：「蘇子卿嚙雪啖氈，蹈背出血，無一語少屈，可謂了生死之際矣。然不免為胡婦生子，窮居海上，而況洞房綺疏之下乎？乃知此事不易消除。」眾客皆大笑。余愛其語有理，故記之。[74]

蘇武是一個威武不屈的大英雄，嚙雪啖氈卻不失民族氣節，然而在男女之情方面卻難以克制，與胡婦生子，可見去欲之難。

明徐應秋《談薈》卷七也有〈情欲難割〉一篇：

> （前略）至彭祖七百餘歲，卒以娶小妻，妖淫敗道，自隕其命。北山道者，修行千年，為悅密雲之女，竟被擒戮。五戒禪師戒行精苦，悅妓女紅蓮，竟入輪迴。上元夫人下降封陟，陟守不顧，至於再三。紫素元君就嵩山任生，任終不顧，迄任病卒，相遇尤不能忘情。情欲之於人甚矣哉。[75]

72 〔唐〕呂洞賓：《純陽真人渾成集》，《道藏》（北京市：文物出版社，1988年），第23冊，頁685。
73 〔明〕凌濛初：《二刻拍案驚奇》卷二十九，明崇禎尚友堂刻本。
74 〔宋〕蘇軾：《東坡志林》卷一〈養生難在去欲〉（北京市：京華出版社，2000年），頁10。
75 〔明〕徐應秋：《玉芝堂談薈》，見《筆記小說大觀》本。

彭祖七百餘歲，猶娶小妻；五戒禪師戒行精嚴，卻擋不住紅蓮美色的
誘惑而墜入輪迴；紫素元君與任生死後相遇猶不能忘情。對於健康的
人來說，去欲是何等的艱難，壓抑的情欲，只要一有機會就會噴薄而
出。作者對此十分感嘆：「情欲之於人甚矣哉！」明代著名文學家袁
宏道也有過同樣的感嘆。

　　諸如此類的故事，都說明了男女之情乃人的本能慾望，不可抑
制。封建倫理道德、宗教禁欲主義對人的本能慾望的壓抑，使得人的
這種本能感情被扭曲，變得病態化，造成靈魂與肉體的分離。肉體按
照封建禮教的要求去行動，而愛的靈魂則潛伏在心靈深處，通過種種
隱蔽的方式表現出來。元代鄭光祖的《倩女離魂》雜劇中，張倩女因
為愛情得不到滿足，靈魂與肉體分離，肉體在家如痴似呆，哭笑無
常，而靈魂則追隨著自己的心上人，過著自由自在的生活。這種靈魂
與肉體的分離，正是封建社會女性兩重性格的反映。

　　古代戲曲小說、筆記文獻中有許許多多遇神仙、遇狐狸鬼怪與之
成親的豔遇故事，這些豔遇故事的頻繁出現以及傳播者的津津樂道，
曲折地反映了封建社會人們愛情生活被壓抑的現實。

二　神仙愛情劇是人們理想愛情的反映

　　從上古時期開始，人們就憑著自己的想像把宇宙空間分為天、
地、地下三個部分，認為每一部分都有居住者：天上居住著仙人，地
上居住著凡人，地下居住著鬼魂。神仙世界神聖而富足，神仙生活自
由自在、長壽而且快樂，神仙都是善人昇天，他們帶給人們的是財富
與長壽，是善的象徵；而鬼蜮世界陰暗而污穢，鬼魅都是邪惡、狠毒
之人所化，帶給人們的是災難與痛苦，是惡的象徵。這種觀念在人與
仙、妖精、鬼魅的豔遇故事中也有所表現，妖精、鬼魅與人成親，人
就會被陰氣所害，折損壽命，而神仙與人成親，人可以長壽乃至得道

成仙。因此，神仙與凡人的愛情成為人們的理想愛情。神仙愛情劇通過仙人與凡人奇幻的愛情故事，反映了人們生存理想與愛情理想。

　　在封建社會，男女婚姻沒有自主權，一切由封建家長包辦。「父母之命，媒妁之言」剝奪了男女雙方愛與被愛的權力，造成了無數男女感情上的終身遺憾。民間有句俗語十分生動地反映了封建時代男女婚姻狀況：「嫁雞隨雞飛，嫁狗隨狗走，嫁給土堆，耐著性兒守。」月下老的婚姻簿、紅線拆散了一對對有情男女，綁就了一雙雙無愛的婚姻。「問當時，誰教月老繫紅絲，姻緣簿內簽名字，全不知事，配合雄雌，大抵差三錯四。也有錢虜金夫，滿前簪珥；也有書中絕沒個玉人兒。若佳人才子，從古來難遇其時。多少文人短行，紅顏薄福。谷風興刺，兩下每參差。聊屈指，幾人佳偶播青史。」[76]沈璟的〈問月下老〉曲對現實男女婚姻深表不滿，然而他也無可奈何，只得把自己的希望寄託到來世，希望自己來世找到一位「蛾眉皓齒，軟穠穠弱骨丰姿」的佳偶。許多現實中人像沈璟一樣情寄來世，也有許多人把自己的目光投向虛無縹緲的神仙世界，幻想著美麗多情、健康長壽的仙女從天而降，以慰孤獨、寂寞的心靈。

　　神仙愛情劇中，仙女可以自由地選擇對象。《雷澤遇仙記》中王母座下四仙女杜蘭香、董雙成、周瓊姬、許飛瓊都是「水月精神，梨花肌肉」，過的是「朝游閬苑，暮宴瑤池，飲的玉液瓊漿，吃的是交梨火棗」的生活。然而她們並不是清心寡欲的神仙，而是都有人間情愛。「杜蘭香下嫁了張碩，董、周二仙嫁了劉、阮」，許飛瓊見幾個姊妹都嫁給凡人為妻，也十分心動，利用王母派她探「蓬萊清淺」的機會，欲試「人間真味」。這「人間真味」應該就是男歡女愛、男耕女織的生活。她聞琴聲，尋聲而去，與雷澤相遇綢繆，別後仍情思縈懷，「一心百懶，萬念俱灰」。許飛瓊沒有父母之命，也沒有媒妁之

---

76 謝伯陽編：《全明散曲》（濟南市：齊魯書社，1994年），頁3266。

言，自由與雷澤結合，這種「自擇配偶」的婚姻是現實社會中男女夢寐以求的。《雷澤遇仙記》中說董雙成、周瓊姬嫁給劉晨、阮肇，而王子一《劉晨阮肇誤入天台》中與劉、阮結親的是紫霄玉女，《賽四節記》傳奇中，與劉、阮結親的仙子是金蘭香、金蕙芳，雖然姓名不同，但他們與劉、阮自由結合則是相同的。「兩意初諧語話同，效文君私奔相如。」「月滿蘭房夜未局，人在珠簾第幾重，結煞同心心已同，綰就合歡歡正濃。」[77]在王子一劇中，王母通情達理，還派金童玉女送仙桃賀桃源二仙得婿之喜。

　　《張生煮海》中的龍女瓊蓮是一個完美的女性形象。她性格爽朗，容貌美麗：「風飄仙袂絳綃紅，則我這雲鬢高挽金釵重，蛾眉輕展花鈿動，袖兒籠指十蔥，裙兒歚鞋半弓。」又多才知音，覺張生琴聲「一字字情無限，一聲聲曲未終，恰便似顫巍巍金菊秋風動，香馥馥丹桂秋風送，響珊珊翠竹秋風弄，咿呀呀偏似那織金梭攛斷錦機聲，滴溜溜舒春纖亂撒珍珠迸」。她尋聲而去，當看到彈琴人是一個俊俏書生時，由衷地發出「好一個秀才」的讚嘆聲。當張生邀她進房，要為她彈奏一曲時，她說：「願往」。簡短的兩個字，把龍女爽朗的性格以及對張生的愛慕之情表露無遺。當張生說：「小娘子不棄小生貧寒，肯與小生為妻麼？」瓊蓮態度大膽而明朗：「我見秀才聰明智慧，豐標俊雅，一心願與你為妻。則是有父母在堂，等我問了時，你到八月十五日，中秋節屆，前來我家，招你為婿。」[78]龍女自許終身，這在封建統治者看來是大逆不道的。

　　在《秦翛然竹塢聽琴》雜劇以及陳妙常、潘必正愛情系列劇中，鄭彩鸞、陳妙常是道姑，但也與神仙一樣，可以自由地與心上人結合。陳妙常當張于湖寫詩戲她時，她作詩峻拒，但于湖走後，又神情恍惚：「道清，我昨夜被那個聽琴的秀才，做那詩詞來戲我。我初然

77 〔明〕王子一：《劉晨阮肇誤入天台》，見臧晉叔編：《元曲選》，頁1359。
78 〔元〕李好古：《沙門島張生煮海》雜劇，見臧晉叔編：《元曲選》，頁1703。

不以為事，後來想過來，惱的我半夜睡不著，今日意思恍惚，如有所失。看它詞句才調，是一個聰明特達的人，但不知它容貌如何。臨去時又交教我記著『清淨堂前不捲簾』七個字，料想他必然有個好意思在我身上。自恨我一時無見識，不曾請它吃杯茶，未知何日再得會也。」清靜的道觀生活並沒有壓制住她的本能慾望，張于湖的詩勾起了她的情愛意識。當潘必正落第到觀中時，陳妙常看到潘必正俊俏多才，心又動了：「我見它眉清目秀，動靜語默，是個非常的人。莫不有些蹊蹺。道清，我今年喜事動了，我還俗了，嫁了這秀才罷。」[79]後與潘必正詩詞往來，情意相投，私自結成伉儷。鄭彩鸞堅心修道，但得知聽琴的是俊俏書生，而且正是自己指腹為親的未婚夫時，那份本來已潛藏的愛意迅速地佔據了她的心靈，與之偷情約會。

　　在封建社會，十分重視貞節，要求女子從一而終。「好女不嫁二夫，好馬不配二鞍」。在這種觀念的影響下，許多女子因丈夫去世而終身守節，有些甚至殉節。《儒林外史》中王玉輝的女兒在丈夫死時還青春年少，王玉輝卻鼓勵女兒殉節。女兒殉節後，王玉輝妻子哭哭啼啼，而王玉輝卻說：「他這死的好，只怕我將來，不能像他這一個好題目死哩！」[80]可見封建禮教對人性的摧殘。神仙愛情劇中，這種思想有很大的改變。《柳毅傳書》中龍女遠嫁涇河小龍，但小龍聽信婢僕之言，粗暴地對待龍女。老龍也聽信小龍一面之辭，不加分辨，罰龍女到涇河邊牧羊。龍女形容枯槁，顏色憔悴，但內心卻十分堅強：「我也不戀你榮華富貴，情願受鰥寡孤獨。」當柳毅問她當初「何不便隨順了他，免得這般受苦」時，她說：「可憐我差遲了這夫婦情，錯配了這姻緣簿，都則為俺那水性的兒夫。」劇中龍女是一位

79　〔明〕無名氏：《張於湖誤宿女貞觀》第二折，見王季烈編：《孤本元明雜劇》本（北京市：中國戲劇出版社，1958年）。

80　〔清〕吳敬梓：《儒林外史》第四十八回（瀋陽市：春風文藝出版社，1994年），頁445。

追求自由愛情的女性形象，當丈夫毫無情意時，她寧願守寡。遇上柳
毅後，為自己的幸福大膽托書求救。被救出來後，龍女愛慕柳毅，
「滿口兒要結姻」，欲與之「共歡娛伴繡衾」，沒想到柳毅「不勘婚」
加以回絕。[81]後來，假作盧氏之女，終於成就美好姻緣。龍女是一個
敢愛敢恨的女性形象，她敢於改變自己的不幸婚姻。

　　神仙愛情劇中的男主角像董永、牛郎、劉晨、阮肇、柳毅、張羽
等，他們都沒有高貴的門第，富有的家境，但在他們身上有著世人所
認定的優秀的品格。

　　董永是一個孝子，因無錢葬父而賣身為奴。中國文化十分重視孝
道，董永的孝感動天地，天帝派織女前去與董永成親，為他償債，為
他生子，同時還為他帶來錢財與官職。這一切都是孝感所致。牛郎之
所以能與織女成親，是因為他雖貧窮但仁愛及物，悉心照料老牛。老
牛報恩，把織女湖中洗澡之事告訴牛郎。貧窮的牛郎纔得娶織女為
妻。柳毅是一個落第書生，途經涇陽時，偶遇牧羊江邊的龍女，得知
龍女不幸的遭遇。當龍女求他送信洞庭湖時，他毅然答應。千里迢迢
來到洞庭湖，親手把信送到龍王的手中，使得龍女及時得救。在他的
身上有著中國傳統的「誠信」、「俠義」精神。裴航是一個落第書生，
藍橋遇雲英後，為了娶得雲英，四處奔波，尋找玉杵臼。找到玉杵臼
後，因錢不夠，最後把自己的隨從及坐騎賣了，纔湊夠。在他的身
上，有著堅韌、誠信的優點。而《張生煮海》中的張羽、《竹塢聽
琴》中的秦翛然則是多情而有才華的英俊書生。張生到海邊遊玩，見
石佛寺清靜，因而借房攻書。夜晚彈琴散心，悠揚的琴聲吸引龍女前
來聽琴，得到龍女的垂青。與龍女相約後，為情所困，四處尋找，後
又不惜得罪龍王，煮海逼親。為了能與自己的心上人結合，他們不怕
艱險，不畏強暴，是女性心目中的理想配偶。

81　〔元〕尚仲賢：《洞庭湖柳毅傳書》，見臧晉叔編：《元曲選》，頁1625。

　　美麗多情的仙女、道姑，多情有才、勇敢仁厚的書生，他們的身上具備了世人理想的品格，他們的婚姻幸福美滿。劉晨、阮肇與桃源二仙結親後，再回家時，人間已歷數百年，後得太白金星指點再與桃源仙子相會，赴蓬萊同登仙位。與桃源仙子成親，不但得到了情感的快樂，而且獲得了肉體的永生。柳毅與龍女成親後，得到了無數的金銀珠寶，後也成仙而去。裴航與雲英成親後，得道成仙。雷澤與許飛瓊成親後，功成名就，最後也得道成仙。神仙張果老與韋萍馨成親後，韋萍馨立志學道，得成神仙。與神仙成親，伴隨而來的是功名富貴、健康長壽，這一切都是現實中人夢寐以求的，是現實人生價值觀的體現。

　　通過上面的簡要分析，我們可以知道神仙愛情劇中的仙人與凡人相愛沒有人間那麼多的清規戒律，封建的門第觀念、三從四德思想、貞操意識都被去掉或被淡化。他們自由結合，身心健康，幸福長壽，是封建社會男女心中理想愛情的反映。

三　道德倫理對神仙愛情劇的規範

　　神仙是千百年來人們渴望生存永恆心理的超現實存在，是人們情感裏、精神上、人格中的理想形象。神仙愛情劇雖然寫的是一種超現實的理想的婚姻，但由於作者是現實中人，現實的倫理道德、觀眾的意識層次對之有或多或少的影響。因此，神仙愛情劇在敘寫理想婚姻的同時，又力求符合封建倫理道德規範，使之既適合封建綱常禮教，又滿足人們的心理需要。

　　封建道德倫理對神仙愛情故事滲透的第一種模式是「仙謫」模式劇。在劇作者的筆下，下嫁凡人的仙女大都是因動凡心而被謫塵凡，並且與下嫁之人有「夙緣」。

　　《張生煮海》劇中，張羽與龍女瓊蓮本是天上的金童玉女，因為
有思凡之心而被罰往下方，償還夙債。龍女雖性格爽朗，自己許親，
但並不是輕薄私奔之女，而是「父母在堂，等我問了時」，再與之結
親。當張生要與她當夜成親時，她委婉地予以拒絕：「常言道有情何
怕隔年期。」可見龍女瓊蓮是一位追求自由愛情，但不失為淑女的形
象。裴航與雲英的故事，在雲水道人《藍橋玉杵記》中被寫成「霞侶
秘授」的修行故事，其中「寓玄詮」、「重風化」，宣揚道教修行與倫
理道德思想。裴航與雲英原本是天上散仙張葦航、樊雲英，因張葦航
擾亂月宮，樊雲英牽情瀛海而被謫塵凡。裴航幼時，父母為之聘雲
英，後因裴航訪道，雲英父意欲悔親。雲英誓死不從，抱石自盡，被
已成仙的祖母裴玄靜搭救入終南山修道。後裴航科舉高中探花，月老
主婚為之畢姻。二人到玉峰洞中修道，復歸仙班。裴航遇雲英的奇
緣，被作者改寫成忠孝節義劇、道教修行劇，完全失去了這個故事原
有的魅力。

　　劉晨、阮肇與天台桃源洞二仙女的愛情故事在干寶《搜神記》中
本是劉、阮遇仙奇遇，並無仙謫提示。到王子一《劉晨阮肇誤入天
台》劇中，桃源二仙子原是紫霄玉女，因為偶動凡心，被降謫塵寰。
而天台劉晨、阮肇素有仙風道骨，甘分山林之下，二人與仙子有夙世
姻緣，因而得遇。而清代張勻的《長生樂》傳奇中，劉晨、阮肇為四
川峨嵋人，本是上仙轉世，晉王考試士子，劉晨、阮肇功名成就，都
為狀元。二仙女是武夷太姥之女，她們與劉、阮的婚姻是太姥求聖母
作合，由山神用縮地神杖幻引劉、阮入天台山而成。這樣，桃源二仙
與劉、阮的愛情由原來的無父母之命、媒妁之言的自由結合，改造成
現實倫理約束下的婚姻。

　　「仙謫」情節有著雙層意義，從表層看，仙謫可以理解為因為是
神仙下凡，纔會有神通，纔會有奇遇，纔會有浪漫的情感；而從深層
來看，神仙動凡心被謫下凡，因此他們不是真正的仙人，但也不是世

俗的凡人，這樣既維護了神仙世界的純潔性，也維護了世俗道德的合理性。

封建道德倫理對神仙愛情故事滲透的第二種模式是「果報」劇。因果報應是由善惡觀念孳生的一種循環理論，在世俗百姓看來，眾生萬態都有因果，善有善報，惡有惡報。董永乃是一個貧苦農民，他之所以能娶得織女為妻，是因為他孝感天地。天帝為董永的孝所感動，命織女下凡代為償債。董永遇仙既有很濃的善有善報思想，也有很強的天人感應思想。而所遇織女乃天帝所遣，完成使命後，又回歸天上。牛郎因為善待老牛，因而得與織女成親。但因為他們是自為婚姻，沒有得到封建家長的許可，最後被殘酷地拆散。董永與織女、牛郎與織女之間的合與分都體現著統治者的意志。

柳毅與龍女的愛情在唐傳奇中是建立在誠信、俠義與愛慕的基礎上，其中雖不免有報恩成分，但雙方慕戀應是姻緣成就的主要方面。元尚仲賢的《洞庭湖柳毅傳書》雜劇中龍女追求和睦的夫妻生活，但涇河小龍聽信婢僕之言，無端生是非，這是小龍之錯。老龍不辨是非，把龍女罰去牧羊，這是老龍之錯。龍女請求柳毅送書，是不得已的自救。龍女獲救後，為柳妻以報柳毅大恩，也是知恩報恩之舉。二人的婚姻中，報恩思想已大大加強，但二人「重逢沒話說，不見卻思量」的心緒，又把二人的相思慕戀之情十分深刻地表現出來。明許自昌的《橘浦記》傳奇則把此故事完全寫成一個動物報恩劇。柳毅成為大善人，買黿放生、又救猿猴與蛇，最後黿、猿猴、蛇都來報恩。龍女得救後，為報恩甘願作柳毅小妾。作者在龍女之外，增入虞世南女，把龍女由妻降為妾，其中封建貞節觀念起了很大的作用。

元吳昌齡《張天師斷風花雪月》雜劇中，陳世英一曲瑤琴救月宮一難，桂花仙子下凡去報答恩義。到了朱有燉的《張天師明斷辰鉤月》中，把桂花仙子下凡報恩，改寫成桃花仙子冒嫦娥仙子之名與陳世英結合。在朱有燉看來，月宮仙子是天上的仙真，寫其下凡與凡人

結合有污仙真。他這樣一改，維護了仙界的尊嚴，實際上也就是維護了封建倫理道德的尊嚴。

　　封建道德倫理對道姑與書生愛情故事的滲透則突出表現在「指腹為親」模式上。道姑與書生相戀，屬於宗教徒思凡系列。思凡還俗戲以反映佛教僧侶難耐黃卷清燈的佛寺生活而還俗為主，明清戲曲中《思凡》、《下山》、《僧尼共犯》等劇就是這種內容。作者以夫妻乃人之大倫，食色乃人之本性，來對抗宗教禁欲主義。以道教徒思凡故事為題材的劇作比較少，比較有名的是陳妙常、潘必正系列劇以及《秦翛然竹塢聽琴》雜劇。作者在寫作中把他們都寫成符合封建道德的「指腹為親」模式。鄭彩鸞與秦翛然本是指腹為親，因音信阻隔而久不得成親。當官方下令要百姓人家女子二十以上都要成親時，鄭彩鸞無奈之下出家修道。她堅心修道，燒香煉真，只想超出人我是非，清靜修行終其一身，但當秦翛然出現在她跟前時，她又心動，最後還俗。他們之間的結合有父母指腹為親之約，又有梁府尹從中撮合，符合封建道德，又符合人倫物理。

　　陳妙常與潘必正故事見於《古今女史》、《古今情史》等書。陳妙常本是女尼，與張于湖故人潘法成私通，潘法成密告張于湖，于湖「令投詞托言舊所聘定，遂斷為夫婦」[82]。元明雜劇中陳妙常由尼姑變成道姑。《張于湖誤宿女貞觀》雜劇中，陳妙常十歲被父母捨身於女貞觀，長大後能詩善琴，因悅潘必正才貌與之私通懷孕，最後張于湖判定還俗成親。其中並無「托言舊所聘定」的情節。明高濂的《玉簪記》傳奇，則把「托言舊所聘定」改為指腹為親。陳嬌蓮與潘必正乃父母指腹為親，以玉簪駕墜為聘，十六年中天各一方，不通音信。金兵南侵，陳嬌蓮與母親被驚散。陳嬌蓮被人救助，暫住女貞觀中，法名妙常。後潘必正科舉下第，來依姑媽潘觀主，陳妙常悅必正人物

82　〔明〕馮夢龍：《情史》（長沙市：岳麓書社，2003年），頁219。

風流、文才出眾，與之私通成親。後由家長做主締結良緣。作者這樣
一改，就把一個男女自主婚姻變成封建家長安排的婚姻。

　　神仙愛情劇以神奇的愛情故事高揚了生命的強壯與美麗，用人性
的本能對抗封建倫理道德，譜寫了一曲曲愛情贊歌。然而作者是現實
世界的個體，他的愛情理想就像空中的風箏一樣，即使飛得再高，都
無法擺脫封建倫理道德的控制。

第九章
神奇和諧的藝術世界

　　道教神仙戲曲是道教神仙思想與戲曲藝術形式的有機結合。道教神仙思想利用戲曲形式反映現實社會的種種苦難，反映死亡給人們帶來的巨大的痛苦，歌頌神仙世界的美好，張揚神仙的法術神通與慈悲憫人的救世情懷，把抽象的、無形可見的超現實的神仙世界、神仙形象賦予了具體生動的形象，使得神仙思想易為廣大民眾所接受。而道教神仙思想又使戲曲作品帶有很強的宗教幻象色彩，劇作家在反映神仙思想的同時，通過神仙形象、法術神通、夢幻境界等為我們構建了一個個神奇和諧的藝術世界。

第一節　奇異和諧的夢幻世界

　　道教神仙劇大多是劇作家按照自己的宗教認識，利用已有的神仙傳說故事，結合現實生活創作出來的。在劇情處理上，簡單且有概念化、模式化的傾向，但又與現實生活有著某種契合。如神仙愛情劇，劇本所寫的是人世間最美好的感情，作者一般利用仙緣來組織情節，利用巧遇來推動劇情的發展。劉晨、阮肇與桃源仙女有仙緣，山中巧遇而為夫妻；裴航與雲英原為天上神仙，因思凡而被謫下凡，裴航求飲而遇雲英，後結為夫妻；董永因孝而感動天庭，織女奉命與之為百日夫妻，槐蔭樹下巧遇而為夫妻；柳毅落第路上巧遇龍女，張羽彈琴巧遇龍女，諸如此類，不一而足。如果拋開劇本先前設定的宗教仙緣，我們就會發現劇本幾乎都是以人間一見鍾情的愛情模式來構建

的。神仙驅邪劇、神仙慶壽劇源於世人求平安、求長壽的宗教心理，沒有太多的現實生活基礎為劇作家參照，情節結構更為簡單：妖魔作怪，神仙除之；人間有德，神仙賜福增壽。當然，這種概念化的結構模式也並「不是純粹無中生有，而是作者借助自己有限的經驗和知識，按照某種觀念的模式，模擬、製造出來的」[1]。

　　相比之下，神仙度脫劇的現實基礎要深厚得多，劇本的情節結構也較為複雜。神仙度脫劇中神仙所度大致可以分為仙謫下凡、人有仙分、花樹有仙分三類，仙謫下凡、人有仙分結構模式大致相同：人有仙分（謫仙）──神仙點化──不悟──神仙利用夢境、幻境──人悟道成仙。只有明《李雲卿得悟昇真》、《邊洞玄慕道昇仙》等劇結構簡單：李雲卿、邊洞玄慕道──神仙傳道──飛昇。花樹成仙劇結構模式為：樹、花有仙分──一度為妖──再度為人──神仙利用夢境幻境三度──人悟道成仙，比前一種模式只多了從樹經妖到人的過程。賈仲明的《呂洞賓桃柳昇仙夢》雜劇通過南極星的說白對神仙度脫模式作了簡要說明：「（南極云）呂洞賓下方點化，度脫那桃柳二株，必然先教他為人，後方能教他成仙，若見了酒色財氣，那其間返本真方入仙籍。俺仙家道德為先，桃柳有宿世之緣，有一日功成行滿，都引入大羅青天。」[2]在現存的神仙度脫劇中，百分之八、九十的劇本都有夢幻場景。從宗教角度來看，夢境、幻境是神仙點化人成仙的最重要手段。現實中人如果沉迷於欲海，神仙就利用法術神通讓其進入夢境、幻境，用死亡、輪迴等警悟，從而達到度脫的目的。從藝術角度來看，夢幻境界是劇作家對現實世界的提煉加工，是推動劇情發展的重要手段，同時使劇作帶有很濃的浪漫色彩。

　　神仙戲曲的夢中世界上天入地，穿越時空，把人世間「極苦、極

1　馬振方：《小說藝術論》（北京市：北京大學出版社，1999年），頁58。

2　〔明〕賈仲明：《呂洞賓桃柳昇仙夢》，見隋樹森編：《元曲選外編》（北京市：中華書局，1959年），頁695。

樂、極痴、極醒，描摹盡興」。這種描摹神奇變幻，有時還荒誕礙理，但並未超出情理之外。馮夢龍在評《邯鄲記》時說：「貴女安得獨處，花誥豈可偷填？招賢榜非一人可袖，千片葉非一人可刺，記中種種俱礙理，然不如此，不肖夢境。」[3]許中翰說《邯鄲記》「倏而如此，倏而如彼，絕無頭緒，此都描畫夢境也」。[4]劇中夢境雖然「礙理」、「無緒」，但並未脫離現實世界，是劇作家生存環境的幻化。正如馬振方在《小說藝術論》中所說的：「經過作家頭腦編織出來的任何形象、畫面，不管成功的、失敗的，完整的、破碎的，真實的、虛假的，生動的、乾癟的，都以各種不同的方式聯繫著作者的生活經驗，聯繫著客觀的實際生活。」[5]不同的劇作家由於生存環境不同，構築的夢中世界亦不相同。他們從劇作的主題出發，選取現實生活中最有代表性的事件，選取人們最關心的問題，化真境為夢境。夢境縮短了事件發生的時間，簡化了事件發生的過程，延伸了人物活動的空間，往往比現實的「真境」內容更豐富，更有概括性，能更深刻地反映生活。

　　現實世界的豐富多彩，使得夢中幻象亦豐富多彩。現實生活中，對文人影響最大的是科舉功名，在神仙度脫劇中寫得最多的也是科舉功名的夢中幻象。馬致遠的《開壇闡教黃粱夢》雜劇中，呂洞賓功名不順，但仍執著痴迷。鍾離權使神通讓呂洞賓大夢。夢中，呂洞賓中狀元，娶上有錢有勢的高太尉的女兒為妻，官拜天下兵馬大元帥，然而功名如意並未給他帶來幸福，喝酒傷身、妻子外遇使他傷心、貪財賣陣又差點送命，最後兒女也保不住，被強盜殺死。夢中幻象警醒呂洞賓，他發願滅情，皈依神仙。馬致遠通過夢境把酒、色、財、氣之

3　〔明〕馮夢龍：《邯鄲夢總評》，見《中國古典戲曲序跋彙編》（濟南市：齊魯書社，1989年），頁1266。

4　許中翰語，引自《邯鄲記總評》，見《中國古典戲曲序跋彙編》，頁1265。

5　馬振方：《小說藝術論》，頁58。

害形象生動地表現出來，以達到警醒世人的目的。《三化邯鄲店》雜劇亦用「黃粱一夢」故事為題材，劇中盧生年年為科舉功名奔走在邯鄲道上，夢中功名成就，家族繁盛，但因偶然失誤，被下旨處斬，身死蒿街坊。醒來省悟人生，出家修道。湯顯祖《邯鄲記》中盧生迷戀現實功名，夢中如願，嬌妻美妾、高官厚祿、家族繁盛，最後壽終正寢。《黃粱夢》、《三化邯鄲店》二劇通過夢境著重反映人生如夢、仕途險惡，《邯鄲記》中雖亦反映仕途險惡、功名如夢，但著眼點在於表現科舉功名、家族事業的無意義性。蘇漢英的《黃粱夢境記》雖然也用呂洞賓黃粱夢故事，但作者心態超脫，主要利用呂洞賓的夢中功名來反映現實社會的黑暗與腐朽。這些劇作雖然同以「黃粱一夢」為題材，由於劇作家的人生經歷、人生態度不同，夢境呈現出眾多不同的幻象，有著豐富而深刻的現實內涵。

　　夢中世界與現實世界密切相關，這在其他許多劇作的夢境中也得到表現。《竹葉舟》雜劇中，陳季卿因科舉失意，流落他鄉，見寰瀛圖而思歸故鄉，現實的思念化為夢中的行動。夢中他乘上呂洞賓為之準備的竹葉舟回歸故鄉，在家短暫停留後即刻回返，在回返途中掉入波濤洶湧的江中。《玩江亭》雜劇中，趙江梅不願孤獨地生活，想拉回出家的丈夫，睡夢中孤獨的她被船夫要脅，因不順從而被打下水去。《金安壽》雜劇中，金安壽與妻童嬌蘭生活美滿幸福，根本不相信虛無縹緲的神仙世界，夢中，金安壽被自己的嬰兒姹女追趕，「連天峻嶺，萬丈懸厓」，無處可逃，因而驚醒。這些劇作通過夢中幻象把現實生活進行延伸，引出令人恐懼的結果，警醒世人。劇作通過對夢境的描繪把現實世界與神仙世界對舉，通過對比的手法否定現實世界，在否定現實世界的同時，張揚超自然的神性，引誘世人皈依神仙世界。可以說，劇中的夢境與現實世界的真境是和諧統一的。

　　在神仙度脫劇中，夢境往往與幻境結合在一起，共同表現劇作的主題。夢境、幻境都是用不真實的幻象來反映現實，不同的是夢境側

重寫人的心靈幻象、心理感悟，而幻境側重寫外部幻象對人心理的影響。神仙度脫劇中，往往利用夢境讓人省悟出家，再利用幻境使之大悟成仙。《昇仙夢》雜劇中，柳春夫妻迷戀人間富貴，不肯出家修行，呂洞賓先使神通讓他們夢中得官，上任途中被殺，醒悟生死；又讓他們經歷被桃柳神殺死的幻境，悟道成仙。《金安壽》雜劇中，金安壽迷戀世間生活，不願出家。鐵拐李為了度脫他，先使神通讓金安壽大夢一場，利用夢中情境讓金安壽感悟到死亡的恐懼。金安壽醒後，鐵拐李見其俗念未盡，又利用自然界四季景物頃刻變化的幻境來加以點化：

> （鐵拐云）他尚俗牽未盡，再有道理。金安壽，你看那百花爛漫，春景融和。（正末云）是好景也！（鐵拐云）可早炎天似火，暑氣煩蒸。（正末云）好熱也！（鐵拐云）你覷黃花遍野，紅葉紛飛。（正末云）好慘也！（鐵拐云）又早朔風凜冽，瑞雪飄揚。（正末云）好冷也！（鐵拐云）金安壽，你省的麼？（正末云）兀的不傒倖殺我也！正是春天，又臨夏暑，頃刻秋霜，逡巡冬雪，天地中造化，難曉難參。[6]

金安壽從四季的頃刻變化中感悟到人生短暫、幸福虛幻，出家修道，重回天上。《劉行首》雜劇中，劉行首轉世為人後，迷失本性，沉迷於人世享樂，不肯出家。睡夢中得知前世因果，覺生死輪迴之可怖；夢醒後又見林員外夫妻之幻境，悟人世情感之虛偽；修道後又見師父被打死卻又未死的幻境，悟人生之短暫，神仙之無窮。夢境結合幻境，共同影響了被度脫者的心靈。

6　〔明〕賈仲明：《鐵拐李度金童玉女》雜劇，見臧晉叔編：《元曲選》（北京市：中華書局，1989年），頁1101。

　　夢境、幻境都是現實生活的幻變，在舞臺處理上，夢境需要有「入夢」的前提，而幻境則更為靈活，可以根據劇情的需要隨時插入，效果與夢境大致相同。一些劇作純用幻境，利用幻象警醒被度者。《任風子》雜劇中，任風子前去殺馬丹陽，不料反覺被馬丹陽的護法神所殺。來時一條路，回去時卻幻成三條路，馬丹陽要他「來處來，去處去，休迷了正道」。這種視覺幻象警醒了任風子：「父母生我，是來處來，我若死了，便是去處去。他著我休迷了正道，這先生敢教我跟他出家去。」出家修行後，又經歷了六賊索要金銀珠寶猿馬、被捧死倈兒索要衣飾物品並殺死他的幻象，最後徹底醒悟，得道成仙。[7]《藍采和》雜劇中，藍采和留戀世間「珍羞百味」、「綾錦千箱」的生活，不願出家。鍾離權首先讓藍采和經歷應官身失誤被責打的幻境，使之感到人生極度不自由，回心出家。又利用四時的頃刻變化警醒藍采和：「見一所果園，杏花爛漫開，回頭一池好菱也，一塊好霜也，一片好雪也。我想起來，杏是春，菱是夏，霜是秋，雪是冬，可怎生四季失序也」[8]。《李丹記》傳奇中，王恭伯隨裴諶出家，但心中並沒有完全放下人世功名富貴，妖扮嫦娥破爐奪丹後，憤而入世為官。裴諶為了度脫他，利用法術神通讓王恭伯「入夢入幻，以至棄職離家，捨珠捨鏡，還山了道，夢魔幻魔，令他緣想生疑，從迷入悟」。王恭伯先是經歷了妖扮嫦娥破爐奪丹的幻境，入世為官後又目睹了真假瑤娟等幻象，這些幻象作用於王恭伯的心靈，使之醒悟人生，出家成仙。

　　夢境、幻境都是不真實的幻象，它們通過縮短時間、拉近空間距離等手段，超越現實時空。然而這些幻象又扎根於現實生活，是現實生活的概括提陞。

7　〔元〕馬致遠：《任風子》，見臧晉叔編：《元曲選》，頁1674。

8　〔元〕無名氏：《漢鍾離度脫藍采和》雜劇，見隋樹森編：《元曲選外編》，頁979。

第二節　神奇的法術神通

在道教神仙戲曲中，劇作家描寫了眾多的神靈，這些神靈都有著超自然的神通。這些超自然的神通是人們在造神、信仰神的過程中賦予神的一種屬性。這種屬性的出現是人們征服自然力量、協調社會關係的生存理想的反映。神仙戲曲中的神通法術一方面宣揚了神的威力，吸引世俗百姓皈依虛無的神仙世界，另一方面也增強了戲曲的浪漫色彩。

神仙戲曲中的種種浪漫的奇思遐想源於人類對自然環境、社會環境的豐富的想像力。自然環境、社會環境是人類的生存環境，人類對生存環境中的各種事物、各種關係，一般採用善惡標準來加以區分，他們把自然界的各種事物分成危害人類的惡的東西與有益人類的善的東西兩類，把社會關係中的各種關係分成符合規範的善的關係、不符合規範的惡的關係兩類。利用豐富的想像力把自然力量、社會力量通過變形等手段，把那些危害人類的自然事物、不符合規範的社會關係異化為凶惡的、邪惡的邪神，而那些有益於人類的自然事物、符合規範的社會關係異化為正直善良的正神。「正邪不兩立」，「邪不勝正」等觀念貫穿於人們的思維觀念中，這種觀念在神仙戲曲中，也有較為深刻的反映。神仙鬥法劇中，正神、邪神各施神通，最後代表正義的神取得勝利。

在自然環境中，洪水對人類構成的威脅最大，人們對之最難以控制。在民俗信仰中，人們把洪水這一自然災害想像成蛟龍作怪，危害人類。神仙戲曲中，《灌口二郎斬健蛟》、《灌口二郎初顯聖》、《許真人拔宅飛昇》等劇就是寫蛟龍為害人類的故事。《許真人拔宅飛昇》雜劇中蛟龍不但翻江倒海，而且善於變化，變成黃牛欲害許真人，還變成書生欺騙善良的世俗百姓。自然的洪水在劇作家的筆下賦予了動物的屬性，而且顯得離奇而富有變化。而在《時真人四聖鎖白猿》雜

劇中，烟霞大聖神通廣大，在沈璧外出經商後，變成沈璧模樣霸佔沈璧妻子財產，在真相暴露後，變出本相，打倒沈璧，逼他三日內交出嬌妻幼子、田產物業。這烟霞大聖實際上是不合乎婚姻規範的男女關係的異化，人們賦予其猿的屬性。《太乙仙夜斷桃符記》中，門東娘、門西娘與闊公子相戀，這是一種自主婚姻，因為他們不符合社會規範而被賦予桃符精屬性。此外，《二郎神鎖齊天大聖》中齊天大聖也是社會中不合規範力量的象徵；《混元盒》劇中金花聖母聚妖幡下的虎精、蟒精、狐精、蝎子精等實際上都是社會黑暗勢力的象徵。《呂洞賓》雜劇中，石介中進士後，那咬人的狗也變得狗臉人身，對石介磕頭。劇中的諷刺意味十分明顯，狗是那些勢利之徒醜惡嘴臉的漫畫化。神仙戲曲中的妖精、鬼魅都有很強的象徵意味，它們的形象、行為又有很強的戲劇性。神仙戲曲中，有益於人們的自然事物大多是土木形骸，他們有著善良的品質，因而被神仙度脫昇天。《岳陽樓》中的柳樹精、《城南柳》中的柳精、《十長生》中的十長生之物、《海棠仙》中的海棠、《神仙會》中的蟠桃，等等，最後都被神仙引度成仙。這種物化成人、人化成仙的過程有很強的象徵意蘊，豐富了戲曲的表現內容。

與自然災害、社會惡勢力為象徵的邪神相對立的是神通廣大的正神。在這些神的身上，人們賦予了崇高的品質與超凡的神通，寄託了人們的生存理想。二郎神能入水斬蛟，消除水患；許旌陽的符籙能讓鄱陽湖翻滾，逼出蛟龍，還能剪紙為黑牛與蛟龍相鬥，最後鎖蛟井中，消除水患。欒巴噀酒化雨，能澆滅千里外成都市上火災。在《八仙過海》劇中，八仙手中的寶劍、花籃、芭蕉扇、葫蘆、玉板等自然物品都有著超自然的神性，仙人可乘之過東海。呂洞賓手中的寶劍能一口變十口，十口變百口，百口變千口，千口變萬口，從天而落，殺得東海龍王軍隊大敗；鍾離權的火葫蘆能一個變十個，十個變百個，百個變千個，千個變萬個，可以燒乾東洋之水。《天緣記》裏，張四

姐盜取了天宮三寶：鑽天帽、入地鞋、攝魂瓶，神通廣大的哪吒、齊天大聖都敗在她手下。神的神通法術戰勝了自然災害，協調了社會關係，整頓了社會秩序。

　　神的法術神通還表現了人們的生存理想。《玩江亭》雜劇中，鐵拐李乘風過江、穿壁進屋、寒波造酒、枯樹開花諸神通，超越時空，奪天地之造化。

　　　　（牛員外云）師父，你既要請我，這滿地裏又無房舍。
（先生云）你要房舍？疾！看房舍，青堂瓦舍，雕梁畫棟，琴棋書畫，靠凳椅桌。（牛員外云）哎約！哎約！你看那前堂後閣，東廊西舍，走馬門樓，琴棋書畫，條凳椅桌，幔幕紗廚，香球吊挂。好房舍！好房舍！可無酒吃。（先生云）你要酒吃？（牛員外云）可知要吃酒哩！（先生云）牛璘，你見我這拐麼？款款在手，輕輕搖動，地皮開處便是酒。你嘗。（牛員外做驚科云）哎約，師父將拐劃一劃，地皮就開了。師父，這是酒？這酒不是酒，是水。（先生云）三點水著個酉字。疾！你嘗。（牛員外云）今番可是酒？我試嘗者。好酒也！可怎生頭裏嘗著是水，師父寫了三點水著個酉字，墜下去就是酒？好酒！端的是醍醐灌頂，甘露灑心。好酒！師父，酒也有了，可無有眼前景致。（先生云）你見那枯樹麼？（牛員外云）我見。（先生云）疾！花開爛漫，春景融和，賞花飲酒。（牛員外云）阿阿，努嘴兒了，放嫩葉了。阿阿，打骨朵了。阿阿，開花兒了。你看那桃紅柳綠，梨花白，杏花紅，芍藥紫，荼蘼淡，牡丹濃，山茶綻，臘梅開，杜鵑啼，流鶯語，春景融和，百花爛漫。阿喲，好花木！好花木！[9]

9　〔元〕無名氏：《瘸李岳詩酒玩江亭》雜劇，見隋樹森編：《元曲選外編》，頁888。

此外,《韓湘子昇仙記》中韓湘子點石成金、煮鐵成銀、指石成山、劃地成河、頃刻開花、逡巡造酒,神通廣大。在引度韓愈後,化成韓愈模樣到潮州上任,顯神通驅走鰐魚,為潮州人民造福。《度黃龍》劇中,呂洞賓能頃刻開花,逡巡造酒,顯神通遠赴揚州瓊花會,攜回揚州蒸食與瓊花。神仙的這些法術神通,在一定程度上寄託了人們的生存理想。

神仙戲曲中的這些超越時空、變化幽玄的法術神通,雖然超出現實之外,但又無不與現實密切相關,在人們的想像之中。它們反映了人們征服自然、協調各種社會關係,創造美好生存環境的理想。而這些神奇變幻的法術神通又使劇本新奇幻異,富有很強的浪漫情思,能使觀眾產生無限的遐想。

第三節　莊諧結合的舞臺構思

神仙戲曲宣揚的是宗教神仙思想,這些劇本利用象徵的、變形的人物事件表現自然物和人類生命的有限性,表現神的神通與神仙世界的快樂永恆。劇本中「天堂陞君子,地獄懲小人」的觀念十分有利於封建道德教化,因而神仙戲曲在明初得到統治者的大力提倡。許多劇作家利用神仙戲曲形式來進行道德教化,忠孝節義成為劇作宣揚的重要思想。這種宗教的、道德的說教是神聖莊嚴的,與這種思想相對應的劇本結構也有模式化、概念化傾向。神仙度脫劇中,主人公大都有成仙的基礎,但因為迷戀現實功名利祿、妻子兒女,神仙就讓他們在夢中見惡境,現實中見幻境,在惡境與幻境的引導下醒悟出家,通過修煉戰勝魔境,得道成仙。而如果被度脫的是樹木花草之類(比較有意思的是神仙戲曲中,動物大多是有害的,沒有被度成仙),如椿樹、柳樹、海棠花、蟠桃等,則照例首先脫胎為人,讓他們男女婚配,完孽債,然後再度脫。吳梅在《紫陽仙三度常椿壽》〈跋〉語中說:

「(《常椿壽》)與《馬丹陽》、《月明和尚》、《岳陽樓》等相類。惟必將老椿轉世，花王作眷，然後為之度脫，未免多一轉折。若云土木形骸，不能證道，顧既能幻化人形，何不直捷超度？」[10]吳梅指出了神仙度脫劇的這種窠臼，及其不合理性。另外，神仙戲曲的結尾也大多是神仙擺排場模式。群仙上場，一一點出姓名，讓被度脫者認識神仙家族中的名仙，讓普通觀眾加深對神仙家族的認識。神仙慶壽劇從情節的角度來看更為單調，大多是人間聖上、聖母行善有德，壽辰時，天仙下凡祝壽模式，只有《呂洞賓花月神仙會》等少數劇作合神仙慶壽與神仙度脫為一體。神仙鬥法除魔劇的道德說教意味相對來說要淡些，大多是自然災害危害人類，不規範的自然情感破壞了社會關係，因而神出面戰勝了象徵自然災害、不規範邪惡之情的邪神，維護了神仙世界的神聖與尊嚴。神仙愛情劇則大多是貧窮書生有才能、講信義，仙女憐貧恤孤而下降凡間與之結姻模式。劇本情節結構大多類型化，劇中人物也大多象徵化、概念化，是道教神仙思想、封建道德倫理的傳聲筒。

　　這種說教的主題、模式化的結構、概念化的人物最容易出現單調乏味冷清的場面，劇作家為了吸引觀眾，取得好的演出效果，採取了各種手段來娛樂觀眾，使劇作亦莊亦諧，具有很強的舞臺性。這種亦莊亦諧的喜劇特性，在不同的作品中有不同的藝術表現。

　　首先，一些劇作整體構思詼諧有趣，莊諧結合。馬致遠的《岳陽樓》雜劇就是莊諧結合舞臺構思的突出範例。第一折演呂洞賓度脫柳樹精成人，其中包括呂洞賓以墨當酒、度柳樹精二個部分。上場人物有人（酒保）、仙（呂洞賓）、妖（柳樹精），酒保與呂洞賓、呂洞賓與柳樹精之間的言語行動有著比較強的喜劇性。第二折演呂洞賓喝茶點化郭馬兒夫妻。呂洞賓的智慧與慈悲、郭馬兒的愚笨與可愛對照鮮明，有很強的喜劇性。如：

---

10 吳梅：《紫陽仙三度常椿壽》〈跋〉，見蔡毅：《中國古典戲曲序跋彙編》，頁850。

（正末尋郭科云）這個閣子裏無有，這個閣子裏也無有。（做見科云）這廝在這裏。馬兒也，如今桃花放徹，柳眼未開。（打郭科）（郭驚云）倒諕我一跳，早是不曾打著我的耳朵。（正末云）打了你耳朵，不曾傷著你六陽魁首。馬兒，你看波。（郭云）你著我看甚麼？（正末云）兀的不是烏江岸。（郭云）烏江岸在那裏？（正末云）兀的不是華容路。（郭云）華容路在那裏？（正末哭笑科）（郭云）這師父風僧狂道，著我看兀的不是烏江岸，兀的不是華容路。哭了又笑，笑了又哭，正是個風魔的哩。

（前略）（正末云）我不這般吃。你則依著我丁字不圓，八字不正，深深的打個稽首：上告我師，吃個甚茶？我便說與你茶名。（郭云）你看麼，我見他是出家人，則這般與他個茶吃，他又這般饒舌。也罷，依著他，左右茶客未來哩。他又風，我又九伯，俺大家耍一會。我依著他丁字不圓，八字不正，深深的打個稽首：上告我師，吃個甚茶？（正末云）我吃個木瓜。（郭云）哎喲，好大口也。吊了下吧。我說道你吃個甚茶，說道我吃個木瓜。（正末云）郭馬兒，你學誰哩？（郭云）我學你哩。（正末云）但學的我儘勾了也。（郭云）學你臘臘頭一世。罷罷，大嫂造木瓜來。（正末吃茶科）（郭云）將盞兒來。（正末云）我不與你盞兒。（郭云）怎生不與我盞兒。（正末云）你則依著我丁字不圓，八字不正，深深的打個稽首，上告我師：茶味如何。我便與你盞兒。（郭云）罷罷，我便依著你，這些不必說了。師父稽首：茶味如何？（正末云）這茶敢不好。（郭云）好波，你與我貼招牌哩。（正末云）罰一個。（郭云）怎生罰一個？（正末云）依舊的問將來。（郭云）我依著你，依舊打個稽首，師父要吃個甚茶？（正末云）我吃

個酥僉。（郭云）好緊唇也。我說道師父吃個甚茶，他說道吃個酥僉。頭一盞吃了個木瓜，第二盞吃了個酥僉。這師父從來一口大，一口小。（正末云）郭馬兒，我是一口大，一口小。（郭云）這一口大，一口小，不是個呂字？傍邊再一個口，我這茶絕品高茶。（下略）[11]

第三折，郭馬兒妻被幻殺，郭馬兒與社長前去捉拿凶手。社長的滑稽科諢、呂洞賓的神通、郭馬兒手中勾頭文書的變化、賀臘梅的頃刻上場等使場面變幻，富有很強的喜劇性。第四折，郭馬兒與社長扭呂洞賓告官，官府因他誣告而判死罪。整個場面都用幻境處理，讓郭馬兒感到人生如夢似幻，醒悟出家。劇本旨在否定現實人生，宣揚神仙思想，但劇作亦莊亦諧，有很強的喜劇性。此外，《瘸李岳詩酒玩江亭》、《呂洞賓桃柳昇仙夢》、《西江祝嘏》等劇也從整體上體現了亦莊亦諧的藝術構思。《瘸李岳詩酒玩江亭》中，男主角牛璘淨扮，語言詼諧有趣，鐵拐李神通廣大，場面頃刻變幻，有很強的喜劇性。尤其是牛璘度妻一場，通過牛璘背妻、趙江梅枕牛璘腿而睡、牛璘入妻夢威脅等場景，描繪了一個極富人情味、喜劇性的度脫場面。

　　其次，大量科諢的使用是神仙戲曲莊諧結合的重要表現。科諢是戲曲中喜劇性穿插，它的使用能使悲戲歡作，歡戲鬧作，活躍舞臺氣氛，調節觀眾心理，因而被李漁稱為看戲人之「參湯」。神仙戲曲為了吸引觀眾，傳達神仙救世、長壽快樂的宗教思想，也採用了普通戲曲常用的科諢表演。有意思的是這些科諢大多利用與宗教清規戒律相悖的言語、行動來表現。宗教要求戒酒色財氣，而科諢則利用宗教徒偽善、不守清規戒律的事實來打諢。《陳季卿誤上竹葉舟》雜劇中利用行童（淨扮）打諢。行童在陳季卿前來相訪時，用折白道字稟告惠

---

11 〔元〕馬致遠：《岳陽樓》，見臧晉叔編：《元曲選》，頁619、620。

安，但惠安不省，這時行童云：「你這老禿廝，你還要悟佛法哩！則
會在看經處偷眼兒瞧人家老婆。」「你請出師父娘來，她便知道。」
呂洞賓前來時，行童也有一段科諢：

> （正末云）可早來到青龍寺門首也。兀那小和尚，你進
> 去，說與那陳季卿，道有一仙長到來相訪。（行童云）呸！我
> 今日造化低，頭裏一個窮秀才叫我小和尚，如今這個牛鼻子又
> 叫我小和尚，我這小和尚馱你家娘哩。兀那牛鼻子，陳季卿不
> 在我這裏。（正末云）貧道望氣，知道他在你寺裏。（行童云）
> 望你娘頹氣疝氣。你是太上老君、漢鍾離、呂洞賓，便會望
> 氣。我也不替你報，我自去方丈裏吃燒酒狗肉去也。[12]

　　行童的科諢對佛門犯酒色財氣食葷等現象進行了嘲弄。這些內容
與劇本的主體內容形成對照，既嘲笑了宗教敗類的犯戒行為，又使嚴
肅的宗教思想得以傳達。《呂純陽點化度黃龍》雜劇利用淨扮道童、
行者打諢，打諢的內容相當豐富，大多與宗教清規戒律相悖。

> （行者云）我如今要和你認做弟兄，你則依著我。（道童
> 云）你就教我做老子，我也依著你。（行者云）我見你師父，
> 好個標緻人，必然有些錢鈔。我和你偷他些兒買酒吃。兄弟
> 也，我是個好人也。（道童云）成不的，我們師父，也是個
> 賊，他還要偷你師父的哩。我和你說，你師父有錢，我和你多
> 多的偷他些，每人娶個老婆，可不好。[13]

---

12 〔元〕范康：《陳季卿誤上竹葉舟》，見臧晉叔編：《元曲選》，頁1041。
13 〔明〕闕名：《呂純陽點化度黃龍》，見王季烈編：《孤本元明雜劇》（北京市：中國
　　戲劇出版社，1959年）。

　　利用與宗教清規戒律相悖的內容來打諢在宗教戲曲中用得比較普遍，有的粗俗，有的雅致，都有比較強的喜劇效果，有效地調節了舞臺氣氛。如《任風子》雜劇中，任風子出家後，其妻帶孩子同小叔子一起前來尋找，但任風子不肯回頭，最後摔殺兒子、休掉妻子，以示出家心意已決。此時舞臺氣氛比較淒慘，作者為了調節舞臺氣氛，巧妙地利用小叔子的言語打諢：「（旦云）你不家去呵，與我個倒斷，你休了我者。（小叔云）說的是，哥哥，你若休了嫂嫂，我就收了罷。」「（旦云）小叔叔，任屠不肯回家去，把孩兒又摔殺了，可怎生了也？（小叔云）真個苦惱！你不還俗便罷，又將孩兒摔死了。這般下的。嫂嫂，你如今真個不好過日子，不如跟著我一同回去住罷。」[14] 朱有燉神仙劇中科諢用得很普遍，但用得比較雅致，這與他的身分地位有關。如《半夜朝元》劇中，作者首先用淨扮江西商人打諢，在小天香逃到華山後又用淨扮華山廟道士爛豬頭打諢：

　　　　（淨上云）步斗踏罡全不會，書符咒水胡支對。酒中曾遇大羅山，東村不醉西村醉。（做見旦撒噴科云）這等廟中，如何放這個年小的女道姑來。（旦云）願情修善。（淨云）原是行院。（打住）（旦云）特地修行。（淨云）忒會妖精。（打住）（旦云）心專聽講。（淨云）精磚上調穰。（打住）（旦罵云）叵耐無徒道士，想你也要修行。這等欺侮俺婦女之身，怎生得成仙了道。[15]

　　作者利用爛豬頭酒醉錯聽來打諢。神仙戲曲中的這些科諢有很強的娛樂性，有效調節了舞臺氣氛，讓觀眾在笑聲中鞭撻醜惡現象，表

---

14 〔元〕馬致遠：《馬丹陽三度任風子》，見臧晉叔編：《元曲選》，頁1680。
15 見《奢磨他室曲叢》本。

達對虔誠者的敬仰。這種十分特殊的手段使得道教神仙劇莊諧結合，韻味獨特。

　　再次，科諢之外，一些神仙劇還利用劇中人物前後行為的變化來製造喜劇性效果。如《黃粱夢》雜劇中，鍾離權想度脫呂洞賓，但呂洞賓迷戀功名，不理睬鍾離權；經過夢中惡境後，主動求度。《竹葉舟》雜劇中，陳季卿原來根本不想出家，經歷夢中惡境醒來後，追趕呂洞賓求度。《竹塢聽琴》雜劇中，鄭夫人聽說鄭彩鸞還俗後，氣勢洶洶前去問罪，欲責其道心不堅；但在那裏看到久已失散的丈夫，自己也道心動搖，還俗從夫。《柳毅傳書》中，龍女三娘獲救後，錢塘君為之提親，柳毅想起龍女三娘涇河邊模樣不肯答應，當看到龍女三娘艷麗的模樣時，又後悔不已。劇中人物前後行為、態度的對比，使劇本有一定的喜劇性效果。

　　綜前可知，神仙戲曲宣揚道教神仙思想，與之相適應的情節結構、人物形象大都有象徵化、概念化傾向，藝術上成就不高。但劇中夢幻境界的塑造、神仙法術的渲染以及科諢的使用等又有其獨到之處，這些使劇作莊諧結合、富有浪漫氣息，成為中國古典戲曲中不可或缺的部分。

結束語

　　道教神仙戲曲是中國古典戲曲的重要組成部分，它的興起、繁榮與衰落與當時的宗教文化環境密切相關。元代全真教的興盛直接影響了神仙道化戲的興盛；明代統治者的崇道以及對道教神仙戲曲的提倡也直接影響了明代神仙戲曲的繁榮；清代統治者的宗教政策以及「疾虛妄，重徵實」的文化理念直接導致了神仙戲曲的衰落。

　　道教神仙戲曲在宣揚道教神仙思想的同時，從各個不同的層面對社會現實進行了全面的反映，寄託了人們的生存理想。神仙度脫劇反映了封建制度對現實人生的威壓，這些威壓來自科舉功名、家庭婚姻以及社會倫理道德諸多方面。作為社會的個體，因科舉功名不順、婚姻不幸、人生不自由等諸多問題，被社會無形中排擠出來，處於孤獨痛苦的境地。他們為了協調這種社會關係，求得心理平衡，就自然地尋找、依附一種超自然的力量。可以說，神仙度脫劇是人們力圖超越現有社會關係，尋求理想生存環境的思想的反映。神仙驅邪除魔劇反映了人們對自然與疾病的抗爭。人們對自然現象、人生疾病不理解，認為人的種種災難都是妖魔鬼怪所致。神仙驅邪除魔劇通過神仙驅邪除魔反映了人們力圖戰勝自然災害與貧窮苦病的樸素願望。神仙慶壽喜慶劇肯定人世間，通過神仙下凡慶壽，肯定人間生活，反映了人們與死亡、不幸的抗爭。人們希望神仙能帶來吉祥幸福、健康長壽，讓他們超越死亡。神仙愛情劇則反映了人們對封建禮教的抗爭。人們希望婚姻自由，但封建禮教牢牢的控制著人們，人的愛情慾望被割裂、被壓抑，就會尋找別的方式曲折地表現出來。神仙愛情就是人們被壓

抑、被割裂的愛情理想的曲折反映。科舉功名、忠孝倫理、自然災害、貧窮苦病、婚姻問題等等都是普通民眾現實生存中面臨的最實際的問題，神仙的協調與處理，使世俗民眾在心理上得到某種安慰。

　　隨著時代的發展，科學的進步，文人的神仙劇創作趨於停止，但神仙戲曲的演出卻一直不絕如縷。不少地方劇種改編演出神仙戲曲，滿足世俗百姓的心理需要。一些地方劇種，如道情戲、藍關戲、八仙戲等，即以演道教神仙戲曲而聞名。神仙戲曲也逐漸褪去其宗教的油彩，露出其和合、長壽、幸福的內蘊，成為人們驅邪納吉的儀式性演出。

重要參考書目

一　古籍類

（一）戲曲類

〔明〕胡文煥編　《群音類選》　北京市　中華書局　1980 年

〔明〕毛晉編　《六十種曲》　北京市　中華書局　1958 年

〔明〕沈泰　《盛明雜劇》　北京市　中國戲劇出版社　1958 年影印誦芬室本

〔明〕湯顯祖著　徐朔方箋校　《湯顯祖全集》　北京市　北京古籍出版社　1999 年

〔明〕臧晉叔編　《元曲選》　北京市　中華書局　1989 年

〔明〕趙清常鈔校　《脈望館鈔校古今雜劇》　《古本戲曲叢刊四集》本

〔清〕鄒式金編　《雜劇三集》　清誦芬室重校本

〔清〕黃文暘編　《曲海總目提要》　天津市　天津古籍書店　1992 年

〔清〕吳城　《迎鑾新曲》　清刊本

〔清〕楊潮觀著　《吟風閣雜劇》　北京市　中華書局　1933 年

〔清〕錢德蒼編　《綴白裘》　北京市　中華書局　1957 年校印本．

〔清〕袁覃著　《瞿園雜劇》　光緒戊申春刊本　南圖藏本

鄭振鐸輯　《清人雜劇初集》　1931 年長樂鄭氏刊本

鄭振鐸輯　《清人雜劇二集》　1934 年長樂鄭氏刊本

吳梅編　《奢摩他室曲叢》　上海涵芬樓印行本

齊如山編　《昇平署月令承應戲》　民國二十五年十月北平故宮博物
　　　院編印

隋樹森編　《元曲選外編》　北京市　中華書局　1959 年

王季烈編　《孤本元明雜劇》　北京市　中國戲劇出版社　1959 年

中國戲曲研究院編　《中國古典戲曲論著集成》　北京市　中國戲劇
　　　出版社　1959 年

孟繁樹、周傳家編校　《明清戲曲珍本輯選》　北京市　中國戲劇出
　　　版社　1985 年

謝伯陽編　《全明散曲》　濟南市　齊魯書社　1994 年

孫崇濤、黃仕忠箋校　《風月錦囊箋校》　北京市　中華書局　2000 年

(二) 小說筆記類

〔晉〕葛洪　《西京雜記》　《四部叢刊》子部影印明嘉靖本

〔晉〕干寶編　《搜神記》　明津逮秘書本

〔唐〕高彥休　《唐闕史》　《四庫全書》子部小說家類

〔宋〕李昉等編　《太平廣記》　北京市　中華書局　1961 年

〔宋〕孟元老　《東京夢華錄》　北京市　商務印書館　1936 年
　　　《叢書集成初編》本

〔宋〕耐得翁　《都城紀勝》　北京市　中國商業出版社　1982 年
　　　合訂版

〔宋〕蘇軾　《東坡志林》　北京市　商務印書館　1939 年《叢書
　　　集成初編》本

〔宋〕周密　《武林舊事》　北京市　中國商業出版社　1982 年合
　　　訂版

〔宋〕洪邁編　《夷堅志》　北京市　中華書局　1981 年

〔元〕陶宗儀　《輟耕錄》　北京市　中華書局　1959 年

〔明〕吳元泰　《東游記》　上海市　上海古籍出版社　1956 年

〔明〕洪楩編　《清平山堂話本》　上海市　上海古籍出版社　1992 年

〔明〕鄧志謨　《飛劍記》　上海市　上海古籍出版社　1990 年

〔明〕雉衡山人編　《韓湘子全傳》　寶文堂書店　1990 年

〔明〕汪象旭輯　《呂祖全傳》　《古本小說集成》影印　上海市　上海古籍出版社　1990 年

〔清〕無名氏著　楊愛群校點　《三戲白牡丹》　濟南市　齊魯書社　1990 年

〔清〕無垢道人著　郭曼曼等校　《八仙得道傳》　上海市　上海古籍出版社　1996 年

李傳瑞、王太編　《八仙傳說》　濟南市　山東文藝出版社　1985 年

韓錫鐸編　《八仙系列小說》　瀋陽市　遼寧教育出版社　1992 年

鄭土有編　《中國仙話》　上海市　上海文藝出版社　1994 年

《筆記小說大觀》　揚州市　廣陵古籍刻印社　1983 年版

上海古籍出版社編　《漢魏六朝筆記小說大觀》　上海市　上海古籍出版社　1999 年

上海古籍出版社編　《唐五代筆記小說大觀》　上海市　上海古籍出版社　2000 年

上海古籍出版社編　《宋元筆記小說大觀》　上海市　上海古籍出版社　2001 年

（三）宗教類

〔宋〕普濟　《五燈會元》　北京市　中華書局　1984 年

〔明〕張宇初、張宇清等編　《正統道藏》　明刊本。

〔明〕還初道人編　《繪像列仙傳》　清光緒丁亥掃葉山房校刊本

〔清〕王建章編　《歷代仙史》　清光緒七年常熟抱芳閣刊本

陳　垣　《道家金石略》　北京市　北京文物出版社　1988 年

李一氓主編　《道藏》　北京市　文物出版社　1988 年

李一氓主編　《藏外道書》　成都市　巴蜀書社　1994 年

二　專著類

（一）戲曲專著

孫楷第　《傀儡戲考原》　上海市　上雜出版社　1952 年

趙景深編　《元人雜劇鉤沉》　上海市　上海古典文學出版社　1956 年

傅惜華　《明代雜劇全目》　北京市　作家出版社　1958 年

傅惜華　《明代傳奇全目》　北京市　人民文學出版社　1959 年

傅惜華　《北京傳統曲藝總錄》　北京市　中華書局　1962 年

北嬰編　《曲海總目提要補編》　北京市　人民文學出版社　1959 年

嚴敦易　《元劇斟疑》　北京市　中華書局　1960 年

周貽白　《中國戲曲論集》　北京市　中國戲劇出版社　1960 年

張庚、郭漢城主編　《中國戲曲通史》　北京市　中國戲劇出版社
　　　　1980 年

莊一拂編著　《古典戲曲存目匯考》　上海市　上海古籍出版社
　　　　1982 年

譚正璧　《話本與古劇》　上海市　上海古籍出版社　1985 年

唐文標　《中國古代戲劇史》　北京市　中國戲劇出版社　1985 年

周妙中　《清代戲曲史》　鄭州市　中州古籍出版社　1987 年

蔡毅編著　《中國古典戲曲序跋彙編》　濟南市　齊魯書社　1989 年

徐朔方　《晚明曲家年譜》　杭州市　浙江古籍出版社　1993 年

徐朔方　《湯顯祖評傳》　南京市　南京大學出版社　1993 年

鄧長風　《明清戲曲家考略》　上海市　上海古籍出版社　1994 年

鄧長風　《明清戲曲家考略續編》　上海市　上海古籍出版社　1997 年

鄧長風　《明清戲曲家考略三編》　上海市　上海古籍出版社　1999 年

吳新雷　《中國戲曲史論》　南京市　江蘇教育出版社　1996 年

吳新雷主編　《昆劇大辭典》　南京市　南京大學出版社　2002 年

齊森華、陳多等編　《中國曲學大辭典》　杭州市　浙江教育出版社
　　　1997 年

么書儀　《元人雜劇與元代社會》　北京市　北京大學出版社　1997 年

郭英德編著　《明清傳奇綜錄》　石家莊市　河北教育出版社　1997 年

李占鵬　《宋前戲劇形成史》　蘭州市　甘肅文化出版社　2000 年

林葉青　《清中葉戲曲家散論》　南京市　江蘇古籍出版社　2002 年

周華斌　《中國戲劇史論考》　北京市　北京廣播學院出版社　2003 年

湖南省戲曲研究所編　《湖南戲曲傳統劇本》　1981 年印刷　內部
　　　發行

中國戲曲志編輯委員會　《中國戲曲志》〈湖南卷〉　北京市　文化
　　　藝術出版社　1990 年

中國戲曲志編輯委員會　《中國戲曲志》〈江蘇卷〉　北京市　中國
　　　ISBN 中心　1992 年

中國戲曲志編輯委員會　《中國戲曲志》〈湖北卷〉　北京市　文化
　　　藝術出版社　1993 年

中國戲曲志編輯委員會　《中國戲曲志》〈廣東卷〉　北京市　中國
　　　ISBN 中心　1993 年

中國戲曲志編輯委員會　《中國戲曲志》〈河北卷〉　北京市　中國
　　　ISBN 中心　1993 年

中國戲曲志編輯委員會　《中國戲曲志》〈安徽卷〉　北京市　中國
　　　ISBN 中心　1993 年

中國戲曲志編輯委員會　《中國戲曲志》〈山東卷〉　北京市　中國
　　　ISBN 中心　1994 年

中國戲曲志編輯委員會　《中國戲曲志》〈陝西卷〉　北京市　中國
　　ISBN 中心　1995 年

中國戲曲志編輯委員會　《中國戲曲志》〈甘肅卷〉　北京市　中國
　　ISBN 中心　1995 年

中國戲曲志編輯委員會　《中國戲曲志》〈新疆卷〉　北京市　中國
　　ISBN 中心　1995 年

中國戲曲志編輯委員會　《中國戲曲志》〈寧夏卷〉　北京市　中國
　　ISBN 中心　1996 年

中國戲曲志編輯委員會　《中國戲曲志》〈浙江卷〉　北京市　中國
　　ISBN 中心　1997 年

中國戲曲志編輯委員會　《中國戲曲志》〈江西卷〉　北京市　中國
　　ISBN 中心　1998 年

（二）宗教專著

〔澳〕L・B・布朗著　金定元、王錫嘏譯　《宗教心理學》　北京
　　市　今日中國出版社　1992 年

〔英〕布賴恩・莫里斯著　周國黎譯　《宗教人類學》　北京市　今
　　日中國出版社　1992 年

〔德〕恩斯特・卡西爾著　黃龍保等譯　《神話思維》　北京市　中
　　國社會科學出版社　1992 年

〔德〕馬克斯・韋伯著　王容芬譯　《儒教與道教》　北京市　商務
　　印書館　1995 年

葛兆光　《道教與中國文化》　上海市　上海人民出版社　1987 年

呂大吉主編　《宗教學通論》　北京市　中國社會科學出版社　1989 年

馬書田　《華夏諸神》　北京市　燕山出版社　1990 年

馬書田　《中國道教諸神》　北京市　團結出版社　1996 年

馬書田　《中國民間諸神》　北京市　團結出版社　1997 年

嚴耀中　《中國宗教與生存哲學》　上海市　學林出版社　1991 年

梅新林　《仙話──神人之間的魔幻世界》　上海市　三聯書店
　　　1992 年

顧偉康　《信仰探幽》　上海市　上海教育出版社　1993 年

卿希泰主編　《中國道教史》　成都市　四川人民出版社　1993 年

張廣保　《金元全真道內丹心性學》　北京市　三聯書店　1995 年

袁　陽　《生死事大》　北京市　東方出版社　1996 年

張志剛　《宗教文化學導論》　北京市　東方出版社　1996 年

楊利慧　《女媧的神話與信仰》　北京市　中國社會科學出版社
　　　1997 年

毛　峰　《神秘主義詩學》　北京市　三聯書店　1998 年

任繼愈主編　《中國道教史》（增訂本）　北京市　中國社會科學出
　　　版社　2001 年

（三）其他相關專著

〔保〕瓦西列夫著　趙永穆等譯　《情愛論》　北京市　三聯書店
　　　1984 年

〔日〕澤田瑞穗著　《韓湘子傳說與俗文學》　國書刊行會昭和五十年

〔美〕成中英著　《論中西哲學精神》　上海市　東方出版中心
　　　1996 年

趙景深　《中國小說叢考》　濟南市　齊魯書社　1980 年

王利器輯　《元明清三代禁毀小說戲曲史料》　上海市　上海古籍出
　　　版社　1981 年

梁漱溟　《中國文化史要義》　上海市　學林出版社　1987 年

浦江清　《浦江清文錄》　北京市　人民文學出版社　1989 年

張　法　《中國文化與悲劇意識》　　北京市　中國人民大學出版社
　　　1989 年

朱立元　《接受美學》　上海市　上海人民出版社　1989 年

陳勤建　《文藝民俗學導論》　上海市　上海文藝出版社　1991 年

妙摩、慧度　《中國夢文化》　北京市　中國文聯出版公司　1996 年

劉　禎　《中國民間目連文化》　成都市　巴蜀書社　1997 年

車錫倫編著　《中國寶卷總目》　臺北市　中國文哲研究所　1998 年

馬振方　《小說藝術論》　北京市　北京大學出版社　1999 年

苑利主編　《二十世紀中國民俗學經典》　北京市　社會科學文獻出
　　　版社　2002 年

後記

　　《傳統戲曲與道教文化》是我的舊作《八仙與中國文化》、《道教神仙戲曲研究》的合刊本。《八仙與中國文化》是我一九九六至一九九九年在南京大學吳新雷先生門下讀博士時完成的博士論文，二〇〇〇年中國社會科學出版社出版。《道教神仙戲曲研究》是我二〇〇一至二〇〇三年在四川大學張志烈先生門下做博士後工作時完成的博士後出站報告，二〇〇七年人民文學出版社出版。二書是我十年的研究彙報，同屬一個系列，因而此次取此書名合訂出版。此次出版，在保持二書原貌的同時，略作了修訂。一是重新校對二書引文，修訂了一些錯誤；二是規範了註釋，補足了原書出版時被編輯刪掉的一些內容。

　　一九八八年我到揚州大學攻讀碩士學位，跟隨車錫倫先生開始戲曲研究，到現在已經三十年了。當年的毛頭小伙子，現在已是白髮滿頭了。一九九六至二〇〇六年，我花了十年時間從事道教戲曲的研究，完成了文本的勾稽與初步研究。原計劃在此基礎上進一步拓展，並深入到民間去研究活態的戲曲民俗現象，後因為種種原因而作罷。又是十年過去了，這十年完成了《福建戲曲海外傳播研究》、《明清福建文人戲曲研究》、《乾隆朝文人劇作研究》等研究工作，這些研究成果有些已出版，有些正在修改完善，不久的將來，亦將問世。再過不到十年，我就要退休了。當年隨車老師、吳老師讀書時的理想與抱負正隨著歲月的流逝，一點點地消失，心中之感，可勝道哉！

二〇一七年六月六日於榕城

作者簡介

王漢民

　　一九六四年十二月生，湖南新寧人。文學博士。現任福建師範大學文學院教授、博士生導師。主要研究中國戲曲。出版《八仙與中國文化》、《道教神仙戲曲研究》、《福建戲曲海外傳播研究》、《清代戲曲史編年》等著作。

本書簡介

　　本書是《八仙與中國文化》、《道教神仙戲曲研究》二書的合集。上篇〈八仙與中國文化〉，對八仙的形成發展以及與道教文化、民俗文化、戲曲小說的關係進行了探討。下篇〈道教神仙戲曲研究〉，對道教神仙戲曲的發生發展、興盛與衰落的過程及原因進行探討，把存世的道教神仙劇目分爲神仙度脫劇、驅邪除魔劇、慶壽喜慶劇、神仙愛情劇等類進行研究。

福建師範大學文學院百年學術論叢·第四輯 1702D01

傳統戲曲與道教文化

作　　者	王漢民
總 策 畫	鄭家建　李建華
發 行 人	陳滿銘
總 經 理	梁錦興
總 編 輯	陳滿銘
副總編輯	張晏瑞
編 輯 所	萬卷樓圖書股份有限公司
排　　版	林曉敏
印　　刷	百通科技股份有限公司

發　　行　萬卷樓圖書股份有限公司
　　　　　臺北市羅斯福路二段 41 號 6 樓之 3
　　　　　電話 (02)23216565
　　　　　傳真 (02)23218698
　　　　　電郵 SERVICE@WANJUAN.COM.TW
香港經銷　香港聯合書刊物流有限公司
　　　　　電話 (852)21502100
　　　　　傳真 (852)23560735

ISBN 978-986-478-164-5
2019 年 6 月再版二刷
2018 年 9 月再版
2017 年 12 月初版
定價：新臺幣 720 元

如何購買本書：

1. 劃撥購書，請透過以下郵政劃撥帳號：
　　帳號：15624015
　　戶名：萬卷樓圖書股份有限公司
2. 轉帳購書，請透過以下帳戶
　　合作金庫銀行　古亭分行
　　戶名：萬卷樓圖書股份有限公司
　　帳號：0877717092596
3. 網路購書，請透過萬卷樓網站
　　網址　WWW.WANJUAN.COM.TW

大量購書，請直接聯繫我們，將有專人為您服務。客服：(02)23216565 分機 10

如有缺頁、破損或裝訂錯誤，請寄回更換
版權所有·翻印必究
Copyright©2018 by WanJuanLou Books CO., Ltd.
All Right Reserved　　　　　　Printed in Taiwan

國家圖書館出版品預行編目資料

傳統戲曲與道教文化 / 王漢民著.
-- 再版. -- 臺北市：萬卷樓, 2018.09
面；公分. -- （福建師範大學文學院百年學術
論叢·第四輯·第 1 冊）

ISBN 978-986-478-164-5（平裝）

1.中國戲劇 2.戲曲評論 3.道教 4.宗教文化

820.8　　　　　　　　　　　107014152